En el nombre de Borgia

En el nombre de Borgia

La novela de los Borgia (II)

Juanjo Braulio

Papel certificado por el Forest Stewardship Council®

MIXTO
Papel | Apoyando la
silvicultura responsable
FSC® C117695

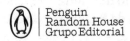

Penguin
Random House
Grupo Editorial

Primera edición: septiembre de 2024

© 2024, Juanjo Braulio
Autor representado por Silvia Bastos, S. L. Agencia literaria
© 2024, Ricardo Sánchez, por el mapa
© 2024, Penguin Random House Grupo Editorial, S. A. U.
Travessera de Gràcia, 47-49. 08021 Barcelona

Printed in Spain – Impreso en España

ISBN: 978-84-666-7814-8
Depósito legal: B-10.433-2024

Compuesto en Llibresimes

Impreso en Rotoprint By Domingo, S. L.
Castellar del Vallès (Barcelona)

BS 7 8 1 4 8

Esta novela es el resultado de la participación del autor en el Programa para el Fomento de la Movilidad Internacional de Autores Literarios del Ministerio de Cultura y Deporte, un proyecto financiado con cargo al Plan de Recuperación, Resiliencia y Transformación y la Unión Europea – Next Generation EU.

Para mi hermana Laura,
que tiene un corazón tan grande que ha habido que repararlo.

Para mi padre, Pepe: in memoriam.

Para mi madre, Amparo. Por supuesto.

Y para Yolanda. Naturalmente

No puedo, pues, censurar ninguno de los actos del duque; por el contrario, me parece que deben imitarlos todos aquellos que llegan al trono mediante la fortuna y las armas ajenas.

NICOLÁS MAQUIAVELO,
El príncipe

César o nada, dijiste, y todo, César, lo fuiste, pues fuiste César y nada.

LOPE DE VEGA,
El perro del hortelano

Dramatis Personae

Los personajes marcados con un asterisco (*) son completamente ficticios. El resto corresponde a personas cuya existencia real ha sido documentada.

Los Borja/Borgia

Roderic de Borja i Borja/Rodrigo Borgia (1431-1503). Obispo y arzobispo de Valencia, cardenal, vicecanciller de la Iglesia y papa de 1492 a 1503 con el nombre de Alejandro VI.

Violant de Castellvert/Vannozza di Cattanei (1442-1518). Nuera de Joana de Borja (hermana del papa Alejandro) y viuda de Guillem Ramon Llançol de Romaní. Ya en Roma, se casó con Giorgio della Croce y más tarde con Carlo Canale di Cattanei. Madre de Joan, César, Lucrecia y Jofré Borgia.

Joan Borgia y Castellvert/Cattanei (1472-1497). Gonfaloniero y capitán general de la Iglesia (de octubre de 1496 a junio de 1497), II duque de Gandía y Benevento y señor de Terracina y Pontecorvo. Casado con María Enríquez de Luna (1474-1539), prima del rey Fernando el Católico. De este matrimonio desciende la rama de Gandía que dará once duques Borja hasta 1740 y, entre ellos, san Francisco de Borja (1510-1572), nieto de Joan Borgia.

César Borgia y Castellvert/Cattanei (1474-1507). Obispo de Pamplona, arzobispo de Valencia, cardenal de Santa Maria Nuova, duque de Valentinois, la Romaña y Urbino, conde de Dyois e Imola y señor de Camerino y Forlì. Gonfaloniero, capitán general de la Iglesia y generalísimo de las armas navarras.

Lucrecia Borgia y Castellvert/Cattanei (1478-1519). Condesa de Pésaro, princesa de Salerno y duquesa de Ferrara, Módena y Reggio. Casada con Giovanni Sforza (1493), con Alfonso d'Aragona (1498) y con Alfonso d'Este (1501).

Jofré Borgia y Castellvert/Cattanei (1481-1516). Príncipe de Esquilache. Casado con Sancha d'Aragona, hija bastarda del rey Alfonso I de Nápoles.

Giovanni Borgia, Infans romanus (1498-1547). Hijo de Lucrecia Borgia y Pedro Calderón, conocido como Perotto. En 1501, en dos bulas distintas, será reconocido como hijo de César primero y del propio papa Alejandro VI después, y nombrado duque de Nepi, Palestrina y Camerino. Algunos autores aseguran que fue el tatarabuelo del papa Inocencio X.

Rodrigo d'Aragona e Borgia (1499-1512). Hijo de Lucrecia Borgia y Alfonso d'Aragona. Príncipe heredero de Salerno y duque de Sermoneta.

Francesc de Borja i Navarro d'Alpicat (1432-1511). Hijo natural del papa Calixto III y primo hermano del papa Alejandro VI. Fue arzobispo de Cosenza, tesorero general de la Santa Sede, cardenal presbítero de Santa Cecilia y camarlengo del Colegio Cardenalicio.

Joan de Borja i Llançol de Romaní, el Mayor (1446-1503). Arzobispo de Monreale (Sicilia), patriarca latino de Constantinopla, cardenal presbítero de Santa Susana y sobrino del papa Alejandro VI.

Roderic de Borja i Llançol de Romaní (1475-1525). Hijo del arzobispo de Monreale y capitán de la Guardia Pontificia.

Joan de Borja i Llançol de Romaní, el Menor (1474-1500). Sobrino nieto del papa Alejandro VI y primo de César Borgia, a quien sucedió como arzobispo de Valencia y cardenal de Santa Maria in Via Lata.

Pere-Lluís de Borja i Llançol de Romaní, Ludovico Borgia (1472-1511). Sobrino nieto del papa Alejandro VI y también primo de César Borgia. Gobernador de Espoleto y cardenal presbítero de San Marcelo. Sucedió a su hermano Joan de Borja el Menor en el Arzobispado de Valencia en 1500 y como cardenal de Santa Maria in Via Lata.

Ramiro de Lorca (1452-1502). Caballero murciano a sueldo de los Borgia desde la década de 1480. Gobernador de la Romaña.

Gaspar Torrella (1452-1520). Obispo de Santa Giusta (Cerdeña) y médico personal del papa Alejandro VI primero y de César Borgia después. Autor del primer libro sobre el tratamiento de la sífilis.

Joan de Vera (1453-1507). Preceptor de César Borgia, arzobispo de Salerno y cardenal de Santa Balbina.

Agapito Gherardi de Amelia (1460-1515). Obispo de Sisporno y secretario personal de César Borgia.

Francesc de Remolins (1462-1518). Obispo auxiliar de Lérida, arzobispo de Sorrento, gobernador de Roma y cardenal presbítero de San Juan y San Pablo.

Antonio María Ciocchi del Monte (1462-1533). Jurista y obispo de Città di Castello, nombrado gobernador de la Romaña por César Borgia y destituido de su cargo por el papa Julio II, que, no obstante, le nombró cardenal diez años después.

Miquel de Corella i Feliu (1467-1508). Señor de Montegridolfo, gobernador de Piombino y la isla de Elba y capitán de Florencia y la Romaña. Verdugo personal de César Borgia y comandante de la guardia de estradiotes albaneses del Valentino.

Beatriz de Macías.* Esposa de Miquel de Corella. Nacida como Judith Bat Efraim Yoram Mashíah y convertida al cristianismo al igual que su padre, su madre y su hermana.

Angelo y Vittorio Duatti.* Hermanos del Trastévere rescatados de la horca por el papa Alejandro VI en sus tiempos de cardenal, y guardaespaldas del pontífice hasta su muerte.

Los Della Rovere

Giuliano della Rovere (1443-1513). Cardenal de San Pietro in Vincoli de 1471 a 1503 y papa con el nombre de Julio II desde 1503 a 1513. Sobrino de Sixto IV.

Francesco Alidosi (1455-1511). Examante de Giuliano della Rovere, y su secretario de máxima confianza. Obispo de Pavía y cardenal de Santa Susana.

Rafael Sansoni Riario della Rovere (1461-1521). Sobrino de Pietro Riario, arzobispo de Tarento y Salerno y cardenal camarlengo.

Los D'Aragona

Sancha d'Aragona (1478-1506). Hija ilegítima del rey Alfonso II de Nápoles y Trogia Gazzela. Princesa de Esquilache casada con Jofré Borgia y Cattanei. Amante de Joan de Borja y de César Borgia.

Alfonso d'Aragona (1481-1500). Hijo ilegítimo de Alfonso II y Trogia Gazzela y hermano de Sancha. Príncipe de Salerno, duque de Bisceglie y segundo marido de Lucrecia Borgia.

Federico I (1496-1501). Rey de Nápoles. Hijo menor de Ferrante e Isabel de Chiaromonte y hermano de Alfonso II. Último miembro de la rama napolitana de los Trastámara en el reino del sur.

Rocco Moddafari.* Antiguo guardaespaldas calabrés del rey Ferrante d'Aragona, que se encarga de la seguridad de Alfonso d'Aragona y su hermana Sancha en Roma por orden expresa de su tío Federico I.

LOS SFORZA

Ludovico Sforza el Moro (1452-1508). Cuarto duque de Milán de la dinastía Sforza. Hermano de Galeazzo Maria. Casado con Beatriz d'Este, fue regente del ducado durante la minoría de edad de su sobrino Gian Galeazzo, a quien finalmente sucedió tras su temprana muerte, de la que toda Italia, con fundamento, lo responsabilizó.

Ascanio Maria Sforza (1455-1505). Cardenal diácono de San Vito y San Modesto y vicecanciller de la Iglesia tras votar por Rodrigo Borgia en el cónclave de 1492, en el que fue elegido el valenciano. Hermano menor de Galeazzo Maria y Ludovico Sforza.

Caterina Sforza la Dama della Vipera (1463-1509). Condesa de Forlì y señora de Imola. Hija ilegítima de Galeazzo Maria Sforza y su amante Lucrecia Landriani. Esposa de Girolamo Riario, sobrino del papa Sixto IV. Sobrina de Ludovico y Ascanio.

LOS ORSINI

Giambatista Orsini (1450-1503). Hijo de la hermana del cardenal Latino Orsini (1411-1477), cuyas disputas con los Colonna propiciaron la elección de Alfons de Borja como papa Calixto III en 1455. Primo de Virginio Gentile Orsini, cardenal de Santa Maria en Domnica, de Santa Maria Nuova y de San Juan y San Pablo. Camarlengo del Sacro Colegio.

Paolo Orsini (1450-1503). Hijo bastardo del cardenal Latino Orsini y primo de Virginio Gentile y Giambatista. Marqués de Atripalda y señor de Mentana y Palombara. Condotiero.

Francesco Orsini (1455-1503). Duque de Gravina, señor de Nerola, Scandriglia y Montelibretti y sobrino segundo de Paolo Orsini. Estrangulado por don Micheletto tras la conjura de Senigallia.

Bartolomeo d'Alviano (1455-1515). Conde de Alviano y señor de Pordenone, casado con Bartolomea Orsini, la prima del cardenal Giambatista. Fue uno de los jefes de las fuerzas militares de la poderosa familia romana y el prototipo de condotiero que luchó para distintos bandos a lo largo de su vida.

Los Colonna

Prospero Colonna (1452-1523). Duque de Traetto y conde de Fondi. Gran general de los Colonna, fue uno de los primeros partidarios del rey Carlos VIII de Francia en su invasión de Italia en 1484 junto al cardenal Giuliano della Rovere, aunque después cambió de bando y ayudó al rey Fernando II (Ferrandino) a expulsar a los franceses del reino del sur, que defendió ante la nueva invasión francesa de Luis XII.

Fabrizio Colonna (1460-1520). Duque de Paliano y condotiero. Junto a su primo Prospero, luchó por orden del papa Inocencio VIII para apoyar a los barones rebeldes al rey Ferrante de Nápoles. Aliado del papa Alejandro VI en su lucha contra los Orsini, cambió de bando para apoyar a los españoles del Gran Capitán.

Otros personajes

Luis XII (1462-1515). Rey de Francia y primer representante de la dinastía Capeto-Orleans. Primo y cuñado a la vez de Carlos VIII, pactó con el papa Alejandro VI y con César Borgia la invasión de Milán y de Nápoles a cambio de un ducado francés para César Borgia y un matrimonio regio con una princesa de su corte. Como pago, el papa Alejandro le concedió la nulidad de su matrimonio con Juana de Valois para que pudiera casarse con Ana de Bretaña, la viuda de su primo el rey Carlos VIII.

Gian Giacomo Trivulzio (1440-1518) Condotiero, marqués de Vigevano y mariscal del ejército francés en la conquista de Milán.

Gonzalo Fernández de Córdoba, el Gran Capitán (1453-1515). Duque de Sessa, Santangelo, Terranova y virrey de Nápoles. En el año 1495 acude al mando de tropas españolas a Nápoles por orden de Fernando el Católico.

Pedro Navarro (1460-1528). Nacido como Pedro Beraterra en el valle del Roncal, en Navarra, fue un militar y marino al que se le atribuye la invención de las minas para derribar murallas. Sirvió como mercenario en las guerras de Italia para acabar al servicio del Gran Capitán primero y de Fernando el Católico después tanto en España como en el norte de África. Fue quien apresó a César Borgia.

Bernardino López de Carvajal (1456-1523). Cardenal-obispo de Ostia, de Plasencia, Sigüenza, Astorga y Badajoz y hombre fuerte de Fernando el Católico en el Vaticano durante los dos cónclaves de septiembre y octubre de 1503.

Francisco de Rojas y Escobar (1446-1523). Comendador de la Orden de Calatrava y embajador de los Reyes Católicos en Roma.

Juan Ruiz de Medina (?-1507). Obispo de Cartagena y embajador de los Reyes Católicos en Francia.

Antonio Giustiniani (1464-1524). Embajador de la Serenísima República de Venecia ante los Reyes Católicos primero y ante el papa de Roma después.

Giampaolo Baglioni (1470-1520). Señor de Perusa y conde de Bettona, condotiero y uno de los capitanes de César que se rebelaron contra el Valentino. Era famoso en Italia por su depravación (hacía vida marital con su hermana) y por sobrevivir al intento de asesinato que unos primos intentaron llevar a cabo el día de su propia boda.

Pandolfo Petrucci (1452-1512). Tirano de Siena, si bien su título oficial nunca dejó de ser el de *defensor libertatis* (defensor de la libertad).

Oliverotto Euffreducci (1475-1502). Señor de Fermo y condotiero famoso por haber asesinado a toda su familia para hacerse con el poder. Uno de los capitanes de César a los que don Micheletto ajustició en Senigallia.

Vitellozzo Vitelli (1458-1502). Señor de Città di Castello, Anghiari y Monterchi. Condotiero y comandante de la artillería del ejército pontificio al servicio de César Borgia. Fue uno de los principales instigadores de la conjura de Magione, ajusticiado también en Senigallia por don Micheletto.

LA ITALIA DE
ALEJANDRO VI
Segundo papa Borgia
1492-1503

SUIZA

SACRO IMPERIO
ROMANO GERMÁNICO

AUSTRIA

REINO
DE
HUNGRÍA

REPÚBLICA
DE
VENECIA

MILÁN
Novara

DUCADO
DE
MILÁN Alessandria

Verona
Padua

VENECIA

Golfo
de
Venecia

IMPERIO
OTOMANO

MANTUA

MÓDENA

FERRARA

GÉNOVA
(Milán)

Bolonia

Imola
Faenza
Forlì
Rímini
Pesaro
Cesena Senigalia
Urbino

Lucca FLORENCIA

Pisa

REPÚBLICA
DE FLORENCIA

SIENA

Castiglion Fiorentino
Magione
Perugia
Camerino
Espoleto

Piombino

Isla de Elba

REPÚBLICA
DE SIENA

Viterbo

CÓRCEGA
(Génova)

ESTADOS
PONTIFICIOS

Nepi

ROMA

Ostia

REINO
DE
NÁPOLES

REINO DE
NÁPOLES

Capua

Bari

M
A
R

A
D
R
I
Á
T
I
C
O

CERDEÑA
(Aragón)

MAR

TIRRENO

NÁPOLES

Salerno

Golfo
de
Tarento

Esquilache

PALERMO

MAR

JÓNICO

REINO DE
SICILIA
(Aragón)

MAR MEDITERRÁNEO

Isla de Malta

Praefatio

Convento de Santa Clara de Gandía, Reino de Valencia,
13 de febrero de 1538, Miércoles de Ceniza

He tenido cuatro nombres en los sesenta y nueve años, un mes y ocho días que llevo en este mundo. Cuando la mayor parte de la gente ni siquiera consigue vivir una vida, yo debería envejecer dichosa por haber vivido cuatro con cuatro nombres distintos. Y aunque —por mucho que digan los sabios— no hay vejez feliz, a mí me queda la convicción de que, de las cuatro, la mejor fue la segunda: la que compartí con Miquel, mi arcángel vengador.

רֵּבאשׁית

«*Bereishit*». Significa «en el principio» y es la primera palabra que aparece en la Biblia. Está en hebreo, la lengua en la que aprendí a hablar, a leer y a escribir. No he podido resistir el impulso de recordar mis primeras letras para empezar esta historia cuando aún me llamaba Judith Bat Efraim Mashíah.

Nací en una alquería de Ruzafa poco antes del amanecer del décimo día del décimo mes —el de Teveth— del año 5229 desde que Elohim creó la tierra, el cielo, las bestias y los hombres. Entre los hijos de Israel era —y sigue siendo— jornada de luto y ayuno en conmemoración del inicio del tercer asedio de Jerusalén a manos del rey Nabucodonosor y la destrucción del Templo de Salomón. Por eso, mis padres dudaron si al siguiente *sabbat* debían llevarme o no a la sinagoga clandestina que la familia Vives tenía en su casa, cerca del mercado de Cabrerots de Valencia, en el corazón de lo que, antes de su destrucción, había sido el *kahal* o *call*, que es como se denomina en lengua valenciana a las juderías. Pese a haber nacido en día tan poco propicio, quisieron celebrar la ceremonia del *Zeved habat*, el regalo de una hija nacida y agradecer al Dios de sus antepasados, de Abraham, de Isaac y de Jacob, que hubiera bendecido su unión, aunque fuera con una niña. Dos semanas después me presentaron ante la mínima comunidad judía valenciana y, en brazos del rabino, recibí el nombre de Judith, la matriarca que cortó la cabeza del general Holofernes; el nombre que tuve durante los siguientes doce años.

Mi segundo nombre fue Beatriz de Macías y Ruiz.

Así lo recibí junto al agua bautismal el vigesimonoveno día del mes de julio del año de la Encarnación de Nuestro Señor de 1481. Aunque mis padres hubieran preferido que me llamara María, dado que era la festividad de Santa Beatriz de Roma, el obispo auxiliar de Valencia, Jaume Serra, estimó que tenía que ser bautizada como la mártir que murió estrangulada por orden del emperador Diocleciano. Ante la atenta mirada de mi padre, mi madre y mi hermana, en la pila de mármol negro empotrada junto a la puerta de la catedral, vertieron sobre mi cabeza el agua bendita, que, además de eliminar el pecado original, hizo desaparecer a Judith, la hija del médico judío Efraim Ben Yoram Mashíah, de Ruzafa, para que surgiera Beatriz de Macías, la primogénita del doctor Ernesto de Macías. Mi madre, Sara, se convirtió en Julia, y mi hermana, Débora, en Laura.

Mi padre era el mejor discípulo del rabí Hasdai Abranavel, de Xàtiva. El venerable sabio era el galeno y astrólogo personal de Na Joana de Borja, la hermana del obispo de Valencia y cardenal Roderic de Borja, o Rodrigo Borgia, como le llamaban en Italia. Y gracias a su influencia y consejo mi padre decidió abandonar la religión de sus ancestros para abrazar la fe del Ha-Notztri, del Nazareno, como se referían a Jesús, con desprecio, en aquella sinagoga subterránea donde se leía el Tanaj entre susurros y se quemaba el repugnante sebo de cerdo en la cocina de la planta superior para disimular el olor del aceite de oliva que ardía en las mechas de los siete brazos de la *menorá*.

Como Beatriz de Macías, junto a mi familia, me marché a Italia bajo la protección del cardenal Borgia, a cuyo servicio estuvo mi padre durante más de treinta años. El doctor Macías se convirtió a la fe cristiana para poder seguir estudiando Medicina en la Universidad de Perusa, cuyo acceso estaba vetado a los judíos. Fue el propio rabí Abranavel el que le aconsejó que así lo hiciera para que su talento y habilidad no se malograran. Además, empezaban a correr malos tiempos —si es que alguna vez los hubo buenos— para la estirpe de Judá en los reinos de España. Los jóvenes reyes, Fernando e Isabel, no eran amigos de los judíos como lo fueron algunos de sus antecesores en los tronos de Aragón y Castilla, y la Inquisición pronto empezaría a perseguir a los «marranos» con mayor dureza, si cabe, que con la que lo había hecho hasta entonces. Tanto que, diez años después de nuestra marcha, todos los hijos de Israel fueron expulsados de Sefarad, la tierra que había sido su patria durante siglos.

Y así fue como mi destino se ligó al de los Borgia. Primero por interés, luego por amor, después por ambición y, al final, por pura supervivencia.

Fui Beatriz —o más bien Beatrice— durante los siguientes veintiséis años. Primero en Perusa, en la Umbría, en cuya universidad pontificia mi padre aumentó sus conocimientos en el arte de Esculapio; y después en Roma, a donde acudió como ayudante del doctor —y también obispo— Gaspar Torrella, uno de los médicos personales del cardenal Borgia y, algunos años más tarde, de su hijo César. Luego fui allí donde los vientos de la política —y la guerra— me llevaron: de Nápoles a Pésaro; de Milán a Espoleto; de Forlì a Piombino o la isla de Elba.

Pero eso sería algún tiempo después y no quiero adelantar acontecimientos, por lo que debo volver ahora a mi adolescencia.

Como otros valencianos, catalanes, aragoneses y castellanos, nos unimos a la corte del cardenal Rodrigo Borgia, que así le llamaban en Italia. De ella también formaba parte, aunque entonces era un muchacho, Miquel de Corella i Feliu, de la Casa de los Condes de Cocentaina, que llegaría a ser señor de Montegridolfo, gobernador de Forlì, Piombino y la isla de Elba, así como capitán de Florencia y la Romaña. El amante más tierno y cariñoso que cualquier mujer pueda desear; el lector de Suetonio, Tácito, Joanot Martorell, Boccaccio Dante, Petrarca, Plauto y Virgilio; el poeta de versos delicados y palabras dulces.

También uno de los guerreros más temidos de Italia.

El verdugo personal de César Borgia.

El hombre de mi vida.

Y mi arcángel vengador.

Nos casamos cuando yo aún no tenía diecisiete años y él acababa de cumplir diecinueve, pero nos enamoramos algún tiempo antes en medio del mar de Liguria, a medio camino entre Valencia y Ostia. Habíamos zarpado desde el Grao el día de San Jerónimo de 1482 a bordo de la Santa Úrsula, una galeota propiedad del arzobispo de Tarragona, que el cardenal Borgia fletó para trasladar a parientes, amigos y protegidos —como mi padre y nosotras— que iban a entrar a su servicio en Roma o hacer fama y fortuna a su sombra en Italia. Entre ellos estaba su sobrina Violant de Castellvert —que aún se llamaba así—, la nuera de Na Joana de Borja y tres de sus cuatro hijos: César, Lucrecia y Jofré. Violant era viuda por segunda vez del hijo de Na Joana, Guillem-Ramon de Borja i Llançol de Romaní, y antes lo había sido de un retoño del barón de Herbers, del que no tuvo hijos. También viajaba en la galeota Roderic Roís de Corella, el segundo hijo del conde de Cocentaina —el *lloctinent* del rey Fernando de Aragón en Valencia— que se trasladó a Roma para seguir la carrera eclesiástica que su padre había dispuesto para él.

Era un chico de dieciséis años que iba a todas partes acompañado de su medio primo, un bastardo de la misma Casa de los Condes de Cocentaina: un muchacho rubio, de hechuras enclenques y aspecto enfermizo. Se llamaba Miquel de Corella, al que por entonces todo el mundo denominaba Micalet y que, con los años, toda Italia aprendería a temer bajo el nombre de don Micheletto.

Mi arcángel vengador.

Pese a que la tonsura en la coronilla indicaba su condición de clérigo —el papa Sixto IV, por influencia del cardenal Borgia, le había nombrado capellán de la iglesia de Santa Catalina de Valencia cuando tenía ocho años—, en realidad era un poeta que me recitaba al oído versos de Ausiàs March y Jordi de Sant Jordi, y me contaba lo que recordaba haber leído de los relatos de *Lancelot, el Caballero de la carreta*, o *Perceval y el Grial*. También me escribía poemas en los que comparaba mi piel blanca y pecosa con leche fresca jaspeada de aromática canela, o definía los rizos de mi cabellera negra como el rumor azabache de un arroyo en una noche sin luna. Palabras tiernas que precedían a besos torpes y caricias furtivas. Él tenía catorce años. Y aún faltaban unos meses para que yo cumpliera los trece.

Todavía guardo en la memoria los poemas con los que, según su preceptor, estropeaba buenos pliegos de papel de Xàtiva. Eran versos de rimas pobres y metáforas casi infantiles que hoy avergonzarían a su autor, pero que en mis entrañas encendían un fuego cuya existencia ignoraba. Hoy, pasadas las décadas, aún consiguen dibujarme una sonrisa melancólica al recordar las tardes de tedio sobre la cubierta de la Santa Úrsula, entre el salitre y el sol, en las que el calor del amor recién nacido evaporaba las incomodidades del viaje y disipaba el hedor que desprendían los galeotes que impulsaban la nave. También hacía soportables las diatribas de aquel monje benedictino de la abadía de Montserrat —fray Rafael Pons, a quien Dios confunda— que la tomó con mi familia e insultaba a mi padre llamándole «marrano» y «falso converso a la fe de Nuestro Señor Jesucristo», y a nosotras tres «hijas de Belcebú» o «barraganas de Satanás».

Las invectivas del fanático pronto pasaron de ser una ofensa a un incordio, para convertirse en un peligro, ya que la supersticiosa —como lo son todas— tripulación de la Santa Úrsula siempre estaba dispuesta a asumir que cualquier contratiempo se debía a la cólera de Dios o de algún santo, provocada por la presencia a bordo de cuatro diabólicos judíos. De nada servían las llamadas a la templanza y la prudencia de su superior, del capitán de la nave o de la misma sobrina del cardenal para contenerlas. Ni siquiera las miradas fieras de don Sebastián Derroa —el maestro de armas de los Borja, que también hacía de guardaespaldas— y su mano en el puño de la espada amedrentaban al monje. Sin embargo, el fraile no llegó a ver las costas de Italia porque, según se dijo entonces, debió de dar un mal paso en mitad de la noche y cayó por la borda. O eso creí durante bastante tiempo, hasta que el propio Miquel, muchos años después, me contó que había sido él quien había matado a fray Rafael Pons y había arrojado su cuerpo al fondo del mar de Liguria. Lo hizo por mí. Fue la primera vez que mi arcángel vengador me salvó la vida. Pero no fue la última.

Mis primeros años en Italia transcurrieron en Perusa, en cuya universidad mi padre fue alumno primero y profesor después. Miquel también estaba en esas aulas, junto a su primo Roderic, para desentrañar los secretos del *Trivium* —gramática, lógica y retórica— y el *Quadrivium* —aritmética, geometría, música y astronomía— como correspondía a los hijos de una gran casa como la de los Corella, llamados a ocupar altas dignidades en la Iglesia. Sin embargo, poco provecho sacó Miquel de aquellas lecciones, ni siquiera de las que recibió de fray Luca Pacioli, el sabio monje franciscano que, además de matemáticas, enseñaba los secretos de la partida doble de los libros de cuentas —como lo hacían los mercaderes venecianos— y la regla del setenta y dos para calcular el tiempo y el interés necesario para que cualquier inversión se duplicara. Miquel siempre fue un desastre para los números. Mi arcángel vengador se dio cuenta entonces de que se le daban mejor las letras y de que, ante todo, quería ser poeta. Por eso leía con avidez la pulcra prosa de Tácito y Suetonio; las hilarantes comedias de Plauto y Terencio, y los sublimes versos de Petrarca, y, sobre todo, de su favorito: Dante.

Tras nuestro romance en la Santa Úrsula, no conseguimos nunca estar a solas durante los siguientes años, a pesar de que vivíamos en la misma ciudad. A veces se hacía el encontradizo a las puertas de la iglesia de San Fortunato a la que, cada día, acudíamos a misa mi madre, mi hermana y yo, para que nadie pudiera sospechar nuestro origen a pesar de que en Italia el odio a los judíos no era tan feroz como en España, lo cual no quería decir que fuera inexistente. En esas ocasiones, Miquel se las arreglaba para darme a escondidas un trozo de papel con un poema de su cosecha o algún verso de *Il sommo poeta* de Florencia, como ese en el que expresaba su amor por la «*donna angelicata, la quale fu chiamata da molti Beatrice lí quali non sapevano che sì chiamare*»,* y cuyo nombre coincidía con el mío cristiano. Fue entonces cuando empezó a llamarme Bice, del mismo modo que lo hacía Dante con su amada.

Aunque lo esperó durante años, mi padre no tuvo ningún hijo varón al que transmitirle sus conocimientos médicos. Quizá por ello decidió que mi hermana Débora y yo recibiéramos toda la instrucción posible, aunque nuestra condición de hembras impidiera que pudiéramos estudiar Medicina. Así aprendimos —primero bajo su tutela y después con preceptores— latín, griego, retórica, gramática y cuentas. No estaba claro entonces cuál iba a ser nuestro

---

* «Mujer angelical, la cual fue llamada Beatriz (la que da la felicidad) por muchos que no sabían que así se llamaba».

destino ni qué provecho íbamos a extraer de aquella instrucción, pero el doctor Macías fue fiel a la antiquísima costumbre judía de invertir en conocimiento para, en el caso de tener que huir —como así había sido desde hacía siglos y como también nos tocó a nosotras—, poder salvar el único patrimonio que nadie te puede quitar: el saber.

Así fue como descubrimos mi hermana y yo que se nos daban bien los idiomas. Mejor que bien, diría yo. Además del hebreo de nuestros antepasados con el que aprendimos a leer, el valenciano de nuestra tierra de origen y el castellano que se usaba en los ambientes distinguidos de Aragón, también aprendimos los matices de los dialectos de la Lombardía, la Umbría, la Toscana, el Lacio y Nápoles, así como las lenguas de Francia y el alemán del Sacro Imperio. No obstante, mi dominio de las letras era diferente al de Miquel. Mi arcángel vengador tenía una capacidad de crear que yo no tengo. Con palabras podía cambiar de sitio la tarde, hacer que la luna curara la melancolía, que la muerte oliera a jazmín y rosas o el amor doliera como una cuerda de laúd al quebrarse. Todas estas imágenes, por cierto, las escribió Miquel, y yo me limito a reproducirlas en estas páginas, porque, si bien la Providencia me dio la capacidad para desentrañar los resortes y misterios de cualquier lenguaje, me negó la gracia de crear con él. Y no me quejo, puesto que habrá quien se enorgullezca de todo lo que ha escrito, que yo lo hago de lo que he leído, comprendido y dicho en otras lenguas diferentes a aquella con la que aprendí a hablar. Como solía decir Miquel, yo era la única alma viva que hubiera podido entenderse con cualquiera en la Torre de Babel.

Nos mudamos a Roma a finales del verano de 1485 porque el médico personal de Rodrigo Borgia, mosén Gaspar Torrella, introdujo a mi padre en la corte del poderoso cardenal. Hacía un par de meses que Inocencio VIII portaba el *Anulus Piscatoris* en el dedo tras la muerte de Sixto IV, la cual, como de costumbre, provocó disturbios que ensangrentaron la ciudad durante días. El nuevo papa fue elegido gracias a un pacto clandestino, alcanzado al filo de la medianoche, entre Rodrigo Borgia y su acérrimo enemigo, el cardenal Giuliano della Rovere, el sobrino del pontífice muerto. Fue una solución de compromiso que adoptaron cuando ambos se dieron cuenta de que ninguno tenía la fuerza suficiente para imponerse al otro en el cónclave. Por ese motivo, propiciaron la elección del obispo de Molfetta, Giovanni Battista Cybo, como sucesor de san Pedro. Era un hombre débil y fácil de manejar por el valenciano y el genovés, que se repartieron el poder de la Santa Sede, de suerte que Della Rovere mantuvo sus obispados, prebendas y, sobre todo, el codiciado y lucrativo puesto de legado papal en Aviñón. Por su parte, Borgia revalidó el cargo de vicecanciller, con el que dominaba toda la burocracia vaticana y su formidable máquina de hacer dinero mediante la tramitación de bulas, dispensas, anulaciones matrimoniales e indulgencias.

Fue por aquella época cuando a Miquel, que no había nacido para sermones ni homilías, se le permitió abandonar su condición de clérigo *ad tergum saeculum* —para volver al siglo—, tal y como decía la bula pontificia redactada por el cardenal Borgia y firmada por Inocencio VIII en la que se le daba permiso para colgar la sotana y, por tanto, casarse.

Conmigo.

Nunca supe si mi padre estuvo de acuerdo o no porque, en verdad, no tuvo demasiada elección. Desde luego, se cumplieron las formas, pero era imposible que el doctor Macías se negara, ante la petición del propio vicecanciller Borgia, a entregar a su primogénita «a un hijo de la Casa de los Condes de Cocentaina», aunque fuera un bastardo que no tenía título ni fortuna propia, pero al que se le auguraba un brillante futuro en la industria más próspera de cuantas había en Italia.

La guerra.

Así fue como me convertí en la mujer de un soldado, aunque no de un soldado cualquiera. Miquel fue instruido en el arte de las armas por don Ramiro de Lorca —un caballero murciano que mandaba una compañía de infantes valencianos al servicio del cardenal Borgia— y por Moisiu Frashëri, el capitán de un escuadrón de estradiotes —feroces ballesteros albaneses a caballo— contratados por el vicecanciller para defender su *palazzo* durante las terribles jornadas de la *sede vacans apostolica* tras la muerte de Sixto IV y la elección de Inocencio VIII, cuando, como era costumbre ancestral en Roma, reinaban el pillaje y el saqueo por las calles de la ciudad para aprovechar el vacío de poder que se producía cada vez que moría un papa. Mi marido heredó el mando de este escuadrón cuando el mercenario murió a finales de otoño de 1494, dos meses después de que el rey Carlos VIII de Francia invadiera Italia.

Además de capitán de milicias y poeta, mi arcángel vengador tuvo otro oficio por el que fue conocido y temido: el de fiel guardaespaldas de César Borgia, su hombre de total confianza y su más letal asesino.

Por ese motivo, mi vida —y la de nuestro hijo recién nacido, Tiberio— se unió a la de la *Gens Borgia*. Primero formé parte de la corte de la madre de César, Violant de Castellvert, que en Roma se había casado con un alto funcionario de la curia, cambiado el nombre por el de Vanozza y vivía con sus hijos aún pequeños en un caserón en la Piazza Pizzo di Merlo propiedad del cardenal Borgia y a escasos pasos del Palazzo della Cancelleria Vecchia, donde habitaba el prelado valenciano. Ya desde el principio, toda Roma murmuraba que la dama que visitaba al vicecanciller con tanta frecuencia era su amante y que los tres niños que llevaba pegados a sus faldas eran sus hijos. El chisme se alimentaba, además, por la coincidencia del nombre entre la sobrina política del prelado y la mujer con la que —esta sí— había concebido a su primogénito, Pedro Luis de Borja, y que también se llamaba Vanozza. En todo caso, pronto aprendieron tanto Violant/Vanozza como Joan, César, Lucrecia y Jofré que, en Italia —y en todas partes— vale más ser concubina y bastardo de un poderoso —aunque no sea cierto— que la triste verdad de ser esposa e hijo legítimo de un miserable. Por ese motivo —y en cuanto fue papa, no antes— los cinco empezaron a llamarle «padre» en público y a aceptar, e incluso a alentar, que todo el mundo creyera, en especial los políticos, que eran los hijos del pontífice, aunque ya ejercían como tales a todos los efectos.

Si Joan, César, Lucrecia y Jofré necesitaban un progenitor como Rodrigo Borgia, el papa Alejandro VI necesitaba todavía más unos hijos con los que perpetuar su poder y, con él, su legado. Ya se le había muerto una hija con apenas trece años y la otra la había casado con un noble romano de segunda fila. Su primogénito, Pedro Luis de Borja, también había muerto de un mal repentino que se lo llevó a la tumba en pocas semanas. Aunque nunca se pudo demostrar, el papa siempre acusó a Giuliano della Rovere de haber envenenado al joven para quien compró el Ducado de Gandía y, junto al señorío, también le adquirió una esposa de sangre real que no era otra que la sobrina del rey Fernando de Aragón, María Enríquez o, como se llama ahora, sor Gabriela, y que es la abadesa del Convento de Santa Clara de Gandía, en una de cuyas celdas paso mis últimos días y escribo estas líneas bajo mi cuarto nombre sor Hildegarda de Viena.

He dejado que mis recuerdos de ayer se mezclen con mi realidad de hoy y adelanten el relato hasta el desorden. Como decía Dante: «*Mi ritrovai per una selva oscura // ché la diritta via era smarrita*».* Por ello, he de volver al día de Santiago Apóstol de 1492, cuando Giovanni Battista Cybo, papa Inocencio y octavo de tal nombre, entregó su alma al juicio misericordioso de Nuestro Señor. De nada sirvió que el arquiatra del Palacio Apostólico le hiciera beber sangre de un par de niños que desangró a cambio de un ducado de oro para sus padres con los que compensaron la muerte de los dos pequeños. Tras el deceso del pontífice siguieron once días en los que, como era habitual en Roma, se alternaron las misas novendiales en memoria del santo padre y su solemne funeral en la Basílica de San Pedro con los saqueos, robos y desórdenes, que causaron más de doscientos muertos e incontables violaciones, robos e incendios. Por fin, el lunes 6 de agosto de 1492, festividad de la Transfiguración del Señor, empezó el cónclave en el que, tras cinco días de negociaciones, amenazas, sobornos y componendas, Rodrigo Borgia, vicecanciller de la Santa Romana Iglesia y *Cardinalis Valentiae*, fue elegido papa con el nombre de Alejandro VI.

Tenía sesenta y un años, pero llevaba preparándose para ese momento desde que abandonó su Valencia natal, con apenas dieciocho, para formarse en Roma bajo la tutela del hermano mayor de su madre, Alfons de Borja, antiguo canciller del rey Alfonso el Magnánimo de Aragón, cardenal de los Cuatro Santos Coronados y papa bajo el nombre de Calixto III. Su tío le nombró vicecanciller de la Iglesia, el cargo más importante de la Iglesia tras el del propio pontífice, y que mantuvo durante los papados de Pío II, Paulo II, Sixto IV e Inocencio VIII, lo cual le convirtió en uno de los hombres más ricos y poderosos de Europa.

El pueblo romano recibió con alborozo a su nuevo soberano, que en los primeros meses de su pontificado devolvió la paz a sus calles, el orden a la administración eclesiástica y el oro a la Cámara Apostólica. Asimismo, ordenó que se reforzaran las defensas del castillo de Sant'Angelo y encargó la construcción de la Torre Bor-

---

* «*Por una selva oscura // porque la recta vía era perdida*». Parte del primer terceto del Canto I de *La Divina Comedia* de Dante.

gia en el Vaticano, cuyas salas hizo decorar con bellísimos frescos del Pinturicchio. También empezó a construir una dinastía para su familia. Por eso, hizo que Joan se casara con la novia del fallecido Pedro-Luis y heredara también el Ducado de Gandía; ascendió a César —que ya era obispo de Pamplona— a arzobispo de Valencia y cardenal diácono de Santa Maria Nuova pensando que, en el futuro, pudiera ser el tercer papa Borgia; luego concertó dos matrimonios para los más pequeños: a Lucrecia la casó con Giovanni Sforza —conde de Pésaro—, que era un primo lejano del duque de Milán, mientras que al pequeño Jofré —aunque solo tenía doce años— lo unió a Sancha d'Aragona, la hija bastarda del heredero de la Corona de Nápoles. La victoria del papa Alejandro parecía completa, y el futuro inmediato, brillante.

Pero estaba equivocado.

No se llega a ser uno de los hombres más poderosos de Europa sin ganarse enemigos igual de poderosos. Y el peor de todos fue Giuliano della Rovere. El cardenal de San Pietro in Vincoli, pese a que pertenecía a la Orden de San Francisco —al igual que su tío, Sixto IV—, demostró tener poca humildad, menos paciencia, nula resignación y, sobre todo, muy mal perder. Al día siguiente de la elección del papa Alejandro comenzó a conspirar para arrebatarle la tiara. Él fue uno de los que envenenaron la poca cabeza que tenía el rey de Francia, Carlos VIII, para terminar de convencerlo de que viajara a Italia para deponer al nieto del rey Alfonso el Magnánimo y devolviera el trono de Nápoles a la Corona francesa tras casi medio siglo de dominio de los D'Aragona. Lleno de estúpidos sueños de gloria, Carlos de Valois justificó su invasión no solo en los supuestos derechos que tenía sobre la Corona napolitana, sino también en que necesitaba una base para llevar a cabo la cruzada contra los turcos y recuperar Constantinopla para la cristiandad. Como Nápoles, en teoría, era un feudo de la Santa Sede, necesitaba la investidura del papa para ser reconocido como rey. Y estaba dispuesto a conseguirla: por las buenas o por las malas.

Aunque no lo consiguió ni por unas ni por otras.

Cada vez que *messer* Maquiavelo —el gran amigo de mi esposo— maldecía la intromisión de Francia, España o el Sacro Imperio en los asuntos de Italia, mi arcángel vengador le recordaba —para su vergüenza— que Carlos de Valois había cruzado los Alpes al frente de su monstruoso ejército invitado por un italiano —el duque de Milán, Ludovico Sforza— aconsejado por otro italiano —el cardenal Giuliano della Rovere— y con el servil aplauso no solo de un tercero como el señor de Florencia, Piero de Médici, sino también de los tiranos de Siena, Ferrara, Mantua o el mismo dogo de Venecia. Todos compitieron por ser el que mejor le lamía las botas a aquel monarca rijoso, enano y contrahecho. También le recordaba que, en la marcha triunfal hacia Nápoles del rey de Francia, solo un valenciano de Xàtiva —Rodrigo Borgia, papa Alejandro VI— se interpuso para evitar que la península se convirtiera en un feudo francés y garantizar que el sucesor de Pedro y vicario de Cristo en la tierra siguiera siendo el soberano de los legítimos dominios de la Santa Romana Iglesia. Y lo hizo sin soldados ni artillería: solo con su astucia y las calaveras de san Pedro y san Pablo —una en cada mano— desde lo alto del castillo de Sant'Angelo.

Y no fue la única victoria del santo padre en los primeros seis años de su pontificado. Sofocó la enésima revuelta de la familia Orsini —y ordenó que Miquel estrangulara a su jefe en Nápoles—; expulsó a los franceses de Italia; obligó a huir de Roma al cardenal Giuliano della Rovere; anuló el matrimonio de Lucrecia con el conde de Pésaro para casarla con el hijo bastardo de Alfonso d'Aragona —efímero rey de Nápoles—, hermano, a su vez, de la esposa de su hijo pequeño. Hizo venir de España a su hijo favorito, Joan, segundo duque de Gandía, para nombrarlo gonfaloniero y capitán general de la Iglesia, y disfrutaba tanto del poder como de las caricias de su amante, Giulia Farnese, a la que todo el mundo llamaba la Bella.

Y, entonces, llegó la tragedia.

Joan Borgia apareció muerto en el Tíber la tarde del 15 de junio del año del Señor de 1497, festividad de San Vito. Lo encontró un pescador a la altura de las ruinas de los cimientos del desaparecido puente de Nerón, a un tiro de flecha del castillo de Sant'Angelo. Tenía la garganta abierta de un tajo, ocho puñaladas en los brazos y los muslos hechas para torturarle, las manos atadas a la espalda e intacta la bolsa con treinta ducados de oro para indicar que no le habían matado para robarle, sino para hacer sufrir al papa y que supiera que sus enemigos podían golpearle allí donde más le dolía. La noche antes había cenado en la viña que Vanozza, su madre, tenía cerca de la Basílica de San Pietro in Vincoli, en el monte Esquilino, junto a algunos familiares y amigos. Entre ellos, su hermano César. A medianoche, con un único criado como escolta, se había internado en las callejas del barrio del Ponte sin querer decir a nadie adónde iba ni quién le esperaba. Supusieron que tenía una cita con una dama que quería permanecer en el anonimato, y no se equivocaron.

Solo que la dama era la muerte.

Durante semanas, la Guardia Pontificia y la Milicia Urbana de Roma y todos los hombres de armas de los Borgia —entre ellos, mi arcángel vengador— detuvieron, interrogaron y torturaron, en vano, a docenas de sospechosos. También registraron cada taberna, burdel, convento y palacio de la ciudad en busca de alguna pista que les permitiera dar con los responsables del crimen. Sin embargo, mes y medio después, el propio papa ordenó que cesaran las investigaciones. Nadie se explicaba entonces por qué el santo padre renunciaba a vengar el asesinato de su hijo favorito. Lo qué pensó —o averiguó— se lo llevó el papa a la tumba. Quizá supo lo que Miquel sospechó siempre: que César tuvo algo que ver en el asesinato de su hermano, al que apenas conocía pues se habían criado en dos países distintos y, aunque el entonces cardenal arzobispo de Valencia no pudo heredar el Ducado de Gandía —pues Joan ya había tenido dos hijos con María Enríquez—, consiguió algo mucho más valioso que el señorío más rico del Reino de Valencia: el favor de Alejandro VI y su ascenso como caudillo Borgia.

Por primera vez en más de mil quinientos años —y también última—, un hombre, César Borgia, renunció al capelo cardenalicio. El cardenal Valentino —que así le llamaban en Roma— se convirtió, gracias a un acuerdo del papa con el nuevo rey de Francia, en el duque de Valentinois y, con el tiempo, en el señor de la Romaña, gonfaloniero y capitán general de la Iglesia. Tal y como había predicho el rabí Hasdai Abranavel cuando confeccionó el horóscopo de César para su abuela, Na Joana de Borja, el mismo día de su nacimiento, su paso por el mundo durante los siguientes años fue como un cometa que apuñalara con su luz el firmamento: rápido, brillante, magnífico, aterrador y breve, para que su nombre fuera recordado mucho tiempo después de su muerte. Y cuando murió, además, el poder de los Borgia se disolvió con la misma rapidez que la neblina sobre el Tíber en los días de sol.

Pero no me corresponde a mí narrar eso, sino a mi arcángel vengador en las páginas siguientes.

Tras la muerte de Alejandro VI y de su sucesor —Pío III, el

papa de los veintiséis días— *il boia del Valentino*, que así le llamaban, fue capturado y entregado al nuevo pontífice, Julio II, que no era otro que el cardenal Giuliano della Rovere. Miquel estuvo dos años encerrado en la Tor di Nona —la torre junto al Tíber que usaba el santo padre como prisión y desde cuyas almenas se colgaba a los delincuentes— hasta que, por mediación de *messer* Maquiavelo, fue liberado y contratado por la propia Signoria de Florencia para organizar un ejército con el que luchar contra Pisa. Cuando acabó la *condotta* se puso al servicio del cardenal D'Amboise, en Milán, para luchar —cruel ironía, pero así es Italia— bajo las banderas del papa Julio contra Venecia, si bien aquella guerra no llegó a librarla.

Porque lo mataron antes.

Pero no es momento aún de contar eso, sino de explicar cómo recibí mi tercer nombre: Giovanna de Piombino.

Tras la muerte de mi arcángel vengador tuve que huir de Milán y refugiarme en Roma. Por fortuna, aún me quedaban algunos amigos en la urbe y, por ese motivo, profesé los votos como monja dominica en el Convento de San Sixto Vecchio —el mismo en el que Lucrecia Borgia se había retirado mientras duraba su divorcio con el conde de Pésaro—, donde me convertí en la madre Giovanna de Piombino. Lo hice porque no faltaba gente a la que también le hubiera gustado ver muerta a la esposa del temible don Micheletto. Tras los muros del cenobio pasé en paz los siguientes diecinueve años y los pontificados del florentino León X —el hijo de Lorenzo de Médici, el Magnífico—, el flamenco Adriano VI —el preceptor del rey-emperador Carlos— y el de Clemente VII —también de Florencia y primo de León X—, bajo cuyo mandato Roma fue saqueada por los lansquenetes alemanes que llegaron, incluso, hasta el mismo Convento de San Sixto donde tenía enterrado a Miquel. De allí salí con vida, y con un pecado mortal en mi conciencia, gracias a que, incluso después de muerto, mi arcángel vengador acudió en mi rescate inspirándome la manera de librarme del mercenario alemán que nos hubiera asesinado y que fue la última víctima del *cappio valentino*, el lazo valenciano por el que Miquel se hizo famoso en toda Italia.

Junto a dos de mis hermanas conseguí llegar a la iglesia de Santiago de los Españoles en la Piazza Navona, la cual estaba defendida por soldados de los tercios del emperador Carlos —de las que éramos súbditas por haber nacido en su Reino de Valencia— y que nos dieron refugio. Cuando terminó el saqueo, Roma se había convertido en una triste sombra de lo que había sido y sus calles y palacios, en ruinas, rezumaban demasiados recuerdos dolorosos. Del Convento de San Sixto Vecchio conseguí rescatar el volumen que Miquel había escrito en sus últimas semanas de vida, en un aposento del Castello Sforzesco de Milán, y con él como único tesoro marché a Trento, a los dominios del emperador.

Y allí recibí mi cuarto y último nombre: el de sor Hildegarda de Viena.

No solo cambié de nombre, sino también de congregación religiosa. La madre Giovanna de Piombino —monja dominica— se convirtió en sor Hildegarda de Viena, de las clarisas coletinas, la misma orden que rige este Convento de Santa Clara de Gandía al que, hace cuatro años, llegué para acabar mis días bajo el mismo sol y junto al mismo mar que me vio nacer. Podía haber elegido el Real Monasterio de la Trinidad —en Valencia—, que está regido por la misma orden, pero preferí este cenobio ante el riesgo de que alguno de los miembros italianos de la corte de los virreyes Fernando d'Aragona y Germana de Foix me reconociera. Ahora pienso que era poco probable que tal cosa ocurriera, ya que el hijo del último rey de Nápoles y la viuda de Fernando el Católico tenían cosas más importantes de las que preocuparse que de una monja vieja. Sin embargo, la prudencia me aconsejó que terminara mis días en un dominio de los Borja.

La carta que me dio fray Vicente Lunel —a quien conocí en Trento—, ministro general de la Orden Franciscana, fue suficiente para que María Enríquez, sor Gabriela, me acogiera en este monasterio sin hacer más preguntas que las necesarias y sin que yo me viera obligada a contestarle con más mentiras que las imprescindibles. El documento de fray Lunel —que era también consejero del rey-emperador Carlos— decía que yo era de noble familia tirolesa aliada desde tiempos inmemoriales de la Casa de Habsburgo y que, por mi piedad y mis buenos servicios a la Corona Imperial, se me concedía una pensión que iría a las arcas del Convento de Santa Clara a cambio de que me acogieran entre sus muros. Sor Gabriela —que no necesitaba el dinero— siempre fue una mujer disciplinada que acató la orden. La buena abadesa ignora por completo quién soy en realidad. No sabe que compartí muchas horas de conversación con su suegro, el papa Alejandro VI, a quien ella no vio nunca en persona; que asistí a la agonía de su primer prometido, Pedro Luis de Borja; que fui una de las que ayudaron a amortajar el cuerpo de su esposo, Joan de Borgia, ni, por supuesto, que fui la esposa de Miquel de Corella, don Micheletto, cuyo semblante cree ver cada mañana en el retablo que encargó al maestro Antonio de San Leocadio y que cuelga en la antesala del refectorio.

El pintor vino de Italia con el cardenal Borgia cuando visitó Valencia veinte años antes de ser elegido papa y se quedó en esta tierra para, entre otras cosas, pintar los ángeles músicos que hoy tocan su canción muda sobre el altar de la catedral. La duquesa María Enríquez le encargó la tabla que veo tres veces al día y que representa a la Virgen del Rosario con el Niño Jesús en brazos y flanqueada por santa Catalina de Siena y santo Domingo de Silos. A los tres los adora un gentilhombre de rodillas, con vestidos riquísimos y con la cabeza coronada de rosas. A espaldas del piadoso caballero, un esbirro de expresión feroz empuña un cuchillo para clavárselo, a traición, en el cuello, mientras al lado izquierdo del cuadro, otros dos nobles —un joven de barba rojiza y un adolescente— contemplan la escena. El más mayor sujeta una espada por la punta, en señal de rendición ante el caballero que está de rodillas.

Para aquellos que los conocimos, no es difícil saber quiénes son tres de los cuatro personajes pintados que no son santos. Los suaves rasgos de Joan de Gandía son reconocibles, así como los más varoniles y enérgicos de César, a pesar de que el maestro San Leocadio los conoció cuando eran niños. Algo más difuso es el parecido de Jofré —que era un crío de pecho cuando el pintor de la Romaña lo vio—, mientras que el esbirro, de pelo rubicundo —como dicen que tenía el propio Judas, y no rubio, como el de mi arcángel vengador— podía haber sido cualquiera, puesto que el artista no debía de guardar recuerdo alguno de Miquel. No obstante, la abadesa se encarga de identificarlo a todo aquel que contempla el cuadro. «Es Miquel de Corella —dice—, el asesino de mi marido por orden de César Borgia. Quiera Dios que ambos se estén pudriendo en el infierno».

Ni me ofende la pintura ni lo que en ella se cuenta. El supuesto retrato de Miquel de Corella apenas se parece a mi arcángel vengador. Sor Gabriela —cuando aún era María Enríquez, duquesa regente de Gandía— me contó delante del lienzo la historia del impío César y sus maquinaciones para asesinar a su marido y quedarse con el ducado, cosa que ella misma impidió, así como otros muchos crímenes por los que había pedido a la infeliz reina Juana de Castilla y Aragón —a la que todavía no habían encerrado en Tordesillas— que el hijo del papa fuera juzgado y condenado ya que estaba cautivo en el castillo de La Mota, en Medina del Campo. Todo es falso. O casi todo. En cualquier caso, no es la mayor mentira que yo he escuchado sobre los Borgia. Ni siquiera la más elaborada.

Por eso mi esposo escribió este libro.

Sin embargo, Miquel no acabó el manuscrito que yo debo terminar. Ignoro por qué dejó páginas en blanco entre los pliegos. Quizá le fallaba la memoria o no encontraba la inspiración suficiente para continuar con el relato en algunos puntos. Por ese motivo, seré yo quien complete los huecos en la historia con lo que yo sé, me contó o supongo que ocurrió. No quiero que quien lo lea note el cambio de manos —aunque no lo garantizo—, pues, tal y como hizo mi marido, también escribiré *a la maniera* de Joanot Martorell, es decir, convirtiendo en personajes de fábula a hombres y mujeres de carne y hueso. Y también escribiré el final que él no pudo concluir, del mismo modo que redacto este prefacio.

Confío en terminar el trabajo antes de que la ceguera, la vejez o incluso la muerte —que ya me ronda como si fuera un adolescente enamorado— me reclame. Aunque, cuando estaba en Roma, pensé en llevar estas páginas a la imprenta en cuanto fuera elegida abadesa del Convento de San Sixto, tal cosa no ocurrió y ahora ya no queda tiempo. Además, estoy segura de que sor Gabriela haría destruir este volumen sin siquiera leerlo en el momento en el que supiera qué es lo que aquí se relata. Por eso, cuando esté terminado, lo ocultaré entre los volúmenes de la biblioteca del convento y que sea la posteridad la que decida si la historia de los Borgia tal y como la vivió Miquel de Corella merece ser leída. Por mi parte, solo me quedará esperar a que me llegue la hora de reunirme de nuevo con mi arcángel vengador.

Incluso aunque esté en el infierno.

LIBRO I

El toro entre los lirios

(octubre de 1498 - septiembre de 1500)

1

*Lupus in fabula**

Aviñón (Estados Pontificios),
28 de octubre de 1498

Las doce torres del Palais des Papes se nos hicieron visibles por la
Via Agripa cuatro días antes de que César Borgia y la gente que
componíamos su séquito llegáramos a Aviñón. La imponente fortaleza, que había sido el corazón de la cristiandad durante casi setenta años como residencia de seis papas y dos antipapas, se alzaba
sobre las aguas del Ródano desde lo alto del Rocher des Doms, el
roquedal a cuyas faldas se abrazaba la ciudad. Las más de doscientas personas que conformábamos la comitiva del nuevo *duc* de Valentinois —que era el título francés del que hasta hacía pocos meses
había sido en Roma el cardenal Valentino, arzobispo de Valencia—
no conocíamos otro río más caudaloso que el Tíber, y, por eso,
contemplábamos con la boca abierta el colosal cauce que salvaban
los veintidós arcos del puente de Saint Bénézet y que servía de
puesto fronterizo entre las tierras del soberano de Francia en la ribera derecha y el dominio papal que se extendía hacia el otro lado.
    Todo lo que iba —e iba mucho— en los doce carros que se de-
sembarcaron de la galera veneciana que nos trajo desde Civitavecchia a Marsella tuvo que descargarse y transportarse a la otra orilla

---

* «El lobo en el cuento», locución latina equivalente a la castellana «Hablando del
rey de Roma, por la puerta asoma».

del Ródano en dos gabarras, porque el puente de piedra era demasiado estrecho para la longitud de los ejes de los carros. Sí que consiguieron pasar las más de setenta mulas que portaban el equipaje compuesto por trajes, armas, libros, joyas, dinero y regalos que traía el hijo del papa para el rey Luis XIII —a quien ya llamaba primo— y también para la princesa con la que César pretendía casarse y por la que estaba en Francia: Carlota d'Aragona, la hija del rey Federico de Nápoles.

Al otro lado del puente, la ciudad entera —con sus patricios al frente— aguardaba la llegada del duque Valentino mientras las bombardas de las torres de la muralla lanzaban salvas para darle la bienvenida. Los dos estandartes —uno con las tres flores de lis de la Casa de Valois y otro con el puercoespín, el emblema personal del rey Luis de Orleans— que ondeaban sobre la Torre de las Mascas del Fuerte de San Andrés de Vilanòva d'Avinhon, el dominio real al otro lado del río, palidecían frente a las docenas de pendones que flameaban sobre los baluartes y puertas de la muralla y el palacio, con el roble dorado sobre el fondo azul: las armas del cardenal y *legatus guvernamentalis* del papa en Aviñón, Giuliano della Rovere.

—Si no fuera por aquella bandera —le dije a César mientras señalaba con la fusta de montar el estandarte blanco con la tiara de San Pedro y las llaves cruzadas en lo alto del Palacio de los Papas—, cualquiera diría que esta ciudad es un feudo de los Della Rovere y no de la Santa Sede.

—Y aun así cuesta trabajo encontrarla —dijo.

—¿Y no os ofende tal cosa, Excelencia?

—Son solo trapos bordados, don Micheletto. Inofensivos si no tienen brazos para enarbolarlos.

—No es difícil encontrar idiotas de esa clase porque siempre hay quien está dispuesto a levantar banderas para agradar al que manda. Y en Aviñón manda el cardenal Della Rovere. Por voluntad del santo padre, por cierto.

—Una cosa es enarbolar una bandera y otra muy distinta matar o hacer que te maten por ella. Y no hay tantos idiotas dispuestos a eso, al menos, sin cobrar por ello. Por eso no creo que Su Eminencia tenga el suficiente dinero para comprar a la gente que convierta en temibles esos pendones. Lo de ahí arriba no son más que jirones de vanidad. —Señaló a lo alto de las defensas.

—Vanidad exhibida sobre murallas gruesas y torreones altos.

—Y sobre las que no hay bastantes brazos armados para defenderla.

—¿Vos creéis, Excelencia? Aun así el cardenal Della Rovere ha hecho reparar y reforzar los muros —dije mientras apuntaba hacia los tramos del lienzo donde clareaban al sol de octubre las piedras nuevas.

—Es cierto. Pero es un trabajo inútil ante la artillería moderna, porque se han limitado a reparar los daños provocados por las crecidas del Ródano. Poca cosa, en realidad. Si quisiera, mi nuevo primo, el rey Luis, reduciría esas defensas a escombros en una semana y, en otra más, no dejaría en la ciudad ni un alma viva. Estoy seguro de que a *Diable* no se le resistirían tanto estos muros, como le ocurrió con los refuerzos que el maestro Antonio da Sangallo puso en el castillo de Sant'Angelo. Y es de suponer que eso también lo debe saber el cardenal de San Pietro in Vincoli.

César Borgia se refería al monstruoso cañón del ejército francés que el difunto rey Carlos VIII —el antecesor del actual, Luis XII— montó al otro lado del Tíber y con el que disparó a la fortaleza en la que estaban refugiados el papa Alejandro VI, sus cardenales más fieles y su familia. La idea de amedrentar al santo padre de ese modo había sido de Giuliano della Rovere, si bien no consiguió el resultado que perseguía, porque el papa Borgia salió a las terrazas de Sant'Angelo revestido con su capa magna de oro y pedrería, y con la Tiara de San Silvestre en la cabeza brillando a la luz de las antorchas. Con los brazos en cruz, exhibió en cada mano sendos relicarios dorados que contenían las calaveras de san Pedro y san Pablo. A su derecha, su sobrino Joan de Borja i Llançol de Romaní, cardenal-arzobispo de Monreale, vestido con la púrpura de los príncipes de la Iglesia, sujetaba el velo de la Verónica en el interior de su soporte de fino cristal de roca con marco de plata. A su izquierda, César —también revestido con los ornamentos de arzobispo de Valencia y cardenal de Santa Maria Nuova— levantaba por encima de su cabeza la punta de hierro de la lanza del destino con la que el soldado Longinos se aseguró de que Nuestro Señor había muerto en la cruz sin que se le quebrara un solo hueso, tal y como estaba profetizado en las Escrituras. Los soldados franceses, ante el temor de que Dios hiciera llover fuego y azufre sobre ellos para defender a su vicario en la tierra, se arrodillaron frente a las sagradas reliquias y se negaron a mantener el asedio sobre Sant'Angelo, ante lo que el rey Carlos, para evitar un amotinamiento por parte de sus supersticiosas tropas, tuvo que negociar con el pontífice, que salvó la tiara por muy poco.

—*Lupus in fabula* —susurré mientras, con un gesto de la cabeza, le indiqué a César quién le esperaba en una de las puertas de la ciudad.

Era Giuliano della Rovere en persona, bajo un palio de brocado azul y rodeado de una corte tan numerosa y rica como la de un rey. Le quedaba bien su dorado exilio en el feudo vaticano incrustado en el Reino de Francia y parecía que le sentaba aún mejor el cargo de legado papal —y, por tanto, gobernador— de aquel señorío pontificio en la Provenza cuyo gobierno recuperó después de hacer las paces con el papa Alejandro VI tras más de una década de enfrentamientos entre ellos. El viejo enemigo del pontífice valenciano estaba algo más gordo y tenía más blanca la tupida barba que lucía como si fuera un sacerdote cismático de la Iglesia de Oriente y no el obispo de Vercelli, Savona y Bolonia, arzobispo de Aviñón, arcipreste de la Archibasílica de San Juan de Letrán, cardenal presbítero de San Pietro in Vincoli y cardenal-obispo de Ostia y Velletri.

Tenía Della Rovere cincuenta y cinco años, pero, salvo por las canas y el rostro más redondeado, aparentaba diez menos. Era un hombre alto y ancho de hombros, que ocultaba bajo la túnica roja y el manto púrpura unos brazos hinchados y unos muslos recios como troncos de olivo. Aguardaba la llegada del duque Valentino montado en un caballo cuyo pelaje blanco casi deslumbraba bajo el sol de aquel 28 de octubre de 1498, festividad de los apóstoles Simón el Zelote y Judas Tadeo.

Durante los últimos quince años, Rodrigo de Borja, papa Alejandro VI, no había tenido adversario más constante y feroz que aquel genovés que fue ordenado sacerdote, nombrado obispo y elevado a cardenal por su tío el papa Sixto IV el mismo día que cumplió los veintiocho años. El pontífice, además, le favoreció con cargos, rentas y prebendas un poco más que al resto de su interminable lista de parientes, amigos y amantes, hasta tal punto que los Della Rovere —al igual que los Borgia, pero en Xàtiva— pasaron de ser miembros de la pequeña nobleza de Liguria a convertirse en una de las familias más poderosas y ricas de Europa gracias a la generosidad del pontífice. El parecido físico con su tío era más que notable y se asemejaba a él también en su afán desmedido por la pompa y el lujo —pese a que ambos pertenecían a la Orden Franciscana en la que, en su día, habían hecho votos de humildad y pobreza—, y en su pasión por sodomizar jóvenes efebos. No obstante, como era un hombre de gustos amplios, Giuliano della Rovere también había engendrado varios hijos de los que solo una hembra, llamada Felice, llegó a la adolescencia. La doncella acababa de cumplir los catorce años cuando la vi, montada en una mula blanca, a la derecha de su padre, a las puertas de Aviñón. Como el cardenal Della Rovere, la muchacha sonreía y saludaba con el pañuelo a la cabecera de la comitiva en cuanto esta rebasó las capillas de San Nicolás y San Bénézet, superpuestas una encima de la otra sobre el tercer pilar del gigantesco puente que salvaba las aguas del Ródano.

—Sonríe, Miquel —me advirtió César con una mueca falsa en la boca—. No queremos ofender a Su Eminencia con una cara avinagrada.

—Lo intentaré, pero es difícil que las alimañas te alegren la vista aunque vayan vestidas de púrpura y brocado y huelan a incienso —respondí.

—¿Acaso conoces alguna alimaña de esa clase que no luzca prendas de seda y huela a finas esencias, don Micheletto? —me preguntó con la misma sonrisa congelada.

—Cuidado, Excelencia —bromeé—, que no hace tanto que vos erais también un príncipe de la Santa Romana Iglesia que abrillantaba con la sotana el mármol de los suelos de la Basílica de San Pedro y olía a cera y sacristía.

—Ni tres meses, de hecho —rio—. Pero ¿qué te voy a contar que no sepas, don Micheletto? Tú también recorriste el mismo camino.

Era cierto. Yo también había sido clérigo. Y por eso César se dirigía a mí por el sobrenombre por el que soy conocido —y temido— en toda Italia: don Micheletto. Como a mi medio primo Roderic de Corella, actual IV conde de Cocentaina, se me destinó a la carrera eclesiástica, como correspondía a un bastardo de una casa noble como yo. Tenía ocho años cuando me rasuraron la coronilla para nombrarme capellán de la iglesia de Santa Catalina Mártir, en el barrio de los plateros de Valencia, «como recompensa a la honestidad de mis costumbres y a otros loables méritos de virtud cristiana», según decía en la bula firmada por el santo padre Sixto IV, en la que también se le otorgaba a mi pariente la canonjía de la parroquia de Santa Maria de Cocentaina. La mano del entonces cardenal Rodrigo Borgia estaba detrás de todo aquello como deferencia hacia mi medio tío, Joan Roís de Corella i Llançol de Romaní, segundo conde de Cocentaina y *lloctinent* —gobernador— del viejo rey Juan de Aragón en sus dominios valencianos. Fui subdiácono hasta los diecinueve años, cuando me convertí en soldado y me casé con Beatriz. Sin embargo, los estradiotes con los que aprendí el oficio de las armas bajo la cruel tutela del caballero Ramiro de Lorca me siguieron llamando «don», como a todos los sacerdotes de Italia, mientras que lo de Micheletto —Miguelito— se debe a mi corta estatura y mi escasa envergadura.

La mueca con la que César pretendía agradecer la bienvenida al cardenal Della Rovere y su séquito se transformó en una sonrisa amplia y sincera que destilaba triunfo al ver humillado al archienemigo de la familia Borgia. Era la misma que le había visto —solo tres años antes— cuando ordenó que masacráramos a los mercenarios de Perpiñán que formaban parte del ejército del difunto rey Carlos de Francia, que ocupó Roma y que saqueó la casa de su madre, Vannozza. Era el vivo rostro de la victoria. Y también el de la venganza, como la que estaba disfrutando en aquel mismo momento mientras veía cómo el odiado cardenal genovés le estaba organizando un recibimiento digno de un rey y se disponía a rendir la pleitesía que debía hacia quien ya no se atrevía a llamarle —como hasta entonces— «bastardo de un marrano; de un judío español», pues llegaba a Aviñón como un gran duque, par de Francia y primo del rey.

—Me dijo el doctor Remolins que monsignore Burcardo casi sufre un colapso nervioso cuando el santo padre le preguntó por el protocolo apropiado para la renuncia de un cardenal —continuó César en referencia a uno de los hombres de confianza del papa Alejandro.

Torcí el gesto cuando mencionó a Johannes Burckard, el maestro de ceremonias alsaciano del Palacio Apostólico al que toda Roma conocía como monsignore Burcardo y al que, ni entonces ni ahora, he podido soportar en mi presencia.

—¿Ah, sí? —dije—. ¿Y cuál fue la razón de tal zozobra?

—Por lo visto, el *magister ceremoniarum*, por más que registró de arriba abajo la Biblioteca Vaticana y el Archivo, no encontró precedente alguno. Nadie, en casi mil quinientos años de historia de la Iglesia, ha renunciado a la púrpura cardenalicia. Salvo yo.

—Vivimos tiempos extraordinarios, Excelencia —acerté a decir.

—Para los que hacen falta hombres extraordinarios. ¿No crees? Nos esperan cosas extraordinarias, Miquel. Lo he previsto todo.

Asentí y sonreí, contagiado por su confianza, que calentaba más que el sol de aquel día de octubre en el que el futuro parecía tan brillante como la luz matutina que hacía centellear los eslabones de la gruesa cadena de oro puro que César Borgia lucía sobre su jubón de terciopelo negro.

—Otra cosa, don Micheletto —dijo el hijo del papa cuando apenas dos docenas de pasos nos separaban del comité de bienvenida—: mientras estemos aquí, vamos a hablar siempre en la lengua de Castilla, porque el valenciano se parece demasiado al occitano que también se usa en esta corte y el cardenal Della Rovere tiene demasiados italianos en su séquito. Bueno será si nos entienden mal, y mejor aún si no nos entienden en absoluto.

—Como queráis, Excelencia.

Entre los italianos a los que César quería ocultar nuestras conversaciones estaba el clérigo boloñés que se acercaba para sujetar las riendas del caballo del Valentino en señal de bienvenida. Era monsignore Francesco Alidosi, el secretario personal del cardenal Della Rovere. Tenía entonces cuarenta años y era un tipo de rasgos delicados, grandes ojos oscuros, nariz recta y labios breves, que hablaba siempre despacio e impostaba un poco la voz para hacerla sonar más grave y disimular un afeminamiento al que no ayudaban su rostro lampiño y sus manos, finas como las de una niña. Su padre, el señor de Castel del Rio —cerca de Imola, en la Emilia-Romaña— le compró el cargo de abreviador apostólico en Roma en tiempos del papa Sixto, y allí fue donde conoció a Giuliano della Rovere, quien lo tomó bajo su protección después de haberlo tomado contra natura durante algunos años. Tras ascenderlo a secretario apostólico, formaba parte del séquito del cardenal de San Pietro in Vincoli desde entonces, pero hacía tiempo que ya no compartía su cama, porque al prelado genovés no le gustaban los hombres tan mayores. Aunque no era ya su amante, seguía siendo su hombre de mayor confianza. Gustaba de vestir con sotanas y mantos muy amplios, y, según se rumoreaba en Aviñón, lo hacía así porque bajo la ropa disimulaba dos dagas cuyas hojas embadurnaba con despojos de matadero para asegurarse de que las heridas que causaba con aquellos filos se gangrenaran. Cuando al cardenal Della Rovere le llegaban esas historias solía reírse y decía que, en efecto, Francesco Alidosi era un hombre peligroso —tanto como él, pero sin su desmedida ambición—, pero en realidad lo era por su habilidad para las intrigas y su maestría con los números y las finanzas, no con los puñales.

—Sed bienvenido a Aviñón, Excelencia. El cardenal-arzobispo os espera para hacer vuestra entrada en la ciudad. Se ha dispuesto que cabalguéis a su lado bajo el palio, si así os place —dijo Alidosi con una sonrisa serpentina que precedió a una reverencia.

—Gracias, monsignore. Será un honor —respondió César.

El duque Valentino se equivocaba al pensar que Giuliano della Rovere estaba indefenso tras los altos muros de Aviñón. Docenas de mercenarios suizos —más de doscientos gañanes montañeses de ropas coloridas y mirada feroz conté yo hasta que me cansé de hacerlo— se disponían a ambos lados de cada calle por donde desfiló la comitiva, separados entre ellos por un par de brazas. Enarbolaban sus enormes picas —tan largas que algunas rebasaban el tejado de las casas más pequeñas— y llevaban la *katzbalger* o «destripagatos», que así llamaban a la espada corta de dos filos que les colgaba de la cintura. Cada doce hombres armados con lanza destacaba un *doppelsöldner* —«paga-doble», en la lengua tudesca— apoyado en su aterradora *zweihänder*, la descomunal espada de dos manos. Todos llevaban jubones azules con las mangas acuchilladas, y calzas amarillas, los colores de la casa Della Rovere. Aunque César mantenía su rostro impasible y, tal y como le había enseñado el papa Alejandro, se mostraba indiferente hacia todo lo que le rodeaba, como correspondía a un gran señor, yo podía leer en sus ojos la inquietud que le producía aquella exhibición de poder del cardenal de San Pietro in Vincoli.

No era para menos: aquellos piqueros no eran chusma reclutada de cualquier manera y mal armada, sino profesionales de la guerra cuyos servicios —lucharan o no— costaban dos ducados de oro a la semana por cabeza, lo cual suponía una auténtica fortuna. Cabía la posibilidad de que el cardenal los hubiera contratado solo para que hicieran de atrezo durante unos días para impresionar al hijo del papa, pero con Giuliano della Rovere no se podía dar nada por sentado.

Tampoco con César Borgia.

2

Militat omnis amans

Roma,
30 de octubre de 1498

Lucrecia se despertó con el tañido de las campanas que llamaban a monjas y frailes al oficio de laudes: el del amanecer. Sin embargo, la aurora parecía llegar con retraso, ya que fuera aún estaba oscuro y frío. Comprobó que el estrépito de los badajos contra los bronces de las torres de los monasterios y conventos no había despertado al hombre con el que compartía el lecho y cuya respiración, profunda y pausada, se acompasaba con los mil rumores de la madrugada romana.

La noche —como todas las noches desde su segunda boda a principios del verano— se había llenado con tanto placer como no creía que fuera posible. Alfonso d'Aragona, su nuevo marido, la amaba tanto y tan bien que, a la mañana siguiente, abría los ojos como si el mundo hubiera sido creado para que ella adornara cada nuevo día con una sonrisa, aunque fuera tiempo de luto y recogimiento como aquella víspera, aún no nacida, de la festividad de Todos los Santos de 1498.

En cuanto llegara la luz —que Lucrecia esperaba en su aposento del Palacio de Santa Maria in Porticu, a dos pasos del Palacio Apostólico—, las cien iglesias y siete basílicas de la ciudad se llenarían con las salmodias de la vigilia por las almas de los muertos, y, al oscurecer, las tumbas de los cementerios que rodeaban cada templo se iluminarían con miles de llamas diminutas. No se vería ni un alma por las calles, puesto que el día de difuntos y el Viernes Santo eran las dos únicas jornadas en las que las más de siete mil prostitutas de Roma tenían prohibido ejercer su oficio, tanto en los lujosos caserones de las *cortigiane oneste* —las cortesanas honestas que atendían a la nobleza y al alto clero— de la Via dei Coronari como en las posadas del puerto de Ripetta o los burdeles del Trastévere, donde la carne de ramera era más barata que el vino. La milicia urbana y la guardia pontificia recorrerían las calles para asegurarse de que lupanares y tabernas mantenían las luces apagadas y las puertas cerradas para no ofender el rezo ni el recuerdo de los muertos.

Lucrecia no quería rezar por sus muertos. Ni siquiera recordarlos, para no empañar la felicidad en la que había vivido durante los últimos meses y que ahora la atormentaba. Sin embargo, en aquel momento —sentada en el borde de la cama, sin nada más con lo que tapar su desnudez que las tinieblas—, se fustigaba a sí misma con el látigo de la culpa y el desasosiego. La silueta de su segundo esposo, perfilada bajo las sábanas de fina seda valenciana, avivaba las llamas de la pasión y los rescoldos del remordimiento, pues ver aquel cuerpo —bello como la estatua de Apolo del cardenal Della Rovere— era como volver a tener en su lecho a su amante, tan muerto antes de tiempo como olvidado.

Muerto —aunque ella ni lo sabía entonces ni lo supo nunca— a mis manos por orden de César y del papa Alejandro.

Se llamaba Pedro Calderón —aunque en Roma le conocían por Perotto— y era un joven aragonés de noble cuna, apuesto como un san Juan, de ojos negros y profundos, y que, además de ser el cubiculario favorito del pontífice, había sido el padre del primer hijo de Lucrecia. Por esa razón me ordenaron que lo asesinara y que el cadáver —junto al de Pentesilea, la esclava negra de Lucrecia, cómplice de su amor prohibido, a la que también maté— fuera arrojado al Tíber.

Habían pasado poco más de seis meses desde aquello, pero Lucrecia tenía enterrado el recuerdo de aquellos días amargos tan hondo como el de los días dulces de su infancia en la abadía de Subiaco. El por entonces cardenal Rodrigo Borgia era, a su vez, el abad del monasterio que los monjes benedictinos habían fortificado hasta convertirlo en uno de los bastiones más inexpugnables de Italia. Entre sus muros pasaba los veranos —junto a su familia—

para ponerse a salvo de los aires malsanos del Tíber que diezmaban la ciudad cada año entre junio y septiembre. Lucrecia añoraba aquel recinto levantado en lo alto de un risco, con la villa a sus pies y rodeado de bosques en cuyas espesuras el cardenal les había enseñado a cazar a ella y a sus hermanos, César y Jofré, como si fueran sus propios hijos.

A todos los efectos, tanto César como ella, así como Jofré y el difunto Joan —ojalá, Dios se apiadara de su alma— eran la estirpe del papa Alejandro. Salvo Joan, educado en España, en la corte del rey Fernando de Aragón, los otros tres, además, se habían criado en Italia y el pontífice valenciano los había tomado como hijos desde sus tiempos de cardenal. No eran hijos carnales, pero los tres daban motivos para que así lo creyera todo el mundo. Hablaban entre ellos en valenciano —y, a veces, en castellano— de forma que los italianos no los entendieran del todo. También se rodeaban de criados y doncellas de los reinos de España, e incluso gustaban, de vez en cuando, de vestirse a la morisca, como se hacía en la corte de la reina Isabel de Castilla, para divertirse y, de paso, escandalizar a la nobleza romana.

Nadie recordaba —o quería recordar— que Joan, César, Lucrecia y Jofré eran los nietos de la hermana mayor del papa Borgia, Na Joana de Borja, fruto del matrimonio de su segundo hijo, Guillem-Ramón de Borja i Llançol de Romaní, con Violant de Castellvert, con quien habían llegado a Italia para ponerse bajo la protección del poderoso vicecanciller de la Santa Romana Iglesia. Ni siquiera ellos mismos.

En Roma, Violant había cambiado el nombre con el que la habían bautizado por el de Vannozza, y su apellido valenciano por el Cattanei de su marido, de Mantua. Y aunque en las cortes de media Europa se creyera que había sido la amante favorita del pontífice —y no su sobrina—, que le había dado sus hijos más queridos, a nadie de la familia Borgia le molestaba la habladuría en lo más mínimo. Ni siquiera a la propia Lucrecia quien, de hecho, no solo no guardaba memoria alguna de su verdadero padre, muerto cuando tenía dos años, ni de su tierra natal, sino que también había aprendido que valía más ser la hija bastarda de un pontífice que la legítima de un pequeño noble, un *cavaller*, del Reino de Valencia. Y su propia vida se había encargado de darle la razón.

Aunque solo tenía dieciocho años, ya la habían prometido dos veces y casado otras dos. Primero con el hijo del señor del valle de Ayora —tras su octavo cumpleaños— y luego –tras cumplir trece— con el heredero del conde de Prócida. No obstante, ninguno de los dos matrimonios concertados por el cardenal Borgia llegó a celebrarse. Cuando el prelado valenciano alcanzó el trono de San Pedro, decidió que el vástago de un noble valenciano de segunda fila o el primogénito de un pequeño conde napolitano de origen aragonés eran poca boda para la hija del papa de Roma y, sobre todo, para el propio papa de Roma. Por ello, se anuló el último compromiso para casarla con el conde de Pésaro, Giovanni Sforza, sobrino del duque de Milán. Y de él la divorciaron a los diecisiete para volverla a casar con Alfonso d'Aragona, príncipe de Salerno, duque de Bisceglie y sobrino del rey de Nápoles: el hombre que dormía a su lado, ajeno a las tribulaciones de su joven y bella esposa.

No sentía ningún tipo de pesar por su accidentada vida matrimonial. Tampoco se lo podía permitir. A fin de cuentas, ni siquiera había visto nunca a los dos pretendientes con los que había estado comprometida de niña. Respecto a su primer marido, el sobrino del duque de Milán, además de cojo y feo resultó ser un cobarde y un traidor que vendió los secretos de los Borgia a Carlos VII de Francia, el *petito re* —el rey pequeño—, cuando invadió Italia para conquistar Nápoles y casi logró destituir al papa Alejandro. Por eso, no tuvo ningún reparo en mentir ante una comisión de cardenales y ante el mismo Dios cuando juró que el matrimonio no se había consumado en tres años porque *il Sforzino* —que así llamaban al conde de Pésaro, de la familia Sforza, duques de Milán, por su escasa estatura— era impotente. Por aquel entonces, ya estaba prendida de Perotto, el cubiculario del papa que la visitaba en el Convento de San Sixto de Roma, donde se recluyó mientras duraba el proceso de anulación de su enlace con Giovanni Sforza. *Virgo intacta* fue declarada por los sabios cardenales sin que nadie se molestara en comprobar que estaba embarazada de seis meses de su amado Perotto. Y no lo hicieron porque el santo padre y su hermano César ya habían decidido casarla con Alfonso d'Aragona —que dormía junto a ella, exhausto tras otra noche de amor— del que, contra todo pronóstico y para su propio asombro, se había enamorado.

Alfonso y su hermana Sancha —casada con Jofré de Borgia, el

hermano pequeño de Lucrecia— eran hijos ilegítimos del difunto Alfonso II de Nápoles y, por tanto, nietos del cruel rey Ferrante y bisnietos de Alfonso el Magnánimo de Aragón. Con el doble matrimonio de Lucrecia y Jofré con Alfonso y Sancha, los Borgia habían emparentado con la familia real de Nápoles y, de manera indirecta, con la casa de Trastámara, pues el rey Fernando —a quien el papa Alejandro le había concedido el título de «Católico» junto a su mujer, la reina Isabel de Castilla— era el tío abuelo del nuevo marido de Lucrecia, como antes había sido el cuñado en segundo grado de su difunto hermano Joan, el segundo duque de Gandía, favorito del papa y capitán general de la Iglesia.

También asesinado.

Joan era otro de los muertos de los que Lucrecia no quería acordarse. Nunca tuvo con él una relación demasiado estrecha, pues él se había educado en España a la sombra del —este sí— primogénito del papa Alejandro: Pedro Luis Borgia. El pontífice, cuando aún era cardenal, compró para su hijo el Ducado de Gandía al rey Fernando a cambio de que le ayudara a legitimar su matrimonio con la reina Isabel, pues, siendo ambos herederos de Castilla y Aragón, se casaron gracias a una dispensa papal falsa, porque eran primos segundos. En el trato, además del ducado, entraba también una esposa de sangre real para Pedro Luis: María Enríquez, la prima del rey aragonés. Sin embargo, el brillante futuro que esperaba al hijo mayor del papa como gran caudillo de los Borgia se esfumó cuando un mal repentino lo llevó a la tumba en tan pocas semanas que casi no le dio tiempo a hacer testamento para legar el ducado y la novia a Joan, que pronto se convirtió en el favorito del santo padre, que le nombró gonfaloniero y capitán general de la Iglesia. Y eso a pesar de que era un completo inútil para el arte de la guerra, que no cosechó nada más que derrotas para las armas del papa.

Hasta que lo mataron.

Aunque Lucrecia apenas tenía tres años cuando llegó Italia y jamás había vuelto a su tierra natal desde entonces, la sentía próxima gracias a las historias que le contaba de niña Adriana del Milà, la prima del papa, que la había educado como correspondía a una princesa italiana en el castillo de los Orsini de Montegiordano. Entre los muros de la fortaleza que la poderosa familia tenía en el corazón de Roma, la dama Adriana —que era viuda de un Orsini— le contaba que los Borja eran de la estirpe del mítico Pedro de Atarés, nieto de Ramiro I, el primer rey de Aragón, y que tenían, por tanto, sangre más vieja y noble que los Sforza de Milán —que eran descendientes de molineros— o los Médici de Florencia, que habían hecho su fortuna esquilando lana. Y que no tenía que avergonzarse por que la tomaran por la hija ilegítima del papa, pues bastarda era toda la casa real de Nápoles —incluyendo a su nuevo marido— desde que el Magnánimo le había legado el reino del sur al fallecido rey Ferrante, fruto, a su vez, del adulterio de Alfonso de Trastámara con la dama Gueraldona Carlino, y que era, además, el abuelo del segundo marido de Lucrecia, Alfonso d'Aragona, el hombre más apuesto de Italia, que aún dormía, desnudo y ajeno a las tribulaciones de su esposa, como un recién nacido.

La hija del papa se levantó y se aproximó a la ventana. Hacia el este, el cielo empezaba a clarear y perfilar los picos de los montes Simbruinos, pero dirigió la mirada al norte, como si sus ojos claros tuvieran la luz suficiente para horadar la oscuridad y llegar a la fortaleza de Espoleto donde criaban a Giovanni, el hijo que había tenido con Perotto. Se lo habían arrebatado para que no se malograra su boda con el sobrino del rey de Nápoles y para que todo el Colegio Cardenalicio no quedara en ridículo tras haber confirmado su virginidad, lo que era necesario para anular su matrimonio con el conde de Pésaro.

Apenas le dejaron ver al recién nacido en cuanto se lo sacaron de las entrañas, ni le permitieron amamantarlo en sus primeros momentos de vida. De hecho, ni siquiera estaba demasiado segura de recordar bien su cara, aunque no había olvidado el llanto —claro y potente— con el que la criatura saludó su llegada al mundo. A veces —como le ocurría en esa ocasión— creía que eran los gritos de su hijo, pese a los cientos de leguas que separan Roma de Espoleto, lo que la despertaba en plena hora del lobo, justo antes del amanecer, cuando la madrugada es más oscura y los remordimientos más amargos.

Nunca le llegaban cartas desde la Rocca Albornoziana, la fortaleza que Gil Carillo de Albornoz, el cardenal-guerrero de los papas Clemente IV y Urbano V, había levantado hacía más de un siglo en lo alto de la colina de San Elías de Espoleto. Dos monjas dominicas junto a cuatro nodrizas, media docena de criados y un par de hombres de armas —valencianos de toda confianza de César y el papa— se ocupaban de Giovanni. De vez en cuando, la madre Girolama

Picchi —la abadesa del Convento de San Sixto Vecchio y una de las pocas personas que estaban al tanto de quiénes eran los padres de la criatura— recibía noticias de sus hermanas desde Espoleto y se las trasladaba, con total discreción y siempre de palabra, a la propia Lucrecia. «El niño come bien, señora. Y duerme casi de un tirón todas las noches. No, no suele tener fiebre ni demasiados gases. La madre Federica dice que ya ha cambiado el color de los ojos, y eso que aún no ha cumplido los seis meses. Sí, señora, sí. Son negros».

«Como los tenía su padre —recordó Lucrecia—. Negros como las aceitunas de empeltre de los llanos de Belchite, de donde era su familia. Negros como el pecado y la culpa».

No quiso que los recuerdos laceraran su corazón con sus filos de hielo y se alejó de la ventana. Aun así, el escalofrío que le recorrió la espalda desnuda la empujó de nuevo a la cama. Se metió entre las sábanas y buscó el contacto tibio de la piel de su marido. Notaba la tensión de los muslos duros de su amante dormido cuando, con la mano derecha, lo recorrió desde la rodilla hasta la ingle. Hundió su cara en el hueco entre el cuello y el hombro para embriagarse con el aroma a almizcle, clavo y aceites egipcios del carísimo bálsamo florentino con el que, a diario, se perfumaba su esposo, mientras le enredaba los dedos en el vello púbico y le daba suaves tirones, con los que le devolvió la vida al miembro antes incluso que a los párpados de Alfonso d'Aragona. El joven sonrió al tiempo que mantenía los ojos cerrados, pues no quería abrirlos, para mantenerse más tiempo en la zona fronteriza entre el sueño y la vigilia; entre la promesa y el placer.

—No ha salido el sol todavía, ¿verdad? —dijo con una sonrisa.

—No tardará. Tampoco lo necesito —susurró Lucrecia con los labios pegados al oído y todo el vigor de su amante cautivo en la mano.

Alfonso se tumbó boca arriba y se dejó hacer sin abrir los ojos. No quería ver cómo la claridad mortecina de la aurora se convertía en un torrente de fuego que entraba a raudales por la ventana. Lucrecia apartó la sábana de un manotazo para contemplar la belleza del cuerpo desnudo bañado en una luz tan roja como la sangre que notaba arder en sus entrañas y se convertía en deseo, húmedo y profundo, entre las piernas. Su marido se parecía al San Sebastián que el Pinturicchio había pintado en la Sala de los Santos de la Torre Borgia, salvo que, en vez de estar amarrado al tronco de un árbol de la colina del Palatino, era un cautivo inmóvil por cuerdas invisibles al colchón, atravesado por una única flecha en el mismo centro de su cuerpo de piel dorada por el amanecer en la que el vello oscuro dibujaba encajes negros como los brocados de Flandes.

Lucrecia aún retenía en los pezones el recuerdo de la saliva, los labios y los dientes de Alfonso, pero en ese momento no quería más juegos ni más besos. Lo quería dentro. Se incorporó y, a horcajadas, hizo desaparecer en su interior el espolón con tanta fuerza que su marido soltó un grito ahogado en el que se mezclaban la sorpresa, el dolor y el placer. Tras un parpadeo, aferró las caderas de su mujer, pero ella se liberó de su presa con violencia.

—¡No te muevas, Alfonso! No te muevas —soltó Lucrecia.

El príncipe napolitano obedeció. Le parecía que la orden de permanecer inmóvil no surgía de garganta de hembra sino del mismo Altísimo desde su trono celestial. Lucrecia se acomodó a tan dulce empalamiento y comenzó a mover adelante y atrás las caderas nacaradas por la luz del sol recién nacido. Al principio, de forma muy suave; al cabo de unos instantes que encerraban la eternidad, con más ímpetu, que se transformó en furia salvaje y animal.

Se sentía llena, poderosa y victoriosa en aquel combate que había vencido sin que siquiera hubiera empezado. Le acudieron a la cabeza unos versos de Ovidio: *Militat omnis amans*; «todo amante sirve como soldado».

Cada vez que su marido intentaba sujetarla por los muslos, los glúteos o levantaba las manos hacia el cielo para alcanzar sus senos, Lucrecia rechazaba sus súplicas mudas. Lo hizo varias veces hasta que se abatió sobre él y le sujetó por las muñecas para hundirlas entre los pliegues del colchón relleno de suave lana castellana.

Pronto, muy pronto, llegó al clímax, y fue uno de los más intensos y dulces que había sentido en su vida. Sancha d'Aragona —su cuatro veces cuñada, pues era la hermana mayor de su marido, estaba casada con Jofré, su hermano pequeño, y había sido la amante de César y Joan casi a la vez— le había explicado cómo poseer así a un hombre. «De esa manera lo hacen las cortesanas napolitanas más refinadas y expertas en el *ars amatoria* hasta que vuelven locos a los gentilhombres que las frecuentan, de forma que no pueden vivir ya sin sentir su dominio». En verdad, Lucrecia percibía que el altivo y orgulloso Alfonso, duque de Bisceglie y príncipe de Salerno, por cuyas venas corría la misma sangre del poderoso Alfonso el Magnánimo y el cruel Ferrante de Nápoles, se había convertido en un juguete con el que podía hacer lo que quisiera. En ese momento, estuvo segura de que, si le hubiera pedido que muriera allí mismo por ella, él habría accedido gustoso a tal demanda.

Ahíta de amor, liberó a la presa que tenía entre los muslos y se dejó caer al lado de su marido, el cual aullaba de deseo insatisfecho, gimiendo por más caricias que pusieran fin a tan dulce tormento. Se incorporó y lo miró con una mezcla de orgullo por la piltrafa en que lo había convertido y lástima por verlo tan vulnerable. Aferró la verga, palpitante y temblorosa como el resto del cuerpo, y, con apenas unas sacudidas enérgicas de su mano pequeña y blanca, hizo que se derramara la vida entre sus dedos mientras Alfonso arqueaba la espalda igual que si el lecho estuviera sembrado de carbones encendidos.

«Así que —pensó Lucrecia— esto es el poder».

3

La audiencia

Roma,
26 de noviembre de 1498

—*Carissime Fratres Cardinales et Excellentiae Legati* —saludó
Alejandro VI a los cardenales y embajadores—, cerca está ya el tiempo para el que Dios, a través de su siervo Moisés, ordenó que un año
de cada cincuenta fuera de jubileo para que Su pueblo penitente obtenga la indulgencia plenaria y la remisión de todos los pecados de
forma que cuando nos llame a Su Divina Presencia pueda disfrutar
de la gloria inenarrable, la felicidad perpetua y la vida eterna.

El santo padre hizo una pausa para contemplar los rostros de
los dignatarios que abarrotaban la Sala de los Papas de la Torre
Borgia donde estaba celebrando el consistorio público en el que,
además de los cardenales, altos miembros de la curia, así como las
autoridades civiles y la nobleza romana, estaban presentes también
los embajadores de Nápoles, Florencia, Venecia, Ferrara, Milán,
Francia y los de los reyes de Castilla y Aragón.

—Los dos últimos jubileos —continuó el pontífice—, los que
convocaron los papas Nicolás V y Paulo II, no fueron todo lo brillantes que tan gran ocasión merecía. El primero por la peste, seguida por la calamidad que hundió el Puente de Sant'Angelo, en el que
murieron más de doscientos fieles. Y el segundo, por la crecida del
Tíber, que obligó a retrasar un año la celebración, a la que no hubo
gran afluencia de peregrinos debido a la inseguridad que se padeció

en los caminos de Italia en aquellos años del pontificado del *Beatissime Pater* Sixto.

Alejandro Borgia volvió a callar y buscó entre la audiencia la cara del cardenal Rafaele Sansoni Riario della Rovere —sobrino de Francesco della Rovere, papa Sixto IV—, que mantenía los ojos fijos en el suelo alicatado de bellos azulejos de Manises, pintados con el toro y la doble corona ducal de los Borgia. El santo padre disfrutó unos instantes de la humillante incomodidad del cardenal, que, ante la ausencia de su primo Giuliano della Rovere, era todo lo que quedaba en Roma de la antaño poderosa —e incontable— jauría de parientes, amigos y amantes que el papa Sixto había colocado en la curia y colmado de cargos, honores y prebendas.

—El Año Santo con el que se iniciará el nuevo siglo y que convoco en este consistorio —siguió Alejandro— verá una Roma, *caput mundi*, renovada a la que los siervos de Dios podrán llegar con seguridad y tranquilidad para celebrar las grandes ceremonias del perdón y la reconciliación toda vez que la paz ha vuelto a Italia. Si hace dos años ordenamos la ampliación y mejora de la Via Peregrinorum para que los peregrinos tuvieran más fácil el acceso a la Platea Sancti Petri y a la Basílica de San Pedro, ahora es necesario que se abra un nuevo acceso desde el castillo de Sant'Angelo, que atravesará el dédalo de callejas del Borgo Vecchio.

Un coro de murmullos de asombro se apoderó de la sala y le sirvió al papa para aclararse la garganta con un trago de vino blanco fresco que le vertió en la copa un cubiculario.

—Le voy a encargar al maestro Bramante —continuó—, que tan bellas fuentes ha levantado por orden nuestra en la plaza de San Pedro, con cuatro toros de bronce, el diseño de la nueva vía, y que la supervisión de las obras sea responsabilidad del cardenal camarlengo, *dilectum filium nostrum*, su eminencia Rafael Sansone Riario della Rovere.

Los asistentes estallaron en aplausos ante el anuncio del papa, que, desde su trono dorado, le hizo una seña al aludido para que se levantara. El camarlengo, con el estupor pintado en la cara con más expresividad que los frescos del Pinturicchio que adornaban las paredes, se repuso de inmediato para esbozar una sonrisa de circunstancias y, acercándose al estrado, cayó de hinojos para besar la zapatilla escarlata del pontífice y el borde de su manto en señal de obediencia y agradecimiento.

—*Auditus est* —proclamó el maestro de ceremonias monsignore Burcardo, para indicar que la audiencia papal había terminado.

El papa, acompañado de su primo el arzobispo de Cosenza, Francesc de Borja; su sobrino, el cardenal-arzobispo de Monreale, Joan de Borja i Llançol; el jurista y obispo auxiliar de Lérida, Francesc de Remolins —que fue uno de los jueces que condenó a Savonarola a la hoguera—, y el gobernador de Roma, Pietro Isvalies, abandonó la Sala de los Papas y se retiró a la de los Santos, donde le esperaba su círculo familiar más íntimo. Allí aguardaban Vannozza y su hija Lucrecia, acompañada de su marido, Alfonso d'Aragona. También estaban Joan Marrades, el confesor del santo padre, y un par de cubicularios, que sirvieron más vino fresco de los castillos romanos y llevaron bandejas con mazapán, peladillas y frutas confitadas.

—*Cosí* —interpeló el arzobispo de Cosenza al pontífice—, ¿te has fijado en la cara de susto que ha puesto el camarlengo cuando has anunciado que sería el encargado de supervisar las obras del nuevo acceso? ¡Parecía que hubiera escuchado al mismísimo Satanás!

Francesc de Borja i Navarro d'Alpicat, arzobispo de Cosenza, era la única persona en el mundo que no solo tuteaba al papa de Roma, sino que se dirigía a él como «primo» —puesto que lo era— y, además, siempre le hablaba en el valenciano natal de ambos. Pese al parentesco y que eran casi de la misma edad, los dos hombres no se parecían físicamente, pues el hijo natural del papa Calixto III era un hombre alto, seco y nervudo, que comía poco, bebía aún menos y no parecía tener más pasiones que la de los números y las cuentas. Por esa razón era el tesorero general de la Santa Sede.

—¡Ha sido lo mejor del consistorio! —rio el santo padre—. El sobrino del papa Sixto va a tener que hacer de capataz a mi servicio en la obra más grandiosa de Roma desde los tiempos del emperador Augusto. ¡Ya veremos si a los Della Rovere les quedan ganas de seguir alardeando del nuevo puente! Su Via Recta va a parecer un callejón de rameras en comparación con la futura Via Alessandrina.

—Perdonadme, Santidad —intervino Francesc de Remolins—, pero, por grande que sea vuestro proyecto, el papa Della Rovere dejó muchas más obras en la ciudad además del puente y la capilla que lleva su nombre. Ordenó restaurar más de treinta iglesias y ampliar la Via dei Banchi y la Via Papalis.

El arzobispo de Cosenza, Lucrecia, Alfonso d'Aragona y hasta la siempre prudente Vannozza arquearon las cejas, pues, desde la victoria del santo padre ante los franceses y superado el duelo por el asesinato de su hijo favorito, el duque de Gandía, Alejandro VI vivía henchido de orgullo y vanidad. La oposición en los consistorios había desaparecido por completo e incluso los Orsini y los Colonna mostraban respeto hacia el sucesor de san Pedro, y ni conspiraban contra él ni, lo más importante, se peleaban en las calles. Por un momento, todos los presentes en la Sala de los Santos temieron un estallido de ira del papa, de imprevisibles consecuencias.

—Tenéis razón, doctor Remolins —dijo el pontífice tras reflexionar unos instantes con los ojos cerrados—. Todavía estoy lejos de igualar al papa Sixto en lo que al embellecimiento de Roma se refiere. Y mucho más lejos en comparación con todo lo que hizo Nicolás V. La Providencia ha querido que me tuviera que ocupar primero de empresas más urgentes, pero menos hermosas, como apuntalar las defensas de la puerta del Santo Spirito o adecuar el *passetto* entre el Palacio Apostólico y el castillo de Sant'Angelo, cuyos baluartes también ha habido que reforzar. Asimismo ha habido que comprar pólvora, caballos, armas y alquilar mercenarios. Todo eso era necesario porque estábamos en guerra. Pero, a partir de ahora, puedo dedicar mi esfuerzo a organizar el mejor jubileo desde los tiempos del papa Bonifacio VIII y convertir Roma en la ciudad más grandiosa de la cristiandad.

—*Cosí*, con que la décima parte de la belleza de estos aposentos se trasladara a las calles en forma de iglesias, fuentes y edificios públicos, ya pasarías a la historia como el gran reformador de Roma —añadió Francesc de Borja.

El primo del papa señalaba los frescos de los lunetos en los que se representaban siete escenas de las Sagradas Escrituras. El primero, sobre la puerta, era una *Visitación* de santa Isabel —la madre de Juan el Bautista— a María en la que el Pinturicchio había retratado el rostro de la prima de la Virgen según las indicaciones del propio papa para que se pareciera a su madre, que también se llamaba Isabel. En el segundo luneto estaban retratados los eremitas san Antonio Abad y san Pablo de Tebe. En el tercero se contaba la fuga de santa Bárbara de la torre donde la encerró su padre antes de decapitarla, mientras que en el cuarto se representaba la historia de la casta Susana y los viejos. Junto a las ventanas del aposento estaba la escena del martirio de san Sebastián, pero la pintura más bella de todas se desplegaba en la pared opuesta a las aberturas y que, por tanto, siempre estaba iluminada por el sol. Por ese motivo, el maestro había sido pródigo con el pan de oro y con el carísimo pigmento azul hecho con lapislázuli de Asia, cuyo precio era idéntico al de la plata.

El fresco reproducía la Disputa de Santa Catalina de Alejandría y, en él, el artista había representado a toda la familia del papa. La santa tenía el rostro de Lucrecia, y los dos pajes que estaban a su espalda, los de Jofré y su esposa, Sancha d'Aragona. Joan, el difunto duque de Gandía, aparecía en el extremo derecho de la obra, vestido a la morisca y a lomos de un magnífico caballo blanco, mientras que a César Borgia lo había retratado como emperador. Aunque el artista había realizado la obra cuando César aún ostentaba la púrpura cardenalicia y Joan era quien el papa había destinado al oficio de las armas, parecía haber adivinado con sus pinceles quién iba a ser el verdadero caudillo de los Borgia.

Por último, sobre la puerta que daba a la contigua Sala de los Misterios, el Pinturicchio pintó a la Virgen enseñando a leer al Niño Jesús, lo que provocó no pocas habladurías en Roma y en las cortes de media Italia, porque la cara de la madre de Dios no era otra que la de Giulia Farnese, la antigua amante del papa y dama de compañía de Lucrecia.

—Bien puedes afirmarlo, *cosí* —dijo el pontífice mientras se chupaba los dedos tras engullir una buena porción de mazapán—. Si todo marcha según tengo previsto, nadie podrá borrar de Roma la gloria de los Borgia cuando Nuestro Señor me llame a su seno.

—Para lo que aún quedan muchos años, Santidad —apuntó Remolins.

—Y mucho trabajo por hacer, *fill meu*. Muchísimo —contestó el papa.

En ese momento, el maestro de ceremonias del Palacio Apostólico, monsignore Burcardo, entró en la Sala de los Santos. El clérigo alsaciano, como de costumbre, resoplaba como si hubiera estado cargando sacos de piedra; su rostro de pan de Genzano estaba enrojecido.

—¡Santidad! —bufó—. Disculpadme, Santidad, pero es que...

—Sosegaos, monsignore —contestó, jovial, el papa—. ¿A qué

viene tanto sofoco? No creo que los franceses hayan vuelto a invadir a Italia, ¿no?

Todos, salvo el maestro de ceremonias, rieron la ocurrencia del santo padre, que miraba burlón al responsable del protocolo de la Santa Sede que había heredado de su antecesor, Inocencio VIII, a quien Burcardo le había comprado el cargo por doscientos cincuenta ducados.

—Gracias, *Beatissime Pater* —acertó a decir—, pero es que los embajadores de los reyes Fernando de Aragón e Isabel de Castilla siguen en la Sala de los Papas y piden audiencia inmediata con Su Beatitud.

—¿Qué? —La expresión divertida del santo padre se disolvió en una mueca que mezclaba la estupefacción y la ira—. Ni es día de audiencia de embajadores ni tienen estos gentilhombres la potestad de hablar con el vicario de Cristo cuando ellos quieran, sino cuando Nos estimemos oportuno. ¡Que se marchen en buena hora, monsignore!

—Eso ya se lo he dicho yo, Santidad —dijo el clérigo a punto de sollozar—, pero se han negado en redondo y, junto a su séquito, siguen en la Sala de los Papas, con los pies sobre los asientos, charlando como si estuvieran en una taberna y soltando eructos y ventosidades entre chanzas. ¡Hasta me han ordenado que les llevaran vino y algo de comer!

El papa se levantó como si su trono estuviera tapizado con carbones al rojo vivo. El buen color de las mejillas provocado por el vino y los dulces se trocó en un blanco lívido de cólera.

—*Com s'atreveixen?* —bramó en valenciano, como siempre le ocurría cuando perdía los estribos—. *Joan, avisa a Rodrigo perquè porte a la Guàrdia Pontifícia i els tiren a colps de llança si és necessari. Ara!*

La orden dirigida al cardenal de Monreale para que su hijo Rodrigo, capitán de la Guardia Pontificia, expulsara a aquellos deslenguados a golpe de lanza si era necesario se debió de oír incluso en la propia sala donde aguardaban los legados. No obstante, el sobrino del papa, Joan de Borja i Llançol, era mejor diplomático que su tío, y calculó con rapidez las causas del comportamiento de los embajadores y las consecuencias que podría tener sacar a patadas del Palacio Apostólico a los representantes de los Reyes Católicos, por mucho que lo merecieran.

—Tío —le dijo—, piensa un poco. Que dignísimos embajadores se estén comportando como rufianes de taberna en la Santa Sede no tiene otro propósito que este que ya han conseguido, al menos, en parte.

—¿El qué? —inquirió el papa—. ¿Qué propósito?

—Que te domine la ira y hagas algo estúpido. Lo más probable es que hayan oído los gritos y estén esperando ya algún tipo de violencia, que es lo que querían para dar motivos a sus reyes para una nueva querella contigo.

—Perros desagradecidos…

—¿Entonces? —preguntó el cardenal con una expresión pícara en el rostro, pues ya sabía que la mente política de su primo estaba de nuevo en funcionamiento—. ¿Qué vamos a hacer?

—Darles audiencia, naturalmente. Una audiencia pontificia como es debido, pero no en la Sala de los Papas —respondió el santo padre.

El pontífice guiñó un ojo a los presentes antes de retirarse a sus aposentos privados junto a su primo y el doctor Remolins, el cual salió unos instantes después con instrucciones bien precisas para el maestro de ceremonias.

—Monsignore Burcardo —le dijo—, llevad a los embajadores de Aragón y Castilla a la Sala del Papagayo y que aguarden allí a Su Beatitud. Que los escolte una veintena de lanceros de la Guardia Pontificia.

—De inmediato, Excelencia.

—Y otra cosa: no hay prisa para que lleguen —añadió el jurista con gesto neutro.

El maestro de ceremonias salió a la carrera para cumplir las órdenes sin siquiera pensar por qué el pontífice había dado órdenes tan precisas. Le inquietaba un poco que Alejandro VI hubiera elegido la estancia vaticana que se utilizaba para la celebración de los consistorios secretos, es decir, aquellos a los que solo podían asistir los cardenales y en la que, con toda seguridad, los embajadores no habían puesto un pie en su vida ni, probablemente, volverían a hacerlo. Sin embargo, el papa sabía muy bien lo que estaba haciendo.

Más de una hora necesitó la escolta para llevar a los embajadores a la Sala del Papagayo, en la que entraron solos porque la Guardia Pontificia confinó a los criados y guardaespaldas de los dos legados en la capilla de la Virgen de las Fiebres, custodiados por una docena de ballesteros. García Laso de la Vega y Felip Pons —que así se llamaban los representantes de Isabel de Castilla y Fernando de Aragón— aún aguardaron otra hora más a que el papa llegara, sin hacer nada más que mirar los tapices con papagayos bordados que daban el nombre a la sala. Cuando hizo su entrada, Alejandro VI parecía haber salido como una pintura viva del fresco de la Sala de los Misterios de la Torre Borgia donde se hizo retratar como testigo de la Resurrección de Nuestro Señor. Llevaba una capa pluvial escarlata cuajada de pedrería, el *Anulus Piscatoris* de oro puro en el dedo y el báculo de obispo de Roma hecho en plata en la mano.

Tal y como acostumbraba a hacer cuando aparecía en público, el santo padre caminaba despacio, como si estuviera hecho de piedra y plomo y no de carne y hueso. Exhibía esa *gravitas* que atribuían los textos antiguos a los emperadores romanos que no solo mostraba indiferencia hacia lo que le rodeaba, sino que también reforzaba su *auctoritas* y *potestas* como *pater principum et regum, dux mundi et vicarii in terra salvatoris nostri Iesu Christi*, es decir, padre de príncipes y reyes, guía del mundo y vicario en la tierra de Nuestro Salvador Jesucristo.

Una vez que se sentó en la *Cathedra Petri* —que unos criados llevaron a toda prisa desde el altar de la Basílica de San Pedro—, Alejandro VI extendió el pie derecho para que los embajadores, como marcaba el protocolo, le besaran la punta de la zapatilla, forrada de seda roja. Sin embargo, ambos legados, pese a las protestas de monsignore Burcardo, se mantuvieron de pie, con los sombreros en la mano y sosteniendo la mirada del pontífice, el cual optó por permanecer inmóvil y fijar los ojos en la pared opuesta como si aquellos dos arrogantes gentilhombres ni siquiera estuvieran allí.

—Santo padre —dijo García Laso de la Vega al cabo de unos instantes eternos—, no es grato el asunto que nos obliga a mantener esta audiencia con Vuestra Beatitud, pero tenemos mandato de Sus Católicas Majestades de expresaros su preocupación por la renuncia de vuestro hijo César a la dignidad cardenalicia y...

—Ya expresasteis tal zozobra de mis queridos hijos Isabel y Fernando hace tres meses, Excelencia, por lo que no veo la razón de tal recordatorio ni de tan inoportuna audiencia con Nos que habéis solicitado —cortó el papa.

—Quería decir antes de la interrupción que a la preocupación de Sus Altezas Reales se suma ahora el disgusto ante la pretensión del antiguo arzobispo de Valencia de contraer matrimonio con la hija del rey Federico de Nápoles, la princesa Carlota d'Aragona —respondió desafiante el embajador castellano.

—¿Acaso la doncella, que es sobrina de vuestro rey Fernando, no merece la pena? —dijo el pontífice—. ¿O quizá es que considera Su Católica Majestad que mi hijo es poco marido para tanta novia? Pues sabed, señor embajador, que si vieja y noble es la sangre de los Trastámara, aún más añeja y distinguida es la de los Borja que viene de la estirpe de Ramiro, el primer rey de Aragón y de Sancho el Grande de Pamplona.

—Que vuestro hijo sea poco o mucho no es asunto que inquiete a nuestros soberanos, *Pare Sant* —añadió Felip Pons, el otro embajador que, como el papa, también era nacido en Xàtiva y se dirigió a él en valenciano—, pero que se haya hecho súbdito del rey de Francia sí los preocupa, y más aún cuando la princesa Carlota, que vive en la corte francesa, puede llegar a ser la reina de Nápoles.

—El heredero del rey Federico es Fernando, el duque de Calabria como bien saben sus señorías —respondió el papa.

—Que tiene diez años —añadió Pons—, mientras que la princesa Carlota ya ha cumplido los diecinueve.

—En todo caso, Excelencias —dijo Alejandro VI—, no es de la incumbencia de vuestros soberanos lo que ocurra en Nápoles, porque sigue siendo un feudo de la Santa Sede cuyo rey ha de ser investido por el papa de Roma con su bendición a...

—A quien tenga mejor derecho —completó García Laso—. Y es Su Católica Majestad Fernando el que lo tiene, como hijo legítimo del rey Juan de Aragón y sobrino de Alfonso el Magnánimo. ¿Es que ya no recordáis, Santidad, que vuestro tío el papa Calixto rehusó otorgar la investidura de la Corona de Nápoles al bastardo Ferrante e incluso os ordenó redactar la bula de excomunión para quien proclamara a otro soberano diferente al de su voluntad?

El santo padre tuvo que hacer acopio de toda su fuerza de voluntad para que no se le notara que había acusado el golpe. Muy pocas personas sabían que su tío, Alfons de Borja, maniobró para negar la investidura a la Corona de Nápoles al hijo ilegítimo del Magnánimo e intentar que el hermano mayor de Alejandro VI, Pere-Lluís de Borja, fuera investido como soberano del reino del sur.

—El rey Magnánimo tuvo grandes aciertos, como conquistar

Nápoles, pero también cometió grandes errores, y el designar a su bastardo Ferrante como heredero no fue el mayor de ellos. De hecho, tengo la sensación de que Su Católica Majestad está a punto de caer en la misma equivocación que su tío —aseguró el papa.

—¿No? —inquirió Pons—. ¿Y cuál fue, Santidad?

—Pensar que podía tratar a un Borja coronado papa como mi tío Calixto como si fuera uno de sus vasallos por haber nacido en el Reino de Valencia. No, señores embajadores: si al rey Fernando y a la reina Isabel, que ostentan el título de Católicos gracias a Nos, los inquieta que mi hijo sea un gran duque de Francia y por matrimonio pueda llegar a ser rey de Nápoles, no tendrán más remedio que sosegarse, si esa es la voluntad de Nuestro Señor que se ejerce a través de su vicario en la tierra, pues es a Él y solo a Él a quien debo obediencia tanto en los asuntos espirituales como en el gobierno de los Estados Pontificios e Italia, tal y como determinó el Espíritu Santo en el cónclave en el que fui elegido.

—¡Cónclave que comprasteis! —escupió García Laso—. ¡Por trescientos mil ducados en sobornos, prebendas, señoríos y privilegios, según dicen! ¡Diez mil veces lo que le pagaron a Judas por vender a Nuestro Señor al Sanedrín! ¡Con razón la Providencia os ha castigado con la muerte de vuestro hijo favorito!

Tanto el cardenal de Monreale como el doctor Remolins se levantaron de sus respectivos asientos, que flanqueaban al santo padre, con los puños cerrados y los rostros lívidos de ira. Eso provocó que la docena de hombres de la Guardia Pontificia abandonaran la posición de firmes e inclinaran las alabardas hacia los embajadores. Sin embargo, el papa aguardó a que el embajador terminara de gritar antes de hablar sin alzar la voz, con una sonrisa lobuna en los labios.

—Si Nuestro Señor en su infinita sabiduría castiga los pecados de los padres con la muerte de sus hijos, no consigo imaginar qué crímenes habrán cometido Isabel de Castilla y Fernando de Aragón para que el Altísimo llamara a su seno al príncipe Juan, su único varón, con diecinueve años, de forma que solo les quedan hembras a las que dejar sus reinos y que se agote en ellas la dinastía de los Trastámara en las coronas de España. Y si os ofenden las circunstancias en las que Nos fuimos elegidos por el Espíritu Santo para ocupar esta *Cathedra Petri*, aún peores fueron las artes con las que Isabel usurpó el trono a la princesa Juana, la legítima heredera del desdichado rey Enrique y con las que provocó una guerra civil en Castilla.

—¡Santidad! —acertó a gritar García Laso—. ¡No consentiremos que...!

—Callad, Excelencia —continuó el papa—. Callad y escuchad, porque si el matrimonio de vuestros soberanos es legítimo, lo es gracias a que Nos redactamos la bula que permitió su unión, porque no solo son primos hermanos, sino que se casaron con una dispensa papal falsificada; y si gozan del título de Católicos es porque Nos lo otorgamos, y si pueden hacer valer sus derechos de conquista en las nuevas tierras del otro lado del océano es porque Nos así lo ratificamos con otra bula.

—Pero...

—Lo que la mano del papa hizo —cortó Alejandro VI con un gesto de su mano derecha—, la misma mano puede deshacer. Pero no se hará tal cosa porque es más grande el amor que siento por vuestros reyes que la cólera que provoca vuestra insolencia. Y, de hecho, si no fuera por ese mismo afecto paternal, Excelencias, esta misma noche dormiríais junto a los peces del Tíber.

—*Auditus est* —proclamó el maestro de ceremonias, con una sonrisa maligna en los labios.

4

El primo del rey de Francia

Chinon, Francia,
17 de diciembre de 1498

El arzobispo de Ruan, Georges d'Amboise encabezaba la comitiva que aguardaba en el extremo norte del puente de piedra que salvaba las aguas del río Vienne. A la espalda del clérigo, la Fortaleza Real de Chinon se levantaba sobre un promontorio rocoso con la villa amurallada a sus faldas. Una docena de jinetes con mazas de ceremonia hechas en bronce al hombro y capas de color púrpura escoltaban al principal ministro de Luis XII, el cual, en deferencia tanto a su valido como al huésped al que iba a darle la bienvenida, había dispuesto también a diez arqueros y otros tantos alabarderos de la *Garde Écosaisse,* la Guardia Escocesa que se encargaba de la protección personal del soberano de Francia. En las puntas de las lanzas ondeaban las oriflamas que bailaban con el viento frío junto a dos estandartes: uno con el escudo del monarca, que mostraba tres flores de lis sobre fondo azul, flanqueado por dos ángeles, y otro en el que aparecía un puercoespín y la leyenda *Cominus eminus* —la divisa del rey—, con la que presumía de que, al igual que el animal de las espinas, podía dañar de cerca y de lejos.

En las empinadas calles que llevaban a la imponente fortaleza —el resultado de la fusión de los antiquísimos fuertes de Coudray y San Jorge con el castillo de Milieu— la multitud se agolpaba para presenciar la llegada del nuevo primo de Luis de Orleans: César

Borgia, duque de Valentinois y conde de Diois, que no decepcionó a quienes esperaban un gran espectáculo. Quizá demasiado grande.

Setenta mulas —diez de ellas cubiertas por gualdrapas rojas y con baúles con el escudo de armas de los Borgia en los lomos— portaban el equipaje del hijo del papa, así como los regalos que llevaba tanto para el rey como para la princesa Carlota d'Aragona y otros altos dignatarios de la corte. Tras la inmensa reata de mulas desfilaban dieciséis bellísimos caballos comprados al marqués de Mantua que otros tantos pajes vestidos de terciopelo carmesí llevaban de las bridas y que precedían a seis mulos cubiertos con tela dorada que llevaban cofres sellados con plomo con el sello del papa Alejandro VI. Cinco de aquellas cajas eran simples señuelos para proteger la que contenía —aunque ninguno de los asistentes a la cabalgata podía saberlo— los tesoros más valiosos de toda la comitiva, que no estaban labrados en oro o plata ni bordados en seda o brocado, sino escritos con tinta veneciana en buen papel de las fábricas pontificias de Fabriano: las bulas firmadas por el santo padre que permitían al rey Luis anular su matrimonio con la lisiada Juana de Valois para casarse con la duquesa Ana de Bretaña, la viuda de su primo Carlos VIII. También llevaba el breve papal con el nombramiento de George d'Amboise como nuevo cardenal de San Sixto, y otras prebendas y nombramientos eclesiásticos para parientes y amigos del monarca francés y su ministro principal.

Treinta gentilhombres a caballo —entre los que estaban su médico, el doctor Torrella; su preceptor y principal consejero, Joan de Vera; así como su secretario, Agapito Gherardi— precedían al duque Valentino, que cabalgaba un hermoso semental tordo con gualdrapa de raso rojo e hilo dorado. Iba vestido de terciopelo negro con perlas finas en las costuras de las mangas acuchilladas y el pecho, en el que lucía un collar de oro que, según se decía, valía más de tres mil ducados. El cuero de los arneses de su montura estaba repujado con filigranas de plata y se cubría con una gorra negra adornada por una pluma de avestruz tintada de púrpura y un rubí del tamaño de una nuez, que centelleaba las pocas veces que el sol conseguía abrirse paso entre las espesas nubes que tapaban el cielo de los valles del Loira.

Tras el duque marchaba su escolta armada, compuesta por veinticinco estradiotes albaneses que yo mandaba y cincuenta infantes valencianos de aspecto patibulario bajo las órdenes de don Ramiro de Lorca que, además de lanza y rodela, llevaban al cinto un *coltell,* la espada terciada de un solo filo que los italianos llaman *falcione* y los franceses *braquemart.* Sin embargo, eran mis hombres, con sus cabellos largos como las almas condenadas del infierno, sus *çekiç lufte* —martillos de guerra— colgando de las sillas de montar, la *storta* curva en la cadera izquierda y las ballestas en ristre, los que causaban más temor entre los habitantes de Chinon, los cuales, pese a que estaban ya acostumbrados a la presencia de la corte del rey Luis en su ciudad mientras duraban las obras del vecino castillo de Blois donde pensaba instalarse, no habían visto nunca un séquito de tanta magnificencia.

Ya en el interior de la Fortaleza Real, Luis XII esperaba al Valentino en la Sala del Reconocimiento, la misma en la que, setenta años antes, Juana de Arco había obrado el milagro de reconocer —de ahí su nombre— al futuro Carlos VII y profetizar que sería rey de Francia, pese a que no le había visto nunca antes y a que el Delfín iba vestido como cualquier otro cortesano. Tal y como el santo padre le había indicado que hiciera, el hijo del papa caminaba despacio, con pasos cortos y mostrándose indiferente a lo que le rodeaba, con la vista fija en algún punto tras el rey, al que parecía atravesar con la mirada. No le resultó fácil mantener la expresión hierática, porque su pretendida demostración de *auctoritas* le permitió escuchar las burlas susurradas por los nobles franceses del norte —que eran más rudos que sus primos de los feudos sureños de la Provenza y el Delfinado— ante tanta pompa que consideraban afeminada y ridícula. Chanzas que subieron de tono, y hasta se escapó alguna carcajada, cuando el duque llegó cerca del trono y se postró para besar los pies del rey, como dictaba el ceremonial acostumbrado en el Vaticano con el papa. Sin embargo, el monarca se levantó del trono para cogerle por los hombros e impedir que diera con los huesos en el suelo.

—Alzaos, primo, que los pares de Francia solo besan los pies de Nuestro Señor Crucificado y de nadie más. Ni siquiera los del rey —dijo Luis de Orleans.

César, con la sorpresa en el rostro y la agilidad de un gato, se incorporó enseguida y, aunque mantuvo la compostura, en sus ojos se podía leer la venganza que ya estaba rumiando contra monsignore Burcardo, el maestro de ceremonias de la Santa Sede, por no haberle informado bien sobre el protocolo de la corte francesa.

—Gracias, Majestad —acertó a decir.

Treinta y cuatro caballeros, vestidos con un manto de damasco blanco forrado de armiño, túnica del mismo color y un chaperón rojo anudado sobre la cabeza al estilo borgoñón, con la cola caída sobre el hombro izquierdo, rodearon al duque y al rey formando un semicírculo. Uno de ellos llevaba en el regazo un manto doblado y el tocado carmesí, y el otro un cofre de madera forrado de cuero con las tres flores de lis grabadas en la tapa. Este último se acercó al rey y abrió la caja para que el monarca extrajera de ella un collar de oro formado por pequeñas conchas del mismo metal unidas por nudos, del que colgaba un medallón con la efigie del arcángel San Miguel alanceando al dragón.

—Hincad la rodilla, Excelencia, para recibir el collar y el hábito de la Orden de San Miguel Arcángel, santo patrón del Reino de Francia; sois uno de sus treinta y seis hermanos desde este instante —ordenó Luis XII.

El duque dobló la pierna derecha y, con la espalda bien recta y la frente alta, recibió de manos de su nuevo primo el grueso cordón de oro de casi tres libras de peso. Después se levantó para que sus nuevos hermanos de la orden más exclusiva de Francia —copiada por el viejo rey Luis XI de la del Toisón de Oro de los duques de Borgoña— le despojaran de la capa y el jubón negro de terciopelo, y le vistieran con la túnica blanca, el manto forrado de piel de armiño y le anudaran en la cabeza el chaperón de seda roja. Cuando terminaron, formaron a su alrededor en semicírculo, con el rey enfrente, ya de pie ante el trono.

—*Inmenso tremor oceani!* —proclamó el monarca.

—*Inmenso tremor oceani!** —repitieron a coro los caballeros.

Toda la corte irrumpió en efusivos aplausos para darle la bienvenida al nuevo par de Francia y primo del rey. Sin embargo, me fijé en que uno de los treinta y cuatro caballeros de la Orden de San Miguel no batía las palmas y se limitaba a mirar con repugnancia al Valentino. En ese momento casi se me paró el corazón, pues creí ver a un espectro que había regresado desde el infierno

---

* En latín «Miedo al inmenso océano», que era el lema de la Orden de San Miguel y que hacía referencia al monasterio del monte de Saint Michel, donde la Orden tenía su sede y desde donde el arcángel, como protector de Francia, desataba furiosas tormentas cada vez que había una invasión inglesa. De hecho, el islote fue el único lugar de toda Normandía que no cayó en manos inglesas durante la guerra de los Cien Años.

para atormentarme, entre otras cosas, porque fui yo quien le envió allí.

La misma cara redonda, de amplios mofletes y abundante papada —pero rejuvenecida— que yo había visto agonizar entre mis manos gracias a mi habilidad con el *cappio valentino* —el lazo valenciano con el que he perfeccionado el oficio de matar con el mismo virtuosismo que el maestro Da Vinci lo ha hecho con los pinceles en el arte del *sfumato*— miraba con mal disimulado disgusto el grandísimo honor que estaba recibiendo el hijo favorito del papa Alejandro VI. Era Gian Giordano Orsini, el primogénito de Virginio Gentile Orsini, señor de Bracciano, a quien, por orden del pontífice, yo mismo estrangulé en su celda del Castel dell'Ovo de Nápoles, en la que estaba preso.

El nuevo señor de Bracciano —donde la antigua familia romana tenía su fortaleza y en cuyo asedio había sido derrotado y ridiculizado Joan Borgia, duque de Gandía— vivía en la corte francesa desde hacía dos años, tras haber escapado del cautiverio de los Colonna después de que el rey Carlos VIII fuera derrotado y bajo cuyas banderas había luchado desde que su padre traicionó al papa Alejandro VI. El desprecio que destilaba su mirada tampoco pasó inadvertido a César, que reconoció de inmediato a quien había sido su compañero de juegos en la fortaleza de Montegiordano de Roma, donde la prima del papa, la dama Adriana del Milà —que estaba casada con un Orsini— lo educó junto a Lucrecia y Jofré. Sin embargo, el Valentino optó por ignorar la ofensa y al ofensor. «Tiempo habrá —me comentó después— de ajustar cuentas».

—Asuntos más importantes nos han traído a Francia, don Micheletto, que las miradas torvas de un Orsini derrotado y exiliado —me dijo tras la ceremonia mientras esperaba a que el rey le concediera una audiencia privada.

En ese momento, un clérigo se acercó hasta donde César conversaba junto a Agapito Gherardi, con el doctor Torrella y conmigo. Vestía una sotana morada ceñida a la cintura con un fajín rojo, y un manto negro. Sobre el pecho destacaba una cruz episcopal de oro. Debía de rondar los sesenta y cinco años, y caminaba con cierta dificultad, apoyado en un bastón con empuñadura de plata en la que estaban grabados un yugo y un haz de flechas, los emblemas de Fernando de Aragón e Isabel de Castilla.

—Disculpadme, Señoría —se dirigió a César en castellano

mientras alargaba la mano derecha en la que brillaba un grueso anillo dorado con un rubí engastado—; temo que no os acordéis de mí, puesto que la última vez que nos vimos vos erais apenas un niño. Soy Juan Ruiz de Medina, obispo de Cartagena y embajador de los soberanos de Castilla y Aragón ante la corte del rey de Francia.

—Reverendísima Excelencia —contestó el Valentino mientras tomaba la mano del clérigo y doblaba el espinazo como si fuera a besarle la sortija, si bien se quedó a más de cuatro palmos de su destino—. En efecto, mi memoria no llega tan lejos y os ruego que me disculpéis por ello. Es un placer este reencuentro, y más en tan feliz ocasión como esta.

—El placer es mutuo, señor. Largo ha sido el viaje que os ha traído hasta Chinon.

—Más de tres meses hace que desembarcamos en Marsella, monseñor. Y además de pasar por Aviñón, lo hicimos por Lyon y por Valence, la sede de mi señorío, donde recibí el juramento de lealtad de mis nuevos súbditos.

—Afortunadísima casualidad que el ducado francés con el que el rey Luis os ha honrado tenga el mismo nombre que la archidiócesis de la que erais titular y cardenal hasta vuestra... —el diplomático reflexionó un momento para buscar la palabra exacta— vuestra vuelta al siglo.

—Así lo ha querido la Divina Providencia —contestó César—, a la que le agrada jugar con las coincidencias. Vos mismo ocupáis la cátedra episcopal de la que también fue obispo, durante diez años, el *Beatissime Pater* Alejandro, nuestro maestro.

—A quien Dios guarde muchos años.

—Amén. Pero decidme, monseñor, ¿cuándo nos conocimos y cómo?

—Su Católica Majestad me envió a Roma para mediar en la querella que el santo padre Inocencio mantenía con el rey Ferrante de Nápoles, el primo de nuestro soberano, a causa de la *chinea*. Las llamadas a la reconciliación que hicimos tanto el entonces vicecanciller Borgia como yo mismo no sirvieron de mucho para evitar la guerra. Por aquel entonces os vi en el Palazzo de la Cancelleria Vecchia junto al resto de... —Ruiz de Medina volvió a sopesar qué términos utilizar— la familia del cardenal.

César tenía pocos recuerdos de aquella época, pues no había cumplido aún los doce años cuando el papa Inocencio VIII y el rey

Ferrante de Nápoles se enzarzaron en una guerra provocada porque el bastardo de Alfonso el Magnánimo incumplió, por primera vez en quinientos años, la obligación de los monarcas napolitanos de rendir vasallaje al pontífice en la festividad de San Pedro y San Pablo. Cada 29 de junio, el rey de Nápoles, o uno de sus barones, acudía a Roma llevando de las riendas una mula blanca —llamada *chinea* en Italia y hacanea en España, porque aquellas imponentes bestias albinas venían de la villa inglesa de Hackney— cargada con once mil onzas de oro —más de treinta mil ducados— como tributo. Yo recordaba mucho mejor todo aquello no solo porque era más mayor, sino también porque de aquel conflicto surgió la primera batalla en la que participé, en los altos de Monteorio, a las órdenes de don Ramiro de Lorca.

—Triste episodio, monseñor, sin duda alguna, en el que al santo padre no le quedó más remedio que hacer valer su autoridad ante un acuerdo roto y la deslealtad de un vasallo —añadió César.

—Lo que me recuerda, Sire, que me veo en la penosa obligación de trasladaros el disgusto de nuestro soberano por vuestro... —el diplomático volvió a hacer una pausa que espesó el aire— acercamiento al rey Luis, pese a ser vasallo de Su Católica Majestad como lo fueron vuestros hermanos, los dos duques de Gandía, a los que Dios tenga en su seno, a pesar de los... —calló de nuevo— defectos de nacimiento.

—Ignoro a qué os referís, Excelencia Reverendísima, pues de la noble y antigua Casa de Borja eran mis dos hermanos y lo soy yo, con el mismo derecho que asiste al arzobispo de Zaragoza para ser reconocido como hijo del rey Fernando, aunque no de la reina Isabel —contestó César.

El obispo Juan Ruiz de Medina escuchaba al Valentino sin mover ni un músculo de la cara, acuchillada por la edad, con la tranquilidad que da la experiencia de haberse visto en peleas dialécticas más duras que aquella que le planteaba el, a sus ojos, cachorro Borgia.

—Es más —añadió César—, preguntad a vuestro monarca por qué, pese a las muchas mercedes que ha obtenido de Su Beatitud, empezando por la legitimación de matrimonio, le causa tanto disgusto que el papa gobierne, con la ayuda de Dios y como mejor le plazca, los estados de Italia de los que es el legítimo soberano, tal y como se estableció en la *Donatio Constantini* hace más de mil años.

No, monseñor. Ni mi tío abuelo el papa Calixto consintió que el rey Magnánimo lo tratara como si fuera su capellán, ni el santo padre Alejandro permitirá que Su Católica Majestad haga lo mismo con él.

—No os equivoquéis, Señoría, pues nada más lejos de la intención de... —volvió a hacer una pausa— de la intención de nuestro soberano que dictar a Su Beatitud cómo debe gobernar sus estados. Pero el rey Fernando se verá obligado a intervenir si su majestad Luis XII, tal y como se rumorea en esta corte, pretendiera retomar la empresa de Nápoles en el punto en el que su primo y cuñado, el difunto Carlos VIII, la dejó. Y no ayuda en nada que un nuevo... —sopesó otra vez sus palabras— un nuevo duque francés estuviera casado con una heredera de su alteza Federico d'Aragona.

—Su Cristianísima Majestad el rey Luis —anunció en ese momento un chambelán— recibirá ahora a Su Excelencia, el duque de Valentinois.

—Me reclama mi primo, monseñor —dijo César con una sonrisa—. Espero que tengamos ocasión de retomar esta conversación.

—Eso espero yo también —contestó el diplomático—. Ojalá Su Señoría tenga tiempo para ello.

Con una ligera reverencia, César le dio la espalda al obispo de Cartagena y se dirigió a la cámara donde aguardaba Luis XII. El rey tenía treinta y seis años, pero aparentaba, por lo menos, quince más, debido a los excesos con la comida, que le provocaban terribles dolores de estómago en los que terminaba pidiendo confesión porque creía morirse y haciendo propósito de enmienda que jamás cumplía para comer y beber con más moderación. La gota le atormentaba desde hace años, así como los cólicos y las indigestiones. A pesar de ello, en toda Europa se le reconocía su valía como general, que había demostrado tanto en la revuelta que algunos de los principales nobles llevaron a cabo contra la princesa Ana —regente de Francia durante la minoría de edad de su hermano, el difunto Carlos VIII— como en la invasión de Italia, en la que dirigió la toma y masacre de Rapallo, en la costa de Génova. Al contrario que su primo y cuñado, no tenía la cabeza llena de sueños de gloria, sino de una profunda ambición y sentido práctico que le hacía ser más realista en sus objetivos.

Y, por ello, más peligroso.

El monarca, que estaba sentado ante un escritorio atestado de papeles, agitó la mano derecha para que César se acercara sin perder el tiempo con más ceremonias. Clavó los ojos, grises como un cielo tormentoso, en el duque de Valentinois y fue directo al grano. Hablaba muy bien el italiano propio de la Lombardía, pues no en vano era nieto de Valentina Visconti —de la familia que gobernó Milán antes que los Sforza—, de ahí que defendiera que él era el legítimo titular del ducado y no el «usurpador» —así lo denominaba— Ludovico Sforza.

—Querido primo —dijo—, mucho os habéis demorado en venir hasta mi corte. El cardenal Della Rovere, que dejó Aviñón una semana después que vos, llegó a Chinon hace casi un mes.

—Cierto, Majestad. Y os ruego que me perdonéis por ello, pero es que tuve que aguardar a que las Cortes de Grenoble me reconocieran como legítimo señor de Valentinois y Dyois, y la ciudad de Lyon se empeñó en agasajarme durante más días de los que la prudencia y la moderación aconsejaban.

—Bien. De todos modos, lo importante es que ya estáis aquí e, imagino, con lo acordado con el santo padre Alejandro.

—Así es, Sire —contestó el hijo del papa mientras me ordenaba que me acercara con el cofre del que no me había separado en ningún momento desde que entramos en la Fortaleza Real—, en este baúl traemos el nombramiento de monseñor D'Amboise como nuevo cardenal de San Sixto y la bula en la que se anula vuestro matrimonio con Juana de Valois.

—¡Alabado sea Dios! —exclamó el rey con júbilo—. En sus cartas, el santo padre decía que el caso era bien difícil.

—En efecto, Majestad, lo era. Si queréis, mi secretario, monseñor Agapito Gherardi di Amelia, os puede dar más detalles.

—Si tenéis la bondad, monseñor.

El santo padre había elegido al también obispo de Siponto, en la Apulia, como secretario personal de César. Era un hombre de cincuenta y cinco años, doctor en Derecho Civil y Canónico al que el Valentino respetaba por su erudición y también por su pragmatismo y visión del *Arte dello Stato*. Era un hombre alto y enjuto, que comía poco, dormía aún menos y jamás bebía vino. Aunque se rumoreaba que le gustaba fornicar con jóvenes efebos, jamás en los años en los que traté con él vi señal alguna de tal cosa, que, por otra parte, era tan frecuente entre la élite eclesiástica que a nadie escandalizaba, a no ser que fuera necesario para destruir a un adversario político. Lo más probable es que aquella maledicencia se debiera a sus modales suaves, su voz algo atiplada y su delgadez.

—Tal y como dice Su Majestad —explicó—, el caso era en verdad difícil porque la reina, perdón, la princesa Juana...

—Duquesa de Berry, si os place más, monseñor; ese es el título que Su Majestad ha otorgado a su primera esposa —apuntó George d'Amboise, arzobispo de Ruan y ministro.

—El tribunal eclesiástico que juzgó el caso no pudo contemplar como causa de anulación el parentesco en cuarto grado de la duquesa de Berry con Su Cristianísima Majestad porque el santo padre Sixto IV había otorgado una dispensa para autorizar su matrimonio, que permitía también casar a la doncella a los doce años y no a los catorce, como es preceptivo. Tampoco era pertinente alegar que el matrimonio fue forzado...

—Pero lo fue —cortó el monarca—. Mi tío el rey Luis me obligó a ello porque sabía que la deformidad de su hija le impediría tener hijos, y presumía que así iba a aniquilar a la Casa de Orleans. Aunque ¡ya ven sus señorías el éxito de tan vil propósito!

Todos los presentes estallaron en risotadas ante la malévola ocurrencia del monarca. Y es que la condición física de Juana de Valois era conocida en todas las cortes de Europa, donde se llamaba Juana la Lisiada a la hermana mayor del rey Carlos VIII. Tenía una pierna más corta que la otra, el espinazo doblado y una malformación en las caderas que no solo le impedía caminar con normalidad, sino también estar sentada, de pie o tumbada durante mucho rato.

—Por todo ello —continuó Gherardi—, el santo padre Alejandro aconsejó al Muy Cristiano rey de Francia que alegara que no se había consumado el matrimonio en los veintidós años que este duró, ya que la deformidad de la duquesa de Berry le impedía recibir la simiente de Su Majestad y afectaba, como es natural, al despertar de su virilidad.

Gherardi detalló el último argumento en susurros, con no poco apuro por tener que hablar de una supuesta impotencia del rey en su presencia. No obstante, a Luis XII no pareció importarle.

—También mencioné a Su Santidad —añadió el monarca con una sonrisa pícara— que quizá hubiera sido aconsejable investigar si fui víctima de algún sortilegio o brujería, porque, salvo con la duquesa Juana, ¡jamás he tenido problema alguno para enarbolar la lanza, como bien pueden atestiguar muchas damas de esta corte!

Hasta los cuatro criados que estaban en la cámara privada del rey se rieron con ganas ante la última chanza de Luis de Orleans mientras repartían copas de vino.

—Sin embargo —continuó el soberano—, mi ministro el arzobispo de Ruan desaconsejó tal alegato, porque la duquesa podía haber alegado que a ella también le habían lanzado el mal de ojo.

—En todo caso, Majestad, el tribunal nombrado por Su Santidad falló a vuestro favor y tenéis vía libre para desposaros con la viuda del rey Carlos —terció César.

Ahí estaba el verdadero interés de Luis XII. Las capitulaciones matrimoniales de Carlos VIII, su antecesor en el trono, establecían que su esposa, Ana de Montfort —la duquesa de Bretaña—, debía casarse con el sucesor en el caso de que muriera sin descendencia, como así ocurrió. Para que el riquísimo y estratégico dominio del noroeste siguiera formando parte de la Corona de Francia, Luis de Orleans tenía que conseguir la anulación de su matrimonio con Juana de Valois, algo que solo podía hacer el papa de Roma.

Por supuesto, por un precio.

Y César era el encargado de cobrar el último pago.

Además de un ducado, la dignidad de un par de Francia y el collar de la Orden de San Miguel, la presa más codiciada por el papa y el Valentino era una princesa de sangre real, y la elegida era Carlota d'Aragona, la hija del rey Federico de Nápoles. La doncella se educaba en la corte de la duquesa de Bretaña y, según lo acordado entre el pontífice y el monarca, debía de estar de camino a Chinon en aquellos mismos momentos para conocer a su futuro marido. No obstante, había algunos condicionantes que, hasta aquel entonces, César no supo:

—La duquesa Ana le ha hablado a la princesa de vos, primo, y de vuestra pretensión de convertirla en su esposa, pero...

—Ignoraba que hubiera «peros», Sire —dijo César.

—Antes de que llegarais, el rey Federico envió embajadores para decirnos que no se opondría a que su hija se desposara con vos si así le placía a la joven, pero que solo la obligaría a hacerlo si poníamos bajo nuestra protección el Reino de Nápoles.

—¿Y qué les contestasteis, Majestad?

—Que no podía comprometerme a proteger a la dinastía que usurpa una corona que pertenece a mis antepasados de la Casa de Anjou, dado que yo o alguno de mis sucesores tenemos el legítimo derecho a hacer valer la fuerza de las armas para recuperar lo que ya era nuestro.

—¿Entonces?

—Entonces, primo, no os queda más remedio que seducir a la princesa Carlota d'Aragona —sentenció el rey.

5

La Madonna del Fuoco

Forlì, Emilia-Romaña,
4 de febrero de 1499

Caterina Sforza se arrebujó en su capa forrada de piel de lobo para protegerse de la niebla gélida que, desde los Apeninos, se había enseñoreado de las calles de Forlì. La condesa de Imola se dirigía al Duomo para asistir a la misa de la Madonna del Fuoco —la Virgen del Fuego—, protectora de la ciudad.

—¡Federica! —dijo a una de sus criadas—, asegúrate de que mis hijos van bien abrigados.

La doncella, junto a dos sirvientas más, se apresuró a cumplir las órdenes de su señora y se aplicó en anudar mejor las bufandas y los mantos de los más pequeños, que viajaban en el interior de un carruaje que, rodeado de seis guardias armados hasta los dientes, marchaba detrás de la condesa.

Poco más de media legua separaba la Rocca de Ravaldino, al suroeste de la villa, de la catedral de la Santa Cruz. Caterina iba a lomos de Bisson, un imponente caballo de guerra, negro como el pecado, de la yeguada del marqués de Mantua, la mejor de Italia. La bestia llevaba el nombre que, en la lengua lombarda natal de la condesa, se le da al *biscione*, la gran víbora que devora a un hombre en el escudo de armas de los duques de Milán.

Que Caterina no usara una silla de manos, no se desplazara en un carruaje ni montara un palafrén con jamuga para sentarse de

— 83 —

lado como hacen las damas, sino que cabalgara como un hombre —a horcajadas—, era uno de los motivos por los que cada desplazamiento de la condesa por la villa concentraba a sus habitantes para ver a la *madonna* de Forlì. Pese a las súplicas y advertencias de los médicos de que no montara, pues se hallaba embarazada de seis meses, Caterina estaba dispuesta a hacer una demostración más de su poder.

La gente mantenía la espalda pegada contra los muros de las casas para dejar el paso libre al centenar de hombres que, armados con *partigiana a lingua di bue*, rodela y espada, precedían a la *contessa*, la cual iba vestida con un vestido de terciopelo azul con dos brazos de cola que caían sobre la grupa izquierda de Bisson, un chaperón del mismo color al estilo francés en la cabeza y la capa negra. En su mano derecha llevaba una fusta y con la izquierda sujetaba las riendas de la montura. De la cadera izquierda, sujeta a un cinturón de hombre, colgaba un bracamarte de hoja terciada y, aunque no se le notaba, debajo del corpiño llevaba una finísima cota de malla hecha a su medida por los hábiles herreros de su tío Ludovico en las forjas del Castello Sforzesco. Jamás aparecía en público sin esa protección oculta no solo porque había sobrevivido a tres intentos de asesinato en la ciudad que gobernaba, sino porque no olvidaba nunca que su padre —el despiadado Galeazzo Maria Sforza, duque de Milán— había muerto a puñaladas el día de San Esteban porque no había querido ponerse la coraza debajo del jubón ya que pensaba que le hacía gordo.

Caterina, como todos los Sforza, también estaba entrada en carnes y no solo a causa de su abultado abdomen. No obstante, a sus treinta y cinco años, y tras haber parido a siete hijos de dos maridos, al que había que sumar el octavo —del tercer esposo— que estaba en camino, su peso ya no le preocupaba tanto. No obstante, sí que pasaba muchas horas ocupada en mantener su piel tersa y sus cabellos brillantes con pociones y ungüentos de su invención por cuyas fórmulas suspiraban los perfumistas de media Europa y las damas de todas las cortes de Italia. Estaba especialmente orgullosa de una pomada hecha, entre otras cosas, con orina desecada y pulverizada de doncella, madera de sándalo y grasa de cordero lechal que dejaba las manos blancas y suaves como el marfil, así como del tinte que ella misma se aplicaba en la melena para que tomara el color del oro. Su habilidad con los filtros, aceites y matraces, así como su laboratorio situado en los sótanos de la *rocca*, eran materia de todo tipo de rumores sobre brujería que, cuando llegaban a sus oídos, la hacían reír a carcajadas.

De su padre había heredado su risa franca; también su corpulencia, la nariz prominente y algo aguileña, el mentón saliente, su ardor guerrero y su valentía rayana en lo temerario; también su crueldad. Sus súbditos —que miraban el cortejo encabezado por la *contessa* el día de la fiesta mayor de Forlì con una mezcla de temor y admiración— lo sabían. Y ella también.

La casaron con trece años con Girolamo Riario della Rovere —el sobrino del papa Sixto IV e instigador de la conjura de los Pazzi, en Florencia, que acabó con la vida de Giuliano de Médici durante la misa del Domingo de Pascua de 1478—, al que le dio seis hijos. En su nombre, al mando de un destacamento de hombres armados, ocupó en un golpe de audacia el castillo de Sant'Angelo de Roma tras la muerte del pontífice Della Rovere, desde donde amenazó a los cardenales con sus cañones hasta que le garantizaron que el nuevo santo padre, Inocencio VIII, le mantendría a su marido el título de conde de Imola y señor de Forlì, así como el cargo y las rentas de capitán general de la Iglesia.

Sin embargo, el brazo de Lorenzo de Médici fue largo para vengar a su hermano muerto y, debido a sus intrigas, Girolamo —por orden del Magnífico— murió asesinado en el Palazzo Comunale de Forlì a manos de miembros de la familia Orsi; luego, despedazaron por las calles su cadáver desnudo.

A Caterina y sus hijos los tomaron como rehenes, pero la condesa convenció a los conspiradores de que solo ella iba a ser capaz de persuadir a Tommaso Feo —el comandante de la Rocca de Ravaldino— para que entregara la fortaleza. Sin embargo, una vez que consiguió refugio tras sus muros, ordenó a la guarnición que disparara los cañones contra la ciudad, a pesar de que sus hijos seguían en manos de los conjurados. Cuando estos fueron con los niños ante las murallas de la fortaleza y amenazaron con ahorcarlos allí mismo si Caterina no se rendía, la *contessa* —de veinticinco años—, desde lo alto de las murallas, se levantó la falda hasta las caderas y, señalando su sexo, les gritó:

—¡Colgadlos si queréis! ¡Tengo aquí la herramienta para hacer más!

Los Orsi, horrorizados, no se atrevieron a cumplir su bravata.

Caterina mantuvo el bombardeo de la ciudad con los cañones del fortín mientras esperaba al ejército que su tío, el duque Ludovico el Moro, envió desde Milán. Cecco Orsi, el jefe de la conspiración, y un puñado de sus parientes más próximos, al verse acorralados, huyeron, y a Caterina la nombraron regente del Condado de Imola y Forlì en nombre de Ottaviano Riario, su primogénito.

La venganza de la *contessa* fue un espanto. A los conspiradores capturados los descuartizaron vivos con tenazas, mientras que Andreas Orsi —de setenta y dos años y patriarca de la familia que había orquestado y ejecutado la conspiración, aunque él no había tenido nada que ver— lo obligaron a presenciar el saqueo e incendio de su casa hasta los cimientos, y luego lo desnudaron y ataron a un caballo que lo arrastró dando tres vueltas a la Piazza Grande junto al Palazzo Comunale, tal y como hacían los señores de Forlì cuando el Consiglio delle Anziani los proclamaba como tales. Al pobre viejo, que aún estaba vivo tras el horrible castigo, también le desmembraron a hachazos, y colgaron sus trozos en la Puerta Schiavonia de la muralla de la villa. Encarcelaron a más de un centenar de personas y destruyeron sus casas.

Si este ajuste de cuentas fue aterrador, aún fue peor la siguiente venganza que Caterina desató sobre Forlì cuando otra conspiración —pocos años después— acabó con la vida de su segundo marido: un gentilhombre llamado Giacomo Feo.

Giacomo era el hermano de Tommaso Feo, el castellano de la Rocca de Ravaldino que se mantuvo leal a Caterina. La *contessa* se encaprichó de aquel joven de diecinueve años y se casó con él en secreto para que no se le retirara la tutela de su primogénito y, con ella, la regencia del Condado de Imola y el Señorío de Forlì. Giacomo era casi diez años más joven que la condesa y apenas seis mayor que su hijo Ottaviano, a quien abofeteó en público sabedor que de la *madonna* —que estaba perdidamente enamorada de su apuesto marido— no se llevaría más que una reprimenda. Como así fue.

Toda Italia estaba de acuerdo en que, si Caterina perdió la cabeza alguna vez, fue durante los años que compartió su vida con Giacomo. Además de confiarle el mando de la inexpugnable Rocca de Ravaldino, le nombró capitán general de las tropas del condado —adiestradas a la milanesa y de las mejor armadas de Italia— y le dio el control de la recaudación de impuestos del señorío. Pronto, Giacomo se comportó como el verdadero señor de Imola y Forlì, y empezó a pensar de manera peligrosa. Creyó que podría convencer a Caterina para que fuera el hijo que había tenido con ella —Bernardino— quien heredara el condado en detrimento de Ottaviano.

Pero Ottaviano, a sus dieciséis años, demostró que era digno hijo de su madre, Caterina, y nieto de su abuelo, Galeazzo Maria Sforza, respecto a la crueldad, y de su padre, Girolamo Riario, en su habilidad innata para las conjuras. Convenció a varios notables de la corte de que la *madonna* quería librarse de su esposo secreto y, de esta forma, la tarde del día de Santa Mónica de 1495, tras regresar de una partida de caza y en presencia de la propia condesa y parte de su séquito, un grupo de guardias encabezado por el gentilhombre Gian Antonio Ghetti se abalanzó sobre Giacomo y lo cosió a puñaladas. Con la sangre aún en las manos, el cabecilla de aquella conjura se arrodilló delante de la horrorizada Caterina para mostrarle su lealtad al librarla del tirano, sin sospechar siquiera que la *contessa* no sabía nada.

Como no podía castigar a su hijo Ottaviano, verdadero responsable de la muerte de su segundo marido, Caterina desató toda su furia sobre los autores materiales del asesinato y sobre sus familias. Hizo que descuartizaran a todo el grupo de atacantes, pese a sus gritos y lamentos de que creían actuar a sus órdenes por indicación de su primogénito. Después mandó a las casas de los atacantes una compañía de guardias que mató allí mismo a todas las almas vivas que encontró en su interior, incluyendo ancianos, mujeres embarazadas y niños de pecho. Luego ordenó que se quemaran las viviendas y, tres años después de aquello, aún no había autorizado a que se edificara de nuevo en los solares que, llenos de escombros ennegrecidos y maleza, servían de feroz recordatorio del poder y la crueldad de quien ya se había ganado el sobrenombre de «la Tigresa».

La comitiva llegó a la pequeña plaza del Duomo, que, como cada año, estaba atestada de gente esperando la llegada de Caterina. Aguardaban a que la condesa entrara en el templo y a que su escolta se asegurara de que no había peligro antes de permitirles el paso para asistir a la misa. La señora de Forlì no pensaba cometer los mismos errores que les habían costado la vida a su padre y a dos de sus maridos, y, por ello, ni siquiera consentía que hubiera ventanas abiertas o gente en los balcones a su paso, para evitar un tiro de ballesta o un disparo de arcabuz.

—¡Sforza! —gritó alguien—. *Merito et tempore!**

La multitud se unió enseguida al coro de vítores, por lo que Caterina retiró el fleco del chaperón con el que se protegía la boca y el cuello del frío, para que le vieran la cara y dedicarles una sonrisa y un leve asentimiento de cabeza en señal de agradecimiento. «Me jalean porque quieren que piense que me aman —se dijo a sí misma—, pero estoy segura de que gritarían con más júbilo aún si me vieran cautiva, desnuda y arrastrada por las calles, como mi primer esposo, o deshecha a cuchillazos, como el segundo». Aunque sonreía, en el fondo de los ojos de la Dama della Vipera —la Dama de la Víbora, que así la habían llamado en Roma cuando ocupó el castillo de Sant'Angelo— brillaban la desconfianza e incluso el desprecio hacia sus súbditos. «El idiota de mi primer marido —recordó mientras saludaba a la multitud ante la estúpida sonrisa de Tommaso dall'Aste, el obispo de Forlì, que había salido a recibirla a la puerta del Duomo— también pensaba que la chusma le adoraba porque le aplaudía cuando hacía caracolear al caballo de camino a una partida de caza; y con el mismo entusiasmo con que lo jalearon lo despedazaron con hachas y hoces. Imbécil: mantener el poder sobre el amor del pueblo es construir una casa sobre la arena».

Entró en la catedral junto a su marido y sus hijos. Ottaviano, el mayor, lucía coraza dorada, una *cinquedea* con empuñadura de plata colgando de la cadera izquierda y una capa negra de terciopelo forrada de buena lana merina castellana. Aunque ya tenía veinte años y era el nominal conde de Imola y señor de Forlì desde los nueve, la que mandaba en realidad era su madre, quien le había conseguido una *condotta* de diez mil ducados al año de la Signoria de Florencia. Tenía bajo sus órdenes a doscientos hombres de armas, cincuenta *lancie* italianas y un centenar largo de jinetes ligeros con arcabuces y ballestas así como algunos falconetes y bombardas. No era una gran fuerza, pero Ottaviano era mejor general que su padre, pues lo habían adiestrado en el arte de la guerra los capitanes del mejor ejército de Italia: el de su tío abuelo Ludovico el Moro, duque de Milán.

Tras Ottaviano venía Cesare, el segundo hijo de Caterina y Girolamo, de dieciocho años, con las manos juntas y la cabeza baja que permitía verle la tonsura en la coronilla que indicaba su condi-

* «Mérito y tiempo», en latín. El lema de la familia Sforza.

ción de clérigo. Vestía un hábito coral blanco con fajín y capa verde, pues acababan de nombrarlo administrador apostólico de la archidiócesis de Pisa, ya que su primo, el cardenal camarlengo Rafael Sansone Riario, había renunciado al arzobispado y convencido al papa Alejandro VI de que nombrara en su lugar al segundo hijo de Caterina, aunque tal nombramiento aún no se había producido.

Bianca —la tercera y única hembra parida por la *contessa*— entró en la iglesia junto a dos damas de compañía. Tras ella iban los más pequeños con sus amas de cría. La hija de Caterina, de dieciséis años, estaba prometida desde los once con Astorre Manfredi, el señor de Faenza, que acababa de cumplir trece. El matrimonio no se había celebrado porque el novio todavía era demasiado joven. De hecho, un espía que Caterina tenía en la corte de los Manfredi le informaba, cada mes, de si Astorre tenía ya vello suficiente entre las piernas para ser considerado un hombre. Sin embargo, más que la virilidad de su futuro yerno, a la condesa de Imola le preocupaba más la creciente influencia de Venecia en Faenza.

El principado de Imola y Forlì era un feudo de la Santa Sede que, al menos en teoría, Caterina gobernaba por delegación, pero cuya posesión era motivo de disputa entre Florencia y Venecia desde que su padre, Galeazzo Maria Sforza, se lo arrebató a los Manfredi y los Ordelaffi. Entre sus dos ciudades, Caterina controlaba un buen tramo de la Via Emilia y, con ella, medio valle del río Po, el más fértil y rico del norte de Italia. Aunque durante años la *contessa* había estado equipando y entrenando —ella en persona en muchas ocasiones— un ejército propio de casi dos mil hombres entre *lancie italiane*, caballería ligera, infantes y piezas de artillería, sabía que su supervivencia pasaba por el temor que inspiraban las superiores fuerzas de su tío Ludovico el Moro, duque de Milán, y, sobre todo, en su habilidad para aliarse con unos u otros según le conviniera. De hecho, en uno de esos vaivenes conoció a su tercer marido, que caminaba dos pasos por detrás de ella por la nave central del Duomo de Forlì.

Su primer esposo, Girolamo, era fatuo y estúpido, pero poderoso por ser sobrino del papa, y a él le debía el principado de Imola y Forlì; su segundo, Giacomo, era atractivo como el pecado, pero también peligroso, porque le hacía perder la cabeza. Por eso, pasado el tiempo y saciada su venganza contra quienes lo mataron, Caterina había llegado a la conclusión de que aquel marido, a la larga, no le convenía, y estaba agradecida a la Providencia de que se lo hubiera quitado del medio. De ahí que estuviera tan feliz con su tercer marido porque, además de guapo como san Juan, era florentino y de la familia más poderosa de la Toscana: los Médici.

Giovanni era de la rama de Trebbio, es decir, la de Lorenzo Giovanni, el hermano menor de Cosme el Viejo, el padre del Magnífico. Sin embargo, cambió su apellido por el de Popolano —«el plebeyo», aunque no se lo creía ni él mismo— cuando pudo volver a la ciudad del exilio al que le había condenado su primo Piero, caído tras la invasión francesa de Carlos VIII y la dictadura religiosa de fra'Girolamo Savonarola. El nuevo gonfaloniero de la República de Florencia, Piero Soderini, le nombró embajador ante la corte de Caterina y administrador de las propiedades e intereses florentinos en la Romaña.

Giovanni tenía veintisiete años cuando llegó a Forlì, y Caterina —que aún lloraba la muerte de Giacomo— se prendó enseguida de aquel apolo toscano de ojos claros, nariz recta, mandíbula poderosa y labios llenos. Además de apuesto, Giovanni era refinado y culto, pues se había educado en el Palazzo Médici de la Via Larga de Florencia, en la corte de Lorenzo el Magnífico, bajo la tutela de dos grandes sabios como Marsilio Ficino y Angelo Poliziano.

Hacía poco más de un año que Caterina se había casado con él, pero, en esta ocasión, no había mantenido el matrimonio en secreto, como hizo con Giacomo. Se sentía lo bastante fuerte como para comunicárselo sin más a su tío Ludovico, que no tuvo más remedio que aceptar la decisión de su sobrina. Al contrario que Giacomo, Giovanni era feliz en su papel de consorte de la Tigresa de Imola; no intervenía en los asuntos de gobierno a no ser que se lo pidiera, y pasaba la mayor parte de su tiempo cazando y aumentando su espectacular biblioteca.

De Giovanni era la simiente que abultaba su vientre y que exhibía con orgullo ante las miradas de los notables que abarrotaban los bancos del Duomo. Habían sacado la *Madonna del Fuoco* de la capilla de San Bartolomé y estaba colocada frente al altar mayor para que todos los fieles pudieran adorarla.

La reliquia estaba hecha en papel y la habían clavado a la tabla de una mesa. Medía un codo de largo por dos palmos de ancho y representaba a la Madre de Dios con el Niño en brazos, flanqueada por el sol y la luna. Sobre su corona había una escena de la Crucifixión y todo el conjunto estaba enmarcado con imágenes de santos. Era una pintura pobre, con pocos colores y pigmentos baratos, que no se podía ni comparar, según pensaba Caterina, con el peor esbozo realizado por *messer* Leonardo da Vinci, el artista protegido por su tío Ludovico y con el que mantenía correspondencia de vez en cuando. Sin embargo, era la más querida por los habitantes de Forlì, porque pensaban que había sido esa humilde *madonna* la que, setenta años antes, había salvado la ciudad de su destrucción.

La obra estaba colgada en una pared de una escuela en la que, la noche del 4 de febrero de 1478, se produjo un incendio a causa de unas brasas mal apagadas de la chimenea. El fuego consumió el edificio durante varios días, pero no se propagó a las casas vecinas. Cuando se extinguió, entre los escombros ennegrecidos estaba la reliquia intacta a pesar de haber estado inmersa en las llamas durante tanto tiempo.

Desde entonces, cada 4 de febrero, los forlienses festejaban el *Miracolo del Fuoco* con una procesión, una misa solemne y encendiendo velas rojas en las ventanas y balcones de sus casas cuando caía la noche. También cocían *piadine della Madonna*, panes aromatizados con semillas de anís dulce. Tanta era la devoción que la *contessa* Caterina había sufragado la creación de la Compañía del Espíritu Santo —compuesta por ocho sacerdotes— y la Congregación de la Caridad para honrar a la Virgen.

La propia Caterina —que como todos los Sforza era una devota mariana— se conmovía en la presencia de la imagen y a duras penas conseguía contener las lágrimas. Se sentía próxima a aquella Virgen humilde cuyo artista jamás pensó que fuera a ser exhibida y reverenciada en una catedral. En eso, ambas se parecían. La *contessa* era una bastarda cuyo futuro tenía que haber sido —al igual que el de otras muchas hijas de la nobleza italiana— el servir de moneda de cambio para alianzas políticas y que la hubieran tratado como una yegua de buena raza para parir hijos. Sin embargo, como la *madonna*, a ella también la adoraban porque, en realidad, también había sobrevivido al fuego.

Al menos, hasta ese momento.

6

El valor de una mujer

Fortaleza Real de Blois, Francia,
12 de mayo de 1499

Luis XII y su nueva reina, Ana de Bretaña, ocupaban sendos tronos dorados en la *salle de justice* de los antiguos condes de Blois. El soberano de Francia había convertido el inmenso aposento en la dependencia principal de su corte donde se iba a celebrar la boda. Aunque las obras en el castillo todavía no estaban terminadas, Luis de Orleans ya había trasladado su residencia desde Chinon a la fortaleza donde nació y que quería inaugurar con un enlace real.

O casi.

Los monarcas, junto a más de un centenar de cortesanos, esperaban a los contrayentes. La novia era Carlota de Albret, la hermana de Juan III de Navarra, consorte de la reina Catalina de Foix. El novio era César Borgia, el hijo del papa, que presumía de llevar en las venas la misma sangre de Ramiro, el primer rey de Aragón. O, al menos, eso decía Agapito Gherardi di Amelia, el secretario de César, mientras exhibía unos pliegos escritos por el dominico Annio de Viterbo, el *magister sacri palatii apostolici* del santo padre Alejandro, en los que, además, se afirmaba que el toro del escudo de armas de los Borgia era heredero del dios-buey Apis del antiguo Egipto y que el pontífice podía hacer ascender su árbol genealógico hasta a un hijo de Noé por la vía materna y, por la paterna, a un tal rey Romus del que nadie había oído hablar y que, según él, fundó

Valencia siglos antes de que Rómulo fundara la misma Roma. Los cortesanos franceses, a los que una generación los separaba del analfabetismo y un par más de la barbarie, escuchaban embobados aquellas historias inventadas por el padre Da Viterbo, que, además de un adulador, era un falsario que traducía antiguos libros etruscos, griegos y caldeos que no existían, y hacía desenterrar placas de mármol con inscripciones en latín y tablillas con jeroglíficos egipcios cuya fabricación había encargado a escultores y artesanos un par de meses antes de tan oportunos hallazgos.

Entre los incautos que recibieron algunas antigüedades creyendo que eran auténticas —aunque no las pagaron porque fueron regalos del hijo del papa— estaba el canciller del rey de Francia, George d'Amboise, que, revestido con mitra y capa blanca por su condición de arzobispo metropolitano de Ruan y primado de Normandía, iba a ser el encargado de oficiar la ceremonia de matrimonio entre Carlota de Albret y César Borgia. El principal ministro de Luis XII no podía ocultar su felicidad, pero, sobre todo, su alivio porque, tras meses de negociaciones, conjuras y conversaciones, se había salido con la suya. Tenía cuarenta años y, aunque era cardenal presbítero de San Sixto desde hacía ocho meses, la bula con su nombramiento firmado por el papa Alejandro VI y el capelo rojo no había llegado a sus manos hasta hacía un par de semanas. Se la entregó César Borgia cuando consiguió lo que su rey tenía que pagar al papa a cambio de la anulación de su matrimonio con la pobre reina Juana la Lisiada y el permiso para casarse con Ana de Bretaña: una novia de sangre real para el hijo favorito del santo padre.

En aquel momento, César hizo su entrada en la Salle de Justice de la Fortaleza Real de Blois. Vestía, como de costumbre, un jubón de seda negra con las costuras cuajadas de perlas, una capa forrada con piel de marta y el grueso collar de oro de la Orden de San Miguel sobre el pecho. Pese a las botas de cuero fino y las espuelas de oro que resonaban sobre el pavimento, todas las miradas se dirigían hacia la Reina de las Espadas que le colgaba de la cadera izquierda.

Era un arma de ceremonia, no de combate, que César había encargado a Ercole da Fideli, el *mastro fabbro* —maestro herrero— de Ferrara que fabricaba en Roma las espadas de parada más hermosas de Europa. La del Valentino era una *cinquedea* acanalada de media caña de largo, con una empuñadura de plata con esmaltes incrustados en cuyo centro, por un lado, estaba labrado el escudo del toro rojo y las tres barras de oro y azabache, y, por el otro, la inscripción Ces.Borg.Car.Val.: «César Borgia, Cardenal Valentino». Cada cara de la hoja estaba dividida en cuatro cajas. En la primera aparecía la leyenda *Cum Numine Caesaris Omen* que el exarzobispo de Valencia traducía como «con el pleno consentimiento de César». El siguiente casetón mostraba un toro ante un altar con el lema *D.O.M. Hostia* —Al Señor Dios todo el sacrificio— rodeado de sacerdotisas desnudas y un guerrero con yelmo. En el cuadro contiguo, las iniciales de César formaban un monograma entre ramas y hojas junto a la cabeza de un toro y la leyenda *Iacta est alea* —la suerte está echada—. Por último, junto a la punta, figuraba el acróstico T.Q.I.S.A.G., que César no quiso nunca descifrar.

—¡Su Excelencia! —proclamó un chambelán—. ¡César Borgia de Francia, conde de Diois, duque de Valentinois y primo dilecto de Su Cristianísima Majestad el rey Luis!

Los asistentes no pudieron reprimir los murmullos, pues, entre los muchos honores que el rey Luis le había concedido a César a cambio del capelo cardenalicio para George d'Amboise y la anulación papal del matrimonio con la desdichada reina Juana, estaba la potestad de añadir el «de Francia» a su apellido, tal y como solo se hacía con los miembros de la realeza. Nadie entre la audiencia recordaba un privilegio parecido en décadas. Ni tampoco que el bastardo de un cura hubiera conseguido una boda con una princesa oficiada por un cardenal y con los reyes de Francia como padrinos.

Y César lo sabía.

Doce gentilhombres —entre los que yo me encontraba, junto a don Ramiro de Lorca, que había sido ascendido a mayordomo de la casa del duque— precedíamos al Valentino. Íbamos vestidos de rojo y negro, los colores de los Borgia. Después de que César ocupara el reclinatorio, nos distribuimos en los primeros bancos a esperar a la novia.

Carlota de Albret entró del brazo de su hermano mayor, el rey Juan III de Navarra. Acababa de cumplir los diecisiete años y, para asombro de todos los presentes, iba vestida de blanco, lo cual resaltaba aún más su belleza. Era menuda, pero bien proporcionada, de cara redonda, ojos claros y nariz pequeña. Tenía el pelo del color del trigo maduro y, en honor de su futuro marido, se lo había recogido en un *coazzone*, tal y como dictaba la moda italiana y española. Seis damas de la corte francesa, con faldas de brocado y corpiños azules, la seguían a cuatro pasos de distancia, con ramos de lirios blancos en el regazo en homenaje vivo a las tres flores de lis, el emblema de la Corona francesa, cuyo uso, por cierto, el rey Luis había autorizado a César en su escudo de armas.

Carlota era de sangre real, pero no era la Carlota de sangre real por la que César había renunciado al cardenalato y viajado a Francia. Ambas doncellas coincidían en el nombre y en la edad, pero la primera era, por mucho que se disfrazara de otra cosa, el segundo plato de un banquete en el que el manjar más preciado no se había llegado a servir. Aunque la hermana del monarca consorte de Navarra era hermosa, rica y de la casa de los orgullosos señores de Albret y condes de Foix, no dejaba de ser la solución de compromiso que Luis XII y su poderoso canciller encontraron para cumplir su parte del trato con el papa Alejandro. Aquella boda venía después de que César, tras meses de cortejo, no hubiera conseguido seducir a la primogénita del rey Federico de Nápoles ni, por su parte, el pontífice lograra convencer a su padre para que la obligara a casarse con el Valentino.

De nada habían servido los regalos que César había repartido entre todo aquel que, en la corte del rey Luis, tenía alguna influencia sobre Carlota d'Aragona o su padre, Federico de Nápoles. Ni siquiera la presión de su tutora, Ana de Bretaña, surtió efecto alguno sobre el ánimo de la princesa napolitana, que, en el momento en el que vio al hijo del papa, dejó de lado la férrea disciplina con la que la habían educado como dama de compañía de la nueva reina de Francia, y se puso a llorar como si en vez de un pretendiente tuviera delante a un leproso.

Es cierto que el *morbum gallicum* —el mal francés que padecía el duque—, además del dolor de huesos que lo atormentaba cada noche, provocó que le salieran pústulas en la cara y el cuello, como las que le habían aparecido en los brazos y las piernas unos meses antes cuando le diagnosticaron la enfermedad. Aquellas bubas —que secretaban una sustancia viscosa parecida a la miel y le desfiguraban el rostro— eran más resistentes a los emplastos de albayalde y los ungüentos de sales de mercurio con los que el doctor Gaspar Torrella —el médico personal de César— había hecho desaparecer las primeras. Además, el galeno valenciano sometía al duque a asfixiantes baños de vapor en el interior de un armario donde se vertía agua sobre piedras calentadas al rojo vivo. También le prohibió beber vino especiado con azúcar, canela y clavo, así como ingerir nabos y chirivías, porque, según el también obispo de Santa Giusta, hacían aumentar la «flema espesa» que agravaba la dolencia.

Sin embargo, todos aquellos remedios tenían siempre un éxito efímero y, aunque el día de su boda el Valentino lucía un aspecto aceptable gracias al tratamiento y, sobre todo, al maquillaje, la corte francesa estaba ya acostumbrada a verlo salir a cazar o asistir a las cenas y bailes con una máscara de fino cuero negro que le ocultaba la cara.

—Al final —le susurré a don Ramiro de Lorca cuando Carlota d'Albret llegó al altar— el duque va a tener la esposa que quería.

—Esperemos que sea gentil, obediente, cariñosa y, sobre todo, fértil —dijo el caballero murciano, al que César había ascendido a jefe de su Casa— para que valga hasta el último de los cincuenta mil ducados que el papa le ha tenido que pagar al soberano de Navarra como dote.

—¿Cincuenta mil ducados? —exclamé—. ¡Santa María!

—Y no solo eso. También ha habido que darle un capelo cardenalicio al hermano pequeño de la princesa Carlota y el rey Juan. Y, además, garantizar en las capitulaciones matrimoniales que Su Excelencia no podrá tocar ni un céntimo de las rentas y patrimonio propio de su futura esposa, la cual, por otra parte, heredará, con sus hijos, todas las tierras y títulos franceses del duque en el caso de fallecimiento.

—¿Cincuenta mil? —insistí—. ¿Estás seguro?

—*Messer* Agapito Gherardi y yo mismo pasamos horas contando cada moneda de los cofres que llegaron de Roma hace cinco días en la presencia de los tesoreros y procuradores del rey de Navarra que comprobaron la ley de todas y cada una de ellas como si fueran usureros judíos. Y el doctor Francesc de Remolins, junto al obispo de Ceuta, redactó el contrato matrimonial revisando hasta la última coma.

—La doncella debe de valer la pena.

—Ninguna mujer, virgen o ramera, princesa o fregona vale tanto, Miquel. Pero ni el santo padre ni César se iban a conformar con emparentar con una casa real por la puerta de atrás con un matrimonio entre bastardos como el de Sancha d'Aragona con Jofré

Borgia o el de Lucrecia con el príncipe de Salerno. Esta vez querían entrar por la puerta grande, con sonido de trompetas, pajes vestidos de brocado, un cardenal oficiando la boda y los reyes de Francia como padrinos. Los Borgia ya son parte de la realeza europea. Y eso hay que pagarlo.

—Pero —insistí— ¿de dónde ha sacado Su Santidad tanto dinero? El santo padre vació las arcas vaticanas para conseguir los casi doscientos mil ducados que ha costado este viaje a Francia. No quedó en Roma para vender ni un palmo de seda y brocado ni una triste perla defectuosa después de que los agentes del Valentino compraran todas las existencias de los mejores artesanos para traerlas a Francia.

—¿Te acuerdas, Miquel, de monseñor Pedro de Aranda? —inquirió.

—¿El obispo de Calahorra?

—El mismo.

—¿Qué pasa con él?

—El santo padre anuló la sentencia absolutoria que él mismo firmó a su favor hace años, le ha cesado de su puesto en el Palacio Apostólico, reducido al estado seglar y confiscado sus bienes. Más de treinta mil ducados en total.

Toda Roma conocía la historia de Pedro de Aranda, la cual fue otro motivo de enfrentamiento entre Alejandro VI y los reyes de España. Era hijo de un judío convertido por el propio padre Vicente Ferrer —el monje dominico valenciano que predijo al primer papa Borgia, Calixto III, que llegaría a pontífice y le haría santo— que había hecho carrera eclesiástica hasta ser nombrado obispo de Calahorra. Sin embargo, el inquisidor general de Castilla y Aragón, fray Tomás de Torquemada —que también era nieto de judíos— le acusó de profesar en secreto la fe de Moisés, por lo que Pedro de Aranda huyó a Roma para apelar al santo padre, a lo cual tenía derecho según la ley canónica. Debió de hacer muy bien su defensa porque Su Santidad no solo le absolvió, sino que, algún tiempo después, también le nombró primer mayordomo de la Casa Pontificia y, como tal, se encargaba de la intendencia básica del Palacio Apostólico, es decir, la gestión de la comida, bebida, combustible, forraje, ropa y armas del servicio del santo padre.

—¿Por qué? —pregunté—. ¿Qué delito ha cometido?

—Hacerse rico, don Micheletto —contestó don Ramiro tapándose la boca con la mano—. Al parecer, aunque los últimos años el papa Alejandro no hacía caso ni a las quejas del embajador de la reina Isabel de Castilla ni a los rumores que maliciaban que monseñor Aranda seguía practicando los ritos judaicos, su nuevo palacio en Roma y su modo de vida lujoso sí que llamaron la atención del santo padre.

—Hay en Roma clérigos más ricos que monseñor Aranda, don Ramiro. Y entre los cardenales, mucho más. A no ser que monseñor Aranda usara su cargo como mayordomo para enriquecerse, porque entonces...

—Pedro de Aranda ya era rico cuando llegó a la Urbe. Precisamente por eso pudo llegar a Roma para que el mismísimo papa revisara su caso. Y se ha hecho mucho más rico sin necesidad de robar a la Cámara Apostólica. Sin embargo, tenía un punto débil. Quizá en otro momento, que fuera un judaizante en secreto no hubiera tenido más importancia para el santo padre, pero él —señaló a César— quería una esposa de sangre real, y las mujeres de esa clase cuestan más que la mayoría. Por eso, las habladurías que acusaban a monseñor De Aranda de no creer en la Santísima Trinidad ni en los Sagrados Misterios que él mismo oficiaba en el altar se convirtieron en buenas razones para quitárselo todo.

—¿También la vida? —inquirí—. Otros, por mucho menos, han acabado en la hoguera.

—La mejor prueba de que es la codicia, y no otra cosa, lo que ha movido al papa a anular su propia absolución es que, pese a que los delitos del obispo de Calahorra le hubieran condenado a la estaca y las llamas, Alejandro Borgia no ha querido cargar con esa muerte en la conciencia. Por ello ha ordenado que tanto a monseñor De Aranda como a su hijo se los confine en Sant'Angelo.

—Si los ha encerrado en la celda de San Marocco —añadí—, lo único que ha hecho es sustituir una agonía de tres horas por un tormento de tres meses. Nadie sobrevive más tiempo en ese agujero donde no se puede permanecer ni sentado ni de pie.

—Tampoco lo ha hecho. El obispo y su retoño disponen de un par de habitaciones, cuatro criados, libertad para moverse por el interior del castillo sin mayores restricciones e incluso les llevan libros de la Biblioteca Vaticana.

—¿Y los otros veinte mil ducados? ¿De dónde los ha sacado el santo padre?

—Monseñor De Aranda reveló los nombres de más de doscientos conversos que, pese a haber sido bautizados, seguían practicando la ley mosaica en secreto no solo en Roma, sino también en Viterbo, Espoleto, Perugia, Nepi y Sermoneta. A todos ellos los detuvo la guardia vaticana y los obligó a hacer una procesión de penitencia, descalzos, con túnicas de saco y sogas en el cuello, desde la Basílica de Santa Maria del Popolo a la de San Pedro, donde entraron de rodillas, reconocieron sus errores y les vertieron ceniza sobre la cabeza en señal de arrepentimiento. Rogaron el perdón del santo padre, que se lo concedió después de que cada uno de ellos pagara una multa de cien ducados.

—Entiendo.

—Ya sabes que Su Santidad siempre dice que Nuestro Señor se alegra más cuando un pecador se arrepiente que cuando muere.

—Y si, además de arrepentirse, paga —añadí—, la alegría se extiende a su Iglesia.

—Y sobre todo a quienes la gobiernan en su nombre —concluyó.

La mirada severa del chambelán del rey Luis nos obligó a terminar con nuestra conversación entre susurros y permanecimos en silencio durante las más de dos horas que duró la ceremonia. Tras la eucaristía y el sermón, el cardenal D'Amboise extendió una tira de seda blanca sobre la cabeza de la novia y los hombros del novio como símbolo de la protección de Dios sobre la nueva pareja, que, siguiendo la costumbre italiana, intercambió dos anillos de oro a la puerta de la Salle de Justice entre los vítores de la corte antes de asomarse a las almenas de la Fortaleza Real para saludar a la muchedumbre que, atraída por el reparto gratuito de vino, pan y dulces, abarrotaba la explanada.

Después llegó el banquete, amenizado por músicos y poetas, y luego cuatro días de bailes, justas y torneos en los que, para asombro de la corte del rey Luis y el populacho que atestaba las colinas próximas a la pradera donde se celebraban los juegos, César se dispuso a matar a un toro que su cuñado, el rey de Navarra, había hecho llevar desde el valle de Izarbe, al otro lado de los Pirineos.

Era una bestia temible, de más de mil libras de peso, tremendos cuernos curvados, pelaje rojo como el fuego del infierno y la muerte en la mirada. Los mozos navarros que lo custodiaban le hicieron correr ante señuelos y arrancaron gritos de admiración cuando, ayudados con pértigas, saltaban por encima del animal cuando los embestía. Mientras tanto, César corría de un lado a otro con un par de venablos en la mano para buscar el mejor ángulo desde donde arrojarlos. Aunque los franceses habían visto antes alancear toros, que un gran señor como el duque de Valentinois lo hiciera a pie y no a caballo causaba tanta extrañeza como admiración. En un momento dado, César ordenó a los pastores navarros que dejaran de citar al animal, cuyas fuerzas habían mermado algo con las carreras, y, con la agilidad de un gamo, se acercó lo suficiente para largar las dos azagayas que horadaron el costillar derecho del astado.

Los gritos del público ahogaron los bramidos de dolor de la bestia y la sangre tintó sus patas y se deslizó por las pezuñas como el mosto de los racimos de uva madura. Después, César caminó de frente hacia el toro, con la misma calma que un par de días antes había entrado en la Salle de Justice para casarse, mientras don Ramiro de Lorca —que entró a caballo en la pradera— le daba una espada cuya hoja tenía el doble de ancho de la mano de un hombre. La fiera reconoció a su torturador y se arrancó en una feroz embestida que dejó un reguero rojo sobre la hierba de la campa. No obstante, César se quedó inmóvil como una estatua y, tal y como hacían los mozos navarros de los que había aprendido el arte de engañar a la muerte, en el último parpadeo de la acometida el duque giró sobre los talones, dio un paso hacia atrás y descargó con la hoja ancha y pesada un tajo de arriba abajo sobre el cuello de su adversario. El toro, tras cornear el aire, avanzó algunos pasos más, pero, con el cuello roto por tan certero golpe, dobló las patas delanteras y se desplomó.

La multitud estalló en aplausos y vítores, y hasta el rey y la reina, boquiabiertos por la exhibición de valentía y habilidad del hijo del papa, se levantaron de sus asientos para batir sus regias palmas. La joven esposa del duque, Carlota, agitaba el pañuelo mientras recibía los parabienes de las damas de la corte, que la felicitaban por haberse casado con tan apuesto y bravo caballero, que, además de gallardo, era también generoso, pues una vez que descabellaron al toro, le pidió permiso al monarca para que despedazaran allí mismo al animal y lo guisaran en grandes calderas para hacer un estofado con el que se agasajó al pueblo.

—Enhorabuena, Excelencia —le dije a César—. Vuestra hazaña de hoy será recordada por el pueblo de Blois durante generaciones.

—No exageréis, don Micheletto —contestó el duque—. Para lo bueno, el pueblo no tiene tanta memoria. Ni el de Blois ni ningún otro. Solo recuerdan lo malo.

—Pues yo diría que os adoran.

—Adoran el entretenimiento que les he ofrecido. Y también la carne con la que están llenando la panza. Pronto olvidarán el primero y cagarán la segunda.

—*Duas tantum res anxius optat, panem et circenses.**

—Siempre tienes un poema a mano, Miquel.

—Pocas veces me ha parecido tan oportuna esta sátira de Juvenal, Excelencia.

—De todos modos, me he divertido yo más que ellos. No es este pueblo el que quiero entretener y alimentar.

—No, claro. Os esperan el Ducado de Valentinois y el condado de Diois.

—También. —César me dedicó una sonrisa enigmática—. Pasaremos las próximas semanas en Issoudun, pero me temo que será una estancia breve.

—¿Por qué?

—Sé que todos os preguntáis por qué el santo padre y yo accedimos a pagar cincuenta mil ducados por la dote de mi esposa, y me consta que don Ramiro dice que ninguna mujer vale tanto.

—No se lo tengáis en cuenta, Excelencia. Don Ramiro es un guerrero que considera que todo lo que no se gasta en hombres, armas o caballos es dinero malgastado.

—Y tiene algo de razón, pero no toda la información. No he comprado una princesa, ni siquiera una esposa, don Micheletto, sino un futuro. Un futuro que pasa por formar parte de las ambiciones del rey Luis para mayor gloria de la Casa Borgia. Todo está hablado.

En el fondo de los ojos de César brillaban las brasas de la ambición con más intensidad que el sol de primavera que iluminaba la campa donde el pueblo de Blois y la corte de Luis de Orleans festejaban con carne, vino y música el último día de la boda del Valentino.

—Este rey de Francia también bajará sobre Italia como lo hizo su antecesor —continuó—, pero lo hará de otra manera. Es nieto de

* «[El pueblo] solo desea dos cosas, pan y circo». Juvenal. *Sátira X.*

— 101 —

una Visconti y, por tanto, se considera legítimo heredero del Ducado de Milán y está dispuesto a expulsar de la Lombardía a los Sforza.

—¿Y ha renunciado a Nápoles?

—No. Pero sabe que no es el único gallo en ese corral. Fernando de Aragón también ambiciona el reino del sur y, tarde o temprano, o llegarán a un acuerdo o se lo disputarán en el campo de batalla. En todo caso, Federico d'Aragona no morirá como rey de Nápoles y la estirpe bastarda de Alfonso el Magnánimo terminará con él.

—Por eso no os habéis casado con su hija.

—Solo estaba dispuesto a entregarla a cambio de garantías de que el papa y Luis XII le respetarían su corona. Y en ese caso, Miquel, don Ramiro tiene razón: ninguna mujer vale tanto.

—Ni ningún hombre tampoco, Excelencia —contesté—. Ni ningún hombre.

7

Las cuatro cartas

Torre Borgia del Palacio Apostólico, Roma,
23 de mayo de 1499

Las campanas de las cien iglesias de la ciudad volteaban como en los días de fiesta mayor y las bombardas del castillo de Sant'Angelo llenaban el aire con salvas de pólvora en señal de alegría. El papa Alejandro había ordenado a los *conservatori* —los miembros del gobierno civil de la urbe, que presumían de ser descendientes de los senadores de la Antigüedad— y a los *priori dei caporioni* —los jefes de los trece barrios— que se repartiera entre el pueblo vino, pan, chacinas y dulces; también autorizó que se encendieran hogueras en las plazas. Todo le parecía poco para festejar el matrimonio de César Borgia con Carlota de Albret, la hermana del rey de Navarra. El santo padre estaba tan contento que incluso decretó la suspensión —desde el día de Pentecostés hasta la festividad de Todos los Santos— del impuesto mensual que tenían que pagar las más de siete mil prostitutas que ejercían en Roma y que suponía, junto a las bulas y las dispensas para el perdón de los pecados, uno de los principales ingresos de la Cámara Apostólica.

En el Palacio Apostólico, el papa ni siquiera permitió que los mensajeros —que habían recorrido en nueve días las más de doscientas cuarenta leguas que separan Blois de Roma con los Alpes en medio— se refrescaran y cambiaran de ropa. Pese a que aún olían a sudor de caballo y polvo del camino, los hizo comparecer ante su presencia para que entregaran las cuatro cartas que portaban desde la Fortaleza Real de Blois. Una era de César y otra de su esposa, Carlota; la tercera, del propio rey de Francia, y la última, del viejo enemigo de Alejandro VI: el cardenal Giuliano della Rovere.

—¡Volved a leerlas, mosén Remolins! —exclamó el santo padre batiendo palmas como un niño ante una bandeja de golosinas—. ¡Todas y desde el principio!

—¿Por cuál empiezo, Santidad? ¿Por la del cardenal de San Pietro in Vincoli? ¿O mejor por la de vuestra nuera la duquesa de Valentinois? —preguntó el jurista leridano mientras volvía a coger los pliegos que había depositado en una mesa auxiliar.

—Pues… ¡Por la de Della Rovere! —rio el pontífice—. ¡Es muy agradable ver cómo se arrastra ante Nos ese perro…! ¿No crees, *nebot*?

El cardenal presbítero de Santa Susana, Joan de Borja i Llançol de Romaní —al que llamaban el Mayor para distinguirlo de otro sobrino del papa de idéntico nombre y que también era cardenal—, asintió antes de apurar de un trago una copa de vino blanco refrescado con nieve. El sobrino —*nebot*— del santo padre estaba desparramado en una butaca en la que apenas cabía su corpachón. A pesar de que la audiencia a los mensajeros se estaba celebrando en la Sala de los Santos de la Torre Borgia, el también arzobispo de Monreale —en Sicilia— estaba descalzo y con los pies envueltos en paños fríos para mitigar la hinchazón y el dolor en las articulaciones provocado por el mal francés que, como muchos otros en la corte vaticana, padecía. Aun así, mantenía intacto su buen humor y su apetito insaciable por la comida, la bebida y las mujeres.

—¡Ya lo puedes decir, *oncle*! —Aunque toda la familia del papa le hablaba en valenciano, el cardenal de Sicilia se permitía a veces el trato familiar con su tío—. No sé si me es más grata la noticia de que mi primo César sea un par de Francia o la adulación de ese sodomita hacia tu persona.

—¡Sin duda! ¡Sin duda! —dijo el papa—. Pero, leed, mosén Remolins; leed, si tenéis la bondad.

El jurista se aclaró la garganta de la misma forma que lo hizo cuando condenó a muerte por hereje a Girolamo Savonarola, y tomó el pliego:

—«No quiero ocultar a Vuestra Beatitud —leyó— que el duque Valentino posee tal gracia, inteligencia, destreza y dones tan altos

— 104 —

de cuerpo y espíritu que ha cautivado a toda Francia y se ha hecho justo acreedor del más alto favor y consideración del cristianísimo rey Luis y de su corte como corresponde al digno heredero de la muy noble Casa Borgia que...».

—¡Santa María! —exclamó el papa—. ¡El mismo que nos llamaba marranos judíos se refiere a nosotros como la noble Casa Borgia!

—«... que está llamada a las más altas cotas de gloria y nobleza junto al soberano de la *Filia Primogenita Ecclesiae*, y, a través de ellas, garantizar la prosperidad de Italia y la paz y la concordia en Europa bajo el magisterio de Vuestra Beatitud como padre de príncipes y reyes, guía del mundo y vicario en la tierra de Nuestro Señor Jesucristo» —continuó leyendo Francesc de Remolins.

—Ese perro genovés cree que los Borgia nos hemos pasado al lado francés— dijo el cardenal de Monreale.

—Y eso es, *nebot*, exactamente lo que hemos hecho —respondió el papa—. En lo que se equivoca es en pensar que, como él hizo con Carlos VIII, nosotros somos siervos de Luis XII cuando somos socios y aliados. Y yerra también al confiar en que los nuevos beneficios vayan a borrar las viejas ofensas.

—Como decía nuestro venerado tío el papa Calixto —añadió Joan de Borja i Llançol—, los socios de ayer no sirven para los negocios de hoy, ni los de hoy servirán para los de mañana.

Ambos primos hablaban en su valenciano natal de Xàtiva a toda velocidad para disgusto del maestro de ceremonias, monsignore Burcardo —que torcía el gesto cuando escuchaba hablar en el Palacio Apostólico cualquier otra cosa que no fuera latín—, y, sobre todo, del yerno y la nuera del papa —Alfonso y Sancha d'Aragona—, que, nacidos y criados en Nápoles, apenas entendían la lengua de la mayor parte de los territorios de su bisabuelo, el rey Alfonso el Magnánimo de Aragón, que, por cierto, jamás se molestó en aprenderla, al igual que sus dos sucesores: su hermano Juan y su sobrino Fernando. El marido de Lucrecia y la esposa de Jofré intercambiaban miradas de circunstancias y temor no tanto por no comprender del todo lo que el papa y el cardenal estaban diciendo, sino precisamente por lo contrario. Porque intuían que el motivo de las chanzas de ambos primos era un mal presagio para el futuro de su familia y, en especial, para la continuidad de su tío Federico como rey de Nápoles.

—Leed ahora de nuevo, mosén Remolins —dijo el pontífice—, la carta de mi hijo, porque la lectura de antes se me ha hecho corta.

—Es que la misiva es muy corta, Santidad —contestó el obispo auxiliar de Lérida mientras buscaba el pliego y se acercaba a la ventana para obtener más luz—. Apenas un par de párrafos.

—¡Pero muy jugosos! —rio el santo padre—. ¡Sabrosos como el almodrote que preparaba mi hermana Joana!

—¡Válgame el cielo —suspiró el cardenal de Santa Susana—, lo que echo de menos la salsa que hacía mi querida prima, que en paz descanse! Mis cocineros romanos no han conseguido dar con la proporción exacta de ajo asado, queso y aceite como la que salía de sus manos. ¡Y además se quejan porque dicen que es comida de judíos! ¡Idiotas!

—Santidad —intervino mosén Remolins antes de que ambos primos se enredaran en una conversación sobre las comidas favoritas de su infancia y adolescencia que podía durar horas—, ¿os parece bien si traduzco sobre la marcha el escrito? Es que el duque ha usado el valenciano para redactarla.

—Sí, sí. Proceded, mosén Remolins —autorizó el papa—. Así nos divertiremos todos.

—«*Estimat Pare Sant Reverendíssim* —leyó—, apenas unas líneas apresuradas para informar a Vuestra Beatitud que mi matrimonio con la princesa Carlota de Navarra se celebró en una ceremonia digna de nuestra Casa y de la de mi esposa, en la que los soberanos de Francia fueron padrinos de la unión del toro de los Borgia con el león de los Albret. Notables fueron los banquetes, bailes, juegos y torneos con los que se festejó el acontecimiento, que la corte francesa recordará durante años».

—Excelente —intervino el papa—, excelente. Continuad, por favor.

—«Mi esposa es la criatura más bella que Nuestro Señor, en su infinita sabiduría, ha dispuesto sobre la Creación, y su hermosura es la razón por la que, cuando llegó la hora de la intimidad marital en el tálamo nupcial —Remolins dudó un instante antes de seguir leyendo—, rompí ocho lanzas en los embates del amor, cinco antes de cenar y otras tres después de reponer fuerzas con el refrigerio».

—¡Ocho lanzas! —bramó el papa batiendo palmas—. ¡Ocho! ¡Si no es esa hazaña digna de un toro Borgia, que baje Dios y lo vea!

—¡Ni en mis mejores tiempos logré yo quebrar más de tres con una dama, y también soy de la estirpe del toro rojo! Ni siquiera con la ayuda del polvo de la mosca verde —exclamó el arzobispo de Monreale entre risotadas.

Los varones presentes en la audiencia —y algunas damas— estallaron en chanzas, pues en especial los de mayor edad habían tomado, en más ocasiones de las que estaban dispuestos a admitir, bebedizos elaborados con cantárida, la mosca española del color de las esmeraldas que devolvía a los hombres de más de sesenta años el vigor de los mozos de veinte. Cuando se acalló el jolgorio, mosén Remolins pudo concluir la lectura de la carta del Valentino.

—«Mi primo el rey Luis —continuó— ha ordenado que sus armas se concentren en su feudo de Asti y hacia allí se dirigen doce mil lanzas francesas, diecisiete mil infantes y un contingente temible de artillería más grande aún que el que bajó a Italia el difunto Carlos VIII en 1494. A mí se me ha ordenado que permanezca en Issoudun con mi esposa hasta que el *Rex Christianissimus* me llame a su lado a Lyon. Allí debo acudir con las trescientas lanzas cuyo mando se me ha otorgado junto al destacamento de estradiotes de don Micheletto y la compañía de infantería de don Ramiro de Lorca. El objetivo, como bien sabe Su Beatitud, es cruzar los Alpes antes de que la nieve cierre los pasos, para que mi primo el rey, antes de la Natividad, recupere el Ducado de Milán, al cual tiene mejor derecho por ser nieto de Valentina Visconti y que fue usurpado por los Sforza».

—¡Espléndido! —gritó el papa—. ¡Espléndido! Vamos a extirpar de la faz de la tierra toda la hez de los Sforza. ¡Del primero al último!

—«Sin más me despido de Vuestra Beatitud en la esperanza de vuestra bendición apostólica. Dado en Blois el día de San Matías Apóstol del año de la Encarnación de Nuestro Señor de 1499» —concluyó Remolins.

Los presentes en la audiencia aplaudieron a mosén Remolins como si en vez de una carta hubiera leído un poema de Petrarca. Sin embargo, hubo dos personas que no batieron palmas con el mismo ardor que el resto: Sancha y Alfonso d'Aragona, la nuera y el yerno del papa. Ambos, pese a que intentaban mantener la expresión alegre, intercambiaban miradas de angustia y temor.

—Mosén Remolins —dijo el papa—, leed a continuación la carta del rey de Francia.

—De inmediato, Santidad. Está fechada, como la del duque Valentino, el día de San Matías Apóstol, y dice así: «*Beatissime Pater Alexander*: *Magnum gaudium,* gran alegría me causa enviaros esta carta para compartir con Vuestra Beatitud la dicha que en mi corte ha producido el matrimonio del duque de Valentinois con la protegida de la reina Ana y sobrina nuestra, la princesa Carlota de Albret. Magníficos fueron los esponsales y bien reconocidas fueron las hazañas de mi primo César no solo en el alanceamiento de toros, los bailes y los torneos que se celebraron, sino también en los dulcísimos combates que los recién casados entablaron en la intimidad de su dormitorio, en los que el duque quebró ocho lanzas para satisfacción de su esposa y admiración de toda la corte, incluido yo mismo —mosén Remolins titubeó un instante antes de continuar leyendo—, que unos meses antes pude completar cinco cabalgadas en mi noche de bodas con la duquesa de Bretaña».

—¡Bravo! ¡Bravo! —exclamó el santo padre—. ¡Hasta el rey de Francia reconoce el vigor de la Casa del Toro Rojo!

—Lo importante es que Luis de Orleans reconozca los acuerdos alcanzados, además de la *trempera del teu fill* —intervino el cardenal de Monreale con rostro sombrío.

El papa lanzó una mirada de reprobación a su sobrino por haberle aguado el momento de felicidad al recordarle que, más que la erección de su hijo, lo importante era que el soberano francés cumpliera con el pacto que le obligaba a enviar soldados y dinero al obispo de Roma a cambio de dejarle vía libre para la conquista de Milán.

—*Ho farà, nebot* —respondió el santo padre—. Lo hará.

—«Como Vuestra Santidad sabe —continuó mosén Remolins para evitar una discusión entre los primos—, es nuestra regia voluntad devolver a mi Corona lo que es mío por justo derecho de nacimiento y, toda vez que Bretaña se ha incorporado a nuestro dominio de la mano de mi esposa, la duquesa Ana, el Ducado de Milán debe seguir el mismo destino. Por ello, y aunque me consta que el duque de Valentinois os ha informado en otra carta que porta este mismo correo, deseo por la presente comunicaros que mi ejército, al mando del marqués de Vigevano, al que he honrado con la dignidad de mariscal de Francia, ya se ha puesto en marcha».

—El compañero de estudios y amigo de la infancia del difunto Gian Galeazzo Sforza será el que desaloje del Palazzo Ducale de Milán a su hermano Ludovico el Moro y me dé la oportunidad de encerrar en Sant'Angelo al tercer hermano, el cardenal Ascanio. La vida tiene estas deliciosas ironías, ¿no crees, Joan? —comentó el papa.

El sobrino del papa se limitó a asentir con la cabeza mientras apuraba otra copa de vino blanco refrescado en cubos de nieve. Pocas dudas tenía el cardenal de Santa Susana sobre la capacidad militar de Gian Giacomo Trivulzio, el condotiero milanés que Luis XII eligió para mandar su ejército. Y tampoco sobre su total falta de escrúpulos, pues Trivulzio había pasado de ser uno de los hombres de confianza de los Sforza a general del rey Ferrante de Nápoles para pasarse luego al bando francés aunque, eso sí, por una *condotta* de más de veinte mil ducados al año y el título de mariscal de Francia.

—¿Deseáis ahora, Santidad? que proceda a la lectura de la carta de la duquesa de Valentinois? —preguntó Remolins.

—Sí, sí. Sin duda.

—Como las anteriores, tiene idéntica fecha y está redactada en un latín pulquérrimo que denota que la princesa navarra ha recibido una cuidada educación. Dice así: «*Beatissime Pater*, grande es la fortuna con la que Nuestro Señor me ha agasajado al proporcionarme un marido como vuestro favorito, que no solo es gentil, gallardo y cariñoso, sino que procede de la muy noble Casa Borgia por cuyas venas corre la misma sangre antigua de los reyes de Aragón y Navarra. Ardo en deseos de acompañar a mi esposo a Roma, cuando Su Muy Cristiana Majestad lo autorice, para postrarme ante los pies de Vuestra Beatitud como su amantísima hija en Cristo».

—¡Gentil y virtuosa criatura! —exclamó el papa—. Mosén Remolins, que se le envíen a mi nuera veinte de las más finas perlas de mi colección, así como unas cuantas alhajas.

—Así se hará, Santidad. De inmediato.

En aquel momento, todos en la corte papal se dieron cuenta de la felicidad que henchía el corazón del santo padre, cuya pasión por las perlas —tenía varios cofres llenos de ellas en los que gustaba enterrar las manos para relajarse— era famosa. Luego, Alejandro VI se levantó del trono dorado. Los presentes, salvo su sobrino, el cardenal de Santa Susana, le imitaron para, acto seguido, caer de rodillas para recibir la bendición apostólica que el pontífice valenciano apenas susurró mientras dibujaba en el aire una vaga señal de la cruz. Después, acompañado de un cubiculario, se retiró a descansar a sus aposentos privados.

Poco a poco, los asistentes a la audiencia privada se fueron marchando. La tarde, tibia y dorada, caía sobre una ciudad que seguía de fiesta, aunque eso no se percibía en el rostro —grave y preocupado— de Alfonso d'Aragona, que miraba sin ver los penachos de humo de las hogueras encendidas por las plazas de Roma.

—Esposo —dijo Lucrecia al acercarse a la ventana donde estaba su marido—, nos esperan para el banquete en el palacio. Habrá poetas y música. Y también una comedia de Plauto.

—No tengo el ánimo para poesía, música ni teatro, Lucrecia —contestó el duque de Bisceglie con voz suave, pero cólera en los ojos—. En esta misma sala se fragua la ruina de mi familia y yo no puedo hacer más que aplaudir las hazañas de tu hermano.

Lucrecia se llevó las manos a la cara. Amaba a Alfonso con locura y más aún desde que sabía —aunque no se lo había dicho a nadie— que su semilla crecía en sus entrañas.

—¡Contente, Lucrecia! —susurró Alfonso entre dientes—. ¡No puedes llorar, y menos aún delante de toda la corte!

La hija del papa consiguió reprimir el sollozo. Sin embargo, la escena no pasó desapercibida para la hermana del duque, Sancha d'Aragona, princesa de Esquilache, quien se acercó para abrazar a su cuñada.

—¿Qué ocurre? —preguntó—. ¿Qué te pasa, hermana?

—Que no entiende que no participemos de la alegría que destilan las cuatro cartas que han venido de Francia porque en ellas viene la destrucción de la Casa d'Aragona —contestó Alfonso.

—Lo único que se dice en ellas es que el rey Luis quiere recuperar su Ducado de Milán —intervino Lucrecia—. Nada se dice de Nápoles. Y bien que me alegraré si la Divina Providencia, por medio de las armas francesas, extermina hasta el último de los Sforza: desde el Moro a su sobrina Caterina y, sobre todo, ¡al Sforzino!

En los ojos habitualmente dulces y mansos de la hija del papa, brillaba el odio, como le ocurría siempre que recordaba a su primer marido, Giovanni Sforza, un primo de Ludovico, con el que la casaron con doce años.

—No nos preocupa el destino de los Sforza, Lucrecia, sino lo que puede venir después —dijo Sancha con tono conciliador—. Si Luis de Orleans tiene el permiso del papa para invadir Milán, también lo tendrá para hacer luego lo mismo con Nápoles. Y si no es el soberano de Francia será Fernando de Aragón el que lo haga. ¿Sabes por qué mi tío el rey Federico de Nápoles no ha consentido que mi prima Carlota se casara con César?

—Dicen que la dama se había enamorado de otro gentilhombre y que no quería, según sus propias palabras, que la llamaran la Cardenala —contestó Lucrecia.

—¡Tonterías! —bufó Sancha—. ¿Cuándo se nos pide a las mujeres nuestra opinión en estas cosas? Si tenemos suerte, como es tu caso, nos enamoramos de los maridos que nos imponen y, si no, tenemos que buscar consuelo en otros lechos distintos al marital. ¡Que me lo digan a mí!

Tanto Lucrecia como su marido bajaron la cabeza para darle la razón a la princesa napolitana, que, al contrario que su hermano menor, había heredado algo de la crueldad de su abuelo Ferrante y todo el mal genio de su padre Alfonso, así como el voraz apetito de ambos por la carne que se disfruta entre las sábanas. Por eso había sido la amante de los dos hermanos mayores de Lucrecia —Joan y César—, porque su matrimonio con el tercero, el pequeño Jofré, no le satisfacía, dada la inclinación del benjamín de los Borgia por los hombres.

—Si a mi tío Federico le hubieran dado lo que quería, es decir, la garantía de que el papa Alejandro no iba a apoyar una invasión francesa o española de Nápoles, hubiera ido él mismo a abrirle las piernas a su hija para que César rompiera todas las lanzas que quisiera contra el virginal *targone* de mi prima. —Sancha, en vez de pronunciar las palabras, las escupía—. Y ahora que César ha convencido al papa de pasarse al bando francés, lo más probable es que el rey de Aragón quiera clavar sus garras en Nápoles.

Lucrecia sabía que su cuñada tenía razón. Aunque Federico de Nápoles y Fernando el Católico eran primos hermanos, el marido de Isabel de Castilla no iba a dejar que Francia se hiciera con el norte de Italia sin asegurarse el dominio del sur. Además, consideraba —al igual que había hecho su padre, el rey Juan— que Alfonso el Magnánimo no tenía que haber legado el Reino de Nápoles a su bastardo Ferrante, sino que tenía que haberlo incorporado a la Corona de Aragón junto al resto de los territorios.

—¡Déjalo estar, Sancha! —intervino Alfonso—. Estamos llamando la atención. Vámonos a la fiesta.

Los tres, acompañados de sus damas y pajes, abandonaron la Torre Borgia para dirigirse al Palacio de Santa Maria in Porticu, la residencia de Lucrecia y Alfonso que estaba casi pared con pared con el complejo vaticano. Pese a la cercanía, a Lucrecia la trasladaron en silla de manos, mientras que Alfonso y Sancha fueron a caballo. Ya en los establos de la mansión, mandaron llamar a Rocco Moddafari.

—*Mastro* Rocco —dijo Sancha—. En cuanto caiga la noche, acudid al Palazzo de la Cancelleria Vecchia y advertid al cardenal Ascanio Sforza de que el papa ha recibido hoy la confirmación de que el ejército del rey Luis XII de Francia se ha puesto en marcha para invadir Milán.

—Sí, *madonna*.

—Y después —añadió la princesa de Esquilache—, mandad aviso a Próspero Colonna para que nos reunamos cuanto antes. Lo ideal sería que fuera en una partida de caza en algún lugar discreto. En Genazzano, por ejemplo.

—Se hará de inmediato como dice Su Señoría.

El *mastro* Rocco Moddafari era un hombre de edad indefinible entre los cuarenta y los sesenta años. Bajo y menudo, daba la impresión de estar hecho con sarmientos de vid envueltos en cuero en lugar de huesos rodeados de carne. Destacaba entre los miembros napolitanos de los séquitos de Alfonso y Sancha d'Aragona por su piel aún más aceitunada que la mayoría por el sol de la Calabria, donde nació, así como por su cara morena con arrugas tan profundas que parecían hechas a cuchilladas. Vestía de gris, con una túnica ancha y una sobreveste oscura aún más amplia que ocultaba la cota de malla que siempre llevaba encima. Había sido, hasta su muerte, el guardaespaldas del viejo rey Ferrante y con el mismo cometido lo había heredado el efímero Alfonso, el padre de Sancha y del marido de Lucrecia. Hacía pocos meses que vivía en Roma como parte del séquito de la princesa napolitana y algunos decían que era el asesino más eficaz y despiadado de Nápoles.

Y tenían razón.

8

El Moro

Castello Sforzesco, Milán,
martes, 12 de junio de 1499

La muchacha apenas tuvo tiempo para taparse con la sábana en el momento en el que Gasparino abrió la puerta del aposento. Le envolvió el olor a lujuria impregnada en el lecho donde el duque la había desvirgado. Con el amanecer recién nacido —que solo podía intuir, pues el aposento estaba en tinieblas—, la ropa de cama ya no emanaba el aroma a lavanda que tenía por la noche y ahora olía a sudor, semen, sangre, vergüenza y miedo.

La estancia, salvo por la tenue luz del candil que portaba el paje, se hallaba en la más absoluta oscuridad. Las gruesas cortinas estaban echadas y las paredes, cubiertas por lienzos negros que colgaban desde el techo al suelo. No obstante, la posibilidad de que el sirviente viera alguna mancha roja en las sábanas —aunque ella ni siquiera sabía si estaban a la vista o no— hacía que la chica se mantuviera inmóvil, temerosa incluso de que el recién llegado la oyera respirar.

Su temor era vano, porque el estrépito de la orina al chocar contra las paredes del bacín de loza fina de Faenza ocultaba el resto de los sonidos del aposento. Ludovico Sforza el Moro, duque de Milán, Bari y señor de Génova, apuntaba el chorro de la micción contra el fondo de la vasija en el que estaban esmaltadas las tres flores de lis, el emblema del rey de Francia. Salvo por un manto grisáceo y ajado que se había echado por los hombros y que apenas le tapaba hasta la mitad de la espalda, estaba desnudo.

—Excelencia —susurró Gasparino a la oscuridad—. Ya ha amanecido y la mañana es fresca y hermosa.

—¡Perro miserable! —bramó Ludovico soltando un manotazo al aire que le hizo perder el escaso vestido que le cubría—. ¿Cómo te atreves?

El bramido que surgió del bulto que el paje identificó como de su señor le sirvió para darse cuenta del error cometido. Era martes y los martes, desde hacía dos años y medio, no podían ser hermosos en ningún rincón de la Lombardía y menos en su capital. Así era desde que el duque declaró que el segundo día de la semana se debía guardar luto y ayuno desde que Beatrice d'Este murió, precisamente, un martes. Tenía veintidós años.

La furia del Moro se materializó en un puntapié al orinal, que rodó por el suelo en dirección al paje, rociando de meados la tarima de madera.

—¡Disculpad, Excelencia! —suplicó Gasparino—. Perdonadme. No lo he hecho por maldad.

El sirviente temblaba de miedo. Ludovico no soportaba ver la violencia ni era tan cruel como lo fue su hermano mayor, Galeazzo Maria, quien, entre otras atrocidades, ordenó castrar por celos a dos de sus amantes masculinos, que emparedaran vivo a un astrólogo porque le desagradó una predicción y que hicieran tragar una liebre entera a un cazador furtivo al que su guardia sorprendió en uno de sus cotos. No obstante, cuando se trataba de algo relacionado con el recuerdo de su difunta duquesa, el Moro podía perder los estribos de tal manera que cualquier cosa podía pasarle a quien despertara su furia. Sin embargo, en aquella ocasión pareció conformarse con una mirada furibunda.

—¡Limpia todo este desastre! —ordenó Ludovico—. ¡Y aparta de mi vista a esa ramera!

—Enseguida, Excelencia. Enseguida.

Gasparino sacó a empellones de la cama a la muchacha, que apenas consiguió taparse con la sábana para no salir desnuda por completo a los corredores del Castello Sforzesco. No tuvo tanto pudor el duque de Milán, que, sin siquiera la capa gris sobre los hombros como único atuendo, ordenó al criado que abriera las cortinas.

—Imagino que no querréis desayunar, Excelencia —dijo el paje cuando expulsó a la doncella.

—Imaginas bien, imbécil. Ni desayunar, ni comer, ni cenar ni nada. Hoy es martes.

Siempre pasaba lo mismo. Tras una noche de carne femenina virginal venía un día de ayuno que, si coincidía con el martes, sería el único de la semana. No obstante, aquellas abstinencias periódicas en recuerdo de Beatrice d'Este —junto a algunas más con las que se mortificaba de vez en cuando— habían convertido al señor de la Lombardía en una triste sombra de lo que un día fue. Aunque era muy alto —de hecho, un gigante de más de siete palmos napolitanos—, ancho de hombros, de cara redonda y abundante papada, como todos los Sforza, las privaciones le habían descolgado las carnes y afilado el rostro en el que, sin orden ni aseo, crecía una barba negra y cerrada. Si en su juventud pasaba largas horas entre sus criados alisándose el pelo con tenacillas calientes, en los últimos tiempos apenas permitía que le peinaran, por no hablar de que se lavaba muy de tarde en tarde. Ya no se vestía con jubones de fina seda milanesa tintada y bordada, sino con simples túnicas pardas o negras, como si fuera un mendigo. Los días que no ayunaba, comía de pie ante un sirviente que le sujetaba una bandeja hasta que su verdadera naturaleza de amante de los excesos despertaba. Entonces volvía a caer en el pecado de la gula o —como aquella noche— en el de la lujuria con vírgenes cada vez más jóvenes; y luego venían los episodios de arrepentimiento por su debilidad y actos de severa penitencia, que hacían girar de nuevo la rueda de su miserable existencia.

Gasparino, mientras limpiaba los orines del suelo, pensaba lo lejos que estaba ahora el orgulloso y astuto señor de Milán de antaño de aquel despojo melancólico y desnudo al que tenía que ayudar a vestirse con puros andrajos. A pesar de que solo tenía dieciséis años, el paje recordaba bien cuando el Moro —mientras ejercía la regencia del Ducado de Milán en nombre de su sobrino y tramaba su muerte— presumía de ser el árbitro de Italia y alardeaba de que el papa Alejandro VI era su capellán; el emperador Maximiliano de Austria, su condotiero; el dogo de la Serenísima República de Venecia, su chambelán, y el rey de Francia, su correo. Algunos motivos tenía para pensar así porque había conseguido cosas extraordinarias que parecían tan imposibles como la ruina y el abatimiento en los que estaba hundido desde la muerte de su mujer.

Pese a ser el quinto hijo de Francesco Sforza, había logrado hacerse con el Ducado de Milán después del asesinato de su hermano mayor, Galeazzo Maria. Para ello tuvo que librarse de la regencia de su cuñada, Bona de Saboya; del primer ministro de esta, Cicco Simonetta, y, años después, de su sobrino, Gian Galeazzo, y del hijo de este con Isabel d'Aragona. Salvo por la ejecución de Simonetta —al que le ofreció la posibilidad de salvar la vida a cambio de una multa de cincuenta mil ducados que el anciano canciller no aceptó porque prefirió dejarles la fortuna a sus hijos que vivir algunos años más—, Ludovico había logrado hacerse con el poder sin apenas derramar sangre de sus familiares. Maniobró para exiliar a su cuñada y, respecto a su sobrino —vicioso e indolente como su padre, pero sin su crueldad, su visión política ni su capacidad de trabajo— solo tuvo que proporcionarle vino, efebos, bailes, cenas, cacerías y distracciones para que él mismo se encaminara a la tumba ante la desesperación de su mujer, Isabel d'Aragona. En comparación con otras familias nobles, como los Bentivoglio de Bolonia, los Vitelli de Città di Castello, los Malatesta de Rímini, los Baglioni de Perusa o los Euffreducci de Fermo —cuyas disputas domésticas habían acabado en matanzas—, Ludovico Sforza podía presumir de que no tenía las manos manchadas con la sangre de sus familiares. O, al menos, no demasiado.

Sin embargo, para suceder a su hermano mayor y pasar por delante de su sobrino y su cuñada, había pagado un precio muy alto al emperador del Sacro Imperio Romano Germánico. Para que Maximiliano de Austria —que era el único que tenía la autoridad legal para ello— le invistiera como duque de Milán, le tenía que dar algo a cambio. Por ello engatusó a Carlos VIII, rey de Francia, para que invadiera Italia para reclamar el Reino de Nápoles que Alfonso el Magnánimo, cincuenta años antes, había arrebatado a los Anjou. La razón de todo aquello es que Maximiliano necesitaba que la inmensa maquinaria de guerra francesa dirigiera la mirada hacia otra parte mientras él consolidaba su poder entre los siempre levantiscos príncipes del Sacro Imperio Romano Germánico y se aseguraba el dominio del Ducado de Borgoña para la Casa de Habsburgo.

Por ese motivo, Ludovico abrió a Carlos las puertas de Italia. La *Calata* —la bajada, que así llamaban los italianos a la invasión de Nápoles— del *Re Petito* terminó con el soberano francés huyendo después de que el papa Alejandro lograra organizar una alianza

—que tomó el nombre de Liga Santa y el falso propósito de defenderse contra los turcos— con Venecia, Mantua, Siena, el Sacro Imperio y Aragón, a la que se unió —en el último momento y a traición— el propio Ludovico ante el temor de quedarse solo ante todas las potencias italianas.

Aunque Carlos VIII murió tres años después —y de manera tan estúpida como había vivido—, Francia no olvidó la puñalada trapera del duque. Ni el resto de Italia tampoco. El nuevo rey Luis, que también participó en la *Calata*, descubrió que recuperar Nápoles para la Corona francesa era mucho más difícil que conquistar Milán, a cuya corona ducal decía tener derecho por ser nieto de una Visconti. Y, además, Venecia, el papado, Aragón y Florencia no mostraban impedimento alguno a que las armas de Luis de Orleans exterminaran a la Casa de los Sforza.

Ludovico lo sabía. Y también sabía que las tropas francesas llegarían a la Lombardía, como muy tarde, a principios de otoño. Se suponía que Milán seguía teniendo el mayor ejército de Italia, pero eso solo era verdad sobre el papel. Además, él ni siquiera era un guerrero como lo fueron su padre y su hermano; era un político, un jugador de naipes que jugaba con cartas marcadas, cosa que ya sabía todo el mundo. Había gastado todos sus trucos y usado todas sus triquiñuelas. Se le acababan los recursos y ni siquiera podía contar con su mejor general, Gian Giacomo Trivulzio, que había cambiado de bando y mandaba ahora el colosal contingente del rey de Francia. A veces intentaba engañarse a sí mismo pensando que su favorito, Galeazzo Sanseverino, podría derrotar a Trivulzio en el campo de batalla, pero ni siquiera él creía que su, en ocasiones, también amante pudiera superar al viejo condotiero en el dominio del arte de la guerra.

Además, las noticias que le llegaban de Roma no eran buenas. Su hermano, el cardenal Ascanio, le había confirmado que el papa Alejandro se felicitaba en público, sin recato ni pudor alguno, por la inminente ruina de los Sforza. El mundo se había convertido en un lugar peligroso y desesperado, y por eso decidió consultar la cuestión con Beatrice.

—Excelencia. —La voz de Gasparino le sacó de su ensimismamiento—. Si os place.

El paje estaba arrodillado delante de él, con la cabeza a la altura de su entrepierna y esperando a que el duque le diera permiso para ponerle la ropa interior. Asintió con un gruñido y se dejó hacer como si fuera un niño pequeño al que viste su madre. Obedecía las indicaciones del criado, que, con ligeros toques, hacía que deslizara una pierna en el interior de las calzas o metiera un brazo en una manga.

El recuerdo de Beatrice se apoderó de nuevo de sus pensamientos. Siempre lo hacía en momentos de cierta intimidad —como aquel en el que lo estaban vistiendo— y pensaba que, como cuando estaba viva, su esposa estaría sentada en el mismo cuarto, charlando de esto y de aquello. A pesar de todas las amantes que había tenido durante su matrimonio y los alivios que metía en su cama ahora, Ludovico parecía incapaz de seguir viviendo —y mucho menos gobernando— sin Beatrice d'Este.

Juntos, Milán prosperó y la corte que formaron a su alrededor se convirtió en la admiración de media Europa. Además de artistas como Giovani Ambrogio de Predis, en ella trabajaban arquitectos como Bramante, músicos como Josquin de Prés y Francesco Gaffurio, poetas como Bernardo Bellincioni e historiadores como Bernadino Corio. Favoreció, como nadie lo había hecho antes, a la Universidad de Pavía, para que en ella enseñaran sabios como mi viejo maestro de matemáticas, Luca Pacioli, quien, junto a Leonardo da Vinci, su ingeniero y maestro de fiestas, escribió en Milán su tratado *De divina proportione* para dedicárselo al duque. Sin embargo, todos los logros de tan grandes nombres le parecían ahora aborrecibles, a excepción del mausoleo que había ordenado levantar en la iglesia del Monasterio dominico de Santa Maria delle Grazie para enterrar allí a Beatrice y donde pensaba acudir en cuanto Gasparino terminara de vestirle.

Abandonó los aposentos ducales y salió al lado interno de las murallas del Castello Sforzesco por la *ponticella* —el pequeño puente— que el maestro Bramante le había construido y donde estaba la *Saletta Nera* —la salita negra— diseñada por Leonardo da Vinci y forrada de placas de mármol oscuro, donde se retiraba para llorar a Beatrice cuando el dolor y la pena se le hacían insoportables. A lomos de una mula —pues no era un buen jinete— esperó junto a la Porta dei Carmini a que el capitán de su guardia personal confirmara que el itinerario que iba a seguir estaba despejado. Tras haber sobrevivido a varios intentos de asesinato y organizado otros tantos, el Moro no permitía que nadie se le acercara e incluso las audiencias se realizaban con el duque parapetado tras una reja para protegerlo de cualquier ataque cuerpo a cuerpo y con su interlocutor a distancia. Por eso se vaciaban a conciencia las calles por las que el duque pasaba e incluso se prohibía que se abrieran ventanas y balcones bajo pena de muerte, en el acto.

Algo más de seiscientas cañas separaban el Castello Sforzesco de la iglesia del Monasterio de Santa Maria. El padre prior le esperaba a las puertas del cenobio para darle la bienvenida y, como de costumbre, el duque ignoró sus reverencias para ir directo hacia el coro donde el maestro Cristoforo Solari estaba a punto de terminar el mausoleo de su esposa, que era a su vez el suyo propio. Junto al monumento se hallaba también el médico, astrólogo y consejero de mayor confianza del duque, Ambrosio Varese.

Más de quince mil ducados había pagado el duque por el monumento que Solari había esculpido en el blanquísimo mármol de Carrara. Las dos estatuas yacentes de Ludovico y Beatrice estaban unidas en el sueño eterno. La habilidad del escultor era tan grande que los novicios dominicos que, por primera vez, veían al duque visitando el sepulcro se santiguaban al descubrir que el Moro de piedra y el de carne y hueso eran idénticos, como si fueran hermanos gemelos. Aquellos que conocieron a la duquesa no se explicaban cómo había conseguido el artista capturar entre las vetas del frío mármol la cálida presencia de Beatrice d'Este, muerta de un mal parto cuando solo tenía veintidós años.

La escultura de Ludovico le representaba con la birreta ducal en la mano izquierda, vestido con una sobreveste de numerosos pliegues y con la cabeza reposando en un cojín en el que se reproducían las hazañas de los Sforza. A su derecha, la duquesa, vestida con una gamurra ceñida, el pelo recogido en un *coazzone* y las manos ocultas en un manguito de civeta que ella misma había puesto de moda en toda Italia, compartía el sueño eterno y sereno con su esposo.

—Bice, Bice, mi amor, ¿qué debo hacer?

Pese a haber sido un maestro en conjuras, el Moro no sabía hablar entre susurros. Y no parecía importarle que su escolta y los religiosos que aguardaban en el interior de la iglesia se enteraran de todo lo que decía.

—Bice, el perro Borgia ha hecho una alianza con el rey de Francia y, a cambio de un ducado para su bastardo y una princesa de sangre real para su cama, le ha dado permiso para invadir la Lombardía y quedarse con nuestro título. Venecia está de acuerdo y Florencia no se opondrá. Solo nos queda recurrir al emperador, pero ¿crees que nos ayudará?

—Os lo debe, Excelencia —dijo Varese como si fuera el portavoz de la duquesa muerta—. Y como rey de romanos y protector de Italia, no debería ser humillado y entregar la corona ducal a un monarca francés. Y, además, sigue estando casado con vuestra sobrina Blanca.

—Y en guerra contra la Confederación Suiza —bufó el duque—. Maximiliano de Austria nos podrá ofrecer refugio en sus dominios del Tirol si tenemos que escapar de Milán, pero no enviará lanzas, caballeros ni cañones para ayudarnos mientras sus tropas sigan cosechando derrota tras derrota ante las compañías de piqueros montañeses. No se lo puede permitir.

—Entonces, señor —susurró Beatrice—, habrá que buscar ayuda en otra parte.

—¿Dónde? ¿Dónde? No tengo nada que le pueda interesar al rey Fernando de Aragón y ni el duque de Ferrara ni el marqués de Mantua se atreverán a ofender a Francia porque saben que pueden ser los siguientes. No podemos contar con Siena ni tampoco con Florencia. He mandado aviso a mi sobrina Caterina para que envíe a sus tropas de Imola y Forlì, pero, salvo ella y el inútil de mi otro sobrino, estamos solos.

—Quizá. Es evidente que nuestra ruina cabalga a lomos de la Liga Santa que el marrano Borgia ha forjado con Francia, Venecia y Florencia, pero ¿qué pasaría si una de ellas tuviera otro problema que resolver? Otro mucho más grave.

—Florencia lleva décadas en guerra contra Pisa y Luis XII de Francia puede avanzar tranquilo hasta Italia sabiendo que el hijo del emperador no se levantará a sus espaldas en Borgoña y que Fernando de Aragón no le molestará al sur de los Pirineos.

—¿Y Venecia?

—¿Qué puede inquietar a los gentilhombres de la Serenísima en sus palacios dorados?

—Solo una cosa. Y lo sabéis tan bien como yo.

—No puedes estar hablando en serio.

—¿Creéis acaso que ibais a ser el primero en plantear una alianza así? Durante siglos, los reyes cristianos de la península ibérica hicieron pactos con los caudillos moros de al-Ándalus para guerrear entre ellos, por muy católicos que se proclamen ahora sus sucesores.

—¿De verdad quieres que llame en mi auxilio al sultán de Estambul?

—¿Qué alternativa os queda? El ejército de Caterina es bueno, pero pequeño en comparación con el de Francia, y el de vuestro sobrino el Sforzino es más un chiste que otra cosa. Sin embargo, puede abrir el puerto de Pésaro a la flota turca como cabeza de puente. Y desde allí se puede conquistar el puerto papal de Ancona y bloquear el paso de las galeras venecianas durante meses. En el momento en el que caigan los beneficios del comercio, los venecianos se avendrán a negociar un acuerdo, y, si no lo hacen, los jenízaros del sultán convertirán los *palazzos* del Gran Canal en mataderos.

—Pero, si hago tal cosa, no habrá mayor traidor en la historia de Italia que yo.

—Solo si fracasáis, Excelencia. Los traidores solo son traidores si pierden. Cuando ganan, son héroes.

9

El embajador

Forlì, Emilia-Romaña,
16 de julio de 1499

Nicolás Maquiavelo aguardaba en una antesala de la zona noble de la Rocca de Ravaldino a que la condesa se dignara recibirle. Un chambelán le acababa de informar de que la *madonna* tenía previsto celebrar audiencias en cuanto volviera de la misa por la festividad de Santa Maria del Monte Carmelo. Sin embargo, el criado no le había especificado si él iba a ser uno de los afortunados que hablarían aquella mañana con Caterina Sforza, la Tigresa de Imola y Forlì.

Cuatro días esperaba ya el embajador la conversación con la *contessa*, quien, hasta ese momento, solo le había dado excusas vagas y gestos corteses sobre la reunión en la que el secretario de la Primera Cancillería de Florencia —cargo que ocupaba desde hacía menos de un año— no solo se jugaba su recién estrenada carrera como diplomático, sino también una buena porción del futuro inmediato de la República de Florencia a la que representaba.

Hacía dos meses que Maquiavelo había cumplido los treinta años y sabía que aquel era su momento y que suya era la responsabilidad de devolver a su apellido el prestigio público perdido. Los *Machiavelli* eran un antiguo clan de tradición güelfa dedicado al comercio que, durante décadas, había ocupado cargos y honores en Florencia, hasta que le ocurrió lo peor que le podía ocurrir a una familia patricia de la ciudad del Arno: la bancarrota. Por ello, su padre —Bernardo— tenía prohibido ejercer como abogado pese a ser doctor en Derecho y subsistía de las rentas de una pequeña finca en el campo y del ejercicio clandestino de su profesión.

A pesar de todos los esfuerzos de Nicolás de ponerse bajo la protección de Lorenzo de Médici —y que incluyeron la adulación más rastrera, como cuando le dedicó un poema a Giuliano, el hijo pequeño del Magnífico—, su pretensión de optar a un cargo público nunca se hizo realidad durante el gobierno de los banqueros. Y lo mismo le ocurrió cuando, en tiempos del dominio de los fanáticos de fray Giacomo Savonarola, presentó su candidatura para el puesto de secretario de la Segunda Cancillería, pero fue elegido uno de los partidarios del monje dominico. Con la expulsión de los franceses de Italia, la ejecución en la hoguera del prior del Convento de San Marcos y el advenimiento de la República bajo el mandato de Piero Soderini, las viejas instituciones florentinas —que los Médici redujeron a marionetas pomposas— recuperaron de verdad sus antiguos poderes y funciones. Gracias a la protección de su maestro y mentor, Marcello Adriani —nuevo canciller de la capital de la Toscana—, Nicolás tenía un magnífico sueldo de doscientos florines al año y el cargo de secretario del Consejo de los Diez de la Libertad y la Paz o, como se les conocía mejor y sin eufemismos estúpidos: «Los Diez de la Guerra».

Y era precisamente la guerra; la eterna guerra entre Florencia y Pisa, lo que traía a Maquiavelo al feudo de Caterina Sforza. Piero de Médici, el inepto hijo de Lorenzo el Magnífico, en su servil e inútil intento de contentar a Carlos VIII, había entregado al rey de Francia la ciudad de Pisa. Cuando el monarca galo se retiró al otro lado de los Alpes tras su desastrosa invasión de Nápoles, los pisanos se rebelaron contra el dominio florentino y la Signoria, alarmada tras quedarse sin salida al mar, reclutó compañías de mercenarios para conquistar de nuevo la urbe rebelde. Una de ellas estaba al mando de Paolo Vitelli, el hermano del tirano de Città del Castello, Vitellozzo Vitelli, y otra bajo las órdenes de otro sátrapa como Jacopo IV d'Appiano, señor de Piombino y la isla de Elba.

Nicolás se las tuvo que ver con este último en su primera misión diplomática. El condotiero, que participaba en el asedio de Pisa, exigía más dinero que el acordado en su contrato con la Signoria. Esta exigencia no era asumible para las exhaustas arcas del tesoro florentino, por lo que los Diez de la Guerra mandaron a *messer* Maquiavelo con la misión de convencer a D'Appiano para que desistiera en su actitud. El joven diplomático lo consiguió porque, según me contó después, Jacopo era un sujeto que «hablaba bien, juzgaba mal y actuaba peor», por lo que no le resultó difícil disuadirle con promesas vagas y amenazas veladas. Tras el éxito con D'Appiano, la Signoria le encomendó una misión mucho más importante: renovar la caducada *condotta* con la que Florencia contaba con el ejército de Caterina Sforza mandado por su hijo Ottaviano. Y, sobre todo, que lo hiciera por la mitad del precio pagado hasta aquel momento.

Nicolás cavilaba cómo abordar la cuestión con la condesa, pues sabía que su tío, Ludovico Sforza, se le había adelantado para pedirle a su sobrina que movilizara las tropas de la Romaña para defender Milán del ejército del rey Luis XII de Francia. Cada día, correos y espías llegaban a la corte del Moro con información de los movimientos del enorme contingente francés que Luis de Orleans estaba reuniendo en Lyon para cruzar los Alpes y desalojarlo del Castello Sforzesco.

Un pequeño dibujo del bastión de los Sforza destacaba en el tapiz del mapa de Italia que Maquiavelo contemplaba en aquel momento y que adornaba una de las paredes de la antesala. El resto de las grandes ciudades de la península, así como las vías principales, habían sido bordados con primor en hilo dorado. Próximo a aquel plano había otro del Mediterráneo y Asia Menor —con Jerusalén en el centro—, y justo en el muro en el que se apoyaba el asiento que ocupaba el secretario florentino, un tercero que representaba el mundo conocido, con la costa de África, la lejana India y, en su lado izquierdo, un enorme espacio vacío en el que solo estaba la mítica Isla de San Brandán —en el medio del Atlántico—, junto a la que las monjas habían bordado, con letras escarlata, «*HIC SVNT DRACONES*».

—¿Crees que ahí habrá dragones? —preguntó Agostino Vespucci mientras señalaba con el dedo el hilo rojo con la inscripción latina que indicaba lo desconocido.

Agostino Vespucci tenía veinticinco años y era algo más que el secretario personal de Maquiavelo. Era uno de los amigos más íntimos de Nicolás, pues ambos habían nacido y crecido en las mismas calles del barrio de Santo Spirito del Oltrarno, en la ribera izquierda del río Arno que atravesaba Florencia. Los Vespucci —como los Machiavelli— también eran una familia venida a menos que intentaba recuperar el esplendor perdido con el comercio, sobre todo de esclavos. El más ilustre de sus miembros era entonces Amerigo Vespucci —primo de Agostino—, que vivía en Sevilla al servicio de la Corona de Castilla y que, dos meses antes, se había embarcado en una expedición por la nueva ruta por el oeste hacia Japón y las islas de las especias.

—Mi primo Amerigo —continuó Agostino— nos escribió en mayo para contarnos que se embarcaba con la tripulación de don Alfonso de Ojeda para viajar a las Indias por la ruta de Occidente, puesto que el almirante Colón ha caído en desgracia ante la reina Isabel y se le ha retirado el monopolio del comercio. ¡Nadie puede imaginar las riquezas que se pueden encontrar!

Maquiavelo asintió con una sonrisa desganada. Su secretario —al que consideraba más un hermano pequeño que un asistente— era capaz de hablar durante horas sobre lo que su primo Amerigo le contaba desde Sevilla respecto a las supuestas maravillas de las tierras del otro lado del océano. Sin embargo, para el diplomático florentino, lo que ocurriera tan lejos no resultaba importante en ese momento, pues tenía motivos más próximos en los que ocuparse y, sobre todo, preocuparse.

—Yo solo puedo pensar ahora —dijo— en las desdichas que afligen nuestras tierras conocidas, más que en las promesas de los mares desconocidos.

—Aun así, *Macchia* —insistió Agostino llamándole por su apodo, que encerraba un doble sentido, pues en dialecto toscano significaba «mancha» y también se refería al miembro viril—, no me negarás que la hazaña es considerable. Imagínate: explorar los confines del mundo donde, hasta hace nada, se pensaba que había dragones.

—No sé si encontrarán dragones, pero estoy seguro de que encontrarán hombres. Y donde hay hombres hay peligros más temibles que los que pueden causar las bestias y la naturaleza. En fin. Hazme un favor: pregunta si es posible que nos sirvan algún refrigerio. Llevamos aquí más de dos horas y cada vez hace más calor. Estoy seguro de que el vino *pignoletto* de la condesa es excelente, pues los viñedos de los llanos de Imola tienen justa fama.

Agostino asintió con una sonrisa cómplice y se fue a buscar a un criado. Maquiavelo se levantó del asiento para estirar las piernas. Era de mediana estatura, pero bien proporcionado, a pesar de su delgadez. Como era un obseso de la higiene, no se dejaba crecer el pelo —negro cual ala de cuervo—, como la mayoría de los gentilhombres de su posición, sino que lo llevaba cortísimo, a la manera de los estibadores y los arrieros, lo que le ocasionaba no pocas bromas entre sus amigos, a los que solía recordar que, como había nacido pobre, había conocido primero la necesidad y luego el placer, y los piojos antes que los perfumes. Tenía la cabeza pequeña, la cara huesuda y la frente alta. Sus ojos, vivos y brillantes, atrapaban todo lo que miraba, y su boca, de labios finos —incluso cerrada—, siempre parecía sonreír con la burlona ambigüedad de quien no se cree nada de nadie.

No dio tiempo a que Agostino apareciera con el sirviente ni la jarra del blanco *pignoletto* refrescado con nieve, porque el chambelán de la condesa se presentó para anunciarle que Caterina Sforza le iba a recibir de inmediato.

Maquiavelo retrasó todo lo que pudo, sin parecer descortés, su entrada en la sala de audiencias de la Rocca de Forlì a fin de que a su asistente le diera tiempo a acudir, porque la dignidad de la República de Florencia no podía consentir que su embajador se presentara solo ante la condesa como si fuera un criado. Ambos se encontraron a la Tigresa de Imola sentada en una silla, en la esquina izquierda del aposento, junto a una ventana por la que entraba el sol de la mañana. En el centro de la estancia, bajo el tapiz en el que estaba bordado el escudo de armas conjunto de los Sforza y los Riario, el sillón dorado estaba ocupado por Ottaviano Riario —el primogénito de la condesa y teórico señor de Imola y Forlì—, que, pese a lucir coraza, espada al cinto, botas de montar y espuelas, tenía el mismo aspecto decorativo que los aparadores de madera labrada y los jarrones de fina loza de Faenza que adornaban la sala.

Caterina, en su rincón, bordaba rodeada de cuatro damas de compañía que jugaban con un niño de nueve años y atendían a una criatura de catorce meses que gateaba sobre una alfombra y trasteaba con animales de madera. Eran Bernardino y Giovanni, los hijos más pequeños de la condesa, concebidos con sus dos últimos maridos, Giacomo Feo y Giovanni de Médici. La condesa levantó la vista de la labor y dibujó una sonrisa malévola, pues era evidente que se divertía con el desconcierto que el embajador florentino manifestaba al no saber dónde mirar: si al trono dorado, donde aguardaba —con aire aburrido— el nominal conde de Imola y señor de Forlì o a la verdadera gobernante del señorío y comandante en la sombra del mejor ejército de la Romaña, pese a que, como cualquier dama italiana de buena reputación, llenaba las horas de ocio con hilo y aguja.

—*Messer* Maquiavelo —dijo cuando consideró que había perturbado lo suficiente al diplomático—, sed bienvenido a Forlì. Y disculpad que no os hayamos podido atender antes, pero otros asuntos requerían la atención de mi hijo, el conde.

El aludido, que se había puesto a juguetear con la daga de puño dorado que llevaba al cinto, no hizo ademán alguno ante la referencia de su madre. Estaba demasiado acostumbrado a que, en asuntos como aquel, su presencia fuera una mera formalidad, y por eso ni siquiera se molestaba en disimular su indiferencia y su hastío.

—Muchas gracias, *contessa*. No hay por qué pedir perdón, pues soy consciente de las múltiples y graves obligaciones que Su Señoría —usó el tratamiento para que madre e hijo se dieran por aludidos por igual— tiene que atender, y más ahora que ya ha expirado la *condotta* que vinculaba las tropas de Imola en la defensa de Florencia.

—Doscientos hombres de armas, cincuenta *lancie* italianas y un centenar y medio de jinetes ligeros con arcabuces y ballestas, así como una decena de falconetes y seis bombardas —dijo Caterina casi de carrerilla—, que, si no recuerdo mal, habéis tenido a vuestra disposición durante los últimos tres años.

—A cambio de doce mil florines; es decir, más de diez mil ducados, *madonna*, que han sido pagados en tiempo y forma.

—Así pues, este negocio ha sido satisfactorio para ambas partes. En tal caso ¿a qué debemos el honor de vuestra visita, *messer* Maquiavelo?

—Queremos que Su Señoría considere la renovación de la *condotta* —dijo el florentino mientras ladeaba la cabeza con cuidado para que la madre y el hijo pensaran que se dirigía a cualquiera de ellos, pues, aunque sabía que era Caterina la que mandaba, no podía confiar en que una supuesta falta de consideración hacia Ottaviano se considerara una ofensa—. La guerra contra Pisa se está prolongando más de lo esperado y con la participación de las tropas de Imola aceleraríamos el proceso.

Las precauciones del embajador no parecían fundadas, pues Ottaviano siguió indiferente a la conversación de su madre con Maquiavelo y miraba, sin disimulo alguno, ora al techo, ora al artesonado labrado de la sala de audiencias.

—En tal caso, *messer* secretario —respondió la condesa—, todo va a ser una simple cuestión de dinero.

—Precisamente, *madonna*; como sabéis, muchas han sido las tribulaciones por las que ha pasado Florencia en los últimos cuatro años y las arcas de su tesoro están exhaustas. Por ello traigo el ruego del Consejo de los Diez de la Guerra de que considerarais una rebaja en el precio.

—¿Una rebaja? —inquirió mientras volvía a fijar la vista en el bordado—. ¿De cuánta rebaja estamos hablando?

—De la mitad —dijo Maquiavelo entre susurros, algo avergonzado por la petición—. Soy consciente de lo que estamos pidiendo, pero la hora es, sin duda, grave. Por eso apelo a vuestra conciencia cívica y a vuestro amor a la patria.

—¿Mi conciencia cívica? —bufó Caterina con una sonrisa incrédula—. ¿Mi amor a la patria?

—Por vuestro matrimonio con Su Excelencia Giovanni de Médici el Popolano, sois florentina de pleno derecho, lo mismo que el tierno infante —dijo el secretario señalando al crío que gateaba sobre la alfombra a los pies de la condesa—, con el que Nuestro Señor bendijo vuestro último matrimonio. No creo que a ninguno de ellos le agradara ver a nuestra gloriosa república derrotada por Pisa ni humillada por las armas del rey Luis de Francia. La Signoria de Florencia no olvidará vuestro gesto.

—No dudo de vuestras palabras, *messer* Maquiavelo. De hecho, siempre me gusta lo que dice la Signoria de Florencia, pero casi nunca lo que hace. O mejor dicho, lo que no hace a pesar de lo que dice. Además, me temo que vuestra petición llega tarde. Las tropas de Imola ya se preparan para acudir en auxilio de mi tío, el duque de Milán, porque, aunque como bien decís soy florentina por matrimonio, sigo siendo milanesa por nacimiento, pero, sobre todo, soy la señora de mi propio Estado, y su seguridad y prosperidad están por encima de cualquier otra consideración.

—Duele, *contessa*, que tengáis esa mala opinión de mis compatriotas, que también son los vuestros.

—Sois más joven que yo, *messer* secretario. Y aunque os tengo por un hombre leído, todavía os falta mucho por aprender del arte de la política, el cual tuve que aprender por las malas. Yo sola he construido un estado, he conformado un ejército y he dispuesto leyes para su gobierno, a pesar de que, por haber nacido hembra, mi función tenía que haberse limitado a parir hijos, criarlos, coser y —miró la labor que tenía en su regazo— bordar. Si lo he hecho ha sido porque asumí que todos los hombres son perversos y que están preparados para mostrar su naturaleza siempre que encuentren la ocasión para ello. Recordad esta lección que, por lo menos yo, no he leído en los libros.

—Yo tampoco, *madonna*. Pero debería figurar en alguno.

—Quizá lo escribáis vos. Tengo entendido que, además de diplomático, sois poeta, como lo fue el primo de mi marido.

—Un humilde aficionado sin mayores pretensiones. —Maquiavelo disimuló como pudo su sorpresa, ya que no se esperaba que Caterina tuviera tanta información sobre él—. El mejor de mis poemas no se puede ni comparar con el peor de los versos del Magnífico.

—En todo caso, *messer* embajador, podríamos acceder a vuestra petición si tenemos garantías de que Florencia acudirá en auxilio de Imola si, llegado el momento, nos vemos en peligro. En especial por parte de Venecia o del papa. Mi señorío está en medio de ambos Estados y sé que tanto los gentilhombres de la Serenísima como el bastardo de Su Santidad han puesto sus avariciosos ojos en mis dominios.

—No puedo garantizaros ese apoyo, *contessa*. Al menos, en esta conversación. Tendría que consultar con el Consejo de los Diez.

—Hacedlo, pues, y, según sea su respuesta, nos plantearemos de nuevo vuestra petición. Sabéis que de esta tierra salen los mejores hombres que nutren las filas de los ejércitos de los condotieros de Italia y a casi todos ellos los adiestran en el oficio de la guerra mis instructores y maestros de armas. Sin embargo, no puedo cederlos con ligereza, menos aún cuando las fuerzas de Luis XII de Francia marchan de nuevo hacia nuestra península y cada lanza, espada, arcabuz y falconete son especialmente necesarios.

—También lo son los apoyos políticos y las alianzas, *contessa*. ¿O acaso no creéis que es mejor ganar la confianza de la gente que confiar en la fuerza?

—En un mundo habitado por seres humanos quizá tal cosa sería posible, pero no en este en el que dominan las bestias.

—¿Las bestias? —Maquiavelo acentuó su permanente sonrisa burlona—. ¿Pensáis que los príncipes y reyes del mundo son
bestias?

—Cualquiera que tenga en sus manos el gobierno debe adoptar
el comportamiento de una bestia. O mejor dicho, de dos. Ha de ser,
a la vez, un zorro y un león, porque el león no se puede defender
contra las trampas y el zorro no se puede defender contra los lobos.
Por lo tanto, es necesario ser un zorro para descubrir las trampas y
un león para aterrorizar a los lobos.

—¿Y cuál de los dos animales pensáis que domina vuestra alma,
contessa? ¿El zorro o el león?

—Ambos anidan en mí, *messer* Maquiavelo. Pero, si tuviera que
elegir, creo que soy más peligrosa cuando domina el zorro que cuando lo hace el león.

10

La conspiración

Roma,
30 de julio de 1499

Cruzaron de noche la Puerta de San Sebastián y enfilaron la Via Apia con los caballos a paso vivo, pese a que aún estaba oscuro y los jinetes debían ayudar con fanales a la medialuna para iluminar el camino. Los centinelas, aunque tenían prohibido abrir los portones antes del amanecer, no se atrevieron a contrariar los deseos del yerno del papa, el cual exigía paso franco para salir de la ciudad con sus amigos para ir a cazar. Le acompañaban ocho hombres, provistos no solo de espadas y largos cuchillos de montería, sino también de ballestas y lanzas dentadas para abatir jabalíes. Dos de ellos, además, portaban arcabuces. También llevaban media docena de perros, feroces mastines napolitanos, más apropiados para guardar fincas y rebaños o defender personas que para perseguir bestias por la espesura.

Por todo ello, los custodios no vieron motivo alguno para temer por la seguridad de Alfonso d'Aragona y le abrieron el paso. Por las conversaciones que pudieron oír, supusieron que su destino sería alguno de los cotos del pontífice cercanos al mausoleo de Cecilia Metela. Y entendieron también que, además de corzos en los bosques, la partida pretendía cazar mujeres en las camas, lo cual siempre exige cierta discreción. O al menos eso les dio a entender Rocco Moddafari, el guardaespaldas del marido de Lucrecia, cuando les dio unas monedas de propina por las molestias.

Nada más desaparecer de la vista de los guardias, poco antes de llegar a la Basílica de San Sebastián, la comitiva se desvió a la izquierda, campo a través, para buscar la Via Asinaria, hacia el este. En cuanto alcanzaron las losas de la antigua calzada romana, lanzaron los caballos al galope hacia la aurora, que teñía con fuego el cielo que silueteaba los picos redondeados de los montes Prenestinos y el valle del río Sacco, a donde se dirigían.

Diez leguas escasas separaban Roma de su destino. En cuanto estuvieron lo bastante lejos de los muros de la Urbe, pusieron las cabalgaduras al paso para no agotarlas. Poco antes de la hora tercia llegaron ante los imponentes muros blancos del castillo de los Colonna de Genazzano.

Hacía casi quinientos años que la poderosa familia tenía en esta fortaleza uno de sus principales bastiones, puesto que desde él podían controlar los pasos a Roma por la Via Asinaria y a Nápoles por la Via Latina. Los Colonna tenían especial aprecio a este castillo, pues entre sus paredes había nacido su miembro más ilustre: Odón Colonna, que no solo llegó a papa y tomó el nombre de Martín V, sino que además fue el pontífice que depuso al antipapa napolitano Juan XXII y al aragonés Benedicto XIII para acabar con el Cisma de Occidente. Su escudo de armas, en blanquísimo mármol de Carrara —con la columna de su apellido coronada por el *triregnum* y las llaves de San Pedro—, dominaba la entrada al recinto por la que accedieron Alfonso d'Aragona y su fingida partida de caza.

Próspero Colonna aguardaba en el patio de armas junto a la fuente. Aunque no tenía motivos para temer ningún peligro tras los muros de su fortaleza, llevaba la coraza puesta, las espuelas caladas y la *cinquedea* al cinto. A su lado, un palafrenero sujetaba por las riendas a un semental negro de las cuadras del marqués de Mantua —que producían los mejores caballos de guerra de Italia—, junto a un pelotón de veinte hombres armados y preparados como si estuvieran a punto de salir a presentar batalla.

El jefe de la familia tenía cuarenta y siete años y la madurez le había despejado la frente hasta casi la mitad del cráneo. No obstante, se dejaba crecer lo que le quedaba de cabello castaño hasta cubrirle la nuca y se lo hacía rizar en tirabuzones con tenacillas calientes, al igual que el bigote y la barba con la que enmarcaba su perfil afilado de ave de presa de ojos un tanto saltones. Era más bien bajo, de hombros anchos y panza rotunda. Estaba considerado como uno de los mejores generales de Italia porque, como la mayoría de ellos, cambiaba de bando con la misma facilidad que de camisa. Había luchado bajo las banderas del ejército pontificio en tiempos del papa Sixto IV hasta que el sobrino del pontífice, Girolamo Riario —el primer marido de Caterina Sforza— hizo detener, torturar y ejecutar a su primo Lorenzo Colonna para contentar a los Orsini, los ancestrales enemigos de los Colonna. Tras aquello, se pasó al lado del rey Ferrante de Nápoles —el abuelo del duque de Bisceglie, que acababa de entrar en el castillo— en su guerra contra Roma y ayudó a sus efímeros sucesores —Alfonso y Ferrandino d'Aragona— a defenderse contra el ejército de Carlos VII de Francia en su invasión. Cuando Nápoles cayó, Próspero y su primo Fabricio cambiaron de bandera y se aliaron con el cardenal Giuliano della Rovere —que apoyaba al rey francés— para ocupar el castillo de Ostia, si bien, al final, tuvieron que entregárselo al papa Alejandro VI. Desde entonces, los Colonna estaban, al menos en teoría, contratados por el rey Federico de Nápoles y preparados para acudir en auxilio del duque de Milán en cuanto el Moro los reclamara para defender su ciudad de la inminente invasión francesa.

—Sed bienvenido a Genazzano, Excelencia —exclamó Colonna en cuanto reconoció al duque de Bisceglie en el momento en el que se desprendió del pañuelo que le protegía la boca y la nariz del polvo del camino—. Espero que hayáis tenido un viaje agradable, considerando las circunstancias, claro.

—Gracias, Señoría —contestó el jinete que cabalgaba al lado de Alfonso d'Aragona—. Ha sido más grato en el momento en el que hemos entrado en vuestros dominios. El frescor de los bosques de estos valles son un alivio en comparación con el calor y las pestilencias de Roma.

Mientras hablaba, Próspero Colonna se percató de que quien había tomado por un paje del séquito del yerno del papa Alejandro era en realidad su nuera. Sancha d'Aragona, la esposa del benjamín de los Borgia, Jofré, y que antes fue amante del difunto Joan y del propio César. Vestía calzas de cuero, espuelas y un gran puñal de montería a la cadera. Sobre la grupa de la yegua torda que montaba a horcajadas llevaba una ballesta de caza. Se quitó el pañuelo que le ocultaba el rostro y liberó la gruesa trenza azabache que mantenía oculta bajo una gorra de terciopelo del color del vino.

Próspero Colonna abrió tanto los ojos saltones que parecía que se le iban a salir de las órbitas, pues apenas daba crédito a lo que estaba viendo. Sabía del fogoso carácter de la princesa Sancha, pues su reputación era la comidilla de todas las cortes de Italia, pero jamás hubiera pensado que una princesa de sangre real —aunque bastarda— fuera capaz de vestirse de paje y cabalgar cinco leguas junto a una partida de caza compuesta por hombres y sin dama de compañía alguna que preservara su virtud y dignidad. El desprecio brilló en el fondo de las pupilas del condotiero, que pensó en aquel momento que los Colonna jamás permitirían que sus mujeres cayeran en semejante bochorno.

Lo que no sospechaba es que aquello no había hecho nada más que empezar.

Sancha era bien consciente de las miradas lascivas que provocaban entre los hombres de armas sus movimientos felinos para bajar del caballo sin la ayuda de palafreneros. Y también que debía ignorarlos por completo, como si fueran hormigas que miran desde abajo la inmensidad del buey que aplasta un hormiguero con las pezuñas. Estaba tranquila y resuelta, y más aún cuando el *mastro* Rocco Moddafari puso pie a tierra y todo el mundo pudo ver su mirada fiera.

—¿Pasamos dentro, Señoría? —La pregunta de Sancha tenía más de orden que de interrogación—. Entiendo que aquí estamos seguros por el momento, pero no creo que en Italia se hayan levantado muros lo bastante gruesos ni altos como para estar a salvo de los espías de mi suegro.

Sancha sabía provocar con las palabras y los ojos tanto como con su cuerpo y sus gestos, y Próspero Colonna llegó a pensar en hacer que su guardia expulsara a patadas a aquella deslenguada junto al resto de su séquito. Sin embargo, no había llegado a donde lo había hecho dejándose llevar por sus primeros impulsos, por razonables que fueran. El rey de Nápoles —el tío de ambos hermanos— había mandado cartas para favorecer el encuentro propuesto —o eso creía él— por el marido de Lucrecia porque las noticias que le llegaban de Roma eran cada vez más alarmantes.

El papa Borgia —con toda seguridad por influencia de su hijo César— estaba dejando morir su ancestral alianza con los Trastámara de Nápoles —a los que en Italia llamaban D'Aragona— para apoyar al rey de Francia y sus reivindicaciones sobre el Ducado de

Milán y la corona del reino del sur. Aunque a Colonna tales movimientos le afectaban poco, más allá de que tendría que buscarse otros patronos si las casas de Sforza y D'Aragona eran exterminadas, le preocupaban más otros rumores que apuntaban a que el pacto de Alejandro VI con Luis XIII incluía un ejército francés para que el hijo del santo padre pudiera hacerse con un principado propio en la península, que uniría al que ya tenía en Francia. Un dominio que, si no podía salir de los territorios controlados por Milán, Venecia, Florencia, Ferrara o Nápoles, sería conformado por lo que el Valentino pudiera obtener en la Italia central con la ayuda de las armas francesas.

Como, por ejemplo, las tierras, villas y castillos que pertenecían a su familia como aquel mismo de Genazzano.

Los Colonna, al igual que otras familias nobles romanas, como los Savelli, los Caetani, los Orsini o los Baglioni de Bolonia, los Varano de Camerino y los Montefeltro de Urbino, gobernaban señoríos que, en teoría, pertenecían a la Iglesia y al papa de Roma. Lo hacían en calidad de vicarios pontificios, aunque, con el tiempo, se habían convertido en los señores feudales de aquellas tierras, que rara vez obedecían al santo padre. Tenían sus propios ejércitos, que alquilaban al mejor postor cuando no se peleaban entre ellos a causa de una linde, un molino o una ofensa real o imaginaria. Aquellos pequeños tiranos medraban cuando conseguían que un miembro de su familia llegara al papado —como habían hecho los Colonna con Martín V más de un siglo antes—, pero siempre se las arreglaban para tener un cardenal con el que defender sus títulos, tierras y privilegios. Como es natural, si no era uno de ellos el que portaba el *Anulus Piscatoris*, hacían todo lo posible para mantener en la Cátedra de San Pedro a un pontífice débil o, al menos, neutral.

Por ese motivo, Próspero Colonna necesitaba todos los ojos y oídos disponibles en la corte de Alejandro VI y ahora el destino le brindaba la oportunidad de tener a su disposición al yerno y a la nuera del propio papa. Una vez más —y como había hecho muchas veces a lo largo de su vida— tenía que adaptarse a la situación, aunque esta le obligara a tratar con una mujer de veintiún años que podía ser su hija.

—Excelencia —dijo Sancha tras beber un trago de vino fresco que le ofreció un criado—, la boda de mi cuñado César con Carlota de Albret es una pésima noticia para Italia y los italianos. Mi hermano y yo os podemos confirmar que los rumores son ciertos y que, cuando caiga Milán...

—Si es que cae, señora —interrumpió con suavidad el señor de Genazzano—; el duque Ludovico sigue teniendo el mayor ejército de la península.

—Solo sobre el papel, señor —respondió Sancha—. Cada día llegan correos al Palacio Apostólico para informar al papa de los hombres, caballos y armas que el rey Luis ha reunido en Lyon. En una semana, diez días como mucho, habrá cruzado los Alpes y llegado a Asti. Desde allí, solo se interponen en su camino hacia Milán la plaza fuerte de Alessandria y los pantanos que la rodean. Si no se le frena allí, asediará la capital sin remedio.

Colonna no pudo evitar arquear las cejas de sus ojos saltones, sorprendido por los conocimientos militares y estratégicos de la muchacha que, cada vez, le parecía más interesante.

—Continuad, señora, os lo ruego.

—Decía antes que los rumores que habéis oído son verdad. Mi... —Sancha dudó unos instantes antes de seguir hablando, lo cual no pasó desapercibido para Colonna— mi cuñado César tendrá el apoyo de las armas francesas para, según presume el papa, «devolver a la Iglesia lo que los tiranos del Lacio, la Emilia y la Romaña han usurpado». Y eso incluye las posesiones de vuestra familia, Excelencia.

—Ya veo. —Colonna recibió la noticia sin mover ni un músculo de la cara, pese a que era la peor que esperaba—. Sin embargo, no veo en qué os puede afectar esto a vos y a vuestra casa, señora. Si el rey de Francia quiere Milán y el hijo del papa pretende gobernar un principado que aún no existe en la Emilia y la Romaña, no parece que Nápoles esté en peligro.

—Es que sí que lo está, Señoría. César ha convencido al papa de que los días de la estirpe directa del rey Alfonso el Magnánimo en la Corona napolitana están contados. Bien lo conquistará Luis XII de Francia, bien Fernando II de Aragón. Y aunque preferirían al primero, no pondrán reparos al segundo siempre y cuando ambos reconozcan a César como señor de la Romaña.

—Adelantáis acontecimientos, querida mía. Por lo que sé, hasta ahora el Valentino no ha hecho nada más que renunciar al capelo cardenalicio y casarse con una princesa navarra porque vuestra prima Carlota no lo quiso en su cama, a pesar de que él es capaz de grandes proezas entre las sábanas, según se dice.

Esa vez la que dio un respingo fue la propia Sancha, pues no podía imaginar cómo el condotiero había podido enterarse de los detalles de la noche de bodas de César en la Fortaleza Real de Blois.

—No os asombréis, señora —bromeó Colonna—, de que yo sepa estas cosas. Los propios lacayos del papa se encargaron de contar las hazañas de alcoba de vuestro cuñado por todas las tabernas de Roma a las que, como corresponde a una dama de vuestra condición, no acudís nunca, por supuesto.

—Ni a muchos otros lugares, señor —dijo la princesa de Esquilache mientras sus ojos azules y profundos como las aguas del Estrecho de Mesina decían justo lo contrario—. Ni a muchos otros que, sin embargo, alguna vez frecuento. Aunque solo si merecen la pena.

—Como sabéis —continuó Colonna tras tomarse unos instantes para interpretar aquella mirada—, tengo una *condotta* con vuestro tío, el rey Federico, y también un acuerdo con el duque de Milán, así que, si llega el caso, ambos contarán con mis hombres para la defensa.

—Por eso estamos aquí.

—No entiendo.

—Ludovico Sforza ya está perdido, Excelencia —explicó Sancha—. En unas pocas semanas el ejército francés habrá llegado a Italia y tanto si el Moro intenta frenarlo en Alessandria como si no, lo único que se decidirá ahí es si la corona ducal de Milán aguanta en sus manos hasta octubre o hasta Navidad. Y, una vez que ocurra eso, César tendrá los hombres y las armas necesarios para iniciar su campaña de conquista entre los señoríos de las familias romanas. Y luego será el turno de Nápoles.

—¿Y cómo podríamos evitarlo, señora?

—Con un nuevo papa.

Próspero Colonna se quedó mudo ante la propuesta de aquella jovencita que, sin siquiera pestañear, parecía proponer asesinar al santo padre, ya que, hasta donde él sabía, Alejandro Borgia gozaba de una salud de hierro. En aquel momento, el condotiero pensó que le estaban tendiendo una trampa y, en consecuencia, optó por la prudencia.

—¿Acaso Su Beatitud está enfermo? Ignoraba tal circunstancia.

—En absoluto. Pero en Roma nadie está a salvo de los miasmas que el Tíber escupe cada verano y un mal aire puede venir en cualquier momento. O una caída de caballo, y más al considerar que al santo padre, pese a sus sesenta y ocho años, le encanta cabalgar cada mañana, como cuando era joven.

—Arriesgada costumbre para un hombre de su edad, sin duda.

—En el caso de que alguna desgracia se abatiera sobre la persona de Su Santidad, mi hermano y yo necesitaríamos vuestra protección y hospitalidad —continuó Sancha—. Y más al considerar lo que siempre ocurre en Roma cada vez que Nuestro Señor llama a su vicario en la tierra a su seno.

Colonna asintió con una sonrisa burlona, pues él mismo había sido uno de los responsables de los disturbios y saqueos que se produjeron en la ciudad tras los decesos de los dos últimos papas —Sixto IV e Inocencio VIII—, e incluso su familia podía presumir de haber hecho huir disfrazado de monje en una barcaza sobre el Tíber y bajo una lluvia de piedras al santo padre Eugenio IV.

—Si se produjera tal fatalidad, Alteza —usó por primera vez el tratamiento real con su invitada—, los muros de Genazzano y los hombres que los defienden están a vuestra disposición.

—Si me permitís, Excelencia —intervino por vez primera Alfonso d'Aragona—, no deberíamos demorar demasiado nuestro regreso a Roma. Aunque estemos a pocas horas de viaje, tenemos que conseguir algunas piezas que justifiquen nuestra marcha para no levantar sospechas.

—Sin duda, sin duda —exclamó Próspero Colonna mientras se levantaba y estiraba los brazos—. Pero no hará falta que busquéis caza por el camino.

—¿Ah, no? —preguntó el joven.

—En aquellas colinas —señaló el condotiero a través de una ventana— poseo un coto en el que se ceban jabalíes, que, por gordos y perezosos, son fáciles de abatir. Así satisfago mi pasión por las cacerías cuando no tengo tiempo de disfrutar de una verdadera montería. No tardaréis más de dos horas en cobraros algún puerco con el que agasajar al papa de Roma.

—Gracias, Excelencia, por vuestra comprensión —apuntó Sancha.

—¿Pensáis acompañar a vuestro hermano y sus hombres, señora?

—¿Yo? —contestó la joven—. Ni por asomo. Preferiría aguardar aquí su regreso. Estoy segura de que podréis prestarme algún libro con el que entretener la espera.

Alfonso d'Aragona y sus hombres se marcharon, no sin que la princesa de Esquilache obligara al *mastro* Rocco Moddafari a acompañar a su hermano tras convencerlo de que no corría peligro alguno en el castillo de los Colonna. Cuando estuvieron a solas, el condotiero guio a Sancha hasta la biblioteca para que escogiera el volumen que más le gustara. La joven tomó el *Canzionere* de Petrarca y buscó entre sus páginas el «Soneto a Laura»:

—*Paz no encuentro ni puedo hacer la guerra, / y ardo y soy hielo; y temo y todo aplazo; / y vuelo sobre el cielo y yazgo en tierra; / y nada aprieto y todo el mundo abrazo.*

Dejó de leer y, con una sonrisa que hubiera hecho arder toda Nápoles con más furia que una erupción del Vesubio, miró a los ojos a Colonna. En ese momento, antes incluso de besarle, supo que tenía al temible condotiero entre las manos.

Lo que no podía saber es que, en aquel momento, el criado que le sirvió la copa de vino un rato antes le estaba contando al sacerdote de la cercana iglesia de San Giovanni todo lo que había escuchado.

11

El demonio

Lyon,
1 de agosto de 1499

En cuanto llegó a Lyon, el general Gian Giacomo Trivulzio mandó que se levantaran cadalsos frente a la catedral de San Juan Bautista y las iglesias de San Pablo y San Jorge. El inmenso ejército, cuyo mando le había confiado Luis XII, llevaba semanas reuniéndose en la ciudad y aquellos patíbulos eran necesarios como advertencia para mantener la disciplina entre los miles de hombres de armas que deambulaban por sus calles, bebían en sus tabernas y, sobre todo, frecuentaban sus burdeles. Tal y como había previsto el viejo guerrero, ni un solo día quedaron las sogas vacías ni los verdugos ociosos, con lo que las horcas pronto formaron parte del paisaje urbano como árboles de los que pendían, a diario, sus frutos muertos.

En cada jornada, al condotiero milanés le faltaban horas para atender todos los asuntos que requerían su atención: era necesario procurar alojamientos y manutención para la tropa, los oficiales y los nobles señores de Francia que habían acudido a la llamada a las armas de su rey; era necesario proveer forraje y establo para las monturas y las bestias de tiro; almacenar la impedimenta, la pólvora y las municiones, y, sobre todo, soportar los lamentos de las autoridades locales, de los mercaderes y del insufrible arzobispo de Lyon por las lógicas molestias que un ejército de aquel tamaño ocasionaba en la ciudad de los dos ríos.

Con tanto trajín, era del todo comprensible que a Trivulzio se le olvidara ordenar que se retirara el cadáver que se balanceaba en el cadalso levantado al otro extremo de la plaza de San Juan Bautista. El despiste había provocado el monumental enfado del arzobispo, André d'Espinay, quien, del disgusto, había estado a punto de suspender la bendición de las tropas tras la misa solemne y el tedeum que se celebró en la catedral, y a los que asistieron el rey Luis XII y toda su corte.

Cinco años antes, su antecesor, Carlos VIII, había conducido treinta mil hombres en su *Calata* —bajada— a Italia para conquistar Nápoles, y, desde allí, perseguir su delirio de recuperar Constantinopla de manos de los turcos. Su primo y cuñado, Luis de Orleans —mucho más realista, pero no menos pródigo a la hora de reunir armas y hombres—, había convocado para la que parecía más asequible conquista del Ducado de Milán a seis mil lanzas francesas a caballo y diecisiete mil tropas de infantería, acompañadas de treinta modernos cañones de asedio móviles. Aquellos ingenios ya no necesitaban montaje y desmontaje cada vez que iban a disparar, como ocurría con el temible *Diable,* el arma con la que Carlos de Valois bombardeó el castillo de Sant'Angelo con el papa Alejandro dentro cuando ocupó Roma a principios de 1495. En poco tiempo, los ingenieros militares franceses habían ideado la manera de mover aquellas máquinas de muerte para que estuvieran operativas nada más llegar al campo de batalla. A ellos se unían docenas de bombardas, falconetes y culebrinas. Como de costumbre, al ejército de hombres de armas, caballeros, escuderos y artilleros le seguía otro compuesto por sus familias, y otro aún más grande formado por peristas, rameras, rufianes y vendedores de cualquier cosa que se pudiera comer, beber, vestir, quemar o fornicar.

El general Trivulzio ignoró por completo el berrinche del arzobispo de Lyon y las miradas de reproche del canciller real —el cardenal George d'Amboise— y del chambelán, a pesar de que el ahorcado —y no el monarca, que acababa de sentarse en el trono dispuesto en una tarima frente a la puerta principal de la catedral— era el que parecía presidir la ceremonia de bendición de las armas del soberano de Francia. Hacía menos de un día que aquel soldado piamontés, culpable de violación y asesinato, se pudría al sol en el extremo de una cuerda, y allí se quedó durante todo el tiempo que duraron los oficios religiosos en los que el condotiero milanés, además, recibió del cristianísimo rey la dignidad de mariscal de Francia y jefe supremo de los ejércitos franceses para la conquista de Milán. Después, el arzobispo bendijo a los hombres que abarrotaban la plaza como una legión escupida del infierno: ballesteros de la Gascuña, infantes de la Provenza, espadachines de Normandía, jinetes de Borgoña, artilleros del valle del Loira y piqueros suizos formaban filas compactas tras sus comandantes a caballo y bajo un mar de oriflamas y estandartes de las distintas casas nobiliarias que acudían a la llamada a la guerra de Luis de Orleans, cuya bandera con el puercoespín y la leyenda *Cominus et eminus* —«de cerca y de lejos», como daña el animal— ondeaba en la tarima tras el trono.

El hijo del papa —que ya firmaba sus cartas y documentos como César Borgia de Francia— estaba en la primera fila de los dignatarios, como correspondía a su posición de par del reino y primo del rey. Siguiendo su costumbre, vestía de terciopelo negro sin más adorno que el grueso collar de oro de la Orden de San Miguel que le adornaba el pecho. Ocultaba como podía los temblores con los que la fiebre le atormentaba desde hacía dos días, pues su enfermedad le afligía de nuevo y no habían surtido ningún efecto los remedios que el doctor Gaspar Torrella le había prescrito. Las sangrías, los baños de vapor y los vahos de sales de mercurio le permitían estar en pie y soportar con aplomo la larguísima ceremonia, pero a costa de dejarle tan débil que el Valentino susurró, más que pronunció, las palabras de enhorabuena que le brindó al general milanés cuando terminó el acto y la plaza de San Juan se iba vaciando.

—Muchas gracias, Excelencia —respondió Trivulzio con cierta condescendencia—. Nos esperan semanas muy duras de marcha, pero, con la ayuda de Dios, cruzaremos los Alpes antes de las tormentas de otoño y desalojaremos al usurpador de Milán, como muy tarde, después de Todos los Santos.

—¿Acaso no teméis, Señoría, que Nuestro Señor se haya enojado por aquello? —apuntó César mientras señalaba, con un guiño pícaro, al cadáver del piamontés ajusticiado—. Al menos es lo que anda rumiando por las esquinas el arzobispo de Lyon.

—La guerra es un negocio sucio y desagradable que produce miserables espectáculos como este y aún peores —soltó Trivulzio tras una risotada, pues había captado la ironía en las palabras del duque de Valentinois—. Y tanto bien hace a la tropa ver la gloria y majestad de nuestro rey cuando los arenga a la batalla y dos cardenales les salpican sus piojosas cabezas con agua bendita como las consecuencias que trae el quebranto de la disciplina. Vos sois muy joven, duque, y no habéis tenido aún experiencia alguna ni en el oficio de las armas ni en las danzas con la muerte.

César estuvo a punto de contarle como cazó y ordenó masacrar —incluyendo a sus mujeres y a sus hijos— al pequeño destacamento de infantes de Perpiñán que, en Roma, habían saqueado la casa de su madre durante la ocupación de la Urbe por parte de Carlos VII. No obstante, optó por el silencio, pues sabía que el general milanés, en el fondo, tenía razón. Quería creer que había nacido para la guerra, pero ni siquiera su primo el rey —que le dio permiso para colocar en su escudo de armas un cuartel con las tres flores de lis como si fuera parte de la familia real— le había confiado el mando directo de un pequeño destacamento de su ejército. Tal y como mandaba una tradición ancestral de los monarcas franceses, Luis XII no encabezaría su campaña de conquista y se quedaría en su reino mientras no hubiera un heredero que garantizara la continuidad de su dinastía. Y el duque de Valentinois permanecería con él.

Por ello, César no perdía ocasión —cuando su salud se lo permitía— de visitar los acuartelamientos en los que se encontraban algunas de las tropas que, cuando acabara la campaña de Milán, iban a estar bajo su mando directo. Un ejército Borgia de soldados franceses era el precio que el rey Luis tenía que pagar al papa Alejandro por haber anulado su matrimonio con la lisiada princesa Juana y autorizar que se pudiera casar con la duquesa Ana de Bretaña. Un contingente del que ya formaban parte trescientas lanzas a las órdenes de Hugo de Moncada —un caballero de Chiva, perteneciente a la Orden de San Juan, que llevaba cinco años al servicio de los reyes de Francia—, mi destacamento de estradiotes albaneses y la compañía de infantes valencianos de don Ramiro de Lorca, mi maestro en el arte de la guerra.

Tras despedirse de Trivulzio, César ordenó a un paje que le acompañara de nuevo a una silla a la sombra para descansar un poco y que le llevara vino fresco. El monarca y el grueso de la corte se habían marchado ya, y de los soldados, caballeros y estandartes que poco antes abarrotaban la plaza para recibir la bendición del arzobispo de Lyon y la arenga del rey de Francia apenas quedaban unos pocos rezagados. César, incluso, dio permiso a don Ramiro de Lorca y a Hugo de Moncada para retirarse, pero nos pidió a su paje y a mí que nos quedáramos junto a él hasta que recuperara las fuerzas para volver a subirse al caballo.

El sol caía a plomo sobre la tierra apisonada de la plaza y el calor del ya inminente mediodía hacía temblar el aire. Sobre el cadalso, las nubes de moscas que rodeaban al ahorcado eran ahora visibles pese a los más de cincuenta pasos que nos separaban del patíbulo, y su zumbido siniestro se escuchaba con mayor claridad que la interminable homilía del arzobispo. A nuestra espalda, a través de las calles que bordeaban la catedral y bajaban hasta la ribera del río Saona, no corría la más mínima brisa que aliviara el bochorno. El Valentino fijó la mirada en el ajusticiado. Aquel desgraciado no debía de tener más de veinticinco años y, aunque el cadalso estaba a una vara de altura respecto al suelo, el madero y el travesaño del que colgaba le habían dejado los pies a menos de un palmo del entarimado, lo cual indicaba que los verdugos de Trivulzio ni siquiera tuvieron la consideración de hacerle caer desde alto para partirle el cuello y acortar su agonía a un parpadeo. Las pústulas de su cara indicaban que, como César, también estaba enfermo de la *pudendagra*, que así era como llamaba al diabólico mal que afligía a toda Europa el doctor Torrella en el libro que había escrito y dedicado a César, su principal paciente.

—*¿No tenéis calor, Excelencia?* —dijo el ahorcado con una horrible mueca que reveló a César sus dientes podridos—. *Mis disculpas por ello pero, al parecer, no ha querido la Providencia que, por fin, pudiéramos conversar en un día más fresco.*

—¡Santa María! —susurró el duque, espantado por aquella visión infernal que solo a él atormentaba—. ¡Dulce Madre de Dios!

—*Vos y yo estamos ahora muy lejos de Dios, Excelencia. Y también de su Dulce Madre. Y de todo lo bueno, justo y santo que existe en la Creación.*

—¿Acaso he muerto y estoy ya en el infierno? ¿O en el Purgatorio?

—*¡Oh, no mi señor duque!* —La voz del ahorcado era un susurro apenas audible, interrumpido por el gorgoteo de la sangre coagulada en el cuello—. *Vos, al contrario que yo, estáis vivo y, de momento, bien vivo. De hecho, si he mencionado antes que estamos muy lejos de Nuestro Señor es porque estar vivo y enfermo es lo más alejado que se puede estar de la Divina Presencia. Y eso es lo que os pasa ahora.*

—Entonces ¿quién eres y qué quieres?

—*Podría refrescaros vuestra educación clerical y contestaros de la misma manera que el Dios de Israel respondió a Moisés en el monte Horeb y deciros que yo soy el que soy. Pero ni estáis viendo una zarza que arde sin consumirse, ni, por mi parte, voy a caer en semejante blasfemia porque, en realidad, yo soy vos.*

—Lo único que eres —César recuperó el aplomo— es un piamontés cuya miserable vida ha acabado en una muerte aún más miserable. Y que me hables después de muerto solo puede ser el fruto de los amargos remedios del doctor Torrella.

—*Y no os falta razón* —rio el ahorcado o, al menos, el asqueroso gorgoteo que surgía de su boca azulada pretendía ser una risa—. *Acertáis en ambos extremos. Sin las sales de mercurio cuyos vapores os hace inhalar el doctor Torrella no me veríais ni podríais hablarme. Algo de provecho podréis sacar de ello, Excelencia, porque vamos a estar juntos el tiempo que os queda de vida. Me trajeron las naves castellanas desde el otro lado del océano, donde, si tenía nombre, ya lo he olvidado. Aquí en Francia me llaman* le mal du Naples, *aunque en Nápoles me conocen como el mal francés. Vuestro médico me ha bautizado como* «pudendagra» *y también* morbo galico. *Y si la soga no hubiera acabado ayer mismo con el desgraciado a través del cual hablo, lo habría hecho yo con el tiempo. Como haré con vos.*

—Eso todavía está por ver, demonio… —En la voz de César se mezclaban el miedo y el desafío—. Tiempo. ¿Cuánto tiempo?

—*Me encantaría decíroslo, Excelencia, pues desde que me uní a vos en Espoleto…*

—¿En Espoleto? —interrumpió el Valentino—. ¿Cómo que en Espoleto? ¡Explícate!

—*¡Ah!* —volvió a reír el cadáver—. *No os acordáis. Lo entiendo. Han pasado tantas mujeres por vuestra cama que os resulta difícil recordarlas a todas. Erais entonces cardenal, aunque acompañabais al rey Carlos en su expedición a Nápoles como rehén para garantizar el buen comportamiento de vuestro padre, el papa. En Velletri visteis la ocasión propicia y os escapasteis para refugiaros en Espoleto, donde estuvisteis tres meses. ¿Se os va refrescando la memoria ahora?*

César Borgia, con el rostro lívido, no contestó. No obstante, recordaba bien aquella fuga y cómo tuve que matar con el *cappio valentino* a los guardias que lo custodiaban. Y también la cabalgata en plena noche para ponerse a salvo tras los gruesos muros del castillo. El ahorcado continuó hablando.

—*Imagino que sí. Largas fueron las jornadas de aburrimiento en la fortaleza que levantó el cardenal Ruiz de Albornoz. Y no poco entretenimiento obtuvisteis de las muchachas de la villa. Tanto de las que procedían de familias de notables como de vulgares fregonas. Vuestro apetito siempre ha sido insaciable, Excelencia. Y entre las piernas de una de ellas, que se llamaba Ilaria, por cierto, estaba yo. ¿Os acordáis ahora?*

—Vagamente. —El duque sudaba de nuevo, pero no de fiebre, sino de cólera y miedo—. Pero contesta a la pregunta que te he hecho. ¿Cuánto? ¿Cuánto tiempo?

—*Eso, en realidad, solo Dios lo sabe. Aunque me consta que vos también os barruntáis que es posible que no sea todo el que todo el mundo quiere. Ya decía Séneca que no hay hombre, por viejo que sea, que no crea que va a vivir un año más. Pero no temáis. No estaréis solo en el trance. Yo estaré allí con vos. Siempre estaré con vos, Excelencia.*

12

La gobernadora

*Rocca Albornozziana, Espoleto, Estados Pontificios,
1 de septiembre de 1499*

Lucrecia Borgia estaba impaciente por despedir a los magistrados
de la ciudad y que aquella interminable audiencia acabara de una
vez. Los priores —todos ellos respetables caballeros y ricos bur-
gueses— se deshacían en elogios por sus dotes de mando cuando
apenas quince días antes la trataban como si fuera su nieta. De hecho, no parecían cansarse nunca de alabar el trabajo realizado por
la guardia pontificia que la hija del papa se había traído de Roma.
En muy poco tiempo, el número de robos, peleas y violaciones en
la villa había descendido de manera notable porque una de sus primeras decisiones como gobernadora de Espoleto había sido la de
despedir al corrupto e incompetente *podestà* —al que tenía que haber ahorcado, según la opinión del capitán Juan de Cervellón, que
estaba al mando del destacamento papal y era el responsable de su
seguridad—, así como a sus esbirros y a un par de priores del *Comune* —del Ayuntamiento— que eran cómplices y beneficiarios de
sus fechorías. La paz y el orden habían vuelto a la villa desde que la
guardia del papa patrullaba por sus calles.

Además, Lucrecia había conseguido que el *Comune* de Espoleto y el de la vecina villa de Termi firmaran una tregua de paz que
ponía fin a años de conflicto entre ambas ciudades en los que las
milicias de las dos se habían dedicado a quemar molinos, robar ga-

nado y arrasar cosechas la una de la otra por una cuestión de lindes y derechos sobre pozos y manantiales. Tras la mediación de la nueva gobernadora, la paz estaba de camino en aquellos valles de la Umbría.

Pese a los elogios y adulaciones que Lucrecia había recibido durante toda la mañana, los patricios de Espoleto no fueron tan gentiles cuando les planteó que aflojaran las bolsas para colaborar con la Cámara Apostólica —el tesoro del papa— en la compra de grano de Sicilia para hacer repartos gratuitos de trigo al pueblo durante el invierno, ya que la primavera había sido muy seca, y la cosecha, pobre. En ese punto, los elogios hacia su prudencia y sabiduría —a pesar de su juventud y su estado de buena esperanza— se tornaron en amargos lamentos sobre la gran cantidad de impuestos que ya tenían que soportar, al tiempo que esgrimían antiguos y más que dudosos privilegios en tan eternas peroratas que hasta ellos mismos perdían el hilo de lo que estaban diciendo. Solo cuando Lucrecia les dijo que ella misma correría con la mitad de los gastos se avinieron a abrir los cofres de moneda, no sin antes obtener garantías de que aquella aportación sería solo para ese año y que en ningún caso se prolongaría más allá de ese plazo. Y es que los padres de la patria demostraron que solo se preocupan por el pueblo cuando a ellos no les cuesta nada. Una vez que estuvieron satisfechos, la duquesa gobernadora pudo dar por concluida la audiencia.

Cuando el último de los próceres se marchó, Lucrecia tuvo la tentación de arrancarse allí mismo los botones del corpiño, desgarrar la camisa de seda que llevaba debajo y despedazar con sus propias manos el corsé de lino endurecido para dejarse los senos al aire y que la fresca brisa que bajaba de las laderas verdes del Monteluco aliviara el ardor que sentía en los pezones. Aunque los gruesos muros mantenían el ambiente fresco, tenía un calor insoportable y los calambres le atormentaban las piernas tras más de cuatro horas inmóvil. Las ganas de orinar eran tan grandes que tuvo que pedirles a las sirvientas que llevaran una de las sillas con bacín allí mismo, pues era consciente de que no le iba a dar tiempo a llegar a las letrinas. Beatriz —mi esposa— y Ángela Borgia —la prima de la hija del papa, de catorce años—, sus damas de compañía, la ayudaron a levantarse las faldas y acomodarse en el asiento para que pudiera aliviarse una vez que sacaron a gritos a los pajes y criados que, entre risitas maliciosas, abandonaron la estancia.

Lucrecia estaba embarazada de casi siete meses y cada vez tenía más dificultades para moverse. Sentada en aquel retrete móvil, contempló los muros desnudos del Salón de Honor de la Rocca Albonozziana, la fortaleza que Gil de Albornoz —el cardenal guerrero castellano de los papas Clemente VI, Inocencio VI y Urbano V— había hecho levantar más de un siglo antes y que era la residencia del gobernador papal de Espoleto, así como de las vecinas villas de Todi, Foligno y Termi.

Acostumbrada a los hermosos frescos del Pinturicchio de las salas de la Torre Borgia y a los bellos tapices que adornaban las estancias de su propio Palacio de Santa Maria in Porticu de Roma, aquellas paredes severas de piedra y revoco le recordaban que su nuevo hogar —pese a su nombramiento como gobernadora papal, el enjambre de criados que tenía a su servicio, la guardia personal y las atenciones y adulaciones de los ricos y poderosos de Espoleto— en realidad era una cárcel. Por las ventanas que daban a los dos patios del castillo, más allá de la Torre del Espíritu que dominaba la fortaleza, la verde espesura de las laderas de los Apeninos invitaba a Lucrecia a soñar con lo que no tenía: libertad.

Y, además, en esa prisión sin barrotes ni carceleros la había encerrado el propio papa.

—¿Sabéis dónde está mi hermano? —preguntó a sus damas mientras una criada le alcanzaba unos paños humedecidos con agua de lavanda para que se limpiase—. Hace dos días que no le veo.

—Cazando —contestó Ángela Borgia—. Pero no te preocupes. Lleva una buena escolta que le ha puesto el capitán Cervellón para que no haga locuras.

Lucrecia asintió. Recordó entonces que Su Beatitud no la había enviado sola a aquella jaula dorada donde, aunque lloraba cada día por la ausencia de su marido, por lo menos podía sentirse útil gobernando y, sobre todo, criando al hijo que le habían arrebatado nada más nacer. Compartía el castigo con su hermano pequeño, Jofré, cuyo destino era todavía más amargo, ya que estaba allí con ella sin nada que hacer, sin su esposa ni sus amantes, y apurando las heces del cáliz de la humillación y la vergüenza.

El pobre Jofré, pese a que ya había cumplido diecisiete años, parecía tener la cabeza de un crío de siete. La última de sus trastadas la hizo durante la noche en la que Roma —por orden del papa— festejaba con hogueras en las calles, vino gratis y bailes la noticia de que César se había casado en Francia con la princesa Carlota de Albret de Navarra. Como hacía con cierta frecuencia, Jofré y sus amigos —hijos de buenas familias napolitanas, tan ociosos y malcriados como él y con el mismo gusto por la sodomía— salieron a divertirse quemando dinero en las tabernas y matando perros y gatos con pequeñas ballestas para cazar aves. En un callejón cerca del Pórtico de Octavia —donde se ubicaba el mercado del pescado y se marcaba el límite de la judería— una patrulla de la guardia urbana los confundió con una panda de ladrones e intentó prenderlos. En vez de revelar su identidad, Jofré y su séquito de malcriados, entre risas y bravuconadas, dispararon un par de dardos contra los custodios, los cuales respondieron con sus más precisas ballestas, con las que mataron en el acto a uno de aquellos petimetres e hirieron en un muslo al benjamín de los Borgia. Luego cayeron sobre él como una manada de lobos y si Jofré no acabó —como su hermano Joan— con la garganta abierta en las aguas del Tíber fue porque el alguacil que mandaba el destacamento, en el último momento, se creyó los gritos del muchacho en los que clamaba que era el hijo del papa.

Cuando fue informado del incidente, el santo padre ordenó que se liberara de inmediato al alguacil y a sus hombres, los cuales habían sido encerrados en la Tor di Nona a la espera de que se decidiera qué hacer con ellos. El pontífice vio claro que los guardias habían cumplido con su obligación al tiempo que censuró el impropio comportamiento del príncipe de Esquilache, que era el título que su hijo pequeño compartía con su mujer, Sancha d'Aragona.

Jofré tardó semanas en recuperarse de la herida a pesar de que, según el arquiatra de Su Santidad, Pere Pintor, era poco más que un rasguño. Cada vez que el venerable médico de Xàtiva —pues ya tenía setenta y seis años— visitaba al hijo del papa para comprobar su evolución, Jofré aullaba con cada cura como si en vez de emplastos y gasas le estuvieran arrancando los dedos de una mano con tenazas ardientes. Luego, tanto él como Sancha preguntaban al capitán de la guardia pontificia —Rodrigo Borgia— cuándo iban a ser ejecutados los responsables de sus heridas. Cuando el hijo bastardo del cardenal de Monreale se cansó de ofrecer excusas y dar largas, les contó que habían sido liberados por orden del papa dos días después del incidente. Jofré se quedó mudo por la sorpresa y la rabia. Se encerró en su palacio y nadie lo vio en la corte vaticana durante días.

Y Sancha hizo justo lo contrario.

La cuñada por partida doble de Lucrecia «o cuádruple —pensó la gobernadora—, pues además de mujer de mi hermano pequeño y hermana de mi marido fue amante de Joan y César, y al mismo tiempo» se presentó ante el papa tras la misa del día de Santiago en la iglesia de los Españoles de la Piazza Navona. Llegó acompañada de sus damas y de media docena de gentilhombres napolitanos armados hasta los dientes y se puso a despotricar como si fuera la encarnación viva de Alecto, Megera y Tisífone, las tres furias diosas de la venganza de la tragedia de Esquilo. Monsignore Burcardo, el maestro de ceremonias, consiguió a duras penas sacarla de allí y convencerla de que le podría decir al santo padre lo que tuviera que decirle en sus aposentos privados de la Torre Borgia, en la que, por si acaso, se reforzó la guardia.

Ya en el Palacio Apostólico, Sancha demostró, una vez más, que era una maestra en el arte de provocar, tanto con la mirada como con los gestos y, sobre todo, con las palabras. Acusó al pontífice de ser un viejo senil que, por cobardía, había dejado sin venganza el asesinato de Joan y ahora toleraba que se humillara a Jofré en las calles de la misma Roma. También le echó en cara que hubiera traicionado a la casa de los Trastámara de Nápoles a causa de su alianza con el rey de Francia y que propiciara una nueva invasión extranjera del suelo italiano.

Frente a los gritos de Sancha, Su Santidad se mostraba tranquilo e incluso se permitía sonreír con cierta condescendencia ante las invectivas de su nuera. Dejó que la princesa napolitana se quedara ronca de tanto gritar y, cuando estimó oportuno, pasó al ataque.

—Querida hija —dijo con una sonrisa lobuna—, mejor te iría si pusieras la misma pasión en cuidar las heridas de tu marido y darle el heredero que necesita el principado de Esquilache y la Casa Borgia que la que dedicas a turbar la paz no solo de Nos, sino también de toda la Santa Sede.

Sancha hizo ademán de responder al pontífice con una nueva retahíla de reproches y quejas, pero se lo pensó mejor y se quedó callada cuando el capitán de la guardia del Palacio Apostólico dio un brevísimo paso en dirección hacia donde ella estaba y puso la mano en el puño de la espada.

—Y añadiremos más —continuó el papa—: aunque es bien conocida la afición de Nos por la caza, su práctica no es aconsejable para las damas jóvenes como tú que todavía no han concebido un hijo, ni tampoco en hombres jóvenes como tu hermano, si quieren seguir engendrando.

Esta vez a la princesa napolitana no le costó trabajo enmudecer, pues ya intuía que el razonamiento de Alejandro VI no iba a traer nada bueno. Y no se equivocó.

—Además, de todos los buenos cotos de caza que rodean Roma, el peor de todos, sin duda, es el de Genazzano, pues en aquellas espesuras solo proliferan las alimañas.

Ahí estaba el motivo por el que el pontífice estaba tan tranquilo mientras Sancha despotricaba. En aquel momento, la sobrina del rey de Nápoles notó el frío beso del terror en el alma. El papa lo sabía. Lo sabía todo. De alguna manera se había enterado de su viaje al cubil de los Colonna a Genazzano y era más que posible que supiera también algo de lo que había hablado con Próspero, el jefe de la familia. Y eso por no recordar que quizá también estuviera al tanto de su adulterio con el condotiero, aunque esto último no la preocupaba tanto porque no había sido la primera vez ni, si salía viva de aquella entrevista, iba a ser la última. De hecho, por un momento pensó que Rodrigo Borgia —el capitán de la guardia del Palacio Apostólico— iba a desenvainar la *cinquedea* que le pendía del cinto para partirla en dos de un solo tajo. No obstante, cuando el hijo del cardenal de Monreale no hizo tal cosa, temió que le pasara algo peor: que esa noche fuera la primera de las pocas que pasaría en la horrible celda de San Morocco del castillo de Sant'Angelo, donde nadie sobrevivía más allá de un par de semanas.

—Nos sabemos muy bien, niña —añadió el papa con los ojos duros como la obsidiana—, que tu marido, el príncipe de Esquilache, cometió una estupidez que pudo costarle la vida, como también sabemos que el alguacil de la guardia urbana hizo lo que tenía que hacer y que solo la Divina Providencia evitó que ahora Nos tuviéramos que llorar la muerte de otro hijo... o de otra hija.

Durante un instante, Sancha consideró la posibilidad de arrodillarse ante el papa, bañar en lágrimas el escabel de su trono dorado y besarle las manos y los pies para implorar su misericordia. Sin embargo, recordó que ella era hija de Alfonso d'Aragona y nieta de Ferrante de Trastámara, orgullosos y bravos reyes de Nápoles, por cuyas venas corría la sangre del rey Magnánimo, el vencedor de Marsella. Por muy papa de Roma que fuera, el anciano gordo que tenía delante no dejaba de ser el hijo de un bandido con escudo de armas de Xàtiva al que el azar y la impericia de sus enemigos habían terminado por sentar en la *Cathedra Petri*. Quizá el papa tenía la posibilidad de hacerla ejecutar allí mismo o encerrarla en Sant'Angelo, pero no tenía el derecho de hacerla llorar de miedo. «Quizá de rabia —pensó Sancha—, pero no de temor».

Ignoró la amenaza velada del papa y, con una ligera reverencia que fuera suficiente para cumplir con el protocolo sin comprometer su condición de princesa de sangre real, aguardó a que el maestro de ceremonias proclamara el *auditus est*, que indicaba que la audiencia había concluido y podía retirarse. No tardó demasiado monsignore Burcardo en recibir el permiso del pontífice y hacerlo. Luego, procurando que no se le notara que le temblaban las manos y le flojeaban las piernas, Sancha abandonó la Sala de las Artes Liberales de la Torre Borgia y no rompió a llorar hasta que se sintió a salvo junto al *mastro* Rocco Moddafari, su guardaespaldas.

Aquella misma tarde, Jofré le dijo al arquiatra del papa que ya se encontraba mucho mejor del rasguño en el muslo y que podía abandonar el Palacio Apostólico para terminar de recuperarse en la villa de su madre, Vannoza, en el monte Esquilino, junto a la Basílica de San Pietro in Vincoli y Sancha pidió permiso para acompañarle. El papa dio su aprobación pensando que con su amenaza se había malogrado la estúpida conjura de su nuera. Por consiguiente, en la corte papal empezaron los preparativos para su traslado a Nepi, con el que se huía del calor de agosto que, en Roma, traía siempre el peligro de la peste.

El castillo de Nepi, rodeado de bosques frondosos y saltos de agua, pertenecía al cardenal Ascanio Sforza, quien lo había recibido del propio Alejandro VI a cambio de su voto para ser elegido papa en el cónclave de 1492. Sin embargo, el hermano pequeño de Ludovico el Moro había huido de Roma unas semanas antes, en cuanto supo, por boca del *mastro* Rocco Moddafari, que los Borgia tenían un pacto con el rey de Francia para conquistar Milán. Por ese motivo, Su Santidad había dictado un breve por el que le retiraba la propiedad de la fortaleza, y allí pensaba pasar los días más sofocantes del ya cercano *ferragosto* junto a Lucrecia y su marido. La hija del papa, cada vez más gorda y pesada, no veía el momento de marcharse.

Y, entonces, ocurrió el desastre.

Al amanecer del segundo día de agosto, Alfonso d'Aragona se

despidió de Lucrecia porque, según le dijo, quería ir a misa a la Basílica de San Juan de Letrán. Le acompañaban un paje, un palafrenero y dos caballeros napolitanos como escolta. Salieron del Palacio de Santa Maria in Porticu a lomos de mulas, con lo que no levantaron sospecha alguna en los guardias vaticanos que, por orden del capitán Rodrigo Borgia, seguían todos sus movimientos por la ciudad desde que se descubrió su reunión con Próspero Colonna en Genazzano apenas doce días antes.

Sin embargo, a pocos pasos de la escalinata de acceso a la catedral de Roma, el duque de Bisceglie y sus cuatro acompañantes saltaron de sus monturas y, antes de que sus vigilantes pudieran reaccionar, se subieron a los caballos que unos lacayos tenían dispuestos y camuflados bajo mantas para hacerlos pasar por bestias de carga del mercado cercano. Como si los persiguiera el mismísimo Satanás, los cinco jinetes salieron a galope tendido hacia la puerta de San Sebastián. Aunque los custodios también iban montados, los corceles del príncipe napolitano y sus acompañantes eran mucho mejores y los perdieron de vista antes de llegar al mausoleo de Cecilia Metela en la Via Apia.

De inmediato, el capitán Rodrigo Borgia ordenó que un destacamento de jinetes pontificios con mejores monturas saliera en su persecución, pero el *mastro* Moddafari había previsto bien la fuga del marido de Lucrecia y ordenó que el paje, el palafrenero y uno de los caballeros hicieran de señuelo y siguieran cabalgando por la Via Apia hasta Capua y desde allí tomaran el ramal hacia Nápoles. Mientras tanto, el duque de Bisceglie se desvió campo a través para alcanzar la Via Asinaria y, de nuevo, poner rumbo a Genazzano y a la seguridad de la fortaleza de los Colonna. Si el papa pretendía sacarlo de allí, no iba a tener suficiente con una docena de jinetes de la Guardia Pontificia. Para rendir el Castello Colonna hacían falta cañones y, lo que era peor, declarar una guerra contra la poderosa familia y contra su aliado, el rey de Nápoles.

Cuando el capitán Borgia se presentó en el Palacio de Santa Maria in Porticu para comunicarle a Lucrecia que su marido había huido de Roma, perseguido por la guardia pontificia, la duquesa se desmayó y hubo que avisar a toda prisa al doctor Pere Pintor —el médico personal del santo padre, también valenciano— ante el temor de que la impresión causada por la noticia le provocara un aborto. Cuando volvió en sí, su primo Rodrigo —con lágrimas en los ojos y la voz temblorosa por la desagradable tarea que tenía que llevar a cabo— le informó también que su marido había conseguido refugiarse en el bastión de los Colonna en Genazzano y que era previsible que huyera a Nápoles. Por ese motivo, Su Santidad le ordenaba que no abandonara el palacio bajo ningún concepto y el mismo mandato regía para todos sus sirvientes, doncellas y demás miembros de su corte, en especial si eran napolitanos. En el caso de que se sorprendiera a alguno de ellos fuera de sus muros sin permiso expreso, sería encarcelado de inmediato en la Tor di Nonna. Además, a Lucrecia se le encomendaba la custodia de su hermano pequeño, Jofré, el cual también debía permanecer confinado en el Palacio de Santa Maria in Porticu.

—¿Y Sancha? —preguntó Lucrecia al capitán Borgia—. ¿Dónde está Sancha?

El hijo del primo del papa dudó si contestar o no. Por las durísimas palabras que el santo padre había dedicado a su yerno y a su nuera, en las que hablaba de excomunión, la celda de San Morocco de Sant'Angelo e incluso el terrible tormento de la rueda, el joven capitán tenía bastante claro que debía tratar a su prima segunda como una prisionera y no contarle nada. Sin embargo, Lucrecia —al contrario que el engreído Joan y el huraño César— siempre había sido dulce y considerada con él, y, dado que sabía lo mucho que ambas cuñadas se querían, se apiadó de ella.

—*Signora*, la princesa de Esquilache ha sido expulsada de Roma por el santo padre y, mientras hablamos, debe ya de estar camino de la puerta de San Sebastián. Se ha permitido que la acompañen una doncella, dos criados, un palafrenero y su guardaespaldas, más un par de hombres de armas napolitanos.

—Pero... —Lucrecia no daba crédito a lo que oía—. ¿Cómo es posible? ¿Qué crimen ha cometido? ¿Y en qué ha ofendido mi marido a Su Beatitud para que tenga que huir como un ladrón?

—A eso, *signora*, no puedo contestaros. Solo sé que Su Santidad supo de la... —el capitán se calló un instante para buscar en su mente otra palabra que no fuera «traición»— reunión del duque de Bisceglie y la princesa de Esquilache con el conde de Fondi y...

—Entiendo —cortó Lucrecia, que no podía creer que su marido hubiera cometido la estupidez de reunirse con Próspero Colonna, uno de los principales aliados del rey de Nápoles—. Entiendo, Rodrigo. Gracias.

—Lo lamento mucho, *signora*.

Lucrecia pensó en aquel momento que su felicidad había durado doce meses y doce días, que era el tiempo exacto transcurrido entre su boda con Alfonso d'Aragona y el momento en el que su marido huyó de la ciudad dejándola embarazada de más de seis meses. La hija del papa no podía creer que la fortuna se burlara de ella de esa forma porque, por segunda vez, estaba casada con un traidor a su familia. Sin embargo, esta vez era mucho peor porque, si siempre había aborrecido a Giovanni Sforza, no podía evitar el amar con todas sus fuerzas a Alfonso d'Aragona. Durante dos días lloró las mismas lágrimas amargas que vertió cuando mataron a Perotto y se llevaron al hijo que concibió de la simiente del cubiculario favorito del papa.

La jornada de la festividad de San Domingo de Guzmán, Lucrecia recibió un mensaje del papa en el que pedía, en términos muy cariñosos, que le acompañara a la misa solemne que el cardenal Oliverio Carafa —el gran protector de los dominicos, napolitano, pero enemigo de los D'Aragona— iba a celebrar en la Basílica de Santa Maria sopra Minerva. Al principio, la duquesa pensó en no ir alegando una indisposición debido a su embarazo. Sin embargo, la falta de noticias sobre Alfonso la estaba enloqueciendo y pensó que, aunque la mera idea de ver al papa le producía arcadas, tenía que ser, como mínimo, igual de astuta que él y quizá podría obtener algo de información sobre la suerte de su marido.

—Lucrecia, querida niña —le dijo el papa en un aparte al término de la eucaristía—, me ha producido gran dolor tener que tomar medidas tan drásticas, pero el comportamiento de tu marido y de su hermana ha sido inadmisible.

—Sí, padre santo.

—Ambos son jóvenes —continuó el pontífice— y no entienden que el viento de la política sopla en contra de la casa de los D'Aragona y, si no es el rey de Francia, será el de España el que termine con la rama bastarda de Alfonso el Magnánimo. Pero todo eso, a nosotros, no nos ha de afectar, salvo para sacar provecho.

—¿Provecho, padre? —Lucrecia intentó que su pregunta no sonara a desafío, aunque solo lo consiguió a medias—. ¿Qué provecho?

—César me ha abierto los ojos y ahora tengo claro que, aunque valencianos, o precisamente por eso, el rey Fernando de Aragón siempre nos considerará súbditos, pese a que yo sea el papa de Roma. Sin embargo, con el soberano de Francia las cosas pueden ser bien distintas. En cuanto caiga Milán, Luis de Orleans pondrá a disposición de tu hermano un ejército con el que devolver a la Santa Madre Iglesia todos los feudos y señoríos que, durante años, han ido cayendo en manos de los Colonna, los Orsini, los Caetani, los Montefeltro o los Sforza. Y de todo ello puede surgir un principado Borgia del que tu marido, y también Sancha, pueden formar parte.

—¿Sabéis dónde está Alfonso? —Los ojos de Lucrecia se iluminaron de esperanza—. ¿Sigue en Genazzano?

—No. Ya no. Su tío, el rey Federico, envió doscientas *lancie* para sacarlo de allí. Está en Nápoles ahora. Y también Sancha. Sanos y salvos.

—¡Alabado sea Dios!

—Alabado sea —respondió mientras se santiguaba—. Lucrecia: pronto seré más fuerte de lo que ningún pontífice ha sido jamás desde mi antecesor, el papa Alejandro III, por el que tomé yo su nombre. Pero todavía no lo soy y necesito que me ayudes.

—¿Que os ayude? —Lucrecia no sabía si estaba ante una súplica o una trampa—. ¿Cómo os puedo ayudar?

—Te voy a nombrar gobernadora de Espoleto y Foligno. Es esencial que tengamos bien controlada la Rocca Albornozziana y no puedo confiar en nadie mejor que en ti. La ciudad lleva años enfrentada con sus vecinos de Termi, y el *podestà* es un canalla corrupto a sueldo de los Colonna, y, por si fuera poco, esos perros traidores tienen de su lado a un bandido con escudo de armas, un tal Altobello di Canale, que, desde su fortaleza de Aquasparta, no solo siembra el terror entre aldeas y granjas, sino que podría causarnos muchos problemas. Necesito que vayas allí, Lucrecia, a poner orden, y que la ciudad esté a nuestro lado cuando empiece la guerra.

—Pero, santo padre, yo no... yo no...

—¿No has gobernado nunca? Lo sé. Pero también sé que mi prima Adriana de Milà te educó bien para ello. Y, por encima de todo, eres una Borgia. No temas; lo harás bien.

—Aun así. ¿Y mi marido? —Se tocó el abultado vientre—. ¿Y mi hijo?

—No sufras más por tu marido —continuó el papa—. A Espoleto te acompañará, al mando de quinientos infantes y doscientas *lancie* del ejército pontificio, el capitán Juan de Cervellón. En cuanto esté restaurado el orden, lo mandaré a Nápoles para ofrecerle a Alfonso mi reconciliación y mi perdón.

Lucrecia no tuvo más remedio que asentir, puesto que el capitán español era un gran amigo de su marido a la vez que contaba con la confianza del pontífice. Si había alguien que podía reconstruir los puentes entre su padre y su esposo era él.

—Y respecto a tu hijo —el papa le puso sobre el regazo la mano en la que lucía el grueso *Anulus Piscatoris* de oro—, no te preocupes en absoluto. Ni por el que todavía llevas en las entrañas. Ni tampoco por el otro —sonrió—, el que te espera en Espoleto.

En ese instante, Lucrecia supo que el papa la había encerrado en la única cárcel del mundo de la que no se escaparía, puesto que la había encadenado con la posibilidad de volver a tener en sus brazos al hijo que había concebido con Perotto y que le habían arrebatado.

13

Figlio della Fortuna

Alessandria, Piamonte, Ducado de Milán,
2 de septiembre de 1499

Las viejas murallas de Alessandria eran casi tan altas como el campanario de su catedral, dedicada a san Pedro. «Demasiado altas y delgadas —pensó Galeazzo Sanseverino— para soportar más de un día de bombardeo», pero, como no había habido tiempo para construir terraplenes para reforzarlas, no tenía más remedio que confiar en el río. Las autoridades de la ciudad aseguraron al general milanés —al igual que hicieron sus antepasados trescientos años antes, cuando el emperador Barbarroja asedió la plaza durante su guerra con el papa Alejandro III— que sería suficiente con limpiar de maleza y escombros el foso que la circundaba, cavar para hacerlo más profundo y desviar el cauce del Tanaro hasta inundarlo. Las viejas crónicas decían que, con la ayuda del fango y el agua, apenas tres mil hombres fueron suficientes para derrotar a los más de veinte mil con los que Federico Hohenstaufen se presentó ante la plaza tras arrasar Milán. Tres siglos después, el comandante del ejército del duque de Milán —y también su yerno y amante ocasional, pues Ludovico el Moro era hombre de gustos y vicios amplios—, Galeazzo Sanseverino, quería pensar que podía usar la misma estrategia contra el ejército de Luis XII de Francia, pero no podía engañarse a sí mismo durante mucho rato. El contingente que mandaba Gian Giacomo Trivulzio ni siquiera llevaba torres de asedio con las que escalar las murallas, ni zapadores con las que minarlas, sino cañones para triturarlas.

A pesar de que a Galeazzo Sanseverino le llamaban «*Figlio della Fortuna*» porque pocos hombres en Italia podían presumir de haber tenido a lo largo de su vida tanta suerte habiendo hecho tan poco para merecerla, presentía que se le estaba terminando. A sus treinta y ocho años, llevaba al servicio de Ludovico el Moro desde el final de la guerra de la Sal en la que, junto a su padre y sus hermanos, la Serenísima República de Venecia lo contrató como condotiero para luchar contra el santo padre Sixto IV.

Tras el conflicto, cuyo armisticio le provocó al papa Della Rovere tal disgusto que murió algunas semanas después, entró en la corte milanesa, donde se convirtió en el favorito de Beatrice d'Este, la esposa del duque, y luego del mismo Moro. Ludovico, incluso, lo casó con una de sus hijas ilegítimas, pese a que la niña tenía solo once años, aunque el matrimonio no llegó a consumarse, pues la criatura murió a los trece de unas fiebres. Con todo, en el Castello Sforzesco, los rumores de que Ludovico y Galeazzo compartían algo más que parentesco entre suegro y yerno eran tan comunes que ni siquiera se susurraban. Mientras, Sanseverino iba ganando posiciones poco a poco hasta que se convirtió en el consejero principal del duque y también en el capitán general de su ejército. Sin embargo, nadie gana si alguien no pierde, y Sanseverino desplazó en el favor del señor de la Lombardía al hombre que ahora tenía enfrente con veinte mil soldados a sus órdenes y medio centenar de cañones apuntándole: Gian Giacomo Trivulzio.

Para intentar frenarlo, Sanseverino disponía, tras los altos y endebles muros de Alessandria, de mil *lancie* italianas, tres mil infantes y dos docenas de piezas de artillería —culebrinas, falconetes y bombardas tan obsoletas como peligrosas para sus artilleros— que solo serían útiles si Trivulzio hacía lo que Sanseverino sabía que no iba a hacer: acercarse lo suficiente a las murallas para ponerse a tiro. «Con esos monstruos que escupen bolas de hierro y fuego a más de quinientos pasos de distancia no necesita arriesgarse —pensó el general—. Y mientras machaca las murallas y nos obliga a estar aquí dentro, sus zapadores romperán los taludes y presas que desvían las aguas del Tanaro para llenar el foso. Luego solo tiene que esperar, a no ser que mande a mis hombres a campo abierto a luchar. Bueno, más bien a que los maten».

Desde una de las ventanas del Palatius Vetus —el Palacio Viejo en el que el *podestà* de Alessandria impartía justicia—, donde había instalado su cuartel general, Sanseverino contemplaba el ir y venir de soldados, que hormigueaban por las calles de la villa preparándola para resistir el asedio. Le parecieron pocos; demasiado pocos. No obstante, aquello era todo lo que Ludovico Sforza podía concentrar en el lado occidental de sus dominios sin desguarnecer la frontera oriental amenazada por Venecia y también por la siempre volátil Ferrara, que en el último momento se había unido a la liga contra Milán. Allí estaban, de hecho, las compañías de hombres de armas reclutadas y entrenadas por su sobrina Caterina, la cual tuvo que hacer verdaderas cábalas para mantener las guarniciones de sus castillos de Imola y Forlì, y enviar a su tío los pocos refuerzos de los que podía prescindir. Y, para colmo de males, los venecianos habían interceptado los mensajes que el otro sobrino del Moro —Giovanni Sforza, el inepto exmarido de Lucrecia— había mandado al sultán de Estambul para ofrecerles su puerto de Pésaro desde el que hostigar a la flota de la Serenísima. Como los emisarios no llegaron nunca, tampoco lo hizo la ayuda de los turcos. Ludovico, pues, solo podía esperar el auxilio del marido de su sobrina Bianca Maria, Maximiliano de Austria, pero el emperador del Sacro Imperio Romano Germánico acababa de ser derrotado por las tropas de la Confederación Suiza en Dornach y sus arcas estaban demasiado exhaustas para otra aventura militar, para la que tampoco tenía más hombres. La última carta que el Moro podía jugar era frenar a los franceses en Alessandria, aunque solo podría conseguirlo si Nuestro Señor, en su infinita misericordia y sabiduría, obraba un milagro.

Un milagro para el que Galeazzo Sanseverino ni siquiera podía pedir la intercesión de san Baudolino, el patrón de la villa, que además ya tenía cierta experiencia en estos asuntos. De hecho, contaban los más piadosos que tres siglos antes, en el mismo asedio de Barbarroja, el santo apareció en lo alto de las murallas para insuflar valor a la milicia alejandrina —que luchaba a favor del papa— y desmoralizar al ejército del emperador. Sin embargo, Giovanni Antonio Sangiorgio, el conde-obispo de Alessandria, se negó en redondo a la pretensión del general milanés de que los huesos del santo se sacaran de la catedral y se exhibieran en lo alto de las murallas para disuadir a Trivulzio de que bombardeara la villa. El también cardenal de los santos Nereo y Aquileo —cuyo título debía al papa Alejandro VI— tenía órdenes del santo padre de mantener la más estricta neutralidad a favor del rey de Francia.

—Excelencia, los sargentos demandan vuestro permiso para expulsar a la *poveraglia* —dijo el ayudante de campo de Sanseverino cuando entró en el aposento.

—¿Qué? —Sanseverino salió de su ensimismamiento—. ¡Ah! Sí, sí. Que procedan.

Durante las últimas dos semanas, y por orden del duque de Milán, los *priori* de Alessandria habían hecho acopio de grano, cecinas, queso, legumbres y leña para resistir el asedio. También construyeron molinos en el interior de la ciudad y se hicieron con todo el ganado, el forraje y el cereal que encontraron en cinco leguas a la redonda de la plaza. Además, cuando no pudieron comprar o requisar nada más, arrasaron los campos sin cosechar y cegaron los pozos para que el ejército francés no tuviera donde avituallarse.

Ahora quedaba por resolver el problema de las *bocche inutili*, las bocas inútiles que ni servían para trabajar, ni para defender los muros, ni mucho menos para luchar. Eran un par de cientos entre mendigos, inválidos, ciegos, viejas prostitutas y todo tipo de menesterosos a los que habían confinado en corrales improvisados junto a las puertas de la ciudad y que, tras la orden de Sanseverino, iban a ser expulsados a la tierra de nadie entre las murallas y las líneas enemigas. Aquellos desgraciados no eran los únicos que no aportarían nada a la defensa de la villa durante el asedio. Pero sí eran los que no podían pagar los diez ducados que las autoridades exigían a las familias de los enfermos o impedidos y a quienes no tenían oficio conocido para no ser expulsados. De la tasa también estaban exentos los sacerdotes, frailes y monjas que, además, contaban con sus propias provisiones en el interior de sus iglesias, monasterios y conventos, lo mismo que los nobles y patricios, los cuales tenían a rebosar las despensas, bodegas y leñeras de sus casas y palacios.

A golpes de mango de lanza y latigazos, aquella legión de miserables que aullaban pidiendo una misericordia que no iban a recibir por ninguno de los dos bandos salieron por una de las puertas que daban a la margen izquierda del Tanaro. Frente a ellos, en lo alto de la colina, al otro lado del río, se levantaban las casas tras las pequeñas murallas de la aldea de Bergoglio, ahora abandonada, ya que sus habitantes se habían refugiado en la ciudad. En el momento en el que los hombres de las primeras filas del ejército francés vieron acercarse a los grupos de zarrapastrosos, les arrojaron piedras para obligarlos a volver, cosa que no podían hacer porque la misma lluvia de proyectiles los esperaba si se acercaban demasiado al lugar del que los habían expulsado. Alguno de ellos, desesperado, trató de cruzar el río, pero la fuerte corriente se lo tragó. Tras algunos intentos más por colarse entre las líneas francesas, que fueron rechazados a garrotazos y estocadas, los expulsados formaron grupos que se acomodaron en agujeros y zanjas en la tierra de nadie, sin nada más para comer y beber que las malezas y el agua de los charcos. Cuatro o cinco mujeres se acercaron levantándose las faldas y mostrando sus pechos flácidos y ajados para cambiar sexo por libertad, pero eran demasiado viejas y feas incluso para la soldadesca, siempre ávida de carne femenina, y fueron usadas como dianas por una compañía de ballesteros gascones para hacer prácticas de tiro entre risotadas y groserías. Los cuerpos, atravesados por los virotes, se pudrieron allí donde cayeron, junto a los que morirían después por las pedradas, los golpes o el hambre.

Aun así, durante los siguientes tres días —que fue el tiempo que necesitó Trivulzio para completar el cerco—, conforme caía la noche se repetían los intentos de las *bocche inutili* de cruzar las líneas francesas o conseguir colarse de nuevo en la ciudad. Y en uno y otro lado sufrían el mismo recibimiento cruel. Aquel ir y venir despiadado y sangriento terminó con la vida de la mayoría de ellos, pero, cuando al cuarto día empezó el bombardeo, la docena de los que habían resistido el maltrato y engañado al estómago comiendo hierbas y raíces consiguió escabullirse, porque a los soldados franceses ya no les importaba su suerte.

Trivulzio dispuso veinticuatro cañones en tres filas de ocho piezas cada una. Estaban separados entre sí por veinte pasos a cada lado y cincuenta por detrás para evitar que el retroceso los hiciera chocar. Dieciséis parejas de mulas —con las orejas taponadas con cera, para que no se espantaran con el estruendo de los disparos— aguardaban a cierta distancia para que las engancharan a los armones de los cañones y movieran las piezas hasta la posición de tiro cuando les tocaba el turno de escupir fuego y hierro por las bocas de bronce. Había tiempo de sobra para hacerlo, puesto que, tras cada disparo, el metal estaba tan caliente que era necesario esperar casi una hora antes de que se enfriara lo bastante como para volver a cargar las piezas.

Cada uno de los cañones disparó seis veces mientras hubo luz para hacerlo y los ciento cuarenta y cuatro impactos que dieron en la mitad superior de un tramo de unas veinte varas del lienzo sur de la muralla provocaron el colapso de esta. Cuando se despejó el polvo, los artilleros franceses se abrazaban eufóricos y orgullosos de su puntería, al tiempo que Trivulzio y su estado mayor se burlaban diciendo que al *Figlio della Fortuna* le había mirado un tuerto, porque los escombros habían caído sobre el lado del foso inundado, de manera que casi había construido un paso sobre el agua y el fango a los que Alessandria confiaba su defensa.

Galeazzo Sanseverino comprendió que, si en un solo día los cañones de Trivulzio habían conseguido hacer tales estragos, cualquier resistencia iba a ser tan inútil como lo había sido el cruel trato recibido por las *bocche inutili*, pues la potencia de fuego francesa había convertido el primer día del bombardeo en el último del asedio. Conforme la noche caía, el capitán general milanés se convenció de que era inútil intentar reparar la muralla, vista la enorme potencia de fuego que Trivulzio podía desplegar, y eso que solo había utilizado la mitad de la artillería de la que disponía. No tenía sentido mantener la resistencia.

Al jefe del ejército de Ludovico Sforza no le quedaba otra opción que advertir a su señor de que todo estaba perdido. Llamó a su ayuda de cámara para que preparara las palomas mensajeras e hizo personarse a su secretario.

«Mi amadísimo señor duque —escribió en un papel—: El ejército francés ha rebasado nuestras defensas y no ha podido ser detenido en Alessandria, tal y como pretendíamos. Huid al Sacro Imperio y poneos bajo la protección del emperador Maximiliano».

—*Messer* Cantelli —le dijo al escribano mientras le alargaba la nota—, cifrad este mensaje, que se hagan diez copias y disponed de las misivas falsas tal y como está previsto.

—De inmediato, Excelencia.

El burócrata, allí mismo, sacó de un cofre el libro de claves, con el que volvió a escribir el mensaje en una fina tira de papel que copió después en otras nueve. Luego, extrajo de la caja otras veinte tiras que, también en lenguaje cifrado, contenían todo tipo de instrucciones y mensajes falsos para confundir al enemigo. Una vez que Sanseverino supervisó todo aquel material, ordenaron al cuidador del palomar que atara las minúsculas misivas a las patas de las treinta aves que aguardaban en las jaulas y las soltara al amanecer desde diferentes puntos de la ciudad, para que pasaran lo más inadvertidas posible a los ojos del ejército enemigo y, sobre todo, a los halcones que llevaban consigo para interceptar los mensajes. Las treinta aves con mensajes —verdaderos y falsos— se unirían en el vuelo hacia diferentes puntos a otras treinta que servirían de señuelo. No hacía falta confiar demasiado en la suerte para suponer que uno de los animales podría estar en el Castello Sforzesco antes de la hora tercia.

Galeazzo Sanseverino durmió poco aquella noche. Tras advertir a su señor que debía huir, ahora tenía que ocuparse de su propia fuga. Si en vez de Trivulzio hubiera tenido enfrente a cualquier otro condotiero, se habría rendido confiando en que el vencedor respetaría los usos de la *buona guerra*, que establecían que el comandante vencido tenía que ser tratado de acuerdo con su rango y dignidad, y que sería liberado tras pagar el correspondiente rescate. Sin embargo, Sanseverino era bien consciente del profundo odio y rencor que su contrincante le guardaba y que, pese a que se mantendrían las formas, era bastante probable que fuera asesinado. Todo eso ya lo sabía antes incluso de salir de Milán para defender Alessandria y, por ello, tenía previsto qué hacer.

Dio la orden y, pese a la oscuridad, su escasa artillería empezó a escupir fuego desde lo alto de las almenas hacia el campamento del ejército francés. Como estaba demasiado lejos para que los disparos fueran precisos, los artilleros cargaron los falconetes y las bombardas con más pólvora y menos metralla, para llenar el cielo de saetas incandescentes que provocaron el pánico entre las tiendas donde los hombres del rey Luis festejaban lo bien que les había salido su primer día de guerra. Pese a toda su experiencia en el arte de la guerra —y también porque estaba un poco borracho tras la exitosa jornada—, el general Trivulzio mordió el anzuelo y pensó que Sanseverino confiaba en su inmerecida fortuna lo suficiente como para aventurarse a hacer una salida nocturna que solo podía terminar en matanza.

Sin embargo, al favorito del Moro no le llamaban *Figlio della Fortuna* por casualidad. El viento empujó las esquirlas incandescentes de tal suerte que algunas cayeron sobre unos carros de la impedimenta que iban hasta los topes de forraje seco, que ardió como una tea y provocó el caos en el campamento francés. Fue menos de una hora de confusión, pero el general sitiado no necesitaba mucho más tiempo para huir por una pequeña poterna del lado norte de las murallas y poner rumbo a Milán a uña de caballo. Su escolta era pequeña —de apenas diez hombres— y llevaban ropas de clérigo para disfrazarse y buenas bolsas repletas de ducados de oro para sobornar a cualquiera si tenían un mal encuentro.

Entre el sobresalto del falso ataque y el desbarajuste provocado por el incendio del carro del heno, nadie se dio cuenta de la fuga del comandante del ejército del duque de Milán, al que le quedaba ya muy poco tiempo para seguir siéndolo. Cuando llegó el amanecer —tal y como había dejado por escrito el ya huido general Sanseverino—, sobre algunas torres de defensa se izaron banderas blancas, y en lo alto del *campanile* de la catedral de San Pedro —el edificio más alto de Alessandria— se levantó el pendón con las tres flores de lis, el escudo del rey de Francia. Aquello solo significaba una cosa: rendición. De inmediato, los *priori* de Alessandria —encabezados por el conde-obispo— se aprestaron a enviar mensajeros a Trivulzio para negociar la entrega de la ciudad de forma pacífica y sin que se autorizara el saqueo, previo pago de una cuantiosa indemnización. Los heraldos municipales pregonaron por las calles que los soldados de Ludovico Sforza debían entregar sus armas ante los sargentos del ejército de Trivulzio —que las depositaron en los sótanos del Palatius Vetus— antes de ser liberados. Ya en el exterior, las tropas francesas les desvalijaron de todo lo que tenían de valor —hasta las botas— conforme salían, humillados e indefensos, de la ciudad.

Tan indefensos como estaban ya los Sforza y el Ducado de Milán.

14

Pacis cultor

Forlì, Emilia-Romaña,
10 de septiembre de 1499

—No os acerquéis más, *contessa* —dijo el médico—. De todos modos, sigo pensando que no era necesario que bajarais. Es demasiado peligroso.

—Me juego mucho, rabí —contestó Caterina Sforza—. Es más: me lo juego todo. Por eso tengo que verlo con mis propios ojos. ¿Estoy bien aquí?

—Sí, *signora*. Pero no os acerquéis más, os lo ruego.

—¡Luz! —ordenó la condesa de Imola y Forlì—. ¡Traed más luz!

Dos criados, con el terror marcado a fuego en las caras, se adelantaron un par de pasos por delante de su señora y colgaron las lámparas de aceite ya encendidas en extremo de dos palos de poco más de un brazo de largo. Antes de suspender las luminarias para disolver las tinieblas del calabozo, se aseguraron los pañuelos con los que se tapaban las narices y las bocas de las que brotaban —susurradas y apenas audibles— plegarias a san Roque, san Sebastián y a los santos médicos Cosme y Damián, para que los protegieran del mal que acechaba en los camastros apoyados contra la pared del fondo de la celda de donde surgían suspiros, delirios y súplicas a la misericordia de Nuestro Señor.

Las mechas de los candiles revelaron a los dos desgraciados que agonizaban sobre sendos jergones. Pese al calor sofocante de la estancia, estaban envueltos en mantas y tiritaban de frío, igual que si estuvieran enterrados en hielo hasta la cintura, tal y como Dante y Virgilio encontraron a Lucifer en el pozo más oscuro y profundo del infierno, al cual, por cierto, se parecía mucho aquel agujero de las mazmorras de la Rocca de Forlì.

—¿Cuánto tiempo llevan así? —preguntó Caterina Sforza.

—Cuatro días, *signora*, desde que les apareció la primera erupción rojiza en el pecho y empezó a subirles la fiebre —contestó el médico.

—¿Y cuánto creéis que aguantarán?

—Estos dos son los especímenes más jóvenes y fuertes con los que he trabajado —respondió el galeno—, pues tienen veinte y veintitrés años, según creían ellos mismos. Aun así, no creo que lleguen vivos a las dos semanas. El sujeto anterior murió a los diez días y era bastante más mayor, pero no lo suficiente. Sin embargo, el primero, que tenía la edad, digamos, más adecuada a vuestro propósito, no vio el quinto amanecer desde el primer síntoma, si bien no le apliqué ningún tratamiento para medir mejor el tiempo.

La condesa de Imola arrugó los ojos en un intento de contemplar mejor el espanto que iluminaban mal las diminutas llamas de los candiles. Los prisioneros eran dos hermanos que, por una discusión sobre el uso de unos pastos, habían matado a palos a un alguacil y a su hijo de trece años, y, por tanto, estaban condenados a muerte. Sin embargo, la Tigresa de Imola había permutado una sentencia dolorosa y rápida de tormento y horca por otra mucho más lenta, pero que, al menos, podían cumplir en una cama.

—¿Y cuánto tiempo pasó hasta que contrajeron el mal?

—Fueron seis días. Los otros tardaron aún menos, y eso que estos dos estuvieron en contacto con las mantas infectadas durante todo el tiempo, porque, para realizar bien la medición, hice que los ataran desnudos a los camastros y los cubrieran con ellas. Así se dan las condiciones ideales —dijo señalando al fondo del calabozo.

—Entonces, rabí —reflexionó la condesa—, no creo que la situación que diseñasteis para este experimento pueda reproducirse en el Palacio Apostólico para cumplir con nuestro propósito.

—Soy consciente de ello, *signora*. Por eso calculo que, cuando los brocados y el terciopelo estén en su destino, el contagio puede producirse al cabo de una semana; quizá diez días.

—¿Seguro?

—No se puede afirmar al ciento por ciento, Excelencia. Se producirá siempre y cuando el contacto sea frecuente. Preferiblemente a diario. La manera de que tal cosa ocurra depende enteramente de vos y vuestros agentes.

—¿Paolo? —Caterina Sforza se volvió hacia el grupo de cortesanos que la acompañaba—. ¿Es cierto que al santo padre le producen tanto placer las perlas como para tener que tocarlas todos los días?

—Más que disfrutar del tibio contacto de la piel de las mujeres jóvenes y hermosas, *contessa,* pues con la edad ha perdido gran parte de su fuerza viril y ya no demanda compañía femenina tan a menudo como cuando era joven. Posee una colección impresionante y esta pasión la comparte con su hija Lucrecia. En su dormitorio tiene un par de cofres llenos de perlas que también contienen esmeraldas, zafiros y otras piedras preciosas. No hay noche que no pase un buen rato hundiendo las manos en ellas o recreándose en el brillo y perfección de alguna pieza. Yo mismo le he visto hacerlo muchas veces, porque a ese placer le suma otros y es muy frecuente que haya músicos y poetas acompañándole en esas veladas.

El que acababa de hablar era un hombre de veintidós años, de modales suaves, apuesto como Adonis y de largos cabellos cobrizos que le caían en elegantes rizos sobre los hombros. Se llamaba Paolo Vassi y era un músico y poeta de Forlì que había intentado probar fortuna en la corte del papa Alejandro. Sin embargo, sus canciones y poemas no habían sido del agrado del pontífice, que, tras un año, lo despidió. Desde entonces, había buscado patrocinio por varios señoríos hasta que fue acogido por Caterina Sforza. Sin embargo, la Tigresa de Imola no lo había reclutado por su talento con las notas y las palabras —que no era demasiado grande—, sino por la información que poseía sobre la casa del pontífice y por sus contactos entre la servidumbre del Palacio Apostólico.

—Además —continuó Vassi mientras señalaba con el dedo uno de los camastros—, es bien conocida la afición de Su Santidad por coleccionar bellos brocados, y os aseguro, *contessa,* que no podrá resistirse al primor del que pensáis enviarle.

El músico señaló el cobertor que cubría uno de los camastros y cuya belleza y magnificencia contrastaba con la abyecta estampa que ofrecía el moribundo que bajo él agonizaba. Un millar de ducados había pagado la condesa por aquella maravilla de seda roja cuajada de encajes de plata que formaban intrincadas filigranas alrededor de los escudos de armas del papa y de la propia Caterina, bordados con hilo de oro a ambos lados de la leyenda *Pacis Cultor* —«cultivador de la paz»—. Y eso que la única paz que la condesa de Imola y Forlì buscaba era la del cementerio al que quería enviar a Alejandro VI con aquel tejido envenenado.

Sobre el otro catre, encima de las vulgares mantas de lana sin teñir que arropaban al otro enfermo, destacaban las piezas del carísimo terciopelo de Génova, negro y brillante, que, como el brocado, habían estado ahí encima durante semanas y tapado también a los otros dos desgraciados que habían perecido en esos mismos lechos.

—Con ese terciopelo, *contessa* —añadió Vassi—, se forrará el cofre en el que irán las perlas y vuestra carta con la que se le solicitará al papa su perdón y reconciliación con vos. Una misiva que, por cierto, el doctor Levi ha hecho que se impregne del sudor de estos desdichados.

—No estoy muy seguro de que tal contacto —intervino entonces el médico— vaya a ser eficaz, pues no he podido comprobar que el mal se adhiera de la misma manera al papel que a los tejidos, pero por probar no perdíamos nada, *signora*. Si tuviera más tiempo…

—No lo tenemos, doctor Levi —cortó Caterina—. Por eso no hay más remedio que confiar en el brocado y en el terciopelo. Además, dudo que el Borgia fuera a coger la carta con sus propias manos.

—En eso tenéis toda la razón, Excelencia —asintió Vassi—; lo más probable es que se la lea el doctor Francesc de Remolins o alguno de sus secretarios.

—Tampoco estaría mal que esa rata leguleya se fuera al infierno a la vez que el Borgia, pero, en fin. ¿Enfermará el papa? —insistió Caterina—. Me he gastado una fortuna en esto. Con los dos mil ducados que he invertido en el brocado, el terciopelo y las perlas podría pagar a una compañía de quinientos piqueros suizos durante un mes.

El médico judío extendió las manos hacia la condesa para pedir su comprensión y bajó la mirada al suelo para indicar que había puesto en aquel experimento toda su ciencia.

—Mi maestro, el rabí Judá Saqbel —dijo al cabo de unos instantes—, identificó el mal durante la guerra de Granada en la que sirvió como médico en la corte del marqués de Villena y determinó que eran las mantas y los paños que usaba la soldadesca los que propagaban el mal incluso después de lavados con vinagre para eliminar a los piojos. No había más remedio que quemarlos.

—¿Y así haréis con el brocado y el terciopelo?

—En efecto, *signora* —contestó el judío—. Ahora mismo, a simple vista, se podrían ver esos molestos insectos saltar sobre la ropa; por eso os rogaba antes que no os acercarais más. Las prendas se lavarán con vinagre y se perfumarán con vuestra esencia de lavanda y hojas de limonero antes de enviarlas a Roma.

Caterina asintió con una sonrisa. Estaba muy orgullosa de aquel perfume que ella misma destilaba en su laboratorio, sobre todo ahora que serviría para impregnar los exquisitos tejidos que enviaría al santo padre y enmascarar así el mal que albergaban, mientras su aroma invadiría la estancia como vestigio de su proeza. También sabía preparar ponzoñas, pero ninguna de las probadas con otros condenados a muerte la habían convencido. El arsénico árabe era demasiado rápido y, tras su ingesta, era evidente que la víctima había sido envenenada, cosa que Caterina no quería bajo ningún concepto. Compró a un boticario napolitano algunas nueces de *veninum lupinum* —veneno de lobo— que, según le explicó, estaban hechas con una mixtura de raíz de acónito, hojas de tejo, almendras amargas, cal, polvo de vidrio y miel, y que se debía disolver en vino. Sus efectos eran más lentos, pero comprobó que, si quien lo había ingerido seguía comiendo —y la pasión por la buena mesa del papa Borgia era bien conocida—, había que mantener la dosis durante algún tiempo, lo cual complicaba la operación, ya que tendría que arreglárselas para adulterar la bebida del papa durante varios días y no creía que tuviera tal oportunidad. Por la misma razón descartó otras sustancias como la cicuta o las oronjas verdes, pues, para que esa hierba o las setas llegaran a la mesa del papa, tendría que infiltrar a alguien en su cocina, algo imposible, dado el poco tiempo del que disponía. Sin embargo, aquel médico judío gaditano —el doctor Levi—, que había llegado a Italia tras la expulsión de los de su raza de los reinos de España y que había estado al servicio de su tío Ludovico en Milán, le ofreció una alternativa que, pese a que era cara, resultaba perfecta para sus propósitos.

Si es que funcionaba.

—¿No hay riesgo, rabí, de que el arquiatra del santo padre sospeche que ha sido envenenado? —preguntó Caterina al galeno.

—No, Excelencia —respondió—, en ningún caso. La fiebre de gafe la menciona el mismo Hipócrates en su *Corpus* y los médicos egipcios del sultán de Estambul la llaman «el mal de las cárceles», pues se propaga con rapidez en las prisiones. Además, los primeros síntomas pueden confundirse con los de otras enfermedades.

—¿Y tiene cura?

—Cuando aparezcan los primeros sarpullidos en el pecho, el sumo sacerdote de Roma se rascará y, al hacerlo, extenderá el mal con rapidez. Después subirá la fiebre y vendrán el dolor en las articulaciones, las dificultades para respirar; a continuación, la demencia y la muerte, como les ocurrirá a esos dos desgraciados. Si el arquiatra le aplica de inmediato friegas de alcohol de romero sobre la zona enrojecida y hace quemar toda la ropa de cama y de vestir del papa, tendrá posibilidades de atajar el mal, pero lo más probable es que, ante el riesgo de que sean viruelas, le sangre y le envuelva el pecho con bandas de franela roja, lo cual no hará sino empeorar la situación.

—Bien —dijo Caterina—. ¿Cuándo creéis que se podrá enviar la embajada a Roma? ¿Dentro de una semana? ¿Dos quizá? No puedo daros más tiempo, rabí. No lo tengo.

—¿No, *signora*? Lo necesitaría.

—El ejército del rey de Francia, tras la caída de Alessandria, avanza por la Lombardía sin oposición alguna en dirección a Milán. Como ocurrió con la invasión de Carlos VII, las villas y ciudades del camino salen a su encuentro para recibir al monarca como un libertador, y eso que ni siquiera marcha con sus tropas, sino que espera en Lyon a una victoria que va a conseguir sin lucha.

—¿Sin lucha, Excelencia? —inquirió el médico—. ¿Milán no plantará cara?

—¿Con qué? —Los ojos de Caterina brillaban en la penumbra del calabozo con el fuego de la indignación—. El imbécil de mi tío Ludovico ha huido a Innsbruck para lloriquear ante el emperador Maximiliano de Austria que le han quitado el ducado que él mismo robó a mi hermanastro, que, aunque era un incompetente, un borracho y un invertido, era el legítimo heredero de mi padre. Mi otro tío, el cardenal Ascanio, en vez de quedarse en Roma para plantar cara al papa Borgia con los inmensos recursos de la Vice-cancillería Apostólica, también se ha cagado de miedo en su roja sotana de príncipe de la Iglesia y ha salido corriendo para unirse a su hermano mayor. Las cortes ducales ya han redactado el documento en el que reconocen a Luis de Orleans como legítimo duque de Milán, y como tal entrará en el *castello* de aquí a un mes, a no ser que Nuestro Señor lo fulmine con un rayo en cuanto cruce los Alpes.

La condesa de Imola y Forlì hablaba cada vez más alto, tanto que incluso los dos condenados a muerte que agonizaban en el fondo del calabozo rebajaron la intensidad de sus ayes y jadeos para escucharla.

—De nada han servido los hombres que le envié a mi tío para que frenara a los franceses en Alessandria, pues ese imbécil sodomita de Galeazzo Sanseverino se rindió tras el primer día de cañonazos, y ahora mismo vagan por la Lombardía y el Piamonte desarmados, humillados, hambrientos y enfermos. ¡Inútil! ¡Cobarde! Tengo yo aquí y aquí —la condesa se señaló la entrepierna primero y la cabeza después— más valor e inteligencia que todos los hombres de mi familia.

—Eso no lo puedo dudar, *contessa* —dijo el médico—. Ni nadie aquí creo que pueda. Sois digna heredera de los Sforza.

—Ni la ferocidad de Galeazzo Maria ni la bravura de Francesco me valen ahora de gran cosa —dijo la condesa mencionando por los nombres de pila a su padre y su abuelo como si fueran capitanes de su guardia—. Solo la información. Paolo, ¿tu espía en la corte del Borgia te ha confirmado lo de las bulas?

—No he tenido noticias suyas desde hace días, *madonna*, pero no tengo motivos para pensar que el santo padre haya cambiado de idea. Las bulas por las que a los señores de Rímini, Urbino, Pésaro, Camerino, Faenza, Bolonia e... —el poeta dudó un instante— Imola y Forlì se los declara usurpadores de los territorios de la Santa Madre Iglesia están ya redactadas, a falta de la firma de Su Santidad, y de su publicación, lo cual se producirá en el momento en el que Milán caiga en manos francesas.

—¿Lo veis, rabí? —dijo Caterina—. Por eso no puedo daros más de dos semanas. Tres a lo sumo.

—Claro que —continuó Vassi—, si Su Santidad enferma y muere sin que esas bulas se hayan firmado, no tendrán efecto alguno y, en todo caso, el nuevo papa que surgiera del cónclave podría anularlas.

—Sabíamos que el pacto entre el papa y el rey incluía la cesión a César Borgia de un ejército francés, aunque ignorábamos para qué propósito en concreto —insistió la condesa—. Ahora hemos despejado esa incógnita. Es para usarlo contra nosotros, los señores vicarios de la Iglesia de la Emilia, la Romaña y las Marcas.

—No solo contra vos y los demás señores, *contessa* —intervino Paolo Vassi—, también contra otras familias. Los Colonna, por ser amigos del rey de Nápoles, se han vuelto a atrincherar en Genazzano. El papa atrajo con engaños al Vaticano al protonotario apostólico Giacomo Caetani y lo hizo encarcelar en Sant'Angelo mientras el jefe de la familia, Niccolò, huía a uña de caballo a Mantua. Se dice en Roma que el Borgia pretende expropiar a los Caetani el Ducado de Sermoneta para dárselo al bastardo que ha concebido con su propia hija Lucrecia.

—¡Qué barbaridad! —exclamó el médico—. ¡Qué clase de monstruos son los Borgia!

—No hagáis demasiado caso a esas habladurías, rabí —dijo Caterina endureciendo la voz—. Es cierto que la dama Lucrecia tuvo un hijo, pero no es el fruto del incesto, sino del adulterio, cosa de la que, si fuera un hombre el que hubiera engendrado un bastardo, ni siquiera estaríamos hablando de ello. En todo caso, no nos vienen mal esas maledicencias, aunque sería más conveniente un papa muerto.

—En tal caso, *signora*, en diez días podrá salir la embajada a Roma con vuestra carta en la que le pedís perdón al sumo sacerdote del Ha-Notztri, el Nazareno, y que acompañaréis de bellos regalos, como ese fino brocado rojo veneciano y el cofre forrado de suave terciopelo negro de Génova con veinte perlas perfectas para el solaz del amo de Roma. Haré los preparativos necesarios.

—Espléndido, rabí. Espléndido. Y tú, Paolo —la condesa se dirigió al poeta—, serás quien encabece la embajada y le entregue a Su Santidad la carta y los presentes.

—¿Yo, *contessa*? —El cortesano no pudo disimular el miedo que se adueñó de su rostro, varonil y delicado como el de una escultura antigua—. ¿He de ser yo?

—No se me ocurre a nadie mejor. Ya te conocen en la corte del papa de Roma y, aunque aborrezcan tus versos y tus canciones, no podrán resistirse a tus adulaciones.

—Pero, *signora*, por piedad. —El poeta lloriqueaba—. ¿No te-méis que yo contraiga también el mal?

—No. Estoy segura de que el doctor Levi te instruirá adecua-damente para evitar el contagio y, además, tu madre, a la que he hecho traer desde su casa, aguardará aquí, en la *rocca*, para celebrar el éxito de tu misión. De ti depende, Paolo, que la buena anciana te espere en uno de los aposentos para invitados de ahí arriba. O en uno de los de aquí abajo.

15

El artista

Milán,
6 de octubre de 1499

En cuanto llegó a Lyon la noticia de que Alessandria había caído tras una sola jornada de bombardeo, Luis XII se puso en marcha para cruzar los Alpes y reclamar sus nuevos dominios. La guerra de Milán había concluido sin haber merecido tal nombre ni registrar más bajas que el centenar de *bocche inutili* que perecieron durante el asedio y algunas docenas de soldados que murieron víctimas de la enfermedad, el alcohol, las reyertas entre ellos o algún accidente.

La euforia reinaba en la corte francesa por el paseo militar de Gian Giacomo Trivulzio por el norte de Italia, y por ese motivo nadie daba crédito a los rumores que decían que Ludovico Sforza pretendía resistir en Pavía con dos mil mercenarios suizos que iban de camino para defender la plaza mientras arribaba a las costas de Génova una flota del rey de Nápoles con cuatro mil infantes a bordo y docenas de piezas de artillería. En efecto, la ayuda no llegó ni por mar ni por tierra ni por la divina voluntad de Nuestro Señor, y a Ludovico Sforza no le quedó más remedio que esquilmar lo que quedaba del tesoro ducal y huir al Tirol para refugiarse en la corte de Maximiliano de Habsburgo, el único aliado que le quedaba y que, además, era el marido de su sobrina y emperador del Sacro Imperio Romano Germánico.

El 17 de septiembre, día de san Sátiro, el gobernador del *castello* mandó izar la bandera con las tres flores de lis desde lo alto de la Torre del Filarete y que se extendieran paños blancos en las puertas de la muralla. Era la señal para indicar al ejército de Giacomo Trivulzio —que había llegado a los arrabales de la capital de la Lombardía cuatro días antes sin hallar en su camino más resistencia que la poca que le ofreció Galeazzo Sanseverino en Alessandria— que la ciudad se rendía y que reconocía a Luis de Orleans como último y legítimo descendiente del primer duque de Milán, Gian Galeazzo Visconti, el fundador de la dinastía anterior a los usurpadores —así los llamaba ya toda la villa— Sforza.

Como los astrólogos determinaron que el sexto día de octubre era el más propicio para que el rey de Francia hiciera su entrada en la ciudad, las autoridades municipales de Milán se aprestaron a prepararlo todo para recibirle como su nuevo señor. Se engalanaron las calles con hojas de mirto, palmas blancas y ramas de olivo, y se ordenó a los dueños de las casas por las que iba a pasar la comitiva real que colgaran de las ventanas sus mejores manteles y cobertores de seda y brocado para indicar al soberano de Francia que no se le recibía como a un conquistador del cual temer un saqueo, sino como a un benévolo gobernante que era bienvenido a su casa. Las doncellas más hermosas de las familias patricias, vestidas con sus mejores galas y luciendo sus joyas más costosas, se asomaban a los balcones y se dejaban mirar por la soldadesca sin miedo a que sus opulentas mansiones fueran asaltadas y ellas violadas. El pueblo llano, por su parte, vitoreaba al nuevo duque y a su séquito con el mismo fervor que, unas semanas antes, había abucheado al viejo cuando, de noche, disfrazado y rodeado de una guardia de cien jinetes armados hasta los dientes, huyó de su capital. Ricos y pobres, clérigos y seglares, y nobles y plebeyos —como siempre ocurre— acudían en socorro del vencedor.

Un vencedor que, a lomos de un caballo blanco como los picos de los Alpes que brillaban en el horizonte, entró en la ciudad poco después del mediodía, mientras las campanas de todas las iglesias volteaban en señal de alegría. Luis XII iba ataviado con un traje de seda azul en el que centelleaban colmenas y abejas bordadas con hilo de oro. No llevaba coraza, espada ni lanza, sino un pequeño puñal de empuñadura de plata, una fusta blanca y la cabeza cubierta con la birreta ducal, para indicar que no llegaba a la capital de la Lombardía como conquistador ni como libertador, sino como su legítimo dueño y señor, y como si las seis mil lanzas francesas a caballo y los diecisiete mil hombres de armas que formaban su ejército ni siquiera estuvieran allí para escoltarle en su camino hacia la inacabada catedral donde el arzobispo de Milán, Hipólito d'Este, le esperaba, junto a los notables de la ciudad que no habían huido tras la fuga de Ludovico Sforza, para darle la bienvenida.

Dos docenas de lanceros que portaban las oriflamas y banderas de seda blanca con las armas de Francia bordadas con hilos de plata fueron los primeros en franquear la Porta Nuova de los muros de Milán. Tras ellos marchaba la *Garde Écosaisse*, la Guardia Escocesa, que se encargaba de la protección personal de Luis XII, formada por cien arqueros y cincuenta alabarderos vestidos con jubones blancos y dorados. Luego estaba el rey, bajo un palio dorado, con su canciller y futuro gobernador de la recién conquistada Lombardía, el cardenal D'Amboise, a su derecha, y su victorioso general Gian Giacomo Trivulzio, a la izquierda. Justo detrás cabalgaban el marqués de Montferrat, el de Mantua, el duque de Saboya, el de Ferrara, Ercole d'Este —el padre tanto del arzobispo de Milán como de Beatriz, la difunta esposa de Ludovico Sforza— y el de Valentinois, César Borgia, con la montura engualdrapada de terciopelo y brocado de oro en el que se habían bordado el toro rojo de los Borja, las bandas de los Oms y las flores de lis de la Corona francesa. En la tercera fila se alineaban —en mulas, como les correspondía por protocolo— las autoridades eclesiásticas. Allí estaba Juan de Borja i Llançol de Romaní, el primo hermano de César, a quien había sucedido como arzobispo de Valencia y cardenal de Santa Maria in Via Lata, el cual había sido nombrado por el papa Alejandro *legatus missus* para la expedición del rey de Francia. Junto a él —y charlando animadamente, como si fuera un amigo entrañable de la familia Borgia y no el acérrimo enemigo que era en realidad— iba el cardenal Giuliano della Rovere, el gobernador papal de Aviñón. El cortejo de autoridades lo cerraban los embajadores de Venecia y Florencia, que precedían a doscientos jinetes, con mazas de bronce doradas al hombro y largas capas de color púrpura sobre sus armaduras resplandecientes.

Aunque la mayor parte del ejército se acantonó en las afueras de Milán —para desesperación y ruina de los habitantes de las aldeas y granjas, donde cayeron como una plaga de langostas—, Trivulzio convenció a Luis XII para que algunas compañías del ejército real, así como destacamentos de hombres de armas de los señores de Ferrara, Mantua, Montferrat y Saboya, entraran en la ciudad y se alojaran en ella para que los milaneses tuvieran un recordatorio permanente de saludable miedo ante el poder del nuevo amo de la capital lombarda. Mi escuadrón de estradiotes y todo el contingente de infantes valencianos, que mandaba don Ramiro de Lorca —la aportación militar de César Borgia para la causa, más simbólica que otra cosa—, también estábamos entre los elegidos para disfrutar de la hospitalidad de la ciudad conquistada y donde, al contrario de lo que ocurrió en Lyon, el general Trivulzio no ordenó levantar horcas para mantener el orden entre la soldadesca.

Después de la ceremonia en el Duomo y la recepción de bienvenida por parte de las autoridades municipales ante las puertas del Palazzo della Ragione, el rey mostró su deseo de visitar el Monasterio y la iglesia de Santa Maria antes incluso de retirarse al *castello*, la imponente fortaleza levantada por los Visconti y ampliada por los Sforza, y sobre cuyas torres ondeaban ahora los pendones con el puercoespín y las flores de lis.

—Majestad —dijo Ercole d'Este al oír la petición del rey—, os recuerdo que mi hija Beatriz está allí enterrada, junto al sepulcro vacío de su marido.

Aunque el viejo y astuto duque de Ferrara no mostraba emoción alguna —se había cambiado de bando las suficientes veces a lo largo de su vida para saber cómo mantener bien ocultos sus pensamientos—, no acertaba a adivinar por qué Luis de Orleans tenía tantas ganas de acudir al templo que los Sforza habían convertido en su mausoleo familiar.

—Lo sé, Excelencia, lo sé —contestó jovial el rey—. Y aunque presentaré mis respetos ante el sepulcro de la gentil duquesa de Milán, es otro el motivo que me empuja al monasterio dominico.

—¿Podemos saber cuál es, Sire? —insistió D'Este—. Por si os podemos ayudar en algo.

—El fresco del refectorio del monasterio. Hasta mi corte llegó la fama del portento pintado en una de sus paredes y quiero verlo con mis propios ojos. Incluso mi primo el difunto rey Carlos, a quien Nuestro Señor no le dotó de especial sensibilidad artística, hablaba maravillas de esa última cena.

La Guardia Escocesa, junto a un destacamento de jinetes, se desplegó por las calles que conducían al monasterio. Mientras tanto, el conde de Ligny —uno de los comandantes del ejército real— salió a caballo hacia la puerta Vercellina, al oeste de la ciudad, para buscar al artífice del fresco que despertaba la admiración del rey. El autor era florentino y se llamaba Leonardo da Vinci.

Aunque el artista usaba una habitación en el *castello* y ocupaba un taller en la Corte Vecchia, Ludovico el Moro le había regalado un viñedo con una casa un par de años antes, en la que apenas estaba. Sin embargo, y como el resto de los cortesanos de los Sforza, Leonardo había sido expulsado de la fortaleza dos semanas antes de que llegara el rey, para que fuera atendido por su propia servidumbre y, de paso, garantizar que no se cometía ningún atentado contra él por parte de algún lacayo fiel a los anteriores señores de Milán.

Leonardo se había refugiado en su propiedad junto a su aprendiz y su anciana madre. Estaba muerto de miedo, pues su casa se ubicaba al otro lado de las murallas y, aunque no se habían producido incidentes con las tropas francesas, las patrullas y destacamentos de hombres de armas que merodeaban por la zona aterrorizaban a los habitantes extramuros con su mera presencia. Por ello, el conde de Ligny —que ya conocía al maestro florentino por medio de uno de los pintores de su corte y que también acudió— tuvo que emplear toda su paciencia para tranquilizar al maestro toscano y convencerle de que el rey de Francia solo quería felicitarle por su obra. El pobre artista tenía sobradas razones para estar aterrorizado, pues, desde la huida del Moro, la multitud había asesinado a su tesorero, su chambelán y a algunos notables partidarios de los Sforza y arrasado sus casas. Entre los descuartizados por la chusma también estaba Ambrosio da Rosate, el astrólogo del duque que —lo que son las cosas—, a pesar de haber visto en sus astrales que la ruina se cernía sobre la casa de los Sforza, no fue capaz de vaticinar su mal final.

Leonardo tenía cuarenta y ocho años, y llevaba casi veinte al servicio de Ludovico Sforza, de los que había utilizado tres para pintar el fresco que en aquel momento admiraba el rey de Francia. También se había dedicado a organizar fiestas, como las bodas del duque con Beatriz d'Este, en las que sus tramoyas, autómatas y fuegos artificiales habían dejado boquiabierta a toda la corte milanesa. Ya era famoso en toda Italia por una obra que ni siquiera había empezado: una colosal estatua ecuestre del padre del Moro, Francesco Sforza, de la que solo había hecho el molde de arcilla del caballo, porque los más de doscientos cincuenta quintales de bronce que se iban almacenando para su fundición se utilizaron para fabricar cañones para el ejército del rey Carlos VIII.

Como pintor, la lista de encargos inacabados y quejas de los patrocinadores de Leonardo era tan larga como el cabello castaño oscuro que mostraba vetas blancas allí donde empezaba a encanecer y que, en amplios rizos, le caía sobre los hombros. Se presentó ante el rey vestido con una elegante túnica gris perla ribeteada en piel y ceñida con un ancho cinturón. Llevaba cruzado al pecho un zurrón de tela gruesa, del que sobresalían las pastas de cuero de un cuaderno. Llegó acompañado de su discípulo, un tal Giacomo Caprotti, de diecinueve años, al que llamaba Salaì y que era evidente que era su amante. Ambos se arrodillaron delante de Luis de Orleans, que miraba embelesado la pintura.

—*Messer* Da Vinci —dijo el soberano de Francia tras dar su permiso para que los recién llegados se alzaran—, en verdad esta obra vuestra es soberbia. ¡Soberbia!

El mural se elevaba en la pared opuesta a la mesa del prior y prolongaba el refectorio hasta el paisaje que se extendía más allá de las ventanas pintadas en el fondo de la sala donde Nuestro Señor se reunió por última vez con los Doce. Los apóstoles se disponían en cuatro grupos de tres, con el Redentor al medio. Como si estuviera leyendo un texto en una pizarra, el maestro Da Vinci iba identificando a cada uno de ellos.

—Mirad, Majestad. El grupo del extremo izquierdo de la composición lo componen san Bartolomé, Santiago el Menor y san Andrés. En el segundo grupo, ese, el de la barba negra, es Judas Iscariote, junto a san Pedro y el joven y apuesto san Juan. Luego viene Nuestro Salvador, en el centro. A su derecha, Tomás, Santiago el Mayor y san Felipe.

—¿El que tampoco lleva barba, como san Juan? —inquirió el rey.

—En efecto, Majestad. Y el último terceto lo componen san Mateo, san Judas Tadeo y Simón el Zelote. Si os fijáis, podéis comprobar que los Doce están en actitudes distintas. Unos están asombrados, otros se están levantando porque parece que no han oído bien al Maestro, mientras los más próximos a él se espantan. Y Judas, señor, Judas retrocede porque ha sido descubierto.

—Sí, sí —dijo el monarca con la misma docilidad que un niño recibiendo una lección—. Es asombroso.

—Eso es, Majestad, porque elegí pintar el momento en el que Nuestro Señor revelaba que uno de sus discípulos amados iba a traicionarle.

—Excelente, *messer* Da Vinci. ¡Excelente! Pero, decidme, ¿cuánto tiempo, dinero y hombres necesitaríais para un *strappo*? Quiero poder contemplar esta maravilla todos los días en el castillo de Chinon.

—¿*Strappo*, Majestad? ¡No, por favor! ¡Os lo suplico, Majestad! La obra no lo resistiría. —Leonardo cayó de rodillas de nuevo ante el rey y también lo hizo, aunque estaba algo más alejado, el prior dominico del monasterio y la media docena de frailes que le acompañaban.

El rey se refería a la técnica por la que se podía arrancar de la pared una pintura al fresco traspasando el yeso coloreado a un lienzo y que, aunque en Italia se practicaba desde los tiempos del emperador Augusto, en los últimos cincuenta años había logrado una gran maestría por la cantidad de murales antiguos que se arrancaban para decorar las villas y palacios de los nobles.

—¿Veis esos ligeros desperfectos allí y allí, Majestad? —continuó Leonardo—. No los provoca la luz, sino el moho y el deterioro de la pintura que utilicé. No es un *buon fresco* convencional, porque para la capa del *intonaco* no usé cal apagada y polvo de mármol, sino una base de mi invención compuesta de arcilla, sobre la que pinté con una mezcla de temple y barniz. Eso me permitió pintar como si lo hiciera con óleos, pero me temo que pagué un alto precio por ello.

—El maestro lleva semanas repintando el muro —intervino el prior con lágrimas en los ojos, de rodillas y besando las zapatillas del rey—. ¡Os lo suplico, señor! Nuestra *Última cena* no puede salir de aquí. Sois el legítimo duque de Milán y aquí está para vuestro deleite siempre que nos honréis con vuestra presencia.

—Mirad, Majestad —dijo Leonardo mientras sacaba de su zurrón una piedra roja del tamaño de un melón pequeño—, vuestros hombres ya han destrozado *Il Cavallo* al usarlo para hacer prácticas de tiro con la artillería. Os lo ruego, señor: vuestra grandeza no puede tolerar que la historia os confunda con un bárbaro destructor y no como el benefactor de las artes y las ciencias que sois, cuya generosidad es la admiración de toda Europa.

Luis de Orleans observó el trozo de arcilla que el maestro toscano sostenía entre las manos. Después se giró hacia el general Trivulzio.

—Mariscal, ¿es verdad eso?

—Lo es, Sire. Yo mismo lo autoricé y no he de pedir perdón por ello. Aunque la obra del tramoyista del usurpador era notable —Trivulzio no ocultaba el desprecio que le producía el pintor toscano quien, en aquel momento, pensó que iban a ahorcarlo allí mismo—, no olvidéis que se concibió como un monumento *ad maior gloriam* de Francesco Sforza, el fundador de la dinastía de los usurpadores de vuestro legítimo derecho a la corona ducal de Milán. Además, era necesario calibrar de nuevo la precisión de vuestros cañones, bombardas, falconetes y culebrinas, y ese monstruoso animal de barro era idóneo para tal fin.

En la mirada de Trivulzio brillaban la determinación e incluso el orgullo por la fechoría, pues su odio hacia los Sforza era tal que poco o nada le importaba herir la sensibilidad artística del soberano de Francia.

—Entiendo —dijo el rey—. Ya veis, *mastro* Da Vinci, la guerra nos impone a veces dolorosos calvarios que todos hemos de padecer en mayor o menor medida. Pero no temáis por vuestro mural, ni vos tampoco, padre prior, porque aquí se quedará.

—Gracias, Majestad —contestaron casi a la vez el artista y el fraile—. Muchísimas gracias.

Tras un último vistazo a la pintura, Luis de Orleans abandonó el refectorio rumbo al *castello*, donde se iba a celebrar un gran banquete. Leonardo, el abad del monasterio y sus frailes se quedaron en el refectorio, sin saber muy bien qué hacer, hasta que uno de los miembros del séquito real, que no se marchó con el resto de la comitiva, se acercó al artista.

—Disculpadme, *mastro* Da Vinci. Tengo entendido que, además de pintor y escultor, erais también el *ingeniarius ducalis*, el ingeniero ducal, de Ludovico Sforza, ¿es cierto? Y que diseñasteis para él nuevas armas y máquinas de guerra, así como refuerzos para sus fortalezas y defensas.

—Así es, *signore*. —El florentino dudó un momento, pero enseguida se dio cuenta de que no tenía ante sí a un simple cortesano, sino a un noble de alcurnia—. Perdón, ¿a quién tengo el honor de conocer, Señoría?

—Soy César Borgia de Francia, duque de Valentinois y conde de Dyon, aunque aquí en Italia me conocen como el Valentino.

16

Pax Borgiana

*Rocca de Nepi, Estados Pontificios,
21 de octubre de 1499*

La sonrisa de Lucrecia era radiante porque, por fin, iba a reunirse
con su marido y llevaba consigo a su hijo Giovanni. Y eso a pesar
de que la hija del papa había padecido mucho durante un viaje que,
según las comadronas y el doctor Pere Pintor, no debería haber
hecho debido a su avanzado estado de gestación. Seis días había
necesitado para salvar las quince leguas que separaban la Rocca Albornozziana de Espoleto de la Rocca dei Borgia de Nepi, al norte
de Roma.

Aunque el traslado fue en una carroza cuyo interior se había
acondicionado para que pudiera estar recostada sobre mullidos col-
chones rellenos de lana y grandes cojines forrados de seda, la travesía fue penosa, porque no hubo más remedio que hacerla por la ruta
de Termi, que serpenteaba por las faldas y barrancos de los montes
Sibilinos, con sus empinadas cuestas. El capitán Juan de Cervellón
decidió llevar a cabo tal desvío para evitar la vía de Aquasparta y la
amenaza de su señor, Altobello di Canale, que, desde su fortaleza,
se dedicaba a robar y secuestrar a los viajeros que pasaban cerca de
sus dominios. Además, en toda la región se sabía que Lucrecia había pedido al papa que le enviara hombres y armas para sacar a
aquel bandido con escudo de armas de su guarida y ajusticiarlo, por
lo que no parecía prudente tomar el camino que pasaba por sus

dominios, a pesar de que era más llano y cómodo que el otro. Y eso que no era pequeña la escolta de guardias pontificios que guardaba la vida y la integridad física de la hija del papa.

Lucrecia descansaba ahora en uno de los aposentos nobles de la torre del homenaje de la *rocca*. Todavía no había visto a su marido, aunque sabía que ya estaba en el castillo. Excepto los últimos siete años, la fortaleza de Nepi y la villa que se extendía a sus pies habían sido una propiedad de Rodrigo Borgia. El papa Sixto IV se las entregó al entonces cardenal —junto a Civita Castellana— como pago por el préstamo que el también vicecanciller le hizo al pontífice para alquilar tropas del rey de Nápoles con las que guerrear contra Lorenzo el Magnífico de Florencia, a quien su sobrino Girolamo Riario —capitán general de la Iglesia y primer marido de Caterina Sforza— había intentado asesinar durante la misa del Domingo de Pascua de 1474.

La Rocca dei Borgia estaba encaramada en lo alto de un espolón de piedra moldeado por un río y rodeado de cascadas y bosques frondosos donde, según creían los etruscos que habitaron esa tierra antes que los romanos, vivía un dios antiguo y salvaje con forma de serpiente que se llamaba Nepet, cuyo poder se diluía en las aguas que estaban por todas partes y que curaban cualquier dolencia, incluyendo las del alma.

Y eso era lo que Lucrecia esperaba; que aquella reunión sanara las heridas que los Borgia se habían hecho a sí mismos.

En todo caso, primero como cardenal y después como papa, Alejandro VI había gastado mucho dinero en reforzar la imponente fortaleza. Encargó el trabajo al maestro Antonio da Sangallo, el mismo arquitecto e ingeniero que convirtió el castillo de Sant'Angelo de Roma en el bastión inexpugnable que permitió al papa Alejandro VI resistir el asedio del rey Carlos VII de Francia y mejoró el Passetto di Borgo, que conectaba el Palacio Apostólico con el antiguo mausoleo del emperador Adriano. Aunque era una construcción militar de recio y feroz aspecto, el lujurioso vergel que la rodeaba y el inminente reencuentro con su esposo la hacían adorable a los ojos de Lucrecia. Además, los sirvientes de la Corte Apostólica habían decorado con primor las dependencias de la *rocca* para hacerlas mucho más acogedoras que los severos salones de la Rocca Albornozziana, su hogar durante los dos últimos meses como gobernadora papal de Espoleto.

Aunque al principio aborreció la decisión de Su Beatitud de enviarla —junto a Jofré— a aquella jaula de oro con su hijo Giovanni como inocente e involuntario carcelero, lo cierto es que, pasado el tiempo, había disfrutado con su cometido. No solo había recuperado al hijo que había tenido con el desdichado Perotto, sino también se había dado cuenta de que le gustaba gobernar y de que, además, se le daba bien. En apenas ocho semanas había logrado que las villas de Espoleto y Termi —enfrentadas desde hacía años por un problema de lindes que a menudo derivaba en violencia— firmaran una tregua primero y llegaran a un acuerdo después. Había saneado las cuentas públicas, creado un cuerpo de guardia y sentado las bases para que su capitán, don Juan de Cervellón, recibiera un ejército papal con el que limpiar el señorío de salteadores de caminos y bandidos como el señor de Aquasparta. También había creado un orfanato y un hospital para parturientas. Tan buenos resultados en tan poco tiempo habían causado una honda impresión en el papa, el cual accedió a perdonar al marido de Lucrecia y a su cuñada —los hermanos Alfonso y Sancha d'Aragona— su conjura con los Colonna. Por todo ello, el santo padre había invitado a sus hijos, familiares y amigos cercanos a una montería en Nepi para aprovechar los últimos días de la berrea de los ciervos, cuando se podían abatir los ejemplares más grandes y de cuerna más hermosa. El encuentro iba a ser el símbolo de la reconciliación y la paz en el seno de la familia Borgia. Incluso César —que estaba en Milán, junto al rey de Francia— acudió a uña de caballo a la reunión familiar.

—*Pax Borgiana* —susurró Lucrecia hacia la criatura que crecía en el interior de su vientre hinchadísimo—. Tú sí conocerás a tu padre, hijo mío.

Una punzada de tristeza le atravesó el corazón nada más pronunciar la frase. Aunque parecía hablarle a su vástago aún no nato, el destinatario del mensaje era el pequeño infante que dormitaba en una cuna. Era Giovanni, el hijo que había concebido con Perotto y recuperado al año y medio de nacer, y del que —así se lo juró a sí misma— solo la muerte iba a separarla. Todavía no había decidido qué le iba a contar a su marido sobre la existencia de aquella criatura, pero no le importaba en lo más mínimo. «Alfonso —pensó— tendrá que entenderlo. Además, concebí a Giovanni cuando aún no estaba casada con él, es decir, si no hubo juramento no hubo engaño y, por consiguiente, tampoco adulterio. Si yo fuera un hombre, nadie se plantearía nada. Pero si he tenido la capacidad de gobernar Espoleto, también puedo tener a mis hijos a mi lado, como la condesa Caterina Sforza».

En su cabeza, las palabras resonaban con valentía, determinación y, sobre todo, con razón. Pero, en el fondo, Lucrecia no estaba segura de si lograría reunir el valor suficiente como para decírselas a su marido, al santo padre y, sobre todo, a su hermano César. Era algo más optimista respecto a los dos primeros —sabía con qué armas de esposa hechizar a Alfonso d'Aragona y cómo apaciguar con cariño filial al papa de Roma—, pero temía la reacción de César. Siempre lo había hecho, pues el amor de su hermano mayor, desde que eran niños que solo se tenían el uno a la otra en la tenebrosa corte de los Orsini donde se criaron, era intenso como el vino de Montepulciano, y ni los años ni la distancia lo habían suavizado. Lucrecia tenía la sensación de que César la quería como se quiere una obra de arte de gran belleza o una propiedad próspera, con un instinto posesivo que, en ocasiones, la atemorizaba.

Las noticias que llegaban desde Milán no la tranquilizaban en absoluto. Las cartas hablaban del gran cariño y confianza que el rey de Francia mostraba hacia su «primo», el duque Valentino, y del enorme ejército que Luis de Orleans iba a poner a su disposición para marchar contra los señores de Rímini, Urbino, Pésaro, Camerino, Faenza, Bolonia e Imola y Forlì por no haber pagado —desde hacía décadas— los tributos que le debían a la Santa Sede, de la que eran vasallos. Para Lucrecia, resultaba imposible adivinar qué tenía en la cabeza su hermano, pero, si como cardenal había influido para que ella se casara con Alfonso d'Aragona y reforzar así los vínculos de los Borgia con los Trastámara de Nápoles en detrimento de los Sforza de Milán, como duque y par de Francia aún tenía más interés en que tal alianza se quebrara cuanto antes. Y aunque el papa había decidido otorgar su perdón a Alfonso y a Sancha por su ridícula conspiración con los taimados Colonna, dudaba mucho de que César fuera tan complaciente.

Ni con eso ni con nada más.

Se levantó del mullido asiento donde descansaba para intentar aliviar el dolor que le mordía en los riñones, y se acercó a la cuna para observar el sueño de su primogénito en un intento vano de pensar en otra cosa. Pero no lo consiguió hasta que una de sus criadas asomó en el aposento para indicarle que monsignore Burcardo —el maestro de ceremonias papal— había dado instrucciones de que todo el mundo acudiera a la sala de audiencias para recibir allí a Su Santidad.

Flanqueada por sus damas, Lucrecia se presentó en el salón en el que los criados vaticanos habían colgado tapices con los escudos de armas del papa, del duque Valentino, de los príncipes de Esquilache —su hermano Jofré y su mujer, Sancha—, así como de los príncipes de Salerno y duques de Bisceglie —ella misma y su marido—. Sobre los aparadores se habían dispuesto bandejas con anguilas ahumadas cubiertas con salsa de azafrán; capones asados sobre lechos de mazapán; fuentes con manjar blanco de gallina aderezado con azúcar y canela; pasteles de hojaldre rellenos de hígado de cerdo guisado con jengibre y clavo; quesos frescos de leche de búfala y platos con moras, higos, uva y granadas frescas. También había docenas de cuencos de plata a rebosar con el dulce favorito de Alejandro VI, el *citronat*, hecho según la vieja receta de cidras confitadas con almíbar y miel que se decía que era invención del papa Luna en su exilio en el castillo de Peñíscola y con el que habían intentado envenenarlo al mezclarlo con arsénico.

En cuanto entró en el salón y vio a Alfonso, Lucrecia estuvo a punto de olvidar su rango de duquesa de Bisceglie y gobernadora de Espoleto y correr para colgarse del cuello de su marido para comérselo a besos. Sin embargo, el gesto serio de su esposo —que no sus ojos, donde brillaba la felicidad— la contuvo y, con paso lento y grave, ocupó su sitio al lado de su marido, en la misma fila donde aguardaban ya Jofré y Sancha, que ni siquiera se miraron a la cara cuando se reencontraron.

Poco después —conforme el protocolo marcado por el *magister ceremoniarum*— hizo su entrada el duque Valentino, y Lucrecia apenas pudo reprimir un gemido de asombro ante aquello en lo que se había convertido su hermano mayor.

César Borgia iba —como de costumbre— vestido de negro de pies a cabeza, sin más adorno que el grueso collar de oro de la Orden de San Miguel que brillaba en su pecho. De la cadera izquierda pendía la Reina de las Espadas, la bellísima *cinquedea* de ceremonia confeccionada por el maestro orfebre Ercole da Fideli en Roma dos años antes. También calzaba espuelas de plata, que resonaban en el entarimado del salón. Sin embargo, tanta elegancia no conseguía que la vista de todos se desviara de la máscara de cuero fino que le tapaba la totalidad del rostro y que le daba un aire tan siniestro como el que debía de tener el ángel de la muerte que mandó Nuestro Señor a matar a los primogénitos de Egipto en tiempos de Moisés.

En toda Italia eran bien conocidos los estragos que el mal francés provocaba desde que había bajado con las tropas del rey Carlos VII hasta Nápoles y todo el mundo conocía o sabía de algún enfermo. En la corte vaticana, además, los casos eran bastante frecuentes y solo la pericia del arquiatra —Pere Pintor— y de otros médicos, como el doctor Gaspar Torrella o mi suegro, Ernesto de Macías, conseguían mantener a raya la maldición entre aquellos, claro, que podían pagarse el carísimo tratamiento de baños de sudor y vapores de sales de mercurio que prescribían los galenos. Los pobres se tenían que conformar con friegas de aceite de oliva aromatizado con romero, que, según pensaban, aliviaban los espantosos dolores de las articulaciones que sufrían los enfermos. A Lucrecia le habían llegado rumores que decían que, en el caso de César, el mal le causaba la aparición de llagas que le deformaban el rostro. Sabía, pues, que su hermano padecía la infección cuando salió de Italia rumbo a Francia, pero, tras un año sin verse, no podía imaginar que la enfermedad hubiera avanzado tanto.

Por fin, el papa Alejandro VI accedió a la sala de audiencias de la *rocca*, escoltado por Angelo Duatti —su guardaespaldas— y tres de sus hombres de confianza, y precedido por dos cubicularios. Con una sonrisa pícara en los labios, se saltó el rígido protocolo vaticano, pues entró flanqueado por su primo Francesc, arzobispo de Cosenza y tesorero de la Santa Sede, y su sobrino Joan, cardenal de Monreale, charlando como si fueran viejos amigos que llegaran a una taberna y no a una recepción de la corte pontificia. Al santo padre —y en especial cuando estaba de buen humor, como era el caso— le encantaba hacer de vez en cuando estas travesuras para enfadar a su jefe de protocolo y tener tema de conversación y chanzas con su círculo más íntimo cuando el acto había concluido.

Aun así, todos los presentes —una vez que el papa estuvo sentado en su trono dorado— cumplieron con el acto de besar el zapato rojo del pontífice, a lo que él correspondía besando la frente de Sancha, Alfonso y otros familiares y amigos de menor rango, y las manos y la boca de César, Lucrecia y Jofré, así como de la madre de los tres, Vanozza, que acudió a Nepi junto a su marido, Carlo Canale.

El papa tenía prisa por divertirse con su familia y por ese motivo despidió en cuanto pudo al maestro de ceremonias y a las autoridades municipales de Nepi y algunas villas de alrededor que estaban allí para rendirle homenaje. Quiso que solo se quedaran en la sala los criados imprescindibles para servir viandas y vino. Entonces, se bajó del trono, se desprendió de la capa pluvial y ordenó que llevaran asientos y cojines más cómodos para pasar una velada agradable con los suyos. Se le veía tan feliz que incluso hizo que se marcharan los músicos que monsignore Burcardo había hecho ir desde Roma para entretener a la corte pontificia, y así poder conversar sin distracciones.

—¡Hijos míos! —exclamó mientras se chupaba de los dedos los restos del pringoso *citronat* que acababa de comerse sobre una tostada de pan blanco coronada por gruesos trozos de queso tierno de leche de búfala—. ¡Por fin juntos! Cuéntanos, César. Cuéntanos todo lo que el rey de Francia ha previsto para tu primera campaña.

—No sé si es el momento apropiado, *pare*. —La voz del Valentino sonaba gélida y distante bajo la máscara de cuero—. Quizá más tarde sería…

—¡Tonterías! —interrumpió el papa mientras tomaba otra rebanada de su golosina favorita—. ¡Bobadas! Todo se ha hablado y todo está arreglado. Sancha y Alfonso han recibido mi perdón por la desafortunada decisión que tomaron con los traidores Colonna. Además, estamos en familia. Vamos, César: cuéntanos.

—Como ordenéis, Santidad —dijo César—. Está previsto que mi primo el rey Luis abandone Milán en un par de semanas como mucho y dejará al cardenal George d'Amboise como gobernador de la Lombardía en su nombre.

—Sí. Eso lo sabe todo el mundo —intervino el primo del papa, el arzobispo de Cosenza—. Pero tú ¿cuándo te pondrás en marcha?

—No lo sé, tío. Debo esperar a que el mariscal Trivulzio lo autorice.

—Pero será antes de fin de año, ¿no? —insistió el papa—. Quiero que la apertura del jubileo sea la víspera de la Natividad de Nuestro Señor. Y que los caminos sean seguros para los peregrinos.

—Si todo sale como tengo planeado, *pare,* no veo razón alguna para que no se pueda celebrar la ceremonia de la Puerta Santa en San Pedro.

—¿Y cómo lo tienes planeado? —intervino Sancha, con el brillo del desafío en los ojos, pues sabía que su antiguo amante no les estaba contando nada que no se supiera ya en todas las cortes de Italia—. ¿Hacia dónde marcharás primero? ¿Con cuántas tropas?

—Donde sea necesario y con las que hagan falta —contestó César, que con la voz parecía hacer sonreír a la máscara—, querida cuñada.

Lucrecia se dio cuenta de que la *pax borgiana* estaba a punto de saltar por los aires otra vez porque César no estaba dispuesto a soltar ningún tipo de información que fuera de utilidad para el rey de Nápoles y tío de Alfonso y Sancha, los cuales —y especialmente ella— parecían seguir en guerra a pesar de los modales suaves y los platos refinados que los rodeaban. En ese momento, la hija del papa decidió jugar la baza que había pactado antes con el santo padre.

—*Pare* —dijo clavándole la mirada—, *recordeu la vostra promesa.*

El pontífice suspiró y miró hacia las vigas labradas del techo, en las que los artesanos habían reproducido el toro de la Casa Borgia y la doble corona en llamas del Ducado de Gandía, como si buscara la respuesta en lo alto de la estancia. También era consciente del riesgo que podía producir la discordia en el seno de su familia y, sobre todo, del peligro que suponía que César —tras un año en la corte del rey de Francia— creyera que tenía un poder superior al suyo. Había que recordarle que si Luis de Orleans iba a darle un ejército era porque él lo había conseguido gracias a su olfato político y a su autoridad. César podía ser un duque francés, pero él, Alejandro VI, seguía siendo el papa de Roma.

—Mi acuerdo con el rey Luis se limita a sus derechos sobre el Ducado de Milán —dijo el santo padre— y sobre nada más. Nunca se ha hablado sobre Nápoles. Ni con el soberano de Francia ni con el rey de Aragón. Por el momento, y en lo que a Nos respecta, nuestro querido hijo Federico es el legítimo rey de Nápoles.

—Pero, *pare…* —quiso interrumpir César, y el pontífice lo acalló levantando la mano.

—Por eso, y siguiendo los consejos de mi querida hija, la gobernadora de Espoleto —continuó Alejandro VI—, voy a mandar a Nápoles al capitán Juan de Cervellón para que negocie con el rey

Federico un nuevo tratado de amistad para que nuestra sobrina Ángela se case con su primogénito, el duque de Calabria, Fernando d'Aragona.

La interesada no pudo evitar dar un respingo al escuchar las intenciones del papa. Aunque solo tenía trece años, la prima y confidente de Lucrecia sabía muy bien cómo comportarse ante la corte papal, y más aún en asuntos como aquel. Por ello, se limitó a bajar la mirada en actitud humilde y sumisa ante los designios de su tío.

—¡Y ahora... —exclamó, jovial, el santo padre—, basta ya de hablar de cosas graves!

—¡Eso digo yo! —intervino entonces el sobrino del papa, el orondo cardenal de Monreale—. ¡Divirtámonos hoy para coger fuerzas para la cacería de mañana!

—¡Así se habla, *nebot*! ¡Monsignore Burcardo! —El papa llamó al maestro de ceremonias—. ¡Que vuelvan a entrar los músicos, que al papa de Roma le apetece bailar, comer, beber y hacer cosas de joven!

Lucrecia, rompiendo el protocolo, besó a su marido, feliz por la decisión del papa, mientras Sancha no podía dejar de lucir esa sonrisa suya capaz de provocar incendios en los corazones más fríos. En poco tiempo, la sala se llenó de música y danza para deleite de casi todos los presentes.

Salvo uno.

César.

17

El bautizo

Roma, Palacio Apostólico,
11 de noviembre de 1499, festividad de San Martín de Tours

Juan de Cervellón, con su coraza de piel de búfalo tachonada con discos de bronce pulidos, la *cinquedea* al cinto, las espuelas caladas y la capa roja sobre los hombros, tenía un aspecto imponente y varonil, como el de un héroe de los poemas antiguos. Con la testuz alta y la mirada al frente, caminaba despacio, con el niño en el regazo, hacia la capilla del papa Sixto, donde se iba a celebrar el bautizo.

Lucrecia había elegido al capitán de su guardia personal como protector de su segundo hijo, el que había parido el Día de Todos los Santos en su Palacio de Santa Maria in Porticu. A diferencia del primero —que vio la luz en una celda del Convento de San Sixto Vecchio en un parto clandestino—, con este quiso que todo el mundo supiera que Lucrecia Borgia había sido madre, al menos oficialmente, por primera vez.

Una escolta de doce lanceros vestidos de gala, precedidos por flautistas y tamborileros, flanqueó al capitán Cervellón desde la residencia de los duques de Bisceglie hasta la plaza de San Pedro. En los pasillos del Palacio Apostólico se concentró todo el personal del Vaticano para ver a la criatura cuya llegada al mundo casi había hecho enloquecer de alegría al santo padre. Alejandro VI estaba tan contento que el mismo día del nacimiento —y pese a la lluvia torrencial que caía sobre Roma—, hizo que salieran correos hacia todas las cortes de Italia y Europa para dar a conocer el feliz acontecimiento *urbi et orbi*.

En la puerta de la Capilla Sixtina, el capitán Cervellón entregó al recién nacido al cardenal de Monreale, pues el sobrino del papa iba a ser el padrino de la criatura. Mientras, en el altar mayor esperaba otro príncipe de la Iglesia, Oliverio Carafa, arzobispo de Nápoles, que fue el encargado de ungir con los óleos sagrados la frente de Rodrigo de Aragón y Borja, primogénito de Alfonso d'Aragona y Lucrecia Borgia, heredero del principado de Salerno y el Ducado de Bisceglie. Había sido el propio pontífice —lleno de orgullo porque a su nieto le habían puesto su nombre secular— el que decidió que se usara con el pequeño el español «De Aragón» y no el «D'Aragona» que utilizaban los italianos con los Trastámara de Nápoles desde los tiempos del feroz rey Ferrante, el bisabuelo paterno del infante y bastardo de Alfonso el Magnánimo.

Toda la nobleza romana, así como los embajadores de Venecia, Ferrara, Siena, Florencia, Castilla, Francia y Mantua, ocupaban sus asientos tras los catorce cardenales que se sentaban en la primera fila, flanqueando a los padres del crío. Detrás estaban sus tíos, Sancha y Jofré, y, a continuación, el resto de la familia. Los Borgia, pues, vivían un momento dulce con la llegada de un nuevo miembro a sus filas, que lo hacía, además, con todos los honores.

Sin embargo, no estaban todos. César había partido a Milán desde Nepi para ponerse al frente del ejército francés que el rey Luis había reunido para él. Tampoco estaba en la ceremonia el propio pontífice —pese a que se moría de ganas de hacerlo en sus aposentos privados de la Torre Borgia— por aquello de mantener ciertas formas que, a esas alturas, ya no importaban a nadie, pues toda Italia sabía que el papa de Roma estaba feliz por el nacimiento de su nieto y por eso, una vez más, había ordenado que se hicieran repartos gratuitos de dulces, pan y vino. También que se diera permiso para encender hogueras y celebrar festejos en las calles de Roma.

El cardenal Carafa vertió el agua bendita sobre la coronilla del niño e instó a sus padres y padrino a renunciar a Satanás y a todas sus obras y seducciones. Luego, tal y como marcaba el protocolo, la criatura fue pasando de brazo en brazo por todos los presentes para recibir su bendición. Envuelto en el ropón bautismal de brocado de oro y forrado de piel de armiño, como correspondía a un príncipe de sangre real, el infante dormía plácidamente, ajeno al trajín, hasta que terminó en los brazos de Paolo Orsini, marqués de Atripalda y uno de los condotieros reclutados para comandar a los cinco mil hombres del ejército pontificio que, en cuanto César llegara de Milán con los otros diez mil efectivos y la artillería proporcionados por el rey de Francia, iban a marchar sobre los señores rebeldes de la Romaña. En realidad, el papa y su hijo solo podían considerar como propios a un millar de infantes, quinientos jinetes y una docena de falconetes, pues el resto pertenecían a otros señores de la guerra. No era mucho, pero era un principio.

Fue entonces cuando, por primera vez, el crío rompió a llorar, como si supiera que quien le llevaba en el regazo era uno de los enemigos de su linaje, aunque en aquel momento se contara entre sus aliados.

Los Orsini y los Borgia, una vez más, fingían que la traición de Bracciano, las batallas de Fornovo y Soriano e incluso los asesinatos de Joan de Gandía y Virginio Gentile jamás ocurrieron. Solo en Roma las alianzas cambian, aunque la memoria se mantiene intacta; se olvida, pero no se perdona para que los viejos odios se maquillen con la conveniencia y el interés. Por ello, el nuevo jefe de la poderosa familia romana, el cardenal Giambatista Orsini, había dado órdenes a sus sobrinos Paolo y su primo Francesco —duque de Gravinia— para que se pusieron a disposición del hijo del papa junto a otros condotieros, como Vitellozzo Vitelli, Oliverotto di Fermo o Aquiles Tiberti. Tenían muy presente que solo podían evitar la ruina que se cernía sobre otras familias como los Colonna, los Cateani o los Savelli mientras el santo padre los considerara si no amigos, por lo menos aliados circunstanciales.

Todos los Orsini estaban presentes en el bautizo del nieto del pontífice y en el banquete posterior a la ceremonia que se organizó en la Sala de los Papas de la Torre Borgia, donde el santo padre, sentado en su trono, se dispuso a recibir las felicitaciones de los invitados. Docenas de criados se paseaban portando bandejas con mazapán, peladillas y fruta escarchada mientras que en los aparadores se amontonaban los capones asados con miel y rellenos de piñones e higos, los pasteles de trucha aderezada con jengibre y azafrán, y los cuencos a rebosar de *citronat* y paté de hígado de ganso, así como las jarras de vino *pignoletto* y *vernaccia*. En un lugar destacado —y que causaba la admiración de todos— se ofrecían unos extraños frutos enviados por el rey de Aragón, que, según dijo su embajador en Roma, venían de las Indias. Por fuera tenían escamas duras, como las piñas de los pinos y de color parecido, pero eran mucho más grandes, y en su interior, la pulpa, amarilla y jugosa como la del melón, tenía el olor y el sabor de un perfume.

Indiferente a todos aquellos manjares, Angelo Duatti, el guardaespaldas del pontífice, deambulaba entre los asistentes a la fiesta. Buscaba algo que solo identificaría cuando lo tuviera delante y sabía que, en el mejor de los casos, tendría poco tiempo para reaccionar. Lo que buscaba era una amenaza. De cualquier clase. Tenía casi cincuenta años y llevaba al servicio de Alejandro VI desde que el entonces cardenal lo salvó de la horca a la que los *conservatori di Roma* lo habían condenado por matar a cuchilladas, cerca del puerto de Ripa Grande a su rival de una partida de *pallacorda* que empezó mal y acabó peor. Antes de que Rodrigo Borgia se cruzara en su destino cuando su vida estaba a punto de terminar colgando desde las almenas de la Tor di Nona, Angelo era uno más de los *bricconi* del Trastévere, reñidores callejeros y novios del cadalso; un matón que se ganaba la vida con la extorsión y el robo. Pese a que no sabía empuñar una pica ni esgrimir una espada como los guardias pontificios, Angelo no tenía rival con el puñal y el garrote en las distancias cortas y cuando se trataba de matar o morir sin reglas de cortesía ni normas de caballerosidad, que, a fin de cuentas, solo los ricos se podían permitir. Tanto él como su patrón —el propio papa— eran muy conscientes de que sus habilidades eran inútiles en un campo de batalla, pero ambos sabían que era del todo imposible que en una dependencia del Palacio Apostólico o en una de las naves de la Basílica de San Pedro pudiera producirse una carga de piqueros suizos o disparos de ballesteros gascones. No obstante, eso no quería decir que no hubiera otras formas de exponerse a un posible atentado en esos mismos lugares, donde las artes de Angelo eran mucho más útiles.

Era evidente para cualquiera que los observara con detenimiento que ni él ni su hermano Vittorio —cortado por el mismo patrón, pero seis años más joven— eran cortesanos papales ni funcionarios vaticanos, aunque fueran vestidos como tales, con calzas de lana de color gris oscuro, jubones negros con las mangas acuchilladas en blanco y zapatos de fino tafilete. Muchos de los invitados conocían cuál era su verdadero cometido y se apartaban de su camino con expresiones de desprecio y asco, pues no entendían cómo el santo padre consentía que aquellos individuos de tan bajo origen y mala catadura se pasearan por la corte del papa de Roma y, lo que era peor, los miraran como un mastín contempla a las ovejas.

En realidad, Angelo buscaba unos ojos que habían visto lo que no deberían, lo que significaba que en ellos anidaban la mala intención y la culpa, y, por consiguiente, el peligro. Los había tenido delante tantas veces a lo largo de su vida que sabía que los iba a reconocer en el mismo instante en que diera con ellos. Por ese motivo, mantenía fija la mirada con todo aquel con quien la cruzaba. Buscando.

El papa se sentaba en el trono bajo palio en el fondo de la Sala de los Papas, sobre la cabeza el fresco del techo en el que el Pinturicchio había retratado a su antecesor Alejandro III —por el que había tomado el nombre— con el emperador alemán Federico Barbarroja postrado a sus pies pidiendo perdón al santo padre después de haber sido derrotado en la batalla de Legnano, hacía más de tres siglos. Era el mismo papa que había condenado a Enrique II de Inglaterra por ordenar la muerte de Thomas Becket y excomulgado al rey Guillermo de Escocia; el papa guerrero que, en aquella ocasión, poco parecido tenía con el orondo y feliz abuelo que, con la cuna de su nieto a los pies y flanqueado por su hija y su yerno, recibía los parabienes y regalos de embajadores, nobles, cardenales y altos cargos de la curia.

Angelo y Vittorio, silenciosos y letales como gatos callejeros en una noche sin luna, se colocaron a ambos lados del entarimado. Ignoraron —como hacían siempre— las miradas severas y los gestos frenéticos de monsignore Burcardo para que se fueran de allí, y observaron.

El embajador de Venecia acababa de abrir el cofre en el que estaban el puñal de empuñadura de oro y la pequeña espada infantil de ceremonia que los gentilhombres de la Serenísima República —y aliados del papa contra Ludovico el Moro— regalaban al pequeño duque de Bisceglie. Antes, el embajador del marqués de Mantua había hecho que el abuelo y los felices padres se asomaran a las ventanas de la estancia para apreciar el magnífico potro con el que obsequiaban al nieto del santo padre y que trotaba con alegría sobre el empedrado del *cortile*. Aquí y allá, alrededor de la tarima, se extendían los regalos de los cardenales: cruces de marfil, libros de horas de bellas miniaturas hechas a mano, una vajilla de plata y un juego de cubiertos de oro. El embajador de Francia, incluso, entregó en nombre del rey Luis XII un relicario que contenía unas hebras de la capa que san Martín de Tours partió con su espada para darle la mitad al mendigo desnudo que resultó ser Nuestro Señor.

Angelo y Vittorio contemplaban el despliegue de presentes con una mezcla de admiración y curiosidad. Como hijos del Trastévere, los carísimos objetos les producían una mezcla de curiosidad, admiración y extrañeza. Aunque vivían como ninguno de sus antepasados, familiares y amigos hubiera soñado que era posible, no llegaban a comprender del todo cómo se les podía dar tanto valor a algunas de aquellas cosas.

Entonces, Angelo encontró los ojos que estaba buscando.

Eran los de un músico y poeta cuya cara recordaba haber visto antes en la corte del papa, aunque no sabía cómo se llamaba. Tampoco le importaba. Era un joven de poco más de veinte años que aguardaba su turno en la cola para felicitar al papa sin siquiera mirar el cofre que dos criados adolescentes sujetaban por sendas asas de sus costados. Al contrario que el resto de los invitados, que miraban y acariciaban los presentes que llevaban para el nieto del santo padre con la lógica impaciencia del que quiere regalar algo y quedar bien con el homenajeado, aquel sujeto daba cortos pasos hacia atrás cada vez que los pajes lo movían accidentalmente hacia él y les recriminaba por tal acción con más acritud de la necesaria por un descuido que no era tal.

El guardaespaldas del pontífice, en ese momento, clavó la mirada en la del músico, sin recato ni disimulo alguno. Sus ojos fieros —negros y duros como los caparazones de un escarabajo— eran dos saetas que atravesaron los cinco pasos de distancia que los separaban. Tal y como pensaba que podía ocurrir, el músico empezó a ponerse cada vez más nervioso. Movía las manos delante y detrás de su cintura sin saber qué hacer con ellas y se balanceaba de un pie al otro como esperando la ocasión de salir corriendo.

Aunque algunos invitados —los pertenecientes a la alta nobleza— llevaban espadas y dagas de ceremonia en presencia del papa —sin punta ni filo— como símbolo de su dignidad, estaba completamente prohibido acceder con armas al Palacio Apostólico. No obstante, el ojo experto de Angelo se cercioró de que era imposible que aquel petimetre ocultara un cuchillo en las calzas ceñidas, en el jubón ajustado o en la media capa que le cubría los hombros.

Y dado que el santo padre solo comía y bebía de la bandeja que llevaba uno de sus cubicularios —y que no tomaba las viandas de los aparadores, sino directamente de la cocina, para evitar los venenos—, el veterano guardaespaldas concluyó que la amenaza, de estar en algún sitio, estaba en el cofre.

—Santidad —dijo el músico cuando se arrodilló delante del pontífice y le besó el zapato rojo y la punta del manto—, quizá me recordéis, pues os serví hace un año en esta corte. Soy Paolo Vassi, poeta de Forlì.

—¿Vassi? —El santo padre arqueó las cejas—. ¿Y de Forlì, dices? Disculparás que no me acuerde bien de ti, hijo mío.

—Estuve poco tiempo a vuestro servicio, Santidad, pues la condesa de Imola me reclamó en su corte y en su nombre vengo para trasladaros su felicitación por el nacimiento del hijo de la princesa de Salerno y suplicar vuestro perdón paternal por las ofensas que mi señora pudo infligiros en el pasado.

El papa, que había estado jovial hasta ese instante, mudó el gesto y se envaró en su silla dorada. El feliz abuelo que festejaba el bautizo de su nieto desapareció tras la máscara del obispo de Roma y señor de los estados pontificios. No dijo nada. Se limitó a sostener la mirada de su interlocutor.

—Vengo, Santidad, en calidad de embajador de Su Excelencia Caterina Sforza, condesa de Imola y señora de Forlì, que se complace en obsequiar a Su Beatitud este fino brocado veneciano y las veinte perlas más perfectas de las costas del Adriático —explicó Vassi con la voz un tanto engolada para darse importancia—. También se me ha encomendado que os entregue la carta en la que os suplica vuestro perdón y clama por la reconciliación.

A Angelo le quedó claro que Vassi había memorizado todo aquello, y si la voz le temblaba al decirlo, más aún lo hacían las manos, que apenas consiguieron soltar el delicado pestillo de plata con el que se cerraba el cofre. Una vez abierto, el papa pudo ver, en efecto, el paño escarlata doblado y las perlas que reposaban dentro de otra caja sin tapa y forrada de negro terciopelo genovés. También había una caña con los extremos sellados con cera, en cuyo interior debía de estar la carta de la condesa de Imola. Vassi golpeó con los dedos los hombros de los pajes para que acercaran el cofre al papa mientras él retrocedía con pasos cortos pero evidentes en dirección opuesta y llevaba la mano hacia la cara para taparse la boca y la nariz. Entonces, Angelo identificó la amenaza. Estaba en el cofre. No sabía qué podía ser ni qué clase de trampa o ponzoña ocultaba, pero no tenía duda alguna de que el santo padre no debía tocar, bajo ningún concepto, el brocado o las perlas.

—¡Santidad! —gritó mientras saltaba en el medio del papa y los atónitos pajes, que, del susto, soltaron el baúl—. ¡Retroceded! ¡No os acerquéis!

El pontífice obedeció de inmediato. Vittorio siguió a su hermano mayor y se colocó entre el cofre volcado y la tarima mientras un enjambre de guardias pontificios derribaba a golpes de mango de lanza al desdichado Vassi, que, paralizado por el terror, ni siquiera intentó huir.

—¡El cofre! —bramó Angelo—. ¡Alejad el cofre de Su Beatitud! ¡Pero no lo toquéis!

Algunas perlas rodaron por el suelo sin que nadie hiciera siquiera ademán de coger alguna antes de que los guardias cerraran el baúl y, a patadas, lo sacaran de la estancia. Otros escoltaron al santo padre, a Lucrecia, Alfonso y al pequeño Rodrigo a los aposentos privados de la Torre Borgia, mientras en la Sala de los Papas se desató el pánico entre los asistentes a la fiesta, los cuales olvidaron su dignidad, boato y prosapia para salir corriendo como conejos ante la presencia de un podenco.

—¡Piedad, Santidad! —gemía Vassi mientras los guardias pontificios lo arrastraban sin contemplaciones—. ¡Os juro que yo no quería hacer esto! ¡Pero la condesa me amenazó con matar a mi madre! ¡Padre santo! ¡Misericordia! ¡Misericordia!

18

Jubilate Deo omnis in terra

Roma,
vigilia de la Natividad de Nuestro Señor de 1499

Conforme el sol agonizaba en rojo por detrás de las crestas de los montes della Creta, la multitud encendía hachones y velas hasta que la plaza de San Pedro se convirtió en un mar de luz cuyo calor desafiaba al aire gélido de la noche romana.

No cabía ni un alfiler entre la muchedumbre que abarrotaba la plaza y que se extendía por la nueva calle que se abría entre el castillo de Sant'Angelo y el Palacio Apostólico. Aunque su nombre oficial era el de Via Recta, todo el mundo ya se refería a ella como Via Alessandrina, en honor al papa Borgia. Dividía el barrio del Borgo en dos y corría en paralelo a la Via Sixtina que Sixto IV había ordenado ampliar veinte años antes debajo del *passetto* y que comunicaba la principal fortaleza de Roma con la residencia del pontífice. Para ello, el arquitecto Antonio da Sangallo hizo derribar casas, muros e incluso la Meta Romuli, el mausoleo con forma de pirámide de tiempos de Nerón en el que, según decían los eruditos de la corte papal, estaban las cenizas de Rómulo y Remo y las de otros héroes de la antigua Roma, como Marco Furio Camilo o Escipión el Africano. No obstante, cuando los peones del maestro Da Sangallo retiraron los sillares de la construcción, lo único que encontraron en la cámara funeraria fue el camastro de una prostituta que atendía allí a sus clientes y el agujero por el que una y otros se colaban en el interior para fornicar. Cuando, entre risas, el santo padre nos contó el hallazgo, pensé lo inútil que resulta la pretensión de vencer a la muerte y el olvido levantando edificios o adornando tumbas cuando el simple paso del tiempo es capaz de convertir la más digna y monumental sepultura en la covacha de una ramera.

Sin embargo, en nada de eso pensaba el papa, sino en todo lo contrario, cuando salió de sus aposentos de la Torre Borgia y lo llevaron hacia el jardín del Paraíso sentado en la silla gestatoria que portaban a hombros doce sediarios vestidos de rojo, tras los que iban cuatro pajes con flabelos de plumas blancas y mangos largos. El pontífice llevaba puesto el *triregnum* y la capa pluvial roja bordada de perlas y piedras preciosas, que centelleaban a la luz de los miles de antorchas y candiles que habían convertido la plaza en un lago de fuego. Portaba un cirio dorado en la mano izquierda mientras con la derecha dibujaba en el aire la señal de la cruz de su bendición apostólica, ante la que se arrodillaban los cardenales, obispos y sacerdotes de media Europa que habían acudido a la ciudad santa y que formaban, hombro con hombro, un pasillo por el que pasaba el vicario de Cristo. A ambos lados, y también de rodillas, estaba el prefecto de Roma, los tres *conservatori*, los trece *priori dei caporioni* y los embajadores de todas las cortes de Italia, incluyendo el de Nápoles, con el que se estaba intentando reconstruir la paz tras el bautizo del nieto del papa y que César Borgia me había ordenado destruir mediante un asesinato.

La silla gestatoria con el pontífice sentado en lo alto ascendió lentamente por la escalinata de la Basílica de San Pedro hasta la Puerta Santa, oculta tras un telón de fino terciopelo genovés —negro como aquella noche sin luna— en el que estaba bordado el escudo de armas de Alejandro VI con el toro rojo de los Borgia en la banda izquierda y las bandas negras y amarillas de los Oms en la derecha. Los sediarios depositaron en el suelo el anda y el papa —despacio, como si estuviera hecho de plomo y piedra en vez de carne y hueso— se acercó, al tiempo que dos pajes hacían caer la pesada tela y aparecía la abertura tapiada.

Aunque el protocolo establecía que el cardenal Raffaelle Sansoni Riario era el encargado de dar al papa el martillo de oro y marfil con el que el santo padre iba a golpear los ladrillos con los que se había condenado la puerta, el también camarlengo había huido aquella misma mañana en cuanto llegó a Roma la noticia de que el ejército de César había completado el cerco de Forlì y despojado por la fuerza a su sobrino, Ottaviano Riario, de la *signoria,* si bien el primogénito de Caterina Sforza, quien resistía en la *rocca* de la ciudadela, había huido a refugiarse en Florencia. Cuando el capitán Rodrigo Borgia informó al papa de la fuga, el pontífice se limitó a reír a carcajadas y encomendó el honor de darle la herramienta al cardenal de Monreale.

El orondo sobrino del santo padre le entregó el martillo ceremonial y Alejandro VI, con paso firme, golpeó los ladrillos encalados que destacaban sobre el resto del tapiado. Los trozos de arcilla cocida —fijados al muro con mortero arenoso para que estuvieran flojos— cayeron con facilidad y por la brecha abierta se escapó la luz de los miles de candelas que ya ardían en el interior de la Basílica, como símbolo del perdón de los pecados que aguardaba a todo aquel que franqueara la Puerta Santa durante el año de la Salvación de 1500.

Tal y como caían los pedazos de aquel muro débil, los salmos y plegarias que rezaba la multitud subían de intensidad conforme intuía que la barrera entre el pecado y el perdón, entre la culpa y la salvación, se iba deshaciendo a golpes de maza. Los dos albañiles que ejecutaban la tarea llevaban especial cuidado para que ni siquiera uno de sus pies franqueara por accidente el umbral, porque la bula que proclamaba el jubileo imponía la pena de muerte por sacrilegio para quien entrara en la Basílica antes que el papa.

—*Aperiti mihi portas iustitiae ingressus in eas confitebor Domino.*

El santo padre hablaba con voz potente al tiempo que se arrodillaba cuando arrancaron el último ladrillo y la luz de miles de velas enmarcó su silueta como si estuviera ante las mismísimas puertas del Paraíso y, más que las reliquias más veneradas de la cristiandad, en el interior de la Basílica estuviera Nuestro Señor resucitado.

El papa Alejandro proclamó que se abrieran las puertas de la justicia para que entrando por ellas se confesara ante el Señor para obtener el perdón de los pecados que daba paso —a quien lo recibiera y pagara por ello— a la felicidad perpetua en presencia de Dios Padre y todos los Santos. Eso sí, a ambos lados de la puerta ya estaban colocadas dos vasijas de bronce dorado para que los fieles depositaran allí el donativo con el que pagar el peaje hacia la vida eterna. De inmediato, media docena de criados se agolparon ante la puerta con capazos, palas, escobas y sacos, y, en un abrir y cerrar de ojos, limpiaron hasta la última mota de polvo causado por el derribo.

—*Jubilate Deo omnis terra, et servite Domino in laetitia!* —proclamó el pontífice—. ¡Que toda la tierra se regocije en Dios y sirva al Señor con alegría!

La plaza entera estalló en vítores, llantos y bendiciones. Doscientos años antes el papa Bonifacio VIII —al que Dante colocó en el «Infierno» cuando aún estaba vivo— había establecido que los años santos se tenían que celebrar cada cincuenta años, siguiendo la antigua ley de Moisés, aunque luego Urbano VI redujo el plazo a treinta y tres, Nicolás V lo volvió a aumentar a cincuenta y Paulo II lo dejó en veinticinco. En todo caso, cada jubileo atraía a Roma a miles de peregrinos de toda la cristiandad.

Sin embargo, los dos últimos habían sido un desastre. Los fieles convocados por Nicolás V llevaron —además de moneda contante y sonante— un brote de peste negra que diezmó la ciudad. Además, durante la ceremonia de apertura, las viejas barandas de piedra del puente Elio que llevaba a Sant'Angelo cedieron y el Tíber se tragó la vida de doscientas personas. Veinticinco años después —en el año santo convocado por Paulo II—, el río se desbordó varias veces a causa de las fuertes tormentas y, además, las guerras contra Florencia y Ferrara del papa Sixto —que ni siquiera quebró los ladrillos de la Puerta Santa porque no estaba en Roma— hicieron los caminos de Italia tan inseguros que pocos se aventuraron por ellos ni siquiera ante la promesa de que se les perdonarían todos los crímenes.

Sin embargo, aquella vigilia de la Natividad fue completamente diferente. Alejandro, sexto papa de tal nombre, siervo de los siervos de Dios, obispo de Roma y patriarca de Occidente, estaba en el cenit de su gloria. Desde que, a los dieciocho años llegó a Roma para ponerse bajo la protección de su tío Alfons de Borja, luego papa Calixto III, se había preparado para aquel momento en que todo el mundo era aquella ciudad que, en realidad, era suya. Y el que tiene Roma, *orbis in urbe*, tiene el mundo.

—*Introito in domum Tuam Domine* —continuó el santo padre al darse la vuelta y abrir los brazos hacia la multitud—. Entraré en Tu casa, Señor.

El mar de luces que tenía a sus pies rugió con las plegarias de miles de gargantas enfervorizadas por ver al sucesor de Pedro en todo su poder y majestad.

—*Aperite portas quoniam nobiscum est Deus* —concluyó el pontífice dando la espalda a sus fieles para entrar el primero en la Basílica—. Abrid las puertas, porque Dios está con nosotros.

No tengo recuerdos de la primera vez que entré en una iglesia. Tenía solo ocho años cuando me rasuraron un rodal de la coronilla para hacerme la tonsura de clérigo y he estado en más misas, responsos y procesiones que en batallas o peleas. E incluso diría que he comulgado más veces que yacido con mi mujer. En ninguna de todas esas ocasiones sentí la presencia divina si como tal se entiende el contemplar el poder omnipotente de Nuestro Señor. Salvo en aquella vigilia de la Natividad en la que el papa Alejandro abrió la Puerta Santa *ad maior gloriam Dei,* para mayor gloria de Dios.

Y también la suya.

Sobre todo, la suya. Aunque, como ocurrió con el supuesto mausoleo de Rómulo, nadie lo recuerde ahora y los pocos que se acuerdan, lo hagan con burla, desprecio o ambas cosas.

Por riguroso orden y rango, los cardenales, obispos, nobles y embajadores fueron entrando en el templo detrás del pontífice. La puerta tapiada era la más oriental de las cinco entradas de la Basílica construida en tiempos del emperador Constantino. Enfrente, los esperaba la reliquia más venerada de la cristiandad: el velo de la Verónica con el rostro impreso en sangre, sudor y lágrimas del Redentor, cuya mera presencia hacía brotar en los corazones de quienes la contemplaban las flores rojas del arrepentimiento, así como las espigas blancas del perdón y la esperanza en la vida eterna. Aunque, como miembro de la familia papal, podía haber accedido en aquel momento al interior del templo y haber recibido la indulgencia plenaria, decidí no hacerlo porque, aquella misma noche, iba a cometer otro pecado. De hecho, mientras Roma entera celebraba por todo lo alto el inminente nacimiento del Salvador, yo estaba en la urbe con otro propósito.

Matar.

Dos días antes del bautizo del hijo de Lucrecia, César salió de Milán al frente de un ejército de diez mil hombres que el rey de Francia le proporcionó en virtud del acuerdo que le unía con el papa. Otros ocho mil, reclutados y pagados con dinero de la Cámara Apostólica —el tesoro Pontificio—, salieron de Roma, y el 15 de noviembre ambos brazos del primer ejército Borgia nos reunimos frente a las murallas de Módena, cuyo duque, Ercole d'Este —que lo era también de Ferrara—, aportó, al mando de su hijo Alfonso, una compañía de cincuenta infantes, veinte *lancie* y algunas piezas de artillería, entre las que destacaba una culebrina de tres varas de largo que había diseñado el propio heredero. A aquel ingenio le llamaba *Principessa* porque, en su boca, tenía un adorno en forma de corona de cinco puntas para afinar la puntería de sus proyectiles, de más de cien libras de peso.

Fue en Módena donde César se enteró del intento de atentado de Caterina Sforza contra la vida del papa y de que al desgraciado Paolo Vassi —el músico— le arrojaron al Tíber dentro de un saco después de cortarle las manos con las que había intentado asesinar a Alejandro VI. La noticia se la trajo su primo, el cardenal Joan de Borja el Menor, su sucesor al frente del arzobispado de Valencia, que también le contó que estaba previsto que el capitán Juan de Cervellón regresara de Espoleto para la ceremonia de apertura del jubileo y, desde allí, partiera a Nápoles para hacer las paces con el rey Federico y negociar los términos de la boda entre su heredero Alfonso, duque de Calabria, y Ángela Borgia.

—Si el rey Luis se entera de esa negociación —le dijo César a su primo—, peligra su apoyo a nuestra causa. ¡No sé cómo el santo padre no se da cuenta! Luis XII ya es duque de Milán y quiere ser rey de Nápoles.

—Me temo, *cosí* —le contestó el cardenal, en valenciano—, que el soberano de Francia ya lo sabe. Su embajador en Roma me mostró su disgusto al respecto.

—¿Y qué le dijiste?

—Que no se preocupara en exceso. ¿Qué le podía decir? No obstante, tampoco el rey Federico está por la labor de casar a su primogénito con la *cosina* Ángela. Quiere garantías y no se fía de nadie. O de casi nadie que vaya a negociar con él en nombre del santo padre.

—Salvo de uno.

—Es cierto. Si alguien puede acercar posturas es, sin duda, el capitán Cervellón. Siempre ha sido amigo tanto de los Trastámara de Nápoles como de los Colonna, es íntimo de tu cuñado Alfonso y de Lucrecia, y, además, el *Pare Sant* le tiene en gran estima. Por eso le encomendó que mediara.

Cuando el cardenal Joan de Borja se retiró, César me hizo llamar.

—Don Micheletto —me dijo—. En la primera etapa de nuestra campaña voy a necesitar de tus artes en otro sitio. Y no es el campo de batalla.

—Como estiméis oportuno, Excelencia. ¿Adónde voy?

—A Roma. El capitán Juan de Cervellón, que sigue en Espoleto, estará en la ciudad para la apertura de la Puerta Santa y está previsto que unos días después marche a Nápoles.

—Ya veo.

—No debe hacerlo.

—Entiendo.

—Pero otra cosa más. Es esencial que la... —dudó un instante mientras encontraba la palabra adecuada—, la situación se parezca a la que terminó con la vida de mi hermano Joan, que Dios tenga en su gloria. ¿Me sigues?

—Os sigo.

No hizo falta que me diera más instrucciones. El último día de noviembre, el ejército de César llegó a Bolonia, gobernada por Giovanni II, el último miembro de «la casta de criminales de los Bentivoglio», según definía a la familia el propio Alejandro VI, que los conocía bien, pues vivió en la ciudad en sus tiempos de estudiante universitario. Para el Valentino, la primera plaza en ser asediada y tomada debería haber sido, precisamente, la ciudad de las cien torres, pero los Bentivoglio estaban bajo la protección del rey de Francia, por lo que el hijo del papa no tuvo más remedio que dejarse agasajar por Giovanni y su mujer —viuda, a su vez, de su primo y tutor—, Ginebra Sforza, la hermanastra del primer marido de Lucrecia. Eso sí, tal y como me confesó César algún tiempo después, los dos días que se alojó en el monumental Palazzo Bentivoglio —que tenía más de doscientas habitaciones, cinco salones y capiteles de oro puro en la fachada— lo hizo con uno de sus guardias armados en el interior del aposento y sin atreverse a comer o beber nada que no fuera el agua que manaba de las fuentes del *cortile*.

Allí, en Bolonia, junté a cuatro de mis mejores estradiotes. Tomamos un carro de la impedimenta y lo cargamos de sacos de sal para disfrazarnos de mercaderes que iban a Roma por la Via Flaminia. Tardamos más de una semana en llegar a la ciudad, pero no había prisa alguna por hacerlo, y, además, la antigua calzada romana, pese a los tambores de guerra que resonaban en todo el norte de Italia por la marcha del ejército del Valentino, estaba atestada de gente. Peregrinos de Suiza, el Tirol, Hungría e incluso de lugares tan lejanos como Lituania o Suecia caminaban hacia la Ciudad Eterna en busca del perdón de los pecados. Las posadas cobraban cantidades exorbitantes por una jarra de vino, un haz de leña, una libra de pan negro o un jergón lleno de chinches en el que pasar la noche en un establo desvencijado. En algunas villas, incluso, las prostitutas rechazaban clientes por puro agotamiento.

El día de la Purísima mis estradiotes y yo entramos en Roma por la Porta del Popolo junto a una riada de gente que, en vano, buscaba alojamiento asequible en la ciudad para asistir a la apertura de la Puerta Santa. Como es evidente, ni siquiera se me pasó por la cabeza acudir al Vaticano. Por eso tuvimos que pagar por una mísera habitación de una fonda cerca del puerto de Ripa Grande lo mismo que si hubiéramos alquilado el Palazzo Médici de la Via Larga de Florencia.

Una semana después, el capitán Juan de Cervellón llegó a Roma y, como era de esperar, se alojó en el Palacio de Santa Maria in Porticu junto a Lucrecia y Alfonso d'Aragona. Mis estradiotes, disfrazados de mendigos, pasaron las siguientes diez jornadas vigilando todos sus movimientos —día y noche—, pero el capitán español no dio ninguna oportunidad. Ni una sola vez en todo aquel tiempo salió fuera de las murallas del Borgo, donde había menos guardia pontificia patrullando las calles. Por otra parte, cuando lo hacía por el interior del barrio cerrado que abrazaba el Vaticano, siempre iba acompañado de un par de hombres de armas napolitanos.

Por ese motivo, no nos quedó más remedio que actuar la misma noche de apertura de la Puerta Santa.

Lucrecia no asistió a la ceremonia a causa de unas fiebres. Sí lo hizo su marido, junto al embajador de Nápoles y algunos gentilhombres de su séquito, entre los que estaba el propio capitán Cervellón. Cuando todos ellos pasaron por la Puerta Santa, depositaron sus limosnas y rezaron ante el velo de la Verónica, el grupo se disolvió frente a la puerta de la residencia de los duques de Bisceglie. Mis estradiotes y yo pensamos que, una vez más, nuestra presa se iba a escapar, pero la fortuna, en esta ocasión, quiso sonreírnos.

Pese a que expresó no pocas reticencias ante la propuesta, dos de los cortesanos napolitanos convencieron al capitán para mancillar su recién adquirida indulgencia y absolución de los pecados con la compañía de algunas *cortigiane oneste* —las cortesanas honestas que atendían a la nobleza y al alto clero— de la Via dei Coronari. Hacia allí se dirigieron, moviéndose como podían entre la multitud que intentaba cruzar el puente Elio en dirección contraria a la que ellos llevaban.

En ese momento, vi nuestra oportunidad.

Cuatro de mis estradiotes se abrieron paso a codazos entre la gente para alcanzar a los acompañantes del capitán. Les pasaron un brazo por los hombros como si fueran viejos conocidos para, en el mismo movimiento, hundirles más de un palmo de acero entre las costillas, con tal acierto y habilidad que murieron en el acto sin pedir auxilio ni confesión.

Gracias a mi pequeño tamaño, fui aún más rápido que ellos en escabullirme entre los peregrinos y adelantar al propio Juan de Cervellón, de manera que, cuando quiso darse cuenta de lo que les estaba pasando a sus compañeros de juerga, yo estaba justo delante de él, con mi cara a un par de pulgadas de la süya. Evidentemente, me reconoció.

Aunque no le sirvió de nada.

Habría sido una estupidez por mi parte intentar repetir el letal movimiento de mis hombres, porque el capitán, como buen soldado y mejor conocedor de las calles de Roma de noche, llevaba bajo el jubón un chaleco de cuero endurecido que, a pesar de no ser capaz de frenar un disparo de arcabuz, lo resguardaba de navajazos como los que habían sufrido sus acompañantes. Aunque un hombre de gran fuerza podría haber atravesado con la daga tal protección, no era mi caso. Además, mi *cappio valentino* era aún más inútil en aquella situación, porque estaba a la vista de todo el mundo y porque solo es eficaz si sorprendo a mi víctima por detrás y tengo espacio para tumbarla mientras le aplasto las venas del cuello.

Por todas esas razones, opté por el cuchillo de desollar. Una hoja de menos de medio palmo de largo, con forma de lágrima, y un mango de puño que se esconde fácil en una manga o en la caña de la bota. Por el doctor Torrella y mi suegro —también médico— yo ya sabía que, de todas las heridas que se podían infligir a un hombre con un arma blanca o de asta, una de las más letales es la que se puede ejecutar en la cara interior del muslo, justo un poco debajo de la ingle.

Y justo allí dirigí la cuchillada.

El metal penetró a través de la lana de las calzas y la carne prieta del muslo del capitán, quien, para su desgracia, pensó que yo había fallado al pretender golpearle en los testículos, como si fuera un vulgar rufián de taberna, cuando mi intención era mucho más asesina. Como apenas sintió dolor ante el beso cruel del acero, intentó empujarme hacia atrás para ganar algo de espacio y sacar el puñal que llevaba atravesado en el cinto. Sin embargo, yo me había aferrado a sus caderas con fuerza con el brazo derecho —pues soy zurdo—, mientras que con la mano izquierda retorcí en círculos el cuchillo para agrandar la herida. Noté en los dedos el calor de su sangre, que manaba, caliente y espesa, como el agua de las fuentes de las Termas de los Papas de Viterbo.

Pese a estar rodeados, nadie se dio cuenta de lo que ocurría. Parecíamos dos viejos amigos que se abrazaban para celebrar un reencuentro, aunque a uno de ellos se le escapara la vida. En ese momento, otro de mis estradiotes llegó justo cuando al capitán le abandonaban las fuerzas y empezaba a doblar las rodillas. Nos pasamos sus brazos por encima de los hombros y, como si estuviera borracho, salimos del puente a empujones para perdernos en el dédalo de callejas que confluían a la Via dei Coronari.

Encontraron el cadáver la misma mañana de la Natividad, hacia la hora prima, en un tramo de la ribera del Tíber, no lejos de la iglesia de San Jerónimo de los Ilirios. El mismo sitio donde, tres años antes, alguien había visto cómo se arrojaba al agua el cuerpo inerte del duque de Gandía. El capitán Cervellón —como el difunto hermano mayor de César— también tenía las manos atadas a la espalda, puñaladas por todo el cuerpo y su bolsa de oro intacta.

Aquella misma mañana, mientras tanto, mis cuatro estradiotes y yo pasamos bajo el arco de la Puerta Santa, depositamos un ducado de oro cada uno en los cepillos de la entrada y nos arrodillamos ante el velo de la Verónica, el *lignum crucis* —la Vera Cruz—, la lanza de Longinos y el cráneo de san Andrés.

Y se perdonaron nuestros pecados.

19

Crudelissima Virago

Forlì, Emilia-Romaña,
12 de enero de 1500

—Excelencia —dijo Alfonso d'Este a César Borgia—, la *Principessa* está lista para volver a ser cargada y disparar en cuanto lo estiméis oportuno.

Habían hecho falta casi dos horas para que la enorme culebrina de tres varas de largo, diseñada por el propio primogénito del duque de Ferrara, se enfriara lo suficiente para que sus artilleros la cargaran de nuevo con un proyectil de cien libras de peso. Durante las últimas dos semanas, el enorme cañón había escupido fuego y hierro entre seis y ocho veces al día, y su aterradora eficacia era más que evidente en los maltrechos muros de la Rocca de Ravaldino, el bastión donde resistía —aunque no por mucho tiempo más— Caterina Sforza con sus últimos fieles. En comparación con la artillería francesa y las piezas de Vitellozzo Vitelli, el arma del primogénito de Ercole d'Este era de una precisión asombrosa. Sin embargo, era muy pesada y de escasa movilidad, por lo que había que pensar bien dónde colocarla. Aunque, por el menor calibre de sus balas, no tenía la capacidad destructora de otros cañones con nombre, como el *Diable* con el que el rey Carlos VIII bombardeó el castillo de Sant'Angelo, el adorno con forma de corona con el que los artilleros podían afinar la puntería la hacía especialmente efectiva a la hora de atacar aquellos puntos de la muralla que ya estaban más deteriorados por el otro bombardeo.

—No creo que sea necesario, Señoría —contestó César—. El muro está a punto de caer y no nos conviene castigar más la ciudad. Los priores del Consiglio delle Anziani ya se han quejado al respecto.

Caterina Sforza había dejado al frente de la resistencia en Imola a Dionigi di Naldo y Giovanni Sassatelli. Aunque los dos mercenarios tenían orden de la condesa de que unos cuantos cañones de la artillería de la *rocca* apuntaran hacia la propia ciudad para garantizarse la lealtad de sus ciudadanos, en cuanto las fuerzas de César comandadas por Achille Tiberti se presentaron ante las murallas decidieron que la resistencia era tan inútil como la crueldad hacia los habitantes de Imola. Por ello, en cuanto el ejército borgiano completó el cerco, no fue necesario disparar ni una sola vez para que ambos condotieros rindieran la villa. El día de Santa Lucía, el primo de César —el cardenal Joan de Borja el Menor— entró en Imola como nuevo legado pontificio y, en la iglesia de Santo Domingo, recibía el juramento de fidelidad al papa del Consejo de los Treinta.

Bien distinta era la situación que se encontró el Valentino en Forlì, donde la condesa y su primogénito se atrincheraron en la Rocca de Ravaldino, que se tenía como la fortaleza más inexpugnable de Italia, más aún, incluso, que el castillo de Sant'Angelo. Sus cuatro torres redondas y recias protegían el *maschio* —la torre central— cuadrado, y sus muros eran gruesos y abombados para resistir mejor los impactos de las balas de cañón. Al contrario que todos los fosos de las fortificaciones de Italia —que se mantenían secos por razones de salubridad pública—, en el bastión de Caterina Sforza abundaban las filtraciones de manantiales subterráneos, por lo que siempre estaba lleno de agua que no se pudría y que dificultaba aún más el asalto.

Aun así, la víspera del día de la Natividad, las autoridades municipales ordenaron que desde los baluartes de las puertas de la muralla de la villa se izaran banderas con el toro rojo de los Borgia y las flores de lis del rey de Francia, para mostrar su rendición.

Aquella acción salvó a la ciudad del saqueo de las tropas pontificias y francesas, pero no de la cólera de la condesa, que ordenó bombardear las casas de su propia ciudad como castigo a su traición. Por el contrario, el Valentino prohibió terminantemente cualquier indisciplina y ordenó a sus capitanes que sus soldados pagaran religiosamente cada cuartillo de vino, hogaza de pan o servicio de ramera que precisaran, advirtiendo de que la desobediencia se castigaría con la muerte. Ese había sido el destino de los cuatro ballesteros gascones que se balanceaban con el cuello roto en el cadalso instalado en la Piazza Grande junto al Palazzo Comunale, para alegría de la población de Forlì, que, tras recibir a César como a un libertador, le había cedido la mansión del conde Luffo Nomaglie, uno de los cortesanos de Caterina, que también estaba refugiado en la *rocca*.

—Ni las murallas de Jericó resistirían cinco días seguidos de bombardeo como el que hemos llevado a cabo—dijo César, jovial—. La brecha ya es amplia y no hace falta más fuego de cañón. La fruta, pues, está madura para su recolección.

—Como consideréis, Excelencia —respondió Alfonso d'Este con una reverencia y algo desilusionado por la decisión.

—Es la hora de la infantería. Don Ramiro —César cambió al castellano, como siempre hacía cada vez que hablaba con el caballero de Lorca—, preparad a vuestra gente para el asalto. En vos confío para que controléis el patio de armas y las torres. Entraréis después de las compañías de piqueros suizos.

—A la orden, Excelencia.

—Barón D'Alègre —se dirigió al militar francés que seis años antes, durante la invasión de Carlos VIII, había capturado a Lucrecia, a mi esposa y a la amante del papa, Giulia Farnese—, vuestros hombres de armas serán los encargados de atacar el *maschio*.

—Así se hará —contestó—. Solo espero que la condesa no haga derramar más sangre inútilmente.

—Me temo que eso no está en nuestras manos, barón, sino en las de Caterina Sforza —respondió César en francés.

—*Crudelissima virago* —intervino el secretario de César, Agapito Gherardi de Amelia, sin ocultar el desprecio que sentía por la Tigresa de Imola—. Hija de la iniquidad, alimaña traidora y perversa es esa mujer.

—Sus tretas, monseñor, han de pasar a la historia de la infamia —dijo el Valentino al también obispo de Siporno—. Tanto la de la bandera de la Serenísima como la emboscada que el buen juicio de don Micheletto impidió.

El duque se refería a la estratagema que Caterina había llevado a cabo el mismo día de la Natividad, cuando la condesa izó en lo alto del *maschio* la bandera con el león de San Marcos de Venecia para dar a entender que estaba bajo la protección de la República del Véneto. Sin embargo, César no se dejó engañar por tan burda mentira y ordenó que frente a la iglesia de San Juan Bautista se instalaran siete cañones, diez falconetes y la temible culebrina *Principessa*.

Después, al quinto día de asedio, la condesa ordenó enarbolar banderas blancas para parlamentar «con el duque en persona en el interior de la *rocca*», según proclamó su mensajero. El hijo del papa accedió a la entrevista, pero, cuando ya estaba sobre el puente levadizo que separaba la fortaleza de la villa, yo me di cuenta del número anormalmente alto de hombres que estaban junto a las ruedas que accionaban las poleas del acceso, así como de los ballesteros que se apostaban en lo alto de las almenas con sus armas apuntando al interior del recinto en vez de al exterior. Mi instinto me dijo que algo no andaba bien y, antes de que franqueara la puerta, intuí que la condesa no pensaba cumplir los términos de la tregua y pretendía capturar —vivo o muerto— al duque. Sin dudarlo, ordené a los diez estradiotes que nos acompañaban que formaran un círculo alrededor de César y salimos de allí a uña de caballo mientras los ballesteros lanzaban sus virotes contra nosotros. Tres de mis hombres se dejaron la vida sobre las tablas del puente, pero logramos escapar con vida.

—No fue para tanto, señor —contesté—. Simplemente tuvimos suerte.

—La suerte también escoge bando en la guerra, don Micheletto —me dijo con una sonrisa—. Y ahora está con nosotros. Y también os digo, señores, que habrá una recompensa para el soldado que me traiga a Caterina Sforza. Veinte mil ducados si está viva y diez mil si la trae muerta.

—*Ya lo podéis jurar, Excelencia.* —La voz rota y sibilante del ahorcado resonó en la cabeza del duque—. *La fortuna os sonríe. Al menos, de momento y quién sabe durante cuánto tiempo más. Aprovechad todo lo que podáis mientras lo hace.*

El hijo del papa se quedó mirando hacia el cadalso, donde el viento mecía el cadáver que le hablaba y que solo él podía escuchar. Para el asombro de los hombres que conformábamos su estado mayor, se quedó mudo, con la vista fija en el rostro amoratado e hinchado del piamontés ajusticiado.

—¿Tú otra vez? —pensó—. ¿Acaso no vas a dejarme en paz nunca?

—*Me temo que no, señor duque. Crezco en vuestro interior con cada punzada de dolor en vuestras articulaciones, con cada subida de fiebre y con cada pústula que os brota en la cara, en el miembro viril y en las ingles. Mi rostro no es el de este desgraciado que mandasteis al infierno por robar algunas piezas de seda de una casa patricia, ni el de su compañero de cadalso, que sustrajo un candelabro de bronce, sino el de esa máscara de fino cuero negro que cada vez tenéis que usar con mayor frecuencia. No pasará mucho tiempo antes de que solo se os pueda contemplar con ella puesta sin provocar espanto.*

—El doctor Torrella encontrará el remedio para acabar contigo.

—*Si tal cosa consigue, seré el primero en felicitarlo, Excelencia. Porque lo haréis vos, claro. Pero no me parece probable. Os auguro días y noches de mucho sufrimiento, señor. De hecho, creo que ha sido más misericordiosa la forma en la que han terminado su miserable existencia estos infelices. Al menos, ha sido más rápida. Otra cosa es si merecían morir por lo que hicieron.*

—Saquearon y asesinaron. Merecían morir.

—*¿Por qué, señor? No hicieron nada que no hagan los poderosos en nombre de las razones más peregrinas. ¿Acaso no hacéis vos lo mismo? ¿O el papa? ¿O el rey de Francia? Que una ley de los hombres o un mandamiento de Dios autorice la miseria, el robo o la muerte no la hace menos abyecta. Solo la blanquea ante la historia. Además, vos sabéis tan bien como yo que no ordenasteis su ejecución para hacer justicia, sino para hacer política.*

—Mientes.

—*Yo no puedo mentiros, Excelencia, más de lo que os podéis mentir a vos mismo. Os importaban un comino los estragos que estos gascones pudieran causar en la villa de Forlì. Lo que pretendíais era ganaros la simpatía de sus habitantes para que os vieran como un gobernante justo y benévolo que no duda en disciplinar a sus propios hombres llegado el caso. No lo hicisteis por ellos, señor. Lo hicisteis por vos.*

El agudo silbido de los pífanos y el estruendo de los timbales sacaron a César de la infernal conversación que mantenía en su mente. Don Ramiro de Lorca y el barón Yves d'Alègre habían ordenado el ataque final a la Rocca de Ravaldino, y una riada de hombres de armas —entre aterradores gritos de guerra— entraba como un torrente por la brecha abierta por la artillería en el muro sur del bastión, cuyos escombros, al colapsar, habían formado un puente sobre el foso.

Algunos vecinos de Forlì —todos ellos enemigos de Caterina— reforzaban la improvisada pasarela sobre el agua, con palas y azadas, con más tierra y cascotes para facilitar el acceso de los suizos, que, en formación cerrada y picas en ristre, entraron como una riada multicolor en el recinto, ensartando y destripando a cuanta alma se encontraban a su paso. Enloquecidos por el olor a sangre, los infantes valencianos y murcianos de don Ramiro de Lorca, ligeros como gatos e igual de letales, saltaban entre las piedras para proteger de ataques de flanco a los piqueros, soltando tajos con los *coltells* de dos palmos y medio de longitud mientras los gendarmes de la Bretaña —forrados de hierro y empuñando espadas largas y mazas— aguardaban a que se abriera un pasillo entre la carnicería para llegar al *maschio*.

Allí, los defensores de Caterina Sforza gritaban a sus compañeros, que eran masacrados en el patio de armas, para que se retiraran a la seguridad de la torre, y por ese motivo mantenían tendido el pequeño puente levadizo que aislaba el *maschio* del resto de la fortaleza. La confusión y la matanza eran de tal magnitud que nadie se dio cuenta de que Giovanni de Casale —el gobernador de la *rocca*— había ordenado izar banderas blancas en la puerta principal para intentar, en vano, detener la carnicería.

Ni siquiera Caterina Sforza se dio cuenta de la traición de su castellano, pues, desde lo alto del *maschio*, dio la señal para se incendiaran dos depósitos de pólvora próximos a donde se había abierto la brecha.

La explosión fue brutal. Piedras ennegrecidas, mortero pulverizado y miembros arrancados de cuajo de quienes habían llevado a cabo tan desesperada operación volaron por todas partes. El pánico se adueñó del patio de armas, pero fue más intenso y devastador entre los defensores de la *rocca*, que ya no lograron mantener por más tiempo la formación para retirarse en orden hacia la seguridad del *maschio*. Entonces, don Ramiro —*coltell* en mano y cubierto de sangre de pies a cabeza, como siempre he imaginado al ángel exterminador que Dios envió para matar a los primogénitos de Egipto— ordenó a gritos a sus infantes que se lanzaran contra los soldados de Caterina, que guardaban las ruedas dentadas con las que se accionaba el puente levadizo. Los valencianos cayeron sobre ellos como una bandada de cuervos en un cadáver y, aunque se defendieron con bravura, en pocos instantes el acceso al *maschio* estaba en poder de don Ramiro.

Fue entonces cuando los gendarmes de Borgoña, en filas de cuatro y hombro con hombro, se precipitaron por la puerta. El barón Yves d'Alègre —siguiendo las órdenes precisas de César— los había mantenido al margen de la matanza del patio de armas para que estuvieran lo más frescos y descansados posible ante la posibilidad de que tuvieran que pelear piso por piso y habitación por habitación. Y no se equivocó.

En cada uno de los cuatro niveles del interior del *maschio,* los bretones se encontraron con grupos de cinco guardias armados con arcabuces que conseguían realizar una descarga antes de huir hacia los pisos superiores por la escalera de caracol donde otro grupo idéntico repetía la operación mientras el primero intentaba recargar las armas. Las corazas de acero no eran lo bastante gruesas como para parar los proyectiles, y las escaleras se llenaron de hombres con horribles agujeros humeantes en las protecciones, por los que brotaban sangre y humo como en los manantiales termales de las montañas de Bormio. Sin embargo, la superioridad numérica de los gendarmes —y también su furia y velocidad, a pesar de ir forrados de hierro— terminó por imponerse y, tras despedazar a los arcabuceros que se fueron encontrando en su camino ascendente, llegaron a la última planta. En ella, tras un portón de madera de roble reforzada con bandas de acero, estaba la estancia donde se refugiaba Caterina Sforza con los pocos fieles que aún le quedaban.

No fue necesario subir hasta ahí arriba un pequeño ariete, pues los soldados bretones, a golpes de maza, consiguieron derribar la puerta mientras más hombres accedían al rellano al que llegó, finalmente, el propio Yves d'Alègre, espada en mano y rodeado de sus hombres de confianza. No obstante, fue un gendarme de Dijon el que propinó el golpe final que hizo saltar los goznes de la puerta y accedió a la sala.

El joven y corpulento soldado pensó, cuando la vio, que la Tigresa de Imola y Forlì hacía honor a su apodo y a su reputación. La condesa estaba subida a una tarima, con una coraza de piel de búfa-lo hecha a medida puesta y la espada bracamarte de hoja terciada en la mano, apuntando hacia los invasores. Diez de los guardias que habían conseguido refugiarse con ella —con los arcabuces recalen-tados, descargados y completamente inútiles a sus pies— aún esgri-mían sus *partigiane a lingua di bue.* Sobre el muro que tenían de-trás, un enorme pendón bordado lucía el *biscione,* la gran víbora devorando a un hombre del escudo de armas de los Visconti del que los Sforza se habían apropiado junto a las rosas de la Casa Riario.

—Rendíos, condesa —dijo el barón D'Alègre cuando accedió a la sala—. La *rocca* es nuestra y vos también. No es necesario que se vierta más sangre hoy.

Caterina mantuvo la vista fija y la espada en ristre, con el desa-fío en la mirada a pesar de las lágrimas de rabia e impotencia que le surcaban las mejillas. Aunque era evidente que todo estaba perdi-do, calculaba los pros y contras de ordenar un último ataque y, por lo menos, intentar llevarse por delante al capitán francés. Sin em-bargo, el pensamiento frío se impuso a la cólera. Aunque lo había perdido todo, sus hijos estaban a salvo en Florencia, así como una buena provisión de oro, todas sus joyas y su preciado laboratorio. Además, sabía algo que sus vencedores no sabían: su tío Ludovico —gracias al tesoro ducal de Milán que había robado— había reclu-tado en el Tirol varias compañías de mercenarios con los que se disponía a marchar sobre Milán. De hecho, sabía que, si hubiera resistido un poco más, el rey Luis XII habría ordenado a los gene-rales que había puesto al servicio de César que retiraran sus fuerzas de Imola y Forlì para acudir a defender la capital de la Lombardía. Aunque no tenía sentido lamentar que el Moro no hubiera llegado a tiempo, aún había margen para negociar.

Caterina cerró los ojos, se santiguó y rindió la espada tomán-dola por el medio y ofreciéndola al barón d'Alègre por la empu-ñadura.

—A vos me entrego, *signore,* con la confianza de que sois un caballero que respetaréis mi honra y mi dignidad como condesa de Imola y señora de Forlì —dijo con voz clara y sin rastro de miedo en ella.

—Tenéis mi palabra, *madame* —respondió el francés—. Y no hay mejor garantía. Soy el barón Yves d'Alègre, teniente general de Su Muy Cristiana Majestad el rey Luis de Francia.

En ese momento, junto a César, irrumpimos en la sala don Ramiro de Lorca, monseñor Agapito Gherardi de Amelia, Alfonso d'Este y yo mismo, entre otros. El duque se quitó el sombrero y avanzó hacia la condesa, le hizo una reverencia y alargó la mano para besar la de la Tigresa, la cual se la extendió con una sonrisa, como si en vez de estar rodeados de los muertos y heridos que su enfrentamiento había provocado ambos estuvieran disfrutando de un baile en una de las lujosas estancias del Palazzo Sforzesco o de una merienda en los jardines del Vaticano.

Cuando se fueron, a lomos de caballos, fueron intercambiando frases corteses e intrascendentes sin siquiera mirar los cadáveres que jalonaban el camino.

20

Caesar Triumphalis

Roma, 26 de febrero de 1500

Caía la tarde del último jueves de febrero y, al contrario de lo que ocurría cada atardecer, las calles de Roma seguían atestadas de gente. Con los fríos del invierno, el cierre de los pasos de los Alpes y la guerra en la Lombardía, la afluencia de peregrinos para el jubileo había descendido notablemente y, además, las noches en la Ciudad Eterna siempre son peligrosas, y más aún sin un techo encima de la cabeza. Por eso, en cuanto se ponía el sol, las plazas se vaciaban.

Sin embargo, pese al frío y la oscuridad crecientes, en la explanada que se abría frente a la Basílica de Santa Maria del Popolo no cabía ni un alma más. Los alguaciles enviados por los *conservatori di* Roma habían repartido hachones y candiles entre los asistentes, y encendieron braseros en cestas de hierro para que la espera se hiciera más llevadera junto a su calor. Los vendedores de vino caliente con miel y especias —para los ricos— o caldo de patas de cerdo y cebollas —para los pobres— deambulaban entre la multitud que les quitaba la mercancía de las manos, según fueran sus posibilidades.

Todo se había dispuesto en Roma para celebrar un carnaval por adelantado, pero sin carreras de judíos con mantos de lana por la Via Lata o de prostitutas medio desnudas por la Piazza Navona. Y es que, según decían los poetas a sueldo del pontífice que llenaron de octavillas la ciudad, por primera vez en más de mil años, al día siguiente la urbe iba a celebrar un triunfo como los de los emperadores antiguos. Y el *vir triumphalis,* el hombre del triunfo, era el hijo del papa: César Borgia.

Justo delante de la puerta triple de la Basílica se habían dispuesto una tarima y un palio bajo el que aguardaban las autoridades de la ciudad —entre ellas, doce cardenales— para dar la bienvenida al duque Valentino. No estaba allí el pontífice, ya que se había previsto que recibiera a su hijo favorito en la Sala del Papagayo del Palacio Apostólico. Los hermanos de César, Lucrecia y Jofré, con sus respectivos cónyuges —los hermanos Sancha y Alfonso d'Aragona— ocupaban el lugar preferente en la tribuna.

Los cardenales Giambatista Orsini y Alejandro Farnese —el hermano de la que fue la amante del papa— se adelantaron hasta el Puente Milvio de la Via Flaminia para recibir al vencedor de Imola y Forlì, y fueron los primeros en franquear la Puerta del Popolo y ocupar su lugar junto al resto de los miembros del Sacro Colegio Cardenalicio entre los que destacaba, por su estatura y aplomo, el cardenal de San Pietro in Vincoli, Giuliano della Rovere, dispuesto a aplaudir y vitorear al triunfador hasta despellejarse las manos, y que contaba, a todo aquel que quisiera oírle, cómo había colaborado con su propio dinero a reclutar hombres y pagar suministros para las huestes del papa.

—Lo cierto es que poco ejército me parece ver aquí, ¿no creéis? —comentó Giambatista Orsini entre susurros a su compañero Alejandro Farnese.

El joven cardenal de treinta y dos años arqueó las cejas y esbozó una sonrisita malévola. En efecto, pese al espectacular efecto que producía ver pasar las hileras de los infantes valencianos de don Ramiro de Lorca, mi compañía de estradiotes a caballo y las piezas de artillería de Vitellozzo Vitelli —pues la *Principessa* había vuelto a Ferrara con Alfonso d'Este—, así como algunos destacamentos de hombres de armas de la Romaña y unas docenas de caballeros borgoñones, era evidente, para los bien informados como ellos dos, que lo que desfilaba por delante de la Basílica más querida por el pueblo romano era, como mucho, la décima parte de lo que se había desplegado para la toma de Imola y Forlì. Además, las dos plazas —pese a ser estratégicas por su posición— tampoco suponían un logro militar tan importante, aunque su conquista hubiera sido rápida y fulgurante.

—Ni el duque Valentino ni el papa reconocerán nunca que han tenido que acabar su primera campaña contra los barones de la Romaña mucho antes de lo que esperaban porque el rey Luis les ha dejado sin ejército —continuó Orsini—. Sin Francia, querido amigo, los Borgia no son nada.

—Pese a vuestra insolencia, tenéis razón, *Eminentissime Frater* —dijo Farnese con una sonrisa cómplice—. Quién nos iba a decir que al Moro le quedaban todavía algunas cartas con las que seguir jugando.

El cardenal diácono de los Santos Cosme y Damián se refería al audaz movimiento de Ludovico Sforza que, desde su exilio en el Tirol bajo la protección de Maximiliano de Austria, había conseguido reclutar de los cantones suizos una fuerza compuesta por ocho mil mercenarios con los que había marchado a Milán. Antes había tomado Como —sin lucha— y, junto a su hermano, el cardenal Ascanio, había obligado al mariscal Trivulzio a retirarse a Novara. Por ese motivo, el rey Luis había reclamado las fuerzas prestadas al Valentino cuando, tras la caída de Imola y Forlì, se disponía a avanzar sobre Pésaro y desalojar a su excuñado el Sforzino, el primer marido de Lucrecia. Aunque quizá podía haber asediado la ciudad con los hombres de los que disponía e intentar rendirla por hambre, era demasiado arriesgado y también costoso, por lo que optó por volver a Roma tras dejar dos guarniciones de trescientos caballeros y quinientos infantes cada una en Imola y Forlì bajo el mando de don Ramiro de Lorca, a quien César había nombrado gobernador del señorío en nombre del papa.

—Lo más irritante de todo —añadió el cardenal Giuliano della Rovere, que se incorporó a la conversación de sus dos hermanos en Cristo— es que el Moro entró en Milán sin disparar ni un solo tiro de cañón. El mariscal Trivulzio había dejado un contingente de tres mil piqueros suizos para la defensa de la ciudad, más para ganar tiempo que para otra cosa. Sin embargo, esos salvajes montañeses se enteraron de que Ludovico pagaba más que el rey de Francia y, en cuanto aparecieron por el horizonte los estandartes de los Sforza... ¡Se cambiaron de bando!

—¡Con razón el rey Luis reclamó al barón Yves d'Alègre! —dijo Orsini—. Con él cabalgan mis sobrinos Paolo y Francesco con las tropas pagadas por nuestra casa.

—¿Y sabéis, hermanos, cómo recibieron a Ludovico Sforza en Milán? —inquirió Alejandro Farnese.

—Pues como el populacho siempre recibe al ganador —rio Della Rovere—, con vítores y gritos de «Moro, Moro, Moro». No obstante, parece que el cardenal D'Amboise, a quien el rey Luis nombró gobernador, tenía órdenes de recuperar lo antes posible la inversión en tropas y armas, y llevaba semanas friendo a impuestos a la ciudad.

El sonido de los clarines que anunciaban que el duque Valentino estaba a punto de franquear la Puerta del Popolo interrumpió la charla de los tres príncipes de la Iglesia. Cuando lo hizo, los prelados no pudieron disimular cierta decepción, pues esperaban a un general vestido con una armadura resplandeciente sobre un caballo blanco como el del apóstol Santiago. Sin embargo, César Borgia cabalgaba un semental de pelaje gris oscuro como una nube de tormenta e iba vestido de negro de pies a cabeza, salvo por el grueso collar de oro de la Orden de San Miguel que dibujaba un semicírculo sobre su pecho. Llevaba la cabeza cubierta por una gorra francesa también negra con una pluma blanca sujeta por un zafiro del tamaño de una nuez. Ni siquiera llevaba al cinto la Reina de las Espadas, su espectacular *cinquedea*, por lo que, más que un guerrero victorioso, parecía un gentilhombre de la corte vaticana.

De hecho, su más ilustre prisionera —que llegaba unos pasos por detrás, con Vitellozzo Vitelli a un lado y el capitán Hugo de Moncada al otro—, destacaba más que él en la cabalgata. Caterina Sforza iba a lomos de una mula torda, sentada de lado, como corresponde a una dama, con la falda de su vestido granate oscuro colgando y un manto forrado de piel de lobo que la protegía del frío. No se le veía el rostro porque lo llevaba cubierto con un velo de fina seda negra como las viudas. Cuando quedó a la vista y el populacho la identificó, los vítores hacia el Valentino se transformaron en cuchicheos de decepción, que también se produjeron en la tribuna.

—Se decía en los mentideros del Palacio Apostólico —apuntó el cardenal Farnese— que el duque iba a entrar en Roma en una cuadriga tirada por caballos blancos, con la condesa andando detrás de él y atada con una cadena de oro. Igual que el emperador Augusto quiso hacer con la reina Cleopatra.

—¡Tonterías! —bufó Orsini—. ¿Qué ganaría el duque con semejante espectáculo, y más ahora que el Moro vuelve a tener Milán y, al parecer, también el apoyo del emperador Maximiliano? Además, mis sobrinos me contaron que la condesa no se rindió ante el Valentino, sino ante el barón D'Alègre.

—Eso es cierto —dijo Della Rovere—. Y la mejor prueba de que Caterina Sforza está bajo la protección del rey de Francia es que sigue viva. Si la decisión hubiera estado en manos del hijo del papa, la Tigresa de Imola ya estaría muerta a estas horas. El monarca ha ordenado que sea custodiada aquí en Roma y se la trate como a un huésped acorde a su nobleza y alcurnia.

Ambos cardenales tenían razón. De hecho, yo tenía órdenes de César de estrangular con el *cappio valentino* a Caterina en el caso de que sobreviviera al asedio, en venganza por su intento de asesinar al papa con el tejido infectado que envió como falsa ofrenda de paz en el bautizo del hijo de Lucrecia. Sin embargo, la condesa había jugado bien sus cartas y, tras la toma de la Rocca de Forlì, el barón Yves d'Alègre —tras cobrarle a César los veinte mil ducados que ofreció por la captura de la Tigresa— hizo valer su condición de comandante en jefe del ejército francés para recordarle al Valentino que la dama era prisionera del rey de Francia y no suya.

—También se dice por ahí que el duque goza de los favores de alcoba de la condesa cada noche, aunque hay versiones contradictorias —dijo Farnese—. Unos aseguran que lo hace en contra de la voluntad de la dama y otros, por el contrario, juran que se han hecho amantes.

—¡Eso sí que me parece una tontería! —exclamó Della Rovere—. El hijo del papa puede llevarse al lecho a cualquier mujer de Italia que él quiera. Además, así hay que decirlo, la condesa dejó atrás sus mejores años hace tiempo, y ni siquiera de joven era especialmente hermosa por muchos afeites, tinturas y potingues que salieran de ese laboratorio suyo. No, querido hermano, no. Me temo que el duque Valentino es hombre de gustos más, digamos, exigentes. Y, si no, ahí tenéis a la bella Fiammeta para comprobarlo o a su propia cuñada Sancha. A no ser, claro, que Caterina Sforza tenga las habilidades amatorias que poseía la emperatriz Teodora de Bizancio y haya hechizado al Borgia. Aunque lo dudo. Es hijo de su padre y, por tanto, demasiado astuto para caer en una trampa tan burda.

—En todo caso, la chusma se ha quedado decepcionada. —El cardenal Orsini cambió de tema—. Esperaban ver a Julio César resucitado, pero se han encontrado con un simple gentilhombre que podría pasar por un funcionario vaticano de no ser por el rojo zafiro de la gorra.

—El duque está de luto por la muerte de su primo —apuntó Farnese—. El cardenal Joan de Borja el Menor murió de fiebres diez días después de la toma de Forlì. Se dice que fue envenenado por el propio César.

—¡Otra estupidez! —bufó Della Rovere—. El arzobispo de Valencia era como un hermano para el Valentino y casi un hijo para el santo padre. Es más, cuando tienes a tus órdenes a más de mil quinientos hombres armados como todos estos, ¿para qué quieres envenenar a nadie?

—No son los quince mil con los que contaba en Imola —terció Orsini.

—Pero son muchos más de los que nunca ha tenido el papado en toda su historia. Y me da la sensación de que no serán los únicos.

—¿Y qué opináis al respecto, *Eminentissime Frater*? —inquirió Alejandro Farnese—. ¿Debe el papa contar con un ejército propio?

—Sin duda —contestó el genovés—. He tenido muchas desavenencias con el santo padre en el pasado y estoy seguro de que las tendré en el futuro. Pero tiene razón cuando defiende la necesidad de que los Estados Pontificios han de disponer de armas propias si el papa quiere ser el soberano real de sus propios territorios y que se haga en ellos según su voluntad.

—Pues siempre podéis apoyarlo en tal propósito, Eminencia —aseveró con tono burlón el cardenal Orsini.

—Y lo hago, *carissime frater*. Otra cuestión bien distinta es la pretensión de Su Beatitud de conseguir un principado para su familia con el apoyo del rey de Francia y el dinero de la Cámara Apostólica. Ahí, queridos hermanos, me tendrá siempre enfrente.

En ese momento, el Valentino, tras saludar a las autoridades de la tarima, recibió de un palafrenero las riendas de la mula de Caterina Sforza y se las entregó a su primo Rodrigo Borgia, capitán de la Guardia Pontificia, para que la condujera —tal y como estaba pactado con el barón D'Alègre— al Vaticano. A la ilustre prisionera la trasladaron en aquel momento a la jaula dorada que se había dispuesto para ella y que no era otra que la villa del Belvedere construida por el papa Inocencio VIII, el mejor alojamiento para los huéspedes del papa.

El hermano menor de César —Jofré— y su cuñado, Alfonso d'Aragona, se unieron a la comitiva para escoltar al triunfador hasta el Palacio Apostólico, donde aguardaba el papa, que había pasado las últimas horas llorando y riendo a la vez, presa de tanta emoción que apenas conseguía hablar latín o italiano y se expresaba en su valenciano natal entre muestras de un comportamiento casi adolescente. Cuando la cabeza del cortejo cruzó el puente Elio y enfiló por la nueva Via Alessandrina en dirección a la Basílica de San Pedro, Su Santidad no pudo contenerse más y, sin reparo alguno a su dignidad, salió corriendo hasta la Logia de las Bendiciones en el mismo momento en el que, desde lo alto de las almenas del castillo de Sant'Angelo, los artificieros del papa lanzaban salvas de pólvora de mil colores que llenaron con la luz de la victoria la noche romana.

Después, el papa acudió a la Sala del Papagayo a esperar a su hijo, que entró en ella después de que lo hicieran su séquito y los cardenales y autoridades que lo habían recibido en la Porta del Popolo. Cuando estuvo delante de Su Beatitud, el Valentino se arrodilló ante el pontífice.

—*Pare Sant. Als vostres peus em prostre per a brindar-vos la victòria de les armes de la Santa Romana Església contra els seus enemics al mateix temps que agraïsc les mercès que, en la meua absència, la vostra magna generositat ha tingut a bé concedir-me.**

Todos los asistentes —salvo los valencianos, claro— torcieron el gesto con disimulo por la decisión del duque de utilizar la lengua natal de ambos, y, en especial, el *magister ceremoniarum*. No obstante, algunos sí comprendieron alguna parte. En especial, el último agradecimiento.

—¿A qué mercedes creéis que se refiere el duque, Eminencia? —preguntó el cardenal Farnese a Della Rovere—. ¿Acaso no ha actuado el Valentino como *regius generalis locumtenens*, lugarteniente general del rey de Francia?

—Precisamente, hermano. —El rostro de Della Rovere se en-

---

* Padre santo. A vuestros pies me postro para brindaros la victoria de las armas de la Santa Romana Iglesia contra sus enemigos al tiempo que agradezco las mercedes que, en mi ausencia, vuestra magna generosidad ha tenido a bien concederme.

dureció—. Precisamente. Mucho me equivoco o el duque Valentino va a heredar el mismo cargo que tuvieron su tío Pere-Lluís y su hermano Joan.

El cardenal de San Pietro in Vincoli se refería al hermano mayor del santo padre y al duque de Gandía, Joan de Borja. El primero tuvo que salir huyendo de Roma a la muerte del tío de ambos, el papa Calixto III, y murió de fiebres —otros decían que envenenado— en Civita Vecchia, cuando esperaba un barco que lo llevara a Valencia, mientras que el otro apareció cosido a puñaladas en el Tíber.

—¿Gonfaloniero y capitán general de la Iglesia? —insistió Alejandro Farnese—. ¿Vos creéis, Eminencia?

—Tiene todo el sentido del mundo —añadió Giambatista Orsini—. Aunque hemos de rogar a Nuestro Señor que el duque Valentino no termine como terminaron ellos.

El cardenal Giuliano della Rovere no contestó.

—*Estimat fill nostre en Crist* —contestó el papa a César Borgia—. *Ens ompli de goig la victòria que el nostre Senyor ha concedit a les armes que t'havíem confiat per a major glòria de la seua Església i la Cristiandat.**

Acto seguido, el duque besó los pies del pontífice, la punta de su manto rojo bordado con perlas y piedras preciosas, y la mano derecha del santo padre, el cual respondió al homenaje besando en la boca a su hijo favorito. Después, todos los presentes se pusieron en cola para repetir el homenaje al obispo de Roma tal y como lo había hecho el Valentino.

* * *

El día siguiente amaneció frío pero soleado. El radiante azul del cielo parecía pintado por el maestro Botticelli para acompañar la cabalgata del triunfo de César Borgia, que se iba a celebrar en la Via Alessandrina. El papa había querido hacer coincidir la inauguración oficial de la nueva calle con la apoteosis del duque.

El cortejo con sus diez carrozas, los heraldos con los estandar-

---

* Estimado hijo nuestro en Cristo. Nos llena de gozo la victoria que Nuestro Señor ha concedido a las armas que te habíamos confiado para mayor gloria de su Iglesia y la cristiandad.

tes y quinientos hombres del ejército de César con uniformes de gala se concentraron delante de la puerta de la iglesia de Santiago de los Españoles de la Piazza Navona, en cuya escalinata, el cardenal de Monreale los bendijo antes de que se pusiera en marcha la comitiva, que salió por el lado norte de la plaza, entre los restos de la entrada del antiguo estadio del emperador Domiciano, y pasó por debajo de la Tor Sanguigna —la Torre de los Sanguigni—, que los guardias pontificios del capitán Rodrigo Borgia habían ocupado para evitar cualquier tipo de atentado contra la persona del duque. Después, giraron a la izquierda para tomar la Via dei Coronari, alfombrada con aromáticas ramas de mirto y engalanada con guirnaldas de colores y gallardetes rojos y amarillos, los colores de los Borgia.

Cada una de las diez carrozas reproducía una escena de la campaña de Imola y Forlì. En la primera, dos actores representaban al rey Luis y a César, de rodillas ante él, recibiendo el bastón de mando del ejército francés. En las seis siguientes iban soldados de las distintas facciones que componían su hueste: ballesteros gascones, caballeros borgoñones, infantes valencianos, catalanes y aragoneses, e incluso unos cuantos de mis estradiotes, con la perplejidad y la vergüenza pintada al principio en sus rostros al verse así expuestos, si bien luego se lo pasaron en grande al comprobar cómo la gente del pueblo llano los vitoreaba y las damas nobles de los balcones se los comían con los ojos mientras les sonreían del mismo modo que Salomé debió de sonreír al rey Herodes. Una de las carrozas más aplaudidas fue la que reproducía —con madera y tela pintada— las hazañas de la *Principessa*, la culebrina de Alfonso d'Este, mientras que no pocos abucheos cosechó la que llevaba en lo alto a una ramera del Trastévere que, vestida con una cota de malla hecha con anillos de hojalata y una espada de madera, interpretaba a Caterina Sforza y respondía a los insultos con descaradas carcajadas y levantándose la falda para mostrar los dos *biscione* que llevaba pintados en los muslos con las cabezas apuntando hacia el triángulo de vello negro de su entrepierna.

La última carroza, precedida de tamborileros y trompeteros, representaba al Valentino con una coraza dorada y una capa púrpura, a bordo de una cuadriga, y escoltado por un esclavo semidesnudo que sujetaba una corona de laurel sobre la cabeza. Aunque el parecido del actor con el hijo del papa era notable, no era el duque, el cual cerraba el cortejo con su guardia personal —en la que yo también estaba—, vestido de negro, como la víspera, pero, esa vez, con la Reina de las Espadas colgando de la cadera y a lomos de un bellísimo caballo blanco regalado por el marqués de Mantua.

—*Duca! Borgia!* —gritaba la multitud—. *Valenza! Duca! Borgia!*

21

La conspiración

Mantua,
8 de marzo de 1500, cuarto domingo de Cuaresma

Los seis guardias a caballo llevaban bien a la vista sus armas y miraban de forma amenazadora a cualquiera que se acercara a menos de quince pasos del carruaje cerrado para ver quién viajaba en su interior. Era evidente que debía de tratarse de alguien importante que no quería ser visto, no solo por la actitud y el tamaño de la escolta, sino también porque el escudo de armas pintado en la portezuela del vehículo estaba cubierto con un lienzo oscuro.

Cuando la calle quedó despejada de curiosos, dos hombres salieron de su interior. El primero era un criado que ocultaba su rostro con una bufanda y una gorra calada hasta las orejas. El segundo —al que ayudó a bajar— llevaba una amplia capa de lana parda con capucha que impedía, incluso, distinguir a media distancia si era varón o hembra, el cual se metió casi a la carrera en el interior de la iglesia de Santa María de la Victoria.

Era un templo pequeño, de diez cañas de largo y poco menos de cinco de ancho, y levantado sobre las ruinas de la casa de un banquero judío que, al comprarla, reemplazó un retablo de la Madre de Dios que adornaba la fachada por su escudo personal. Aquel acto de vanidad despertó la cólera de los mantuanos, que arrasaron el inmueble hasta los cimientos. Si el usurero y su familia no terminaron despedazados por las calles fue porque el marqués de Mantua, Francesco Gonzaga, convenció a la chusma de respetarle la vida a cambio de que, a sus expensas, el hebreo levantara allí una iglesia para expiar su blasfemia. Como el nuevo edificio se terminó justo después de la batalla de Fornovo —en la que el marqués comandó el ejército italiano que derrotó a Carlos VIII de Francia—, se dedicó el templo a Santa María de la Victoria, y allí ordenó que se ubicara el magnífico retablo en el que el propio Francesco Gonzaga se hizo retratar a los pies de la *Madonna* —con armadura y espada— por el maestro Andrea Mantegna y flanqueado por san Miguel arcángel y san Jorge.

La iglesia se encontraba vacía, salvo por el hombre que estaba sentado en el primer banco contemplando la pintura. El recién llegado se despojó del manto pardo y, a pesar de que iba vestido con calzas negras y jubón del mismo color, al quitarse el bonete dejó a la vista la tonsura que revelaba su condición de clérigo.

—Tío —dijo tras persignarse ante el altar y mientras se sentaba—, corréis gran peligro. Y yo también por estar aquí. El papa y el Valentino tienen espías y sicarios por todas partes.

—Lo sé, sobrino —juntó las manos en gesto de arrepentimiento—; quiero decir, perdón, Eminencia. El marqués de Mantua me hizo saber ayer mismo que ya no puede alojarme porque el Borgia le está presionando para que me entregue, y no sabe si conseguirá convencer esta vez al rey de Francia para que frene al papa. Pero no sufras. Una guardia de veinte hombres me espera en cuanto termine esta entrevista para escoltarme hasta Innsbruck, donde el emperador Maximiliano me ha ofrecido su protección.

El cardenal Alejandro Farnese golpeó con afecto el muslo de su tío en señal de alivio por la noticia que le acababa de dar. Guglielmo Caetani era el hermano menor de su madre, Giovanella Caetani, y sobre él pesaba, desde el otoño anterior, la bula *Sacri apostolatus ministerio* del papa Alejandro, que le condenaba a la excomunión, la privación de su condición de vicario de la Santa Sede como señor de Sermonetta, Bassiano y San Donato, y la confiscación de todos sus bienes. Desde diciembre —cuando tuvo que huir de su castillo en la frontera de los Estados Pontificios y el Reino de Nápoles— estaba refugiado en Mantua, pero el brazo de los Borgia era largo y, de nuevo, tenía que poner más tierra de por medio. Peor suerte había tenido su hermano Giacomo, protonotario apostólico, que acudió a Roma porque un emisario del santo padre le aseguró que podía pedir el perdón del pontífice y la reconciliación, pero este lo encerró en el castillo de Sant'Angelo sin siquiera recibirlo, lugar en el que, hasta donde ambos sabían, continuaba vivo.

—¿Qué tal tu viaje, sobrino? —preguntó el fugitivo—. ¿Has tenido alguna dificultad? ¿Algún contratiempo?

—Ninguno que una buena bolsa llena de ducados de oro no pudiera solucionar. Aunque tuve que cruzar los territorios de Florencia y Bolonia, llevo una buena escolta y aún nos quedan en el camino amigos que aborrecen a los Borgia tanto como nosotros.

—Bien.

—¿Cómo hemos podido llegar a esta situación, tío? ¿Y estás seguro de que no hay otra manera de salir de ella? A tenor de lo que decías en tus cartas…

—¡Porque ese marrano valenciano me engañó! —estalló Guglielmo—. ¡Me engañó lo mismo que ha engañado a mi hermano para que se pudra en Sant'Angelo! ¡Hijo de mil putas! ¡Sacristán del infierno!

El cardenal calló para contemplar a su familiar. Aunque solo tenía cuatro años más que él, parecía diez o quince mayor. Poco o nada se podía ver en aquel hombre derrotado y perseguido de la orgullosa estirpe de los Caetani, que contaba en su ascendencia con dos papas —Gelasio II y Bonifacio VIII— y cinco cardenales, gracias a cuya influencia habían conseguido ser una de las familias más poderosas del Lacio y la Apulia.

—Me engañó —continuó algo más calmado—. Aún conservo el breve en el que me autorizó a disciplinar a los rebeldes de Sezze, con lo que no puede acusarme ahora de haberme excedido en el legítimo uso de la fuerza para devolver el orden.

El cardenal Farnese cerró los ojos y juntó las manos sobre su boca en actitud reflexiva. Lo del «legítimo uso de la fuerza para devolver el orden» al que se refería su tío, en realidad, había sido una masacre de hombres, mujeres y niños por una cuestión de impuestos que podía haberse resuelto sin tanta violencia. De todos modos, el hermano de su madre tenía razón: el papa le había recomendado severidad para poder acusarlo después de desproporción. Y todo ello solo tenía un objetivo: quedarse con el señorío de Sermonetta.

—¿Has conseguido confirmar que, en efecto, el Borgia quiere darle mi señorío a esa hija suya con la que, seguro, fornica?

—No del todo, pero así lo parece. Al menos, eso es lo que me llega desde la Vicecancillería donde se trabaja para crear el Ducado de Sermoneta y otorgarlo, si no a la dama Lucrecia, al menos al hijo que tiene con el príncipe Alfonso d'Aragona. La codicia de los Borgia no tiene límite —dijo el cardenal en un intento de halagar los oídos de su tío.

—No es solo codicia, Eminencia. Mis tierras están en la frontera de Nápoles y, llegado el caso de una guerra, mi castillo sería de gran importancia. Si, tal y como se rumorea, el rey Luis XII quiere repetir el intento de su primo Carlos en la conquista del reino del sur, la posesión de Sermonetta puede ser vital.

—De momento, el rey de Francia tiene que recuperar Milán, que ha vuelto a caer en manos del Moro.

—Eso es cierto. Pero yo no me fiaría de los mercenarios suizos con los que Ludovico Sforza ha configurado todo su ejército. Son los únicos soldados del mundo a los que se les puede derrotar con oro con más facilidad que con hierro. Y en esta contienda el rey de Francia tiene más oro que el duque de Milán. Pero no nos entretengamos con esto, sobrino. ¿Cómo están las relaciones entre el papa y su yerno?

—Han mejorado mucho, a pesar de que el desgraciado asesinato del capitán Juan de Cervellón estuvo a punto de mandarlas al traste. Los Colonna, que eran sus grandes amigos, acusaron a los Orsini del crimen, como era de esperar, y pidieron justicia al papa. Sin embargo, como el santo padre los ha domesticado, ahora son sus aliados y no cedió ante sus pretensiones de abrir una investigación o autorizarlos a atacar sus villas y castillos si tal cosa no se producía. Con el jubileo, el pontífice quiere paz en los caminos que llevan a Roma y amenaza con excomunión e interdicto a quienes la alteren. Y me temo que lo que ha hecho con vos, tío, sirve muy bien de advertencia de lo que puede pasar a quien desafíe a Alejandro VI.

—Aun así, ¿dices que el asunto aquel de la fuga de Alfonso d'Aragona a Gennazano se ha olvidado?

—En Roma no se olvida nada, tío. Digamos que se ha aparcado. Y la más que probable entrega del señorío de Sermonetta a los duques de Bisceglie ha sido un buen acicate para que las aguas vuelvan a su cauce. Alfonso d'Aragona disfruta ahora del amor ciego e incondicional de su esposa, de la consideración del santo padre como yerno y de la indiferencia de su cuñado César. Considerando las circunstancias, no está nada mal. Los Borgia son ahora un bloque compacto, sin fisuras.

—Eso es, justo, lo que hay que romper.

—¿Cómo?

—Con sangre. ¿Cómo si no?

—Dices que Lucrecia está perdidamente enamorada de su marido, ¿no es así?

—Como no lo he visto en ninguna otra mujer, tío. Ni en un hombre tampoco, salvo la pasión que, al principio de su pontificado, sentía el santo padre por mi hermana Giulia.

Bien agradecido podía estar el cardenal Farnese a su hermana pequeña. La bella Giulia —como era conocida en todas las cortes de Italia— había sido la amante del papa cuando la doncella tenía diecisiete años y el santo padre acababa de cumplir sesenta, a pesar de que estaba casada con Orso Orsini, el hijo de Adriana de Milà, sobrina del papa y tutora de César, Lucrecia y Jofré Borgia. Alejandro Farnese tenía veintiséis años cuando, por influencia de su hermana, el santo padre lo nombró príncipe de la Iglesia y toda Roma le llamaba *il cardenal della gonnella,* es decir, «el cardenal de la falda», dados los méritos por los que había obtenido el capelo rojo mientras su hermana se convertía en la *concubinae papae* e incluso, para los más maledicentes, en la *sponsa Christi,* la esposa de Cristo.

—Entonces ese es, pues, el eslabón más débil de la cadena y ahí es donde debemos quebrarla —dijo Guglielmo Caetani.

—No sueñes, tío —se burló el cardenal—. César es intocable y los Caetani no podemos caer en la vileza de asesinar a una mujer.

—¿Quién dice que vayamos a asesinar a una mujer? —rio el señor de Sermonetta—. Es más, ¿quién está hablando de asesinar a nadie?

—No te entiendo.

—Para romper la unión de los Borgia debemos atacar a Alfonso, pero no matarlo. Eso sí, es de vital importancia que parezca que ha sido el duque Valentino, o el propio papa, el que ha dado la orden de hacerlo, y que el atentado ha fallado por la razón que sea. De esa forma, la reconciliación saltará por los aires, el rey Federico de Nápoles no podrá pasar por alto semejante afrenta contra el hijo bastardo de su hermano, ni los Colonna, tras la muerte del capitán

Juan de Cervellón, podrán soportar otra humillación por parte del papa.

El cardenal escuchaba con los ojos igual de abiertos que si estuviera asistiendo en persona al sermón de la montaña de Nuestro Señor según el Evangelio de San Mateo.

—Felip Pons es una suerte de embajador no oficial del rey Fernando de Aragón en Roma —continuó Guglielmo Caetani—. Es de Xàtiva y, digamos, el soberano le encarga cosas que no puede encargarle al representante de Castilla, Garcilaso de la Vega.

—Sí, lo conozco.

—Él te proporcionará los hombres necesarios para la tarea. De ti depende encontrar el momento oportuno. Sabrán que deben herir al duque de Bisceglie, pero no matarlo. Eso sí, tanto el yerno del papa como los acompañantes que lleve consigo deben tener clarísimo que sus atacantes eran valencianos y, por tanto, esbirros de César o de ese lugarteniente suyo que ha nombrado gobernador de Imola y Forlì.

—¿Don Ramiro de Lorca?

—Ese mismo.

—Pero, tío —insistió Farnese—, debo asumir que el rey de Aragón está al tanto de esta empresa y, lo que me resulta más fascinante, ¿la aprueba?

—No creo que conozca todos los detalles. Es más, no creo que sepa casi nada en absoluto. Lo que sí sabe es que no le gusta nada cómo el Valentino está cada vez mejor relacionado con el rey de Francia ni el poder creciente que está acumulando en sus manos. Fernando de Trastámara, además, considera que un papa valenciano es uno más de sus súbditos, el de mayor rango y dignidad, sin duda, pero que debe estar a sus órdenes. Por eso no quiere que el árbol de los Borgia crezca demasiado, ni mucho menos abonado por el apoyo de Luis de Orleans. ¿Entiendes?

—Perfectamente, tío. Perfectamente.

Tío y sobrino se quedaron en silencio, contemplando el retablo de Andrea Mantegna, hasta que un sacerdote, acompañado por dos diáconos, entró en la iglesia para oficiar la misa. El cura no pudo ocultar una mirada de estupefacción al ver su templo vacío, salvo aquellos dos hombres sentados en el primer banco, el criado del cardenal en uno de los últimos y cuatro guardias que custodiaban la puerta de acceso. Ignoraba quién era el más joven, pero sí conocía al señor de Sermonetta y sabía que era un protegido de mucha alcurnia del marqués. Así pues, decidió seguir adelante con el oficio. Tras arrodillarse ante el sagrario, se dio la vuelta para saludar a sus escasos feligreses.

—*Laetare Jerusalem* —proclamó— *et conventum facite omnes qui diligitis eam; gaudete cum laetitia, qui in tristitia fuistis; ut exsultetis, et satiemini ab uberibus consolationis vestrae.**

El cardenal Farnese cerró los ojos y puso todo el fervor que el miedo le dejó para, en verdad, alegrarse por la próxima llegada de la pascua que anunciaba el introito de la misa del cuarto domingo de Cuaresma. Por eso no vio que su tío tenía una sonrisa de oreja a oreja que no era, precisamente, de beatitud.

Sino de pura maldad.

* Alégrate, oh, Jerusalén, y todos los que lo aman [a Jesús] reúnanse. Disfrutad de la alegría los que estabais afligidos; para que os regocijéis y estéis satisfechos con las bondades de vuestro consuelo.

22

Ad maiorem gloriam Borgiae

Roma,
29 de marzo de 1500, domingo de Pascua

Nadie recordaba semejante multitud en la plaza de San Pedro, las calles que en ella desembocaban —incluyendo la nueva Via Alessandrina— ni, por supuesto, en el Patio del Paraíso y en el interior de la Basílica. Roma, tras los fríos del invierno, que habían menguado la afluencia de peregrinos, estaba de nuevo invadida por miles de peregrinos que, desde el Domingo de Ramos, copaban cada taberna, fonda, establo e incluso los soportales de las iglesias y las covachas de las ruinas donde dormían al raso los que no habían conseguido alojamiento. Gente de toda Europa estaba en la ciudad para celebrar la Pascua en el año del jubileo, y la muchedumbre que colapsaba hasta el más miserable callejón de la urbe provocó que la Guardia Pontificia tuviera que abrir paso a palos a la comitiva papal —con Alejandro VI a lomos de la hacanea blanca— durante la peregrinación del Viernes Santo a las siete basílicas de Roma.

Dos días después, todo estaba preparado para la misa de Pascua en aquel domingo de sol radiante y cielo azul sin una sola nube en el horizonte. El santo padre se sentía especialmente feliz porque, de todas las ceremonias del culto divino, esa era su favorita y, por eso, se cuidaba al máximo cada detalle. Canónigos, prelados, monjes y criados corrían de un lado para otro con el temor en la mirada ante la posibilidad de algún fallo que, de darse, podía provocar un temible estallido de cólera del papa, de consecuencias imprevisibles. Según solía decir, el día de la Resurrección de Nuestro Señor, cuando los fieles miran al altar en el que es el propio papa el celebrante, no contemplan a un hombre, ni siquiera a un príncipe, sino un reflejo de la corte celestial *ad maiorem gloriam Dei*, para mayor gloria de Dios.

Sin embargo, un par de horas antes se había celebrado otro acto, no menos solemne y diseñado *ad maiorem gloriam Borgiae:* para mayor gloria de los Borgia.

Poco antes de la hora tercia, el papa salió de sus aposentos y lo izaron en la silla gestatoria para trasladarlo a la Sala de los Papas de la Torre Borgia, donde su sobrino, el cardenal de Monreale —que allí le aguardaba junto al resto de los miembros del Sacro Colegio que estaban en Roma—, le entregó la Rosa de Oro, que, tal y como indicaba el ceremonial, conservó en la mano izquierda. Después, con todo el cortejo detrás, se dirigió a la Basílica precedido de un lacayo pontificio vestido de brocado rojo, que portaba en una bandeja de plata las insignias del gonfaloniero y capitán general de la Iglesia: el manto, el birrete y el bastón blanco.

Junto al altar mayor, en los peldaños que ascendían a la plataforma donde estaba la *Cathedra Petri* —la antiquísima y un tanto tosca silla de madera que, según la tradición, había pertenecido al propio apóstol— aguardaba el duque Valentino, de pie y en el mismo lugar exacto en el que, cuatro años antes, había estado su hermano Joan de Gandía para recibir el mismo honor que el santo padre le iba a otorgar.

—Bendice, Señor —proclamó el papa—, al gonfaloniero y capitán general de tu Iglesia, y concédele la misma protección que recibió de tu divina gracia Abraham en el holocausto, Moisés en el mar Rojo, Elías en el desierto, Josué en los campos de Jericó, Gedeón en los combates y Pedro con las llaves del cielo.

Entonces, el Valentino se arrodilló delante del papa, se santiguó y extendió los brazos con las palmas de las manos hacia arriba para recibir la bendición.

—Yo —anunció—, César Borgia de Francia, duque de Valentinois y conde de Dyois, de ahora en adelante seré fiel y obediente a vos, Santísimo Señor Mío, obispo de Roma, siervo de los siervos de Dios papa Alejandro, como gonfaloniero, portaestandarte y capitán general de la Santa Romana Iglesia. Y también mientras viva a quienes canónicamente os sucedan. No intervendré en ninguna decisión, discusión o hecho que suponga un peligro para vuestra persona y vuestra dignidad, ni permitiré que seáis injuriado o humillado en forma alguna. Las cuestiones que vos me confiéis, de palabra, por carta o por enviado interpuesto, no las compartiré con nadie.

El silencio en la Basílica era total, de forma que las palabras de César eran perfectamente audibles desde todos sus rincones.

—Defenderé el patrimonio de san Pedro —continuó— y el derecho de vos y vuestros sucesores a ser los legítimos gobernantes de cuanto el emperador Constantino donó al papa Silvestre desde el Tirreno al Adriático, y os serviré en todo lo que me encomendéis, pues sois padre de príncipes y reyes, guía del mundo y vicario en la tierra de Nuestro Señor Jesucristo. Comandaré en vuestro nombre y en el nombre del Padre, del Hijo y del Espíritu Santo las armas pontificias para tal empeño. Así la Divina Providencia me ayude en mi propósito.

En ese momento, el papa se quitó el *triregnum* de la cabeza y se lo entregó al cardenal de San Clemente mientras el de Monreale —su sobrino— y el cuñado de César —el navarro Amanieu de Albret, recién nombrado cardenal de San Nicola in Carcere a cambio de veinte mil ducados— ajustaban sobre el pecho del Valentino la coraza dorada y le extendían sobre los hombros un manto de brocado escarlata forrado de piel de armiño. Luego, el pontífice alzó los brazos para que todo el mundo pudiera ver la Rosa de Oro, el mayor honor que podía otorgar el santo padre, y que solían recibir reyes y príncipes.

—Toma la Rosa de Oro de nuestras manos —dijo Alejandro VI—. Tómala de Nos, que, aunque sin merecerlo, representamos a Nuestro Señor Jesucristo en la tierra. Esta rosa designa el gozo de la Jerusalén celestial victoriosa y de su Iglesia militante como corona de todos los santos. Tómala, hijo estimadísimo, para que te muestre a los ojos de todo el mundo como el noble paladín de Dios, el que es uno en persona y trino en esencia, y al que se debe todo honor y toda gloria por los siglos de los siglos.

Cuando el santo padre terminó de dibujar en el aire la señal de la cruz tras tocar con su mano la frente de su hijo, Joan de Borja i Llançol de Romaní le colocó a César el bonete de brocado escarlata, también forrado con piel de armiño, y con una paloma bordada con perlas, que representaba la gracia del Espíritu Santo. Por último, el propio papa le dio al duque el bastón blanco de dos palmos y medio de largo, el símbolo de su cargo como capitán general de los ejércitos pontificios.

El coro vaticano inundó con sus voces blancas todo el recinto. «*Et introibo ad altare tuum* —cantaban— ad *Deum laetitiae et exultationis meae*»,* y César se levantó para exhibir el bastón blanco ante los abarrotados bancos de la Basílica antes de ocupar su puesto, justo al lado del Sacro Colegio y por delante del prefecto de Roma.

Tras la misa de Resurrección, una solemne procesión salió desde San Pedro para acudir a la Basílica de San Juan de Letrán y a la de Santa María la Mayor, desde cuyas logias el papa volvió a impartir la bendición *urbi et orbi* a la multitud que abarrotaba las plazas que se abrían ante ambos templos. Las calles estaban atestadas de gente y la guardia pontificia tuvo que emplearse a fondo para mantenerlas despejadas y que el cortejo pudiera pasar por ellas. Abrían la marcha treinta lanceros a caballo que escoltaban los estandartes con el escudo de armas del papa y, por primera vez, el de César, que ya había incorporado el parasol escarlata y dorado que indicaba su nueva condición de capitán general y protector de la Santa Romana Iglesia, en el que destacaban las tres flores de lis de la casa real francesa junto al toro rojo de los Borgia. Después iban treinta obispos con mitra y capa blanca, a lomos de mulas tordas, y dieciséis cardenales, con sus largos mantos púrpura que cubrían las grupas de sus monturas, escoltados por sus guardias y precedidos por los estandartes con sus escudos de armas.

Bajo un palio dorado desfilaron el santo padre y su hijo. El pontífice, pese a sus sesenta y nueve años, tenía un aspecto magnífico: gordo, recio y poderoso sobre la hacanea blanca cuyo pelaje deslumbraba bajo el sol de la primavera casi recién nacida y el aire tibio de Roma. Las perlas y piedras preciosas fijadas sobre su capa pluvial escarlata centelleaban conforme se movía, como si las manos de las costureras que confeccionaron la prenda hubieran atrapado la gloria celestial. En la mano izquierda, y calada en el estribo, sujetaba la férula papal —el largo bastón de plata con una cruz de oro de tres brazos en su extremo—, mientras que, con la derecha, bendecía a la multitud que se arrodillaba a su paso.

---

* «Y entraré en tu altar con la alegría de Dios y lleno de gozo».

Junto a él, sobre un mulo de brillante pelaje negro, pues hubiera parecido irrespetuoso montar un caballo de guerra que le colocara por encima del papa, el nuevo gonfaloniero lucía aún más poderoso que su padre, y eso se notaba en los vítores que recibía y que solo se acallaban cuando el pontífice dibujaba en el aire la señal de la cruz. «*Duca Valentino!* —clamaba la chusma—. *¡Borgia!*».

—Deberíamos ser capaces de canalizar toda esta fuerza, *pare* —le comentó César al papa, tapándose la boca con la mano para hacerse oír—. Solo con contar con uno de cada diez hombres que gritan nuestro nombre, no habría ejército en Europa que se le pudiera comparar.

—¿Qué? ¿Te refieres a esta chusma? No, *fill*, no. No te engañes. —El pontífice, igual que el duque, hablaba en valenciano para que no lo entendiera nadie que pudiera escuchar su conversación por encima del griterío—. Corean nuestro nombre con el mismo entusiasmo que escupían sobre él hace cuarenta años, cuando tu tío abuelo, el papa Calixto, murió y se cazaba a los Borgia como alimañas en estas mismas calles. Mi hermano Pere-Lluís y yo tuvimos que salir disfrazados como criados del séquito del cardenal Barbo para salvar la vida mientras saqueaban e incendiaban nuestras casas. Para gobernar puedes fiarte de muy pocos, pero del pueblo llano menos que de nadie.

—*Pare.* Sin un ejército no podremos meter en vereda a los señores de la Romaña que llevan décadas usurpando las tierras, propiedades y derechos de la Iglesia. En vuestra propia bula calificáis de tiranos a Pandolfo Malatesta de Rímini; a Giulio Varano de Camerino; a Astorre Manfredi de Faenza; a Guidobaldo de Montefeltro de Urbino y a Giovanni Sforza de Pésaro. Pero sin fuerza armada que haga realidad vuestro mandato, la bula es papel mojado, por mucho que en ella esté expresada la voluntad de Nuestro Señor Jesucristo por mano de su vicario en la tierra, es decir, vos, Santidad.

—No blasfemes, César.

—No lo hago, *Pare Sant.* Me limito a contar lo que veo. Por más que los papas puedan condenar al infierno a cualquiera mediante el anatema, no sé de ninguno que haya conseguido que Nuestro Señor hiciera llover sobre una ciudad italiana rebelde azufre y pez, como hizo con Sodoma y Gomorra. Ni tampoco que descendiera del cielo una legión de ángeles con espadas de fuego sobre un campo de batalla para ayudar a las armas del papa. Nuestra primera campaña ha terminado antes de tiempo porque el rey de Francia reclamó los soldados que nos prestó, y ni siquiera hay garantías de que nos los vaya a devolver.

—¿Por qué no? Así está firmado.

—No porque vaya a quebrantar la palabra dada, que no lo hará, sino porque él mismo puede perderlos ante las compañías de piqueros que ha comprado el Moro con el beneplácito del emperador Maximiliano.

—Eso no es posible. Esos mercenarios suizos de Ludovico Sforza no lograrán vencer al ejército de Luis de Orleans.

—Todo es posible en la guerra, Santidad. Una mala decisión o la simple casualidad pueden decantar la victoria o la derrota del general más experimentado. Lo vi en Atella. Gonzalo Fernández de Córdoba tenía menos hombres que el conde de Montpensier y ninguna artillería, pero los derrotó con dos ataques bien coordinados que dirigió contra unos molinos y un error de las compañías de piqueros del francés. Con muy poco, el Gran Capitán lo consiguió todo.

—Entonces ¿no crees, como decía Apio Claudio el Ciego, en lo de *homo faber fortunae suae,* que el hombre se fabrica su propia fortuna?

—Por supuesto. Precisamente por eso no podemos depender del ejército del rey de Francia para nuestra empresa. O no solo de él. Hemos de conseguir uno propio.

—No lo encontrarás armando a la chusma.

—El buen hierro se paga con oro. Un ducado a la semana cobra un mercenario suizo.

—¿Y por qué no recurrir al rey de Aragón? Tiene al mejor general de Europa y, como me has contado muchas veces, sus soldados son los más feroces que has visto en un campo de batalla.

—¡El Católico piensa que somos sus súbditos, *pare!* —estalló César—. Cree que tú eres poco más que su capellán y yo soy su bastardo. La viuda de mi hermano Joan, desde Gandía, no deja de llamarnos asesinos y ladrones ante Isabel de Castilla. Mi primo el rey de Francia me ama y sabe que no tendrá la corona de Nápoles sin la investidura papal.

—Ten cuidado, *fill.* Entiendo que es muy grato recibir el abrazo de un rey, pero es mucho más difícil librarse de él cuando te aplasta las costillas.

—Mejores negocios hemos hecho con Luis de Orleans que con Fernando de Trastámara, que ni siquiera ha mostrado gratitud hacia vuestra persona por haber arreglado su matrimonio con la reina Isabel ni haberle dado la posesión de las Indias y el océano.

—Tampoco la esperaba. Solo quería el Ducado de Gandía para tu desafortunado hermano, que Dios acoja en su seno.

—Poco pago me parece por tan gran merced, Santidad. Ya se dice por ahí que a la Corona de Castilla le habéis dado un mundo a cambio de un señorío. En todo caso, es inútil ya llorar por la leche derramada ni reír por fantasías. Tenemos el apoyo del rey de Francia. Si, además, logramos el de Venecia y unas armas propias, el papa de Roma volverá a ser señor absoluto de sus dominios y, por el camino, el viejo sueño del papa Calixto se hará realidad.

—¿Qué sueño?

—El que tú mismo me has contado más de una vez, *pare*. Lo que soñó tu tío para tu hermano Pere-Lluís. Si Nuestro Señor en su infinita sabiduría y benevolencia decidió que dos Borjas fueran papas, ¿por qué habría de negarse a que un tercero fuera el fundador de un linaje soberano? ¿Acaso nuestra sangre es menos digna de ello que la de los Sforza, los Médici, los D'Aragona o los propios Trastámara? Tenemos la ambición y la determinación. Solo nos faltan los medios.

—Lo que nos falta son los hombres. Pero insisto en que no los encontrarás entre esta chusma, por mucho que ahora griten tu nombre y besen el suelo que acaba de pisar mi mula como besaban la cara de su madre.

—¿Y no crees que los podamos transformar en soldados? Se ha hecho antes. Tanto en Italia como en otros reinos.

—Una cosa son las milicias urbanas que se pueden armar y adiestrar para resistir un asedio o como mera carne de cañón, y otra bien distinta son las compañías profesionales. Pero no al estilo de las italianas y sus traicioneros condotieros, que cambian de bando en mitad de la batalla e incluso antes de ella. Me refiero a las que tiene el Gran Capitán, con hombres curtidos en el oficio de las armas, bien pagados y equipados.

—Eso vale dinero. Mucho dinero.

—Un ducado de oro a la semana por piquero suizo. Medio por cada ballestero o espadachín. Hasta cuatro puede cobrar una lanza borgoñona y veinticinco cuesta cada libra de pólvora. La guerra, mi señor duque —dijo el papa, con un guiño, ante la mirada sorprendida de César por el amplio conocimiento que tenía su padre sobre intendencia militar—, es un negocio costoso. Pero también asumible. Por lo menos, por ahora.

—¿Asumible? —inquirió el Valentino—. ¿A qué os referís?

—En el consistorio del pasado 20 de marzo creé tres cardenales. Tu primo Pedro Luis de Borja fue uno de ellos y el único que no pagó por el capelo. A los otros dos: a tu cuñado Amanieu de Albret y al arzobispo de Sevilla, Diego Hurtado de Mendoza, les cobré veinte mil ducados a cada uno. Solo con eso puedo poner a tu disposición, durante un mes, a dos mil piqueros suizos, cuatro mil ballesteros, otros tantos espadachines y un millar de libras de pólvora para tu artillería. ¿Qué te parece? Y estos dos no son los únicos que están dispuestos a pagar por un cargo eclesiástico.

La sonrisa de César Borgia brillaba más en su cara que la capa magna cuajada de pedrería y perlas que llevaba el pontífice.

—Te voy a contar una cosa que jamás he contado a nadie —continuó el papa con una sonrisa casi beatífica—. Hace muchos años, cuando era un estudiante de leyes en Bolonia, mi hermano mayor y yo fuimos a ver a un astrólogo. Pere-Lluís estaba entusiasmado con el arte de leer el porvenir en las estrellas, si bien, a mí, aquel viejo estrafalario me pareció un charlatán que buscaba el favor de un cardenal de Roma a través de sus dos sobrinos. La mayor parte de las cosas que nos dijo fueron estupideces y fantasías. Salvo dos.

César guardó silencio, pero interrogaba con la mirada henchida de ambiciosa felicidad. En los últimos meses, el Valentino había incorporado a su corte a Lorenzo de Beheim, un bávaro que había formado parte como astrólogo del personal de Alejandro VI en sus tiempos de cardenal y al que, cuando llegó a la Cátedra de San Pedro, nombró *praefectus machinarium* —jefe de la pequeña artillería papal— por su maestría en la alquimia y el arte de fundir los metales. Durante la campaña de Imola y Forlì, César no había tomado ninguna decisión sin consultar las cartas astrales que, casi a diario, le preparaba.

—Aquel anciano medio chiflado le dijo a mi hermano que se guardara de ir a Civitavecchia, cosa que hizo en varias ocasiones —continuó el pontífice—. Y cada vez volvía riéndose de la fallida profecía. Sin embargo, fue allí donde murió tras la muerte del papa

Calixto, precisamente, cuando esperaba el barco que le tenía que devolver sano y salvo a Valencia.

—¿Y la otra profecía, *pare*? —La voz de César rezumaba ilusión, aunque no podía adivinar por qué—. ¿Cuál fue? ¿Qué os dijo?

—Me dijo que yo sería el padre de un rey de Italia.

23

El traidor traicionado

Novara, Ducado de Milán,
10 de abril de 1500

El vizconde de Thouars observaba cómo los mercenarios suizos se abrazaban entre ellos conforme los que venían desde las puertas de Novara llegaban hasta sus compatriotas, que formaban filas delante de las piezas de artillería y el resto del ejército, que, tras haber marchado durante docenas de leguas para llegar hasta allí, habían protagonizado el asedio más corto y menos cruento de todos los que Luis de la Trémouille había conocido a sus treinta años. Aquel cerco se había resuelto con un único disparo de cañón para que los artilleros midieran la distancia —y que se limitó a desconchar la muralla donde impactó— y ni un solo muerto o herido en ninguno de los dos bandos.

El también teniente general del rey de Francia tenía motivos obvios para estar satisfecho por tan fácil victoria, pero en aquella mañana luminosa de primavera no podía reprimir cierto sentimiento de decepción, porque pensaba que esa campaña era su oportunidad para redimirse del todo ante Luis XII, con quien había estado enfrentado en el pasado y a quien habría preferido vencer con el hierro y no, como había sido el caso, con oro.

Algunos de los piqueros, incluso, se saludaban por su nombre cuando se reconocían, bien por la cara o por sus coloridos uniformes, que distinguían a las distintas *fähnlein* —compañías— de la temible infantería suiza por cantones, pueblos, valles o clanes. Los que luchaban bajo las banderas del rey Luis respondían ante los oficiales franceses por los recién llegados, para que los dejaran pasar tras las filas al campamento que los mercenarios habían levantado y donde ardían hogueras, sonaban las gaitas y los tamboriles para el baile, y corrían a mares la cerveza y el licor para celebrar el triunfo.

Luis de la Trémouille había sustituido al mariscal Trivulzio —al que el mal francés tenía postrado en la cama— al frente de las fuerzas que el monarca de Francia había reunido para hacer frente al ejército mercenario que Ludovico Sforza había reclutado para recuperar el Ducado de Milán. Desde mediados de enero, el Moro, al frente de ocho mil hombres, había recuperado las villas de Chiavenna, Bellinzona, Bellagio, Nesso y Como, hasta lograr entrar en Milán. En la capital de la Lombardía, Trivulzio había dejado a tres mil piqueros suizos para que defendieran la ciudad, que se cambiaron de bando al enterarse de que Sforza pagaba más que el rey de Francia y de que eran los mismos que, allí en Novara, lo habían vuelto a hacer en sentido contrario.

Si los mercenarios, en Milán, cambiaron de bando a causa del oro, en Novara lo acababan de hacer esgrimiendo una cláusula de la *condotta* que solían usar a su conveniencia. La Dieta Suiza —la asamblea que reunía a las ciudades y cantones de los valles alpinos— exigía que en cada contrato de sus compañías de mercenarios se incluyera que, llegado el caso, se les prohibía que lucharan «padre contra hijo ni hermano contra hermano». En realidad, las *fähnlein* se saltaban tal prohibición siempre que querían, pero, ante la superioridad numérica y, sobre todo, artillera del ejército francés y la convicción de que Ludovico el Moro no iba a poder salir vencedor de aquella situación, los soldados de fortuna helvéticos habían echado mano de tan conveniente cláusula para salvar las ganancias obtenidas y, sobre todo, su propio pellejo.

Sobre las almenas del *castello* ondeaban desde hacía dos días las banderas con las flores de lis para indicar al ejército sitiador que se rendían. Luis de la Trémouille había negociado con los condotieros contratados por el Moro —Ludovico Pico y Galeazzo Pallavicino— las condiciones de la rendición. A los mercenarios suizos se les permitiría conservar el dinero ganado, pero se los desarmaría para que no causaran problemas en su camino de regreso a sus hogares en las montañas donde, no más tarde del día de Todos los Santos, se enviarían sus armas, cuyos portes correrían a sus expensas. Por su parte, liberarían a los dos comandantes a cambio de un rescate de setecientos ducados cada uno —el vizconde de Thouars había exigido un millar, pero tuvo que rebajar la cantidad— y el solemne juramento de que no volverían a prestar sus servicios militares ni a los Sforza ni a los señores de Urbino, Pésaro, Camerino, Faenza y Rímini, ni, por supuesto, a la Corona de Nápoles. Ambos condotieros juraron que así lo harían ante la mirada escéptica de Luis de la Trémouille, que, desde su participación en la batalla de Fornovo, en la que fue derrotado el rey Carlos VIII, era bien consciente de que la palabra de un noble italiano en asuntos como aquel valía menos que nada.

De hecho, estaba convencido de que aquellos dos le estaban mintiendo cuando le aseguraban, por su honor de caballeros y con todos los santos del cielo como testigos, que ignoraban el paradero de Ludovico Sforza, el cual había desaparecido de Novara.

El teniente general del rey de Francia sabía que tal cosa no era posible. La villa se levantaba en lo alto de una colina flanqueada por dos ríos —el Agogna y el Terdoppio— y cercada por una muralla pentagonal. Algunas casas y huertos se extendían por sus arrabales hasta descender a la llanura cuarteada por acequias y campos de arroz. El cerco sobre la población era férreo y sus tropas controlaban todos los caminos, incluyendo las pequeñas sendas que dividían los arrozales por los que, además, era imposible pasar inadvertido sin que los vigías de las torres de asedio y otros puntos elevados se dieran cuenta. Además, eran muchos los mercenarios que, al ser interrogados cuando entregaban las armas, juraban que habían visto al depuesto duque de Milán en el interior de la villa o pasando revista a las tropas que, durante los últimos dos días, habían estado saliendo del recinto amurallado. Por ese motivo, el teniente general francés pensaba en la posibilidad de ordenar que sus hombres, en cuanto saliera el último mercenario suizo, entraran a registrar la ciudad, casa por casa si era necesario.

—La rata Sforza sigue ahí dentro, Señoría —comentó Trémouille a Yves d'Alègre, su segundo al mando—. Debe de haber encontrado la manera de intentar escapar.

—Si es que no lo ha hecho ya.

—En eso no quiero ni pensarlo.

—Entonces, registremos la ciudad en cuanto salga el último mercenario suizo, Excelencia —propuso el barón—. Casa por casa si hace falta.

—Ya me gustaría poder ordenar tal cosa, pero esa decisión es demasiado arriesgada. En las condiciones de capitulación se estipuló que las autoridades municipales pagarían una multa de cinco mil ducados a cambio de que no se saqueara la ciudad.

—Un registro no es un saqueo.

—Se convertirá en uno en el momento en el que nuestros hombres vean el primer candelabro de plata en una casa rica o la primera doncella en una pobre, lo cual es la mejor manera de caer en la tentación.

—Esta ha sido una campaña corta, sin combate y sin botín. Casi todos volveremos a casa decepcionados. En cualquier caso, siempre se puede ahorcar a quienes cometan algún acto de pillaje.

—Me temo, barón d'Alègre, que, si nos viéramos en tal brete, tendríamos que ahorcar a la mitad del ejército que me ha confiado Su Cristianísima Majestad.

Un grupo de mercenarios del cantón de los Grisones avanzaba desde los muros de Novara hacia las posiciones francesas. Como todos los demás que los habían precedido, llevaban las picas arrastrando por el suelo en señal de rendición mientras alargaban el cuello y se protegían los ojos con la mano para intentar distinguir a algún conocido entre sus compatriotas que estaban bajo las banderas de las flores de lis. En sus uniformes se alternaban el amarillo y el azul en las calzas —una pernera de cada color—, así como en los jubones de mangas acuchilladas, que dejaban ver las camisas negras que llevaban debajo. Reían y entonaban sus cánticos de guerra y borrachera en romanche, la lengua derivada del latín y mezclada con el alemán que hablan en los valles suizos del Rin y el Eno.

Eran poco más de una docena, todos ellos muy altos y anchos de hombros, pues ninguno estaba por debajo de los siete palmos napolitanos. Cuando llegaron hasta el puesto de control —conformado por dos armones de artillería y una cerca improvisada con lanzas y palos— esperaron en vano a que algún conocido acudiera para responder por ellos. Sin embargo, eran los primeros grisones que llegaban y nadie acudió a identificarlos. Por eso, cada uno de ellos tuvo que explicar quién era, quién los había contratado, cuándo y dónde estaba el pueblo o aldea al que iba a volver. Y, por supuesto, entregar las picas, los espadones de dos manos y las *katzbalger* —las destripagatos, las espadas cortas—, si bien se les permitió mantener sus cuchillos para comer y, llegado el caso, defenderse con ellos como pudieran.

—¡Excelencia, os lo ruego! —exclamó un mercenario que se plantó ante el caballo de Trémouille—. Excelencia, tengo algo importante que deciros, si me permitís hablar.

Los dos caballeros borgoñones —forrados de hierro de pies a cabeza— que conformaban la escolta del vizconde de Thouars junto a cuatro lanceros y otros tantos ballesteros se pusieron en guardia, si bien aquel soldado desarmado no parecía una amenaza.

—Excelencia —continuó el suizo en un francés atroz, que mezclaba con las pocas palabras que sabía en lombardo y romanche para hacerse entender—. Me llamo Hans Turman y soy de los valles de Uri.

—¿Y qué quieres, Hans Turman de Uri? —preguntó el barón d'Alègre para que Trémouille no se rebajara a contestar primero a aquel mercenario—. ¿Por qué incomodas a Su Excelencia?

—Porque, señor —siguió—, tengo una información que podría ser del interés de Su Señoría. Sé cuál es el paradero del Moro.

Ambos aristócratas se removieron en sus sillas de montar ante la noticia que les acababa de dar aquel hombretón.

—¿Dónde está? —gritó Trémouille—. ¡Si lo encontramos vivo allí donde nos indiques, te recompensaremos bien! ¡Cincuenta ducados! ¡No! ¡Cien ducados! ¡Habla!

—¿Tengo vuestra palabra, Excelencia?

—¡No hay mejor garantía! —bramó el vizconde de Thouars—. ¡Es más! ¡Ahí tienes la mitad de lo prometido! Pero ay de ti si mientes o nos haces perder el tiempo. Te juro que lamentarás no ya el día en que creíste que podías engañarme, sino incluso ese en el que naciste.

El teniente general del rey Luis de Francia arrojó a los pies del mercenario una bolsa de cuero en la que tintineaba el peso de las monedas de oro. Con aquel dinero, aquel miserable podía comprarse una casa, un prado, un rebaño de cien cabezas e incluso a la moza más guapa de su miserable villa, si quería. Hans Turman se arrodilló para recoger la recompensa y permaneció en esa posición mientras señalaba al grupo de grisones que seguía entregando sus armas ante los oficiales franceses.

—Está ahí mismo, Excelencia. Disfrazado como uno de ellos. Ludovico Sforza el Moro, el antaño orgulloso duque de Milán, dejó caer al suelo la pica y levantó los brazos mientras las lágrimas de rabia y miedo corrían por sus mejillas ajadas.

24

Puñales de medianoche

Roma,
15 de julio de 1500

Las estancias y corredores del Palacio de Santa Maria in Porticu
—la residencia de Lucrecia Borgia y su marido, Alfonso d'Aragona— estaban tan faltas de vida como las hileras de tumbas de un
cementerio. Criados, doncellas y cortesanos habían desaparecido,
como siempre ocurría cuando los duques de Bisceglie y príncipes
de Salerno discutían entre ellos, cosa que cada vez se daba más a
menudo. Y esta vez, además, la pelea entre los jóvenes señores era
la más virulenta de cuantas recordaba la servidumbre.

—¿Por qué, Lucrecia? —gritó Alfonso mientras mostraba a su
mujer el reverso de sus antebrazos—. ¡La misma sangre de Alfonso
el Magnánimo y Ferrante de Nápoles corre por estas venas! ¿Por
qué no me respetan? ¡Estoy harto de insultos y de humillaciones!

—¡Nadie te está insultando ni te está humillando! —respondió
la hija del papa—. ¿Cómo se atreverían siquiera a intentarlo? El
problema lo tenéis Sancha y tú, que veis desplantes y ofensas por
todas partes.

—Y también Jofré, ¿no?

—Lo de Jofré es diferente —Lucrecia bajó la cabeza—. Él... él
es distinto.

—¡Es un sodomita! —Alfonso aprovechó el titubeo de su esposa para lanzar un golpe tan bajo como cruel—. ¡Y lo sabe todo el

mundo! Pero como es el benjamín del papa no acaba entre humo de hinojo.

El duque de Bisceglie se refería a la costumbre de ejecutar en la hoguera a los hombres que se dejaban tomar como mujeres. Cuando los quemaban, se arrojaban al fuego ramas y raíces de hinojo silvestre para que su humo aromático disimulara el olor a la carne quemada.

—¡Miserable! —escupió Lucrecia apretando los dientes—. ¡Cobarde! César tiene razón: solo eres un bonito adorno en la corte del papa, del mismo modo que tu hermana Sancha solo es una ramera de sangre real con la que entretenerse.

—¿Lo ves? —Pese a la rabia, la voz de Alfonso destilaba triunfo—. ¿Lo ves? ¡No nos respetáis!

—No tenemos por qué. —La hija del papa, antes conciliadora, ahora lanzaba puñaladas con las palabras y con la mirada—. Los Borgia lo hemos hecho todo nosotros solos, aunque hemos sido extranjeros en un país hostil sin más ayuda que la de Dios y la de nuestro talento. Sobre todo, de nuestro talento. Tu hermana y tú, pese a que nacisteis en cunas de oro y marfil, ni siquiera habéis sabido aprovechar la ventaja y os casaron con los bisnietos de un labrador de Xàtiva.

—No te consiento que...

—¿No me consientes qué, esposo? —bufó Lucrecia—. Sigo siendo la gobernadora de Espoleto, Termi y Nepi por expreso deseo del santo padre. He sido yo la que ha comprado a la Cámara Apostólica el Ducado de Sermoneta para nuestro hijo. Han sido mis órdenes las que han enviado a los estradiotes de don Micheletto y a dos compañías de infantes a Aquasparta para sacar de su *rocca* a ese bandido de Altobello di Canale, cuya cabeza se pudre ahora en lo alto de una pica, y mientras tanto tú...

—¿Yo? ¿Yo qué?

—Tú no tienes más que mirarte, Alfonso, para ver tu desdicha en toda su magnitud. Todo un príncipe napolitano de la Casa de Trastámara al que ni siquiera se le puede confiar el mando de una cuadrilla de alguaciles; que fragua una conjura de la que se entera todo el mundo el mismo día, pero que pretende cabalgar con el gonfaloniero y capitán general de la Iglesia junto a los mejores condotieros de Italia y se enfada cuando le apartan como se enoja un crío cuando le quitan un juguete.

Esta vez fue a Alfonso d'Aragona el que le tocó agachar la cabeza, porque los dardos que disparaba su esposa con cada palabra pinchaban en un nervio aún más doloroso que el anterior. Y lo era porque César había apartado sin contemplaciones al príncipe de Salerno de la formación del estado mayor del nuevo ejército que estaba creando gracias al dinero recaudado por el papa y una vez que habían derrotado a Ludovico Sforza por completo y se pudría en una celda en el castillo de Loches, en el valle del Loira. Al hermano del Moro, el cardenal Ascanio, también lo habían capturado los soldados franceses en Rívoli a principios de junio y lo habían deportado y encerrado en un monasterio en Lyon.

Además de las tropas ya comprometidas por el rey de Francia, mandadas por el barón Yves d'Alègre, César había reclutado a Vitellozzo Vitelli, el señor de Città di Castello, con todas sus piezas de artillería. Además, bajo las banderas del Valentino iba a luchar también la feroz infantería de Giampaolo Baglioni, el tirano de Perusa, y, de nuevo, las compañías de los primos Orsini, Paolo y Francesco. Los antiguos capitanes de Caterina Sforza que defendieron Imola y Forlì —Dionigi di Naldo y Giovanni Sassatelli— también se iban a incorporar al nuevo ejército pontificio, al igual que Oliverotto Euffreducci —bello como el arcángel Gabriel y más cruel que Belcebú—, que unos meses antes había hecho asesinar, durante un banquete, a su tío y a toda su familia para hacerse con el poder en Fermo. Todo aquel despliegue militar lo pagaban las arcas de la Cámara Apostólica, cuyos cofres estaban a rebosar de moneda de buena ley, no solo por los pingües beneficios que la Santa Sede obtenía de los miles de peregrinos que seguían llegando a Roma para obtener el perdón de sus pecados por el jubileo, sino también por el dinero conseguido con la venta de los tres capelos cardenalicios que, según se rumoreaba en la corte vaticana, no iban a ser los únicos ni los últimos en ser vendidos.

Con los puños cerrados y la cara lívida por la cólera, Alfonso d'Aragona salió del aposento mientras se ceñía a la cintura el cinto con el puñal y se echaba por los hombros una capa ligera de lino fino, pues las noches romanas ya eran calurosas. Cerró la puerta de un portazo y recorrió a grandes zancadas los pasillos del palacio, rumbo al exterior, mientras, a voces, llamaba a Tomás Albanese, uno de sus favoritos de su séquito de gentilhombres de Nápoles, y a Rocco Moddafari, su guardaespaldas. Ya en la calle, el trío, a pie, se perdió por los callejones del barrio de Ponte para ayudar al duque a buscar consuelo entre jarras de vino y piernas de prostitutas.

Lucrecia, desde una de las ventanas de su aposento, miraba cómo su marido y sus dos acompañantes sorteaban los grupos de peregrinos que se disponían a dormir al raso en la plaza de San Pedro. A esas horas, conforme caía la noche, las escalinatas de los edificios eran los lugares más buscados, hasta tal punto que Lucrecia había dado órdenes a los guardias de su palacio para que preservaran los soportales del Palacio de Santa Maria in Porticu para las familias que llevaran consigo niños pequeños, a las que sus criados les ofrecían vino aguado, sopa y pan cada noche.

La duquesa de Bisceglie no estaba bien tras la pelea con su esposo. En ese momento sentía lástima por él y, hasta cierto punto, comprendía que la indiferencia que César y el papa manifestaban por su cuñado y yerno era lógica, pues el apuesto y gentil Alfonso no estaba dotado para el arte de la guerra ni para la política, aunque lo pretendiera más por influencia de su hermana Sancha que por iniciativa propia. Era un amante tierno y delicado; también un príncipe cultivado que amaba la música, el teatro y el arte más que la caza y las cabalgatas. Pero también era un mal administrador y un pésimo militar que ni siquiera tenía las capacidades políticas de Sancha. A veces, cuando estaba abatido por su triste cometido en la corte papal, Lucrecia le consolaba —después de hacer el amor— con que el papel que Nuestro Señor le había reservado en este mundo era el mejor de todos, pues consistía en hacerla feliz con cosas bellas y que no se preocupara con las miserias de la gobernanza y la guerra. Entonces, daba la impresión de que se conformaba y volvía a ser el marido cariñoso y atento que la amaba sin medida y la hacía reír. Sin embargo, de vez en cuando, la recia sangre aragonesa hervía de nuevo y aparecía otro estallido de cólera como el de aquella tarde.

Lucrecia tenía la certeza de que, esa noche, su esposo acabaría en la cama de alguna cortesana de lujo de las que atendían a nobles, príncipes, obispos y cardenales en la Via dei Coronari. No podía negar que la idea la incomodaba, pero no la ofendía. «Los hombres son tan simples —pensó— que, en ocasiones, lo único que necesitan es un desahogo tan tonto como un rato de placer en lecho ajeno. Lástima que nosotras no podamos hacer lo mismo».

Tomó el bastidor con el bordado que tenía a medio hacer y le dio unas puntadas a la labor que llevaba empezada algunas semanas. Sobre la brillante seda negra ya tomaba forma el precioso dibujo de un pavo real en cuyo abanico multicolor iba engarzando pequeñas perlas. Compartía con el santo padre la pasión por los aljófares, si bien a ella le gustaban menudos, para coserlos a sus vestidos o integrarlos en bordados como aquel, mientras que el papa los prefería del tamaño de los garbanzos y los guardaba en cofres en los que hundía los dedos para deleitarse con el delicado tacto del nácar. Sin embargo, la querella con su marido la había alterado demasiado y no encontraba placer ni paz en la costura. Se levantó del asiento y llamó a su prima Ángela Borgia y a un par de criadas.

—Vamos a ver al santo padre —dijo.

La residencia en Roma de los duques de Bisceglie —que había pertenecido en su día al cardenal veneciano Gianbatista Zeno, antes de que el santo padre la comprara para Lucrecia— estaba en la misma plaza de San Pedro y comunicaba, pared con pared, con el Palacio Apostólico, al que se podía acceder mediante una puerta que daba a la Capilla Sixtina. Los guardias pontificios sabían que aquel corredor solo podía usarlo la hija del papa y, en cuanto la vieron llegar con sus damas de compañía, avisaron a los cubicularios de Alejandro VI para advertir al pontífice de su visita.

El santo padre guardaba cama desde hacía dos semanas, puesto que el día de la festividad de San Pedro y San Pablo un relámpago causado por una repentina tormenta de principios de verano se abatió sobre la Torre Borgia derribando el techo de la Sala de los Papas en la que Alejandro VI estaba junto al cardenal de Santa Maria in Trastévere y arzobispo de Capua, el valenciano Joan Llopis. El santo padre atribuyó a la Madre de Dios, precisamente, que el dosel que cubría su trono dorado resistiera el impacto más fuerte de los escombros y que una viga quedara inclinada para protegerlo cuando se desplomó el artesonado. Sacaron al pontífice de entre una montaña de ruinas pensando que estaba muerto, pero solo sufría una grave conmoción que el arquiatra Pere Pintor curó con friegas de alcohol de romero y aplicando cataplasmas de nieve en las magulladuras. Aun así, a sus casi setenta años y a pesar de que gozaba de una salud de hierro, el médico recomendó reposo, al menos, durante un mes. Lucrecia le visitaba todos los días a media mañana y, en algunas ocasiones como aquella, también cuando caía el sol, para entretenerlo con chismes de la corte o para que jugara un rato con Giovanni y Rodrigo, sus dos hijos, a los que toda la corte vaticana llamaba ya los *duchetti*, los duquesitos.

Desde su vuelta de Espoleto y tras el reencuentro y la reconciliación familiar en Nepi, las relaciones entre Lucrecia y el papa Alejandro se habían recompuesto por completo. De hecho, nunca habían sido tan buenas como entonces. El buen gobierno de Lucrecia en las plazas pontificias de la Umbría impresionó al pontífice hasta el punto de que el santo padre despachaba ahora con ella los asuntos relativos al gobierno interior de Roma antes de reunirse con los *conservatori* y los *caporione* de las trece barriadas de la urbe o con el mismísimo prefecto. De esta forma, mientras con César hablaba de las campañas militares en el exterior y las relaciones con los otros príncipes y reyes, con Lucrecia se ocupaba de cómo organizar la asistencia y la vida cotidiana de los romanos y de los miles de peregrinos que, cada día, atestaban las calles de la Ciudad Eterna. Para los asuntos espirituales y de doctrina, su consejero principal era el anciano cardenal de Lisboa, Jorge da Costa, mientras que para las cuestiones de dinero el papa no confiaba en nadie más que en su primo hermano Francesc de Borja i Navarro, el hijo ilegítimo del viejo papa Calixto III.

Aunque habían estado juntos esa misma mañana, Su Santidad se alegró de verla de nuevo, pese a no llevar consigo a los niños. No era hora de que los pequeños alborotaran por las estancias del Palacio Apostólico, y más cuando el santo padre debía descansar. Por eso, Lucrecia tenía otra invitación para pasar las últimas horas del día.

—*Pare, vols que et llija alguna cosa? Tàcit, per eixemple?*

La hija del papa, tras proponerle leer en voz alta para él, sacó de una estantería un ejemplar de *De Vita et moribus Iulii Agricolae* —*La vida y la muerte de Julio Agrícola*—, una de las obras favoritas de Tácito del santo padre. Aquella copia, además, había sido un regalo de Lorenzo de Médici, que había hecho imprimir el único manuscrito original que se conservaba en la abadía benedictina de Monte Cassino.

—*Bona idea, filla!* —contestó el papa.

La duquesa de Bisceglie, aunque fingió que abría el libro al azar, en realidad buscaba con disimulo uno de sus pasajes favoritos, en el que el caudillo caledonio Calgaco describía cómo era, en realidad, el gobierno de los romanos. A Lucrecia le gustaba especialmente esa parte, porque el historiador romano se ponía en la piel de los pueblos conquistados tras el paso de las legiones. Bebió un poco de vino endulzado con miel para aclararse la garganta y leyó:

—*Auferre, trucidare, rapere falsis nominubus imperium, atque ubi solitudinem faciunt, pacem appellant.**

Y siguió leyendo hasta que el sol se escondió tras las torres del Palacio Apostólico conforme Lucrecia pasaba las páginas de la biografía de Julio Agrícola. Ya estaba oscuro cuando el papa pidió a los cubicularios que les llevaran algo de comer y beber. Como su arquiatra le había aconsejado moderación en las ingestas nocturnas mientras durara la convalecencia, el pontífice pidió que le sirvieran para cenar con su hija una ración generosa de queso *quartirolo* lombardo, cuatro o cinco perdices en escabeche, melocotones cocidos en mosto tinto con canela y jengibre, un poco de mazapán, un par de cuencos de *citronat,* pan blanco y una jarra de vino *vernaccia* toscano de San Gimignano.

La lectura de Tácito y la cena dio paso a la charla y los cotilleos, de manera que, conforme pasaba el tiempo, Lucrecia iba olvidando la desagradable pelea con su marido, al cual no esperaba en el Palacio de Santa Maria in Porticu hasta bien entrada la madrugada. Sabía que regresaría oliendo a licor y perfume de ramera, pero blando como un corderito. Más de una vez había estado tentada de decirle al santo padre que le buscara una ocupación más digna para su marido, pero sabía que ni el papa ni César le iban a hacer el menor caso, y, aunque sufría al ver la frustración de Alfonso, en el fondo sabía que su esposo no servía para aquellos negocios. Quizá podía ser un buen patrón de pintores, poetas o músicos, pero nunca un militar como César Borgia ni un político como Alejandro VI. Respecto a ella, estaba convencida de que tenía las cualidades de ambos, pese a haber nacido hembra. Y, tal y como pasaban las semanas y el pontífice le consultaba más asuntos sobre el gobierno de la ciudad, pensaba demostrarlas a poco que tuviera la oportunidad de hacerlo.

Faltaba poco menos de una hora para la medianoche cuando Lucrecia y su padre oyeron los gritos de la guardia pontificia y

---

* A la rapiña, el asesinato y el robo los llaman, falsamente, gobernar, y donde crean un desierto, lo llaman paz.

vieron encenderse todas las luces del Palacio Apostólico y la Torre Borgia.

—¡Traición! ¡Socorro! —oyeron—. ¡Han herido al príncipe de Salerno!

Las puertas del aposento se abrieron de par en par para dejar entrar a dos custodios que, con las manos entrelazadas, llevaban en volandas al marido de Lucrecia. El joven Alfonso tenía la cara del color de la cal de las paredes y en sus ojos entrecerrados apenas se percibía el brillo de la vida, que se le escapaba por la profunda herida que tenía en el muslo derecho, en el vientre y en el brazo izquierdo, en el que todavía llevaba en la mano y la muñeca la capa de lino que se había enrollado para usarla como escudo. Tras él, cubiertos asimismo de sangre, estaban Tommaso Albanese y Rocco Moddafari, también heridos, pero de mucha menos consideración que el duque de Bisceglie.

—¡Santa María, Madre de Dios! —exclamó Lucrecia—. ¿Qué ha pasado?

—*Madonna*, volvíamos ya hacia el Palacio de Vuestras Señorías cuando uno de los guardias de la puerta nos dijo que vos estabais aquí con el santo padre. El duque —Rocco Moddafari dudó un poco para buscar las palabras exactas— estaba arrepentido por la discusión y no quiso, ejem, visitar algunas casas de la Via dei Coronari. Como quería veros de inmediato, nos dirigimos a la escalinata del Palacio Apostólico y allí nos atacaron.

Mientras el guardaespaldas calabrés hablaba, se había convocado al arquiatra Pere Pintor a los aposentos del papa. El anciano médico de Xàtiva se presentó con dos de sus discípulos y, a la vista de todos, hizo gala de su altísima reputación cuando practicó sobre el muslo del duque un torniquete que paró la hemorragia de inmediato. «Peor pronóstico —dijo— tiene la herida del vientre, pues la sangre mana oscura y eso puede significar que la hoja ha tocado el hígado».

—¿Os atacaron? —inquirió el papa—. ¿Cómo? ¿Cuántos?

—Santidad —continuó Moddafari—. Las escalinatas de acceso a la basílica y el palacio estaban atestadas de gente durmiendo al raso, como cada noche. Serpenteamos entre los bultos buscando un camino cuando un grupo de lo que parecían mendigos surgió de debajo de las mantas con las que se guarecían como si fueran demonios que brotaban de los pozos del infierno. Estaban coordinados y sabían bien a quién buscaban, pues cayeron como fieras sobre el duque.

Lucrecia lloraba mientras sujetaba en su regazo la cabeza de su marido y sembraba de besos su rostro pálido, al que la vida parecía sujeta con minúsculos alfileres invisibles. Mientras, los ayudantes del doctor Pintor terminaron de desnudar al duque buscando más heridas que curar. Cuando estuvo tal y como llegó al mundo y caído sobre las faldas de su esposa, ambos parecían la versión viva, ensangrentada y aún más trágica de la *Pietà* que el maestro Buonarroti había esculpido para el cardenal de Saint Denis y que adornaba su tumba en la capilla de Santa Petronila de la Basílica de San Pedro.

—El duque se defendió con valentía pese a las dos cuchilladas que recibió, mientras el *mastro* Moddafari y yo rechazamos a los que pudimos al tiempo que pedíamos socorro a la guardia vaticana —dijo Tommaso Albanese.

—¿Se ha detenido a esos miserables? —bramó el papa—. ¿Dónde están?

—Estaban bien coordinados, Santidad —contestó el calabrés—. Junto a la fuente de los toros de bronce del maestro Bramante tenían preparados veloces caballos con los que huyeron.

—¿Nadie pudo identificarlos? —insistió el santo padre—. ¿Nadie?

—Algo dijeron, pero me temo que no será del gusto de Su Beatitud escucharlo —añadió Moddafari.

—¡No importa! ¡Dilo!

—Hablaban entre ellos en valenciano, Santidad. Y antes de asestarle la primera cuchillada al príncipe de Salerno le dijeron que el duque Valentino le mandaba saludos.

25

El llanto de Nepi

Rocca dei Borgia, Nepi, Estados Pontificios,
29 de septiembre de 1500, día de San Miguel Arcángel

—No debe de haber mejor lugar en el mundo para llorar que Nepi —me dijo Beatriz ante la vista de la *rocca* rodeada de profundos bosques, cascadas y barrancos—. Quizá es porque es antigua, ¿no?

—Mucho —contesté—. Casi como Jerusalén. Dicen que los etruscos fundaron la ciudad más de mil años antes de la Encarnación de Nuestro Señor y que sus dioses ya eran viejos cuando las deidades romanas aún no tenían más templos en los que ser adoradas que montones de leña y piedras.

—Me dijo Lucrecia en su última carta —continuó mi esposa— que entretenía las horas con un libro de antiguas leyendas que mosén Annio de Viterbo le envió desde la Biblioteca Vaticana y en el que se contaba que entre esta espesura vivía Nepet, una divinidad con forma de serpiente que gobernaba los mil torrentes que rodean a la Rocca Borgia.

—¿Un dios serpiente como Satanás en el Paraíso? —me sorprendí—. Extraña elección para consolarse durante el luto.

—Mi arcángel vengador —sonrió Beatriz—, cualquier elección, siempre que sea libre y propia, es buena para el consuelo. Tú, mejor que nadie, deberías saberlo.

Durante el resto del camino hasta Nepi, mi mujer y yo recordamos cómo, la misma noche del atentado contra Alfonso d'Aragona en plena Platea Sancti Petri, el papa Alejandro —ante la revelación de Rocco Moddafari de que los atacantes hablaban valenciano y decían actuar en nombre de César— ordenó que se habilitara un dormitorio para su yerno en la Sala de las Sibilas de la Torre Borgia y encomendó al hijo del cardenal de Monreale y capitán de la guardia pontificia, Rodrigo Borgia, que dieciséis hombres armados vigilaran la puerta de la estancia día y noche. La paranoia se instaló en el Palacio Apostólico mientras se investigaba quiénes eran los autores materiales del intento de asesinato y, sobre todo, quién era el que lo había ordenado. Por ese motivo, Lucrecia y la hermana del herido, Sancha, se instalaron también en la habitación, con dos catres para dormir. También se hicieron llevar un pequeño hornillo de carbón para cocinar ellas mismas lo poco que el duque de Bisceglie pudo comer y, durante los siguientes treinta y cuatro días, hacían turnos para salir del aposento y no dejar a solas al convaleciente en ningún momento.

En cuanto César se enteró del atentado —aquella misma noche— me ordenó que desplegara a mis estradiotes por todas las entradas y salidas del Palacio Apostólico y la Basílica. Al día siguiente, en virtud de su cargo de capitán general de la Iglesia, publicó un bando en el que se condenaba a la pena de muerte sumaria y en el acto a todo aquel que portara armas en la plaza de San Pedro y algunas calles adyacentes, aunque —como los nobles y familiares de los cardenales— tuvieran derecho a ello. A los cuidados del arquiatra Pere Pintor y sus discípulos valencianos se unieron los de los dos médicos napolitanos que el tío de Alfonso —el rey Federico— envió desde Nápoles tres días después. El papa, pese a las protestas de los arciprestes de los templos y el temor a que tal decisión provocara motines entre los peregrinos del jubileo, ordenó que se llevaran al aposento algunas de las reliquias más sagradas de las iglesias de Roma, como el velo de la Verónica y la lanza de Longinos, que se veneraban en San Pedro; el *Titulus Crucis* —el trozo de madera en el que Poncio Pilato mandó escribir el INRI— y un clavo, que se exhibían en la Basílica de la Santa Cruz, y los pedazos del pesebre donde fue arropado el Salvador en Belén, que se retiraron de Santa María la Mayor.

Durante las primeras dos semanas, pareció que el príncipe de Salerno conseguía recuperarse de sus heridas e incluso en un par de ocasiones consiguió levantarse de la cama y, colgado de los hombros de Lucrecia y Sancha —pues no permitía que nadie salvo ellas lo tocara, ni siquiera los médicos—, dar unos pequeños pasos. El día de la Asunción de la Virgen, el santo padre —después de celebrar misa en la capilla del papa Sixto— ofició otra para su yerno en la misma habitación, junto al retrato que san Lucas hizo de la Madre de Dios sobre un fragmento de la mesa donde se celebró la última cena. Sin embargo, pese a los cuidados de los mejores médicos de Roma y Nápoles, toda la seguridad que el gonfaloniero y capitán general de la Iglesia podía proporcionar, los tiernos cuidados de su hermana y su esposa, y la divina influencia de las reliquias más poderosas que el vicario de Cristo en la tierra podía reunir, sobre la hora sexta del 18 de agosto de 1500, Alfonso d'Aragona y Gazzella, duque de Bisceglie y príncipe de Salerno, entregaba su alma a la misericordia del Todopoderoso.

Tenía diecinueve años.

El arquiatra, Pere Pintor, y los doctores napolitanos Galiano de Anna y Clemente Gactula coincidieron en que, a pesar de que el príncipe se estaba recuperando bastante bien del tajo del muslo —que era profundo y que, de haber sobrevivido, le hubiera dejado cojo para el resto de su vida—, la puntada que recibió en el hígado fue lo que le mató. Los tres médicos se hacían cruces al comprobar la resistencia del joven, pues cualquier otro hombre con semejante herida que envenenaba la sangre no hubiera aguantado tanto tiempo. Su muerte, además, coincidió con una oleada de calor en Roma y, ante la rápida degradación del cadáver, no hubo tiempo para embalsamarlo y recibió sepultura en la capilla de la Virgen de las Fiebres de la Basílica de San Pedro.

El último día del mes de agosto, Lucrecia —rota de dolor— tomó a sus dos hijos y se marchó a Nepi. Atrás dejaba no solo el aire malsano del Tíber, que, como cada verano, provocaba entre sus habitantes las fiebres tercianas que diezmaban a la población, sino, y sobre todo, el enjambre de mentiras sobre la muerte de su segundo marido, que la han acompañado hasta hoy.

Y de la que a mí, a Miquel de Corella i Feliu, al que llaman don Micheletto, me hicieron responsable por orden de César Borgia.

De nada sirvió que el mismo papa y su capitán general presidieran la procesión que el día de Santa Patricia de Constantinopla —patrona de Nápoles junto a San Genaro— se llevó a cabo hasta la

Basílica de Santa Maria del Popolo, donde se rindió homenaje al duque de Bisceglie. Tampoco que el rey Federico —el tío de Alfonso— ni Sancha acusaran jamás a los Borgia del asesinato. En toda Roma hervían los rumores de que el marido de Lucrecia había muerto igual que su hermano Joan de Gandía, y todas las miradas se dirigieron, como la vez anterior, a César. Solo que esta vez no tenían razón.

La «tristísima princesa de Salerno» —que así firmaba sus cartas desde la muerte de Alfonso— había avisado a su padre y su hermano de que quería volver a Roma antes de los fríos del invierno. Ella misma quiso que fuera yo quien supervisara los preparativos para su regreso y que llevara conmigo a mi esposa Beatriz para que se incorporara de nuevo a su corte de damas de compañía. Allí, en Nepi, yo debía esperar para reunirme con el ejército pontificio comandado por César.

Lucrecia nos recibió en el salón de audiencias de la *rocca*. Iba vestida de brocado negro, con un velo de fina seda cubriéndole el rostro y sin más joyas que un collar de perlas pequeñas del que pendía una cruz de oro. En una mesa cercana había algunas viandas, una jarra con vino aguado y unas copas. Toda la vajilla era de barro —y no de plata—, y las cucharas de madera, como correspondía a la ancestral costumbre de las nobles y patricias valencianas de usar tan humilde menaje cuando se quedaban viudas, en señal de luto.

Yo no la había visto desde que se marchó de Roma y temía que alguna de las mentiras que ya circulaban por toda Italia sobre mí hubieran llegado a sus oídos. No porque fuera a creerlas —pues ella mejor que nadie sabía cómo había muerto su esposo y que yo ni siquiera había entrado en la habitación durante su convalecencia—, sino porque de aquellos embustes podía extraer alguna verdad, como todo lo relativo al asesinato de su capitán, Juan de Cervellón, del que yo sí era responsable por orden de César cuando el Valentino hizo que la reconciliación con el rey de Nápoles se malograra para beneficio de su primo el monarca de Francia.

—*Na Lucrècia* —la saludé en valenciano—, me alegra veros con tan buen aspecto, considerando las circunstancias. Me hace feliz que hayáis decidido volver a Roma.

—*En Miquel* —me respondió en la misma lengua—, yo también estoy feliz de veros. Y ya es hora de regresar. Pero, decidme, ¿qué me voy a encontrar en la ciudad?

—Lo de siempre, señora —bromeé—. Cardenales que conspiran contra los nobles, que se quejan porque el pueblo llano no los obedece, ya que está demasiado ocupado robando o estafando a los miles de peregrinos que siguen llegando a la urbe como un torrente de primavera. Llegan tantos que el papa ha tenido que expedir varias bulas en las que se concede la indulgencia plenaria aunque no se logre entrar a San Pedro por la Puerta Santa o a las otras basílicas de Roma si están atestadas de gente.

—Ya veo. —El desinterés de Lucrecia por lo que le estaba contando era más que evidente—. El santo padre estará contento, ¿no? Y mi hermano también. Más peregrinos es más dinero para la Cámara Apostólica.

—Faltan cofres para guardar tanta moneda, Na Lucrècia.

—Pero dime, En Miquel. ¿Qué se dice de mí en Roma?

—Todo el mundo lamenta vuestra desgracia y llora por vos, *senyora*.

—No me mientas por lástima, don Micheletto. Hasta Nepi me han llegado los rumores que dicen que Alfonso fue asesinado por orden de César, quien no soportaba que yo durmiera cada noche con mi marido porque me quería en exclusiva en su lecho, y que yo estaba de acuerdo con semejante depravación. —La voz de Lucrecia se tiñó de amargo sarcasmo—. ¿Quién puede inventarse un disparate así? ¿Y quién puede creerlo?

—Jamás subestiméis el poder de una mentira mil veces repetida, *senyora meua*. Aunque escabroso, el embuste que me acabáis de contar está menos elaborado que el que me atribuye a mí la muerte de vuestro esposo con un palmo de cuerda de seda después de que os engañara a vos y a la princesa Sancha para que abandonarais la Sala de las Sibilas.

—¿Cómo dices, Miquel? Debo saber eso.

—Al parecer, a algunas cortes de Italia han llegado cartas que dicen que tres días después de la festividad de la Asunción de María, un servidor, junto a diez de sus hombres, se presentó en la puerta de la Sala de las Sibilas de la Torre Borgia para detener a los dos médicos que el rey Federico de Nápoles había enviado para atender a vuestro esposo. El motivo del arresto es que poseíamos pruebas irrefutables de que los dos galenos, en connivencia con los Colonna, pretendían envenenar al papa.

Lucrecia se levantó el velo negro para permitirme verle la cara, en la que batallaban el estupor y la sonrisa ante la magnitud del disparate.

—Ya que ni la princesa de Esquilache ni vos, *senyora*, me creísteis, como es natural abandonasteis el aposento a todo correr junto al embajador de Nápoles, los dos criados y el *mastro* Rocco Moddafari, que también estaban en la estancia por diferentes motivos para advertir al santo padre de mis aviesas y asesinas intenciones, y, por supuesto, me dejasteis solo con vuestro marido y un pelotón de estradiotes armados hasta los dientes.

—¡Ay, Micalet! —La risa de Lucrecia era amarga, pero era risa—. Como poeta sois bueno, pero como autor de comedias empezáis a estar a la altura de Plauto y Terencio.

—Pues ahora viene lo mejor, Na Lucrècia —continué—. Como es lógico, tan gran comitiva tardó un poco en encontrar al santo padre, a pesar de que de la Sala de las Sibilas a la de las Artes Liberales, en la que el papa estaba leyendo en aquel momento, no hay más de los treinta o cuarenta pasos de la Sala del Credo que está entre ambas. En fin, el caso es que, ya ante Su Santidad, le advertisteis de mi inminente fechoría, con lo que al pontífice, con la rapidez que le caracteriza, no se le ocurrió otra cosa que mandaros de vuelta para ordenarme que, en su nombre, fuera a verlo de inmediato.

—Claro, claro —añadió la duquesa de Bisceglie—. No parece que fuera necesario llamar a mi primo Rodrigo y a la guardia pontificia.

—No veo con qué motivo, Excelencia —contesté—. Era mucho mejor vuestra estrategia de aporrear la puerta conminándome a abrir y, cuando lo hice, dejarme salir tranquilamente mientras os decía que vuestro esposo, tristemente, había muerto al caerse de la cama. Y eso a pesar de que, según juran los testigos cuyo testimonio recogen cartas y eruditos, el pañuelo de seda con el que estrangulé a vuestro marido aún estaba enrollado en su cuello cuando os conté tal cosa.

En aquel instante, a Lucrecia se le mudó el rostro y la risa amarga se transformó en una mueca de dolor. Por un momento pensé que había llegado demasiado lejos con mis chanzas, y más al considerar que el centro de mi narración jocosa era el difunto Alfonso d'Aragona. Sin embargo, a los pocos instantes, los ojos duros de la hija del papa se ablandaron y el rictus de rabia y tristeza que apareció de manera fugaz volvió a diluirse en la misma sonrisa cínica de antes.

—Y todo eso fue porque mi marido disparó su ballesta contra mi hermano la tarde anterior desde la Sala de las Sibilas al jardín por donde paseaba, aunque falló por poco —dijo Lucrecia.

—Veo que también os llegó ese rumor, *senyora*.

—Y de forma mucho más cruel, Miquel. Mi prima Ángela me contó por carta que en la corte de Mantua se decía que el mismo día del supuesto ataque de ballesta mi hermano había subido a la Torre Borgia para visitar a mi marido y, tras charlar de esto y de aquello con él, se acercó al cabezal de su cama y le susurró al oído algo así como «lo que no se ha hecho en la comida, se hará en la cena», y, por consiguiente, al atardecer aparecisteis tú y tus hombres para matarlo. Sí, Miquel, hasta aquí me han llegado esas horribles mentiras. Incluso me han comentado que el maestro de ceremonias del papa va diciendo por ahí que al duque de Bisceglie, como se negaba a morir a causa de sus heridas, le tuvo que ayudar el hombre de confianza de su cuñado, o sea, tú.

—Llegará el día en que a ese cerdo alsaciano se le acabará la protección de la sombra del papa —susurré con los dientes apretados. Y entonces se encontrará con la mía.

—No te hagas mala sangre, Miquel. Al menos, no con hombres tan pequeños e insignificantes como monsignore Burcardo.

—Si así lo ordenáis, *senyora*, así lo haré.

—Imagino que en la corte vaticana ya se estará hablando de la conveniencia de casarme de nuevo, ¿no es así?

—Lo ignoro, *senyora* —mentí, y ella lo notó, pero no me dijo nada—. Ya sabéis que me pierdo en las cuestiones de alta política.

—Me escribió el santo padre para decirme que, pese a que mi marido no lleva aún ni dos meses enterrado, ya había recibido tres ofertas de matrimonio para mí —explicó.

—¿Tres?

—Una del conde de Ligny, un primo del rey de Francia; otra del duque de Gravinia, Francesco Orsini, y una tercera de Ottaviano Colonna.

—¿Y puedo preguntaros qué pensáis de ello?

—Que no me casaré con un príncipe francés, y menos con este que exige que mi dote sea la ciudad de Siena y que sean mi hermano y el ejército papal los que desalojen a los Petrucci para que él la gobierne. Con un «Borgia de Francia» —dijo en referencia a César— es suficiente, y, además, para el caso que le hacen en la corte francesa... Su hija nació en mayo y no le dejan ni ir a verla ni a su esposa traerla a Italia.

El día de Pentecostés, Carlota de Albret dio a luz en el castillo de Issoudun a una niña a la que César Borgia, en honor de su primo el rey de Francia, le puso de nombre Luisa. Desde su nacimiento, el Valentino enviaba cartas todas las semanas a Luis XII pidiéndole permiso para ir al señorío del que era duque y conocer así a su primera hija o, en su defecto, que permitiera a la madre y a la criatura viajar a Italia e instalarse con él en el Palacio de San Clemente de Roma. Sin embargo, cuando no cosechaba el silencio recibía una excusa. Y aunque el capitán general de la Iglesia disimulaba, sus allegados sabíamos que ardía por dentro de indignación porque no entendía —aunque lo haría con el tiempo y por las malas— las negativas del soberano de Francia.

—No me casaré con un Orsini. Ya tuve bastantes de ellos cuando era una niña y me educaban en su cubil de Montegiordano. Ni tampoco con un Colonna como los que envenenaron la mente de mi esposo para conspirar contra el papa. Es más, le he dicho al santo padre que, esta vez, yo elegiré a mi marido. No él. Ni tampoco César. Yo. Si tengo criterio para gobernar Espoleto, Termi y Nepi, también lo tengo para escoger un marido.

Supongo que escuchar tanta determinación en labios de una hembra hizo que me traicionara la expresión del rostro, de lo que Lucrecia se dio perfecta cuenta.

—No pongas esa cara, Micalet, porque esto mismo que acabo de decirte se lo he expresado al santo padre por escrito. Y también le dije que ya no soy una cría y que elegiré sabiamente lo que mejor convenga a mi familia y mi linaje.

—Os honra que penséis así en vuestro padre y hermano.

—En lo que estoy pensando es en mis hijos, don Micheletto.

Mi esposa Beatriz, que había estado junto a mí durante toda la entrevista, manteniendo la compostura, tal y como dictaba el protocolo, no pudo reprimir un aplauso y, acto seguido, se arrojó en brazos de Lucrecia, con la que estuvo besándose y abrazándose como dos hermanas que no se hubieran visto en años. Después, la duquesa ordenó que se sirviera un refrigerio compuesto de vino blanco, peladillas y mazapán.

—Por cierto, se me olvidaba —le dije luego en un aparte—. Os he traído un regalo.

Le entregué el paquete envuelto en fina seda roja. Lo abrió y comprobó que era un ejemplar de las Epístolas de San Pablo, una bella copia realizada por la imprenta que, en Subiaco y bajo la protección del papa Alejandro, habían instalado dos fabricantes de naipes alemanes.

—Ese volumen salió de las prensas de los maestros germanos Pannartz y Sweynheym, lo cual ya es sinónimo de excelencia —le conté—. Pero no es solo por la calidad del libro por lo que os lo regalo, sino por quién fue su dueño anterior.

—¿Quién era, Miquel?

—Giacomo Caetani, Na Lucrècia, protonotario apostólico y hermano del señor de Sermonetta, Guglielmo Caetani. Fue él quien, según pensamos, organizó el complot contra vuestro esposo. No tenemos pruebas concluyentes, pero tampoco dudas.

Lucrecia sujetaba el libro como si en vez de un volumen encuadernado en fina piel de cordero tuviera entre las manos la cabeza de uno de los asesinos de su marido, y lo miraba con una mezcla de repulsión, odio y satisfacción por la venganza consumada.

—Por desgracia, Guglielmo huyó de Mantua para ponerse bajo la protección del emperador del Sacro Imperio en Innsbruck —expliqué—, y se encuentra fuera de nuestro alcance. Pero su hermano Giacomo estaba bajo custodia papal en Sant'Angelo mientras se, digamos, resolvía la bula papal que confiscaba todas las propiedades de los Caetani por las atrocidades que cometieron contra la villa de Sezze.

—Ya.

—Hace tres días visité a monsignore Caetani en Sant'Angelo. Estaba leyendo la Epístola de san Pablo a los romanos. Fue lo último que leyó. En concreto —tomé el libro de sus manos y lo abrí por la página donde estaba el testigo de fina tela roja—, el versículo dieciocho. ¿Queréis lo lea para vos, Na Lucrècia?

—Sí.

—*Revelatur enim ira Dei de caelo super omnem impietatem et iniustitiam hominum eorum qui veritatem in iniustitiam detinent* —leí.

—*La ira de Dios se revela desde el cielo contra la impiedad y la injusticia de los hombres, que por su injusticia retienen prisionera a la verdad* —tradujo Lucrecia—. Gracias, don Micheletto. Muchas gracias.

LIBRO II

El toro entre las lanzas

(octubre de 1500 - agosto de 1503)

26

Conqueridor

Rímini,
día de Todos los Santos de 1500

Fiammetta entró en el aposento con la lámpara en la mano. Si la penumbra —pues faltaba muy poco para que el sol se ocultara del todo entre las montañas que encerraban el cauce del río Marecchia— ya se enseñoreaba de los corredores de la Torre del Homenaje del castillo de Segismundo, en el interior del dormitorio la oscuridad era absoluta. Gruesas cortinas de terciopelo tapaban las ventanas de manera y que la diminuta llama del candil de aceite no conseguía penetrar las tinieblas entre las que, pese a que el día ya agonizaba, dormía César Borgia.

La mujer contuvo como pudo un quejido ante el golpe de calor que recibió nada más abrir la puerta. Además del fuego que aún ardía en la chimenea, cuatro lebrillos de arcilla con piedras calientes mantenían la estancia a la misma temperatura a la que estaban los hornos que, en Roma, convertían los trozos de los mármoles antiguos en cal para hacer mortero. Allí en Rímini, a orillas del Adriático, las noches eran ya frías y los muros gruesos del castillo de Segismundo retenían la humedad del mar y obligaban a encender pequeños braseros en cuanto se ponía el sol. Sin embargo, el Valentino exigía que las estancias en las que descansaba estuvieran más calientes que los manantiales de azufre de Pozzuoli de los Campos Flégreos de Nápoles.

—César. —Fiammetta se dirigió a la oscuridad—. Ya anochece y me dijiste que te despertara.

Un gruñido surgió del fondo del aposento, donde la mujer sabía —aunque no veía— que estaba el lecho del hijo del papa. Fiammetta había abandonado la habitación un poco antes del alba, cuando el Valentino, después de hacerle el amor tras horas despachando con sus capitanes en una dependencia contigua, la había despedido para dormir durante el día. Nadie más que ella —junto al doctor Torrella y Juanicot Grasica, su paje de más confianza— tenían permiso para entrar allí mientras el duque descansaba; el médico para aplicarle vahos de sales de mercurio y el sirviente para renovar las piedras calientes conforme se enfriaban.

—César —insistió—. ¿Me oyes?

—Te oigo. —La voz del Valentino sonaba pastosa—. ¿Qué hora es?

—Hace rato que oí la llamada a completas de la abadía de San Giuliano.

—Ya voy. ¡Luz!

Fiammetta hizo una seña a dos criados que aguardaban en el pasillo a que se les diera permiso para acceder al aposento. Los muchachos, de doce o trece años, se apresuraron a encender las docenas de lámparas de aceite —puesto que las velas de cera no resistían la altísima temperatura sin derretirse— que estaban dispuestas por toda la habitación. Acto seguido, vertieron agua calentada en el aguamanil y se colocaron a ambos lados del mueble, a esperar a que su señor se levantara de la cama para asearlo y vestirlo.

El Valentino no tenía buen aspecto. Las pústulas de su cara habían vuelto a aparecer, así como el dolor de huesos en las muñecas y los tobillos. Por ese motivo, además de aspirar el vapor de las sales de mercurio cada día, se mantenía sudando durante el descanso y usaba la máscara de fino cuero negro cuando aparecía en público. Así había entrado en Pésaro hacía tres días, y allí mismo, en Rímini, la víspera. Los pajes le quitaron la camisa de dormir —que estaba empapada por completo— y, desnudo, empezaron a lavarlo con paños que mojaban en el agua perfumada con esencia de lavanda, hojas de romero y cortezas de limón.

La mujer se despojó de la toca que llevaba sobre los hombros y, si no hubieran estado allí los dos pajes, también se hubiera quitado el corpiño y la falda antes de abrir las ventanas de par en par en el imposible caso de que el Valentino se lo hubiera permitido. Aunque imaginaba que a César no le habría importado que se quedara casi en cueros, no iba a tolerar lo segundo. El doctor Torrella era taxativo respecto a que el gonfaloniero tenía que sudar todo lo posible «los excesos de humores» que provocaba el mal francés, y su paciente era especialmente disciplinado —y obsesivo— al respecto.

«Es bello como un semidiós —pensó Fiammetta al ver a su amante tal y como llegó al mundo—, pese a las llagas que le aparecen en la cara cuando le ataca la enfermedad». Tenía la espalda ancha y la cintura estrecha, las nalgas y los muslos prietos, y los brazos bien definidos. Su cabello, castaño, aunque enredado, húmedo y apelmazado tras el sueño febril, le caía un palmo por debajo de la nuca, como a Sansón. La mujer notó un leve pellizco de deseo en las entrañas al contemplar cómo los dos chicos restregaban los paños de lino aromatizados por la piel algo cetrina del gonfaloniero, capitán general de la Iglesia y, desde el día anterior, libertador de Fano, Pésaro y Rímini.

—¿Has descansado bien, *conqueridor*? —rio Fiammetta usando la palabra en el valenciano natal del Valentino para decir «conquistador»—. Se dice así, ¿no?

—Así es, querida —contestó jovial—. Aunque no creo que me merezca el apodo del primer rey Jaume de Aragón. A fin de cuentas, él arrebató a los moros el Reino de Valencia mientras que mi ejército aún no ha disparado ni un solo cañonazo.

—Ya, pero ¿qué es lo importante? ¿Pelear o ganar? ¿El proceso o el resultado?

—Don Micheletto suele decir que la diferencia entre un guerrero y un soldado es que el primero quiere pelear y el segundo quiere ganar, y que es mejor ser lo segundo que lo primero. Supongo que tiene razón. Y, por tanto, tú también. Aun así, no puedo dejar de pensar que poca gloria he obtenido en un mes de campaña.

Desde que había salido de Roma el segundo día de octubre por la Via Flaminia rumbo al norte, lo de César había sido más un paseo militar que una campaña de conquista. Al frente de doce mil hombres a pie y a caballo, y veinticinco piezas de artillería entre cañones, bombardas y falconetes, el Valentino llegó a Nepi tras cuatro jornadas de marcha. Le esperábamos allí mis estradiotes y yo, así como el pequeño contingente enviado por el duque de Ferrara al mando de su primogénito, Alfonso d'Este, con la *Principessa*, su temible culebrina. Allí hizo desfilar a todo su ejército por delante de la *rocca* para mostrarle a su hermana Lucrecia el poder de los Borgia. Y mayormente de los Borgia, pues la aportación del rey de Francia —con el barón Yves d'Alègre al mando— se limitaba a uno de cada diez soldados.

Un poder comprado con el dinero de esos a los que pronto se conocería como «los doce cardenales de la Romaña».

A los cuarenta mil ducados que pagaron Amanieu de Albret —el cuñado de César— y el arzobispo de Sevilla, Diego Hurtado de Mendoza, por el capelo cardenalicio, a razón de veinte mil cada uno, el papa Alejandro añadió otros ciento treinta mil que sacó con la venta de otros diez sombreros rojos y que no salieron gratis ni siquiera a los familiares y amigos. Así, En Jaume Serra —que fue obispo auxiliar de Valencia cuando el santo padre era cardenal— pagó cinco mil ducados por la birreta y el título presbítero de San Vital; Pietro Isvalies, arzobispo de Regio, siete mil. Incluso Francesc de Borja —que era otro primo del pontífice, arzobispo de Consenza y tesorero papal— pechó con doce mil. El chipriota Ludovico Podocatharos solo tuvo que poner cuatro mil, porque el santo padre tuvo en consideración los servicios prestados como su médico personal veinte años antes. Idéntica suma dio Joan de Vera por haber sido el preceptor de César. No obstante, el obispo de Como y hermano del mariscal Trivulzio, Antonio, tuvo que aflojar los veinte mil ducados que le pidió el pontífice a pesar de las presiones del rey de Francia para que le hiciera una rebaja. La misma cantidad abonaron el húngaro Tomás Bakócz; el veneciano Marco Cornaro; el obispo de Módena, Gian Battista Ferrari, y el piamontés Giovanni Stefano Ferrero. Aunque a Pedro Luis de Borja no se le cobró nada cuando fue nombrado, porque, como prior de la Orden de San Juan de Jerusalén, había hecho voto de pobreza y no tenía rentas, se le ordenó después que ingresara en la Cámara Apostólica diez mil ducados, que salieron de las arcas del arzobispado de Valencia, que heredó de su hermano Joan de Borja el Menor.

Con ciento ochenta y dos mil ducados para pagar mercenarios y a los mejores condotieros de Italia; al Valentino ya no le hacía tanta falta la ayuda del rey de Francia, al menos durante los siguientes meses.

Pero César no solo tenía un ejército. También tenía una corte que gobernaba su secretario, el portugués Agapito Gherardi de

Amelia, y en la que destacaban su médico, Gaspar Torrella; el poeta Francesco Speculo de Espoleto, o el artista Piero Torrigiani. Y también su amante favorita, que era una de las más famosas *cortigiane oneste* de Roma: la bella y fascinante Fiammetta Michaelis.

Fiammetta era de Florencia, tenía entonces treinta y cinco años —César veintiséis— y llevaba ejerciendo como prostituta de lujo en Roma desde que su madre vendió su virginidad a un cardenal cuando cumplió los catorce. Aquel prelado era el cardenal Giacomo Ammannati Piccolomini, un toscano pariente del papa Pío II, que, a su muerte, dejó a la muchacha todos sus bienes en su testamento, incluyendo las rentas eclesiásticas de los obispados de Frascatti y Lucca. Aunque tal donación era imposible —pues ni un cardenal podía legar los beneficios eclesiásticos a nadie ni una hembra recibirlos—, la última voluntad del prelado expresada por escrito y sellada ante un datario pontificio era legal, por lo que se organizó un monumental embrollo jurídico de difícil solución. Al final, el santo padre Sixto IV se vio obligado a crear una comisión que estimó que la dama, al menos, tenía derecho «por el amor de Dios, su singular belleza y para proporcionarle una dote» —según rezaba el dictamen— a un viñedo y tres casas en Roma, una de ellas en una plaza cerca de la Via dei Coronari. Tan prendado estaba el cardenal de la joven toscana de dieciséis años que, cuando él murió, a los cincuenta y siete, ordenó que se le diera sepultura en la Basílica de San Agustín de Campo Marzio, la iglesia donde se hacían enterrar las rameras más caras de Roma, en un intento de compartir con Fiammetta la eternidad cuando a ella le tocara el turno de comparecer ante el Altísimo.

Desde entonces, la cortesana había restringido mucho su clientela, pero no abandonado del todo su oficio. Aunque las rentas de su campo y sus viviendas le hubieran permitido una vida digna, Fiammetta ya estaba acostumbrada al lujo que solo las concubinas de los cardenales y príncipes podían disfrutar. Estaba considerada como una de las mejores maestras en el *ars amatoria* —el arte de amar— de toda Roma, lo que en una ciudad con más de siete mil prostitutas era algo notable. Gracias a su trato con cardenales y nobles había accedido a cierta educación, y no solo sabía leer y escribir como las damas de la alta sociedad, sino que entendía de música, poesía, teatro y, para asombro de muchos, también de política. En su casa, un pequeño edificio de dos alturas más un discreto mirador de piedra blanca, que contaba con una preciosa logia, se había refugiado César desde sus tiempos de cardenal, y a ella volvía siempre que necesitaba refugio o consejo. Y por ambos motivos se la había llevado a la guerra.

—Los hombres sois idiotas —dijo Fiammetta—. Si las mujeres tuviésemos que estar pensando en cómo conseguimos las cosas, no lograríamos nada en este mundo que os hicisteis, como el Creador a Adán, a vuestra imagen y semejanza. Pésaro es tuya. Rímini también y todo ello sin más bajas que las que han causado entre tus tropas las pulmonías a causa de los aguaceros.

César no contestó. En otro momento le habría gustado entablar un buen duelo dialéctico con su amante, ejercicio con el que disfrutaba tanto como con los lances en el lecho. Sin embargo, tenía demasiado dolor en los huesos y se le estaba abriendo en la ingle una nueva llaga que le atormentaba. Además, estaban presentes los dos pajes que, aunque disimulaban como podían, asistían atónitos al desparpajo con el que aquella mujer le hablaba al todopoderoso hijo del papa.

—Además —continuó Fiammetta—, eso de que no ha habido lucha no es del todo cierto. Te recuerdo lo que pasó en Fosato di Vico. Y no creo que, desde Aníbal, alguien haya recorrido tanta tierra italiana con un ejército en tan poco tiempo y con tan mal tiempo.

El Valentino gruñó por toda respuesta. El avance del ejército pontificio por la Umbría hasta las Marcas fue penoso a causa de las lluvias que embarraron los caminos y dificultaban el paso de caballos y, sobre todo, la artillería. Aun así, en menos de un mes había salvado poco más de treinta leguas desde Roma pasando por Nepi, Viterbo, Asís, Nocera, antes de cruzar los Apeninos por Fosato di Vico. Allí, ante la negativa de las autoridades locales de aportar un estipendio para el mantenimiento del ejército pontificio, como habían hecho las villas anteriores, César ordenó que fuera asaltada y saqueada. Fue la única ciudad que recibió castigo, puesto que en el resto de los pueblos y aldeas que se encontró a su paso reprimió con dureza cualquier conato de mal comportamiento. Sus tropas aprendieron pronto la lección y sus capitanes empezaron a comentar, con extrañeza, que el capitán general nunca quería asistir a las ejecuciones, y que incluso ordenaba retirar los cadáveres y enterrar a los ahorcados nada más morir para no tener que verlos.

El vigesimoséptimo día de octubre, bajo una lluvia torrencial, César entró en Pésaro. Pese al aguacero, la gente atestaba las calles para ver a su nuevo señor, que, vestido de negro, con el collar de la Orden de San Miguel en el pecho, la espada de ceremonia al cinto y escoltado por lanceros con jubones rojos y calzas amarillas —los colores del parasol símbolo del capitán general de la Iglesia—, se alojó en el palacio donde vivió su hermana cuando fue condesa de Pésaro. Su exmarido, Giovanni Sforza, al que llamaban el Sforzino por su escaso tamaño y su aún menor inteligencia y valor, había huido diez días antes por mar para refugiarse en Rávena y, desde allí, pasar a Bolonia primero y a Mantua después. En la *rocca* de la ciudad y en sus murallas, Vitellozzo Vitelli —el capitán encargado de la artillería— encontró veinte cañones que el inútil del excuñado del Valentino ni siquiera se había molestado en inutilizar.

Mientras conquistaba Pésaro sin lucha, César hizo lo mismo con Rímini por carta. La Signoria de Venecia —el día de San Lucas Evangelista— nombró a César *gentiluomo*, inscribió su nombre en el Libro Dorado de la Serenísima República y le regaló un palazzo en el Gran Canal, como hacía con sus ciudadanos más ilustres. Cuando la noticia llegó a Rímini, su tirano —Pandolfo Malatesta— dio por perdida la ancestral protección que la ciudad de la laguna le había proporcionado hasta entonces y ya sabía que su pequeña guarnición no iba a poder resistir un asedio del ejército pontificio. Además, la población de Rímini le odiaba tanto por sus crímenes que ya se respiraba en la calle el aroma de un motín. Para no acabar descuartizado en la Piazza Maggiore junto al *petrone* que allí se conservaba —la piedra sobre la que Julio César arengó a sus tropas tras cruzar el Rubicón y rebelarse contra el Senado—, negoció con César la rendición y, a cambio de dos mil novecientos ducados por sus cañones y un salvoconducto para él y su familia, se exilió en Rávena.

—Aun así, Fiammetta —dijo César—, todo ha sido fácil. Demasiado fácil. Un saqueo a un villorrio casi indefenso, la huida de un imbécil como el Sforzino y la rendición de un depravado como Pandolfo Malatesta no me convierten en un caudillo. Aunque no lo dicen en mi presencia, sé que mis capitanes murmuran.

—¿Murmuran? —La cortesana arqueó las cejas—. ¿Quién murmura?

—Pues el barón Yves d'Alègre. Y también Vitellozzo Vitelli o

Giampaolo Baglioni. Todos ellos alardean de su experiencia en el arte de la guerra y la valentía y lealtad incondicional de sus hombres, mientras que yo solo tengo el dinero del papa.

—Y sus bulas que autorizan esta campaña. A la excomunión de Caterina Sforza para privarla de sus bienes y títulos de Imola y Forlì hay que sumar la de los señores de Faenza, Rímini, Pésaro y Camerino. En su nombre, y en menos de un año, has devuelto a la Santa Romana Iglesia cuatro de los seis señoríos que habían usurpado.

—¿Seis? —inquirió César—. Yo diría que son cinco.

—No te olvides de Urbino.

—Ya.

El Valentino miraba el suelo mientras un paje terminaba de ajustarle el jubón de terciopelo negro y las calzas del mismo color, y el otro vertía polvo de talco perfumado sobre el reverso de la máscara de cuero para que su señor se la colocara.

—Además —continuó Fiammetta—, un solo ducado de buena ley es mejor garantía que un millar de juramentos sobre todas y cada una de las páginas de los Santos Evangelios, César. Si hubieras oído en tus palacios tantas promesas vacías como las que yo he escuchado en mi cama, sabrías que el oro y el interés propio son el mejor acicate para mantener la fidelidad. Y también la amistad. Esos caudillos tienen la lealtad de sus hombres porque pagan por ella, y la pueden pagar porque tú les pagas a ellos. De dónde salga el dinero, si del papa o del infierno, da lo mismo. Lo importante es que llega y cumple con su función. No pretendas ser su líder; ni siquiera su amigo. Solo su pagador, y lo demás, como decía Nuestro Señor en el Evangelio de San Mateo, se te dará por añadidura.

César no contestó. En el fondo, sabía que Fiammetta tenía razón, pero no podía evitar la melancolía que, a veces y sin previo aviso, le dominaba el ánimo sin razón aparente y le sumía en un estado de abatimiento del que era muy difícil sacarle. Los estragos de la enfermedad tampoco ayudaban y convertían en cenizas incluso los momentos dulces en los que la fortuna le sonreía.

—Te leeré algo para que te animes —dijo jovial la florentina—. Es un poema que te ha escrito *messer* Francesco Speculo, de Espoleto, y que quiere recitar durante la cena, en la que te están esperando, por cierto. Quería que escucharas algunas estrofas antes, aunque ya te advierto que don Micheletto, que ya lo ha leído, dice que es un horror.

—Para don Micheletto, todo lo que él no escribe es un horror —dijo César con una sonrisa pícara—, e imagino que para *messer* Speculo los sonetos de mi mejor asesino no sirven ni para arrear a las mulas. No conozco a ningún escritor que elogie a otro si el elogiado no está muerto.

—Aun así, voy a leerlo. Se refiere a ti y dice así: «La fuerza de sus brazos, la gloria sublime de su noble cuello, la maravillosa anchura de su pecho, vasto como el de Hércules perpetuado en estatuas de mármol y, cómo no, el esplendor de sus ojos similares a estrellas». ¿Qué te parece?

—Don Micheletto tiene razón —rio—. Es un horror.

—Y luego se nos critica a nosotras por vender nuestro cuerpo cuando los poetas y eruditos venden, por menos que nada, su dignidad —añadió Fiammetta—. ¿No crees?

27

El tratado

Palacio de Los Leones de la Alhambra, Reino de Granada,
11 de noviembre de 1500

—Altezas —proclamó el chambelán—, Su Excelencia Reverendísima don Juan Ruiz de Medina, obispo de Cartagena y embajador de Sus Católicas Majestades ante la corte del rey de Francia.

El diplomático entró entonces en la Sala de los Reyes. Caminaba despacio, asegurándose de que cada paso que daba estaba bien apoyado sobre el pavimento, gracias el bastón con empuñadura de plata en la que estaban grabados el yugo y las flechas de las armas de los soberanos de Castilla y Aragón, por los que profesaba una lealtad que rozaba el fanatismo, muy superior a la que guardaba al papa de Roma, a quien, en teoría, debía todos sus nombramientos como obispo de Astorga, Badajoz y, por último, Cartagena. El grueso manto negro que cubría su sotana morada y el fajín rojo de su dignidad eclesiástica parecía tragarse toda la luz que rebotaba sobre las bóvedas de mocárabes, las paredes cuajadas de arabescos rosados y los zócalos de cerámica vidriada que habían sido el símbolo del poder y la riqueza de los antaño orgullosos reyes nazaríes y ahora eran parte del botín de guerra de Isabel y Fernando, los conquistadores de Granada.

La reina de Castilla y el rey de Aragón aguardaban a su embajador sentados en sendos tronos dorados, rodeados de su corte, la cual formaba un pasillo que el anciano atravesó para presentarse a sus soberanos. Junto a ellos, en una silla bellamente labrada, pero un escalón por debajo, estaba su hija pequeña, Catalina, de quince años y princesa de Gales desde su matrimonio por poderes año y medio antes con Arturo Tudor, el heredero de Enrique, el séptimo rey de Inglaterra con tal nombre y vencedor de la guerra civil que había enfrentado a los York con los Lancaster durante dos décadas. Tanto la joven princesa como su madre tenían entre las manos finos paños de blanca batista, sobre los que bordaban con hilos de colores las iniciales de la futura soberana consorte de Inglaterra y señora de Irlanda.

Un secretario —también clérigo— caminaba cuatro pasos por detrás del embajador, con un cofre de madera de ébano en las manos. Cuando llegó ante la tarima, el obispo de Cartagena hizo una breve pausa, se aseguró de que el bastón estaba bien apoyado sobre el suelo y empezó a doblar la rodilla izquierda.

—¡Por Dios, don Juan! —exclamó la reina—, alzaos, que ya no tenéis edad para tales reverencias ni nosotros necesidad de ellas por parte vuestra. Mi marido y yo nos damos por homenajeados con vuestra mera presencia y vuestra diligencia en nuestras comandas.

—Gracias, mi señora, gracias —dijo el prelado inclinando la cabeza sin completar la genuflexión—. En verdad mis muchos años y mis pocas fuerzas agradecen vuestra magnanimidad.

—¿Habéis tenido un viaje agradable, monseñor? —preguntó el rey Fernando—. No son pocas las más de trescientas leguas que nos separan del castillo de Chambord.

—A mi edad y con mis achaques ya no hay viajes agradables, sino soportables, Alteza —contestó el clérigo con una sonrisa de circunstancias—. No obstante, debo dar gracias a Dios porque, a pesar de lo avanzado del otoño, no hubo que soportar ni lluvias torrenciales ni vientos fuertes durante el camino. Y las nieves no habían llegado todavía al collado de las Panizas de los Pirineos, el cual pudimos pasar sin complicaciones el Día de Todos los Santos.

—¿Cuándo salisteis de Chambord, monseñor? —inquirió la princesa Catalina—. Pronto me espera a mí un viaje aún más largo hasta el reino de mi esposo y me interesa saberlo. Aunque yo tendré que ir por mar.

—De ese trabajo me he librado, gracias a la Providencia. Su Cristianísima Majestad el rey Luis —el obispo señaló hacia el cofre que su secretario sostenía a su espalda— firmó el tratado, que traigo para vuestra ratificación, el décimo día de octubre, y emprendí el viaje la víspera de la festividad de Nuestra Señora del Pilar. Dieciséis días después pisaba tierra del Reino de Aragón y otros doce he empleado en llegar hasta Granada en buena hora. No obstante, Alteza, pensad que un anciano como yo viaja despacio, y más al considerar que mi labor como embajador de Vuestros Egregios Padres ante la corte francesa ha terminado y que era mucha la impedimenta que debía llevar conmigo. Mi obispado de Cartagena me espera.

—Respecto a eso, monseñor —terció la reina Isabel—, hablaremos más tarde pues hay otro servicio que debemos pediros.

—Viejo soy ya, señora —dijo el obispo—, pero contad conmigo para lo que necesitéis y en lo que pueda serviros.

—Tiempo habrá para ello, monseñor —añadió el rey—. Pero os adelanto que necesitaremos de vuestra experiencia y sabiduría en la Chancillería Real de Valladolid. Pero, como decía, vamos con el asunto que nos ocupa. Nápoles.

Juan Ruiz de Medina hizo una seña a su secretario para que depositara el cofre en una mesa que unos pajes dispusieron entre los soberanos de Castilla y Aragón y su embajador, quien ordenó al asistente que leyera en voz alta el documento.

—Se establece que el Reino de Nápoles —leía el funcionario en latín— *ita ut dictum Regnum uni ex duobus dictis Regibus*, debe ser entregado a uno de los dichos soberanos, es decir, a Sus Católicas Majestades y el cristianísimo rey de Francia toda vez que *Regem Fredericum saepe Turcorum Principem Christiani nominis Hostem acerrimum, Literis, Nunciis, ac Legatis ad arma contra Populum Christianum capessenda sollicitasse.**

El obispo hizo una seña a su secretario para que cesara en la lectura a la espera de la aprobación, verbal o gestual, de Isabel y Fernando, pues aquella cláusula era, para él, la más controvertida de todo el tratado. Entre otros motivos porque, como todo lo que

* «Que el rey Federico [de Nápoles] mediante cartas, mensajeros y legados, había solicitado al Príncipe de los Turcos, el enemigo acérrimo de la cristiandad, tomar las armas contra el pueblo cristiano».

se escribe en latín en buen pergamino, se graba en mármol o se funde en bronce, era simple y llanamente mentira.

Y es que, en aquel trozo de vitela, los reyes de España y Francia acusaban al monarca de Nápoles de haber pedido la ayuda del sultán de Turquía *ad Christianorum Terras invadendas vastandasque* —para invadir y devastar las Tierras Cristianas—, por lo que, en aras de la paz y la concordia, Luis de Orleans e Isabel y Fernando de Trastámara acusaban al infeliz Federico d'Aragona de haber pedido la ayuda de los turcos sin especificar ni cuándo, ni dónde ni para qué. En todo caso, como buenos príncipes cristianos se veían en la obligación de intervenir para evitar semejante catástrofe y lo harían dividiéndose el reino del primo del rey de Aragón como si fuera un capón recién asado: una mitad para cada uno.

—Tal y como se acordó —continuó el obispo—, Su Cristianísima Majestad Luis XII, soberano de Francia y duque de Milán, asumirá las tierras y señoríos de la Campania, los Abruzos, Gaeta y la Terra di Lavoro, así como el gobierno de la capital y el título de rey de Nápoles y Jerusalén, mientras que a vos, mi señor Fernando, os corresponderá el título de duque de Calabria y señor de Apulia, y las tierras que las conforman. También se prevé el reparto a partes iguales de los ingresos por impuestos de las aduanas de todo el reino, en especial los correspondientes al ganado ovino y su lana.

—¡Esplendido, monseñor! —exclamó el rey—. ¡Os felicito por el buen servicio que habéis hecho a la Corona!

—Lamentablemente, señor —objetó el diplomático—, no se han podido afinar mejor algunas divisiones en determinadas provincias del reino, que tendrían que ser objeto de una negociación más profunda en el futuro.

—No me preocupa demasiado esa negociación, monseñor, toda vez que ya he dado las órdenes oportunas para que don Gonzalo Fernández de Córdoba empiece a reclutar hombres, armas e impedimenta para partir hacia Nápoles, y será en el puerto de vuestra diócesis donde se han de concentrar durante todo el invierno. En cuanto los soldados de Castilla y Aragón pisen tierra italiana, las conversaciones diplomáticas siempre serán más fructíferas. O, por lo menos, más fáciles.

—De todos modos, Alteza —insistió el obispo—, no hay que olvidarse de la investidura papal, sin la cual todo este tratado no tendrá validez legal.

—¿La investidura papal? —intervino entonces la princesa Catalina, a la que sus padres ya permitían preguntar e intervenir en audiencias como aquella, para que se instruyera en el arte de la diplomacia y el gobierno—. ¿Cuál es el papel del santo padre de Roma en todo esto, monseñor?

El obispo de Cartagena buscó con la mirada el permiso de la reina Isabel, quien lo concedió con un gesto de asentimiento, para ilustrar a la heredera del trono de Inglaterra.

—El Reino de Nápoles, princesa, es un feudo propiedad de la Santa Sede, como versa una tradición que dice que el emperador Constantino cedió al papa Silvestre el gobierno de toda Italia, según unos documentos que el Vaticano dice poseer, pero que nunca ha mostrado a nadie.

—Entre otras cosas porque son una falsificación —rio el rey Fernando.

—En efecto, Alteza —continuó el diplomático—. Más falsos que los besos de Judas a Nuestro Señor. Por eso, hay en Italia principados y señoríos cuya posesión no depende del papa, pero, en el caso de Nápoles, esa tradición se ha mantenido desde que el papa Clemente VII, hace dos siglos y medio, ungió al primer Carlos de la casa de Anjou *Rex utriusque Siciliae*, rey de ambas Sicilias, cuando expulsó del sur de Italia a los Hohenstaufen normandos. Y fue el papa Eugenio IV quien ungió con la corona de Nápoles a vuestro tío abuelo Alfonso, el rey Magnánimo.

—Ya veo —dijo Catalina de Aragón—. Pero ¿Su Santidad accederá a tal cosa? Si mal no recuerdo, su hijo pequeño está casado con una sobrina del primo de mi señor padre, el rey Federico, y la señora Lucrecia enviudó hace poco del hermano de esa dama, el desdichado príncipe Alfonso d'Aragona. ¿No tendrían ellos mejor derecho a la investidura? ¿O al menos la pretensión de reclamarlo?

Los soberanos de Castilla y Aragón y el obispo de Cartagena intercambiaron miradas en las que se mezclaban la satisfacción por la agudeza y la buena memoria de la princesa de Gales, más aún al considerar las siempre complejas relaciones de parentesco que caracterizaban a las familias nobles de Italia.

—Feo asunto el de los hijos del papa y terrible el destino que han tenido —suspiró la reina Isabel sin levantar los ojos del bordado—, puesto que mataron primero a su favorito, el duque de

Gandía, y luego a su yerno, el príncipe de Salerno. Parece que la Providencia castiga así la excesiva pasión por la carne de Alejandro Borgia. Ojalá no se lo tenga demasiado en cuenta cuando le toque comparecer ante la presencia misericordiosa de Nuestro Señor.

En ese momento, el rey Fernando desvió la mirada hacia el espléndido techo de mocárabes de la sala, fingiendo que no había oído la reflexión cargada de reproche de la reina de Castilla, quien era perfectamente consciente de las tres hembras y el varón que su marido —hasta donde ella sabía— había tenido fuera del matrimonio con distintas mujeres, tanto nobles como plebeyas.

—No hay nada que me haga pensar que puede hacer lo contrario, hija mía —dijo el rey para quebrar el incómodo silencio que amenazaba con enseñorearse de la situación—. Poca simpatía le tiene el santo padre a la casa d'Aragona de Nápoles después de que mi primo Federico se negara a obligar a su hija Carlota a casarse con César Borgia, que tuvo que conformarse como novia y esposa con una hermana del rey de Navarra. ¿No es así, monseñor?

—En efecto, Alteza. Yo mismo estuve presente en aquellos días.

—¿De verdad, monseñor? —dijo Catalina—. Así pues, ¿conocisteis en persona al hijo del papa en Francia?

—Lo hice, señora. En Chinon. Hará casi dos años cuando, en efecto, acudió para intentar el cortejo con la princesa napolitana, sin éxito. También me encontraba allí cuando se llevaron a cabo las capitulaciones para concertar el matrimonio con Carlota d'Albret y cuando este se celebró en buena hora en una ceremonia oficiada por el cardenal D'Amboise ante toda la corte.

—¿Y qué impresión os causó? —insistió la princesa—. ¿Es tan gentil y apuesto como se cuenta? Me dijeron que los artistas de Italia usan su rostro como modelo para pintar el de Nuestro Señor.

—¡Catalina! —restalló la reina—. ¡Ni se te ocurra seguir por ahí!

—Perdón, madre. Era simple curiosidad.

—A mis años y por mi condición de varón —intervino el obispo para sofocar el enfado de la reina de Castilla—, mal juez encontraréis en mi humilde persona para dirimir esa cuestión, Alteza. Debo decir, no obstante, que muy pocos en la corte francesa podían competir con él en elegancia y gusto por las ropas de fina factura, las joyas y los caballos de bella estampa. También se distingue en valentía, pues el día de su boda alanceó un toro bravo para diversión de toda la corte del rey Luis, el cual le tiene en muy alta consideración. Por ese motivo le llama «querido primo», le ha permitido incluir las flores de lis en su escudo de armas y hacerse llamar César Borgia de Francia, lo cual es un privilegio reservado en exclusiva a los pares del reino y personas más principales.

—Pero lo más preocupante de todo es que Luis de Orleans también le ha dado un ejército al hijo del papa —dijo el rey Fernando—. Uno de los más grandes que se han visto en Italia desde los tiempos de la conquista de Nápoles por parte de mi tío Alfonso.

—No se trata tanto de tamaño, sino de eficacia, Alteza. Y también se sabe en Francia que está adiestrando hombres del pueblo llano que recluta para la ocasión.

—¿No son mercenarios? —preguntó el rey.

—No, señor. Se convoca a un hombre por casa; se le dan armas, se le instruye en su manejo y se le hace jurar lealtad al duque. No son muchos todavía, quizá unos cientos, pero de momento no le ha ido mal. Las ciudades de Pésaro, Imola y Forlì cayeron ante su poder sin más resistencia que la que le enfrentó la condesa Caterina Sforza, que es ahora una prisionera del papa en el Vaticano. También ha puesto sitio a la villa de Faenza, según los últimos correos que llegaron de Italia, que todavía resiste.

—Y vos que le tratasteis en persona, monseñor —continuó el soberano de Aragón—, ¿qué pensáis de él? ¿Será un señor de la guerra, como ha habido tantos otros en Italia desde los tiempos de la Compañía Blanca, o es otra cosa?

—¿Otra cosa, señor?

—Otra cosa de la que tengamos que preocuparnos en un futuro.

—Me temo que es más que probable que así sea, Alteza. El duque Valentino es inteligente y cultivado, como su padre, el papa, aunque no tiene la paciencia ni la capacidad diplomática que caracteriza al santo padre. Pero es ambicioso, como han sido todos los Borgia desde que su tío abuelo, el papa Calixto, se coronó con el *triregnum* como sucesor de san Pedro. No creo que se vaya a conformar con ser un condotiero más, como el marqués de Mantua ni un pequeño tirano como el duque de Ferrara.

—¿Por qué decís eso, monseñor? —insistió Fernando—. ¿Acaso oísteis sus intenciones de sus propios labios?

—No hizo falta, señor. Cuando le conocí en la Fortaleza Real de Chinon —narró el obispo de Cartagena—, le trasladé, tal y como me habíais ordenado, que Vuestra Alteza veía con preocupación el acercamiento de la Casa Borgia a la Corona francesa pese a ser vasallo de Su Católica Majestad como lo fueron sus hermanos, los dos difuntos duques de Gandía, a los que Dios tenga en su seno, a pesar de sus defectos de nacimiento.

—¿Y qué os contestó?

—Debo admitir que se defendió bien, señor. Y con buenos argumentos, pues me aseguró que de la noble y antigua Casa de Borja eran sus dos hermanos y él mismo, y con idénticos derechos de nobleza y legitimidad que asisten a otros, como, por ejemplo, a don Alonso, el arzobispo de Zaragoza.

La reina Isabel levantó la vista de la labor de bordado y clavó sus ojos azules con idéntica ferocidad que un filo de acero templado cuyo mismo color tenían. En ese momento, el viejo diplomático supo que quizá había cometido un error al recordar la existencia del hijo bastardo que su marido había tenido con una de sus amantes favoritas, la bellísima Aldonça Roig d'Ivorra, una dama de Cervera que se hizo famosa en todas las cortes de Europa porque acompañaba al rey vestida de varón, como si fuera un gentilhombre más de su séquito.

—Continuad —ordenó el rey, ignorando por completo la mirada de reproche de su esposa—. ¿Qué más os dijo?

—Bueno —dijo el obispo—, en aquel punto creo que se dejó dominar por la soberbia y me conminó a preguntaros, señor, por qué pese a las muchas mercedes que Vuestras Majestades obtuvieron de Su Santidad, empezando por la legitimación de su matrimonio, la concesión del título de Católicos o las bulas por las que se otorgaba a la Corona de Castilla el dominio sobre las tierras de las Indias descubiertas o por descubrir, le causaba tanto disgusto que el papa gobernara, con la ayuda de Dios y como mejor le placiera, los estados de Italia de los que era el legítimo soberano, tal y como se estableció en la *Donatio Constantini* hace más de mil años. Y también me dijo que, si su tío abuelo, el papa Calixto, jamás consintió que el rey Magnánimo lo tratara como si fuera su capellán, el santo padre Alejandro tampoco iba a permitir que Su Católica Majestad hiciera lo mismo con él.

—¡Bravo se cree el toro Borgia! —susurró entre dientes la reina Isabel—. ¡Bravo de veras!

—¿Y cómo acaban siempre los toros bravos, querida esposa? —preguntó el rey—. ¿Y cómo crees que acabará este?

—Como lo estime la voluntad de Dios, querido esposo.

—Y también la vuestra, padre —concluyó la princesa Catalina—. Y también la vuestra.

28

El tirano

Cuatro criados, grandes como mulos y de parecido aspecto, sacaron de la *Sala del Consiglio* —la Sala del Consejo— al cardenal arzobispo en silla de manos. Aunque Francesco Piccolomini solo tenía sesenta y un años, la gota le impedía caminar por sí mismo más allá de unos cuantos pasos, y por eso lo llevaban en volandas a todas partes. Subirlo por las escaleras hasta el primer piso del Palazzo Pubblico había resultado ser un tormento parecido al de Sísifo, y las caras de disgusto de los sediarios —que tenían que hacer ahora el camino inverso— eran una buena prueba de ello.

El prelado visitaba por primera vez la archidiócesis de la que, además de natural, era arzobispo desde que su tío el papa Pío II le había nombrado administrador tres décadas antes, y en la que no había vivido nunca ni pensaba hacerlo. Tampoco en aquella ocasión estaba prevista su consagración como pastor de su rebaño sienés en el Duomo, porque, según la explicación oficial, estaba en mal estado de salud. No obstante, la realidad era mucho más prosaica, puesto que Francesco Piccolomini ni siquiera había sido ordenado sacerdote, lo cual no impidió que recibiera el homenaje de las autoridades de la República de Siena.

O de quienes aparentaban ser las autoridades de la República de Siena.

En realidad, de todos los cargos y magistrados que gobernaban la ciudad y los territorios que dominaba en el sur de la Toscana, entre Florencia y los Estados Pontificios, solo mandaba uno: Pandolfo Petrucci, aunque procuraba alardear de ello lo menos posible. Desde su regreso del exilio gracias al golpe de Estado que lideró su hermano mayor y que había apartado del poder a sus adversarios políticos del Monte dei Popolo —el partido del pueblo— en beneficio del Monte dei Nove —el partido de los nueve—, Petrucci prestaba especial atención a que diera la impresión de que las viejas instituciones republicanas que, casi cuatro siglos antes, habían acabado con el dominio del último obispo-príncipe, Gualfredo, seguían vivas. De esta forma, el Consejo de los Nueve —los *noveschi*—, los cuatro *provveditori* —encargados de los impuestos— los *cónsules de la Mercancía* —representantes de los gremios mercantiles— y los *capitani dei popolo* —los capitanes del pueblo, los jefes de la Milicia Urbana— seguían existiendo, al menos sobre el papel, en las ceremonias públicas, e incluso se celebraban sorteos para su elección. No obstante, todo el mundo sabía que aquello era una farsa, pues nada se hacía en Siena en contra de la voluntad de Petrucci o sin su permiso. Y eso a pesar de que no ostentaba más cargo público que el de *moderatore,* como el resto de sus compañeros de los *noveschi.*

A Petrucci no le faltaba linaje para ser considerado un *signore.* Al menos, así se lo había comprado a los eruditos que tenía a sueldo para que le escribieran una bella genealogía que decía que los Petrucci eran los descendientes de un tal Pietro d'Altomonte, hijo a su vez de un noble de Sajonia que pasó a Italia en tiempos del emperador Otón II —allá por el año mil—, que le nombró gobernador de Milán. Este Pietro, siempre según sus hagiógrafos, «fue llamado por los sieneses para que los gobernara y, como era más bien pequeño de estatura, le llamaron cariñosamente *Petruccio*». Fuera cierta o no tal historia, Pandolfo sí heredó la escasa envergadura de su legendario antepasado, así como el águila imperial que figuraba en su escudo de armas, que acreditaba su intachable ascendencia gibelina, como la misma Siena.

Petrucci, que a efectos prácticos era un *signore,* como Ludovico Sforza o Lorenzo de Médici, sin embargo prefería el título de *defensor libertatis* —defensor de la libertad—, que había ideado su hombre de confianza y canciller, el jurista Antonio da Venafro. Por ello, ni siquiera vestía de seda y brocado como un noble ni se paseaba a caballo por las calles de Siena rodeado de un interminable séquito de cortesanos, guardias y gentilhombres, como hacían los cardenales en Roma. Con su jubón gris, las calzas de idéntico color, la parlota de damasco negro en la cabeza y el capote oscuro que le llegaba a los tobillos, podía confundírsele con uno de los mercaderes de sal a los que Siena debía gran parte de su prosperidad y de su poder.

Un poder que Petrucci estaba dispuesto a mantener por encima de todo. Y, por supuesto, a mantenerlo en sus manos.

Tal y como había previsto, la audiencia con el cardenal Piccolomini resultó ser una inmensa pérdida de tiempo, salvo por algunos chismes que el prelado —digno sobrino de su tío, el refinado humanista Eneas Silvio Piccolomini— le había contado en un aparte cuando terminó la soporífera ceremonia. Bien es cierto que el arzobispo de Siena estaba sobre todo preocupado por que se mantuvieran las exenciones y privilegios de sus familiares en la capital de la República y sobre todo, en Pienza, la ciudad que Pío II había ordenado levantar donde antes estaba el mísero villorrio en el que nació y que, por ese motivo, llevaba su nombre. Como solía hacer en estos casos, Petrucci no se negó a nada de lo que el cardenal le pedía, pero tampoco se comprometió a nada. A cada demanda de Su Eminencia, el *defensor libertatis* le contestaba con un «lo iremos viendo» y una sonrisa.

Dejó que los cónsules, *moderatori, provveditori* y el resto de los altos funcionarios se marcharan hasta que se quedó a solas en la Sala del Consiglio con su canciller, Antonio de Venafro. La inmensa estancia que se utilizaba para las ocasiones más solemnes, como aquella, estaba presidida por un impresionante fresco que mostraba a la Virgen María entronizada rodeada de ángeles y santos. El Niño de su regazo portaba un pergamino que el señor de Siena leyó en voz alta:

—*Diligite iustitiam qui iudicatis terram.*

—Amad la justicia vosotros que juzgáis la tierra —tradujo Venafro.

—Bella frase para los que no tienen que gobernar, ¿no creéis, *messer* Antonio?

—Bueno, Excelencia. El pueblo necesita saber que el príncipe que rige su Estado hará justicia si lo necesita, pero difícilmente eso será posible si el gobernante no la ama.

—En eso tenéis razón, pero la justicia es algo con lo que los gobernantes no podemos contar. La gente necesita leyes en las que confiar, pero quienes las hacemos no podemos confiar ni en ellas ni en nadie de nuestra misma clase. Gobernar es desconfiar y saber que los otros también desconfían; engañar y no ser engañado porque los otros príncipes también intentarán engañarte, y no ser engañados y pactar cuando sabes que no puedes ganar o tienes demasiado que perder. Al menos, así es en Italia.

Ambos hombres se cogieron del brazo, como siempre hacían para conversar, y se dirigieron hacia la estancia contigua del Palazzo Pubblico, que no era tan grande como en la que estaban, pero, en opinión de ambos, sí mucho más bella. En origen se había llamado la Salla della Pace —la Sala de la Paz—, pero todo el mundo la llamaba la Salla dei Nove —la Sala de los Nueve—, pues aquí se reunían los nueve *moderatori* desde los primeros tiempos de la República de Siena.

Petrucci y Venafro se quedaron unos instantes contemplando los magníficos frescos pintados allí hacía más de ciento cincuenta años. En la pared del fondo se representaba la *Alegoría del buen gobierno* en la que la Divina Sabiduría —con corona y alas— protegía a la Justicia, la cual sostenía una balanza en uno de cuyos platos un ángel decapitaba a un hombre y, en el opuesto, coronaba a otro. A sus pies estaba la Concordia, sentada en una silla y ofreciendo una cuerda sostenida por veinticuatro gentilhombres que simbolizaban a los ciudadanos de Siena marchando en procesión hacia el trono en el que, como un rey barbado y vestido de blanco y negro —al igual que los equipos de los caballos que corrían en el Palio— estaba el Municipio de Siena con tres ángeles en la cabeza, que representaban a las tres virtudes teologales —Fe, Esperanza y Caridad— y flanqueado por las cuatro cardinales —justicia, templanza, prudencia y fortaleza— más las dos cívicas —la paz y la magnanimidad—. El fresco, en su parte inferior derecha, se completaba con figuras de soldados que custodiaban a prisioneros con las manos atadas a la espalda.

—Este fresco siempre me hace pensar que, aunque toda justicia viene de Dios, que es todo misericordia, no duda en segar vidas como el labrador corta las espigas de trigo maduro —dijo Petrucci.

—Si se lee la Biblia con atención, señor —contestó Venafro—, no se halla en ella verdugo más prolífico que el vengativo e irascible Elohim antes de la venida de Nuestro Señor Jesucristo.

—De todos modos, es una bella alegoría. Lástima que solo sea una inspiradora verdad en los pigmentos sobre yeso del maestro Ambrogio Lorenzetti. La realidad es mucho más sucia, me temo.

El canciller guardó silencio, pues conocía lo suficiente al señor de Siena para intuir que acababa de iniciar un hilo de pensamiento en voz alta y que la consulta que tuviera que hacerle, si es que se la hacía, llegaría al final de este.

—De todas las virtudes que se representan en la pintura, la que más me inspira es la de la prudencia —continuó Petrucci mientras señalaba la figura que estaba más próxima a la derecha del Municipio—, con su espejo para interpretar el pasado, leer bien el presente y predecir el futuro. No contamos con un artefacto de ese poder, Antonio, así que nos hemos de conformar con los informes que nos llegan de nuestro embajador en Roma y los chismes vaticanos como los que nos ha contado el cardenal Piccolomini, que, aunque no sean gran cosa, de algún provecho pueden servirnos.

—¿Algo de lo que preocuparse, señor?

—Sí. Del hijo del papa.

—¿César Borgia? —preguntó Venafro—. ¿Por qué? Desde luego, la manera en la que ha tomado las ciudades de Imola, Forlì, Pésaro y Rímini es una hazaña digna de elogio, pero también es verdad que, una por una, ninguna de esas villas podía resistir al ejército pontificio. Más aún al considerar que unas estaban protegidas por Milán cuando Ludovico Sforza era su regente y otras bajo la tutela de Venecia. Y sin el apoyo de ambas potencias, era lógico que la Santa Sede las quisiera recuperar, porque, a fin de cuentas, eran feudos suyos.

—Esa es la explicación oficial, Antonio —Petrucci siempre hablaba despacio, casi entre susurros, y jamás alzaba la voz o, por lo menos, Venafro no lo había visto nunca enfadado—, y así lo dicen las bulas del santo padre que excomulgan a Caterina Sforza, a su primo Giovanni y a Pandolfo Malatesta, así como a Astorre Manfredi de Faenza, que va a ser el siguiente en caer. Pero me barrunto que la ambición del Valentino va mucho más allá.

—Ya veo.

—El santo padre tiene casi setenta años y, aunque parece saludable, el cardenal Piccolomini dice que no se ha recuperado del todo de las heridas que sufrió cuando se derrumbó el techo de la Sala de los Papas de la Torre Borgia a causa de un rayo. Y también me ha contado que sufrió un desmayo durante la procesión del Corpus Christi y que, debido a su estado de salud, este verano no hubo celebraciones para conmemorar el octavo aniversario de su coronación y ni siquiera ofició la misa de la Asunción de la Madre de Dios, de la que es muy devoto, en la capilla del papa Sixto.

—No os sigo, señor. Disculpadme. Mi especialidad son las leyes, no la política.

—¿Qué motivo puede tener un duque de Francia para recuperar los señoríos perdidos de la Santa Sede? ¿Y qué mueve al santo padre a aliarse con el rey Luis y la Serenísima República de Venecia a guerrear contra los vicarios de feudos donados por la Iglesia hace décadas cuando a él mismo ya no le quedan demasiados años de vida? ¿Qué interés pueden tener unos valencianos en consolidar el poder de un papado que no pueden heredar? ¿Acaso el papa Alejandro tiene el espejo de la prudencia que le permite ver el futuro y saber que habrá un tercer papa Borgia?

—Creo saber hacia dónde vais.

—La recuperación para los Estados Pontificios de los feudos de Imola, Forlì, Pésaro, Rímini, Faenza e incluso Urbino y Bolonia forma parte de un plan mayor. Con todos los recursos que el papa obtenga en hombres y dinero de esos territorios, junto a lo que consiga vendiendo capelos de cardenal, báculos de obispo y hasta hábitos de monjas, más la alianza con el rey de Francia, el acuerdo tácito con Venecia y su renuncia a intervenir en Nápoles, puede comprarle a su hijo el mayor ejército que ha visto Italia desde los tiempos de Aníbal. ¿Y contra quién podría usar ese ejército?

—¡Santa María nos asista! —exclamó Venafro—. Ferrara, Mantua, Florencia… y nosotros.

—Ferrara tiene una alianza demasiado sólida con el Sacro Imperio y Venecia no consentirá que nadie le quite su influencia sobre Mantua. Así que solo quedamos Florencia, el pequeño estado de Piombino y nosotros, Antonio. Cree el papa Borgia y su hijo que pueden mantener ocultas sus cartas, pero yo diría que los he visto venir desde muy lejos. ¡Y además sin el espejo de la prudencia! —rio.

—¿Qué hacer, pues, señor?

—Lo que hemos hecho siempre, Antonio. Disimular y esperar

el momento oportuno. De momento, el Valentino tendrá que terminar lo que ha empezado, es decir, conquistar Faenza y, aunque lo niegue en público, también Urbino y, sobre todo, Bolonia. Y estoy convencido de que sueña con Florencia, aunque de momento está fuera de su alcance.

—No nos vendría mal que se humillara a los insufribles florentinos. Que lo haga Borgia o cualquier otro no tiene mayor importancia.

—No seré yo el que te niegue tal cosa, Antonio, pero hemos de ser realistas: Florencia sigue bajo la protección del rey Luis y nosotros debemos ponernos también a su servicio. Obramos bien al aportar dinero y suministros para su invasión de Milán, aunque no enviáramos tropas al igual que hicimos con su antecesor, Carlos VIII, hace seis años durante la *Calata*. Por otra parte, el papa y su gonfaloniero deben de pensar que, si no somos aliados, por lo menos no somos enemigos, y, por último, debemos tener ojos y oídos en la corte del Valentino. César Borgia tiene a los mejores capitanes de Italia, como Vitellozzo Vitelli, Oliverotto Eufreducci o los primos Orsini, pero todos ellos tienen tantas razones para servirle como para temerle. Por eso quiero que te pongas en contacto con ellos. Especialmente con Vitelli. Y también con don Ramiro de Lorca.

—¿Por qué con esos dos animales, señor?

—En el caso del primero, me barrunto que, además de por dinero, el señor de Città di Castello tiene su propio papel protagonista en esta obra. Te recuerdo que los florentinos mandaron ejecutar a su hermano Paolo, a quien habían contratado para guerrear contra Pisa, porque la Signoria le acusó, sin pruebas, de traición. El odio de Vitelli hacia los florentinos es tan intenso que no sería de extrañar que quisiera hacer algo estúpido por despecho. Y quiero que saquemos provecho de ello. Si Vitelli ataca Florencia, sus autoridades se quejarán al rey Luis, que podrá pensar que su primo el Valentino se ha descontrolado. Tanto si ocurre una cosa como la otra, salimos ganando, aunque lo mejor sería que ocurrieran las dos.

—¿Y respecto a De Lorca? La lealtad de esa bestia cruel con los Borgia es legendaria.

—Eso es lo que parece, pero precisamente por ello debemos intentarlo. Lleva años junto al papa y el duque Valentino, pero me dicen que no está contento porque se considera mal pagado pese a todos sus años de servicio. Mientras el santo padre y su hijo reparten cargos y beneficios entre otros familiares y amigos, a él lo siguen usando como un perro de presa. Además, es pobre.

—¿Pobre? —Se sorprendió Venafro—. ¿Cómo que pobre?

—Los que nacen pobres siempre son pobres por mucha riqueza que tengan o consigan. Y por eso nunca tienen bastante. Aunque no lo creáis, *messer* Antonio, don Ramiro será vulnerable al pecado de la codicia. Nació noble, como muchos otros infanzones y caballeros de Castilla, pero de familia con pocas tierras y muchos hijos. Por eso vino a Italia a vender su espada.

—Y con el resto de los condotieros al servicio del Borgia, ¿qué hacemos?

—Ayudarlos. Eso sí, como no tenemos soldados ni dinero suficiente para alquilarlos, podemos colaborar con suministros, trigo, leña, sal, cecinas, vino y forraje que también necesitan sus tropas. Y seremos muy cumplidores con lo que nos pidan y muy baratos y flexibles a la hora de cobrar. Así nos iremos ganando su confianza.

—Como ordenéis, señor.

Antonio di Venafro, con una ligera reverencia, se despidió de Petrucci, quien se quedó solo en mitad de la Sala dei Nove. El canciller de Siena se percató de que el *defensor libertatis* se había vuelto a mirar el fresco que dominaba la pared a la izquierda de la pintura con la alegoría del buen gobierno. La luz del mediodía —un tanto mortecina a causa de las nubes que cubrían la ciudad— que entraba por la ventana que daba a la Piazza del Campo agrisaba un poco la terrible belleza de la representación del mal gobierno que Ambrogio Lorenzetti también había pintado en la estancia donde se reunían los magistrados de la República para advertirlos de las consecuencias que podían traer las malas decisiones.

El centro de la composición lo dominaba la personificación de la tiranía, en forma de un hombre vestido de luto con colmillos, cuernos, garras en los pies y mirada bizca. Sobre él volaban tres monstruosos pecados alados —la Avaricia, la Soberbia y la Vanagloria— y, a su derecha se sentaban la Crueldad —azuzando una serpiente a un recién nacido—, la Traición —que sostiene en su regazo a un corderito con cola de escorpión— y el Fraude —una bella doncella con garras en vez de pies—. A su izquierda figuraba la Furia —un monstruo con cabeza de jabalí, torso de hombre y cola de perro—, la División —armada con una sierra— y la Guerra —portando espada, escudo y túnica negra—. Debajo de tan terrorífica tarima de autoridades infernales estaba la Justicia, que, al contrario que en el fresco del buen gobierno, no estaba sentada en un trono, sino tirada en el suelo, sin manto ni corona y con las manos atadas.

El canciller emitió un carraspeo forzado para avisar a su señor de que se marchaba y no perturbar su concentración con el ruido de la puerta al salir. Consiguió su objetivo y Petrucci se giró hacia él y esbozó una sonrisa cómplice para indicarle que había recibido el mensaje. En ese momento, las nubes se abrieron y un rayo de sol entró por la ventana e iluminó, a la vez, el rostro del señor de Siena y de la terrorífica personificación de la tiranía que el maestro Lorenzetti había capturado para toda la eternidad entre el yeso y el pigmento.

Y Antonio Venafro no podría haber dicho —ni entonces ni nunca— cuál de las dos caras daba más miedo.

29

Faenza

Faenza, Emilia-Romaña, Estados Pontificios,
12 de abril de 1501, domingo de Ramos

—¡Disparad!

La orden de Vitellozzo Vitelli se elevó por encima de los aullidos e insultos que los soldados de César Borgia proferían contra los defensores de Faenza, los cuales se burlaban de sus atacantes desde lo alto de las almenas de la *rocca*. Tenían motivos para ello, puesto que llevaban seis meses soportando el asedio que el hijo del papa había iniciado una semana después del Día de Todos los Santos. Un cerco inútil, pese a que el Valentino tenía a sus órdenes el segundo mayor ejército de Italia y aun así, la villa regida por el último de los Manfredi, Astorre, de apenas quince años, aún resistía.

—¡Disparad! —volvió a proferir el señor de Città di Castello—. ¡Reventad esas piedras! ¡Disparad!

El condotiero Vitelli tenía a su disposición veinticinco piezas de artillería a las que sumaba otras veinte capturadas en Pésaro, y la *Principessa,* la monstruosa culebrina del heredero del duque de Ferrara, Alfonso d'Este. Todo ese arsenal, tras la orden del comandante de la artillería del ejército pontificio, empezó a escupir fuego y hierro contra los bastiones que protegían la puerta del camino a Brisighella, al sudeste de la ciudad. El punto para concentrar el bombardeo lo había elegido —pese a las objeciones de sus capitanes— el propio César, quien, a su vez, no hacía sino seguir el consejo de su nuevo ingeniero: *messer* Leonardo da Vinci, quien, tras la caída de Ludovico Sforza el Moro, se había quedado sin patrón ni protector, y más aún al considerar que en su ciudad natal, Florencia, tampoco era bienvenido.

—Concentrad el fuego ahí, Excelencia —le dijo el florentino la víspera del ataque—, a unas cinco cañas, no más, de la torre de la izquierda, y sobre el cuarto superior del lienzo. Ahí hay más mortero que piedra y es por donde se abrirá la brecha. Cuando los sillares pierdan la juntura de su argamasa, el apoyo se aflojará, la estructura se derrumbará y cederán los cimientos, porque los excavaron demasiado cerca del río.

Cuando escuchó la propuesta de *messer* Da Vinci, Vitellozzo Vitelli torció el gesto, pues él habría preferido apuntar hacia la mitad del muro y no tan arriba, ya que una brecha alta era mucho más difícil de penetrar para los atacantes y demasiado fácil de defender para los sitiados. Sin embargo, el Valentino estaba completamente convencido de lo que decía su nuevo y estrafalario ingeniero respecto a un supuesto error en la construcción de la muralla, que, al parecer, solo era evidente a sus ojos, pese a la distancia.

—El río está lejos de la muralla *messer* Da Vinci —arguyó Vitelli—. A cuarenta o cincuenta cañas como poco, diría yo.

—Eso es lo que, lógicamente, cree Su Señoría —contestó el florentino—, y también creyeron lo mismo los constructores del muro nuevo hace treinta años. Pero fijaos en la curva de la ribera en aquel punto. Puede que haya pasado mucho tiempo desde que las aguas del Lamone corrieran por ahí, pero os aseguro que lo hicieron, aunque los ingenieros del antiguo señor de Faenza que ordenó levantar las murallas prefirieron ignorarlo.

—¿Cómo podéis saber eso? —se burló Oliverotto da Fermo con su habitual arrogancia y sin ocultar el desprecio que sentía por el florentino—. ¿Acaso estabais presente entonces?

—No, Excelencia; empiezo a ser viejo, pero no tanto —contestó Leonardo con su voz fina, casi juvenil, pese a sus cuarenta y ocho años—. Pero sí debió de estar algún constructor de la antigua Roma, por si os interesa saberlo.

—A mí sí me interesa —intervino entonces César Borgia, con un brillo risueño en la mirada—. Continuad contando *messer* Da Vinci. Os lo ruego.

—Si os fijáis, Excelencia, los sillares de ese tramo de la muralla son distintos a aquellos de más allá —dijo señalando ambos puntos como si dibujara en el aire, con gestos afeminados—. Los primeros son de factura romana antigua, *opus quadratum* encajados unos sobre otros sin mortero, no me cabe la menor duda. Sin embargo, los otros son más modernos y se nota la argamasa entre ellos. Y si os fijáis allí —indicó— se nota que la defensa giraba hacia el norte, es decir, que no quisieron que la ciudad se expandiera hacia este lado porque sabían que el río, aunque no volviera jamás a correr por aquí, ya había dejado su huella en el suelo. Ahí abajo, Excelencia, el terreno está más blando, y me barrunto que bajo los cimientos hay arena. Por esa razón es donde se debe concentrar el fuego.

Y así se hizo.

Como si se tratara de un gigantesco timbal tocado por un coloso invisible, los estallidos de la pólvora y el impacto de los proyectiles contra las murallas se alternaban en un ritmo constante. Sin embargo, los sillares de las defensas de Faenza resistían cada uno de los golpes con la misma indiferencia con la que los mulos aguantan los picotazos de los tábanos. Aunque los artilleros sabían que los primeros golpes nunca eran decisivos y que un bombardeo necesitaba tiempo para que se vieran sus efectos, todos ellos dudaban si el punto elegido para concentrar el fuego era el adecuado. Incluso el propio César llegó a plantearse si la decisión era la correcta, lo que iba a suponer que, por segunda vez, su intento de conquistar la villa de los Manfredi fracasara.

—Esta vez, Excelencia, el muro caerá —le dije.

—Ojalá tengáis razón, don Micheletto —me contestó el capitán general de la Iglesia—. No entiendo la obstinación de esa gente. Saben que están solos, que no llegará auxilio alguno de Venecia y que no tienen ni víveres ni pólvora para resistir mucho tiempo, si es que ese miserable traidor no nos mintió.

—¿*Por qué tenía que mentiros, Excelencia?* —La voz del ahorcado resonó en la cabeza del duque—. *Los que no tenemos nada más que la delación para prosperar o para salvar la vida no podemos permitirnos esos lujos. La mentira, como la fe, la esperanza, la caridad o los principios, es patrimonio exclusivo de los ricos y los poderosos. A los pobres y débiles no nos queda más que la remota posibilidad de aprovechar un golpe de suerte como el que creí que estaba a mi alcance. Y ya veis cómo ha terminado.*

César se quedó mudo mientras miraba fijamente a la horca que, con tres postes de apenas una caña de largo cada uno, había hecho levantar dos días antes para ahorcar al tintorero cuyo espectro le hablaba delante de la Puerta del Hospital de los Caballeros de Malta. Aquel menestral, al amparo de la noche, había salido de la ciudad para ofrecer a los atacantes información sobre el número de hombres y la cantidad de suministros y munición que la villa aún conservaba para su defensa tras seis meses de asedio, que no eran demasiados.

—No me diste opción —susurró el Valentino entre dientes—. Tengo que demostrar ante los faentinos que no voy a tomar la ciudad mediante traición o engaño, sino en buena lid y conforme a las antiguas y nobles leyes de la guerra. Y, además, tres veces se les ha dado la opción de rendirse.

—*Diréis, más bien, que fallasteis tres veces en vuestro intento de tomarla sin lucha como ocurrió en Pésaro y Rímini, Excelencia. Vos y el santo padre creíais que Astorre Manfredi se acobardaría ante la visión de vuestro ejército o se vendería por los cincuenta mil ducados y el capelo de cardenal que le ofreció el papa. Y no hizo ninguna de las dos cosas.*

—¡Manfredi no es nada! —gruñó César—. ¡No es más que un crío de quince años!

—*Un crío amado por su pueblo, Excelencia, y que gobierna una ciudad bien fortificada. Y también es amado por el Consejo de Ancianos que le asesora, que le ha jurado su lealtad a morte e vita y resistir hasta el final.*

—A mí también me amarán. Aún no lo saben, pero lo harán.

—*Extraño amor el vuestro para el que hay que usar espadas afiladas en lugar de palabras tiernas y ásperas balas de cañón en vez de suaves caricias.*

—Los Manfredi usurparon un señorío que pertenece a la Santa Romana Iglesia, por no hablar de que son una casta de criminales. ¿O acaso ignoras que el joven Astorre heredó el título de su padre después de que su madre ordenara que lo asesinaran a puñaladas cuando dormía, con la complicidad de su padre, el señor de Bolonia?

—*Lo sé porque también lo sabéis vos, Excelencia. En todo caso, ¿quién no ha conseguido llegar al poder mediante un crimen o un pecado? Se podría pensar que incluso Nuestro Señor se encarnó gracias a un adulterio.*

—¡Blasfemo!

—*Su Señoría no puede insultarme ni más ni peor de lo que insulta a sí misma, puesto que mi pensamiento nace del vuestro, como bien sabéis o deberíais saber. Os dejo ya, señor, porque la guerra os llama. Supongo que volveremos a hablar pronto, visto vuestro afán por la horca.*

—¡Por la justicia!

—*Más bien por el poder, al que amáis más que a la bella Fiammetta, a vuestra esposa la noble Carlota de Albret e incluso a esa hija que todavía no conocéis en persona. En todo caso, ¿cuál es la diferencia?* —rio el ahorcado—. *Guerread en buena hora, Excelencia. Adiós.*

—¡Miquel! —El duque salió del ensimismamiento—. ¡Que quiten ese despojo de inmediato!

—¿El ahorcado, Excelencia? —pregunté para cerciorarme—. ¿El tintorero?

—¡Pues claro! —bufó—. ¡Y que no se molesten en enterrarlo! —bramó—. ¡Que lo arrojen al río!

Mandé a cuatro de mis estradiotes a que derribaran a hachazos el improvisado cadalso y que lanzaran al cauce del Lamone los restos del traidor, que las aguas engulleron de inmediato. El río bajaba bravo aquella primavera. Al otoño lluvioso le siguió un invierno que adelantó su llegada varias semanas y, además, fue especialmente frío, con grandes nevadas que el calor había convertido en el furioso torrente pardo cuyo rugido el estruendo de la artillería apenas tapaba.

Meses antes, como el Consiglio dei Anziani de Faenza no daba su brazo a torcer ni aceptaba las ofertas de paz a cambio de oro y de un capelo cardenalicio que llegaban desde el papa de Roma para el jovencísimo señor de la villa, el Valentino ordenó a Vitellozzo Vitelli que desatara un salvaje bombardeo sobre la ciudad, once días antes del de San Andrés, sobre un lienzo de la muralla próximo al camino de Imola. Aquellas defensas —tal y como *messer* Da Vinci identificó meses después— eran de buena y antigua factura romana, y, aunque se logró abrir una brecha y derruir una de las torres defensivas más pequeñas, la abertura era pequeña y un tanto alta. No obstante, el señor de Fermo —el cruel Oliverotto Effreducci— lanzó contra ella a un par de cientos de hombres de armas que él había reclutado en su señorío de las Marcas. Lo hizo sin el permiso de

César, quien, pese a que intentó impedir el asalto a gritos, no lo consiguió, y el resultado fue que apenas sobrevivieron una docena en el intento. Tras aquel fracaso, el hijo del papa decidió levantar el asedio y retirarse a invernar a Cesena, mientras el resto del ejército pontificio se acuartelaba en distintos pueblos y aldeas alrededor de la ciudad atacada.

El Valentino se instaló en el Palacio de los Malatesta, el antiguo Palatus Vetus levantado por el cardenal español Gil de Albornoz un siglo antes, y desde allí ordenó que se establecieran patrullas que controlaran los caminos para que los habitantes de Faenza no pudieran recibir víveres ni munición. Sin embargo, las próximas colinas de los cercanos Apeninos estaban horadadas de sendas y caminos por los que los faentinos recibieron ayuda del duque de Urbino y del señor de Bolonia, pese a que ambos juraban y perjuraban que no estaban prestando ayuda alguna a los sitiados. Y aunque algunos destacamentos de mis estradiotes y de los lanceros franceses del capitán Yves d'Alègre interceptaron algunos convoyes con suministros, cuando volvimos al cerco de Cesena tras los fríos del invierno, sus habitantes habían reparado los destrozos del asalto anterior y limpiado de árboles y malezas los alrededores de la ciudad para que no tuviéramos refugio alguno. Incluso —según dijo el tintorero traidor cuyo cadáver se tragaron las aguas del Lemone— Astorre Manfredi y sus consejeros habían logrado sacar un par de carretas y una reata de mulas cargadas con los lingotes de plata de su tesoro y los objetos de más valor para ponerlos a salvo en Rávena, territorio de la Serenísima República de Venecia, la cual —en teoría— aseguraba al papa que le había retirado la protección a Faenza.

Durante más de cinco horas, la artillería mandada por Vitellozzo Vitelli machacó los sillares próximos a la puerta de Brisighella y, tal y como había predicho Leonardo da Vinci, las piedras de la muralla exterior cedieron y el relleno de cal y cantos se desparramó por la brecha, anticipando el enorme estruendo que se produjo cuando la estructura se vino abajo. Cuando el polvo del derrumbe y el humo de la pólvora se disiparon, el ejército pontificio estalló en vítores al comprobar que el bombardeo había conseguido abrir una brecha por la que hubiera podido pasar con holgura una carreta.

—¡Ahora, messer Naldi! —gritó César—. ¡Mostradme de qué están hechos vuestros hombres!

Dionigi di Naldo, el antiguo defensor de la Rocca de Forlì de Caterina Sforza, que ahora luchaba bajo las órdenes de César, supo que en ese momento se jugaba la confianza del Valentino. Tenía ordenes de que fuera su compañía la primera en penetrar a través de la brecha en cuanto la abriera la artillería, y así se lo había hecho saber a sus hombres, a los que también advirtió de que cualquier signo de cobardía o flaqueza se castigaría con la muerte. No pensaban aquellos mercenarios reclutados en Brisighella —donde el propio Naldi había nacido— que fuera fácil la tarea que les esperaba, pues el tintorero traidor había contado que los adarves de las murallas de la ciudad habían sido bien provistos de tinajas de alquitrán y pez que se mantenían fundidos en calderos sobre el fuego día y noche, listos para ser arrojados sobre los atacantes en cuanto cedieran los muros. Y también les contó que, aunque faltaba de todo en la ciudad, de virotes de ballesta y balas de *archibugio* —arcabuz— sus defensores estaban bien provistos.

—¡A la brecha! —gritó Naldi—. ¡Por Brisighella y san Miguel arcángel! ¡A la brecha!

Docenas de hombres —los únicos con jubones mitad rojos y mitad blancos— se abalanzaron hacia la abertura. Los que encabezaban aquella carrera hacia la muerte llevaban *targones* levantados por encima de las cabezas, con los que pretendían protegerse de los virotes de ballesta que no tardarían en llover sobre ellos. Bajo la misma protección corrían a su lado zapadores sujetando azadones y palas para despejar escombros y facilitar el camino al resto de la compañía armada con espadas y rodelas que iba detrás. A ambos lados de la columna corrían ballesteros con sus armas apuntando hacia arriba y parejas de artilleros que manejaban pequeños falconetes cargados de metralla para mantener despejados los adarves de las murallas.

Cuando los primeros defensores aparecieron en lo alto de los muros, los barrió un enjambre de virotes de ballesta y nubes de humo de pólvora y metralla. En la colina donde César y el resto de su estado mayor contemplaban el asalto estallaron los vítores por la buena fortuna y mejor puntería que habían tenido los hombres de Naldi en el primer envite de la batalla. Sin embargo, la alegría duró poco, porque desde el lado izquierdo de la brecha surgió un armatoste del que colgaba, sujeto por cadenas, un caldero lleno de pez hirviendo, que vertieron sobre los atacantes.

No he oído gritos de dolor más horribles que los de aquellos hombres cuando los alcanzó el beso cruel de la resina negra, que derretía la carne como si fuera manteca de cerdo sobre una sartén. Y eso que aún tuvieron suerte, porque gran parte del material se quedó adherido entre los cascotes irregulares de la muralla rota, pues, si se hubiera vertido por los matacanes que protegían las puertas de acceso, aún habría causado más estragos.

Más de un tercio de la columna de Dionigi di Naldo se dejó la vida en aquel asalto, pero pasaron los suficientes como para que la atención de los defensores de Faenza se tuviera que desviar hacia el interior. En ese momento, César ordenó al capitán Yves d'Alègre que lanzara al interior a la gente de armas de Borgoña, los feroces espadachines que luchaban a pie, que entraron como un vendaval de hierro en el recinto amurallado, pero que se encontraron con un bosque de picas bien afiladas que defendieron con bravura cada palmo de terreno.

Después, César se dirigió a mí:

—Es el momento —me dijo—. Es el momento de comprobar si, de verdad, habéis logrado convertir a artesanos, menestrales y jornaleros en soldados. Entrad en Faenza, don Micheletto.

Durante los meses de la invernada en Cesena, yo había llevado a cabo un pequeño experimento que puse en práctica ante los muros de la ciudad sitiada. Mientras César se dedicaba durante aquellas semanas a gobernar y, sobre todo, a ganarse el favor del pueblo organizando festejos con toros, bailes y cenas populares y peleas de pancracio y lucha libre en los que él mismo participaba con el torso desnudo, me propuse reclutar *un uomo per casa* —un hombre por casa— que no fuera menor de dieciséis años ni mayor de veinticinco, soltero y dispuesto a ganarse un buen dinero como soldado para la Casa Borgia. Un centenar largo de jóvenes accedieron a enrolarse, y los entrené en el uso de la espada, la pica y el arcabuz, tal y como había visto que lo hacía el Gran Capitán, Gonzalo Fernández de Córdoba, con las tropas del rey de Aragón, combinando hombres de cada arma según fuera necesario que los piqueros frenaran una carga de caballería, los arcabuceros despejaran la marcha de enemigos o los espadachines se enzarzaran en el combate cuerpo a cuerpo. Incluso había conseguido dinero para los jubones rojos y amarillos que vestían y las corazas de cuero de búfalo con las que se protegían. Además de mis estradiotes, también tenía bajo mi mando a una pequeña pero —así lo esperaba— eficaz compañía de infantería que era leal a César Borgia.

Y a nadie más.

Ordené la carga y mis nuevos soldados, pese a que podía ver el miedo en el fondo de sus ojos, se comportaron como leones. Junto a mis estradiotes de confianza —que en aquella ocasión lucharon a pie conmigo y el resto de la compañía— atravesamos la brecha ya sembrada de cadáveres abrasados por la pez negra, con los cráneos agujereados por virotes de ballesta o aplastados por los cascotes lanzados desde lo alto. Llegamos justo a tiempo para auxiliar a los gendarmes borgoñones, que, tras el ímpetu de la primera carga y ante la feroz resistencia de las milicias de Faenza, empezaban a dar muestras de debilidad y cedían terreno.

Hombro con hombro —con piqueros al frente, un espadachín cada dos lanzas con las adargas sobre las cabezas y los arcabuceros en los costados—, avanzamos por las calles de la ciudad, despedazando a todo hombre mayor de quince años que nos saliera al paso si llevaba entre las manos cualquier cosa que recordara a un arma, aunque fuera un simple palo. Entre los gritos de los moribundos y el olor a pólvora y sangre, avanzamos hacia la *rocca* sembrando dolor y muerte como si fuéramos, en vez de hombres, una manada de los bestiales centauros que Dante vio en el Séptimo Círculo del Infierno atormentando a asesinos, violadores y tiranos.

En aquel momento, con las manos manchadas de sangre, la voz ronca de tanto gritar órdenes y el corazón lleno de cólera guerrera, pensé que mi joven compañía podía alcanzar, en su bautismo de fuego, la gloria de ser la que capturara vivo a Astorre Manfredi para poder ofrecérselo al Valentino. Ya imaginaba al joven señor de Faenza desnudo y encadenado del mismo modo que llevaron a Vercingétorix ante Julio César. Lo reconozco ahora: me perdí en mis propios sueños de gloria en el peor lugar de la Creación donde uno debe perderse: en el campo de batalla.

Tan ciego de furia estaba que ni siquiera oí el estruendo. Solo recuerdo el dolor, intenso y ardiente, en la sien izquierda.

Y luego, la nada.

30

La convalecencia

Roma,
15 de junio de 1501

Al buen pueblo romano, siempre ávido de novedades, fiestas, desfiles y ejecuciones amenizadas con repartos gratuitos de pan, embutidos y vino a cargo de la Santa Sede, el papa le privó del placer de volver a ver a su hijo entrar en la ciudad como un general victorioso y celebrarlo con hogueras en la calle, carreras de prostitutas medio desnudas en la Piazza Navona, suelta de lechones engrasados por las empinadas cuestas del monte Testaccio o fuegos artificiales lanzados desde el castillo de Sant'Angelo. Pese a la victoria del Valentino en Faenza, no hubo ninguna de todas esas diversiones vulgares y groseras que divierten a la chusma y que hacen que la plebe adore a sus príncipes por el mero hecho de organizarlas, y aún más cuando los gobernantes fingen que también disfrutan de ellas y, por esa razón y no otra, asisten y aplauden en las carreras, las partidas de *pallacorda,* las corridas de toros o los combates de pancracio y lucha libre. César Borgia lo sabía bien y por eso no dudaba en matar toros bravos o luchar a pecho desnudo con púgiles y soldados para deleite de los que Dios dispuso que no tuvieran nada más en este mundo que el trabajo de sus manos y así ayudarlos a creer —pobres idiotas— que el duque era uno de los suyos porque disfrutaba de sus mismas distracciones. También lo sabía el santo padre y por eso ordenaba la celebración de tales fiestas cada vez que su capitán general sumaba una nueva conquista en la campaña contra los señores rebeldes de la Romaña, tal y como había ocurrido cuando los correos papales llevaron las noticias de la caída de Imola, Forlì, Pésaro, Rímini y Faenza.

De ahí que los romanos estuvieran cargados de razones para esperar que César Borgia protagonizara una nueva entrada triunfal —y al menos una semana de jolgorio—, como ocurrió tras la conquista de Imola y Forlì. Y también que, del mismo modo que exhibió a Caterina Sforza como su prisionera, se esperaba que el Valentino hiciera lo propio con su nuevo cautivo, el joven Astorre Manfredi. Desde que en Roma se tuvo conocimiento de la victoria de Faenza y de los sangrientos combates que hicieron falta para rendir la plaza, en la urbe no se hablaba de otra cosa y se esperaba que el recibimiento al capitán general de la Iglesia fuera colosal, acorde a la hazaña guerrera que había llevado a cabo.

Sin embargo, todo el mundo se quedó con las ganas de fiesta. Empezando por el propio César Borgia. Cuando se supo en la corte vaticana el día en el que estaba prevista la llegada del Valentino, el santo padre prohibió expresamente —bajo amenaza de excomunión a quien siquiera osara mencionárselo— cualquier tipo de celebración. También ordenó que el capitán general de la Iglesia entrara en la ciudad sin piezas de artillería ni tambores o clarines que anunciaran su paso, y con no más de cien jinetes y doscientos infantes como escolta, que debían acuartelarse de inmediato en el castillo de Sant'Angelo para que no causaran desórdenes en las calles de Roma. Además, el duque y su corte debían recogerse en el Palacio de San Clemente hasta nueva orden del papa y abstenerse de celebrar juegos, justas, banquetes o bailes. A gritos, el santo padre recordó a Agapito Gherardi de Amelia —el secretario personal del duque, el cual se había adelantado para hacer los preparativos del recibimiento que no se iba a celebrar—, que la festividad de San Vito era jornada de luto en Roma desde hacía cuatro años y que no se celebraban más actos públicos que las misas en memoria del primogénito del papa y segundo duque de Gandía, Joan Borgia. Alejandro VI, pese a los triunfos de César, recordaba así cada año a su favorito, cuyo cadáver se había hallado el mismo día de hacía cuatro años entre el fango y las alimañas del Tíber: con las manos atadas a la espalda, la bolsa de dinero intacta y cosido a puñaladas, para que su padre supiera que no lo habían matado para robarle, sino para demostrar que podían hacer daño al hijo del pontífice sin temor a las represalias. Unas represalias, por cierto, que jamás se produjeron.

Desde entonces, el papa solo autorizaba —por temor a un motín por parte del pueblo, pues se trataba de un culto ancestral que tenía más de mil años— que la gente acudiera a los oficios de la iglesia de San Vito y San Modesto, junto a la Puerta Esquilina. Allí, tras la comunión y la bendición por parte del arcipreste de la Basílica de Santa María la Mayor —el cardenal veneciano y obispo de Verona Giovanni Michiel—, los fieles rascaban el mármol de la Pietra Scellerata —la piedra cruel—, sobre la que se creía que se degolló a docenas de mártires y cuyo polvo se recogía para guardarlo como remedio para curar las heridas provocadas por la mordida de perros rabiosos.

Por todo ello, César Borgia y su séquito —tras semanas de marcha por la Via Flaminia— entraron en Roma por la Puerta del Popolo poco antes de la hora del ángelus. Pese a que la mañana de junio era radiante e invitaba a celebrar un gran desfile, el gonfaloniero y capitán general de la Iglesia optó, pese a la indignación que sentía por lo que consideraba una injusticia, por mantenerse obediente para no provocar la cólera del papa. De hecho, el pontífice ni siquiera quiso asomarse a la Logia de las Bendiciones del Palacio Apostólico para ver llegar a la comitiva a la plaza de San Pedro, como hacía en otras ocasiones. Tampoco recibió a su hijo en la Sala del Papagayo, que era la que se utilizaba para las audiencias desde que, un año antes, un rayo se abatiera sobre el tejado de la Sala de los Papas de la Torre Borgia. Aquella tempestad de verano provocó un derrumbe del techo de la majestuosa estancia que casi mató al santo padre, el cual se salvó, según él, por la intervención de la Santísima Madre de Dios, que debió de interceder en aquel fatídico momento para que el palio dorado de su trono resistiera el impacto de la viga que se desplomó sobre la cabeza de Su Santidad, al que rescataron medio muerto de entre los escombros. El desastre destruyó también los bellos frescos del Pinturicchio que representaban a los papas más admirados por Alejandro VI y aunque los muros habían sido enlucidos de nuevo seguían sin pintar. Por ese motivo, el salón principal de la corte vaticana se había trasladado a la estancia que, hasta aquel momento, ocupaban los cubicularios y palafreneros del papa, y que recibía el nombre por la pintura del ave africana que lucía en una de las paredes.

Mi esposa, Beatriz, me contaba todas esas cosas mientras me

recuperaba de la herida en la cabeza que me había provocado aquel disparo de arcabuz que estuvo cerca de enviarme ante la misericordia infinita de Nuestro Señor. El doctor Torrella, el médico personal de César, aseguraba que apenas media pulgada me había apartado de la muerte, porque la bala de plomo me habría esparcido los sesos si no hubiera inclinado la cabeza apenas unas pulgadas para no meter el pie en uno de los agujeros del montón de escombros que unos días antes había sido la muralla de Faenza. Aun así, el pequeño trozo de metal mordió el hueso del cráneo como una lima de carpintero sobre un trozo de madera. La bala, casi incandescente, me abrasó la piel y cauterizó la herida al mismo tiempo, pero la lesión en la sien me provocó fortísimas fiebres que me mantuvieron en la cama durante más de dos meses, en los que me martirizaron con sangrías por debajo del codo izquierdo, inducciones al vómito mediante purgas, y baños de agua helada.

Por ese motivo, el viaje desde Faenza a Roma lo hice en el interior de un carromato acolchado, lo que me ahorró presenciar el monumental enfado de César por la negativa de su padre a darle el paseo triunfal que creía merecer tras la sangrienta conquista de Faenza y la captura —vivo— de su señor: Astorre Manfredi.

Pese a la carnicería que supuso el asalto final a la villa y lo cerca que estuve de que aquello me costara la vida, el final del asedio fue como un relato de *Lancelot, el Caballero de la carreta* o *Perceval y el Grial*, o cualquier otro libro de caballerías de los que me gustaba leer en mi infancia en el palacio episcopal de Valencia.

Diez días de destrucción y matanza resistió Faenza hasta que su Consiglio di Anziani se decidió a enviar emisarios a César para negociar la rendición. Para ello reclamaron el respeto de la vida y dignidad del joven Astorre Manfredi, de dieciséis años, y su medio hermano, Giovanni Evangelista —de veintidós años—, el comandante de la guarnición que había resistido el cerco. César aceptó las demandas y, después de que lo reconocieran como legítimo señor de la ciudad y el condado en nombre del santo padre, ordenó que sus hombres formaran un pasillo a las puertas de la *rocca* para recibir con honores a Astorre, que, tras hincar la rodilla, ofreció su espada al Valentino por la empuñadura. Una vez recibida el arma, el hijo del papa tomó de los hombros al ya exseñor de Faenza y le hizo levantarse para besarle en la boca y abrazarle como a un hermano con el que se acababa de reconciliar.

Después, mientras los habitantes de la ciudad destruida lloraban y enterraban a los muertos y yo agonizaba comido por la fiebre y el dolor, el Valentino, los hermanos Manfredi y el resto de los señores y comandantes de ambos ejércitos, tras disfrutar juntos de cacerías y cabalgatas por la campiña que rodeaba la ciudad, para alejarse de los horrores que la guerra había dejado tras de sí, se deleitaron con capones asados con clavo, azafrán y canela, bandejas de mazapán, cuencos de melocotones hervidos con vino y azúcar, y buenas jarras de tinto *pignoletto* en los sucesivos banquetes por la reconciliación y la paz que se organizaron en la lujosa tienda de campaña del duque, en los que no faltaron la música y la poesía para entretener las sobremesas. Tras la última comida, el hijo del papa ofreció a los jóvenes Manfredi formar parte de su séquito y, con las más finas formas y maneras, elogió su coraje en la batalla y su prudencia y sabiduría en el gobierno de Faenza, como si, en vez de haber sometido a la ciudad a un sangriento saqueo, estuviera en ella de visita. En todo caso, cuando César entró en Roma el día de San Vito, Astorre y Giovanni Evangelista lo hicieron a su lado como leales servidores y, al menos eso creían ellos, nuevos capitanes del ejército pontificio. Aquel mismo día que media Roma estaba de luto por el duque de Gandía y la otra rogaba por la intercesión del santo que remedia los temblores, supieron también que no los esperaban lujosos aposentos en el Palacio Apostólico, sino habitaciones —aunque dignas y confortables tal y como correspondía a su rango— en el castillo de Sant'Angelo.

—Los alojaron en las mismas estancias que hasta la víspera habían ocupado Caterina Sforza y sus damas de compañía —me contó Beatriz junto a mi cama.

Para recuperarme del todo, Beatriz y Lucrecia habían alquilado una villa rodeada de un viñedo en la falda del monte Gianicolo, no lejos de la Puerta de Santo Spirito, al otro lado de las Murallas Servianas.

—¿Y qué hicieron con ella? —pregunté.

—La liberaron, Miquel —contestó—. Se decía que fue un gesto de misericordia del santo padre, que le había perdonado el intento de asesinato que pretendió llevar a cabo el día del bautizo del hijo de Lucrecia y Alfonso.

—¿Y tú te crees tal cosa?

—Ni por asomo. Esa es la versión oficial. La real es que el capitán Yves d'Alègre presionó al papa para que se la entregaran. Decía el francés que la dama se había rendido a él en Forlì y no a César, y, por tanto, su custodia pertenecía al rey de Francia, el cual le recordó que no hacía la guerra a las mujeres.

—Bueno —reí—, ya sabes lo que decía Julio César respecto a los galos, que es como decir de los franceses.

—¿Qué decía?

—Que al principio de cualquier batalla sus guerreros parecen más que hombres, pero tras el primer envite son menos que mujeres.

—¿Qué sabrás tú de lo que las mujeres somos capaces de hacer en una guerra? —me dijo mientras endurecía el rostro—. Puede que no seamos tan fuertes, pero las batallas de hoy se ganan más con la cabeza que con los brazos. Y Caterina demostró que sabe usarla bien y por eso os puso las cosas bien difíciles en Forlì, y te recuerdo que Bartolomea d'Alviano consiguió que Joan de Gandía hiciera el ridículo en Bracciano.

—Cierto, cierto —me disculpé—. No te enojes, mi amor, que era solo una broma. Pero cuéntame más: ¿no se resistió Su Santidad a las peticiones del capitán D'Alègre?

—Como un gato panza arriba. Alegó todo tipo de impedimentos legales inexistentes. Y, de hecho, me preguntó por tu estado de salud en más de una ocasión, pero…

Beatriz se quedó callada sin saber bien cómo continuar la frase. Tampoco hacía falta. Llevábamos tanto tiempo juntos que ya no teníamos secretos entre nosotros y sabía bien —como lo sabía yo— que el interés del papa por mi recuperación no era desinteresado; ni siquiera sincero. Si Alejandro VI me quería sano era porque pretendía que Caterina no saliera viva de Sant'Angelo.

—Al final accedió a su liberación a cambio de que la dama firmara un documento por el que renunciaba a su título de condesa de Imola y señora de Forlì, y también lo hacían sus hijos —continuó.

—¿Y ella aceptó tal cosa?

—No le quedó más remedio, porque temía por su vida. Aunque sabía que Yves d'Alègre era su valedor, el capitán francés no había regresado con vosotros del asedio de Faenza y se comunicaba con ella por carta para ponerla al día de las novedades de la negociación con el papa. Estaba sola en Sant'Angelo, Miquel, ¿qué otra cosa podía hacer?

—Nada. Absolutamente nada. Y bien parada creo que ha salido. Nadie reta a los Borgia de esa manera y vive para contarlo.

—Cuando la liberaron —Beatriz ignoró mi vaticinio— su cuñado, el cardenal Rafaele Sansone Riario, la acogió en su palacio de Roma durante unos días. Después se embarcó en Civitavecchia rumbo a Livorno y siguió desde allí hasta Florencia, donde se reunió con sus hijos. Te recuerdo que, además de una Sforza por nacimiento, es una Médici por matrimonio y la rama de su difunto marido Giovanni Il Popolano la ha acogido en una de sus villas.

Por un momento me imaginé a mí mismo viajando hasta la Toscana para cumplir el encargo que el papa Alejandro había pensado para mí y que no pude cumplir a causa de mi convalecencia, pero lo desterré de mi mente en cuanto Beatriz, que parecía haberme leído el pensamiento, siguió hablando.

—Caterina —continuó— se quedó bajo la custodia legal del capitán D'Alègre, lo que es lo mismo que decir que estaba protegida por el rey de Francia, Miquel. Y eso quiere decir que no se la podía tocar, por mucho que el papa lo llegara a pensar en su desesperada sed de venganza. Además, César tampoco lo hubiera permitido.

—¿Por qué no? —La reté con la mirada—. ¿Acaso crees que lo conoces mejor que yo?

—No, amor mío, no. Pero el Valentino no se atreverá jamás a desafiar al soberano de Francia, por la cuenta que le trae. Luis de Orleans sigue teniendo en su poder a su mujer y a su hija, y ni siquiera les permite venir a Italia, a pesar de que se lo pide todas las semanas. Y el ejército pontificio aún cuenta con más hombres de armas franceses que italianos, incluyendo las milicias de Cesena que reclutaste y entrenaste, Miquel.

—¿Dónde están esas milicias, Beatriz? ¿Y mis estradiotes?

—En Piombino, mi amor. Tres días después de la caída de Cesena, César embarcó a todos los hombres y armas que cabían en seis galeras y ocho galeotas alquiladas en Génova, con las que, en menos de una semana, se apoderó de las islas de Elba y Pianosa mientras Vitellozzo Vitelli se disponía a asediar Piombino.

—¿Vitelli en Piombino?

—Bueno, en realidad él hubiera querido atacar Florencia para vengar a su hermano, pero el Valentino, de nuevo por orden del rey de Francia, se lo prohibió. La Signoria, como Caterina, también se ha puesto bajo la protección de Luis de Orleans y, por tanto, es intocable. No ha tenido la misma suerte el señor de Piombino, que también pidió la ayuda del rey, pero en vano.

—¿César sigue en Piombino?

—No, ha vuelto a Roma. Está en su Palacio de San Clemente. Y nadie le ha visto desde que regresó. Ni siquiera el papa.

—¿Cómo dices?

—En la corte vaticana no se habla de otra cosa. A pesar de que el santo padre creó el Ducado de la Romaña para él en el último consistorio, la ceremonia para su investidura no se ha llevado a cabo. Dicen que el Valentino está muy enfermo; que el mal francés le atormenta con especial crueldad y que le ha deformado el rostro. Esa es la razón por la que no se deja ver en público. Sin embargo…

—Sin embargo, ¿qué?

—Parece que sigue enfadado con el papa por haberle privado del triunfo tras su victoria en Faenza.

—¿Y tú qué piensas al respecto?

—Puede que haya algo de eso, pero creo que tanto el duque como el pontífice son lo suficientemente listos como para saber que se necesitan demasiado el uno al otro. Sin el dinero de la Cámara Apostólica, César no podría mantener en pie a su ejército; y sin el ejército, el papa no podrá mantener el poder sobre los dominios recién conquistados, por mucho que haya creado el Ducado de la Romaña para César y esté nombrando gobernadores y señores en las plazas ganadas. Ramiro de Lorca, por ejemplo, ya es el gobernador de Faenza.

—Pobre gente. Como si no hubiera sufrido bastante.

31

Digna hija de su padre

Roma, Palacio Apostólico,
29 de junio de 1501, festividad de San Pedro

—¡Por fin! —exclamó el papa en cuanto entró en la Sala de los Paramentos del Palacio Apostólico—. Por un momento creí que iba a desmayarme, como me ocurrió el día del Corpus Christi. ¿Te acuerdas, Lucrecia?

La hija del papa asintió con la cabeza mientras vertía agua perfumada con esencia de jazmín y cortezas de limón en una jofaina. Luego, empapó en ella una toalla y se dispuso a esperar —cara a la pared, para no incurrir en el mismo pecado que Cam, el hijo de Noé, a quien Dios maldijo por ver desnudo y borracho a su padre— a que los dos cubicularios terminaran de desvestir al pontífice y refrescarle la nuca y la cabeza con el paño húmedo.

Tras el intento de asesinato con un trozo de brocado infectado por un moribundo que había llevado a cabo Caterina Sforza el día del bautizo del hijo de Lucrecia con el difunto Alfonso d'Aragona, el pontífice permitía que muy pocas personas se le acercaran demasiado, y aún menos que le tocaran. Lucrecia era una de ellas. Las otras dos eran los dos pajes —elegidos cuidadosamente tras una investigación a fondo por parte de Rodrigo Borgia, sobrino del papa y capitán de la Guardia Pontificia— que despojaron al santo padre del manto rojo cuajado de pedrería. Justo antes habían depositado el *triregnum* de plata con tiras de oro y perlas engarzadas en el interior de una caja de madera reforzada con bandas de hierro, que unos soldados se acababan de llevar para guardarla a buen recaudo en la Cámara del Tesoro. Los dos hermanos —de catorce y dieciséis años, ambos hijos de un protonotario apostólico— deshacían con habilidad los lazos ocultos que permitían que la majestuosa capa no se cayera de los hombros del pontífice pese a su considerable peso. Después, procedieron a quitarle el alba casulla, la faja y la estola, así como los borceguíes de vivo color escarlata. Aunque los chicos eran rápidos y diestros en la tarea de vestir y desvestir al papa, el cansancio y la impaciencia —y el mal humor— de Alejandro VI por librarse de tan aparatosos ropajes y ponerse más cómodo crecía en la misma proporción que el dolor que le mordía las piernas y sus dificultades para respirar en el aire ya recalentado de la Sala de los Paramentos.

—¡Daos prisa, por los clavos de Cristo! —exclamó—. ¡Y traedme un asiento y vino fresco!

—Ya casi está, Santidad —respondió Giacomo, el mayor de los chicos—. Abatid los brazos. Así. Ya podéis descansar si os place.

Con una sencilla túnica de lino —más apropiada para el calor que ya reinaba sobre Roma—, una capa ligera del mismo material tintada en rojo sobre los hombros y el solideo bermejo de seda sobre la coronilla, el pontífice se derrumbó sobre el sillón forrado de cojines y alargó la mano para que el otro paje le alcanzara la copa de vino refrescado en nieve que había pedido. Aunque la ceremonia en la Sala del Papagayo —que estaba pared con pared con la de los Paramentos, donde se revestía al santo padre para los actos litúrgicos o diplomáticos— había sido corta, Lucrecia se dio cuenta de que al santo padre le pesaban ya los setenta años que tenía desde el pasado mes de enero, y de que no se había recuperado del todo de las heridas provocadas por el derrumbe del techo de la Sala de los Papas del verano anterior, que casi había acabado con su vida.

—Lo del día del Corpus apenas fue un ligero desvanecimiento, *pare* —mintió Lucrecia—. Creo que, salvo los que estábamos más cerca, nadie se dio cuenta.

—¿Tú crees, *filla*? —dijo el pontífice mientras cerraba los ojos para disfrutar mejor del fresco alivio del paño mojado sobre la nuca—. Cuando recuperé el sentido, en las miradas de toda la curia y de los embajadores vi algo que no me gustó.

—¿El qué?

—El cálculo de una oportunidad que aprovechar, Lucrecia. He visto agonizar a cuatro pontífices desde que Nuestro Señor llamó a su seno a mi tío el papa Calixto y en todas y cada una de esas ocasiones pude leer en los ojos de los presentes, y me incluyo a mí mismo, cómo empezaban a barajar sus opciones ante la inminente muerte del obispo de Roma.

—¡Por favor, *pare*! No digáis esas cosas. Estáis sano y fuerte como un toro.

—Un toro viejo, *filla meua*. Demasiado viejo. Y hay tanto que hacer y tan poco tiempo... El asunto de Nápoles, por ejemplo.

Lucrecia se llevó el dedo índice a los labios para indicar al papa que no continuara hablando y, acto seguido, despidió a los cubicularios para quedarse a solas. Aunque su primo el capitán Rodrigo Borja había investigado a conciencia a los dos muchachos y padre e hija siempre hablaban en valenciano para asegurarse de que nadie los entendía, Lucrecia había madurado lo suficiente para saber que, en el Palacio Apostólico, ningún secreto duraba demasiado tiempo si más de dos pares de orejas lo escuchaban.

—*Neapolis damnata est*. Nápoles está condenada. Ya no hay vuelta atrás —suspiró el papa cuando los pajes abandonaron la Sala de los Paramentos—. Y pensar que mi tío Calixto llegó a valorar investir a mi hermano Pere-Lluís como rey de Nápoles cuando murió el rey Alfonso... Ahora la estirpe directa del Magnánimo tiene los días contados. Fernando de Trastámara y Luis de Orleans se han repartido el sur de Italia como si fuera un cordero recién sacrificado y despedazado. Y me temo que yo he sido el carnicero que lo ha descuartizado.

El santo padre se refería, precisamente, al consistorio público que le había consumido las fuerzas y que acababa de celebrarse en la Sala del Papagayo hacía solo unos instantes. Ante veinte cardenales y los embajadores de los reyes de España, Francia e Inglaterra, el representante del emperador Maximiliano de Austria y los legados de Florencia, Ferrara, Mantua y Venecia, Alejandro VI había hecho leer la bula papal mediante la que le retiraba la investidura al rey Federico como legítimo soberano de Nápoles —ante el indignado estupor de su embajador— con la falsa excusa de que el segundo hijo del rey Ferrante había solicitado la ayuda de los turcos para atacar los principados y repúblicas de Italia. Y en el mismo documento, además, autorizaba a los reyes y príncipes de la cristiandad —sin nombrar a ninguno en concreto— a que cruzaran con sus armas los Estados Pontificios para darles a los napolitanos el nuevo rey que merecían. En la bula, eso sí, no se hacía mención alguna al ejército francés que ya acampaba a las afueras de Roma rumbo a Nápoles ni a las fuerzas de César que, desde Cesena, avanzaban a marchas forzadas hacia Capua.

—De nada han servido las airadas protestas del embajador de Federico d'Aragona, ¿sabes? —continuó el papa—. Ni tampoco sus amenazas. Es más, creo que el legado de Fernando el Católico apenas podía disimular la risa cuando su colega napolitano ha dicho que el soberano de Aragón había mandado ya una flota al mando de Gonzalo Fernández de Córdoba en auxilio de su primo.

—Pobre infeliz —apuntó Lucrecia—. ¿Cómo es posible que ni siquiera imagine que el ejército del Gran Capitán no ha llegado al golfo de Tarento para ayudarle contra los franceses, sino para quedarse con la Apulia y la Calabria?

—No lo sé. Y tampoco sé si hemos obrado bien, *filla*. No lo sé. Tu hermano César me insistió por carta en que era la única opción, porque sigue necesitando la presencia de las armas francesas en la Romaña, pero ni me fío de Luis de Francia ni de Fernando de Aragón. Acordaron este otoño en Chambord y Granada repartirse el reino del sur, pero no creo que tarden demasiado en apuñalarse por la espalda el uno al otro como lo han hecho con el pobre Federico y pelearse como perros rabiosos. Y, entonces, tendremos que elegir bando. Y ninguna de las dos elecciones será buena.

—¿Por qué?

—Porque Fernando de Trastámara querrá que me ponga de su lado por nuestra condición de valencianos, y Luis de Orleans pretenderá lo mismo, porque para eso ha hecho a tu hermano duque de Valentinois y par de Francia, y, por tanto, vasallo suyo. Y uno y otro tendrán ejércitos sobre Italia. El francés en el norte desde Milán y el aragonés desde el sur desde Sicilia. Y nosotros, *filla meua*, estaremos al medio.

—Pero o mucho me equivoco, *pare*, o me barrunto que ya habéis pensado en una solución si tal escenario se produce —dijo Lucrecia con una sonrisa pícara.

—Y haces bien —sonrió el papa—. Aunque solo espero que dé tiempo a aplicarla. Por eso, cada día suplico a la Providencia que me dé, como mínimo, los mismos años de vida que otorgó al papa Calixto, que entregó su alma a su Divina Misericordia a cinco meses de cumplir los ochenta.

—Contadme, *pare*. Contadme qué tenéis en mente.

—La paz en Italia no vendrá de la unidad impuesta por el poder real, como ha ocurrido en Francia o está ocurriendo en España, donde sus reyes están minando el poder de la nobleza con la paciencia de la carcoma, sino del equilibrio entre Venecia, Milán, Nápoles, Florencia y los Estados Pontificios. Cinco poderes de parecidas fuerzas, pero sin que ninguno de ellos logre imponerse sobre el resto ni sean capaces de pactar entre ellos durante mucho tiempo.

—Lo que describís es lo que ocurre ahora, Santidad, pero con menos principados y repúblicas.

—Por poco tiempo. El Ducado de Milán será francés y mucho me temo que el reino de Nápoles terminará bajo el dominio directo del rey de Aragón, como ya ocurrió con Sicilia. En medio de uno y otro quedarán los Estados Pontificios, y al oriente, la Serenísima República de Venecia. No creo que Florencia sobreviva, pero eso aún es una incógnita. En todo caso, si jugamos bien nuestras cartas, habrá sitio para otro gran ducado.

—En la Romaña. Y para César.

—En efecto, Lucrecia. En la Romaña. Por ese motivo he creado el ducado para César y le he nombrado, de momento, vicario papal de Imola, Forlì, Rímini y Pésaro. Sin embargo, son señoríos de la Santa Sede que otro pontífice podría arrebatarle de la misma forma que yo lo he hecho con Caterina Sforza o Pandolfo Malatesta. De ahí que, junto a Cesena, todo vaya a formar parte del nuevo principado Borgia que irá desde los Apeninos hasta el mar Tirreno.

—Pero eso incluye a Bolonia, Florencia y Siena.

—Que también caerán como fruta madura a su debido tiempo. Y no solo ellas.

—También Ferrara.

—¡Digna hija de su padre! —aplaudió el papa—. Eres tan rápida como yo.

—Y ese es el motivo por el que debo casarme con Alfonso d'Este.

Lucrecia había rechazado, de plano, a los tres primeros pretendientes que habían pedido su mano cuando aún lloraba en Nepi a su marido. Se negó en redondo a la solicitud del conde de Ligny, un primo del rey de Francia, que, como dote, pedía que César conquistara Siena para él y el papa lo nombrara señor de la villa; también rechazó la proposición del duque de Gravinia, Francesco Orsini, y, por supuesto, la de Ottaviano Colonna, un sobrino de Próspero.

Sin embargo, en las últimas semanas, tanto el papa en persona como César por carta le habían hablado del heredero del duque de Ferrara, que formaba parte del ejército del Valentino con varias piezas de artillería entre las que destacaba la monstruosa culebrina *Principessa*, que había diseñado él mismo. Le decían que era un gentil y apuesto príncipe de veinticinco años, viudo desde hacía cuatro, desde que su primera esposa —Ana María Sforza, la hija del duque de Milán Gian Galeazzo— murió en el parto junto al primer hijo que ambos esperaban.

—En efecto, Ferrara es demasiado poderosa y rica para someterla con las armas —continuó el papa—. Y además cuenta con la protección del rey de Francia. Por eso, Lucrecia, Ferrara será Borgia gracias al fruto de tu vientre y no a los cañones de tu hermano.

—Pero el heredero que tenga con mi nuevo marido será duque de Ferrara, no de la Romaña. Ese título será para la hija de César.

—¿Acaso tiene importancia? Ferrara y la Romaña serán Borgia y Dios dirá si podrán unirse en un futuro.

—Aunque mi tarea en esa empresa sea —el rostro de Lucrecia se endureció—, de nuevo, la de limitarme a tener hijos, ¿no? Como si fuera una yegua.

El rostro del papa acusó el golpe ante la queja de su hija y no pudo disimular una mueca de incredulidad con un punto de enojo ante semejante rebeldía. Aun así, optó por ser conciliador.

—Sabes que te necesito para mucho más que eso, *filla*. Pero solo las hembras podéis concebir, porque así lo dispuso la voluntad de Dios. No te pediría jamás que empuñaras una lanza o mandaras un escuadrón de estradiotes en el campo de batalla, porque lo que eres capaz de hacer es mucho más importante.

—¿Me crees capaz de hacer algo más que no sea parir?

—Te creo capaz de gobernar, querida niña. Ya lo hiciste en Espoleto y lo volverás a hacer. Veo en ti las mismas hechuras de mi madre y mi hermana Joana, que gobernaron la diócesis de Valencia en nombre de mi tío Calixto y del mío propio con más eficacia y prudencia que los verdaderos obispos auxiliares que ambos nombramos para la tarea.

—Si vos lo creéis, *pare* —se conformó Lucrecia—, así lo debo asumir.

Francesc de Remolins, que acababa de ser nombrado arzobispo de Sorrento por el papa, había hecho ya dos viajes a Ferrara para tantear al viejo duque Ercole d'Este y, del segundo, le llevó a Lucrecia un pequeño retrato para que conociera al futuro marido que su padre y su hermano querían para ella. La tabla pintada al temple, de un palmo de lado, mostraba a un joven de cara redonda y robusta —como la de su abuelo, el rey Ferrante de Nápoles—, con algo de entrecejo sobre la nariz afilada característica de la casa D'Este, que sobresalía sobre unos labios llenos. Llevaba el cabello largo, como César, pero peinado con raya al medio, de forma que las ondas le tapaban las orejas, un tanto salidas. El artista le había pintado los ojos de un verde grisáceo. Pensaba la hija del papa que no era tan guapo como su difunto Alfonso, pero emanaba cierta aura de virilidad tranquila. Justo lo que necesitaba. En aquel momento pensó que podía ser un buen esposo.

Si no fuera porque el novio ignoraba la pretensión del papa y su padre se negaba a tal casamiento.

Lucrecia contempló al santo padre. Los últimos años le habían blanqueado del todo las guedejas que bordeaban la tonsura que le despejaba más de la mitad del cráneo. Estaba mucho más gordo —tanto que ya no salía a cazar ni cabalgaba— y también más torpe, sobre todo en otoño y en invierno, cuando la humedad le atormentaba los huesos. Sin embargo, mientras hablaba, sus profundos ojos negros escupían el fuego del entusiasmo.

—No quiero mentirte, Lucrecia —continuó el papa—. Los D'Este son orgullosos y piensan que la hija del papa es poca novia para tan gran heredero. Sin embargo, tengo a alguien que los convencerá de la conveniencia de este matrimonio. Por las buenas o por las malas.

—¿Y quién es ese alguien, *pare*?

—El rey de Francia. Si Luis XII quiere la investidura papal sobre su trozo del Reino de Nápoles, tendrá que convencer al viejo Ercole d'Este de que su primogénito se case contigo, pues, de lo contrario, ungiré como único soberano a Fernando de Aragón. A no ser, claro, que tú no quieras ese matrimonio, Lucrecia. —El papa dejó que la emoción le quebrara la voz—. En ese caso, pensaremos otra cosa.

El fuego que había visto instantes antes en las pupilas del santo padre se había apagado con las lágrimas de la melancolía y la culpa. Lucrecia se dio cuenta entonces de que el papa se sentía culpable de haberla casado primero con Giovanni Sforza, haber permitido el asesinato de Perotto y de no haber sabido proteger a Alfonso d'Aragona. Aun así, no se hacía demasiadas ilusiones. Podía ser que la vejez estuviera ablandando el corazón del pontífice, pero estaba segura de que el juicio político terminaría imponiéndose en cuanto César interviniera y, ante el empuje de su hermano, el anciano pontífice cedería. Pensó entonces que no tenía demasiado sentido cerrarse en banda y, además, la corte de Ferrara se le presentaba como el refugio ideal para huir de Roma y de sus intrigas. En cualquier caso, era una Borgia y la habían educado para aprovechar todas las oportunidades que se le pusieran por delante, y el santo padre, con su momento de debilidad sentimental, se la ofrecía en bandeja.

—Me casaré con Alfonso d'Este si así os place, *pare*, como corresponde hacer a una hija amantísima y obediente. Pero apelo a vuestra caridad y amor paternal para que mis hijos, los dos, reciban el trato que merecen como nietos de Vuestra Beatitud y dignos vástagos de la Casa Borja.

El papa reflexionó durante unos instantes. Después se levantó de la silla y se quitó de la nuca la toalla húmeda, que dejó caer sobre el suelo.

—Solo César, Nos y ahora tú sabemos lo que te voy a contar, Lucrecia —dijo al fin—. Cincuenta lanzas del ejército del rey de Francia, más dos compañías de los hombres de armas de Cesena reclutados por tu hermano y los estradiotes de don Micheletto se quedarán en Roma para reforzar a la Guardia Pontificia y a un destacamento de lanceros genoveses que he contratado. Hemos de estar preparados para una revuelta. Aquí mismo, en Roma.

—¿Por qué?

—Pues porque ya están redactadas, a falta de mi firma y sello, las bulas de excomunión y confiscación de bienes de los Colonna y los Savelli, con todos sus territorios y castillos, para que no puedan ayudar al rey de Nápoles. Con ellos conformaré los ducados de Nepi y Sermonetta. El primero será para Giovanni y el segundo para Rodrigo, que lo podrá unir al Ducado de Bisceglie y el principado de Salerno que le corresponden como heredero de tu difunto marido. Además, en el caso del hijo que tuviste con el pobre Perotto, redactaré una bula en la que se le reconoce como hijo natural de César y mujer desconocida.

—¡Pero *pare*, si toda Roma y media Italia saben que es mi hijo! —protestó Lucrecia—. ¿No temes que piensen que me he acostado con mi propio hermano?

—El imbécil de tu primer marido dijo a todo el que le quería oír que anulamos su matrimonio porque yo quería yacer contigo, pero nadie se creyó ese disparate ni se lo creerá nunca. Y da igual lo que piense la gente. Si legitimo a Giovanni como hijo de César, los títulos, tierras y castillos que se les concedan como vicarios de la Santa Sede serán legales. Y, además, se obtendrá otro beneficio mucho más inmediato y que nos permitirá superar otro problema.

—¿Qué problema?

—Sabes que no te podrás llevar a la corte de Ferrara al hijo de Alfonso d'Aragona, ¿verdad? Los D'Este no lo consentirán para proteger su dinastía.

—Lo sé. Me voy haciendo a la idea de que Rodrigo será educado en Nápoles. O lo que quede de Nápoles. Por Sancha y Jofré, probablemente.

—No. Primero estará aquí en Roma. Conmigo. Y no te preocupes por él, porque su principado de Esquilache está fuera de toda discusión con el rey Católico. Pero, respecto a tu boda con Alfonso d'Este, no hay ningún impedimento legal para que, incluso casada con él, te hagas cargo de tu sobrino en el castillo de Ferrara.

—¿Sobrino? —La sonrisa de Lucrecia destilaba la misma astucia que la de su padre—. ¿De qué sobrino estáis hablando, Santidad?

De Giovanni Borgia, *infans romanus*, el niño romano. El hijo de tu hermano César.

32

Per me si va ne l'etterno dolore

Convento de Santa Clara de Gandía, Reino de Valencia,
29 de marzo de 1538, Viernes Santo

El título y una palabra: «Capua». Eso es lo único que escribió Miquel cuando la narración le llevó hasta ese punto. Nada más.

> *Per me si va nella città dolente,*
> *per me si va nell'eterno dolore,*
> *per me si va tra la persuta gente.**

De mi memoria se adueña la primera *terza rima* del Canto III del «Inferno» de *La Divina comedia* de Dante, de la que mi arcángel vengador me recitaba largos fragmentos de memoria. De ella, Miquel escogió su segundo verso, de los nueve que figuran sobre el umbral de la Puerta del Infierno, para titular el único capítulo de este libro que ni siquiera llegó a empezar. Tres décadas después de su muerte, solo puedo suponer por qué lo hizo, pero, al verlo ahora, me explico un poco mejor la razón por la que nunca me habló de lo que había visto en Capua la víspera de la festividad de Santiago Apóstol del año de la Encarnación de Nuestro Señor de 1501.

No fui testigo de aquel horror —aunque la Providencia no me

---

* Por mí se va a la ciudad doliente // por mí se va al eterno dolor, // por mí se va a la perdida gente.

privó de otros como el Sacco de Roma, del que salí viva de milagro— ni Dios quiso otorgarme el don de domesticar las palabras para crear como los poetas y literatos, y como lo ha hecho mi arcángel vengador a lo largo de estas páginas. Tendrá que conformarse el lector con lo que mis artes con las letras sean capaces de hacer para narrar lo que él no quiso o no pudo.

Habrá quien diga que a Miquel le flaqueaba la memoria, aunque lo dudo; puede ser que no encontrara la manera de contar lo que vivió y por ello dejó la tarea para más adelante, aunque jamás la llevara a cabo. Solo puedo elucubrar al respecto, pero me agrada creer que fue tan horrible lo que presenció —y en lo que, con toda seguridad, participó— que la culpa y los remordimientos no le permitieron escribirlo cuando llegó el momento de hacerlo, y que ese gesto de arrepentimiento, aunque mínimo, le haya servido de algo a la hora de afrontar el juicio del Altísimo. También es probable que me esté engañando a mí misma cuando le otorgo a mi esposo un sentido de la piedad y la humanidad al omitir aquel horror en este relato que tal vez no tuvo nunca o, al menos, no tuvo en esa ocasión. Me temo que, a estas alturas, solo Dios y él —esté donde esté— lo saben.

> *Giustizia, mosse il mio alto Fattore:*
> *feceme la divina potestate,*
> *la somma sapieza e' il primo amore.**

La voz de mi arcángel vengador parece dictarme los tercetos de Dante que no me resisto a escribir para explicar por qué escribió el título; pero, a pesar de que intento poner distancia, no puedo evitar recordarle con tanta ternura que, cuando vuelvo a leer las líneas que acabo de completar, me doy cuenta de hasta qué punto soy una anciana que ya vive lo poco que le queda sepultada por la nostalgia y la melancolía. De hecho, he gastado más de una página de buen papel de las fábricas pontificias de Fabriano en contar desvaríos que no interesan a nadie ni advertir a quien lea este volumen de que voy a ser yo, sor Hildegarda de Viena —recordando los días en los aún era Beatriz de Macías—, quien llene el hueco que Miquel de

---

* La Justicia movió a mi alto Hacedor: // Soy la obra de la divina potestad, // la suma sabiduría y el primer amor.

Corella, el temido don Micheletto, dejó vacío en este volumen cuando pretendía contar lo que ocurrió cuando César Borgia consiguió en Capua que una parte de la obra de Dios reservada para los muertos se hiciera realidad para los vivos: el infierno.

Pese a que no fue hasta el día de San Pedro cuando el papa Alejandro retiró la investidura como rey de Nápoles a Federico d'Aragona, lo que autorizaba a los soberanos de Francia y Aragón a invadir el reino del sur, las tropas de Luis de Orleans llevaban semanas marchando desde Milán a Roma y, desde allí, a Nápoles por la Via Apia. Mientras, el último descendiente de Alfonso el Magnánimo aún pensaba que las fuerzas al mando del Gran Capitán enviadas por Fernando el Católico habían entrado en el golfo de Tarento para ayudarle a repeler a los franceses. Y cuando se dio cuenta de que su propio primo le había traicionado, ya fue demasiado tarde.

Por ese motivo, el ejército del hijo del papa —con diez mil hombres y treinta cañones— llegó tan deprisa desde la Romaña. A marchas forzadas, fue el primero de los tres contingentes que se presentó ante las murallas de Capua. El segundo fue el de Bérault Stuart —el antiguo comandante de la Guardia Escocesa del rey de Francia y señor d'Aubigny—, con un millar de caballeros asistidos por dos escuderos cada uno, cinco mil infantes gascones y cuatro mil quinientos mercenarios suizos. Por último, el condotiero Francesco da Sanseverino concentró en Teano, a unas cinco leguas al noroeste de Capua, a siete mil infantes lombardos, ochocientos jinetes ligeros, veinticuatro falconetes y doce bombardas. En total, más de treinta millares de soldados y casi un centenar de piezas de artillería que, el día de la festividad de la Verónica, bloquearon los accesos por tierra de la ciudad fundada por los lombardos seis siglos antes sobre el puerto fluvial de la antigua Casilinum romana.

En el interior de la villa —levantada en lo alto de la colina Palombara, en un recodo del río Volturno, que defendía la ciudad con sus aguas al norte y al oeste—, Fabrizio Colonna y Ranuccio di Marciano contaban, además de con las enormes murallas, cinco baluartes e innumerables zanjas y trincheras al sur y al este del recinto urbano, con poco más de cuatro mil quinientos hombres —tres mil infantes profesionales, medio centenar de arcabuceros a caballo y un millar y medio de milicianos reclutados a toda prisa, mal armados y peor entrenados— con los que defender a las doce mil almas que albergaba la *regni clavis Neapolitanum*, la llave del Reino de Nápoles.

Al amanecer siguiente del día de la Verónica, el general Bérault Stuart ordenó el primer bombardeo, que se concentró sobre la Puerta Tifatina. Sin embargo, las murallas que protegían el lado terrestre de Capua no solo eran gruesas, sino que se habían reforzado bien para abombarlas y que soportaran mejor los impactos de los cañonazos. Además, aunque Fabrizio Colonna solo tenía una docena y media de piezas de artillería, sus cañones y culebrinas eran de factura moderna y, por tanto, capaces de disparar a gran distancia, lo que obligó a los sitiadores a colocar lejos sus líneas de fuego, con lo que resultaban menos efectivos. Ni siquiera la *Principessa* —la culebrina diseñada por el futuro marido de Lucrecia, Alfonso d'Este— parecía eficaz contra los gruesos sillares de los muros de Capua. Además, los defensores contaban con otra ventaja: el río, por cuyo cauce los defensores podían recibir suministros de manera casi ilimitada. Asimismo, desde lo alto del Castello delle Pietre —el castillo de las piedras— levantado por los reyes normandos, Fabrizio Colonna podía cubrir con su artillería a los convoyes de provisiones y mantener a raya a los sitiadores, al menos, mientras no controlaran las dos riberas.

Por ese motivo, aunque el primo de Próspero Colonna —el jefe de la familia— no podía siquiera pensar en vencer a un ejército que superaba al suyo por diez hombres a uno, mientras controlara el río, racionara los alimentos y no sufriera demasiadas bajas, confiaba en aguantar lo suficiente para que llegara el ejército de Gonzalo Fernández de Córdoba que el rey Federico le había prometido. En aquel momento, el condotiero también ignoraba que el Gran Capitán no estaba en la Apulia y Calabria como aliado y amigo, sino como conquistador.

Francesco da Sanseverino mandó a un destacamento de cuatrocientos infantes milaneses junto a los zapadores para montar un puente de barcazas a lo largo del cauce del Volturno, bajo el fuego de la artillería de los defensores de Capua. Pese a todas las bajas que infligieron a los atacantes, los soldados lombardos —que apenas habían combatido un par de años, como Sanseverino, bajo las banderas de Ludovico el Moro y por eso acometían las misiones más arriesgadas para ganarse la confianza del rey de Francia— consiguieron disponer las embarcaciones confiscadas en los pueblos de aguas arriba y poner sobre ellas gruesas tablas de madera que utilizaron para pasar, como vanguardia, los arcabuceros montados, que hicieron una escabechina con los defensores de la pequeña aldea extramuros de Corsitelli. Cuando establecieron la cabeza de puente, el resto del contingente de Sanseverino cruzó y dispuso una docena de cañones en la orilla opuesta, con lo que consiguieron completar el cerco sobre la ciudad.

Después se sucedieron diez días en los que el centenar de piezas de artillería no cesaron de escupir fuego, hierro y metralla sobre los muros de Capua, que, poco a poco, fueron cediendo. La primera brecha en la muralla se abrió a unas varas a la izquierda de la Puerta de las Dos Torres —que defendía la entrada principal de la ciudad por la Via Apia sobre el puente romano—, levantada en tiempos del emperador Federico II, que, pese a que se reparó de inmediato, provocó que las autoridades municipales le pidieran a Fabrizio Colonna que negociara la rendición.

Debió de ser por entonces cuando a la ciudad sitiada llegó la noticia de que el Gran Capitán, con una fuerza de cuatro mil infantes curtidos en la guerra de Granada, trescientos jinetes ligeros, otras tantas lanzas castellanas y una docena de falconetes, avanzaba desde el sur tomando una villa tras otra sin encontrar más resistencia que en Manfredonia y Tarento, la cual estaba también bajo asedio y en cuyo interior se encontraba atrapado Fernando d'Aragona —de trece años—, duque de Calabria y heredero del reino.

Ante la perspectiva de no recibir ayuda alguna y la colosal inferioridad de sus fuerzas, el gran condestable —pues ese era el título que le había otorgado el rey Federico— ordenó que desde lo alto de la torre del homenaje del Castello delle Pietre se hiciera ondear la bandera blanca con las tres flores de lis de la corona de Francia, así como el pendón con el escudo del toro rojo y las bandas doradas del papa Alejandro VI. Capua, tras once días de sitio, se rendía. Y, con ella, el nieto de Alfonso el Magnánimo empezó a contar los días que faltaban para que la dinastía fundada por su abuelo sesenta años antes desapareciera como monarcas de Nápoles.

Pocas horas necesitaron los negociadores de uno y otro bando, porque las autoridades municipales querían evitar el saqueo y el señor D'Aubigny tenía órdenes de seguir avanzando hasta Nápoles con la mayor brevedad posible y con el ejército lo más intacto posible. Por ese motivo, estimó que un rescate de cuarenta mil ducados a pagar por parte de la ciudad era suficiente. El dinero, en lingotes de oro y plata, se entregaría a la hora del ángelus al capitán general de la Iglesia y duque de Valentinois, César Borgia, en la Piazza dei Giudici la víspera del día de Santiago Apóstol.

Aquel sábado, al amanecer, Fabrizio Colonna dio la orden de retirada de los puestos de las almenas y baluartes defensivos, y mandó que se abrieran las puertas. Tal y como se había negociado, abandonó la ciudad junto a sus capitanes y gente de confianza para entregarse, como prisionero, al señor D'Aubigny, a la espera de que su familia pagara un rescate fijado en dos mil ducados. Después, los hombres del ejército de César Borgia —el encargado de tomar la ciudad— fueron entrando en Capua no solo a través de la Puerta de las Dos Torres, sino también por la Tifatina y la de Roma. Poco a poco, los soldados con los uniformes rojos y dorados del hijo del papa inundaron las calles desiertas, que olían a miedo tras las puertas cerradas y las ventanas atrancadas.

Los miembros del Consiglio dei Anziani aguardaban al Valentino en la puerta del Palazzo Comunale, frente a la iglesia de San Eligio. Ambos edificios dominaban la plaza rectangular que cruzaba, desde hacía siglos, la Via Apia, en torno a la que había crecido la ciudad. Tras presentarle sus respetos le invitaron a entrar en el *palazzo*, lo que el capitán general de la Iglesia rehusó porque temía que le tendieran una celada en su interior, tal y como había intentado hacer Caterina Sforza en Forlì.

A lomos de su caballo y rodeado por los estradiotes de mi arcángel vengador, exigió que se entregara el rescate allí mismo, a lo que los priores del Consiglio, intimidados por los centenares de soldados que abarrotaban la plaza, accedieron de inmediato. Ordenaron que se llevaran a la plaza los cofres con el dinero, los cuales se cargaron de inmediato en carros y se sacaron de la ciudad.

> *Dinanzi a me non fuor cose create*
> *se non eterno, el io etterna duro.**

Pese al silencio que reina aquí, en el Convento de Santa Clara de Gandía, una vez que han acabado los oficios del Viernes Santo y

---

* Antes de mí no fue nada creado // sino lo eterno y yo eterna permanezco.

mis hermanas velan mudas la muerte de Nuestro Señor, los últimos versos de la *terza rima* que Dante imaginó escritos en la puerta del infierno resuenan en mi cabeza con la potencia de los gritos de terror que se desataron cuando César Borgia levantó por encima de su cabeza su bastón blanco de capitán general de la Iglesia. Aquel gesto de aparente victoria era, en realidad, la señal convenida con sus hombres para que, violando el acuerdo alcanzado entre Fabrizio Colonna y Bérault Stuart, dieran rienda a su codicia y saquearan la ciudad.

Los diez mil hombres del ejército del hijo del papa se dispersaron con las armas en la mano y la furia en la mirada. Los más rápidos consiguieron entrar los primeros en las casas más ricas y se llevaron de manos de sus aterrorizados dueños el dinero y las joyas más valiosas. Sin embargo, una par de cientos de hombres de más confianza de César —entre ellos, los estradiotes de Miquel— buscaron las casas de los banqueros judíos más importantes de Capua, que, en ocasiones, habían socorrido a sus correligionarios de Roma, y por eso el capitán general de la Iglesia sabía de su existencia. Se llegó a decir que, solo de los ricos hebreos, el botín ascendió a los cuatrocientos mil ducados, diez veces más que lo que las autoridades municipales pagaron para evitar, en vano, que se saqueara la ciudad.

Pero cuando a las mismas casas ricas —judías o cristianas— llegaron más soldados y sus dueños les dijeron que ya no tenían más oro ni plata que darles, no los creyeron y empezaron las agresiones, las violaciones y los asesinatos.

Algunas mujeres prefirieron arrojarse al río o precipitarse desde lo alto de las torres donde se habían refugiado antes de caer en manos de la soldadesca. También hubo madres que lanzaron a los pozos a sus hijas adolescentes —y luego también se suicidaron— antes de permitir que las ultrajaran. Por todas partes se veían vientres rajados por los filos que el santo padre había bendecido unas semanas antes o cráneos reventados por las balas pagadas con el dinero de las limosnas de los peregrinos que habían acudido al jubileo del año anterior. Y todo por orden del mismo hombre, César Borgia, que cuatro años antes y como cardenal de Santa Maria Nuova había ungido en la catedral de Capua al mismo rey Federico a cuyos súbditos ahora masacraba.

En menos de una hora, las calles y plazas de Capua se llenaron de cadáveres. Pese a pertenecer a un ejército que marchaba bajo los pendones del papa de Roma, aquellos hombres no respetaron nada. Cuando saquearon las casas más pudientes, siguieron con las más humildes y, después, asaltaron las más de veinte iglesias —incluso el Duomo—, de las que se llevaron hasta las velas de las sacristías. Cuando ya no pudieron satisfacer más su codicia con los bienes de la Iglesia, dieron rienda suelta a su lujuria y no hubo monja —novicia o consagrada, joven o vieja— que no fuera violada y la mayoría de ellas, además, asesinadas.

Y tras los estragos que causaron los hombres del ejército de César llegaron los que provocó el otro ejército que siempre sigue los pasos a los hombres de armas: prostitutas, alcahuetas, rufianes, peristas, vendedores de todas clases y demás chusma que, como ratas, se abalanzaron sobre lo que los soldados habían dejado; despojaban a las víctimas de lo poco que les quedaba y desnudaban los cadáveres sin recato ni respeto alguno por los muertos. La única orden que se siguió al pie de la letra fue la de no provocar ningún incendio para no alertar antes de tiempo al general Bérault Stuart de lo que estaba ocurriendo en el interior de la ciudad.

Aún no había anochecido cuando, como en un milagro, un fraile del Monasterio de San Benedicto, muy malherido, consiguió escapar, salir de la ciudad por la Puerta de las Dos Torres y cruzar a rastras el puente romano para advertir al comandante de las fuerzas francesas de lo que estaba ocurriendo. El mariscal escocés apenas podía dar crédito a lo que el hijo del papa estaba permitiendo —si es que no lo había alentado él mismo, como era el caso— y ordenó que, de inmediato, se enviaran grupos compuestos por diez caballeros y veinte arcabuceros a restaurar el orden. También mandó a su propio hijo —con una fuerte escolta, por si acaso— a buscar al Valentino para ordenarle, en nombre del rey Luis, que cesara de inmediato la matanza y el saqueo.

Encontraron al hijo del papa en una de las salas nobles del Palazzo Comunale, reunido con sus capitanes, bebiendo vino y jugando a las cartas, como si lo que estaba ocurriendo en el exterior no fuera cosa suya. Cuando compareció ante el señor D'Aubigny le dijo que, dado que sus hombres no habían cobrado la paga estipulada del tesoro del rey de Francia, tal y como se había acordado —lo cual era cierto—, no había podido hacer nada para retenerlos, y que él mismo se había tenido que refugiar para no ser blanco de su cólera, la cual aún duró hasta el amanecer, cuando la calma volvió a las calles de Capua.

La calma de los cementerios, pues la mitad de sus habitantes estaba muerta.

Por orden de César Borgia.

Y con la ayuda de mi marido.

Lasciate ogni speranza, voi ch'entrare. *

* Abandonad toda esperanza los que aquí entráis.

33

La papisa

Roma, Palacio Apostólico,
5 de septiembre de 1501

—¿No tenéis hambre, *Eminentissime Pater*? —preguntó Lucrecia al cardenal Jorge da Costa—. ¿O quizá solo os apetece un poco de vino?

—Pues, Excelencia, estoy más cansado que hambriento. Ya no tengo la resistencia de vuestra juventud y, además, los viejos comemos poco y a deshora —contestó el prelado.

—Deben de ser los muy viejos hechos de hierro, como vos, *frater carissime* —rio el cardenal Joan de Borja i Llançol de Romaní—, porque los que solo somos viejos y estamos hecho de huesos y carne pecadora siempre tenemos hambre. O, al menos, este viejo en concreto. Y también sed. No nos vendría mal un refrigerio.

—De todos modos —apuntó el portugués—, aceptaría de buen grado una copita de malvasía y quizá un poco de queso tierno.

—¡Magnífica elección, queridísimo hermano! —exclamó el sobrino del papa—. La malvasía siempre se acepta de buen grado y es igual de excelente venga de Creta, de Sitges o de mi Valencia natal, aunque allí a la uva con la que se elabora la llaman «subirat». Y respecto al queso, no estaría mal que lo acompañáramos con pan blanco, un poco de carne y algunos dulces. ¿No creéis?

No podían ser más distintos los dos prelados que acompañaban a la hija del papa en la Sala de las Artes Liberales de la Torre Borgia en la que los tres —junto a una docena de datarios, abreviadores y otros funcionarios de la Santa Sede— despachaban los asuntos del día. El cardenal portugués de San Lorenzo y arzobispo de Lisboa era un hombre menudo y flaco, pero con una vitalidad casi milagrosa para sus noventa y cinco años. Por el contrario, el arzobispo valenciano de Monreale, con cincuenta y cuatro, apenas podía mover su corpachón abotargado por culpa del dolor de las articulaciones que le provocaba el mal francés que padecía, como muchos otros altos dignatarios de la corte vaticana. Cualquier esfuerzo, como subir un tramo de escaleras —aunque fuera pequeño—, le hacía jadear, y tenía los pies tan hinchados que, en medio de la sesión de trabajo, había pedido permiso a Lucrecia para descalzarse y que sus criados se los envolvieran en paños fríos para aliviarle el daño que le producía la gota que también le atormentaba.

—Como digáis, eminencias. Yo también necesito un pequeño descanso y comer algo antes de que venga mi tío el cardenal de Cosenza para informar sobre el estado de las cuentas de la Cámara Apostólica, con el que además tengo que consultar otro negocio. Si os parece bien, continuaremos mañana tras el refrigerio. Y, padre Costa, por favor, no me llaméis «excelencia» —dijo Lucrecia con una sonrisa—, que podría ser vuestra nieta. Me gusta más cuando me decís *querida menina* en vuestra dulce lengua portuguesa.

La hija del papa se levantó de la silla del escritorio que dominaba la estancia que el santo padre usaba como gabinete de trabajo y que también albergaba su biblioteca personal. En los siete lunetos que sujetaban la cúpula de cañón el Pinturicchio había representado alegorías de las siete disciplinas del saber: Astronomía, Música, Aritmética, Geometría, Retórica, Lógica y Gramática para inspirar al pontífice, el cual, le dio a Lucrecia su permiso explícito para que la usara mientras él estaba ausente de Roma y ella ejercía, en la práctica, la función que ninguna mujer había realizado, al menos legalmente, nunca: administradora de la Santa Sede o, como se decía con malevolencia tanto en los elegantes palacios de la nobleza como en las tabernas de mala muerte, de papisa.

Su Santidad había delegado en ella el gobierno civil de los Estados Pontificios, así como la responsabilidad de abrir y contestar toda la correspondencia, para lo cual disponía del sello papal y del ejército de burócratas de la Vicecancillería. En lo único que no tenía jurisdicción alguna —por su condición de hembra— era en los asuntos eclesiásticos o de doctrina. Para esa tarea, o al menos para lo más urgente, estaba el anciano cardenal Da Costa, el viejo adversario del propio Alejandro VI en el cónclave de 1492 en el que fue elegido sucesor de san Pedro. Para las cuestiones diplomáticas, Lucrecia se apoyaba en el cardenal de Monreale, Joan de Borja i Llançol de Romaní, su primo segundo, al que todo el mundo llamaba «el Mayor» para distinguirlo del otro Joan de Borja, el sucesor de César en el arzobispado de Valencia y fallecido hacía año y medio de fiebres. Respecto al estado de las cuentas de la Cámara Apostólica, la princesa viuda de Salerno tenía a Francesc de Borja i Navarro, el primo hermano del santo padre, tesorero papal y cardenal presbítero de Santa Cecilia in Trastévere.

Los tres llevaban juntos desde antes de la hora tercia contestando cartas, leyendo memorandos y atendiendo las mil y una cuestiones que un ejército de datarios, abreviadores y notarios vaticanos traían y llevaban en carros desde las diferentes instancias de la Santa Romana Iglesia, y que requerían de su atención mientras el santo padre estuviera fuera de Roma.

Unos criados dispusieron sobre el aparador situado bajo las ventanas del aposento que daban al *cortile* del Belvedere las viandas solicitadas por el cardenal de Monreale. Además de pan blanco recién horneado, llevaron una fuente con un capón asado con azafrán, canela y clavo guarnecido de nabos asados con pimienta y laurel; un plato con queso tierno de búfala de la Campania y otro con pecorino romano de leche de oveja, así como una bandeja con mazapán, peladillas, higos cocidos con vino y miel y media libra de dulce de membrillo. Todo ello regado con un par de jarras de fresca malvasía de Creta. Después, la servidumbre dispuso una mesa con vajilla de plata para los dos cardenales y también la hija del papa.

—¡Qué ganas tenía, *cosina*, de dejar de veros comer y beber con platos y vasos de barro! —le dijo Joan de Borja en valenciano a su prima.

—Desde ayer ya no soy viuda, *cosí* —le contestó la gobernadora en su misma lengua natal—, sino la esposa del heredero del Ducado de Ferrara, aunque no asistí a mi boda y ni siquiera conozco en persona a mi marido. En todo caso, ya no es necesario que mantenga el luto según la costumbre valenciana durante más tiempo.

En efecto, la tarde anterior un mensajero había llegado para comunicar a la Santa Sede que la boda por poderes entre Lucrecia

Borgia y Alfonso d'Este se había celebrado en la catedral de San Jorge Mártir de Ferrara el primer día de septiembre. Aunque ni la novia ni el novio estuvieron presentes —la primera porque estaba gobernando la Santa Sede y el segundo porque formaba parte del ejército de César que ya volvía de la guerra de Nápoles— los *conservatori di* Roma ordenaron que la campana del Capitolio —la misma con la que Cola di Renzo levantó en armas a los ciudadanos contra los Colonna siglo y medio antes— volteara en señal de alegría como solo hacía cuando se elegía a un nuevo papa. Sin embargo, Lucrecia se negó a que las bombardas del castillo de Sant'Angelo lanzaran salvas en su honor, pues quería que tal orden saliera del propio santo padre cuando regresara a la urbe. Tampoco quiso que hubiera repartos gratuitos de pan, vino y embutidos, ni que se encendieran hogueras, para alivio de su tío el cardenal de Cosenza, que era quien tenía que pagar todo aquello con fondos de la Cámara Apostólica.

—Habéis sido prudente, *querida menina*, al ahorrarle un gasto superfluo al tesoro papal. Bastante costosa ha sido ya la dote —recordó el cardenal portugués.

—Cierto, *carissime frater*. Ercole d'Este ha regateado como un usurero judío —dijo Joan de Borja mientras mascaba a dos carrillos un puñado de peladillas.

Lucrecia guardó silencio. En efecto, el viejo duque de Ferrara había logrado que su dote alcanzara la exorbitante suma de cien mil ducados en moneda, a los que había que sumar otros sesenta y cinco mil en joyas, vestidos, tapices, brocados y otros objetos preciosos. Además, había conseguido que el tributo anual que los D'Este tenían que pagar al papado como vicarios de la Iglesia bajara de los cuatro mil ducados a solo un centenar, y que se le cediera la villa de Pieve di Cento, con sus tierras y fortaleza. El negocio había acabado de cerrarse con el nombramiento de Hipólito d'Este —cardenal de Santa Lucía, arzobispo de Milán, Ferrara, Módena y Capua, y tercer hijo del duque— como arcipreste de la Basílica de San Pedro, uno de los cargos con más rentas de todo el Vaticano.

—El santo padre y Ercole d'Este se conocen desde hace muchos años —intervino el cardenal Da Costa—, y sabía que el viejo duque cedería al final vencido por la codicia, aunque el precio haya sido alto. Pero, a decir verdad, *querida menina*, el papa Alejandro ha conseguido para ti el más alto linaje de Italia ahora que los Sfor-

za han perdido Milán y su libertad, los Médici ya no tienen Florencia ni los D'Aragona la corona de Nápoles.

Tras la matanza de Capua —de la que nadie hablaba en la corte
vaticana— el rey Federico había intentado un último y desesperado
movimiento al abdicar de su trono en la persona de Luis XII de
Francia. Con ello, ya que no podía recuperar su reino para su familia, al menos pretendía que no se quedara la mitad de él su traicionero primo Fernando de Aragón. Sin embargo, la maniobra tampoco había salido como esperaba y el monarca francés había respetado
el acuerdo firmado en Chambord y Granada con el rey Católico,
entre otras cosas porque el Gran Capitán era ya el dueño de la Apulia y la Calabria.

Al final, antes de que los ejércitos de Bérault Stuart y César
Borgia entraran en la capital del sur, el último descendiente de la
rama napolitana de Alfonso el Magnánimo se refugió en la isla de
Ischia, donde los franceses lo hicieron prisionero. Mientras Lucrecia y los dos cardenales almorzaban, el desdichado Federico
viajaba en una galera rumbo a Francia y al exilio como simple
conde de Maine, un señorío al sur de la Normandía. Mientras, el
Gran Capitán capturó a su hijo Fernando —antaño duque de Calabria y heredero al trono—, de trece años, y lo envió a Cataluña
como rehén de alcurnia de su tío Fernando, el cual terminó en-
cerrándolo en el castillo de Atienza primero y en el de Xàtiva
—cruel ironía— después.

—Y, hablando de otra cosa —comentó Joan de Borja mientras
daba cuenta de uno de los muslos del ave—, ¿qué noticias tenemos
del santo padre? ¿Está disfrutando del viaje por las nuevas incorpo-
raciones al patrimonio de san Pedro?

—Anteayer, sobre la hora undécima —contestó Lucrecia—, llegó un mensajero con unas líneas suyas, Eminencia. Contaba que en
Genzano, Rocca di Papa, Velletri y Sermoneta le recibieron como
a Nuestro Señor en Jerusalén el Domingo de Ramos, pero que la
mejor recepción la tuvo en Castelgandolfo, cuyos habitantes escupen cada vez que oyen el nombre de los Savelli, y donde le invitaron a pasear en una barca por el lago Albano. Cuenta en la misiva
que la gente de las aldeas se agolpaba en las orillas para vitorearle
como un libertador. En la carta dice que la belleza del lugar es tan
abrumadora que va a prolongar su estancia allí y que incluso está
pensando en construir un palacio sobre la colina donde están los

restos de la villa del emperador Domiciano para pasar los meses de verano.

—Bellísimos lugares, sin duda —apuntó el cardenal Da Costa—. Y es esperanzador que la población reciba de tan buen grado a su señor legítimo tras la expulsión de los usurpadores.

El nonagenario prelado se refería a las bulas de excomunión que, a principios de agosto, había lanzado el papa contra los Colonna, los Savelli y los Caetani, a los que había arrebatado sus castillos y señoríos por su alianza con el rey de Nápoles y los había incorporado, de momento, al patrimonio de la Santa Sede. Fabrizio y Próspero Colonna, para huir de la cólera del papa, se habían pasado a las filas del Gran Capitán con los hombres de armas que les quedaban, mientras que los Caetani y los Savelli se habían puesto bajo la protección de Venecia y del Sacro Imperio, al menos por el momento.

Y de eso era de lo que Lucrecia quería hablar, precisamente, con su tío el cardenal de Cosenza y tesorero de la Santa Sede, que, en aquel instante, hizo que anunciaran su entrada en la Sala de las Artes Liberales.

—¡Tío! —exclamó Lucrecia cuando lo vio—. Os esperaba para un poco más tarde. ¿Habéis almorzado? ¿Queréis unirnos a nosotros? Ya habíamos terminado, pero…

—No, gracias, sobrina —dijo el anciano cardenal de Santa Cecilia—. Ya he comido algo antes de venir. Y son muchos los asuntos que debemos despachar.

La seca respuesta del prelado valenciano sirvió para que Jorge da Costa y Joan de Borja dieran por terminado el almuerzo y también la reunión. Tras intercambiar unas pocas frases corteses con el recién llegado, ambos se despidieron de la gobernadora y se marcharon.

El santo padre decía que su primo hermano era digno hijo —aunque natural— de su tío el papa Calixto, a quien se parecía tanto en lo físico como, sobre todo, en el carácter. Igual que el primer papa Borgia, Francesc de Borja era un hombre alto y tan delgado que más que brazos y manos parecía tener sarmientos por extremidades. Comía poco, jamás bebía vino y las dependencias que ocupaba en el Palacio Apostólico —como correspondía a su cargo de máximo responsable del tesoro papal— eran tan austeras que parecían más un cuartel que la residencia de un príncipe de la

Iglesia. Era solo un año más joven que el papa y la única persona en el mundo que no se dirigía a él como «padre santo» o «su beatitud», sino como *cosí*. Si Calixto III tenía la cabeza llena de leyes y cánones y el alma a rebosar de obstinación y fe tanto en el poder de la Iglesia como en la grandeza de su propia familia, su hijo tenía ambas a rebosar de números, cuentas y balances de gastos e ingresos. De hecho, si el jubileo del año anterior y la venta de capelos cardenalicios había llenado las arcas vaticanas con tanto éxito era gracias a su diligencia, por lo que también era el único que protestaba ante el papa ante los inmensos gastos que el ejército de César generaba. También había sido el encargado de contar —moneda a moneda— el importe de la dote de Lucrecia para su boda con Alfonso d'Este, a la cual se había opuesto con todas sus fuerzas por considerar que ningún escudo de armas —por antiguo y noble que fuera— valía semejante dineral.

El cardenal de Cosenza —así le conocía todo el mundo en Roma, puesto que era el arzobispo de la ciudad calabresa— llevaba consigo dos secretarios cargados como mulas, con carpetas y libros de cuentas que depositaron en el escritorio del papa en montones perfectamente ordenados. Después, con un desabrido gesto de cabeza, el primo del papa despidió a los dos escribanos para quedarse a solas con la gobernadora.

—Tu hermano pide que la Cámara Apostólica reserve fondos para adquirir no menos de ochenta mil libras de pólvora, las cuales van a costar alrededor de treinta mil ducados —dijo sin apenas esperar a que Lucrecia se sentara.

—¿Eso es mucho, tío?

—Su precio se ha multiplicado por diez, sobrina. Hace un año se pagaban cuarenta ducados por cada mil libras del explosivo y ahora no baja de los trescientos cincuenta.

—¿Lo sabe César?

—Lo sabe. Y dice que no hay de qué preocuparse. Que con lo obtenido en Capua se cubrirán esos y otros gastos.

Lucrecia bajó la mirada. Media Europa seguía horrorizada por la matanza y hasta el mismo rey de Francia había amonestado a César por el saqueo. La hija del papa optó por cambiar de tema. De hecho, era de lo que, de verdad, quería hablar con el cardenal de Cosenza.

—Como sabéis, tío, la bula del santo padre por la que se reconoce a... —Lucrecia dudó un instante, pero enseguida decidió que no era cuestión de andar con eufemismos con Francesc de Borja—, a mi hijo Giovanni como vástago natural de mi hermano se firmó hace cuatro días.

—Así es —contestó el prelado—, *Illegitime genitos*, se llama el documento por el que se considera al *infans romanus* hijo natural de César y de mujer desconocida libre de ataduras matrimoniales, creo.

—Es tal cual decís, *Eminentissime Pater.* —Lucrecia extrajo de una carpeta el papel con el sello papal y se lo alargó al cardenal de Cosenza—. No sabía que la habíais leído.

—Dado que voy a ser el tutor tanto de Giovanni como de su otro nieto, Rodrigo, mi primo me facilitó un borrador. —Francesc de Borja hablaba como si Lucrecia no fuera la madre de ambos o, en todo caso, como si tal circunstancia no tuviera importancia.

—Precisamente de eso quería hablaros. El santo padre me ha prometido para ellos los ducados de Nepi y Sermoneta, pero, ahora, ambos son propiedad de la Santa Sede, que se otorgan en régimen de vicariato, ¿no? Es decir, que otro papa podría arrebatárselos.

—En efecto.

—¿Y si se adquieren en propiedad?

—Eso es diferente. En ese caso dejarían de ser un bien inalienable de la Iglesia.

—¿Puede darse el caso?

—Por supuesto. No forman parte del patrimonio eclesiástico que no se puede enajenar, como la Basílica de San Pedro, por ejemplo.

—¿Y si yo se los comprara a la Santa Sede y luego se los cediera a ellos? —Lucrecia hacía brillar el fuego de la determinación en el fondo de sus pupilas negras—. ¿Sería legal?

—Perfectamente. Calculo que cada señorío puede valer alrededor de cuarenta mil ducados. —El cardenal sonrió a su sobrina—. ¿Dispones de los fondos necesarios? ¿Ochenta mil ducados, Lucrecia?

—Yo no. Pero la Cámara Apostólica sí. Solo con lo que se ha confiscado a los Caetani se alcanza esa suma, que se me puede prestar.

—¿Lo sabe mi primo?

—Lo sabe —y también lo autoriza. —Lucrecia le alargó otro papel, firmado por el puño y letra del papa y con el lacre marcado por el *Anulus Piscatoris*.

Francesc de Borja se tomó el tiempo necesario para leer el documento y asegurarse de que era auténtico como, en efecto, lo era.

—¿Y lo sabe César?

—No tiene por qué saberlo, tío.

34

Planes dentro de los planes

Roma,
3 de noviembre de 1501

—Sus Señorías pueden aguardar aquí si así les place mientras aviso a Su Excelencia. El duque de la Romaña os recibirá enseguida —dijo Juanicot Grasica, el paje de más confianza de César.

Vitellozzo Vitelli y Oliverotto Eufreducci tomaron asiento junto a la mesa sobre la que había un par de jarras de vino y una bandeja con mazapán y fruta escarchada, para entretener la espera, si bien no comieron ni bebieron nada. Por su parte, los primos Orsini —Francesco, duque de Gravina, y Paolo, marqués de Atripalda— intercambiaron miradas malévolas, pues intuían que César Borgia seguía en la cama pese a que hacía un rato que las campanas de Roma habían llamado a la oración del ángelus. Aunque los cuatro sabían de los hábitos nocturnos del capitán general de la Iglesia, a los Orsini les producía un placer especial hacer que el hijo del papa tuviera que reunirse con ellos cuando hubiera preferido seguir durmiendo algunas horas más.

—No podía imaginar yo —susurró Francesco Orsini con una sonrisa maliciosa— que el duque nos fuera a convocar esta mañana y a hora tan temprana.

—¿Temprana? —replicó Vitellozzo Vitelli—. ¡Si es más del mediodía!

—Para él, y también para el papa —insistió el duque de Gravina—, es como si acabara de amanecer, porque, según dicen, las noches en el Palacio Apostólico son muy largas. Y también muy animadas, pues se come, se bebe, se baila y se fornica hasta el alba.

—¿Quién dice eso? —inquirió Vitelli—. ¿Y dónde se dice?

—¡Pues todo el mundo! —intervino Paolo Orsini mientras ponía una mano sobre el hombro de su primo para reforzar lo que estaba diciendo—. ¡Y en todas partes! En cada uno de los palacios, burdeles y tabernas de Roma no se habla de otra cosa, Vitelli ¿Acaso no os habéis enterado de lo que ocurrió la víspera del Día de Todos los Santos? Pues debéis de ser el único.

—Llegué anoche del asedio de Piombino, querido suegro —gruñó el jefe de la artillería del ejército del papa, que estaba casado con Porcia, la hija mayor del marqués de Atripalda, a la que doblaba la edad—. Y estaba tan cansado que no tenía ni tiempo ni ganas de chismes.

—Explicadle lo que ocurrió, Excelencia —terció entonces Oliverotto, pupilo y cuñado de Vitelli—. O lo que se dice que ocurrió, porque todavía no he encontrado a nadie que lo presenciara en persona. Llevo dos días en Roma y todos los que me han narrado lo que pasó aseguran que se lo contó alguien a quien, a su vez, se lo dijo alguien que conocía a alguien que estaba allí. Como siempre ocurre en Roma, vaya. Decidme, ¿cuál de todos ellos fue vuestro caso?

—Deberíais enseñar a vuestro cachorro a sujetar la lengua, porque es posible que se la corten algún día por su insolencia. —Paolo Orsini tenía tensa la mandíbula y los puños cerrados ante aquel petimetre.

Oliverotto, el más joven de los cuatro, ignoró por completo la amenaza mientras le sostenía la mirada al duque de Gravina sin mostrar preocupación ni miedo. A sus veintiséis años, Oliverotto Eufreducci llevaba guerreando con los Vitelli desde los catorce; primero con Paolo y, tras su ejecución en Florencia, con su hermano mayor, Vitellozzo, quien lo había convertido en su lugarteniente principal e incluso le había dado a su hermana para casarse. Era delgado y de formas delicadas, casi adolescentes, de pelo castaño y algo ondulado que, pese a llevarlo muy corto, resultaba armonioso con su rostro hermoso como el de un querubín, que ocultaba, tras sus ojos negros y profundos, la crueldad de un demonio.

Pese a sus hechuras adolescentes y su aspecto casi núbil, Oliverotto era un cruel comandante al que sus hombres temían más que a una nube de metralla. Todo aquello impresionaba a un condotiero tan experimentado como Vitellozzo Vitelli, que, tras haber aprendido el oficio de las armas con Virginio Gentile Orsini, había luchado junto a su hermano Paolo a sueldo del rey de Francia, Carlos VIII, en su invasión de Italia de 1494, para ser contratado después por Florencia en su guerra eterna contra Pisa. También fue quien acudió en defensa de los Orsini en el asedio del castillo de Bracciano, donde el hermano de César, Joan de Gandía, sufrió una humillante derrota. Todo ello no fue obstáculo para que el Valentino lo contratara como uno de sus capitanes y jefe de toda la artillería del ejército pontificio.

—Querido suegro —medió Vitelli—, no seáis tan susceptible. Y tú, Oliverotto, aprende a escuchar a tus mayores. Contadme, ¿qué es lo que se dice por los mentideros de Roma?

Paolo Orsini dirigió una última mueca de desprecio hacia el pupilo de su yerno antes de empezar a hablar. En contraste con la recia estampa de Vitelli —que era un tipo gigantesco, con un aire de buey como los que su abuelo vendía hasta que se hizo lo bastante rico como para comprar el cargo de prior de Città di Castello y usurpar el poder mediante un golpe de Estado en el que asesinó a todos sus rivales políticos— o la peligrosa finura felina de Oliverotto, Paolo Orsini parecía un tonel forrado con una armadura dorada y sujeto por dos patillas ridículas forradas, envueltas en seda roja y botas de montar con espuelas de plata. Llevaba tantos encajes en las mangas del jubón y puntillas y plumas en el sombrero que parecía tener bien ganado el apodo de «Madonna Paula» con el que se burlaban de él, a sus espaldas, sus propios hombres. Era hijo ilegítimo de Latino Orsini, el cardenal que perdió ante Alfons de Borja el cónclave de 1455 en el que este fue elegido papa como Calixto III. Por ello había sido comandante de la Guardia Papal, con la que intentó ayudar a su primo Virginio Gentile en su guerra contra el santo padre Alejandro. Pese a la oposición del pontífice —que odiaba a los Orsini por encima que a cualquier otra familia romana—, César lo había incluido entre sus capitanes por expreso deseo del rey de Francia, lo mismo que a su primo Francesco, el duque de Gravina.

—Para la vigilia de Todos los Santos —explicó Paolo Orsini—, Su Santidad estaba indispuesto, acatarrado, por lo visto, y no asistió a ninguna de las tres misas por los difuntos que se celebraron en la capilla del papa Sixto y en la Basílica de San Pedro. Sin embargo, a la hora de cenar, César se presentó en sus habitaciones de la Torre Borgia para hacerle compañía.

—¿Y tal cosa es motivo de escándalo? —cuestionó Vitelli.

—Es que no se presentó solo. Además de don Micheletto, su secretario y demás miembros de su círculo más íntimo, el capitán general de la Iglesia se llevó músicos, poetas y a cincuenta *cortigiane oneste* que su barragana florentina, esta tal Fiammeta Michaelis, reclutó en los mejores burdeles de Roma.

Oliverotto arqueó las cejas, puesto que era la tercera ocasión en que escuchaba la historia en dos días, y el número de prostitutas que el hijo del papa había introducido en el Palacio Apostólico se había multiplicado por diez respecto a la primera vez.

—Una vez allí dentro, y tras comer, beber y bailar sin parar, el Valentino propuso un juego que consistió en depositar los candelabros de la mesa por el suelo de la Sala de los Papas y, después, arrojar entre ellos unas castañas que las rameras, ya desnudas —Paolo Orsini soltó una risotada—, ¡fueron recogiendo en cuclillas!

—¿En cuclillas? —Vitelli no parecía entender—. ¿Cómo queríais que las recogieran? ¿Es que habría sido mejor de rodillas? ¿O a cuatro patas?

—No me he explicado bien, yerno. —El marqués de Atripalda boqueaba entre carcajadas—. ¡Se despatarraban para recoger los frutos con la vagina! Y a la que más trofeos consiguió mediante ese método la colmaron de regalos, al igual que a la que aguantó más coitos con los asistentes, incluyendo algunos miembros de la guardia a los que llamaron para comprobar la resistencia de las rameras y...

En ese momento, yo entré en la antesala donde los condotieros aguardaban a que el Valentino les diera audiencia, y al verme los cuatro se quedaron mudos como piedras.

—¡Don Micheletto! —exclamó Vitelli—. ¡Qué alegría veros aquí y con buena salud! ¿Cómo estáis de vuestra herida?

—Mucho mejor, Excelencia, gracias por vuestro interés —respondí—. Veo que el marqués de Atripalda os estaba divirtiendo con una historia de lo más picante.

—En efecto, así es —dijo Oliverotto con una mueca burlona—. Hay quien considera que siempre es divertido hablar de putas.

—A mí me la contaron en la corte del rey Luis, en Chinon, hace casi tres años, cuando al capitán general de la Iglesia lo nombraron par de Francia —aseguré—. Se decía por allí que el organizador de la bacanal había sido el primer duque de Orleans, hace más de un siglo, y que en vez de castañas el concurso se hizo con higos. Hasta Su Cristianísima Majestad se partía de risa cuando la escuchaba.

Paolo Orsini bajó la cabeza para no tener que soportar la mirada de Oliverotto ni la sonrisa condescendiente de Vitelli. Yo no mentía: en la corte francesa se contaba desde hacía décadas la supuesta orgía que, según las versiones, se había producido en cuatro castillos diferentes y en la que el número de prostitutas también variaba desde la docena al medio centenar.

—Sus Señorías pueden pasar —anunció Juanicot Grasica—, el duque de la Romaña, gonfaloniero de la Santa Sede y capitán general de la Iglesia les recibirá ahora.

Las cortinas de los aposentos de César Borgia en su Palacio de San Clemente —donde había dormido aquella noche— tapaban la mitad de las ventanas porque el Valentino no soportaba el exceso de luz. Aunque estaba vestido de calle —con calzas negras y medias y jubón del mismo color—, nos recibió recostado en la cama sobre gruesos cojines. Tenía una mesa plegable sobre el regazo, en la que su secretario, Agapito Gherardi, depositaba y retiraba papeles conforme el Valentino los iba firmando y estampando el sello de su anillo en el lacre derretido. Pese a que ya no estaba cuando entramos en la estancia, percibía en el aire el perfume de Fiammeta, como una sutil presencia apenas perceptible entre el ambiente sofocante a causa de las estufas y el olor a azufre con el que el doctor Torrella preparaba los ungüentos con los que aliviaba las llagas en las ingles y la cara de César causadas por el mal francés.

—Pasen, señores —dijo el duque—. En cuanto acabe de firmar estos documentos estaré con sus señorías. Las letras me ocupan más tiempo que las armas, me temo.

—No parece mala ocupación ni mal cambio, Excelencia —dije—. Ojalá a mí me pasara lo mismo.

—Pero vos, don Micheletto, sois un poeta —rio César—, y son más agradables de leer y escribir los versos que vos componéis que los decretos que *messer* Gherardi me hace firmar.

—Y por último, Excelencia —apuntó Agapito Gherardi mientras alargaba al Valentino un papel—, mediante esta carta se le indica a don Ramiro de Lorca que reparta dos mil ducados entre los labradores de Faenza cuyas tierras sufrieran los estragos del asedio para compensarlos por las cosechas confiscadas o destruidas y para la reparación de los molinos, caminos y acequias dañados.

—Supongo que el tesoro dispone de esos fondos —inquirió César.

—Se han solicitado al tesorero papal, Excelencia, que todavía no ha respondido, aunque imagino que lo hará en breve.

—¡A ver si van a tener razón los que dicen que los Borgia somos descendientes de marranos valencianos! —bromeó César—. Desde luego, mi tío Francesc es más avaro que un judío veneciano. Ahora en serio, *messer* Gherardi. Si el cardenal de Cosenza se hace demasiado de rogar, decídmelo de inmediato para que recurra al santo padre.

—Así se hará, Excelencia. —El secretario del duque recogió el último papel y, con una ligera reverencia, se despidió de nosotros—. Si me disculpan sus señorías...

—Si hace quince años, en Monteorio —apuntó Vitellozzo Vitelli—, alguien me hubiera dicho que ese demonio murciano de Ramiro de Lorca iba a terminar como respetable y pacífico gobernador de la Romaña, me habría reído de la ocurrencia durante tres días. ¡Vivir para ver!

Los Orsini dieron un respingo, pues ninguno de los dos había olvidado que su primo Virginio Gentile fue derrotado en la que fue mi primera batalla. Sin embargo, no dijeron nada.

—No os precipitéis en juzgarle como pacífico, Señoría —dijo César—, pues he perdido ya la cuenta de la gente a la que ha hecho ahorcar. La Romaña era una tierra sin ley y don Ramiro, como le ocurrió a Moisés, no tiene más remedio que matar a mucha gente para restaurar el orden.

Tras la caída de Faenza, el Valentino nombró a don Ramiro de Lorca, mi antiguo mentor en el arte de la guerra, gobernador del nuevo Ducado de la Romaña, con lo que el feroz guerrero se había convertido en el administrador general de las nuevas posesiones Borgia. Desde Cesena —donde César había instalado la capital provisional de su dominio—, el caballero murciano llenaba cada día de ahorcados los cadalsos para que sus caminos volvieran a ser seguros y los impuestos se recaudaran en tiempo y forma.

—¿Acaso hay otra forma de restaurar el orden, Excelencia? —preguntó Vitelli—. Hace bien don Ramiro en aplicar la mano dura. Igual deberíais hacer vos con Florencia, como ya os he dicho en muchas ocasiones.

La ruina de la capital de la Toscana era la obsesión favorita del señor de Città di Castello. Hacía dos años que los Diez de la Guerra de la Signoria hicieron ejecutar a su hermano Paolo al que acusaron de traición por no ordenar el ataque decisivo a las murallas de Pisa cuando, tras semanas de asedio, su artillería logró derribar la Torre Stampace. El tirano de Piombino, Jacopo d'Appiano, apresó a Paolo, y al condotiero Ranuccio di Marciano, lo torturaron en el Palacio del Bargello de Florencia y finalmente lo decapitaron. Desde entonces, Vitellozzo no perdía ocasión de vengarse de los responsables de la muerte de su hermano. A Ranuccio di Marciano —defensor de Capua junto a Fabrizio Colonna—lo capturaron tras la caída de la ciudad y lo asesinaron, por orden de Vitelli, echándole veneno en una herida sufrida durante el asedio. Una semana antes había matado también a su hermano Pietro, al que colgaron una bala de cañón al cuello y lo arrojaron a un foso. Confiaba en hacer lo mismo con Jacopo d'Appiano en cuanto tomara la Rocca de Piombino donde lo tenía asediado por orden de César, pero, por encima de todo, quería la muerte de todos y cada uno de los miembros de la Signoria que habían condenado a su hermano y, por añadidura, el regreso de los Médici.

—Como dice la Santa Biblia, Señoría, hay un tiempo para todo lo que se hace bajo el cielo: tiempo para nacer y tiempo para morir; tiempo para plantar y tiempo para cosechar… —dijo César.

—Tiempo para matar y tiempo para sanar —continué recitando los versículos del Libro del Eclesiastés—, tiempo para destruir y tiempo para construir…

—… tiempo para la guerra y tiempo para la paz —completó el Valentino—. Y ahora, Señoría, es tiempo para la paz con Florencia. De momento.

—A veces se me olvida que estoy tratando con un clérigo y un poeta, que saben del oficio de las armas, pero un clérigo y un poeta al fin y al cabo —gruñó Vitelli con cierta sorna.

—En cuanto caiga Piombino —dijo César—, tendremos a Florencia entre dos fuegos, y entonces ya veremos qué hacemos con ella. Además, os recuerdo que el asedio de Piombino lo está pagando la *condotta* de treinta y seis mil ducados que firmé con la Signoria, a la que debo proteger.

—Igual no deberíais haber aceptado ese trato, Excelencia. Y quizá ahora Florencia sería vuestra. Hace meses estaba indefensa y por eso compraron vuestra misericordia.

—No tuve más remedio, Vitelli; los florentinos consiguieron el apoyo del rey de Francia, quien, por medio del general Bérault Stuart, me ordenó que marcháramos hacia el sur para sitiar Capua y tomar Nápoles. Y además me indicó, con vehemencia, que Florencia estaba bajo su protección.

—¿Y cómo consiguieron tal cosa? —preguntó Oliverotto de Fermo.

—Como consiguen casi todo los florentinos, amigo mío. —En la voz de César había no poco sarcasmo—. Pagando y hablando. A mí me pagaron y enviaron a la corte del rey Luis a un tal Nicolás de Maquiavelo, que consiguió que el canciller real, el cardenal d'Amboise, convenciera al rey de firmar un compromiso de protección de Florencia. No merece la pena, pues, llorar por la leche derramada, Señoría. Centrémonos en lo importante.

—Debo insistir en que Florencia…

—¡Pues no insistáis, Vitelli! —estalló César—. ¡Nada puede hacerse mientras el rey de Francia la proteja! ¡Nada! Volved a Piombino y terminad el asedio que empezasteis.

—¿Y puedo terminar también con Jacopo d'Appiano, Excelencia? —gruñó el condotiero con los dientes apretados.

—Si lo capturáis, haced con él lo que os plazca. Como la isla de Elba ya es nuestra gracias a la flota que envió el santo padre al mando del almirante Ludovico Mosca, no tiene adónde huir. Y aunque nos consta que ha pedido también la ayuda de Francia, no ha encontrado oídos para sus súplicas.

—Entonces, mi señor duque, ¿cuál va a ser el siguiente objetivo? ¿Urbino? ¿Bolonia? —terció Oliverotto.

—No. El viejo Giovanni Bentivoglio ya nos cedió la plaza de Castel Bolognese y lo obligué a renovar su juramento de fidelidad a Su Santidad, así como a ponerse al día con los impuestos que debía a la Santa Sede desde hacía décadas, además de proporcionar un centenar de *lancie* italianas al mando de su hijo Ercole, que está en Cesena, junto a don Ramiro de Lorca. Además, el rey de Francia también la protege.

—¿Queda algún rincón de Italia que no esté protegido por Luis de Orleans? —se lamentó Vitelli—. ¿O por Fernando de Trastámara?

—Alguno queda, Vitelli. Y ese va a ser, precisamente, nuestro siguiente paso. El Ducado de Camerino.

35

Magnificat

Roma,
30 de diciembre de 1501

Tanto el Palacio Apostólico como San Pedro y el castillo de Sant'Angelo brillaban en la noche sin luna como si estuvieran ardiendo. Miles de luces iluminaban cada rincón —del interior y el exterior— de los tres edificios, al igual que lo hacían en las otras seis basílicas papales de Roma y el Palazzo dei Conservatori, en lo alto de la colina del Campidoglio. Las residencias de los cardenales y las mansiones de los patricios urbanos —así como la fortaleza de los Orsini de Montegiordano— estaban engalanadas con cientos de llamas diminutas que apuñalaban con su claridad el cielo nocturno. Los trece *priori dei caporioni* ordenaron que se sembrara el pavimento de las plazas principales de sus respectivos distritos con ramas de mirto oloroso, se colgaran de las ventanas y balcones telas de colores y guirnaldas de hojas de palma, y que se ubicaran braseros en las esquinas, para hacer más llevadero el frío de la vigilia invernal.

En las tabernas y los burdeles escaseaba el vino porque la Cámara Apostólica había comprado casi todos los barriles que estaban en los almacenes del puerto de Ripa Grande para repartirlo por las calles junto a hogazas de pan, trozos de queso pecorino y porciones de dulce de membrillo. Los artilleros pontificios recibieron cien libras de la carísima pólvora adquirida para el ejército de César para gastarla en las salvas y truenos de colores que se iban a disparar desde lo alto de las almenas del castillo de Sant'Angelo y desde las puertas de la Muralla Aureliana. Salvo los Colonna, los Caetani y los Savelli —que habían abandonado sus castillos para refugiarse en la Apulia, Módena y en las tierras del Tirol del Sacro Imperio—, toda Roma estaba de fiesta porque, por tercera vez, se casaba la hija del papa.

El santo padre, una vez más, no había reparado en gastos para mostrar al pueblo su alegría, y por eso no era posible encontrar en ninguna tienda de la ciudad ni una sola vela de cera de abejas, cirios de sebo o medio *quartino* de aceite con el que rellenar los candiles; ni siquiera varas, trapos y grasa rancia de puerco para confeccionar antorchas. Eran días de gloria para el papa Alejandro y debía saberse *urbi et orbi* que su hija —y su absoluta favorita— iba a formalizar su matrimonio con el heredero del Ducado de Ferrara y así emparentaba a los Borgia con los D'Este, la familia más noble y prestigiosa de Italia tras la caída de los Sforza, los D'Aragona y los Médici.

Dos días antes de la Natividad, la comitiva ferrarense —con Hipólito y Ferrante d'Este, los hermanos del novio, a la cabeza— había llegado a Roma para llevarse a Lucrecia a su nuevo hogar. No obstante, las personas más importantes del séquito no eran los vástagos del duque de Ferrara, sino los dos tesoreros y el escuadrón de escribas, notarios y auditores que el viejo Ercole enviaba para cerciorarse de que el papa Alejandro pagaba hasta el último ducado de la descomunal dote que ambos habían pactado.

El papa estaba resignado a pagar, pero también quería intimidar a los D'Este con una exhibición de poder y riqueza para que ni siquiera se les pasara por la cabeza que podían humillar a los Borgia o que el exorbitante desembolso que tenían que hacer había hecho mella en sus cuentas. Por eso, en cuanto la comitiva de Ferrara llegó a la Puerta del Popolo por la Via Flaminia, veinte cardenales —cada uno con un séquito de cincuenta caballos— esperaban su llegada junto a un ejército de prelados, canónigos, protonotarios y embajadores, y con las autoridades municipales de la ciudad. César, por su parte, movilizó a cuatrocientos jinetes —entre ellos, a doscientos de mis estradiotes— y seiscientos infantes con coraza, rodela, pica y espada, que formaron —grupa con grupa y hombro con hombro— un pasillo por las calles por donde desfiló la comitiva entre los vítores del populacho romano. El aire se llenó de vivas a Ferrara, al *Duca Valentino*, al *papa Alessandro*, e incluso se oyó algún que otro grito que brotaba de garganta femenina para desear lo mejor a la *papessa Lucretia* y que los clérigos y monjes que también asistían al desfile silenciaban de inmediato entre acusaciones de blasfemia.

El artífice de todo aquel despliegue de poder y riqueza era monseñor Francesco Trochia, protonotario apostólico y nuevo secretario del papa. Venía de una familia que había aportado a los *conservatori di Roma* varios miembros, entre ellos su hermano mayor, que aún seguía en el cargo. También había formado parte de la corte del cardenal Giuliano della Rovere —tanto en Roma como en Aviñón— y precisamente por la información que tenía sobre el gran adversario de Alejandro VI se había ganado el favor del santo padre —pese a que, en apariencia, los dos viejos enemigos se habían reconciliado—. Desde hacía seis meses, monseñor Trochia era el secretario privado del papa y sustituía al fallecido Joan Marrades, obispo de Segorbe y confesor del pontífice durante años. Trochia era un hombre menudo, como yo, pero de carnes consumidas por su afán por el trabajo y la desmedida ambición que, a duras penas, lograba disimular.

Monseñor Trochia aún llevaba papeles en la mano y siseaba órdenes a funcionarios y sirvientes cuando Lucrecia hizo su entrada en la capilla del papa Sixto, donde, ya que la boda por poderes se había llevado a cabo en Ferrara el primer día de septiembre, se iba a celebrar un oficio de vísperas pontificales. En el altar aguardaba el cardenal Hipólito d'Este, el hermano del novio, encargado de oficiar la ceremonia, mientras que Ferrante —el benjamín del duque Ercole— iba a ocuparse de representar al futuro marido de la hija del papa a la hora de ponerle el anillo de casada. Al santo padre, en su trono bajo palio, revestido de capa magna y coronado con el *triregnum*, se le vidriaron los ojos; saltándose el protocolo, ordenó que la madre de Lucrecia —la dama Vannozza, su sobrina— se acercara y se sentara en los escalones de la tarima para poder tomarla de la mano ante el estupor de monsignore Burcardo, el maestro de ceremonias del Palacio Apostólico.

Cuando hizo su entrada en la Capilla Sixtina, Lucrecia lucía un vestido de brocado azul —el color del escudo de armas de los D'Este— bordado en oro, con mangas amplias que rozaban el suelo y una capa de seda carmesí ribeteada de piel de armiño, con una cola de dos cañas de largo que sostenían seis damas, entre ellas, mi esposa Beatriz. De Venecia habían llegado maestros perfumistas para aclararle la oscura cabellera, que ahora era del color del trigo maduro, al estilo del de las reinas, y que le caía sobre la espalda. Llevaba en la frente una cinta de terciopelo negro en cuyo centro centelleaba un rubí rojo como el sol de los atardeceres de verano. Las perlas más gruesas y bellas de la colección del propio papa se habían engarzado en el collar de cuatro vueltas que reposaba sobre su escote, tan pronunciado que a veces dejaba a la vista una mínima fracción de las areolas de sus senos, del que pendía una esmeralda, engastada en oro, del tamaño de una ciruela. Caminaba con lentitud, exudando poder y majestad, porque era consciente de que entre los muros del Palacio Apostólico no se había visto antes la belleza y magnificencia de una princesa como ella, que entraba en la capilla del papa Sixto no como invitada o devota, sino como la dueña y señora de Roma que, en efecto, había sido durante la ausencia de su padre. Tras una reverencia hacia el trono papal, Lucrecia se arrodilló en el reclinatorio forrado en seda roja junto a su cuñado Ferrante, el hermano menor de su esposo y a quien representaba en la ceremonia.

—*Magnificat anima mea Dominum et exultavit spiritus meus in Deo salutari meo quia respexit humilitatem ancillae suae** —proclamó Hipólito d'Este.

La voz varonil y profunda del cardenal D'Este, de veintidós años, arzobispo de Milán, Ferrara, Módena y Capua, resonó en la estancia con la primera antífona del oficio que el hijo del duque Ercole recitaba con los brazos extendidos y los ojos cerrados. Parecía que estuviera en trance y fuera ignorante —que no lo era en absoluto— de lo que estaba ocurriendo en la Cámara Apostólica, a menos de un centenar de pasos de la capilla del papa Sixto.

Allí, los dos tesoreros del duque de Ferrara, asistidos por ocho escribas, contaban, a cara de perro, las cien mil monedas de oro que una docena de datarios apostólicos iban sacando de los cofres que los guardias pontificios movían ante la atenta mirada del cardenal de Cosenza, Francesc de Borja, el tesorero papal.

* «Proclama mi alma la grandeza del Señor y se alegra mi espíritu en Dios, mi Salvador, porque ha puesto sus ojos en la humildad de su esclava».

—*Ex hoc beatam me dicent omnes generationes, quia fecit mihi magna qui Potent est, et sanctum nomen eius et misericordia eius a progenie in progenie timentibus eum** —continuó el cardenal D'Este.

En un cesto situado en un extremo de la mesa, los burócratas de Ferrara iban depositando las piezas que creían falsas o que consideraban que no tenían la ley suficiente. Cada vez que aparecía una de ellas, el primo hermano del papa y el primer tesorero ducal pesaban la moneda, la mordían y la volvían a pesar mientras discutían como dos verduleras del mercado del Campo dei Fiori por la frescura de unas coles hasta que, al final, llegaban a un acuerdo o a algo que se le parecía.

—*Fecit potentiam in brachio suo* —siguió Hipólito d'Este—: *dispersit superbos mente cordis sui, deposuit potentes de sede et exaltavit humiles; esurientes implevit bonis et divites dimisit inanes.***

Después de contar una a una las cien mil monedas, llegó el turno de examinar las más de ochenta camisas de delicada seda valenciana, sesenta borceguíes y otros finos calzados de la hija del papa, así como los más de cuarenta vestidos que incluía su ajuar. Todo aquello se había dispuesto en perchas en las bóvedas de la Cámara Apostólica para que los tesoreros ducales lo examinaran como si fueran prestamistas judíos comprobando la garantía de un empeño. Hicieron lo mismo con las joyas, los cofres de perlas y las ciento veinte piezas de la vajilla de plata de su futura duquesa, así como con los tapices, candelabros, libros e incluso los perfumes, esencias y ungüentos del tocador de Lucrecia, en cuyos tarros y frascos introdujeron los dedos y metieron las narices para comprobar la calidad de los cosméticos.

—*Suscepit Israel puerum suum recordatus misericordiae suae, sicut locutus est ad patres nostros Abraham et semini eius in saecula**** —concluyó el tercer hijo del duque de Ferrara.

Por último, los funcionarios ducales examinaron la bula en la

---

* «Desde ahora, todas las generaciones me llamarán bienaventurada, porque el Poderoso ha hecho grandes obras en mí y su nombre es Santo y su misericordia llega de generación en generación a los que le temen».

** «El [Dios] hizo proezas con su brazo, dispersó a los soberbios de corazón, derribó del trono a los poderosos y enalteció a los humildes; a los hambrientos los colmó de bienes y a los ricos los despidió vacíos».

*** «Auxilió a Israel, su siervo, acordándose de la misericordia, como lo había prometido a nuestros padres, en favor de Abraham y su descendencia por siempre».

que se rebajaba a la décima parte el tributo anual que Ferrara debía pagar a la Santa Sede y en la que se otorgaba a los d'Este la propiedad de los castillos de Pieve y Cento.

Tras el Magníficat, la oración que compuso la mismísima Madre de Dios cuando fue a visitar a su pariente Isabel, embarazada de San Juan Bautista, un papa lloroso y emocionado se levantó del trono para bendecir los anillos que intercambiaron los contrayentes. Ferrante d'Este, en nombre de su hermano Alfonso, puso en el dedo de Lucrecia la sortija que en su día había llevado su madre, Leonor d'Aragona, la hija mayor de Ferrante, el rey de Nápoles.

Finalizada la ceremonia religiosa, unos criados acercaron los cofres que contenían los regalos del novio y que fueron exhibiendo ante la corte vaticana. Lucrecia los iba tomando uno por uno y los mostraba para recibir el aplauso de los asistentes. Se expusieron joyas, telas, libros y vajilla.

—¿Qué pensáis de los presentes que ha enviado mi nuevo cuñado, monseñor Trochia? —preguntó César al secretario del papa, con quien había congeniado muy bien—. ¿Están a la altura de la dote de mi hermana?

—Ni por asomo —contestó el funcionario—. Todo lo que ha salido de esos cofres, hasta ahora, no supera los mil ducados, Excelencia. Aunque eso ya lo sabíamos.

—No es dinero lo que se pretendía obtener con este matrimonio, monseñor —apuntó el Valentino—. Y, además, las arcas están repletas.

—El cardenal de Cosenza podrá contestaros con más exactitud que yo, pero tenéis razón. Al menos a grandes rasgos —dijo el secretario papal mientras consultaba un papel que buscó entre los bolsillos.

—Capua fue... —César titubeó un momento mientras miraba hacia los frescos de los muros pintados por el Perugino y Botticelli, con escenas de la vida de Moisés y de Nuestro Señor, como si temiera proferir una blasfemia— digamos que muy rentable.

—Eso tengo entendido, Excelencia —apuntó Trochia, igualmente incómodo por tener que hablar de la matanza en un sitio sagrado—. Por eso no creo que haya que preocuparse en exceso. Hay otro asunto que quizá requiera vuestra atención.

—¿De qué se trata?

—De esto.

El secretario privado del papa sacó otro papel de sus, en apariencia, innumerables bolsillos, en los que tenía todo tipo de documentos, y se lo entregó a César. Era una hoja impresa en cuarto remitida desde el campamento real de Tarento y dirigida al Magnífico Señor don Silvio Savelli.

—Los hombres de vuestro primo, el capitán Rodrigo Borgia —continuó el secretario—, confiscaron una docena de estos libelos, que un pordiosero repartía a las puertas de la Basílica de Santa Maria sopra Minerva. Cuando lo interrogaron confesó que un gentilhombre embozado le había dado unas monedas para que lo hiciera. Ese miserable sigue bajo custodia en la Tor di Nonna y, aunque se le ha sometido al tormento del *strapatto*, no parece saber nada más.

César no pareció escuchar el comentario sobre la espantosa tortura en la que a la víctima se la ataba de pies y manos a la espalda y, sujeta por los tobillos y las muñecas, se la alzaba con una polea hasta el techo, para hacerla caer a continuación. La soga tenía la longitud exacta para que no se estrellara contra el suelo, pero el tirón seco descoyuntaba las articulaciones y trituraba los tendones con un dolor insoportable.

—¿Desde Tarento? —susurró César mientras leía el documento—. ¿Y a Savelli? ¿No es en Tarento donde tiene su cuartel general el Gran Capitán Gonzalo Fernández de Córdoba? ¿Quién la envía?

—No figura el remitente, Excelencia. Está fechada el 23 de noviembre, pero, si os fijáis aquí —Trochia señaló un renglón en particular—, dice que vuestra hermana ya está en Ferrara, cosa que no es posible, por lo que creo que se ha hecho para confundir y que ha sido impresa más recientemente.

—Poco importa eso ahora, monseñor. Silvio Savelli vive refugiado en la corte del emperador Maximiliano, en el Tirol. Sospecho que el destinatario también es irrelevante.

—Sospecháis bien, mi señor duque. Lo peor está aquí.

—«No hay delito ni fechoría —leyó César en voz baja— que no se cometan en Roma públicamente y en casa del pontífice. Los Borgia han superado a los escitas, han superado la perfidia de los cartagineses, la crueldad y ferocidad de Nerón y Calígula. Sería cosa de nunca acabar el enumerar las masacres, rapiñas, estupros e incestos que han cometido».

—Continuad, señor.

—«Respecto al duque Valentino —siguió—, su padre le mima porque tiene su mismo carácter perverso, su misma crueldad: es difícil decir cuál de estos dos seres es más execrable, pero César es peor, porque, para saciar todas sus pasiones a la manera de los turcos, vive rodeado de prostitutas y bajo sus órdenes se ha matado, herido, envenenado y arruinado a personas honradas e inocentes, pues está tan ávido de poder como de sangre humana».

El hijo del papa leyó a continuación para sí, musitando las palabras que desfilaban ante sus ojos, ocultos tras la máscara de cuero que llevaba esa noche para ocultar las llagas del mal francés que, cada vez, tardaban más en desaparecer con los ungüentos del doctor Torrella y los baños de calor.

—«Sobre su alma recaerá la Justicia Divina —recuperó la lectura en voz alta hasta llegar al final de la hoja— por haber ordenado la muerte de su hermano el duque de Gandía, su cuñado el gentil príncipe Alfonso d'Aragona y por haber yacido con su hermana y que el fruto de su adulterio incestuoso reciba de manos del sacristán del infierno de su padre, usurpador de la *Cathedra Petri,* el Ducado de Nepi con treinta y seis castillos sobre la Via Salaria, la Flaminia y la Cassia».

Un estallido de aplausos que se produjo en la capilla cuando Lucrecia exhibió ante la corte vaticana una fuente de plata que tenía grabados los escudos de armas de los Borgia y los d'Este interrumpió la lectura, que César retomó cuando cesó la ovación.

—«Anunciado tan a menudo por los profetas, ha llegado el tiempo del Anticristo, porque jamás ha habido peores enemigos de nuestra fe, adversarios más declarados de Dios, destructores más encarnizados de la religión de Cristo que Alejandro Borgia y su hijo».

—Me temo que aún hay más, Excelencia. Por la otra cara.

—«Es el papa Alejandro una bestia infame —César ya no leía en voz baja tras haberle dado la vuelta al papel— cuya perfidia no conoce parangón en el género humano, salvo por su hijo, un fratricida que, de cardenal, se ha convertido en el asesino que tiene con su propia hermana un comercio carnal infame. Quiera la Divina Providencia que, para devolver a buen puerto la barca de San Pedro y extirpar de Roma la peste engendrada para la perdición de la cristiandad, tomen las armas Su Imperial Majestad Maximiliano de Habsburgo, los príncipes de Italia y los reyes alejados. Difundid,

Magnífico *signore*, este escrito entre las multitudes reunidas ante la Santa Misa, y que Dios os guarde».

Monseñor Trochia juntó las manos sobre su cintura en señal de sumisión y bajó la mirada cuando el Valentino estrujó el papel en el interior del puño enguantado. Esperaba —no sin temor— a que el duque asimilara lo que acababa de leer mientras aguardaba un ataque de cólera del capitán general de la Iglesia, que, para su sorpresa, no se produjo. César Borgia permaneció tranquilo.

—¿Conoce el santo padre la existencia de este libelo?

—Sí, Excelencia. El capitán Rodrigo Borgia se lo entregó primero al cardenal de Módena pensando que iba contra él porque, en el primer párrafo, califica a su eminencia Giovanni Battista Ferrari de «ministro de los crímenes y cerbero de la puerta del infierno». Fue el propio cardenal el que se lo comunicó a Su Santidad.

César reflexionó unos instantes. Ferrari era un protegido del papa que lo había nombrado cardenal hacía un año como recompensa a su trabajo en la Dataría Apostólica, en la que había perfeccionado el sistema de venta de cargos eclesiásticos hasta convertirse en el principal recaudador de la Santa Sede y, de paso, se había hecho inmensamente rico, si bien no tenía propiedades fuera de Roma. Por todo ello, César llegó a la conclusión de que el autor del libelo no estaba en Tarento —donde el cardenal Ferrari era un desconocido—, sino en la propia Roma. Y, por tanto, se podía dar con él.

—¿Y qué hizo Su Beatitud cuando Su Eminencia le leyó estas calumnias? —César levantó el puño que contenía el papel arrugado.

—Lo que hace siempre con estas cosas, Excelencia. Se echó a reír. Yo estaba presente y le advertí que, merced a la imprenta, esa bazofia puede estar en la puerta de cada iglesia de Italia y en cada corte de Europa en un par de meses.

—¿Y qué os dijo, monseñor?

—Pues que no había que preocuparse porque nadie en su sano juicio se iba a creer tal sarta de estupideces.

—¡Increíble!

—Y también me dijo, mi señor, que os enojaríais porque, y son sus palabras y no las mías, aunque sois un buen capitán general y un justo gobernante, no habéis aprendido a tolerar las ofensas que no tienen importancia, y más en una ciudad como Roma, donde cada cual es muy dueño de escribir lo que le venga en gana.

—En eso, monseñor, Su Santidad tiene razón. Roma es una ciudad donde cada cual es muy dueño de escribir lo que le viene en gana. Pero también es otra cosa.

—¿Qué cosa, Excelencia?

—Es una ciudad peligrosa. Muy peligrosa.

36

Gloria Domus Borgiae

Roma,
Epifanía del Señor de 1502

La ligera nevada que caía sobre la ciudad enharinaba los tejados y tapaba, poco a poco, las huellas que las fiestas habían dejado en las calles de Roma. En honor de la boda de su hija, el papa Alejandro había decretado que se celebrara otro carnaval adelantado. Desde la víspera del día de San Silvestre la ciudad había sido un festejo continuo en el que la Cámara Apostólica no había reparado en gastos.

Las celebraciones habían comenzado la tarde del penúltimo día del año con los fuegos artificiales desde las terrazas del castillo de Sant'Angelo y el reparto gratuito de vino y viandas en las plazas alrededor de las hogueras que los *conservatori* autorizaron, y en las que solo se produjeron dos muertos a cuchilladas, una docena de heridos, cuatro o cinco violaciones y algún saqueo; es decir, poco más de lo que ocurría cada noche en Roma.

A la mañana siguiente, sobre la hora tercia, cuando el sol invernal ya empezaba a calentar, comenzó la gran cabalgata con la que los Borgia pretendieron y consiguieron —aún más— impresionar a los D'Este de Ferrara. Desde la iglesia de Santiago de los Españoles, en la Piazza Navona, precedidas por destacamentos de la Guardia Pontificia y la Milicia Urbana, salieron los trece carruajes triunfales que se correspondían con los trece distritos de la ciudad. Cada uno representaba escenas de los viejos mitos o episodios de la Roma imperial: desde las hazañas de Hércules o Quirón a las gestas militares de Julio César o el buen gobierno de Augusto. En ellas se equiparaban la fuerza y el valor de los guerreros a los del Valentino o, cuando se trataba de ensalzar la prudencia y la sabiduría de los gobernantes, a las del papa Alejandro.

El cortejo necesitó toda la mañana para llegar hasta la plaza de San Pedro a través de la Via dei Coronari y el Puente de Sant'Angelo. No obstante, la mayor multitud se concentró en la Via Alessandrina, la nueva calle del Borgo abierta con motivo del jubileo del año anterior y que llevaba el nombre del santo padre.

Ya en la plaza, el papa, la curia al completo y los invitados a la boda disfrutaron, desde la Logia de las Bendiciones, de la exhibición de las carrozas, acompañada de música, lectura de poemas en honor de Lucrecia y su nuevo marido, y disparos de salvas de arcabuz y truenos desde los baluartes de las puertas de Santo Spirito, de San Pellegrino y de Cavalleggeri. Por la tarde, antes de la representación del *Anfitrión* de Plauto —la comedia favorita del santo padre, que, como de costumbre, se rio a carcajadas— se ofreció también una pantomima en la que dos actores interpretaban a Alejandro VI y a Ercole d'Este recibiendo de la diosa Juno la promesa de una alianza eterna y feliz entre Roma y Ferrara. Ambas ciudades —representadas alegóricamente por dos efebos vestidos de mujer— se disputaban a Lucrecia hasta que Mercurio —el dios del dinero— las reconciliaba. El pontífice, que amaba el teatro, se rio con ganas cuando se vio reflejado en el actor, y más aún con el final de la obra, porque definía con exactitud lo que había ocurrido en realidad. A César, sin embargo, no le hizo ninguna gracia.

El banquete del primer día de 1502 —en el que el papa cumplió setenta y un años— fue el más copioso de cuantos se habían celebrado en el Palacio Apostólico. Se contaban por docenas las bandejas con capones asados, trozos de cerdo, fruta escarchada, mazapán y otras golosinas que, en su mayor parte, se repartieron —más bien se arrojaron desde las ventanas— al pueblo, que aún abarrotaba el espacio debajo de la Logia de las Bendiciones de la Platea Sancti Petri para disfrutar de las sobras.

Y para los que pensaron que con aquello se iba a terminar toda la fiesta, los Borgia aún tenían preparadas más diversiones. El segundo día del año se montó en la plaza de San Pedro un castillo de madera que representaba a la Rocca de Faenza, y el propio César, al mando de varios centenares de hombres, recreó el asalto final a la fortaleza defendida por el joven Astorre Manfredi, que, para asombro del pueblo romano, se prestó a completar la simulación haciendo de sí mismo y defendió, en aquel simulacro de espadas de madera y arcabuces sin balas, lo que había sido su hogar hasta su honorable derrota. La multitud deliró de felicidad cuando el Valentino y el joven señor de Faenza se fusionaron en un fraternal abrazo tras el final de la batalla ficticia.

El tercer día de enero los romanos pudieron disfrutar de una naumaquia en las aguas del Tíber entre el Puente Sisto y el Fabricio, donde se enfrentaron supuestas galeras pontificias —como las que mandó el cardenal Carafa treinta años antes— contra barcos turcos. De hecho, el ya anciano prelado napolitano fue el encargado de dar la simbólica orden de ataque desde una de las embarcaciones para rememorar sus días de gloria como cardenal-guerrero.

El cuarto y el quinto día del mes se llenaron con una corrida de toros en la plaza de San Pedro, donde el Valentino, primero a caballo y después a pie, mató a dos de las seis bestias enviadas para la ocasión por el rey de Navarra, su cuñado. Tampoco faltaron las siempre populares carreras de judíos con pesados mantos de lana por la Via del Corso, de prostitutas semidesnudas por la Piazza Navona y la suelta de lechones cubiertos de grasa desde lo alto de las cuestas del monte Testaccio. Ni siquiera con motivo de la coronación del papa, casi diez años antes, la ciudad había vivido una semana de fiestas semejante, de la que, al amanecer del día de la Epifanía de Nuestro Señor, no quedaban más que los restos.

Además, gruesas nubes escupidas desde los montes Albanos se habían tragado el cielo soleado de los últimos días y despedían a la hija del papa —que partía aquella mañana hacia Ferrara— con el llanto blanco y frío de la primera nevada de aquel invierno.

Lucrecia se levantó al alba y, acompañada por su madre, su prima Ángela y algunas damas de compañía, vistió ella misma a los *duchetti* y cruzó por última vez el corredor que unía su Palacio de Santa Maria in Porticu con el Apostólico. Llegó a la Capilla Sixtina, donde el cardenal de Cosenza y primo del papa celebró una misa a la que asistió toda la corte pontificia, pero no el santo padre, que la esperaba en la Sala del Papagayo.

Estaba solo, pues un momento antes había despedido a los cubicularios, a su secretario, monseñor Trochia, e incluso a su guardia personal. Lucrecia notó de inmediato que el papa estaba sumido en la melancolía y también despidió a su séquito. Luego, con un niño cogido en cada mano, entró en el aposento.

—*Pare* —dijo Lucrecia nada más verle sentado en su trono dorado—. Ha llegado el día.

—*Sí, filla meua* —contestó el papa con la voz quebrada por la emoción—. Todo llega. Y ahora me siento como si estuviera mirando el fondo de un precipicio profundo y oscuro. Me he acostumbrado demasiado a ti, Lucrecia. A pasar contigo un rato cada día; a cenar contigo; a hablar de chismes y frivolidades de la corte y de asuntos del gobierno de Roma. Dime, ¿qué voy a hacer ahora sin ti?

—Cuidar de ellos —dijo resuelta mientras levantaba los brazos con las manitas de los niños entre las suyas—. Velar por los hijos de una madre a la que la política no le permite cuidarlos ella misma, santo padre. No os pido más. No puedo llevarme a ninguno de los dos a Ferrara, así que apelo a vuestra promesa y a vuestro amor paternal por mí.

—No sufras, Lucrecia. No sé si se cumplirá la profecía que me hizo un astrólogo en mis días de estudiante de leyes en Bolonia cuando vaticinó que yo sería el padre de un rey de Italia, pero sí he hecho lo necesario para ser el abuelo de dos príncipes romanos, los duques de Nepi y Sermoneta, Giovanni y Rodrigo. Ellos perpetuarán el nombre y el poder de los Borgia en esta tierra que ya es tan nuestra como de los Colonna, los Orsini o los Savelli, que Nuestro Señor confunda.

—No olvidéis a los hijos de Joan, que están en Gandía, *pare*. Ni a la hija de César y los que engendrará con su esposa cuando venga a Italia.

—Ni conocí en persona a María Enríquez —dijo el papa con amargura—, ni tampoco a los nietos que tengo en nuestra tierra natal. Y dudo mucho que se dé la oportunidad a estas alturas. Quizá ocurra con Carlota d'Albret y la pequeña Luisa si, como dice tu hermano, vienen a Roma cuando el rey Luis de Francia dé su permiso. Por eso, para mí todos ellos son política, Lucrecia, y no provocan nada en mi corazón, solo en mi cabeza, como ocurre cuando nombro a un obispo o a un cardenal. Sin embargo, contigo y con tus hijos es diferente. No sé cómo ha podido ocurrir, pero es distinto.

—Jurádmelo, *pare* —insistió Lucrecia al ver que el papa se sumía cada vez más en el pozo oscuro de la melancolía—. Juradme que velaréis por ellos. Por los dos.

—No te preocupes. Jofré y Sancha educarán a Rodrigo como a un príncipe napolitano. Tu hermano pequeño no tiene las condiciones para ser un caudillo militar como César, pero será un buen maestro para el pequeño. Y mi primo el cardenal de Cosenza será el tutor de Giovanni hasta que, cuando seas duquesa de Ferrara, puedas llevártelo contigo si así lo deseas. El viejo Ercole no vivirá mucho tiempo más.

—¡Pero si mi suegro y tú tenéis la misma edad! —protestó Lucrecia.

—Es verdad. Y a mí tampoco me queda mucho, *filla meua*. Aunque me encuentre bien e incluso aún sea capaz de cabalgar, la muerte ya no es una posibilidad lejana, sino una certeza próxima. Es algo que los viejos asumimos. Quizá llegue a los ochenta como mi tío el papa Calixto. O es posible que incluso alcance los venerables noventa y tantos del cardenal Da Costa. Pero siempre he sido un hombre realista y, a mi edad, cada día puede ser el último. Solo pido a la Divina Providencia que me dé margen para hacer todo lo que falta por hacer. Que sigue siendo mucho y no hay tiempo que perder.

En ese momento, César entró en la Sala del Papagayo. Vestía, como siempre, de riguroso negro, y llevaba la máscara de cuero puesta para ocultar las llagas del mal francés que, tras los excesos de la última semana, habían vuelto a aparecer. Sobre el jubón oscuro lucía una coraza dorada de ceremonia y llevaba en la mano el bastón blanco de capitán general de la Iglesia.

—*Pare*, Lucrecia. Es la hora.

Las campanas de la Torre del Gallo anunciaban el ángelus cuando Lucrecia montó en la mula blanca —idéntica en belleza a la hacanea que usaba el santo padre en las procesiones más solemnes— que la esperaba a los pies de la estatua de San Pablo, junto a las escalinatas de acceso a la Basílica de San Pedro. El papa Alejandro, desde la Logia de las Bendiciones, saltaba de ventana en ventana para despedirse con la mano sin ocultar las lágrimas que le resbalaban por las mejillas. El papa de Roma tenía motivos para llorar; más incluso que los que le provocaba la despedida de su hija, aunque, entonces, no podía saberlo.

Porque aquella fue la última vez que la vio.

Abajo, la multitud se agolpaba en el borde exterior de la plaza para contemplar el séquito de ciento cincuenta carros que portaban la dote y el equipaje de la hija del papa. Un millar de hombres del ejército pontificio —ochocientos infantes a pie y doscientos caballeros— iban a ser los encargados de escoltar a la heredera del Ducado de Ferrara hasta su nuevo hogar tras un mes de viaje en el que pararía en Castelnuovo, Civitacastellana, Narni, Terni, Espoleto, Foligno, Urbino, Pésaro, Rímini, Cesena, Forlì y Faenza. En cada plaza o cruce de calles importante de la ciudad por donde pasaba el cortejo, monseñor Trochia había dispuesto grupos de cantores y músicos.

—*Gloria Domus Borgiae. Gloria Domus Borgiae.* —Gloria a la Casa Borgia, cantaban.

Lucrecia cabalgaba entre César y su nuevo cuñado, el cardenal Hipólito d'Este, que la acompañarían hasta Castelnuovo. Los contemplé pasar por la plaza del Popolo, tan abarrotada de gente que la milicia urbana tuvo que hacer un pasillo de hombres con las lanzas entrelazadas para que el interminable cortejo —pues a los carros y escolta se unían otras doscientas personas entre damas de compañía, criados, músicos y algunos amigos que quisieron acompañarla durante un trecho del camino— pudiera alcanzar la puerta de San Valentín y la Via Flaminia. Yo estaba, con seis de mis estradiotes, sobre una de las dos torres defensivas y agité un pañuelo para captar la atención de la hija del papa. Lucrecia me vio y me devolvió el saludo con una sonrisa.

Y aquella fue la última vez que la vi, igual que su padre unos momentos antes.

Ni a mis estradiotes ni a mí nos asignaron la escolta de la futura duquesa de Ferrara porque, aquel día de la Epifanía de Nuestro Señor de 1502, el autor de estas páginas tenía otro trabajo que hacer, más propio de su oficio y que aguardaba en una de las celdas de la Tor di Nona, la siniestra cárcel del papa junto al Tíber, reservada para los delincuentes comunes y los pobres que no tenían la suerte de ser encerrados en el castillo de Sant'Angelo, donde incluso la infame celda de San Morocco podía ser un destino mejor que aquel infierno al que sobreviví —no mucho tiempo después— durante dos años.

No quedaba gran cosa del mendigo que había repartido los

panfletos con la «Carta a Silvio Savelli» a las puertas de la Basílica de Santa Maria sopra Minerva. Los verdugos de la Santa Sede —cuyo espantoso arte causando dolor también probaría yo mismo— se habían empleado a fondo con aquel desgraciado, que ya no tenía ni fuerzas para seguir aullando con los brazos descoyuntados y los pezones arrancados con tenazas ardientes. Sin embargo, quien le había facilitado los libelos estaba prácticamente intacto, salvo por algunos moratones provocados por los hombres de la Guardia Pontificia que lo detuvieron cuando intentaba salir por la puerta de San Juan.

Se llamaba Natale Mancini y era napolitano. Tenía poco más de treinta años y decía que era poeta y traductor de latín y griego, y como tal había servido en la corte de Próspero Colonna. De hecho, lo apresaron cuando pretendía huir por la Via Apia hacia Tarento, donde se habían refugiado su antiguo patrón y su primo Próspero. Y es que los primos Colonna habían puesto sus espadas —y sus hombres— al servicio del Gran Capitán Gonzalo Fernández de Córdoba para salvar la vida después de la excomunión del papa y de que se confiscaran sus propiedades en Roma y sus castillos en los alrededores.

No fue demasiado difícil dar con él. Tras la caída de Capua, la rendición de Nápoles y el exilio del rey Federico, no quedaban demasiados napolitanos en una ciudad que se había convertido en una trampa para ellos. Aunque el pordiosero no le vio la cara a quien le había dado el dinero y los panfletos, otra gente sí se fijó en el gentilhombre embozado que se los había facilitado. Además, la tortura, en su justa medida, suele ser un magnífico acicate para hacer memoria, por lo que la descripción de la ropa que llevaba el desconocido fue tan fiel que los hombres de la Milicia Urbana que custodiaba la puerta de San Juan reconocieron casi a primera vista al napolitano. Además, Mancini cometió un error gravísimo, como fue el intentar salir de Roma en plenos festejos por la boda de Lucrecia, cuando todo el mundo de los alrededores de la urbe hacía el camino opuesto para disfrutar de la fiesta.

Al entrar en la celda, Natale Mancini me reconoció al instante. Imagino que ya estaba haciéndose a la idea de que serían los verdugos de la Tor di Nona los que acabarían con su vida, pero entonces la presencia allí del temido don Micheletto le hizo pensar que el Valentino y el papa querían algo de él y eso suponía una esperanza, por pequeña que fuera, de salvar el pellejo si podía ofrecer cualquier cosa a cambio.

Y en parte tenía razón. Aunque solo en la parte de que el hijo del papa aún necesitaba algo de él: más información.

En todo lo demás se equivocó.

—*Signore*, os lo ruego —me dijo—. Si me perdonáis la vida, os puedo decir dónde escondieron los Colonna los falconetes, cañones y culebrinas que no pudieron llevarse a Nápoles para ponerlos al servicio del capitán Fernández de Córdoba.

—¿Dónde están? —Yo no había ido allí a buscar esa información, pero aquello también era valioso—. ¿Dónde están esas armas?

—Parte de ellas las enterraron en el patio de armas de su fortaleza de Monte Cavallo, aquí, en la misma Roma. Hay más en Gennazano, en una parte de las bodegas que se tapiaron; el muro se manchó con polvo de carbón para disimular el mortero y los ladrillos nuevos. Y hay más en Nemi, en tumbas nuevas en el cementerio de San Nicola. No busquéis pólvora, *signore*, porque se la llevaron toda. También la munición menuda para los arcabuces.

—Bien. Pero quiero saber otra cosa.

—Si yo la sé, *signore*, dad por sentado que os la contaré.

—¿Dónde se imprimió esto? —Saqué de mi bolsa uno de los panfletos—. ¿Aquí en Roma o en otro sitio?

Mancini palideció aún más de lo que ya estaba, pues yo no había mostrado especial interés por lo que él pensaba que era su mejor baza. Y, además, sabía las consecuencias que tendría para el impresor.

—No lo sé, *signore*. A mí me dieron los papeles para su reparto, pero ignoro en qué imprenta los elaboraron.

—Mientes.

Soy un asesino, no lo niego. Pero no un torturador. Que Nuestro Señor en su infinita sabiduría decidiera crearme con una especial habilidad para acabar con la vida de mis semejantes no significa ni que disfrute de ello ni que me cause especial placer infligir dolor. Tampoco me gusta presenciarlo, aunque he tenido que hacerlo varias veces. No obstante, aquella no iba a ser una de ellas y, por ese motivo, simplemente abandoné la celda para que entraran en ella los dos verdugos con unas tenazas de hierro que llevaban en el interior de un brasero lleno de carbones encendidos. Con eso fue suficiente.

—¡No! —suplicó Mancini—. Don Micheletto, os lo ruego. ¡Misericordia!

—En vuestras manos está, *messer* Mancini, no sufrir ese tormento. Decidme, dónde se imprimieron los libelos y por orden de quién —dije desde el pasillo.

—Don Micheletto —dijo uno de los torturadores—, los hierros están preparados.

—Aguardad un instante, *mastro* Taparelli —respondí—, que creo que *messer* Mancini necesita un momento para reflexionar.

—¡Sí, don Micheletto! —exclamó el napolitano—. ¡Os lo diré! Se han impreso cientos de panfletos. En Tarento y Venecia sobre todo, pero también en Brescia. Y se han enviado a todas las cortes de Europa.

—¿Y aquí, en Roma?

—Sí, también en Roma, *signore.* En la imprenta de Luigi Querini, el veneciano.

Aquello eran palabras mayores. Que los libelos se hubieran impreso en Tarento y Brescia era malo porque implicaba que tanto el rey de Aragón, Fernando el Católico, como su consuegro, el emperador Maximiliano, o estaban al tanto o no se habían querido enterar de aquello. Y que en Roma hubiera un impresor veneciano que también se prestaba a ello implicaba que el dogo y los gentilhombres de la Serenísima República no eran tan sinceros en su apoyo al papa Borgia y al Valentino como proclamaba su embajador en Roma siempre que tenía ocasión de hacerlo.

—Gracias, *messer* Mancini —dije—. Vuestra sinceridad os ha devuelto la libertad.

El pobre desgraciado no se podía creer lo que estaba oyendo y se abalanzó hacia mí —pese a la cadena que lo sujetaba a la pared por un tobillo— para besarme las manos entre lágrimas de alegría y gritos eufóricos de agradecimiento, si bien los verdugos se lo impidieron. Me marché de allí sin siquiera contemplar su mirada incrédula ante el hecho de que el temido don Micheletto le hubiera visitado en la cárcel y pudiera contarlo.

Y es que mis órdenes eran, precisamente, dejarlo con vida para que el *mastro* Taparelli y su brutal ayudante hicieran el trabajo que César les había encomendado y que yo mismo les transmití. Aquella misma mañana a Mancini le devolvieron la libertad después de cortarle la lengua y la mano derecha, y obligarle a que él mismo clavara ambos despojos en un poste frente a la puerta principal de la Basílica de Santa Maria del Popolo.

Aún estaba allí el coro pontificio cuando lo hizo.

—*Gloria Domus Borgiae* —cantaban—. *Gloria Domus Borgiae.*

37

El señor de Montegridolfo

Piombino,
17 de febrero de 1502

Las dos galeras pontificias en las que llegaron el papa y su séquito se mecían bajo el flojo sol invernal en las aguas del puerto de Piombino. El día era tan claro que desde lo alto de las almenas del *castello* —sobre el lienzo de la muralla sureste de la ciudad— se podía ver perfectamente recortada sobre el horizonte, pese a las dos leguas largas que separaban una costa de la otra, la silueta verdosa del monte Capanne de la vecina isla de Elba y, más allá, la línea gris de Córcega. La brisa marina, además, alejaba el hedor que desprendían las embarcaciones, pese a que los galeotes que penaban en su interior —entre ellos, Luigi Querini, el impresor veneciano de cuya imprenta en Roma habían salido unas docenas de copias de la carta a Silvio Savelli— baldeaban con agua de mar los bancos a los que estaban encadenados y donde bogaban, comían, dormían, meaban, cagaban y, casi todos, también morían.

Tras tres meses de asedio, Vitellozzo Vitelli en tierra y Ludovico Mosca —el almirante de la flota papal— desde el mar, la ciudad se había rendido por hambre y sin más bajas en el ejército de César Borgia que las causadas por las enfermedades y los accidentes. Debido a su posición en lo alto de un promontorio, tampoco se bombardeó, porque un asalto hubiera sido demasiado costoso en vidas. Por ello, se optó por el cerco y que el jinete del caballo negro convocado por la ruptura del Tercer Sello del Apocalipsis —la Hambruna— hiciera todo el trabajo. Y así fue.

Sin embargo, para Vitelli la victoria era corta, e incluso inútil, porque Jacopo Appiano, el señor de Piombino y responsable del arresto y la ejecución de su hermano Paolo dos años antes, había logrado burlar el bloqueo y huir a Génova. Su hermano pequeño, Gherardo, que quedó para defender la plaza, se rindió y aguardaba en las mazmorras del propio Palazzo Appiano —en la plaza de Bovio, junto al puerto—, a que se decidiera su suerte. O más bien a que Vitellozzo consiguiera convencer a César de que le dejara matarlo.

Las semanas de cerco, con sus privaciones y miserias, habían dejado huella en los habitantes de Piombino, incluso entre los más ricos, como podía verse en las caras demacradas y las ropas holgadas de la gente que, esa mañana, acudió a la solemne ceremonia en la abadía concatedral de San Antimo en la que el papa Alejandro cambió la consagración del templo de san Miguel arcángel a san Agustín. Era evidente —como había ocurrido en Faenza— que los Borgia no eran bienvenidos, pues, al contrario que en otras villas y ciudades conquistadas, los ciudadanos de Piombino amaban al señor que los había gobernado durante los últimos treinta años respetando los antiguos derechos y libertades defendidos por los *priori della Comunità* y en paz con sus poderosos vecinos de Milán y Florencia. En los ojos hundidos por el hambre de los vecinos de Piombino, el odio brillaba con más potencia que los destellos de la pedrería de la capa magna del papa, la púrpura de las sotanas de los cardenales y el oro y la plata de los brocados que lucían los gentilhombres y las damas del séquito del santo padre y del duque Valentino.

Aun así, el papa no había querido ahorrar en magnificencia para impresionar a los nuevos súbditos de su hijo —a quien los *priori della Comunità*, rodeados de hombres de armas de Vitelli, habían reconocido como señor una semana antes— y por eso ordenó que se trasladara desde Roma su trono dorado bajo palio, y sagradas reliquias como los huesos de santa Mónica —la madre de san Agustín— y la punta de la lanza de Longinos. Sin embargo, la exhibición del ceremonial vaticano parecía haber causado poca impresión entre los habitantes de la ciudad vencida.

Y aunque el papa aparentaba no haberse dado cuenta —feliz

como estaba con una nueva conquista de su hijo—, el Valentino era bien consciente de ello.

Tras la ceremonia —y antes del primer banquete de los muchos que se celebraron en la ciudadela durante la siguiente semana— monseñor Trochia organizó un refrigerio en el claustro de la abadía-concatedral de San Antimo para que el papa descansara tras el largo oficio de consagración. La mañana era fresca, el sol entraba a raudales en el recinto al aire libre y hacía agradable estar al aire libre. Aun así, el santo padre pidió un brasero y una manta para las piernas para no coger frío. Era la primera vez que estaba tan cerca de él desde la marcha de Lucrecia a Ferrara el día de la Epifanía de Nuestro Señor y, más que un mes, Alejandro VI parecía haber envejecido un lustro sin su hija.

—Micalet —me dijo en valenciano cuando terminé de besarle la zapatilla y el manto—. No sabes lo feliz que nos ha hecho tu nombramiento.

—*El meu nomenament, Pare Sant?* —pregunté en nuestra común lengua natal—. *Quin nomenament?*

—¡Válgame, Dios! —rio jovial—. ¡Hemos sido indiscretos! ¿No te ha dicho nada el duque?

—No, *pare* —intervino César Borgia con una sonrisa pícara en los labios—. No me has dado ocasión de hacerlo. Pero hacedlo vos, si os place.

—*Il duca di Romagna e capitano generale della Chiesa* —cambió al italiano y elevó la voz para atraer la atención de los asistentes a la recepción— ha obtenido de Nos la creación del Señorío de Montegridolfo, en la Romaña, y que se otorgue su título en propiedad a Su Señoría Miquel de Corella i Feliu, nuestro dilecto hijo en Cristo, y a sus descendientes varones legítimos o legitimados, en calidad de feudos vicarios de la Santa Romana Iglesia.

—Y además —proclamó César—, por orden de Su Santidad me complace también nombrar a Su Señoría Miquel de Corella y Feliu gobernador pontificio de Piombino, Scarlino, Populonia y las islas de Pianosa, Elba y Montecristo, con privilegio de horca y cuchillo y recaudación de impuestos.

Los aplausos estallaron a mi alrededor y no supe hacer otra cosa que, con lágrimas en los ojos, volver a postrarme ante el papa para besarle de nuevo los borceguíes rojos.

—*Alça't, fill meu, alça't amb orgull* —me susurró el papa mientras me sujetaba la cara con las manos enguantadas en terciopelo rojo ribeteado de piel de armiño—. *Alça't perquè ningú més podrà dir-te bastard.*

En aquel momento, cuando el papa me pedía que me alzara con orgullo porque nadie podría llamarme bastardo, pensé que el pecho me iba a estallar de felicidad. El pequeño Miquel, el enclenque y el temido don Micheletto, era, desde aquel instante, el dueño de un feudo italiano que podría dejar en herencia a su hijo Tiberio. Cuando me levanté, algo en los ojos de todos los miembros de la corte pontificia que allí estaban había cambiado. Ya no me miraban ni con temor ni con desprecio. No eran pocos —así hay que reconocerlo— los que lo hacían con envidia, pero muchos más eran los que lo hacían con admiración. Entonces comprendí por qué el éxito y el poder lo blanquean todo y lo justifican todo. Hasta ese momento, para la mayor parte de los cardenales, obispos, protonotarios apostólicos y nobles, yo solo era otro de los sicarios de César Borgia —el más letal de ellos, sin duda—, pero poco más que un criado de dudoso origen e incierto futuro. Sin embargo, todo había cambiado en pocos instantes: era uno de ellos. Eso no se traducía en amor o amistad —ni era ni soy tan ingenuo—, pero sí en otras cosas igual de valiosas, como respeto o, por lo menos, interés.

—Gobierna, don Micheletto —me dijo César en un aparte después de que yo recibiera docenas de felicitaciones hipócritas, besos falsos como el de Judas en mis manos pecadoras y abrazos interesados—. Pero no lo hagas mediante el terror. Los ciudadanos de Piombino deben aprender a amar a los Borgia.

—¿Es eso posible, Excelencia? ¿Se puede amar al gobernante?

—Me pudo el cinismo—. ¿Se puede recoger agua con una cesta?

—Faenza amaba a Astorre Manfredi y Piombino aún ama a Jacopo Appiano.

—Más bien se habían acostumbrado a ellos, Excelencia. Os recuerdo que la madre de Astorre ordenó matar a su marido.

—Sí, pero hay otras cartas en el juego cuya existencia ignoráis, señor de Montegridolfo. Con Piombino en nuestras manos, estamos poniendo nerviosa a la Signoria de Florencia, pues empieza a estar cercada a oriente y occidente. Por ese motivo, hemos de pacificar cuanto antes este señorío y que sus habitantes olviden pronto a los Appiano. No nos podemos permitir una revuelta aquí.

—Si os he entendido bien, mi señor duque, he de hacer todo lo contrario a lo que don Ramiro de Lorca está haciendo como gobernador de la Romaña, ¿no?

—En efecto. —Se le dibujó una sonrisa en la cara—. ¿Sabéis cuál ha sido su última hazaña?

—No.

—En Faenza, los magistrados de la ciudad condenaron a la horca a un delincuente, un asaltador de caminos, según creo. El día de la ejecución, la soga se partió y aquel desgraciado salió corriendo y se refugió en la iglesia-abadía de Santa Maria Vecchia pidiendo el santuario, que los monjes benedictinos le concedieron.

—Me imagino cómo va a acabar esto.

—Con don Ramiro, las cosas siempre acaban con muertos. Ya le conocéis. Ordenó a la milicia urbana que entrara a golpes en el recinto sagrado, aprehendiera al delincuente y que lo colgaran en una de las ventanas de la misma iglesia. Ante la protesta del abad por haber violentado el antiquísimo derecho de acogerse a sagrado, lo hizo colgar también junto al ladrón y, para rematar la faena, condenó a los habitantes de Faenza a pagar una multa de diez mil ducados.

—Santa María.

—He tenido que enviar una orden para anular la sanción y un par de cartas a don Ramiro para que frene sus impulsos.

—En defensa de mi maestro, Excelencia, diré que no lo ha tenido fácil para pacificar las tierras de vuestro ducado. Los caminos de la Romaña y la Umbría estaban infestados de bandidos y nobles delincuentes, como Altobello Chiaravalle. No ha habido más remedio que aplicar palo largo y mano dura.

Me refería al señor de Aquasparta, quien había desafiado el gobierno de Lucrecia en Espoleto hasta que César envió a Vitellozzo Vitelli y Giampaolo Baglioni con veinte piezas de artillería y ocho mil hombres para sacarlo de su cubil. Lo lograron tras reducir su castillo a escombros tras seis días de bombardeo. A Chiaravalle, que intentó huir disfrazado, los que habían sido sus súbditos lo capturaron en un granero y lo despedazaron vivo a hachazos en la plaza principal. Vitelli contó después que una anciana, a cuyos marido e hijos Chiaravalle había matado, cogió un par de trozos del cadáver y los echó a una olla en la que preparó una sopa que, delante de todo el mundo, se comió entre risas enloquecidas de felicidad y venganza.

—Don Ramiro ha hecho lo que tenía que hacer para restaurar el orden, es cierto, y lo ha conseguido —continuó César—, aunque sus remedios hayan sido más amargos que los bebedizos que me prescribe el doctor Torrella. Pero ya no son necesarios. Y tampoco aquí, don Micheletto. Sé un gobernante gentil; gánate al pueblo de Piombino para los Borgia.

—Haré lo que pueda, Excelencia. Pero acciones como las de Oliverotto Eufreducci no ayudan.

—No. No ayudan.

Si don Ramiro de Lorca era más severo que el ateniense Dracón y Vitellozzo Vitelli más feroz en la batalla que Héctor, su pupilo Oliverotto Eufreducci era más cruel y depravado que Calígula. Mientras Roma se preparaba para celebrar los esponsales de Lucrecia, Oliverotto había pedido permiso para regresar a su hogar en Fermo en las Marcas, según le dijo a César, para festejar con su familia tanto la victoria de Faenza como la inminente boda de la hija del papa. Su tío Giovanni —que le educó cuando se quedó huérfano— y sus primos organizaron un gran banquete en su honor durante la vigilia de la Natividad de Nuestro Señor. Oliverotto se presentó en el ágape con cincuenta hombres de armas que pasaron por la espada a hombres, mujeres y niños. Después, secuestró y encerró a los *priori* de la ciudad, a los que obligó a reconocerle como señor de Fermo, cosa que hicieron para salvar el pellejo y porque no había dejado a nadie vivo para reclamar el señorío.

—Otra cosa, Excelencia. ¿Por qué queréis que la Signoria de Florencia os tema?

—No quiero el temor de Florencia, Miquel —cambió a la lengua valenciana y bajó la voz—. Lo que quiero es Florencia. De la misma manera que el santo padre quiere Bolonia. El problema es que una y otra están, de momento, bajo la protección de mi primo el rey Luis de Francia. Sin embargo, no puede protegerlas a ambas. Los Bentivoglio gobiernan Bolonia como señores vicarios de la Santa Sede y el papa cree que puede arrebatarles el señorío con bulas de excomunión, como ha hecho con los Colonna o los Savelli. Pero tú y yo sabemos que, aquí en Italia, las bulas papales, sin arcabuces, picas y culebrinas para refrendarlas, son solo trozos de papel escritos con bellos latines y sellados con fino lacre. Florencia, por su parte, está ahora más débil que nunca; la guerra con Pisa desangra sus arcas y apenas puede pagar más hombres y armas para defenderse. Mi primo el rey no podrá proteger a las dos. Lo único que necesito es una excusa para intervenir. Un *casus belli* que, de momento, no tengo. Aunque tampoco hay prisa para buscarlo. Primero hemos de completar el Ducado de la Romaña con los territorios que aún faltan.

—Camerino —apunté—. Acabar con los Varano.

—Y no solo con ellos, Miquel. También con los Montefeltro de Urbino. De hecho, Guidobaldo caerá primero a poco que salgan bien los planes que he trazado.

Me quedé con la boca abierta. Guidobaldo de Montefeltro, el duque de Urbino, había sido el condotiero que el papa Alejandro había contratado para asistir al hermano mayor de César, Joan de Gandía, en su intento de conquistar el castillo de Bracciano de manos de Virginio Gentile Orsini cinco años antes. Aquello terminó con la estrepitosa derrota del ejército pontificio y la captura del propio Guidobaldo, cuya familia tuvo que pagar el rescate. Desde entonces, Guidobaldo había luchado —con poca fortuna— bajo las banderas de la Signoria de Florencia en su guerra contra Pisa, y en los últimos dos años vivía un tanto retirado en su hermoso castillo de Urbino, dedicado a aumentar su fabulosa biblioteca —la mejor de Italia, según se decía— y su colección de arte. Era un súbdito fiel de la Santa Sede, que pagaba con exactitud y prontitud el diezmo papal y que, en teoría, no tenía nada que temer de los Borgia. Lo que el Valentino planteaba iba más allá de la astucia. Era una puñalada.

—Cerrad la boca, don Micheletto —se burló César—, no sea que vuestra cara de sorpresa revele mis planes ante toda la corte pontificia.

—Sí, Excelencia —acerté a decir—. Me centraré, como vos decís, en gobernar.

—Y no solo en eso. También hay trabajo que hacer. Mucho. Por eso no me acompañaréis en la próxima campaña. Os necesito aquí. ¡*Messer* Da Vinci! —exclamó—. Venid, os lo ruego.

Hasta ese momento yo no me había dado cuenta de que el artista florentino también había ido a Piombino como parte del séquito de César, con su aire distraído, su melena dorada —que ya empezaba a platear— suelta sobre los hombros y acompañado por un joven, al que tomé por un criado, que llevaba una carpeta de piel de cordero.

—Aquí estoy, Excelencia. —Saludó a César antes de mirarme a mí—. Y mi enhorabuena, Señoría, por vuestro nombramiento.

—¿No conocíais hasta ahora a don Micheletto, *messer* Da Vinci?

—No tenía el gusto, Sire.

—Bien. Como habéis oído, es el nuevo gobernador de Piombino y quiero que os pongáis a sus órdenes para llevar a cabo el refuerzo de las murallas de oriente y las defensas marinas de la villa. Esta ciudad debe ser inexpugnable, maestro, por tierra y por mar.

—¡Y lo será, Excelencia! —Los ojos de Leonardo brillaban de felicidad como los de un niño ante una golosina—. Veréis. Aquí mismo traigo ya algunos planos. ¡Salai!

El muchacho, que luego supe que tenía veintidós años, pero aparentaba quince, se adelantó mientras abría el cartapacio, con tan poca maña que algunos papeles cayeron al suelo.

—¡Pero mira que eres inútil! —bramó el maestro—. ¡Golfo, ladrón, demonio!

—No os enojéis, *mastro* Da Vinci —dije mientras me arrodillaba a ayudar al chico a recoger—. Ninguno ha sufrido daño alguno.

Eché un vistazo rápido a las cuartillas desparramadas por el pavimento. Había de todo: dibujos de alas de pájaros; de olas estrellándose contra rocas; de lo que parecían máquinas cuya función apenas podía averiguar... También había retratos de cuerpo entero en los que la divina habilidad del maestro hacía imposible no reconocer de una simple mirada al aprendiz de Da Vinci. En todos ellos estaba desnudo.

—¡Demonio de muchacho! —exclamó mientras le daba un pescozón para que se diera prisa en arreglar el estropicio—. ¡Es un vago, un ladrón y un torpe! ¡No puedo con él!

—Por eso le llamáis como uno de los diablos del poema de *messer* Luigi Pulci —dije para rebajar la tensión.

—¿Conocéis el libro? —Leonardo volvió a sonreír—. ¡Es magnífico!

—¿Y quién no ha leído el *Morgante*? —respondí.

—Es reconfortante saber que uno de los más bravos capitanes de Su Excelencia el duque Valentino es aficionado a leer poesía —continuó el florentino.

—Es más que un aficionado a leerla. El nuevo señor de Montegridolfo es, además, un poeta.

—¿Un poeta?

—Y uno bien refinado. Y profundo conocedor de los versos de Dante, Petrarca, Ludovico Ariosto, Luigi Pulci y nuestro paisano Ausiàs March.

—Admirable.

—Y, *mastro* Da Vinci —concluyó—, también es el asesino más letal de Italia.

38

Crimen

Roma,
junio de 1502

Fui gobernador de Piombino y señor de Montegridolfo durante poco tiempo. Lo fui casi dos años sobre el papel, pero no en la realidad. Aunque nominalmente perdí ambas dignidades más tarde, en realidad tampoco las ostenté más allá de tres meses y medio desde que el santo padre me ungió con ellas en el claustro de la abadía de San Antimo de Piombino. Fue Beatriz, mi esposa, la que asumió el gobierno y el señorío desde que, el sexto día de junio del año de la Encarnación de Nuestro señor de 1502, llegué a Roma. Ahora que lo pienso, parece evidente que la Providencia no quiso nunca que yo caminara por la senda de gobernar en paz, pero ¿quién soy yo para cuestionar sus designios, y más a estas alturas?

Aquellos meses como gobernador de Piombino son ahora un recuerdo borroso y lejano de cuya veracidad dudo, y no soy capaz de discernir qué hice de lo que creo que hice. La memoria de los tiempos felices funciona así. A veces creo que soñé cómo, casi a diario, *messer* Da Vinci me enseñaba planos y planes para reforzar las defensas terrestres y marítimas de la villa o me maravillaba con sus dibujos de pájaros, de las olas del mar o del interior de los cuerpos que, a escondidas, seccionaba para intentar averiguar los engranajes de la vida; o que imaginé que despachaba con los *priori della Comunità* para garantizar los abastecimientos de trigo, aceite, leña o vino para el pueblo; o con los magistrados para restaurar el orden en el *contado* y asegurar sus caminos. *Beatus ille qui procul negotis* —feliz aquel que vive lejos de los negocios, como decía el verso de Horacio— estaba yo hasta que, como también escribió el poeta, *excitatur classico miles truci* —se despierta, como el soldado, al oír la sanguinaria trompeta de la guerra— porque, en el nombre de la muerte, el Valentino me llamó a su lado.

Dos días antes de mi llegada a la urbe, Vitellozzo Vitelli, gracias a un traidor y con la ayuda de Piero de Médici —el inútil hijo de Lorenzo el Magnífico que había sido expulsado de Florencia tras rendirse ante el rey de Francia— tomó sin lucha la villa de Arezzo, la cual le abrió sus puertas porque se había sublevado contra la Signoria. El Consejo de los Diez de la capital de la Toscana, alarmado, mandó embajadores a Roma para protestar tanto ante el santo padre como ante César. El Valentino les contestó que Vitelli no actuaba bajo sus órdenes y que no podía controlar al comandante de la artillería pontificia con las cuentas pendientes que tuviera con los florentinos. Lo máximo que podía hacer, por el momento, era mantenerlo lejos de su capital, pero lo que hicieran con él las ciudades que Florencia había sojuzgado a lo largo de los años no era asunto suyo.

Con casi la totalidad del valle del Chiana en poder del feroz Vitelli, Florencia estaba acorralada y Siena mucho más amenazada. Y eso era exactamente lo que César pretendía para poder llevar a cabo el plan que había rumiado durante meses para completar la conquista de la Romaña, pero al que faltaba todavía un detalle: Venecia.

—Nunca te puedes fiar de la palabra de los venecianos, don Micheletto —me dijo mientras bebíamos vino *pignoletto* en las dependencias que el santo padre le había otorgado en el piso superior, en los apartamentos Borgia del interior del Palacio Apostólico—. En realidad, no te puedes fiar de la palabra de nadie en Italia, pero de la suya aún menos.

—Pero, Excelencia —respondí—, si os nombraron *gentiluomo*, inscribieron vuestro nombre en el Libro Dorado de la República y hasta os asignaron un *palazzo* en el Gran Canal. ¿No es eso prueba suficiente de lealtad?

—Ni por asomo. Os puedo asegurar, don Micheletto, que incluso me darían los Caballos de San Marcos de la Basílica si se los pidiera, siempre y cuando no tuvieran que hacer nada más que escribir y sellar papeles que a nada obligan si no hay cañones para hacer cumplir lo firmado. Aquí os puedo mostrar una docena de ejemplos. —Sacó de un cartapacio cuatro o cinco pliegos que extendió ante mí—. Todas estas cartas del embajador de la Serenísima.

Hice además de alcanzar alguna de las misivas para echarle un vistazo, pero el Valentino me disuadió con un gesto de la mano.

—Os ahorraré el suplicio de leer tanta miserable adulación —dijo—. No es más que una sarta de mentiras disfrazadas de proclamas de amistad y afán de cooperación por el mutuo provecho de su república y mi ducado, para, con todo ello, ayudar a la paz y la prosperidad en Italia y en Europa. De norte a sur y de este a oeste por los siglos de los siglos.

—No suena del todo mal —apunté.

—Ninguna mentira suena mal. Por eso se sabe que son mentiras.

—Por si os sirve de algo, Excelencia, yo he probado a gobernar en paz y he de confesar que no me ha desagradado.

—Ni a mí tampoco, don Micheletto. En las últimas semanas he tenido la oportunidad de hacerlo en Cesena. Y os aseguro que también nos llegará ese momento —respondió—, pero no ha llegado. *Si vis pacem, para bellum*, que decía Julio César.

—En realidad, mi señor duque —no lo pude evitar—, lo de que si quieres paz te prepares para la guerra no lo dijo el dictador, sino otro escritor romano cuatro siglos posterior. Un tal Vegecio, al que la historia ha olvidado.

—¡Cierto! —exclamó jovial—. A veces se me olvida que sois un erudito, mi buen señor de Montegridolfo. En todo caso, para la campaña contra los Varano de Camerino no solo necesito el permiso y el apoyo de mi primo el rey de Francia, que lo tengo, sino también la garantía de que Venecia no intervendrá. Ni directa ni indirectamente como hizo Fernando de Aragón en Piombino.

César se refería al apoyo secreto que el rey Católico había brindado a Jacopo d'Appiano para escapar del cerco de Piombino y del que tuvimos noticia semanas después de la caída de la villa por boca de algunos de los *priori*, que fueron los primeros en querer ganarse el favor de los nuevos gobernantes con el método más antiguo que existe para ello: desacreditar al antiguo y, si es posible, vender sus secretos, miserias y debilidades.

—¿No está esa garantía en las cartas del embajador de Venecia, Sire?

—Ellos dicen que sí. Pero necesito otra prueba y, para ello, preciso de vuestras artes para llevarla a cabo, don Micheletto.

No hizo falta que me diera más detalles, porque las artes que el Valentino más apreciaba en mí no eran mis versos, sino mis maniobras con el *cappio valentino*.

—¿De quién se trata, Excelencia?

—De los Manfredi. Los dos.

No conseguí evitar que mi rostro reflejara la sorpresa. Hasta ese momento, no podía imaginar que el Valentino quisiera acabar con la vida del joven señor de Faenza, Astorre Manfredi, así como de su medio hermano Giovanni Evangelista. Ambos nobles señores llevaban casi un año como rehenes de lujo del capitán general de la Iglesia, con tantas comodidades y deferencias que, más que cautivos, parecían huéspedes, pues incluso se llevaron a Piombino como parte de su séquito durante la visita del papa. Es cierto que vivían recluidos en el castillo de Sant'Angelo, pero lo hacían en las mejores dependencias, las que usaban el propio santo padre y su familia las veces que se habían refugiado en la fortaleza. Allí los atendían criados de la corte pontificia y disponían de libros, música y hasta podían recibir visitas, mayormente de limpias y bellas *cortigiane oneste*, cuyos servicios pagaban también las arcas del duque. También se les permitía —con una discreta escolta— acudir a los oficios y las ceremonias más solemnes de la corte pontificia, tanto en San Pedro como en el resto de las basílicas e iglesias de la ciudad, e incluso no era raro verlos acompañar al Valentino y sus hombres en partidas de caza por la campiña romana. En la curia se rumoreaba que era cuestión de poco tiempo el que los liberaran y los exiliaran, como ocurrió con Caterina Sforza. Sin embargo, su destino iba a ser bien diferente al de la Dama della Vipera, porque a ella la protegió el rey de Francia y a los Manfredi solo los podía proteger ya la infinita misericordia de Nuestro Señor.

—¿Por qué, Excelencia? —pregunté—. ¿Por qué han de morir?

—Por varios motivos, don Micheletto. Los Manfredi siempre estuvieron bajo la protección de Venecia y, si lo que dicen estas cartas respecto a nuestra alianza y apoyo mutuo es cierto, a la Serenísima no debería importarle que, como nuevo duque de la Romaña, me garantice que en Faenza no se produzca jamás un levantamiento ni una conspiración para devolver al poder a sus antiguos señores, como ha ocurrido, sin ir más lejos, en Arezzo con Piero de Médici. Vitelli, con la artillería, podía haber reducido a escombros la ciudad y masacrado a todos sus habitantes, pero jamás habría podido ganarla como la ha ganado sin el hijo del Magnífico para legitimar la conquista.

—Y tal cosa no puede volver a ocurrir en Faenza.

—No. No puede. No negaré que es triste que tan jóvenes y gentiles señores tengan que morir. Pero no me queda más remedio. No inventé yo las reglas de la política.

—¿Cómo? —dije—. ¿Cómo queréis que se haga?

—No los vamos a ajusticiar como si fueran criminales. Además, se rindieron tras resistir en la Rocca de Faenza en buena lid, y su noble nacimiento me obliga a respetar su... —dudó mientras buscaba la palabra que sustituyera «vida»— condición. Podrían sufrir un accidente de caza, pero ya no hay tiempo para ello, porque partiremos dentro de tres días. En resumidas cuentas, lo mejor es que simplemente desaparezcan, Miquel. Por eso necesito de vuestro arte con el *cappio* y que, simplemente, desaparezcan.

Apuré de un trago el blanco *pignoletto* que quedaba en la copa de plata y me levanté.

—¿Deben aparecer en el Tíber? —pregunté—. ¿Del mismo modo que apareció vuestro hermano el duque de Gandía?

César me miró desde detrás de la máscara de cuero que ocultaba su rostro. La luz del atardecer creaba una sombra en las aberturas, de manera que no se veía el blanco de sus ojos, sino dos pozos negros y profundos como el noveno círculo del infierno.

—No me importa que se sepa que hemos sido nosotros, don Micheletto, porque, aunque no lo hubiésemos sido, me acusarán de ello de todos modos, como lo hacen por la muerte de mi cuñado. Lo asumo. Pero que no pueda probarse. A partir de ahí, usa la imaginación.

No imaginé demasiado. En el oficio de matar, los derroches de imaginación no son convenientes. Ni tampoco las demoras. Si la suerte de los hermanos Manfredi estaba ya echada, lo mejor era resolver la situación con premura.

Por ese motivo, aquella misma tarde —conforme caía el sol para vestir de dorado los pecados de Roma ocultos tras sus muros— reuní a media docena de mis estradiotes y acudí al castillo de

Sant'Angelo. A su gobernador, Francesco di Roccamura, solo tuve que decirle que un triste pero necesario encargo del gonfaloniero y capitán general de la Iglesia me había llevado hasta la fortaleza para visitar a los nobles señores de Faenza. La explicación, aunque escueta y ambigua, fue suficiente para que el también obispo de Nicastro —en Calabria— y viejo compañero del santo padre en la Universidad de Bolonia entendiera de inmediato qué iba a ocurrir. Por ello, el obispo-carcelero ordenó a los soldados de la guardia pontificia que patrullaban por los adarves del torreón y los muros exteriores que se retiraran a sus barracones hasta nuevo aviso. Luego hizo lo mismo con toda la servidumbre: nadie podía ver lo que estaba a punto de pasar en el *cortile* ajardinado junto al baluarte de San Mateo donde los Manfredi, en aquel momento, jugaban a la *pallacorda*.

Sin embargo, cuando llegamos allí nos encontramos con que los hermanos no estaban solos jugando a la pelota. Había una mujer con ellos; una prostituta, sin duda alguna. Maldije entre dientes al obispo de Nicastro, que había olvidado mencionar que los antiguos señores de Faenza habían requerido los servicios de una *cortigiana onesta* para redondear la diversión de aquella tarde de finales de primavera. Pese a que parecía experimentada en su oficio, era evidente que no había conseguido agotar la fuerza de los dos jóvenes, porque mientras ella descansaba a la sombra de la higuera que crecía en el *cortile*, ellos daban colosales palazos a la pelota, que hacían rebotar contra la pared una y otra vez.

Con un gesto de la mano, indiqué a dos de mis hombres que se llevaran a la ramera, la cual ni siquiera protestó al ver en sus jubones el bordado con el parasol rojo y amarillo del escudo de armas del capitán general de la Iglesia. Con una sonrisita pícara y tras guiñar un ojo a sus frustrados clientes, pues pensaba que les habían pillado la travesura, se marchó sin oponer resistencia. Mis hombres me dijeron, más tarde, que creyó que ellos eran meros alguaciles encargados de pagarle el servicio disfrutado por los jóvenes y apuestos señores. Sin embargo, cuando desenvainaron las *storte* de dos palmos de largo y filo curvo, supo de inmediato a qué atenerse y no solo renunció al cobro, sino que se ofreció ella misma a cambio de su vida. No consiguió ni una cosa ni la otra. Le abrieron la garganta y la dejaron para que se desangrara junto a un albañal de los que vertía las aguas negras del castillo al Tíber.

En el *cortile*, mientras tanto, yo tampoco perdí el tiempo. Sin mediar palabra los estradiotes cayeron sobre los desconfiados hermanos y los inmovilizaron con cuerdas antes de que siquiera se dieran cuenta de lo que estaba pasando. Para cuando lo hicieron, protestaron, insultaron y amenazaron hasta que me vieron la cara, y mi reputación hizo el resto. Entonces, pidieron ayuda a los guardias pontificios, que ya no estaban en sus puestos; suplicaron a monsignore Roccamura para que fuera a auxiliarlos; insultaron al duque Valentino por haberlos traicionado y maldijeron hasta al santo padre antes de darse cuenta por sí mismos de que lo único que podían pedir era confesión, cosa que, para su desgracia, tampoco se les podía dar.

Al menos, ahorré a Astorre que contemplara a su medio hermano morir primero. Por eso ordené a mi escolta que pusieran a cada uno de ellos de cara a la pared en los extremos opuestos de la terraza ajardinada donde se relajaba el papa Alejandro durante los amargos días de la invasión de Roma del rey Carlos VII de Francia.

En aquel momento, hacía casi dos años que no utilizaba el *cappio valentino*. Había sido allí mismo, en Sant'Angelo, donde lo había hecho por última vez cuando despaché a Giacomo Caetani, protonotario apostólico y hermano de Guglielmo Caetani, señor de Sermonetta y organizador del complot que había acabado con la vida del segundo marido de Lucrecia, con el que se pretendía inculpar a César Borgia. Monsignore Caetani era un hombre ya mayor que no me dio demasiado trabajo, pero los Manfredi eran buenos mozos de dieciséis y diecinueve años, bellos como Apolo y fuertes como Hércules, que no se dejaron matar tan fácilmente.

Giovanni Evangelista fue el primero. El joven estaba de rodillas, con las manos atadas a la espalda y las pantorrillas pisadas por las botas de mis estradiotes, para que no se incorporara. Coloqué los dos mangos de madera del *cappio* a ambos lados de su cuello con la tira de cuero sobre su garganta para formar una equis sobre la nuca, y apreté al tiempo que giraba el instrumento hacia la derecha. Aunque lo hice rápido, el muchacho era joven, fuerte y con tantas ganas de seguir viviendo que tardó más de lo que yo hubiera querido en perder el conocimiento, que es el primer efecto que causa el cruel abrazo en el cuello del *cappio valentino*. Aun así, nadie resiste su letal caricia demasiado tiempo y, al final, se desvaneció. En cuanto cayó sobre su propia espalda, mis hombres me ayudaron a fijar los mangos en el suelo y el cruce en aspa quedó por debajo de su pescuezo. Entonces, bastó con que yo apoyara las manos sobre su frente y descargara el peso sobre ella para que se le quebraran las vértebras, con un chasquido que, en aquel momento, me pareció que retumbó como una de las salvas que se lanzaban desde aquellos muros durante los días de fiesta para celebrar los triunfos de los Borgia.

Con Astorre Manfredi —que tras quedarse ronco gritando y maldiciendo, se dio cuenta de que no podía hacer más que llorar en silencio en el rincón junto al pozo donde estaban labradas las armas del papa Alejandro— fue todo mucho más rápido. Era más joven y menos corpulento que su medio hermano. Murió, como he visto a hacerlo a tantos otros, llamando a su madre. Yo no tendré esa suerte porque no la conocí.

Las órdenes del Valentino eran que desaparecieran. Y así lo hicimos. Mis estradiotes se llevaron los cuerpos de los hermanos Manfredi y el cadáver de la ramera, y les ataron al cuello balas de cañón hechas con piedra. Después, cuando cayó la noche, los arrojaron al Tíber desde las ruinas del puente de Nerón, donde el río hace una curva y es más profundo.

Sin embargo, dos días después, en la festividad de los mártires decapitados Primo y Feliciano, aparecieron los cuerpos aguas abajo. Una tormenta de primavera había hecho subir el caudal y aumentado la fuerza de la corriente. La ramera ya no tenía cabeza y a los dos hermanos las ratas del Tíber les habían comido los ojos, los labios, la nariz y las yemas de los dedos.

Temí que César Borgia se enojara porque Roma entera hablaba ya del hallazgo y los rumores que le responsabilizaban a él de la muerte de los gentiles príncipes de Faenza se habían extendido por todas partes, y la noticia del crimen no tardaría demasiado en llegar a las cortes de media Europa.

Sin embargo, cuando le informé de ello, se limitó a mirarme y a sonreír desde detrás de la máscara de cuero negro.

39

El nuevo duque de Urbino

Urbino, las Marcas,
Natividad de San Juan de 1502

Pese a la hora, el sol todavía lucía sobre las murallas y baluartes de la fortaleza del cardenal Gil de Albornoz, en la colina opuesta al Palacio Ducal de Urbino. Reflejada en las recias piedras del bastión levantado por el cardenal-guerrero del papa Clemente VI, la luz del atardecer hacía aún más brillante el rojo de Forlì de los ladrillos de la delicada y altísima fachada de los Torricini —las torrecillas— de la residencia que Federico de Montefrelto había hecho construir para estupor y admiración de toda Italia.

Los enviados del Consejo de los Diez de la Libertad y la Paz de la República de Florencia —mejor conocidos como los Diez de la Guerra— habían viajado a marchas forzadas desde la capital de la Toscana para salvar en un par de días las casi treinta leguas que la separaban de Urbino, donde esperaban reunirse con el nuevo duque, el cual había solicitado a la Signoria una reunión con legados con autoridad. Tan nuevo que solo hacía tres días, literalmente, que ocupaba el trono de los Montefeltro.

Era César Borgia.

La legación toscana la encabezaba monseñor Francesco Soderini —obispo de Volterra y hermano de Piero, recién nombrado gonfaloniero vitalicio de Florencia— con la asistencia del secretario del Consejo de los Diez de la Guerra: *messer* Nicolás Maquiavelo.

Acompañé al secretario del Valentino, Agapito Gherardi, a recibir a los florentinos en la misma puerta del Palacio Ducal junto a seis de mis estradiotes. Sobre los dos altos pináculos de la fachada ondeaban los pendones del capitán general de la Iglesia —con las flores de lis por su condición de par de Francia— y del santo padre Alejandro VI —con el toro rojo de los Borgia y las bandas doradas de los Oms— como advertencia y exhibición de que el antiguo poder de los Montefeltro en la capital de las Marcas, en menos de una semana, había dejado de existir.

—Sed bienvenidos a Urbino, *signori* —dijo el secretario—. Soy Agapito Gherardi y celebro que hayáis llegado sin más complicaciones pese a la premura y las circunstancias. Me temo que Su Excelencia no podrá recibirles hasta dentro de unas horas, pero me ha ordenado que os acompañe al palacio episcopal, donde se han dispuesto unos aposentos para sus señorías.

—Muchas gracias, *messer* Gherardi —respondió Francesco Soderini—. En verdad ha sido un camino difícil por la angustia que nos causaban las noticias que hemos ido recibiendo sobre el viaje. En verdad es urgente que hablemos con el duque y...

—Lo haréis hoy mismo, monsignore —interrumpió el secretario con exquisita educación mientras besaba el anillo del obispo de Volterra—. No alberguéis la menor duda. Ahora, si tenéis la bondad...

Poco más de dos centenares de pasos, que recorrimos a pie, separaban los dos palacios. Fue en ese momento cuando Maquiavelo, tras mirarme detenidamente, me reconoció.

—*Messer* Corella, ¿no es cierto? —preguntó—. Ha pasado ya mucho tiempo desde que nos conocimos, pero aún os recuerdo. Fue en Florencia. Hace cuatro años. Al día siguiente de la ejecución de fra'Girolamo de Savonarola. Estaba allí cuando ordenabais a vuestros estradiotes que depositaran en la puerta del Convento de San Marcos las hojas de palma y las ramas de mirto que sus partidarios dejaron sobre el lugar donde fue ahorcado y quemado, en vez de destruirlas, como se os había mandado. Os dije que me parecía una prudente y piadosa decisión, pero vuestra respuesta fue más sabia aún.

Tardé unos instantes en contestar. Me acordaba de la ejecución del fraile dominico y la orden que di a mis hombres al día siguiente, cuando sus fieles buscaban —en vano, pues sus cenizas se habían arrojado al Arno— algún resto suyo por toda la ciudad, para conservarlo como reliquias. Sin embargo, estaba borroso el recuerdo de aquel hombre, de escasa estatura, como yo, pero más delgado aún, de vivaces ojos negros, nariz afilada, cortísimo pelo oscuro y sonrisa enigmática.

—Disculpadme, *messer*...

—Maquiavelo —dijo resuelto—. Nicolás Maquiavelo.

—¡Ahora me acuerdo de Su Señoría! —exclamé—. Os ruego que perdonéis mi flaca memoria. Y que me recordéis, si os place, cuál fue la respuesta que os di y que os pareció tan acertada.

—Me dijisteis que no tenía sentido destruir las ofrendas al que consideraban un mártir no por misericordia o piedad, sino porque vuestros estradiotes albaneses, que son guerreros feroces como leones, también son tan supersticiosos como las abuelas napolitanas, con lo que ninguno de ellos hubiera obedecido esa orden, y que vos, como su capitán, no podíais consentir la desobediencia, así que, de esa manera, ni ellos se amotinaban ni vos los ofendíais. ¿Lo recordáis?

—¡Ahora sí! —exclamé—. ¡Tenéis buena memoria!

—Solo para los asuntos de Estado y la política, *messer* Corella. Y aquella mañana recibí una lección valiosa que espero poder aplicar aquí, en Urbino, en la misión que tenemos encomendada.

—¿Qué lección fue? —La conversación me divertía cada vez más—. Ignoraba que yo pudiera dar lecciones a nadie. Y menos de política.

—Pues que la única manera de asegurarse la lealtad de los soldados es entenderlos para hacerse respetar.

—Y pagarles.

—Por supuesto. Pero, si reducimos el poder militar a una mera cuestión de dinero, siempre puede surgir otro que pague más. Por eso los mercenarios no son de fiar y el príncipe que confíe toda su fuerza a los soldados de fortuna nunca estará seguro. Aquí lo sabemos bien, pues, hasta hace poco, las guerras en Italia comenzaban sin miedo, continuaban sin peligro y acababan sin muertos. Ahora todo está cambiando, *messer* Corella. Eso —señaló los pendones del Valentino y de Alejandro VI que ondeaban en los dos torreones— es buena prueba de ello.

—Y que vos y que monsignore Soderini —dije con una sonrisa malévola— hayáis venido tan rápido desde Florencia imagino que también lo es.

—¿No decíais que no sabíais nada de política? —rio el florentino—. Tengo la sensación de que aprenderé algo más de vos.

—Es del duque Valentino del que deberíais aprender, *messer* Maquiavelo —dije ya en la puerta del palacio episcopal. Quedad con Dios.

—Que Él os acompañe, don Micheletto.

No pude evitar sonreír al escuchar mi apodo de labios de aquel hombrecillo con el que congenié de inmediato, a pesar de que, en aquel momento, tanto él como yo sabíamos que estaba en Urbino no como un embajador, sino más bien como un espía encargado de averiguar todo lo que pudiera sobre las intenciones del hijo del papa. Y más aún después de su formidable hazaña de haber conquistado Urbino mediante el engaño y la astucia en solo dos semanas.

El décimo día de junio, tras la bendición del propio papa en la plaza de San Pedro, el ejército pontificio se puso de nuevo en marcha para cumplir la sagrada misión que el santo padre había encomendado a su gonfaloniero y capitán general: devolver el señorío de Camerino a la disciplina de la Santa Romana Iglesia y expulsar del poder a los Varano, la familia que había regido el pequeño estado desde hacía tres siglos. Como los Bentivoglio, los Malatesta o los Baglioni, los Varano eran una casta de criminales sanguinarios. El vigente señor, Giulio Cesare, llevaba cuatro décadas gobernando desde que hizo envenenar a su primo Rodolfo. Ambos, cuando tenían diez años, habían sobrevivido, a su vez, a la masacre perpetrada por los hermanastros de sus respectivos padres, que ordenaron apuñalar a sus cuatro hermanos —de entre seis y ocho años— en la puerta de la iglesia de Santo Domingo de la ciudad. Debido a su posición estratégica entre los Estados Pontificios y las Marcas, los Varano se habían hecho ricos gracias a los peajes que imponían a todos los comerciantes que transitaban el camino que unía Roma con el puerto Adriático de Ancona y que controlaban desde la *rocca*.

Y cuyos beneficios se negaban a compartir con la Santa Sede.

Ni Sixto IV ni Inocencio VIII —los inmediatos antecesores del papa Alejandro VI— pusieron mucho interés en recaudar los tributos que correspondía pagar a los Varano por el señorío de Camerino. Claro que ellos no tenían que disponer, cada día, de los mil ducados que costaba mantener en pie el ejército pontificio que mandaba César Borgia.

Por ello, tras las habituales advertencias y exhortaciones por carta y legado papal —sin respuesta—, vino la bula de excomunión con la que se despojaba a los Varano del título de vicarios papales y señores de Camerino, y, acto seguido, la acción militar. Giulio Cesare Varano había intentado, sin conseguirlo, comprar la ayuda de Venecia o del Sacro Imperio. Tras la callada por respuesta del dogo Leonardo Loredan y el emperador Maximiliano de Habsburgo, quiso alquilar mercenarios suizos o gascones, pero todos los disponibles estaban ya reclutados por el rey de Francia o por el duque Valentino. De esta forma, se resignó a probar con alcanzar un acuerdo con César, como había hecho el señor de Rímini. También le quedaba la posibilidad de huir, como hizo el conde de Pésaro. Tanto en uno como en otro caso debía esperar a que las tropas pontificias entraran en su territorio.

Pero no lo hicieron.

Al frente de siete mil infantes, tres mil *lancie* italianas de tres hombres cada uno y veinte piezas de artillería, César abandonó Roma por la Via Flaminia rumbo a Camerino. Desde Espoleto mandó un mensajero a Urbino para pedirle a Guidobaldo de Montefeltro —el gentil y pacífico duque, bien distinto de su padre, el gran condotiero Federico— su permiso para cruzar su territorio y, a la vez, que enviara un millar de soldados a reforzar el ejército de Vitellozzo Vitelli. Guidobaldo ni siquiera podía reunir esa fuerza armada en tan poco tiempo y, además, no quería tampoco enfrentarse a Florencia y a Francia ayudando públicamente a Vitelli. Por todo ello, envió de vuelta al mensajero con el compromiso de darle mil ducados a Vitelli para reclutar soldados en su territorio y, además, le mandó al Valentino un magnífico caballo blanco como regalo.

En realidad, César no necesitaba ni los soldados de Guidobaldo ni el millar de ducados, ni tampoco el semental. Lo que quería era saber que Urbino, tal y como le habían dicho sus espías, estaba indefensa, y más aún cuando el ingenuo Montrefelto —tras recibir la carta de agradecimiento del Valentino por la ayuda y el regalo— abandonó su palacio para pasar unos días en el Monasterio franciscano de los Zoccolanti, a apenas una legua de la ciudad, en el camino de Fano, hacia la costa.

Desde allí, precisamente, salí yo al mando de mis estradiotes y de una compañía de un millar de hombres reclutados y adiestrados por mí junto a algunas piezas de artillería. Si no capturamos al duque Guidobaldo fue porque nadie podía imaginar que fuera tan estúpido como para retirarse a meditar a un monasterio mientras un ejército de casi diez mil hombres cruzaba su territorio, por muy amistosas que fueran sus intenciones. Ocupamos sin encontrar resistencia las villas de Refugiato, Isola di Fano y Sorbolongo, cortando la vía que va de Urbino a Senigallia, en el Adriático. Por su parte, Dionigi di Naldo —el comandante que había defendido la Rocca de Forlì junto a Caterina Sforza— avanzó con otro contingente parecido al mío desde Cesena. Cuando el grueso del ejército pontificio estaba a ocho leguas de Camerino, el Valentino ordenó picar espuelas hacia el norte con dos mil hombres y víveres para tres días. Atravesó los pasos de los Apeninos en dos jornadas de marcha y cayó sobre la villa de Cagli —dentro del territorio de los Montefeltro— y su famosa *rocca-torrione*, al grito de «*Valenza!*». La guarnición, desprevenida, capituló de inmediato.

Era el 20 de junio del año de la Encarnación de Nuestro Señor de 1502.

Al día siguiente, el ejército pontificio se puso de nuevo en movimiento, pero Urbino estaba a más de seis leguas y, por rápido que se desplazara, iba a necesitar, como mínimo, cuatro jornadas a marchas forzadas para llegar a ella. Por ese motivo, César, con cuatrocientos jinetes y sin artillería, se lanzó al galope hacia la capital de los Montefeltro mientras el grueso de sus hombres marchaban detrás. Sin su duque y con apenas la milicia urbana para defenderse, las autoridades municipales ordenaron izar el pendón con las armas del papa Alejandro desde lo alto de la Rocca Albornozziana para indicar al capitán general de la Iglesia que la ciudad era suya. Tal y como había hecho en Imola, Forlì, Pésaro y Rímini, el Valentino entró en ella sin coraza ni lanza para que el pueblo no lo tomara como un conquistador, sino como un libertador. Aquella misma tarde renovó en todos sus cargos a los magistrados y *priori* de la ciudad, quienes, por su parte, le reconocieron como nuevo señor a falta de la confirmación del papa, la cual era un mero trámite. Cuando, al día siguiente, llegaron los tres cuerpos del ejército pontificio, los hizo acampar en los prados de Fermignano, a más de una legua de Urbino, con la orden expresa de que la soldadesca no entrara en la ciudad y la prohibición, bajo pena de muerte sumaria, de saquear, robar, violar. Los sargentos de cada compañía, además, tenían instrucciones estrictas de asegurarse de que sus hombres pagaban cada hogaza de pan, jarra de vino o servicio de ramera. César sabía bien que Guidobaldo de Montefeltro —quien huyó por los caminos de las montañas y llegó, ocho días después, a Mantua sin nada más que el jubón y la camisa que llevaba puestos— era demasiado amado por su pueblo como para consentir un saqueo.

Lo cual significaba que necesitaba dinero para pagarles; dinero que pretendía obtener de las arcas de Florencia y por eso estaban allí Francesco Soderini y Nicolás Maquiavelo.

El Valentino mandó a buscarlos al palacio episcopal poco antes de la medianoche y los recibió en el Studiolo del duque Federico de Montefeltro. Pese a que ambos diplomáticos habían oído hablar maravillas del gabinete de trabajo del gran condotiero, con las paredes decoradas con asombrosas obras de marquetería y los veintiocho retratos de hombres ilustres como Platón, Séneca, santo Tomás de Aquino, Petrarca o Dante, no pudieron admirar el trabajo de los maestros flamencos y los pintores que contrató el duque porque la estancia estaba casi a oscuras, salvo por un par de candelabros dispuestos de tal manera sobre la mesa que los florentinos apenas veían la silueta del Valentino entre las sombras.

—Tomen asiento sus señorías —invitó el hijo del papa desde su refugio en las tinieblas—. Y ruego que disculpen la hora, pero otros asuntos requerían mi atención. Parece que la situación en Nápoles se deteriora.

—Era de esperar que los reyes de Aragón y Francia terminaran enfrentándose tarde o temprano —dijo Maquiavelo—. Nápoles es un corral demasiado pequeño para dos gallos. Habrá guerra, seguro.

Francesco Soderini carraspeó con irritación ante la insolencia del secretario por hablar sin su permiso y antes de lo que tocaba. Maquiavelo captó el mensaje y bajó la cabeza.

—Gracias, Excelencia —dijo al fin el obispo de Volterra mientras se dejaba caer sobre la silla—. Y permitidme que, en el nombre de la Signoria, seamos los primeros en felicitaros por vuestra rápida y feliz victoria.

—De buen grado recibo la enhorabuena de Florencia, monsignore, ya que no he recibido nada más. Ni siquiera lo acordado en su día. Los Diez de la Guerra firmaron conmigo, hace ahora un año, una *condotta* por valor de treinta y seis mil ducados para la protección de vuestra república. Sin embargo, ni un triste cobre ha llegado a mis arcas a pesar de lo comprometido.

Maquiavelo y Soderini se removieron, incómodos, en sus asientos. Era cierto que los Diez de la Guerra habían llegado a ese compromiso con el Valentino sin la más mínima intención de cumplirlo, porque pensaban que el hijo del papa era uno más de los condotieros al servicio del rey de Francia, a quien ya pagaban por su protección, y que sería Luis XII el que controlaría al Valentino. Sin embargo, el nuevo duque de Urbino no pensaba igual.

—Perdonad, Excelencia. —Maquiavelo intentó desviar la conversación—. ¿Esa *condotta* nos hubiera librado del injustificable ataque de Vitellozzo Vitelli a nuestra ciudad de Arezzo?

—Ese ataque, *messer* Maquiavelo —contestó César—, es lo que ocurre cuando no se cumplen o se alteran los acuerdos que se firman con hombres de guerra, porque creo recordar que no estaba en ninguna cláusula de la *condotta* que la Signoria firmó con los hermanos Vitelli que se torturara y ejecutara a Paolo, ¿me equivoco?

—¡Pero Vitellozzo es uno de vuestros capitanes! —protestó el obispo de Volterra.

—Que en este caso, monsignore, no actúa bajo mis órdenes, aunque sí es el único que puede frenarlo. Ahora mismo, *signori*, Florencia tiene dos problemas: uno es Vitellozzo, no lo niego, y el otro es su ambigüedad. Y no sé cuál de los dos es más peligroso.

—¿Ambigüedad? —inquirió Maquiavelo—. ¿A qué os referís?

—Me refiero a su relación conmigo, *messer* secretario. Sé que venís con el encargo de los Diez de no hacerme ni la paz ni la guerra; ni firmar pactos ni no firmarlos. Saben sus señorías que lo único que deben ganar es tiempo. Y tiempo es lo que ya no tienen.

En ese momento, César se levantó arrastrando la silla con estrépito. A la vez, Juanicot Grasica —su paje personal— se aprestó a encender los candelabros de pie que estaban detrás del escritorio, de manera que su luz iluminó al Valentino. Estaba imponente y aterrador, vestido de negro de los pies a la cabeza, con el collar de oro de la Orden de San Miguel sobre el pecho y la máscara de cuero que le tapaba los ojos y las mejillas, pero que dejaba a la vista su boca, enmarcada por la barba rojiza.

—Tienen cuatro días para decidir si me quieren como amigo o

enemigo —aseguró el Valentino—. No puedo mantener a mi ejército sin hacer nada en estas montañas.

Ambos diplomáticos entendieron enseguida la amenaza. El hijo del papa tenía un ejército a treinta leguas de Florencia y otro más en Arezzo, a la mitad de la distancia.

Indefensa.

40

Ave Maria Sanguinum

Palacio Ducal de Ferrara,
26 de julio de 1502

—¿Qué opináis, monsignore Torrella? Yo me inclino a pensar que es un exceso de μέλαινα χολή —*melaina kholé*, dijo en griego el doctor Francesco di Castello— lo que aflige a *madonna* Lucrecia.

—En efecto, es melancolía, exceso de bilis negra, *messer* Di Castello —respondió el médico valenciano y obispo de Santa Giusta, en Cerdeña—. O quizá un residuo de este humor. Y eso es lo que más me preocupa.

—Y a mí también, porque bien sea un exceso o un residuo que no se ha absorbido, en su estado de buena esperanza es muy difícil de eliminar y, además, su condición de hembra la hace más vulnerable a los accidentes de ánimo —continuó el médico de la corte del duque de Ferrara.

—¿Convenís conmigo en que la sangría debe hacerse con suma cautela? —preguntó Torrella—. ¿Del muslo derecho y muy ligera? ¿Y luego aplicarle sobre la zona del hígado emplastos fríos de miel con una disolución de diez partes de vinagre por cuarto de onza de oropimente?

—Sin duda, sin duda. Y también infusiones de camomila para rebajar la fiebre. Además, hoy es la festividad de San Joaquín y Santa Ana, esta última patrona de los buenos partos y protectora contra la fiebre. Bueno, todo ello suponiendo que *madonna* Lucrecia...

—Pero —interrumpió la conversación Alfonso d'Este, el marido de Lucrecia—, con todos esos remedios, ¿se recuperará mi esposa?

El heredero del duque de Ferrara no había entendido nada de la conversación entre los dos médicos ni pensaba que le hiciera falta hacerlo. Ante la posibilidad de que los galenos se enredaran en un diálogo erudito sobre diagnósticos y tratamientos que le hiciera perder más tiempo, les preguntó por lo que realmente le preocupaba: la vida de su mujer.

Aquel verano, las fiebres tercianas estaban haciendo estragos en todo el valle del río Volano y en la corte ducal de Ferrara habían provocado la muerte de una docena de personas. Lucrecia, embarazada de seis meses, también enfermó, para preocupación de su joven marido y desesperación de su suegro. No obstante, la angustia de Ercole d'Este no la provocaba su cariño por la esposa de su heredero, sino su avaricia. En las capitulaciones matrimoniales firmadas con el papa Alejandro se especificaba que si Lucrecia moría en su primer parto y si la criatura no sobrevivía o —en el caso de hacerlo— fuera una hembra, los cien mil ducados de la dote de la novia —así como la vajilla de plata, los vestidos, libros y demás objetos de valor que había llevado consigo desde Roma— tendrían que ser devueltos a la Santa Sede. Por eso, el viejo tacaño no había regateado con los médicos a la hora de adquirir extrañas medicinas, como el venenoso oropimente de Hungría, el carísimo polvo de ámbar gris del océano e ingentes cantidades de azafrán, canela y clavo. El avaro duque pensaba que, por caros que fueran los remedios, más baratos le iban a salir que una nuera muerta cuando estaba embarazada de seis meses.

—¡Excelencia! —El chambelán de la corte ducal irrumpió en la antesala del dormitorio de Lucrecia—. ¡Su Señoría el gonfaloniero y capitán general de la Iglesia acaba de llegar al castillo y exige ver a su hermana!

Alfonso d'Este, pese a estar en presencia de un obispo, soltó una blasfemia de las que harían enrojecer a una ramera del Trastévere. Acababa de comprobar, en carne propia, lo que se decía por toda Italia: que el Valentino parecía un fantasma que aparecía de repente en cualquier lugar antes de que se supiera que había abandonado el anterior. De hecho, Alfonso d'Este pensaba que el Valentino seguía en Urbino y aún se quedó más boquiabierto cuando el hijo del papa —al que acompañábamos Juanicot Grasica, su paje, dos de mis estradiotes y yo— apareció en la estancia vestido con el hábito negro y la sobreveste roja con la cruz blanca de ocho puntas de la Orden de los Caballeros de San Juan de Jerusalén.

—¡Virgen María Santísima! —exclamó Alfonso—. ¡Excelencia! Ni os esperábamos ni siquiera sabíamos que pensabais venir.

—Ni vos ni nadie, cuñado —respondió César—. Eso era exactamente lo que pretendía. Y de ahí que vayamos vestidos como caballeros hospitalarios.

—Y que hayáis viajado más rápidos que el viento.

—¡Bien lo podéis decir! —rio César—. Salimos de Urbino la antevíspera del día de Santiago Apóstol y pasamos por Cesena y Forlì para cambiar de caballos y dormir unas horas. Casi veinticinco leguas en dos jornadas. Ya os contaré luego los detalles; antes, decidme: ¿cómo está mi hermana?

—Débil, muy débil, Excelencia —intervino mosén Torrella—. Las tercianas la golpean con dureza y, además, imagino que, a causa de su embarazo, tiene los humores desajustados y no se deja hacer.

—No se deja hacer ¿qué?

—Nada *signore*. Pero sangrías, mayormente —apuntó el doctor Di Castello—. Es esencial que mi colega monsignore Torrella o yo mismo le practiquemos una ligera sangría en el muslo izquierdo para equilibrar los humores, pero *madonna* Lucrecia se niega en redondo.

—Ni siquiera a mí me hace caso —añadió Alfonso d'Este.

—¿Es necesaria esa operación, doctor Torrella? —preguntó el Valentino.

—Absolutamente, Excelencia.

—Dejad que hable con ella —dijo el capitán general de la Iglesia—. Intentaré convencerla.

El duque entró en el aposento de su hermana sin siquiera quitarse el correaje de la espada ni las espuelas. Encontró a Lucrecia en el lecho, apenas vestida con un camisón ligero empapado por el sudor y el agua perfumada con esencia de lavanda y romero que se escapaba de los paños que sus doncellas le aplicaban en la frente, el cuello y los senos para intentar bajarle la fiebre. De vez en cuando, las criadas escurrían los lienzos húmedos sobre su vientre, ya hinchado, para refrescarla con las gotas que caían. Las ventanas cerradas, los gruesos muros de ladrillo del castillo de los D'Este y las cortinas echadas mantenían a raya el brutal calor del exterior y conservaban fresca la estancia, aunque en penumbra.

—*Lucrècia* —dijo el Valentino—. *Soc jo. Soc Cèsar.*

Escuchar la voz de su hermano en el valenciano natal de ambos tuvo en la hija del papa un efecto casi milagroso. Durante toda la mañana, la fiebre la había mantenido entre el sueño y el delirio, sin que nada coherente saliera de sus labios. Hasta ese momento.

—*Cèsar!* —exclamó con una sonrisa floja, pero de sincera alegría—. *Quan has vingut?*

—Acabo de llegar —respondió César mientras se desprendía del correaje de la espada y se sentaba en el borde de la cama—. No, no te muevas. Estoy bien aquí.

—¿Me estoy muriendo, César? —preguntó Lucrecia.

—No, *germaneta* —contestó el Valentino llamándola hermanita—, pero lo harás si no te dejas hacer.

—¡Estoy harta, César! —bufó la enferma—. ¡Harta de sangrías, emplastos, ungüentos y pociones repugnantes! ¡Harta de vomitar y de que me duela la espalda y se me hinchen los pies! ¡Harta!

—Te entiendo.

—No, no puedes entender. O no del todo. Eres un hombre y no puedes saber lo terribles que pueden ser los dolores de parto.

—Tienes razón. Pero también tengo mi ración de padecimientos con los tormentos a los que me somete el doctor Torrella con sus estufas de piedras calientes y sus lebrillos con vapores de sales de mercurio.

Lucrecia cerró los ojos y se sumió en el silencio como si la pequeña discusión con su hermano le hubiera consumido las pocas fuerzas que le quedaban. César así lo interpretó también y se limitó a sujetarle la mano.

—César —dijo al cabo de unos instantes—, cuéntame qué ha pasado en el mundo. Llevo semanas aquí dentro.

—¿Y nadie te ha leído mis cartas ni las del santo padre? —preguntó el Valentino—. ¿Ni siquiera las de tu marido?

—Sí, claro. Pero no es lo mismo. Quiero que me lo cuentes tú. Dime, ¿ya hay guerra en Nápoles?

—La hay. Me lo vaticinó un diplomático florentino, un tal *messer* Maquiavelo algunas semanas antes. Y debo confesarte que no pensé entonces que fuera a ocurrir.

—¿Por qué?

—Pues porque el pacto entre mi primo Luis de Francia y Fernando de Aragón para repartirse Nápoles parecía sólido, pero no lo era en absoluto. Las desavenencias empezaron por el peaje de Troia y, después, por cuatro provincias. Aunque el capitán castellano Gonzalo Fernández de Córdoba y el virrey francés Louis d'Armagnac intentaron llegar a un acuerdo pacífico, seis días antes de la Natividad de San Juan, las tropas francesas ocuparon Atripalda y, al poco, las españolas hacían lo mismo con Troia. Ahora mismo, el Gran Capitán está asediado en Barletta. Se dice que aguarda refuerzos de España por mar, pero es de esperar que el ejército francés llegue antes desde el norte —César guiñó un ojo a su hermana—. Si tiene el permiso del papa para cruzar los estados pontificios, claro.

—¿Y lo tiene? —inquirió Lucrecia—. ¿O lo tendrá?

—Lo tendrá —en la voz de César había cierta resignación— porque no tenemos más remedio que dárselo, porque el rey de Francia sigue siendo en Italia *il mastro della bottega*, el dueño de la tienda, como dicen los toscanos. Ahora bien, también se lo podemos cobrar.

—¿Cobrar? —preguntó Lucrecia—. ¿Cómo? ¿Y por cuánto?

—Mi primo Luis necesita paso franco por los territorios de Florencia y del papado, y dispondrá de ambos sin demasiados problemas. Ahora bien, si quiere ser rey de Nápoles y Jerusalén, necesita la investidura del santo padre. Y si quiere derrotar al Gran Capitán, no le vendrá mal mi ejército.

—¿Tu ejército? Querrás decir el ejército del papa.

—La misma cosa es. O no. Hasta ahora ha habido que usar compañías de mercenarios al mando de Vitellozzo Vitelli, Oliverotto Euffreducci o los primos Orsini. Con ellas tomamos Camerino y desalojamos al viejo Giulio Cesare Varano del poder. Sin embargo, no me fío de ellos.

—Es que no son de fiar —bufó Lucrecia—. Ninguno de ellos.

—Por eso necesitamos un ejército propio. Y lo estamos formando. Desde hace semanas, don Micheletto y el caballero Ramiro de Lorca reclutan *un uomo per casa* de las ciudades y pueblos de la Romaña. Los sargentos de las compañías de piqueros suizos y de estradiotes albaneses que también hemos contratado los están entrenando. Ya son más de cinco mil, lo cual quiere decir que dispongo de un número de soldados solo un poco inferior al de todos esos condotieros juntos. No obstante, espero doblar esa cantidad. Además, *messer* Leonardo da Vinci, mi ingeniero militar, está diseñando un programa de obras para reforzar los castillos y defensas de las plazas de la Romaña. Y tu marido es el encargado de comprar nuevos cañones y falconetes en los talleres de Brescia.

—Impresionante, César. —Lucrecia reflexionó un instante—. Pero ¿de dónde sale todo el dinero necesario para ello?

—¡Digna hija de tu padre! —aplaudió el Valentino—. Ya me advirtió Su Santidad que tenías un don especial para los números, las cuentas y el dinero.

—Gracias, *germà*. Contéstame, anda, ¿de dónde sale el dinero?

—Del mismo sitio del que salieron los fondos para que adquirieras los ducados de Nepi y Sermoneta para tus hijos.

—De la Cámara Apostólica.

—En efecto.

—Ya veo. Cuéntame la toma de Camerino, ¿cómo fue? ¿Sangrienta como Faenza o fácil como Rímini y Pésaro?

—Más fácil que Faenza, pero un poco más difícil que Urbino. —A César le brillaban los ojos de orgullo—. Mientras yo estaba en Urbino, envié a Oliverotto Euffreducci y a Francesco Orsini, que, al frente de dos mil hombres cada uno, convergieron en los valles de Camerino y cercaron la villa. Aunque Giulio Cesare Varano mandó a la caballería de un hijo suyo —que puso en aprietos a Francesco Orsini—, no pudo prever que su propia gente de la ciudad, harta de su tiranía, se amotinara y abriera las puertas a las tropas de Oliverotto. Tal y como yo les había ordenado, no hubo saqueo y Oliverotto se limitó a hacer matar a los cortesanos más notables de los Varano, pero el viejo Giulio Cesare y dos de sus hijos siguen vivos y en mi poder. Al igual que el señorío de Camerino, que, por cierto, el papa va a convertir en ducado. Y tengo una sorpresa para ti al respecto.

—Sorpresa, ¿qué sorpresa?

—El Ducado de Camerino será para tu hijo Giovanni. Formará parte del gran Ducado de la Romaña, pero ya no será un feudo de la Santa Sede, sino de los Borgia.

—Giovanni... y Rodrigo. —Las lágrimas vidriaron de emoción los ojos febriles de Lucrecia al recordar a sus hijos, dejados en Roma—. ¿Cómo están?

—Están bien, *germaneta*. Son los reyes de la corte vaticana y el papa los exhibe con orgullo de abuelo en todas las ceremonias del

Palacio Apostólico. Los *duchetti*, los pequeños duques, corretean luciendo las dos pequeñas corazas y las espadas diminutas colgadas de las caderas que Su Santidad ha hecho forjar para ellos. Pronto jugarán con mis hijos.

—¿Tus hijos?

—Sí. Tengo dos más. Uno se llama Girolamo, tiene un año y lo cuida su madre, Fiammetta, en la casa que le regalé en Roma. La otra tiene pocos meses y se llama Camilla.

—¿Y dónde vive la pequeña?

—Está también con Fiammetta. Su madre murió en el parto, la pobre.

Lucrecia tuvo la tentación de preguntarle a su hermano la identidad de la mujer, pero dedujo que, si la criatura estaba al cuidado de la cortesana favorita de César, es que la madre de la huérfana debía de ser una *cortigiana onesta* proporcionada por la propia Fiammetta.

—¿Y Louise? —insistió Lucrecia—. ¿Por qué no viene a Italia junto a tu esposa?

—Porque la duquesa de Valentinois debe seguir gobernando mi ducado francés mientras haya guerra en la península.

—¿Seguro? El papa me dijo en una carta que el rey de Francia no le permite viajar. ¿Acaso es un rehén de tu «primo» Luis?

—No quiero pensar en eso.

Lucrecia notó la rabia que hervía bajo las palabras de su hermano mayor y tuvo la certeza de que la razón que ella había aportado era la auténtica. Sin embargo, optó por no seguir insistiendo.

—En todo caso —continuó el Valentino—, cuando Girolamo y Camilla sean un poco más mayores, me gustaría que se educaran aquí, en Ferrara, contigo. Pero, para ello, debes seguir viva, *germaneta*. Debes dejar que los médicos te curen.

—Solo si me respondes a una cosa. Con sinceridad.

—Lo que quieras.

—¿Por qué tuvisteis que hacer matar a Perotto? —Lucrecia endureció la mirada—. ¿Por qué dejaste a Giovanni sin padre?

César bajó la mirada y reflexionó unos instantes. Jamás había hablado de ello con su hermana, quien nunca le había reprochado, hasta ese momento, el asesinato de su amante.

—Giovanni es un Borgia ahora. Hijo mío a todos los efectos y, por tanto, legítimo duque de Nepi y Camerino, mientras que si fuera hijo de un cubiculario y la hija del papa sería bastardo por partida doble. Además, para anular tu matrimonio con el imbécil de Giovanni Sforza, el Colegio Cardenalicio te declaró *virgo intacta* pese a estar embarazada de cuatro meses. Que viviera era un riesgo demasiado alto, Lucrecia. Ni te hubieran aceptado como esposa para Alfonso d'Aragona ni novia digna del heredero del Ducado de Ferrara. Me gustaba Perotto. De verdad. Pero no hubo más remedio.

—Con los hijos naturales que tenéis los hombres no pasan estas cosas. Ahí están Girolamo y Camilla.

—Lo sé. Pero yo no he hecho el mundo, *germaneta*. Tan solo trato de conquistar un pedazo de él para nuestra familia. ¿Llamo a los médicos?

—Sí. Llámalos.

Mosén Torrella y el doctor Di Castello entraron en el aposento acompañados de dos discípulos. Llevaban una fuente de plata en las manos para recoger la sangre, y lancetas con las que practicar la incisión. César no consintió que las doncellas incorporaran a su hermana; lo hizo él mismo y se sentó junto a ella en la cama, rodeándola con los brazos. Los venerables ancianos, antes de arrodillarse ante la hija del papa, esperaron a que el Valentino dispusiera un paño de lino sobre la entrepierna de su hermana como si fuera el perizoma con el que los pintores tapan la desnudez de Nuestro Señor Crucificado. Fue monseñor Torrella el que tomó el agudísimo filo y, tras palpar algunas zonas de la parte interior del muslo con la punta de los dedos, se levantó ladeando la cabeza.

—Mosén Torrella —dijo César—. ¿Qué ocurre?

—Demasiado vigor noto en las venas de vuestra hermana donde pensábamos practicar la sangría, Excelencia. —Se volvió hacia su colega—. ¿Queréis comprobarlo vos, doctor Di Castello?

El médico del duque de Ferrara repitió la exploración en la misma zona que su colega y, tras unos instantes, llegó a la misma conclusión.

—Mejor será, monsignore que sangremos a *madonna* Lucrecia en el brazo derecho —apuntó el galeno ferrarense—. Y poco tiempo. Lo que dura un avemaría.

Volvieron a meter a Lucrecia en la cama, con muchos cojines tras la espalda, para mantenerla erguida. Mosén Torrella, con la habilidad acumulada durante décadas de profesión médica, le hizo un tajo pequeño un poco más arriba de la muñeca, en ángulo ascendente y contempló cómo el reguero escarlata dibujaba un río fino y brillante sobre la piel hasta caer en el recipiente.

—*Ave Maria, gratia plena* —inició el rezo el obispo de Santa Giusta, al que se unieron todos los presentes, salvo Lucrecia—. *Dominus Tecum. Benedicta Tu in mulieribus, et benedictus fructus ventris Tui, Iesus. Sancta Maria, Mater Dei, ora pro nobis peccatoribus, nunc et in hora mortis nostrae. Amen.*

Nada más terminar la oración, el médico del duque de Ferrara se aprestó a levantar el brazo de Lucrecia por encima del hombro de la hija del papa y vendar la incisión para frenar el sangrado. Luego, una vez que las doncellas hubieron cubierto el rostro de Lucrecia con un lienzo blanco, para que nadie pudiera ver, a la vez, su cara y su cuerpo desnudo, apenas tapado por el perizoma, procedieron a levantarle el camisón para aplicarle sobre el costado derecho el ungüento de miel y oropimente que los galenos habían preparado en la antesala. Cuando todo estuvo hecho, abandonaron la estancia y dejaron solos a los dos hermanos. Lucrecia parecía estar mucho mejor.

—¿Hasta cuándo puedes quedarte? —preguntó a César—. No mucho, supongo.

—No. Debo marchar al alba.

—¿Adónde vas? —La hija del papa se fijó entonces en el hábito de la Orden Hospitalaria que llevaba su hermano—. ¿Y por qué vas vestido así?

—La mejor manera de llevar armas por los caminos de Italia sin que nadie sospeche es hacerlo como los freires de San Juan. Nadie podía saber que voy a Milán.

—¿A Milán?

—Mi primo el rey de Francia está allí desde hace dos semanas y a él han acudido todas las plañideras de Italia para llorar en sus reales oídos lo malvados que somos los Borgia. Tu primer marido, Giovanni Sforza, ha sido el primero y, tras él, enviados de Venecia, Florencia, Mantua y Bolonia. También el pobre Guidobaldo de Montefeltro de Urbino y el único de los Varano que no estaba en Camerino cuando la ciudad cayó en nuestras manos.

—Mi suegro también está allí.

—Es el único que no ha presentado queja alguna sobre nosotros ante Su Cristianísima Majestad. Al menos eso es lo que dice monseñor Trochia, el secretario del papa, que se desplazó a Asti en nombre de Su Santidad para darle la bienvenida a Luis de Francia. Fue él quien me envió una carta en la que me advertía del peligro de que, ante tanta insistencia, el rey Luis nos retire su apoyo o, por lo menos, haga concesiones a nuestros enemigos. Por eso debo ir. Cuando nadie me espera.

—Ve pues, César —dijo Lucrecia mientras se acariciaba el vientre hinchado—. Mientras tanto, me recuperaré para traer otro Borgia al mundo. Te lo juro.

41

Las cornejas milanesas

Milán,
5 de agosto de 1502

—Majestad —exclamó el chambelán real—, el cardenal presbítero de San Juan y San Pablo, su eminencia reverendísima Giambatista Orsini, arcipreste de la Basílica de Santa María la Mayor y legado pontificio en Bolonia.

El sobrino del viejo cardenal Latino Orsini —a quien el primer papa Borgia, Calixto III, le arrebató la tiara en el cónclave de 1455— se había convertido en el jefe de la aún poderosa familia romana tras la muerte en Nápoles —por orden del papa Alejandro y a mis manos— de su primo Virginio Gentile. Tanto el heredero del muerto, Gian Giordano, señor de Bracciano, como sus primos los condotieros Francesco y Paolo no solo reconocían su autoridad, sino, y sobre todo, su habilidad política y diplomática, con la que había conseguido, sin ir más lejos, aquella audiencia con el rey de Francia. Tal y como solía decir el santo padre, la cabeza principal de la hidra de los Orsini, casi treinta años después, volvía a lucir el capelo rojo de los príncipes de la Iglesia en vez del yelmo de hierro de los guerreros. Lo cual era mucho peor.

El cardenal Orsini tenía cincuenta y dos años, pero aparentaba muchos menos a pesar de su gusto desmedido por las *cortigiane oneste*, que le habían contagiado el mal francés, el vino y, sobre todo, el juego. Se decía que, en una sola noche, había perdido más de mil ducados con los naipes. Como todos los hombres de su familia, era un sujeto corpulento, aunque más bien bajo, de espaldas anchas y cara redonda como un pan *casatiello* napolitano de manteca de cerdo y queso. Mantenía a raya su tendencia a engordar con grandes cabalgatas y cacerías, para malograr tales esfuerzos con fiestas y banquetes aún más grandes. Entró en la antigua sala de audiencias de la corte ducal —cuyos frescos con los escudos de armas de los Sforza se habían tapado con lienzos— con paso firme y manteniendo la mirada en los ojos del rey de Francia, hasta que llegó ante el trono, hincó la rodilla y bajó la cabeza a esperar, como dictaba el protocolo de la corte francesa, que el soberano hablara primero.

—*Eminentissime Pater* —dijo Luis XII—. ¿También vos venís a quejaros ante Nuestra Majestad sobre el duque de Valentinois o, por el contrario, el motivo de vuestra visita es lamentar el depravado comportamiento del santo padre Alejandro en Roma? Contestadme en cuanto os alcéis.

El cardenal no supo qué responder. Esperaba que Luis de Orleans, por lo menos, le diera la bienvenida a Milán, aunque fuera solo por pura cortesía, y en ningún caso imaginaba que el *Christianissimus Rex* fuera a entrar en materia de forma tan directa. No obstante, en su mente, agradeció a su interlocutor que no le hiciera perder el tiempo con divagaciones diplomáticas, porque, en efecto, había ido a quejarse por lo primero y a lamentar lo segundo.

—O tenéis los mejores astrólogos de Europa, Majestad —dijo con una sonrisa—, o la Divina Providencia os otorgó el don de la profecía, como a Isaías.

—Simplemente tengo oídos, Eminencia, que han estado toda la mañana escuchando quejas y acusaciones contra mi primo César y Su Santidad —bufó el monarca—. Pero, por favor, os ruego que toméis asiento. También escucharé las vuestras.

—Gracias, Sire —dijo el cardenal—. No obstante, os rogaría que me contarais qué os han dicho los que me han precedido en la audiencia, aunque solo sea para no repetirme.

—Pues el primero en acudir a nuestra real persona —respondió el rey con gesto serio— ha sido Guidobaldo de Montrefelto, el duque de Urbino, al menos hasta que el santo padre firme la bula en la que otorgue a César ese título.

—Triste destino el suyo.

—Mucho. Me contó que tuvo que huir con el jubón y la camisa que llevaba puestos, y que si no hubiera sido porque pudo refugiarse en la corte de su cuñado el marqués de Mantua, ahora mismo estaría muerto y su cuerpo abandonado en alguna senda perdida de los Apeninos. Además del traicionero ataque que le hizo perder su ducado, lamentaba el saqueo de la biblioteca de su padre y de su colección de arte por parte del duque de Valentinois.

—Ya veo.

—Luego fue el turno del marqués de Mantua, Francesco de Gonzaga, cuya corte se ha convertido, según me dijo, en una suerte de hospicio de todas las víctimas de César Borgia. Por ello me advirtió que alguien debería parar los pies al Valentino, por usar sus propias palabras.

—¿Y vos qué pensáis, Majestad? ¿Se le deben parar los pies?

—¡A Vitellozzo Vitelli y a Giampaolo Baglioni, desde luego! —exclamó el rey—. Florencia está bajo mi protección y no puedo tolerar que esos dos carniceros la amenacen, por mucho que luchen bajo las banderas del santo padre y de mi primo el duque.

El cardenal Orsini sonrió para sus adentros, pues el estallido de cólera de Luis XII implicaba una brecha en la alianza entre el rey de Francia y el hijo del papa o, si no fuera así, sería una brecha entre el Valentino y sus dos mejores coroneles. Y pensaba aprovechar tanto una como la otra.

—¿Y luego?

—Luego han venido el embajador de Florencia, el obispo Soderini, acompañado de ese funcionario tan inquietante —el rey se dirigió a su canciller y gobernador de Milán, que, hasta ese momento, se había limitado a saludar con una ligera reverencia a su compañero del Sacro Colegio—: cardenal D'Amboise, ¿cómo se llama ese hombrecillo que acompañaba al obispo de Volterra?

—Maquiavelo, Majestad —respondió el prelado—. Nicolás de Maquiavelo.

—¡En efecto! —aplaudió el monarca—. Recuerdo que estuvo meses en mi corte en Chinon hace algún tiempo.

—Un hombrecillo insufrible que —apuntó D'Amboise—, cuando yo le dije que los italianos no sabían nada de la guerra, él me contestó con que los franceses no sabíamos nada de política. ¿Podéis creer semejante insolencia *Eminentissime Frater*?

Giambatista Orsini se limitó a asentir y a sonreír para que su colega pensara que le estaba dando la razón, cuando, en su interior, en realidad se la otorgaba, con júbilo, al funcionario florentino. En aquel momento, al cardenal romano le vino a la cabeza la frase que atribuían a Julio César que decía que los galos —o sea, los franceses— cuando empezaba la batalla parecían más que hombres, pero que cuando terminaba eran menos que mujeres. Se divirtió con el pensamiento, pero, como es natural, no lo dijo. De hecho, no comentó nada más y dejó que el rey siguiera hablando.

—Y, por supuesto, Eminencia —continuó Luis XII—, ha aparecido el embajador de Venecia con una lista de quejas que traían los hijos del señor de Camerino refugiados en la ciudad de la laguna y que, como es natural, braman contra la pérdida de su señorío y el encarcelamiento de su padre y sus hermanos mayores. Eso sin contar con las llamadas de auxilio de Giovanni Bentivoglio.

—¿El señor de Bolonia? —preguntó Orsini—. ¿Qué le ocurre?

—Pues que el papa Alejandro le ha enviado un breve por el que le cita, tanto a él como a sus dos hijos, a comparecer en Roma antes del día de San Mateo con el fin de... ¿Eminencia?

—«Examinar los medios para establecer en Bolonia un mejor gobierno» —leyó el cardenal D'Amboise de un pliego que tenía en una carpeta.

«Es una trampa —pensó Orsini— y harán bien los Bentivoglio en no ir si no quieren acabar en el fango del Tíber con una bala de cañón atada al cuello, como los Manfredi».

—¡Así que ya veis, *Eminentissime Pater* Orsini! —exclamó el rey—. ¡Así ha transcurrido para mí esta calurosa mañana en mi bellísimo *château* de Milan! Ahora os toca a vos. Decidme, ¿de qué debo guardarme respecto a mi primo César o del santo padre de Roma?

—Yo diría, Majestad —respondió Orsini—, que vos mismo os habéis contestado a esa pregunta cuando os referíais a los estragos que los capitanes Vitelli y Baglioni están haciendo en un territorio bajo vuestra protección como la Toscana. Si actúan bajo las órdenes del duque Valentino y el capitán general de la Iglesia es, a su vez, leal primo de vuestra majestad, no creo que la orden deba incumplirse. Pero no me hagáis mucho caso, Sire. Yo soy un clérigo y no un guerrero.

Luis de Orleans se quedó pensando un momento y, como hacía cada vez que le asaltaban las dudas —que era a diario y con casi todo, salvo para desflorar a una doncella—, consultó con la mirada a su canciller. El cardenal D'Amboise no iba a cometer el error de contestarle nada a su rey delante de Orsini, pero cerró los ojos despacio, la señal que ambos tenían pactada para indicar asentimiento, aunque discutieran los detalles más tarde.

—Es lo que yo pensaba, Eminencia. Entonces ¿no queríais verme para plantear quejas ni formular advertencias? —el rey esbozó una sonrisa burlona.

—Más bien para recordar amistades y lealtades, Sire —dijo Orsini—. Mi familia ha sido una fiel aliada de la vuestra y defensora de sus reivindicaciones sobre la corona de Nápoles. Tanto que a mi primo Virginio Gentile le costó la libertad y la vida entre los muros del Castel dell'Ovo.

Giambatista Orsini pensó en ese momento en acusar al papa Alejandro, a César o a ambos de haber ordenado la ejecución de su primo, pero optó por no entrar en más detalles, entre otras cosas porque a él también le había beneficiado la muerte del que había sido, hasta entonces, el jefe de la familia.

En ese momento, el chambelán que había anunciado a Giambatista Orsini entró en la Sala de Audiencias con un papel en una bandeja de plata que depositó en la mesa donde el cardenal D'Amboise se parapetaba tras una muralla de papeles. Leyó el mensaje y se lo pasó al monarca para que hiciera lo mismo.

—Los reyes de Francia, *Eminentissime Pater* —dijo cuando acabó de leer el pliego—, no olvidamos a nuestros aliados. Nunca. Preguntadles a los gentilhombres de la Signoria de Florencia si tenéis dudas.

—Ninguna, Majestad —respondió el cardenal—, y por eso esperamos vuestra protección y amistad con la misma confianza que la segunda venida de Nuestro Señor. Pero no puedo dejar de alarmarme por las cosas que dice el santo padre en Roma respecto a nosotros.

—¿Qué es lo que dice?

—Que igual que hizo con los Colonna, los Savelli o los Caetani, está dispuesto a erradicar la estirpe de los Orsini de la faz de la tierra como el labrador quema las malezas. Nos responsabiliza a nosotros de la muerte de su hijo el duque de Gandía y clama venganza.

—¿Con razón o sin ella, Eminencia?

—No estoy en condiciones de responderos a eso, señor. Quizá obtendríais mejor respuesta a esa cuestión si se la formuláis a vuestro querido primo el duque Valentino.

El cardenal D'Amboise no pudo evitar abrir los ojos de golpe y enarcar las cejas porque su colega del Sacro Colegio había apuntado bien el dardo que acababa de disparar. Si Joan Borgia —el favorito de Alejandro VI— hubiera seguido vivo, César habría continuado siendo el cardenal de Santa Maria Nuova y arzobispo de Valencia, y no el gran caudillo que tenía aterrorizada a media Italia.

—Quizá lo haga, Eminencia —aseguró el rey—. Y pronto además.

—¿Pronto?

—Tan pronto como ahora mismo, porque en este papel —le mostró el pliego— dice que el duque de Valentinois está a un par de horas de Milán procedente de Ferrara.

—¡Qué feliz casualidad! —El cardenal Orsini disimuló como pudo la sorpresa.

—Voy a salir a su encuentro —dijo el rey con una sonrisa malévola—. ¿Nos acompañaríais, *Eminentissime Pater*?

—Con mucho gusto, Majestad. Ordenaré que ensillen mi caballo de inmediato.

* * *

Apenas tuvimos tiempo para quitarnos los hábitos de caballeros de San Juan de Jerusalén que nos habían servido de camuflaje durante el viaje y ponernos presentables para el encuentro con el rey de Francia. Luis XII, su séquito y su guardia personal aparecieron por la Via Emilia para que el monarca abrazara a su *cher parent* —su querido pariente— a apenas un millar de pasos de la Puerta Comasina de la capital lombarda. Sus caballos iban grupa con grupa y ambos hombres, cogidos de la mano, entraron en la ciudad entre los vítores del pueblo llano, al que, a toda prisa, convocaron los alguaciles a toque de campana para que dieran la bienvenida al duque de la Romaña y capitán general de la Iglesia.

—Querido primo —dijo el rey mientras saludaba a la multitud—, tus hazañas han provocado que haya tenido que estar toda la mañana soportando el graznido de las cornejas que has espantado de sus nidos en Urbino, Florencia, Camerino, Mantua y hasta de la misma Roma.

—¡Cuánto lo lamento, Majestad! —bromeó el Valentino—. Disculpadme, porque nada estaba más lejos de mi intención que atraer a vuestra corte a los cuervos de Italia para que os provocaran dolor de cabeza con sus parloteos.

—No les he hecho demasiado caso. De todos modos, *Excellence* —continuó el monarca—, no creo que sea necesario que os recuerde que Florencia está bajo mi protección, pues es vital que mi ejército pase por su territorio rumbo a Nápoles y, además, pagan por ello. No puedo arriesgarme a enviar a mis fuerzas por mar cuando está tan cerca la estación de las tormentas.

—Lo tengo bien presente, Majestad.

—Pues tus coroneles no parecen entenderlo. Vitellozzo y Baglioni deben retirarse de Arezzo y de todas las villas que han ocupado en el valle del Chiana. Y hacerlo de inmediato.

—El problema, Sire, es que no actuaron bajo mis órdenes para avanzar en el territorio toscano. Mi *condotta* con ellos se limitaba a las operaciones en la Romaña para recuperar los señoríos que pertenecían a la Santa Sede. Vitellozzo Vitelli y sus secuaces Giampaolo Baglioni y Oliverotto Eufreducci tienen asuntos pendientes con la Signoria de Florencia a causa de un viejo agravio que...

—César —cortó el rey—, no me importa quién empezó la pelea. Lo que quiero es que tú la termines. Ordena a tus coroneles que se retiren y que se preparen para unirse a mi ejército en la marcha hacia Nápoles.

—¿Cuándo?

—Después de la vendimia como muy tarde. Fernando de Aragón ha rehusado ratificar el tratado que firmé el pasado mes de abril en Lyon con su yerno, el duque de Borgoña, para alcanzar una paz duradera.

—¿Qué decía el tratado?

—Que mi hija Claudia se casaría con el primogénito de Carlos de Habsburgo y Juana de Castilla, que también se llama Carlos. En cuanto ambos príncipes fueran mayores de edad, el rey de Aragón abdicaría en su nieto sus derechos sobre Nápoles y yo en mi hija. Pero no ha sido posible y no hay otro camino que el de la guerra. Por eso os necesito, primo. Porque no solo sois el mejor general de Italia, sino también un favorito de la fortuna.

—Gracias, Majestad —dijo César—. Pero el mejor caudillo no es nada si no tiene ejército sobre el que mandar y no hay suerte cuando no se hace nada. Y para ambas cosas aún necesitamos de la artillería de Vitelli y la infantería de Baglioni mientras sigo reclutando hombres en Imola, Fano, Cesena y Forlì. De todos modos, si se negaran a luchar bajo vuestras banderas quizá...

—Quizá ¿qué?

—Quizá se puede contar con el tesoro de Bolonia para reclutar más mercenarios suizos y estradiotes albaneses. Desde los tiempos del papa Sixto, los Bentivoglio no pagan el tributo que corresponde a la Santa Sede. El papa ya les ha mandado un breve conminándolos a acudir a Roma...

—Sí, lo sé —intervino Luis XII—. Su embajador ha sido una de las cornejas que ha venido a graznar a mis oídos esta mañana.

—Pues dejadnos hacer al santo padre y a mí pues —concluyó César—. También recuperaremos Bolonia para la Santa Sede y de sus arcas saldrán los hombres, la pólvora y los cañones que necesitáis, Sire. No obstante, si los primos Orsini, Giampaolo Baglioni o Vitellozzo Vitelli se negaran a ayudarnos a conquistar Bolonia en nombre de la Iglesia, ¿podré contar con, por lo menos, trescientas lanzas francesas?

—Solo si, cuando esté resuelta esa empresa —añadió el rey— los soldados pontificios y vuestro nuevo ejército de la Romaña marchan junto al mío para expulsar a los españoles de Nápoles y Sicilia y devolverlos al otro lado del mar.

—Tendré para vos diez mil hombres y treinta piezas de artillería, Majestad.

—Y Florencia, insisto, queda bajo mi protección.

—De acuerdo.

—Y también los Orsini.

—¿Los Orsini? —César arqueó las cejas—. Me temo que eso lo tendréis que discutir con el santo padre porque está más que dispuesto a exterminarlos a todos.

—A pesar de que os criaron a vuestra hermana Lucrecia en su fortaleza de Montegiordano y a vos y que dos de sus condotieros luchan bajo vuestras banderas.

—Solo porque les pagamos por ello, Sire. Y el papa no olvida... —el Valentino dudó un instante— viejas deudas que los Orsini aún no han saldado.

—En todo caso, han sido buenos aliados de la corona francesa y, además, Gian Giordano, el señor de Bracciano se educó en mi corte y es, como vos, *chere cousin*, miembro de la Orden de San Miguel. ¿Sabéis eso qué significa, verdad?

—Que cualquier disputa entre miembros de la Orden —César recitaba una lección a desgana más que hablaba— debe ser resuelta de forma pacífica y con vos, en calidad de gran maestre, como juez.

—En efecto.

—Pero eso solo afecta al señor de Bracciano.

—Intentemos que las alas protectoras del arcángel se extiendan a todos los Orsini, mi señor duque de Valentinois. Al menos, mientras no den motivos para hacer otra cosa.

—Así se hará, Majestad.

Cuando el rey de Francia y el capitán general de la Iglesia entraron en el patio de armas del Castello Sforzesco, apenas una hora más tarde de su encuentro en la Via Emilia, hacía un rato que Guidobaldo de Montefeltro, Ercole Varano y los embajadores de Venecia, Florencia y Bolonia habían salido despavoridos de Milán rumbo a sus refugios pues ya sabían que la alianza entre César Borgia y Luis de Orleans era, incluso, más sólida que antes.

El cardenal Giambatista Orsini, decidió mantener su dignidad como príncipe de la Iglesia y no huyó. Es más, se quedó a disfrutar de los banquetes, bailes y cacerías que, durante los siguientes días, se organizaron en honor al Valentino. Hizo bien porque así pudo enterarse de que el rey de Francia le había exigido al hijo del papa que ordenara a Vitellozzo Vitelli que se retirara de Arezzo y, por otra parte, que respetara a los Orsini. El prelado, una semana después, salió de Milán pensando que buscando una brecha había encontrado otra. César se iba a tener que enfrentar con sus coroneles a causa de Florencia y con el propio papa a causa de la protección a su familia.

No era mucho, pero prometía otras posibilidades.

42

Ome veri e buoni fratelli

Magione, Señorío de Perusa, Umbría,
7 de octubre de 1502

Giambatista Orsini se despertó con las campanas que llamaban a freires y frailes al oficio de maitines en la capilla del castillo de la Orden
de los Caballeros de San Juan de Jerusalén. Fuera, la luna llena aún
brillaba, a oriente, sobre las aguas del lago Trasimeno. A los pies de la
fortaleza —encaramada sobre el cerro— serpenteaba la Via Francíge-
na que usaban los peregrinos desde Canterbury hasta el puerto de
Bari para ir a Tierra Santa pasando por Roma. Abajo, la villa de Magione apuraba las últimas horas de sueño antes del amanecer.

El cardenal se arrebujó bajo las sábanas y cerró los ojos para
intentar dormir de nuevo. Sin embargo, pronto se dio cuenta de
que no lo iba a conseguir. Buscó a tientas la piel tibia y las formas
redondas de la prostituta con la que había compartido el lecho, que
estaba tan profundamente dormida que no respondió al roce de las
palmas de sus manos sobre los pezones y las nalgas. Pensó en des-
pertarla para poseerla otra vez, pero descartó la idea por dos razones: la primera es que la erección que creía tener era, en realidad,
ganas de orinar; y la segunda es que la cópula con ella la noche anterior tampoco había sido demasiado divertida, ni siquiera satisfac-
toria. «No sé qué esperaba —pensó— de las habilidades de una
ramera de pueblo en comparación con las de las *cortigiane oneste* de
Roma a las que estoy acostumbrado».

Aun así, no se levantó hasta que notó que la vejiga estaba a punto de estallar. La claridad del plenilunio iluminaba lo suficiente el aposento como para no necesitar encender un candil con el que encontrar el orinal. El estrépito de la micción contra la loza del recipiente tampoco despertó a la meretriz, cuya mera presencia empezaba a molestar al cardenal presbítero de San Juan y San Pablo y abad comendatario del convento-hospital de peregrinos de los Hospitalarios, cargo que había heredado de su tío abuelo, el gran maestre de la Orden de San Juan, veinticinco años antes.

«No sé si en sus tiempos —pensó el cardenal— también hubo tantas putas en las celdas de esta *badia* como las que hemos traído ahora. Aunque supongo que entonces la vida era mucho más sencilla y los freires solo se tenían que ocupar de frenar a los turcos desde su base de Rodas, lo cual debía de ser bastante más fácil que frenar a los Borgia. O poner de acuerdo a sus enemigos».

Con aquel amanecer eran ya nueve los días que el cardenal Orsini llevaba en el castillo. Necesitó todo ese tiempo para forjar una alianza y un plan de acción común entre quienes habían acudido a la fortaleza. Y se sentía tan orgulloso de ello como desconfiado sobre su duración. No estaba al alcance de cualquiera conseguir que el sobrino de Guidobaldo de Montefeltro, el depuesto duque de Urbino, se sentara en la misma mesa que sus primos Paolo y Francesco —que participaron en la toma a traición de su capital— o que Ercole Varanno —el único hijo de Giulio Cesare que había escapado de las garras del Valentino— no intentara destripar allí mismo a Oliverotto Eufreducci después de que el señor de Fermo hubiera arrasado a sangre y fuego la campiña de Camerino y llenado de ahorcados las ramas de las hayas y robles de sus colinas. A estos invitados había que unir al astuto Antonio da Venafro —el canciller del dueño de Siena, Pandolfo Petrucci—, al depravado Giampaolo Baglioni —el tirano de Perusa que hacía vida marital con su propia hermana—, al irascible Ermes Bentivoglio —el hijo de Giovanni II, regente de Bolonia y ya excomulgado por el papa— y, sobre todo, al peligrosísimo —aunque enfermo— Vitellozzo Vitelli, al que trasladaban en camilla por el interior de la fortaleza debido a los dolores que le provocaba el mal francés y que le impedían hasta caminar.

Algunos de ellos, después de huir de Milán a toda prisa tras el encuentro entre el hijo del papa y el rey de Francia, se habían reunido en Todi para intentar pergeñar un plan contra el Valentino que no se concretó en nada. Sin embargo, unos días después, el cardenal Orsini recibió un mensajero enviado por el tirano de Siena, Pandolfo Petrucci, con una carta cifrada en la que le proponía convocar a una reunión para formar una liga con todos aquellos cuyas tierras, libertad y vida peligraban conforme el Valentino y el papa se iban haciendo más poderosos.

Fue el prelado el que, carta tras carta, fue invitando a todos los que durante más de una semana habían compartido techo, comida, vino, conjuras y rameras en la fortaleza hospitalaria mientras los acontecimientos se precipitaban.

La primera misiva fue para Vitellozzo Vitelli, a quien el capitán general de la Iglesia había ordenado que, junto a Giampaolo Baglioni, abandonara Arezzo y el valle del río Chiana tal y como le había pedido el rey de Francia. Aunque el comandante de la artillería papal intentó convencer al duque de la Romaña de que anulara la orden y le dejara atacar Florencia para vengar a su hermano Paolo, el Valentino fue inflexible y, finalmente, Vitellozzo se retiró con sus hombres y armas a Città di Castello mientras Baglioni hacía lo mismo con destino a su cuartel general de Perusa. Fue el propio Vitelli el que desmovilizó a su pupilo, Oliverotto Eufreducci, al tiempo que el cardenal convocaba a sus primos Paolo y Francesco al encuentro. No hubo que insistir demasiado para que Ercole Varano abandonara su refugio en Venecia ni para que Giovanni Bentivoglio enviara a su hijo Ermes desde Bolonia. Por parte de Guidobaldo de Montefeltro, de Urbino, estaba su sobrino, Ottaviano Fregoso. Todos ellos, junto a sus guardias personales, escribanos y criados, habían tomado la fortaleza en la que, tras nueve días de discusiones, nació un acuerdo con el único propósito:

La ruina de los Borgia.

El cardenal Orsini, hundido en sus pensamientos, dejó pasar el tiempo hasta que la aurora rompió el cielo y los primeros rayos de sol salvaron los muros del castillo para dorar las aguas del lago. Fueron los pajes los que, al entrar en la estancia, sacaron al prelado de su ensimismamiento y, al paso, despertaron a la ramera, que tras una mirada entre incrédula y airada hacia los recién llegados, hizo ademán de darse media vuelta para continuar durmiendo.

—*Eminentissime Pater* —dijo uno de los sirvientes—. Buenos

días. Os traemos el desayuno: pan blanco, queso tierno de búfala, higos y vino caliente con miel y canela.

—Gracias, Francesco. Deja ahí la bandeja y llévate a la furcia.

El mayordomo depositó las viandas en una mesa y, sin consideración alguna, empezó a zarandear a la muchacha. No fue necesario nada más para que la meretriz se levantara e hiciera ademán de vestirse. Sin embargo, la feroz mirada de Francesco le hizo saber que Su Eminencia tenía prisa por estar solo y, sin pudor alguno, formó un hatillo con su vestido para, tal y como vino al mundo, abandonar el aposento.

El cardenal dejó que Francesco y su ayudante le vistieran antes de sentarse a desayunar. El tiempo que había estado esperando el amanecer le había abierto el apetito. Los higos estaban dulces como el pecado; el queso, delicioso y el vino le reconfortó.

—Me ha dicho el padre prior, Eminencia —le comentó Francesco mientras le ponía las medias y le calzaba los borceguíes rojos—, que os pregunte si vos y el resto de los caballeros desean asistir a la misa de San Dionisio.

—Pues no estaría mal. Tenemos que agradecer a Nuestro Señor y a todos los santos que, por fin, nuestros invitados han decidido pensar con la cabeza y no con las tripas aunque —esbozó una sonrisa amarga ante su propia ocurrencia— la de hoy sea la festividad de un mártir sin cabeza. Dile al padre prior que, al menos yo, asistiré al oficio. Y supongo que el resto también.

—Así se hará, *Eminentissime Pater.*

La capilla del castillo estaba dedicada a San Juan Bautista, patrón de los caballeros hospitalarios y protector del cardenal, cuyo antepasado del mismo nombre había encargado bellos frescos del Precursor de Nuestro Señor al Pinturicchio. Cuando el prelado llegó a la iglesia, aún tuvo que esperar, junto al padre prior, a que trajeran a Vitellozzo Vitelli en la camilla para iniciar la eucaristía en la que todos los presentes, sin excepción, comulgaron.

—¿Se confirman las noticias de Urbino? —preguntó el cardenal a Giampaolo Baglioni al término del oficio religioso—. ¿Se ha levantado la población contra el Valentino?

El cardenal presidía la mesa que se había dispuesto en la antigua Sala Capitular del castillo en la que se encontraban el resto de los participantes en la reunión que esperaban, no sin impaciencia, a que los escribanos terminaran de poner por escrito el acuerdo que habían alcanzado. El tirano de Perusa estaba a su izquierda, mientras que a su derecha se había sentado Antonio da Venafro, canciller del señor de Siena y verdadero promotor de aquella conjura: Pandolfo Petrucci.

—Sí, Eminencia —contestó el tirano de Perusa—. Al mensajero que llegó de Gubbio con las primeras noticias se unió otro enviado ayer mismo. El gobernador nombrado por el hijo del papa ha huido para salvar la vida y los hombres de la guarnición que el capitán general de la Iglesia dejó en la ciudad fueron masacrados y sus cabezas colgadas de las troneras del torreón de la rampa helicoidal.

—Terribles frutos —el cardenal se santiguó— de horrendo árbol.

—Cuya siembra y cosecha es de la entera responsabilidad de los Borgia, Eminencia. O en este caso, de don Ramiro de Lorca. Al parecer, y pese a las promesas del Valentino de que tomaba Urbino como un libertador y no como un conquistador, sus hombres se dedicaron a todo tipo de abusos y desmanes con el pueblo. Se habla de saqueos de las casas ricas y que han esquilmado el ganado y los silos de granos.

—A pesar del dolor causado, no hay mal que por bien no venga porque sin esa revuelta jamás hubiéramos convencido a Vitellozzo para forjar esta alianza —dijo Giambatista Orsini—. Supongo que necesitaba alguna prueba de que al Valentino le puede salir algo mal y no es un favorito de la fortuna, ¿no lo cree así Su Señoría?

—Es difícil entender qué pasa por la cabeza del señor de Città di Castello, y más aún cuando el mal francés cada vez le aflige más. Dice que ve sombras y aparecidos que le atormentan para recordarle sus pecados. Y también sus crímenes.

—El médico de mi señor Petrucci asegura que son las sales de mercurio las que provocan esas espantosas visiones —terció entonces Antonio da Venafro—. Aun así, no serán peores que las que pueden provocar el Valentino y el santo padre, que son mucho más reales. No entiendo por qué el rey Luis permite que los Borgia crezcan tanto.

—Porque no tiene más remedio, *messer* Da Venafro —respondió el cardenal—. Necesita los diez mil hombres del ejército pontificio para marchar sobre Nápoles y, lo que es más importante, necesita la investidura papal si quiere la corona del reino del sur.

—Debe de ser eso, *Eminentissime Pater* —añadió Baglioni—, la investidura papal, porque, sin nuestras fuerzas, el hijo de Alejandro VI no puede reunir diez mil hombres para Luis de Orleans. Los que estamos aquí podemos reunir setecientas *lancie*, más de un centenar de jinetes ligeros, nueve mil infantes y treinta piezas de artillería.

—¿Y qué hay de los hombres que don Micheletto está reclutando y adiestrando en Faenza, Imola y Cesena? —preguntó Antonio da Venafro.

—Tendrá un par de millares, como mucho —intervino Oliverotto. Y quizá otros mil a medio instruir en el arte de la guerra. A eso habría que sumar unos cuatro mil hombres más del ejército pontificio y las compañías de infantes valencianos y los destacamentos de estradiotes.

—Más los mercenarios suizos, lombardos y gascones que pueda adquirir con el dinero de la Cámara Apostólica que el papa recauda para él —apuntó Orsini con expresión grave—. Y lo que le preste el rey Luis antes de...

—Por eso debemos actuar ya —interrumpió Baglioni—. Antes de que el dragón nos devore uno por uno. Por separado no tenemos nada que hacer contra él, pero todos juntos...

—¡Firmemos! —La voz ronca y febril de Vitellozzo Vitelli se impuso sobre el coloquio—. ¡Firmemos ya! ¡Cardenal Orsini! Que vuestros secretarios lean el documento.

El señor de Città di Castello se había incorporado, con no pocas dificultades, de la camilla en la que lo habían llevado hasta la Sala Capitular. Tenía un aspecto horrible debido al mal francés. Terribles llagas le marcaban la cara y la nariz parecía un trozo de cera bordada con hilos sanguinolentos que se estuviera derritiendo. Cada uno de sus movimientos estaba acompañado de ayes y muecas de dolor. El cardenal Orsini hizo una seña a su secretario:

—«En Magione —leyó el funcionario—, el día de San Dionisio del año de la Encarnación de Nuestro Señor de 1502, bajo la presidencia del *Eminentissime Pater* Giambatista Orsini, cardenal presbítero de San Juan y San Pablo, se reúnen Su Excelencia Vitellozzo Vitelli, señor de Città di Castello, Anghiari, Monterchi y Montone; Su Excelencia Oliverotto Euffreducci, señor de Fermo; Su Excelencia Francesco Orsini, duque de Gravinia y señor de Nerola; Su Señoría Paolo Orsini, marqués de Atripalda y señor de Mentana, Palombara y Selci; Su Señoría Giampaolo Baglioni, señor de Perusa y conde de Bettona y Spello; Su Señoría Ermes Bentivoglio en representación de su padre, el señor de Bolonia Giovanni Bentivoglio; Su Señoría Ercole Varano, por su padre Giulio Cesar Varano, señor de Camerino; Su Señoría Ottaviano Fregoso en representación de su tío, el legítimo duque de Urbino, Guidobaldo de Montefrelto, y, por último, *messer* Antonio da Venafro, en representación del *moderatore* y *defensor libertatis* de Siena, Su Señoría Pandolfo Petrucci».

El escribano hizo una larga pausa para recuperar el aliento y, aunque hubiera agradecido un trago de vino para aclararse la garganta, las caras de impaciencia del auditorio le conminaron a continuar.

—«Sus Excelencias comprometen sus haciendas y sus armas para atacar y defenderse *come veri e buoni fratelli*, como verdaderos y buenos hermanos, ante cualquier amenaza a sus estados y sus familias. Y, de igual modo, si alguno de ellos fuera desposeído de sus tierras y títulos, recibiría la ayuda del resto para recuperar lo que es suyo por legítimo y divino derecho».

El hijo del señor de Camerino y el sobrino del duque de Urbino golpearon repetidamente la mesa con los nudillos en señal de aprobación hasta que el cardenal Orsini, abriendo las manos en un gesto de súplica, les pidió silencio.

—«Ninguna de Sus Excelencias —continuó el secretario— declarará paz o guerra por separado a ningún otro poder sin el común acuerdo del resto, y cada excelente señor se compromete a aportar los hombres de armas, munición, dinero y víveres para el ejército para el que, en este mismo acto, se nombra a Su Señoría Vitellozzo Vitelli como capitán general».

El funcionario esperaba un aplauso por parte de los conspiradores. Por ello fue el primer sorprendido cuando, tras terminar la lectura, el silencio se adueñó de la Sala Capitular. Con paso titubeante y sin saber muy bien qué hacer, dejó el documento sobre la mesa, delante del cardenal Orsini. El prelado, tras fingir que lo leía, pidió la pluma y el tintero para firmar. Luego vertió lacre derretido, sobre el que estampó su anillo. Después, el resto hizo lo mismo, uno por uno. Vitelli fue el último en dibujar un garabato porque el dolor en las articulaciones apenas le permitía sujetar el cálamo.

—¡Vamos a devolver a esos marranos judíos de los Borgia a la pocilga valenciana de donde salieron! —bramó Baglioni—. ¡Vino! ¡Que traigan vino!

—Juro por Dios —proclamó Vitelli cuando alzó la copa— que antes de un año habré matado al Valentino con mis propias manos!

Fue entonces cuando estallaron los vivas a la libertad y los mueras a los Borgia, pero el cardenal Orsini no participó en ellos. El prelado, con discreción, se retiró de nuevo a la capilla de San Juan Bautista a ordenar sus pensamientos. Se había alcanzado un acuerdo de protección mutua, pero no un objetivo común más allá del deseo de acabar con los Borgia, porque todos los miembros de la liga recién nacida tenían sus propios intereses. Sabía, por ejemplo, que Oliverotto Euffreducci no se iba a conformar con el señorío de Fermo que había obtenido matando a todos sus parientes, pues aspiraba también al de Camerino —en su frontera occidental—, al igual que lo hacía Giampaolo Baglioni desde Perusa —en la oriental—, pese a las solemnes promesas de ambos de restituir a los Varano. Tampoco confiaba en la lucidez mental de Vitellozzo Vitelli, pese a que el tirano de Città di Castello era el mejor militar de todos. Sin embargo, de quien menos se fiaba era, precisamente, del promotor de la reunión: Pandolfo Petrucci.

Entendía el cardenal que Petrucci temiera —tal y como decía Gian Paolo Baglione— «que el dragón Borgia nos devore uno por uno», ya que el Valentino tenía en su poder Piombino, en el lado oriental de Siena, la cual lindaba por el sur con los Estados Pontificios. Sin embargo, ni el embajador sienés en Roma ni el cardenal Francesco Piccolomini —arzobispo de Siena y protector de Petrucci— habían mostrado oposición alguna a los movimientos del papa y de su hijo. Más bien todo lo contrario. Petrucci también había sido especialmente servil con el rey de Francia, a pesar del apoyo de Luis XII contra los florentinos, a los que el líder sienés seguía odiando con todas sus fuerzas.

De hecho, durante los últimos días, el canciller de Petrucci había apoyado todas y cada una de las soflamas de Vitellozzo Vitelli en las que clamaba venganza contra Florencia por la ejecución de su hermano Paolo. Y eso era lo que más sospechas le causaba.

—Eminencia —su criado interrumpió su meditación—. Sus Señorías reclaman su presencia en la Sala Capitular para discutir cuántos hombres y armas aportará cada uno a la empresa.

—Sí, Francesco. Diles que voy de inmediato.

Se alzó del banco en el que había estado sentado y, antes de salir, hizo una ligera genuflexión mientras se santiguaba. Al levantar la cabeza, su mirada barrió los tres frescos de Juan el Bautista que adornaban el muro tras el altar de la capilla. En el primero se veía al santo vestido con pieles, predicando en el desierto, y en el segundo, bautizando a Nuestro Señor en el Jordán. Sin embargo, sus ojos se quedaron fijos en el tercero: en el que se mostraban su cuello cortado y su cabeza sobre una bandeja de plata.

43

El embajador y el artista

Imola, Ducado de La Romaña,
9 de octubre de 1502, festividad de San Dionisio

Nicolás Maquiavelo miraba boquiabierto el trajín que reinaba en el patio de armas de la Rocca Sforzesca. Tras los gruesos muros de la fortaleza y sus cuatro torres rechonchas y bien artilladas, docenas de hombres cargaban y descargaban carros cargados de picas, corazas, cordajes, sacos de trigo y avena, cestas de galleta, salazón, leña, barriles de pólvora o balas de cañón. Hacia el sur, sobre la llanura que descendía con suavidad hasta la orilla del río Santerno, se disponían las tiendas de campaña del ejército del Valentino, bien ordenadas en filas para que los soldados que en ellas habitaban pudieran retirarse a buscar refugio tras las murallas de Imola.

—Disculpe, *signore* —preguntó el florentino a quien parecía uno de los sargentos—. ¿Sabe su señoría cuántos hombres hay en el campamento?

El oficial le miró como si le hubiera preguntado si su madre era una ramera, y le contestó con un torrente de insultos en lengua valenciana que el florentino apenas comprendía, pero cuyo sentido era evidente. Por un momento, Maquiavelo temió que aquel hombre le partiera en la cabeza el bastón que portaba como signo de su rango militar. Sin embargo, en ese momento apareció en el patio de armas Agapito Gherardi, el secretario del duque Valentino, quien, con un gesto, apaciguó al sargento.

—Ahí abajo —dijo el también obispo de Sisporno— acampan dos mil quinientos infantes y están de camino otros ochocientos reclutados en las aldeas del valle del Lamone. Además, don Micheletto viene hacia aquí con trescientos estradiotes y un millar de piqueros suizos, y el duque ha ordenado a don Ramiro de Lorca que refuerce las guarniciones de Cesena, Rímini y Forlì con reclutas de la Romaña. Se han ordenado levas en la Lombardía y contratado ballesteros en la Gascuña. El capitán Gaspare Sanseverino incorporará doscientos jinetes de caballería ligera y Ludovico Pico della Mirandola sus setenta *lancie italiane*. Y a eso hay que unir el centenar de arqueros a caballo del capitán Rainiero della Sassetta y los cincuenta arcabuceros de Francesco de Luna.

Maquiavelo entrecerró los ojos mientras, con discreción, contaba con el pulgar y el resto de los dedos de la mano derecha los números que el secretario del Valentino acababa de recitar. El gesto no pasó inadvertido para el obispo, quien esbozó una sonrisa burlona hacia el florentino, que se llevaba mejor con las letras que con los números.

—Os ahorraré el esfuerzo de hacer las sumas, *messer* Maquiavelo. Son, aproximadamente, cuatro mil ochocientos hombres, sin contar con los que se quedan en las fortalezas de las ciudades importantes, y faltan las trescientas lanzas francesas prometidas por el rey Luis a Su Excelencia, el capitán general de la Iglesia.

«O sea —pensó Maquiavelo— otros mil doscientos hombres más, cuatro por lanza. En total, seis mil. Más toda la artillería que, a juzgar por los barriles de pólvora que hay aquí, supera a la de Vitelli».

—Sé lo que está pensando su señoría —continuó Gherardi—. El duque de la Romaña ya tiene más fuerza que esa «liga de quebrados», si me permitís utilizar el mismo término con el que define Su Excelencia a los conspiradores de Magione.

—Pero, monseñor —dijo el florentino—, se dice que Baglioni está asediando Cagli y Vitelli hace lo mismo sobre Castel Durante. Los Orsini han tomado Calmazzo y el duque... perdón, Guidobaldo de Montefeltro ya marcha sobre Urbino después de que sus partidarios hayan recuperado San Leo.

—Vos mismo os estáis contestando a la pregunta que no formuláis, *messer* Maquiavelo. Atacan por diferentes lugares. ¿Por qué creéis que lo hacen?

—Lo ignoro. ¿Quién sabe lo que les pasa por la cabeza?

—Su Excelencia os lo contará. Será esta noche, porque ahora mismo está descansando. Ya sabéis que es de hábitos nocturnos. Mientras tanto, os acompañaré al aposento que hemos dispuesto para vos. Pero ¿venís solo?

—Tristemente, monseñor. Me temo que la Signoria no tenía fondos suficientes para proporcionarme un criado ni para que mi fiel Agostino Vespuccio, mi secretario y amigo, me acompañara en esta misión.

—Son tiempos difíciles para todos, *messer* —dijo con tono diplomático el secretario del Valentino—. Seguidme, os lo ruego.

El interior de la torre del homenaje de la *rocca* de Imola era todo lo contrario a su recio exterior. César había hecho trasladar e instalar los tapices, cuadros, estatuas y hasta la famosa biblioteca del duque de Urbino. Ardían braseros por todas partes —pues el hijo del papa necesitaba estar en habitaciones muy caldeadas—, de forma que, más que un inhóspito cuartel, las dependencias de la corte del capitán general de la Iglesia no tenían nada que envidiar a los elegantes salones del Palazzo de la Via Larga de los Médici en Florencia. La habitación que le asignaron a Maquiavelo estaba en la misma planta que las que ocupaban los miembros del séquito de César de menor rango y su guardia personal.

—Se sirven dos comidas al día para los huéspedes de este piso —dijo Agapito Gherardi—. Dado que no traéis con vos credenciales de embajador, sino que venís como un enviado sin poderes de la Signoria, no sería apropiado hacerlo de otro modo. Supongo que lo entendéis.

Maquiavelo asintió mientras maldecía para sus adentros la tacañería del gobierno de su ciudad, el cual le había enviado a Imola con lo justo para pagar a los correos que tenían que llevar sus despachos e informes y que le condenaba a vivir en la corte de César Borgia como poco más que un sirviente y, sin duda alguna, un gorrón. Su indignación fue aún mayor cuando se enteró —algunas horas después— de que no iba a encontrar mensajeros que, con el otoño ya empezado y durante todo el invierno, quisieran cruzar los pasos de los Apeninos por menos de un ducado por trayecto. Tenía que confiar, pues, en Marcelo Totti, el correo oficial de Florencia que iba cada quince días. «Demasiado lento —pensó— para informar sobre alguien que todo lo hace tan rápido como César Borgia».

—Os dejo que descanséis, *messer* Maquiavelo. Aquí tenéis
—Gherardi le alargó un papel—, un salvoconducto con la firma y
el sello del duque que os permitirá moveros libremente por la villa
y entrar en la *rocca* a vuestra voluntad, siempre y cuando sea de día,
las puertas estén abiertas y los sargentos de la guardia no os indi-
quen nada en sentido contrario. Mandaré a buscaros en unas cuantas horas.

—Gracias, monseñor.

—Adiós, pues.

En cuanto se marchó el secretario del Valentino, Maquiavelo
deshizo el equipaje y dispuso el recado de escribir sobre la mesa
que había en la habitación, junto a un ventanuco por el que entraba
la suficiente luz del mediodía como para elaborar el primer despacho que enviaría a la Signoria. Sacó el libro de claves para encriptar
el informe, pero pensó en que, con toda seguridad, la gente de César no dejaría salir al mensajero sin leer primero el contenido de los
documentos que llevara consigo. Además, no parecía buena idea
provocar al duque con una carta cifrada que le moviera a pensar
que tramaba algo hostil. Al menos, de momento. Escribió:

Este señor es muy magnífico y espléndido. Y tan inspirado para
los hechos de armas que no hay nada demasiado grande, sino pequeño para él. En persecución de la gloria y en adquisición de dominios nunca descansa, y no reconoce peligro ni fatiga. Se desplaza
tan inadvertidamente que llega a un lugar antes de que se sepa que
ha salido. Sabe cómo hacerse querer por sus soldados y tiene a su
servicio a los mejores hombres de Italia. Estas cosas le hacen victorioso y formidable, y a ello debe ser añadida su perpetua buena fortuna. Argumenta con tanta razón que discutir con él sería asunto
largo, pues su ingenio y elocuencia nunca le fallan.

Releyó el párrafo mientras esperaba a que se secara la tinta.
Quizá contenía más adulación de la necesaria, pero, sabiendo que
Gherardi —o el mismo César— lo leerían, no estaba mal endulzar
un poco el informe. Después continuó detallando los preparativos
para la guerra que había presenciado y enumeró, con todo el detalle
que era capaz de recordar, la cantidad de hombres que el secretario
le dijo que el Valentino iba a tener a su disposición. Era evidente
que, si el obispo de Sisporno no había tenido reparo alguno en con-

társelo, era porque el hijo del papa quería que la Signoria lo supiera y, aunque imaginaba el porqué, pensaba confirmarlo en cuanto tuviera ocasión de hablar con el capitán general de la Iglesia.

Cuando terminó de escribir el primer despacho, el sol aún estaba alto y, dado que tenía un salvoconducto, salió a dar un paseo por la villa para poner en orden sus pensamientos. Tenía una cosa clara: monseñor Gherardi, con exquisita educación, le había calificado como «enviado» de la Signoria para no decirle con claridad que era un espía o, en el mejor de los casos, un funcionario con instrucciones de ganar tiempo y no comprometerse a nada.

«Sin poderes de embajador y sin dinero —pensó—, lo mejor que puedo hacer es intentar averiguar todo lo que pueda de las intenciones de Borgia. Y sigo sin entender por qué la Signoria teme más a Vitellozzo Vitelli y a los Orsini que al hijo del papa, cuando él es el verdadero peligro para Italia. O quizá sea su única esperanza».

El ánimo de Maquiavelo se tornó lúgubre conforme caminaba por Imola, donde, aunque las tiendas y tabernas estaban abiertas, las puertas y ventanas de las casas estaban cerradas a cal y canto por miedo de sus habitantes a la soldadesca que acampaba extramuros. En algunas plazas, el florentino se encontró con papeles pegados en las paredes en los que se había impreso el bando del duque que condenaba a muerte cualquier intento de robo, violación o saqueo, pero, aun así, la gente de Imola no se aventuraba a correr riesgos y las calles estaban desiertas.

Hasta que, tras girar una esquina, lo vio.

Si el objetivo principal de Maquiavelo en aquella embajada era César Borgia, el segundo era aquel hombre de cincuenta años que estaba junto a un asistente y un palafrenero que llevaba una mula con las alforjas cargadas de papeles, escuadras, compases y una docena de cachivaches. Aunque el pelo en la frente y la parte superior del cráneo ya le raleaba, era imposible no fijarse en la melena del color del trigo maduro, ya entreverada de guedejas blancas, que le caía por la espalda. El joven ayudante empujaba una especie de pequeño carricoche con una sola rueda y sin depósito.

—*Mastro* Di Ser Piero —saludó con la *parlota* en la mano—, buenos días. Soy Nicolás Maquiavelo, secretario de la Cancillería y enviado del Consejo de los Diez de la Libertad y la Paz de la Signoria de Florencia ante Su Excelencia el duque de la Romaña y capitán general de la Iglesia. A vuestro servicio.

Con expresión de sorpresa tras escuchar una voz que en su dialecto toscano natal se dirigía a él con el apellido con el que había sido bautizado y no con el que se le conocía por su lugar de nacimiento, Da Vinci, Leonardo levantó la cabeza del cuaderno en el que estaba escribiendo.

—Saludo a Su Señoría —dijo el artista tras una ligera reverencia— y no solo veo que sois florentino, sino que también me conocéis. Supongo, por tanto, que sabéis que soy el ingeniero militar del duque.

—Lo sé, lo sé —respondió el diplomático—. Os he visto de lejos y no he podido resistirme a venir a presentar mis respetos. Y preguntaros a su vez qué es este artefacto que maneja vuestro pupilo.

—¿Eso? —señaló el ingenio—. Ya veréis. ¡Salai! Ven aquí a mostrarle a su señoría el *hodómetron*.

Maquiavelo sonrió al escuchar el supuesto nombre del muchacho, que, en verdad, era bello como Apolo. No tendría veinte años y su rostro de nariz recta, frente y mentón redondeados y abundante y rizada cabellera castaña que le llegaba a los hombros podía servir como modelo para pintar caras de ángeles. El chico guiñó un ojo al diplomático conforme se acercaba para indicarle que estaba plenamente conforme con que su maestro y amante se digiera a él con la palabra que, en toscano, significaba «ladrón» o «pícaro». De hecho, Maquiavelo había llevado entre sus papeles un informe elaborado por el *bargello* en el que se recordaba que Leonardo, veinticuatro años antes, había sido procesado por sodomía junto a otros tres hombres, aunque lo absolvieron y se salvó de la hoguera, pese a que no se ahorró la tortura del *strapatto*.

—Si no me equivoco —dijo el diplomático mientras señalaba la máquina—, de ὁδός, *hodós,* o sea, «camino» y μετρον, *metron,* es decir, «que mide», en griego. Esto es, «el que mide el camino».

—¡Excelente, *messer* Maquiavelo! Veo que tenéis un buen dominio de la antigua lengua de los dioses. Veréis. Esta rueda vertical de la carretilla acciona —señaló— esta otra rueda dentada que, a su vez, hace avanzar esta otra, que recorre una muesca cada diez *braccia* de esta otra de la parte superior. Como veis, la rueda de la parte de arriba tiene veintidós dientes, es decir, que cuando da la vuelta completa se ha recorrido una milla romana y, entonces, este último diente empuja una de las pequeñas piedras que hay aquí para que caiga en esta caja de latón del lado izquierdo. Así puedo medir las distancias con mucha más exactitud.

Pese a la barba ya blanquecina y las arrugas que asaeteaban el rostro de Leonardo, sus ojos brillaban como los de un niño ante una cesta de golosinas.

—Estoy impresionado por vuestra invención —continuó Maquiavelo.

—¡Oh, no! —protestó el artista—. Arquímedes ya habla de ingenios parecidos y, este en concreto parte de un diseño descrito por Vitrubio en *De Architectura*, que pude consultar en la biblioteca del Palazzo Médici. Aunque, hasta ahora, no había tenido ocasión de construirlo y utilizarlo.

—Aun así, *mastro*, sigue siendo un prodigio.

—Pues no habéis visto nada, *messer* Maquiavelo —intervino Salai—. *Mastro*, mostradle los dibujos de la plataforma. Y la ballesta múltiple y…

—Giacomo —cortó Leonardo a su discípulo llamándolo por su verdadero nombre—. No creo que a *messer* Maquiavelo le interesen esas cosas.

—No os preocupéis, *mastro*. Estaré encantado de ver esos dibujos.

—No son para tanto. —Leonardo disimulaba como podía su negativa a enseñar su trabajo—. Simples juguetes que, en su día, diseñé para el duque de Milán. Fantasías.

—¡No lo crea, *signore*! —insistió Salai—, el *mastro* ha diseñado una enorme máquina capaz de elevar a trescientos hombres hasta lo alto de las murallas, un ribadoquín de treinta y tres bocas de fuego, un carro blindado con guadañas en las ruedas…

El muchacho no pudo terminar la frase porque Leonardo le cruzó la cara de una bofetada.

—¡He dicho que te calles! —bramó—. ¡Gandul! ¡Imbécil!

—*Mastro*, por favor —intervino Maquiavelo, conciliador—, dejadlo estar. No me ofende el entusiasmo y la admiración que profesa vuestro discípulo por vuestro trabajo y por vos.

Salai, humillado y con lágrimas en los ojos, se retiró junto al palafrenero y la mula, con la mano enguantada sobre la mejilla enrojecida por el golpe.

—Este truhan habla demasiado de lo que no debe ni sabe —sentenció Leonardo—. Y ahora, *messer* Maquiavelo, si me disculpáis, tengo mucho trabajo que hacer y pocas horas de sol por delante. Quedad con Dios, *signore*.

—Que Él os acompañe, *mastro*.

Maquiavelo contempló cómo Leonardo y sus ayudantes se marcharon calle arriba, hacia la puerta norte de la ciudad, anotando cuidadosamente los pasos marcados por el artefacto de las ruedas dentadas. El diplomático imaginó que el maestro florentino estaría elaborando un mapa de la ciudad y su entorno, pero lo estaba haciendo de una manera completamente diferente a la que él había visto. En vez de situarse en un lugar alto y dibujar lo que veía en perspectiva, Leonardo parecía querer dibujar el plano desde el cielo, a vista de pájaro. La razón se le escapaba, pero no había que ser muy listo para deducir que aquello era un encargo del Valentino con un propósito muy definido.

«He de ganarme al *mastro* Leonardo para la causa de su ciudad natal —pensó Maquiavelo— y enterarme de más cosas sobre esas máquinas de guerra, los mapas y las fortificaciones que, según se dice, está diseñando para el hijo del papa».

En ese momento, un par de soldados —vestidos con jubones rojos y amarillos y calzas escarlata, los colores del duque— llegaron, a paso vivo, hasta donde estaba.

—*Messer* Maquiavelo —dijo uno de ellos—, monsignore Agapito Gherardi requiere de vuestra presencia en la *rocca*. Os ruego que nos acompañéis.

El florentino accedió y se encaminó, escoltado por los dos guardias, hasta la fortaleza. El sol del atardecer otoñal teñía de rosa el cielo y hacía más rojos los ladrillos de la imponente fortaleza que el duque Galeazzo Maria —el padre de Caterina Sforza— había hecho construir sobre el antiguo alcázar, en cuyo patio de armas —según vislumbró Maquiavelo— la actividad seguía igual de frenética que unas horas antes. Justo antes de cruzar el puente levadizo sobre el foso, un grupo de jinetes, embozados de pies a cabeza, salió al galope y se perdió en el horizonte hacia el noroeste, por la Via Emilia.

Los guardias acompañaron a Maquiavelo hasta el tercer piso de la torre del homenaje, donde el secretario del duque tenía su gabinete de trabajo.

—Tomad asiento, *messer* Maquiavelo —invitó el obispo de Sisporno—. ¿Os apetece un poco de vino? La bodega del duque está bien surtida y cuenta con buenas barricas de *pignoletto*, que, según creo, es vuestro favorito.

Maquiavelo no pudo evitar arquear las cejas, pues no recordaba que, la vez anterior que estuvo en la corte del Valentino, mencionara algo de sus preferencias en cuanto a vinos, que, por lo visto, no eran ningún secreto para monseñor Gherardi. Todo ello quería decir que César y su gente tenían buenos espías en todas partes.

—Pues, si tal es el caso, os lo agradecería, *monsignore*.

—De inmediato se os servirá. Os he convocado para, en el nombre del duque, pediros disculpas porque no podrá recibiros esta noche como hubiera sido su deseo, ya que ha tenido que partir de inmediato.

—Espero que por nada grave.

—Quizá os lo hayáis cruzado cuando entrabais por el puente levadizo, pues se ha marchado hace pocos instantes. Y agradezco también vuestro deseo y esperanza, porque Su Excelencia cabalga ahora mismo hacia Ferrara para visitar a su hermana. *Madonna* Lucrecia está gravemente enferma tras haber dado a luz a una niña muerta.

44

Vendicabo me de inimicis meis
cum inimicis meis

Ferrara,
10 de octubre de 1502

—*Bienvenido de nuevo a Ferrara, Excelencia.* —La voz del
ahorcado resonó en la cabeza del Valentino—. *Espero que os me-*
rezca la pena que hayáis reventado tres caballos y arriesgado vues-
tra vida cabalgando de noche para ver a vuestra hermana. Si os
hubierais cruzado con una patrulla de los Orsini o los Bentivoglio,
quizá ahora estaríais como estoy yo.

Muerto. Así estaba aquel desgraciado, colgado por el cuello y
meciéndose al final de la soga atada a la rama de un inmenso roble
junto al camino, a unos cien pasos de la Porta degli Angeli, el acceso norte de las murallas de la capital del ducado de los D'Este. El
hijo del papa se fijó en si el ajusticiado era un soldado o un mercenario, pero, a tenor de los andrajos que llevaba puestos y las marcas
de las tenazas en la piel del pecho, que revelaban la tortura sufrida,
interpretó —correctamente— que era un delincuente común.

Tras toda la noche cabalgando, el Valentino y su escolta habían
puesto las monturas al paso cuando ya estaban a tiro de flecha de
los guardias de la ciudad y las balaustradas de piedra blanca de las
terrazas de las torres de San Pablo y Santa Catalina del castillo del
duque Ercole —el suegro de su hermana— se recortaban contra el
atardecer rosado.

—La fortuna me sonríe, demonio —respondió César al espectro del mal francés que le atormentaba cada vez que veía a un ahorcado—, y parece que le gira la cara a la liga de los fracasados.

—*La sonrisa de la fortuna, Excelencia* —dijo el cadáver—, *es como la de las putas. Siempre pide algo a cambio y tal y como viene se va. Ya habéis perdido el Ducado de Urbino con la misma rapidez con que lo obtuvisteis. Vuestros enemigos os tienen recluido en Imola y vos no hacéis nada.*

—Eso es lo que tú crees.

—*Yo no puedo creer nada que no creáis antes vos mismo, Excelencia. Si os lo digo es porque lo pensáis, y por eso sé que no podéis dejar de considerar que, quizá, os estáis equivocando.*

—Mis enemigos conquistan ciudades pequeñas y toman castillos mal defendidos en vez de destruir a los destacamentos de mi ejército. Sus fuerzas están cada vez más separadas mientras las mías crecen y permanecen juntas.

—*Eso os favorece mientras Venecia no apoye a los conjurados. Si llega a hacerlo, os barrerán.*

—Sé que no me puedo fiar de los gentilhombres de la Laguna, demonio. No les faltan ganas de acabar conmigo, pero no lo harán porque temen el castigo de mi primo el rey de Francia. Ayer mismo me llegó una copia de la misma carta que Luis de Orleans ha enviado al dogo, en la que le dice que si la Serenísima República se opone a la empresa de la Iglesia, se la tratará como enemiga. Por eso me arriesgué a salir a los caminos para ver a mi hermana.

—*¿Aunque la empresa de la Iglesia incluya asesinatos como el de Giulio Cesare Varano y sus hijos? Es admirable la habilidad de don Micheletto con el* cappio valentino *cuando lo maneja por orden vuestra. ¿Y el caso del joven Pirro Varano? ¡Vuestro verdugo lo estranguló en el interior de una iglesia!*

—¿Acaso ellos hubieran hecho algo diferente conmigo y con mi familia? —respondió César—. Giulio Cesare Varano era un tirano cruel, aborrecido por su propio pueblo, que aún celebra el día en el que don Micheletto lo estranguló en la *rocca* de Pergola.

—*Y Astorre Manfredi, un gentil príncipe al que sus súbditos adoraban, lo que no impidió que vuestro sicario lo mandara al fondo del Tíber con una bala de cañón atada al cuello.*

—Y también un peligro para el futuro de mi ducado. No celebré ni celebro su muerte, demonio, pero era tristemente necesaria.

—*¿Y era necesario ahorcar frente al Duomo de Santa Maria Assunta a sus dos hijos, Excelencia? ¿No podíais haberlos ejecutado en privado, como a su padre?*

—Con el pueblo puedo ser generoso y magnánimo para que me ame o, si no es posible tal cosa, me soporte, porque nadie puede gobernar mucho tiempo sobre los pilares del miedo. Pero con los nobles y poderosos debo ser severo para que me teman. Tienes razón, podía haber mandado a don Micheletto a hacer con los hijos lo mismo que hizo con el padre, pero, ya que tenían que morir, mejor era que lo hicieran en público, porque es mejor golpear mucho al principio que hacerlo a menudo.

—*¿Y no teméis que la ejecución sacrílega del joven Pirro Varano os pase factura? Vuestro asesino, como la cuerda del cadalso se quebró y sus partidarios se lo llevaron al interior del Duomo pidiendo santuario, lo hizo sacar de allí a rastras y lo estranguló en la misma puerta. Tenía dieciséis años, Excelencia. Dieciséis.*

—Don Micheletto hizo lo que tenía que hacer

He dejado a los Varano sin su señorío, es verdad. Y también a los Manfredi y a los Montefeltro, de la misma manera que el santo padre ha hecho lo mismo con los Colonna, los Savelli y los Gaetani. Y ha habido que ejecutar a algunos de sus partidarios, no muchos, pero sí los suficientes. No obstante, las verdaderas ganas de venganza vienen cuando se confiscan bienes y propiedades, y ni el papa ni yo hemos tocado ni una moneda de cobre de los súbditos de los nuevos territorios para que no nos aborrezcan. ¿Y sabes por qué? Porque se olvida y se perdona más fácilmente la muerte de un pariente que la pérdida del patrimonio.

—*Habláis como si supierais qué es la muerte, Excelencia, pero no sabéis nada de ella. Nadie lo sabe. Solo los muertos, aunque ya no les sirve de nada.*

—Pero sé cómo son los seres humanos: ingratos, hipócritas y cobardes. Cuando el poderoso les hace el bien, le ofrecen su hacienda, sus hijos y hasta su vida, pero solo mientras el peligro esté lejos y crean que no tendrán que cumplir con ninguna de esas promesas. Cuando llega el momento de pagar, brotan el egoísmo y la traición. Mira esa liga de fracasados de Magione. Aún no han consumado del todo la traición hacia mí cuando ya se están traicionando entre ellos.

—*Vendicabo me de inimicis meis cum inimicis meis.*

—En efecto, demonio —dijo César en voz alta con una sonrisa—. Me vengaré de mis enemigos con mis enemigos.

El Valentino —para sobresalto de su escolta— le hizo una ligera reverencia al cadáver colgado y, acto seguido, espoleó su caballo para alcanzar al galope la Porta degli Angelli de la ciudad. A gritos se identificó ante los guardias para que advirtieran al duque Ercole d'Este que el señor de la Romaña y capitán general de la Iglesia acababa de llegar para visitar a su hermana. Sin embargo, el chambelán mayor de la corte ducal informó al hijo del papa que *madonna* Lucrecia no estaba en el castillo, sino en el Convento del Corpus Domini, bajo el cuidado de sus monjas clarisas.

Monseñor Torrella —el médico personal del duque— vivía en la corte de Ferrara desde finales de julio y había sido él quien había atendido a Lucrecia por las fiebres que la aquejaron durante todo el verano, y también en el triste parto de hacía tres días. La hija del papa, tras la visita de su hermano el día de Santa Ana, ordenó que se la trasladara al cenobio para recuperarse allí y dar a la luz al primer retoño concebido de la simiente de Alfonso d'Este. Durante semanas, el doctor Torrella y su colega Francesco di Castello exprimieron su ciencia y su experiencia para intentar bajar una fiebre que no remitía con ningún remedio, hasta llegar a la conclusión de que el alumbramiento —previsto para mediados de octubre— terminaría por equilibrar los humores de la paciente y acabaría con la calentura. Sin embargo, la madrugada del día de San Francisco de Asís, Lucrecia se puso con dolores de parto y, poco después del amanecer, dio a luz a una niña sin vida.

Y luego volvió a aparecer la fiebre, tan alta y persistente que a los galenos no les quedó más remedio que prescribir a la enferma la extremaunción. De ahí que —pese a la negativa de la propia Lucrecia—, se hubiera mandado aviso a su hermano en Imola y al mismo papa en Roma para advertirlos de que podía pasar lo peor. Mientras tanto, Alfonso d'Este y su padre, el viejo duque Ercole, ayunaban a pan y agua —el primero por amor de marido y el segundo por tacañería de suegro— y juraban viajar como peregrinos al santuario de Loreto si Lucrecia se recuperaba, e incluso a hacer la última jornada a pie y no a caballo como tenían derecho. En todas las iglesias y monasterios de Ferrara se celebraban misas, novenas, procesiones, rogativas y vigilias por la salud de la joven duquesa.

César encontró a su hermana en la cama, con el vientre y la entrepierna envueltos en bandas de franela roja hervidas en vinagre para cortar la hemorragia y las fiebres puerperales. Dos monjas se turnaban para aplicarle paños fríos en la frente y el escote, y, aunque se la veía débil, podía hablar.

—*Cèsar! No hauries d'haver vingut!* —exclamó al ver al Valentino entrar por la puerta de la celda—. *Els camins no són segurs!*

Las dos monjas ferrarenses —aunque llevaban semanas oyendo a la duquesa delirar en su lengua natal durante los episodios más virulentos de la fiebre— arrugaron el gesto al escuchar a la Lucrecia, de nuevo, hablar en valenciano para decirle a su hermano que no tenía que haber ido porque los caminos no eran seguros.

—*Hauria travessat l'infern, germaneta* —contestó César en el mismo idioma—. Habría atravesado el infierno sin dudarlo, hermanita.

—He fallado, César —sollozó la hija del papa—. No he conseguido traer a otro Borgia al mundo. Era una niña. Y nació muerta.

—Vendrán más, *germaneta*. Y tendré preparado para ellos un dominio como no se ha visto en Italia desde los tiempos de Julio César. Tengo mucho que contarte.

—Espera. —Lucrecia puso un dedo en los labios de su hermano en cuanto este sentó en el borde de la cama—. Podéis marcharos, hermanas. Y vosotras también, señoras. El duque de la Romaña me atenderá hasta que os mande volver.

—*Creus que ens entenen?* —preguntó César sobre la posibilidad de que los entendieran bien cuando hablaban en valenciano.

—*Mai se sap, germà. Millor si es van* —contestó Lucrecia—. Nunca se sabe, hermano. Mejor si se van.

Los hijos del papa esperaron a estar solos en el aposento. César se sentó en el borde de la cama, con la jofaina de plata llena de agua aromatizada con romero y cortezas de limón a su lado para refrescar a su hermana.

—Me han contado que el duque Guidobaldo de Montefeltro ha desembarcado en Rávena y cabalga hacia Urbino —dijo Lucrecia.

—Así es —contestó César con toda tranquilidad—. Y entrará en la villa en unos días. Un par de semanas como mucho.

—¿Y no te preocupa?

—No. En absoluto. Recuperaremos Urbino.

—¿Cómo?

—De las manos del mismísimo Guidobaldo. —César pasó el

lienzo húmedo por los pliegues de los senos de su hermana para enjugar el sudor—. Vivas o muertas. Eso dependerá de él.

—No entiendo.

—La liga de los fracasados de Magione ha perdido mientras creía que ganaba. Esa bestia cruel de Oliverotto Euffreducci arrasó la campiña de Camerino, lo que provocó la ira de los dos Varano que quedan vivos y el recelo de Giampaolo Baglioni, que pretende, aunque no lo diga, anexionar el señorío del viejo y difunto Giulo Cesare a su tiranía de Perusa.

—Ya veo.

—Y, por otra parte, los primos Orsini…

—¿Paolo y Giulio?

—En efecto. Esos dos me han hecho llegar mensajes, especialmente Paolo, en los que me proponen una reconciliación siempre y cuando se les garanticen sus tierras, títulos y hombres de armas. También su tío, el cardenal Orsini, que sigue atrincherado en Magione, ha enviado intermediarios al santo padre en Roma para alcanzar un acuerdo. El viejo canalla le ha dicho a Su Santidad que actuaron engañados.

—¿Engañados? ¿Por quién?

—Según él, por Pandolfo Petrucci.

—¿Y es cierto que fueron engañados por el señor de Siena?

—Más bien querían ser engañados. Igual que Vitellozzo Vitelli. Solo necesitaban que alguien se lo propusiera. Pensaban que tenían detrás a Venecia y que, si la Serenísima se ponía de su lado y el rey de Francia no venía en mi ayuda para honrar su alianza con Bolonia, podrían ir tomando villas y castillos. Sin embargo, todo se les ha derrumbado en el momento en el que se han dado cuenta de que los venecianos no moverán un dedo, de que tengo intacto el apoyo de Luis de Orleans en forma de más de trescientas lanzas que están de camino desde Milán y de que el dinero del papa fluye con más fuerza que la corriente del río Po y transforma el oro en picas, pólvora y cañones.

—¿Y Florencia?

—Florencia teme más a Vitellozzo Vitelli y a los Orsini que a mí. Al menos mientras tenga la protección del rey de Francia y yo sea el duque de Valentinois, y, por tanto, leal vasallo de Luis de Orleans. Además, ¿sabes quiénes fueron los primeros en advertirme de la conjura de Magione?

—¿Los florentinos?

—En efecto. La primera carta del Consejo de los Diez llegó tres días después de la festividad de la Asunción de Nuestra Señora. ¿Puedes creerlo? —César batía palmas casi a carcajadas—. Ni siquiera se habían reunido aún y ya hablaban con extraños de planes para intentar derribarme.

Lucrecia intentó reírse también, pero la risa se transformó en tos y dolor que provocó que la duquesa arqueara la espalda y convulsionara como si estuviera tumbada sobre carbones encendidos. Tosía tan fuerte que las monjas, alarmadas, entraron de nuevo en el aposento.

—¡Eh, eh, eh! —exclamó César mientras le sujetaba la frente y la ayudaba a reclinarse—. Con calma. Así, así. Mejor.

El capitán general de la Iglesia limpió con el paño húmedo los labios, el cuello, los hombros y los pechos desnudos de su hermana después del ataque de tos, al tiempo que, con gestos, indicaba a las religiosas que se marcharan, cosa que hicieron murmurando y santiguándose, escandalizadas ante el hecho de que el hijo del papa atendiera de esa manera a la duquesa cuando estaba medio desnuda.

—¿Y qué piensas hacer ahora? —preguntó Lucrecia cuando recuperó el aliento—. ¿Guerrear?

—Siempre estoy guerreando, *germaneta* —contestó César—. Solo que a veces guerreo con hombres y cañones, y, ahora, toca guerrear con cartas y conversaciones. Cada uno de ellos está intentando salvar el cuello como puede y casi todos vienen a mí, por vía directa o indirecta, para salir del embrollo.

—¿Casi todos? ¿No todos?

—He recibido ofertas de paz o de negociación de todos los conjurados importantes de Magione. Los Orsini quieren negociar...

—¿Y qué les pedirás a cambio de la reconciliación con los Borgia? —interrumpió Lucrecia.

—Que recuperen Urbino para nosotros.

—¿Y a Vitellozzo?

—Que vuelva a poner su artillería y sus hombres al servicio de la Santa Madre Iglesia y que se olvide de una vez de vengarse de Florencia por la muerte de su hermano.

—¿Y qué pasará con Oliverotto Euffreducci y Gian Paolo Baglione?

—Nada. Esos dos son solo perros rabiosos que los otros sueltan según les conviene, así que seré yo el que les ponga un bozal más recio y una correa más corta. Cortísima de hecho. —César guiñó un ojo.

—Pero decías que casi todos los conjurados te habían hecho llegar ofertas de paz —reflexionó Lucrecia—. ¿Quién falta?

—Bueno, además de los Varano supervivientes y Guidobaldo de Montefeltro, por motivos obvios y porque no hay nada que negociar con él salvo su rendición, tampoco ha hecho ningún movimiento Giovanni Bentivoglio, el señor de Bolonia, ni, por supuesto, el instigador de toda esta conjura.

—Pandolfo Petrucci.

—El tirano de Siena, *germaneta*.

—Respecto a Bolonia —dijo Lucrecia—, ¿has hablado con mi suegro y mi esposo?

—Aún no. He venido a verte directamente y sin pasar por el castillo, aunque creo que los han mandado a buscar. ¿Por qué?

—Porque mi marido me contó que, hace unos cuatro días, llegó a Ferrara un enviado de Giovanni Bentivoglio para que mi suegro mediara con el santo padre. Ese embajador aún debe de estar aquí, esperando una respuesta.

—¡Vaya! —exclamó el hijo del papa—. ¡Qué feliz casualidad! ¿No crees? El papa quiere que Bolonia vuelva a ser lo que fue: un dominio de la Iglesia bajo su mando directo y no mediante vicarios como los Bentivoglio. Ellos lo saben y, si son listos, pueden conservar su patrimonio y su dignidad como nobles pontificios, pero no su señorío. Y, de paso, la vida.

—No parece mal negocio.

—No obstante, no subestimes nunca la gran cantidad de estupidez que puede generar el orgullo, *germaneta*. Los Bentivoglio creen que el rey de Francia los apoyará como hace con Florencia, pero olvidan que su territorio no es necesario para que los ejércitos de Luis lleguen a Nápoles y, todo lo más, sirven de tapón entre el Milanesado, Venecia y el Sacro Imperio, y para esa función da igual que sean los Bentivoglio quienes lo gobiernen o el papa de Roma.

—O el duque de la Romaña —susurró Lucrecia con cierta malevolencia—, ¿no?

—No, querida. Bolonia debe ser del papado, como siempre lo ha sido. Espera —dijo César mientras subía la sábana hasta el cuello de Lucrecia para cubrirla de nuevo—, vamos a taparte porque oigo movimiento ahí fuera y yo diría que tu marido y tu suegro están a punto de llegar.

En efecto, en ese momento la puerta del aposento se abrió y Alfonso y Ercole d'Este entraron en la estancia a zancadas. Ambos llevaban una sonrisa de circunstancias pintada en la cara.

—¡Querido cuñado! —exclamó Alfonso—. ¡Qué alegría verte! ¡Y qué valor el tuyo por aventurarte por esos caminos para ver a mi esposa! Seguro que tu visita le devolverá las fuerzas.

—No era para menos, hermano —respondió César mientras abrazaba al marido de Lucrecia—. No era para menos.

—Sea Su Señoría bienvenido a Ferrara —apuntó el duque Ercole—. Y lo es en buena hora porque en el castillo esperan un par de legados que deben hablar con vos con la mayor brevedad posible sobre asuntos de gran importancia.

—Gracias, Excelencia —contestó el hijo del papa—. Algo me ha comentado mi hermana sobre un enviado de Bolonia.

—Y no solo él —dijo el duque de Ferrara—, anoche llegó *messer* Antonio da Venafro, el canciller del *moderatore* y *defensor libertatis* de Siena.

—¿La mano derecha de Pandolfo Petrucci? —César no parecía dar crédito a lo que estaba oyendo—. ¿Y os ha dicho qué quiere?

—Sí —respondió el heredero del duque de Ferrara—. Pretende negociar un acuerdo.

César se volvió hacia su hermana, que, en el lecho, parecía recuperarse a ojos vistas conforme iba asimilando las noticias. Ambos sonreían. Ella empapada en sudor y con la fiebre brillando en los ojos; él tras la máscara de cuero negro que no se había quitado en ningún momento para que Lucrecia no contemplara las llagas que le desfiguraban el rostro.

—Ve —dijo la hija del papa señalando a su marido y a su suegro—. Tenéis muchas cosas de las que hablar. No sufras, *germà*; me recuperaré.

—Hazlo, *germaneta* —dijo el Valentino tras besarla en la boca y en la frente—. Volveré pronto.

No lo hizo nunca.

Aquella fue la última vez que se vieron.

45

Un tiempo para odiar, un tiempo para amar

Forlì, Ducado de la Romaña,
día de San Andrés de 1502

El blanquísimo mármol de Carrara —de la mejor calidad— resplandecía a la luz del sol que brillaba en el cielo con más fuerza después de dos semanas de lluvias que habían embarrado los caminos, anegado los campos y hecho crecer los ríos. La placa albina destacaba sobre los ladrillos rojizos del muro sur de la Rocca de Ravaldino y se reflejaba sobre el agua del foso, tan limpia y mansa como un estanque. El bajorrelieve con el escudo de armas de César Borgia tenía la altura de un hombre y la mitad de su anchura; estaba dividido en tres bandas verticales; en la de la izquierda, en su cuartel superior —al igual que en el inferior del de la derecha— figuraban las tres flores de lis que indicaban su dignidad de conde de Dyon, par de Francia y primo del rey Luis XII. En el segundo cuartel, las cintas horizontales de los Oms, y en el otro lado el toro de los Borgia. En la banda del centro, las llaves de oro y plata de san Pedro, cruzadas y protegidas por el parasol amarillo y rojo del gonfaloniero y capitán general de la Iglesia. Todo ello estaba rematado por la corona de ocho puntas, el emblema de sus otros títulos de duque de la Romaña, Valentinois y Urbino, y señor de Imola, Bertinoro, Cesena, Pésaro, Rímini, Faenza, Piombino y Forlì.

Tommaso dall'Aste, el obispo de la diócesis, hisopo de plata en ristre, lanzaba agua bendita hacia la placa: «*Dominus Noster, bene-*

dicat novi muri», proclamaba a voz en grito para que Nuestro Señor bendijera las nuevas murallas o, más probablemente, que en su infinita sabiduría aprobara la reparación de las viejas defensas. Eso era exactamente lo que el ingeniero militar del Valentino, Leonardo da Vinci, había hecho. Sobre el remiendo de ladrillos, mortero, cal y cantos se había fijado el escudo de armas del hijo del papa, que, con su descarada blancura, recordaba el sitio exacto en el que la artillería de César había abierto la primera brecha de una fortaleza que, hasta aquel momento, se tenía por inexpugnable, pero que no fue capaz de resistir la fuerza del ejército pontificio ni evitar a Caterina Sforza la derrota, la humillación y el cautiverio.

De aquello hacía ya cuatro años y medio. Pero para mí había pasado una vida entera.

Pese al sol, la mañana era gélida para recordar a todos que la oscuridad y el invierno se acercaban a paso veloz. César —que odiaba el frío— asistía a la ceremonia arrebujado en un grueso manto oscuro forrado de piel de lobo y, como siempre, enmascarado. El mal francés se había ensañado con tanta crueldad en su cara que se podían contar con los dedos de una mano las personas que, cada día, lo veían sin la máscara de cuero que le tapaba la frente, la nariz y las mejillas. Aun así, se le veía de buen humor pese a que a esas horas —poco antes del mediodía— solía estar en la cama salvo por razones de fuerza mayor. Y aquella lo era.

Además del obispo y todo el cabildo catedralicio, las autoridades municipales y la corte del Valentino, tres regimientos de quinientos hombres cada uno, vestidos de rojo y amarillo, como el parasol del emblema del capitán general de la Iglesia, y armados con pica, espada y rodela formaban a nuestras espaldas. Eran todos de Fano, Cesena, Imola, Bertinoro y Forlì, reclutados mediante el decreto que establecía la obligación de aportar *un uomo per casa* en todos los dominios del hijo del papa. No obstante, a ninguno de ellos lo habían reclutado a la fuerza y el dinero del santo padre les garantizaba el pago de un sueldo a razón de un ducado de oro cada dos semanas. Yo mismo los había adiestrado con la ayuda de sargentos suizos y estradiotes albaneses. «Nunca más —me comentó César, henchido de orgullo, cuando los vio desfilar por primera vez— habrá que recurrir a mercenarios para defender nuestro Estado, don Micheletto».

—Habéis hecho un magnífico trabajo, *mastro* Da Vinci —dijo

el Valentino—. Apenas se nota que el muro se quebró justo en ese punto.

—Gracias, Excelencia —respondió el florentino—. La verdad es que se pudo reutilizar mucho material de las antiguas defensas, pero, además, se ha reforzado toda la muralla por la parte interior y se ha abombado todo el perímetro para hacerlo más resistente al fuego de artillería. Si quisierais atacar de nuevo esta fortaleza, vuestros cañones e incluso la *Principessa* de vuestro cuñado Alfonso d'Este iban a tener mucho más trabajo. Además, se ha rebajado el terreno de alrededor para disponer de esas pendientes, de forma que los cañones no pueden ponerse paralelos al suelo, por lo que, con la boca hacia arriba, su potencia es mucho menor.

—Y el escultor —terció Nicolás Maquiavelo— ha hecho un primor con vuestro escudo de armas. El mármol refulge como lo debió de hacer Nuestro Señor durante la Transfiguración.

—Será el primero de muchos, *messer* Maquiavelo —dijo César—. Y no solo estarán en baluartes, defensas y bastiones. También lucirán en edificios civiles y de enseñanza. De hecho, ya he encargado al *mastro* Da Vinci que empiece a trabajar en los planos de dos palacios que levantaré en Cesena. Uno será para la futura universidad y el otro para el gobierno de la Romaña y la administración de Justicia, que será más grande y más bello que el de La Rota romana.

—Entonces —apunté—, don Ramiro de Lorca estará feliz. Y tendrá menos trabajo. Quizá tenga tiempo ahora de leer los libros de Tácito que le envié.

—Como se dice en el Eclesiastés —César me dirigió una sonrisa enigmática—, *tempus dilectionis et tempus odii, tempus belli et tempus pacis*. ¿Cito bien, don Micheletto?

—Hay un tiempo para amar y un tiempo para odiar —traduje—, un tiempo para la guerra y un tiempo para la paz. Tenéis buena memoria de vuestros tiempos de cardenal, Excelencia.

—Y vos de los vuestros como rector de la iglesia de Santa Catalina de Valencia, mi señor de Montegridolfo. De todas formas, ya casi respiramos la paz, Miquel —continuó el Valentino—. Y será definitiva en pocas semanas. Sosegaos, pues, y olvidad la escaramuza de Calmazzo.

—Aquella escaramuza estuvo a punto de salirnos muy cara —contesté.

—Pero vuestro instinto guerrero lo evitó, amigo mío. Olvidadla.

Y os recomendaría que hicierais lo mismo con lo de Fossombrone. En ese último caso, debo decir que no era lo que yo deseaba, pero imagino que no tuvisteis más remedio.

—No podía dejar aquella villa llena de rebeldes partidarios de Guidobaldo de Montefeltro a nuestras espaldas, Excelencia —argüí—. Y más aún con Hugo de Moncada capturado y en plena retirada con las fuerzas que me quedaban.

César y yo nos referíamos a lo que había ocurrido la víspera de la festividad de la Virgen del Pilar en Calmazzo. Hugo de Moncada —un capitán valenciano de Chiva que, con sus cien lanzas dobladas de dos hombres cada una, se había quedado al servicio del papa Borgia tras participar en la invasión del rey Carlos VIII de 1494— y yo —que mandaba a trescientos estradiotes y un millar de piqueros suizos— avanzábamos desde Pergola hacia Pésaro para llegar a Imola tras la revuelta de San Leo y Urbino. Cerca del puente del emperador Trajano sobre el río Metauro, a la vista de la villa de Calmazzo, avistamos una fuerza de dos mil soldados de los Orsini. Conseguimos llegar a lo alto de un cerro para entablar batalla; la altura nos dio ventaja sobre la primera hora de la lucha. Tanto los piqueros como los hombres de armas de Hugo de Moncada y mis estradiotes infligieron un severo castigo a la infantería pesada de los conspiradores. Sin embargo, tras varias horas de lucha, nuestra gente de armas ya estaba exhausta a causa de la inferioridad numérica. Entonces, dos mil hombres más —campesinos, pastores y menestrales armados— surgieron de un bosquecillo en nuestra retaguardia. Ante el riesgo de que nos rodearan, ordené que nos retiráramos y pude salir de allí con más de la mitad de mis fuerzas. Sin embargo, capturaron al capitán Moncada, al igual que a un tercio de sus lanzas castellanas.

Durante la retirada, en el camino hacia Fano por la Via Flaminia, los habitantes de Fossombrone —la mayor parte ancianos, mujeres y niños, pues los hombres en edad de combatir habían participado en la celada del cerro de Calmazzo— habían acorralado al *podestà* nombrado por César en la *rocca* junto una docena de fieles. Desde la torre del antiguo bastión de los Malatesta, los sitiados agitaron la bandera con el toro rojo y las llaves de San Pedro para pedir ayuda mientras la chusma les prendía fuego a las puertas de la fortaleza para sacarlos de allí y despedazarlos por las calles. Ordené a estradiotes y suizos que entraran en la villa, cuyas puertas estaban abiertas. Mis soldados, aunque agotados por la batalla, irrumpieron en la villa ciegos de vergüenza e ira por haber huido ante simples paisanos mal armados y peor instruidos.

Y no dejaron vivo a ningún varón mayor de doce años ni sin violar a ninguna mujer menor de cincuenta.

—Pude parar el pillaje, Excelencia —dije—, pero no la matanza. No creo que nadie pudiera. La humillación sufrida por los hombres en Calmazzo había sido demasiado grande, y los habitantes de Fossombrone se burlaban de ellos al otro lado de unas murallas demasiado bajas y endebles para resistir la furia de los Borgia. Si hubiera intentado frenarlos, me habrían despedazado allí mismo.

—*Anima damnata dei Borgia* —bromeó Maquiavelo—. Alma condenada de los Borgia os llaman en toda Italia, don Micheletto.

—*Crudelissimo uomo e molto temuto* —rio César—. Hombre cruel y muy temido dice que sois el embajador de Venecia ante el santo padre. Yo no os juzgo, mi buen señor de Montegridolfo. Ni tampoco os censuro. Erais vos y no yo el que estaba allí y el único que podía calibrar la situación en toda su magnitud. Costará un poco más reconstruir la fortaleza de Fossombrone, pero aún puedo permitirme ese gasto.

—¡Pero, Excelencia! —exclamé, un poco hastiado de tanta broma—, la *rocca* de los Malatesta no sufrió más que algunos daños en el portón! Sigue intacta.

—No es esa fortaleza la que hay que reconstruir, don Micheletto, porque, por gruesos que se hagan los muros y altos los bastiones, siempre habrá un cañón más potente para derribarlos o más hombres para escalarlos. La mejor *rocca* para un príncipe es no ser odiado por el pueblo que gobierna, ¿no creéis, *messer* Maquiavelo?

—Pues no lo había pensado, Sire —contestó el florentino—. ¿A qué os referís?

—El primer marido de la condesa Caterina Sforza reforzó las defensas de esta *rocca* —César señaló el muro recién reparado— hasta convertirla en una de las más inexpugnables de Italia. O eso creía ella. Es verdad que gracias a ello pudo resistir la revuelta de los Orsi hasta que su tío Ludovico el Moro le envió tropas para sofocar la rebelión. Sin embargo, cuando hace dos años asediamos la plaza, ya contábamos con el apoyo de la gente de Forlì que aborrecía a la hija de Galeazzo, María Sforza, quien no tuvo más remedio que atrincherarse ahí dentro, bombardear a su propio pueblo y, al final, ser derrotada y enviada como prisionera al castillo de Sant'Angelo. Lo mismo ocurrió en Rímini y en Pésaro.

—No en Faenza —apuntó Maquiavelo—. Ni en Urbino.

—Y no os falta razón, *signore* —respondió el Valentino—. Tampoco en Fossombrone. Por eso le decía a don Micheletto que habrá villas y señoríos donde las verdaderas fortalezas tardarán un poco más en construirse. Pero lo haré.

—¿Cómo? —insistió el florentino.

—Voy a nombrar gobernador general de la Romaña a monseñor Antonio María Ciocchi del Monte, arcipreste de la catedral de Arezzo, juez del Tribunal de La Rota en Roma y protonotario apostólico. Pese a su juventud, sabe tanto de leyes *en utroque iure* como el santo padre.

—He oído hablar de él —dijo Leonardo—. Es un hombre prudente y sabio.

—Es la persona indicada para lo que ha de venir, *mastro* Da Vinci. Mientras vos completáis el plan para reforzar los castillos y fortalezas de la Romaña, se ha de poner en pie toda una administración civil que termine con décadas de tiranos depravados, bandolerismo, pillaje y desorden. Y todo eso no puede hacerse a punta de pica o disparo de falconete. Se debe hacer con leyes justas, caminos seguros, alcantarillado eficiente, seguridad y orden. Por eso he decidido perdonar a la ciudad de Forlì los impuestos atrasados a la Santa Sede que Caterina Sforza no pagó nunca y he ordenado que se funden en Imola un orfanato y una casa de caridad que regirán monjas clarisas. También he mandado a mis superintendentes a Sicilia para que compren doscientos quintales con los que llenar los silos comunales, porque la guerra ha malogrado las cosechas y el invierno ya está aquí.

—Decidles todo eso a vuestros condotieros rebeldes —dije con sorna—. Tengo curiosidad por saber si estarán dispuestos a transformar, como decía el profeta Isaías, las espadas en arados y las lanzas en hoces.

—Lo harán, don Micheletto —respondió César—. Lo harán. De un modo u otro. El tiempo de los señores de la guerra en toda Italia y los ejércitos de mercenarios está terminando del mismo modo que ya se ha acabado la era de los caballeros con armaduras de hierro en los campos de batalla.

—Pero ¿ellos lo saben? —insistí.

—No. Pero lo sabrán. Paolo Orsini se marchó de aquí hace dos días, cargado de regalos míos tras traerme un acuerdo firmado por todos los condotieros con una oferta de paz y reconciliación. Monseñor Gherardi —César se dirigió a su secretario—, ¿tendréis la bondad de resumirnos el documento?

—Naturalmente, Sire —contestó el secretario del duque—. Consta de ocho puntos: el primero establece que los ducados de Urbino y Camerino volverán a ser propiedad de la Iglesia bajo el vicariato de Su Excelencia el duque César Borgia de Francia. El segundo dice que sus señorías Vitellozzo Vitelli, Giampaolo Baglioni, Oliverotto Euffreducci, Paolo y Giulio Orsini renovarán sus *condottas* con la Santa Sede en los mismos términos que tenían antes de la... —carraspeó— constitución de la Liga de Magione.

—¡De la traición de Magione! —interrumpí—. ¡Perros! Disculpadme, monseñor, continuad.

—En el tercer punto se asegura que los señores arriba mencionados no estarán obligados a participar todos juntos en ninguna campaña convocada por el capitán general de la Iglesia y que, en cada caso, bastará con la presencia de uno de ellos y sus hombres de armas.

—¡Muy bien! —dijo César con una sonrisa—. ¡Visto lo bien que se llevan entre ellos, me pareció una propuesta de lo más sensata!

—Respecto al cuarto punto —siguió el obispo de Sisporno—, Su Eminencia el cardenal Giambatista Orsini es libre de volver a su palacio en Roma y a disfrutar de sus posesiones cuando quiera. Respecto a la quinta cláusula, los señores Vitelli, Baglioni, Orsini y Euffreducci se comprometen a entregar a Su Excelencia el duque Valentino a un hijo o un pariente en primer grado en calidad de huéspedes como signo de buena voluntad.

—En este particular —César estaba radiante de buen humor, pese a la máscara de cuero negro— tengo curiosidad por saber a qué familiar me enviará Euffreducci como rehén. ¡Como los ha matado a todos...!

Cada uno de los presentes celebramos la broma macabra, incluso el siempre circunspecto y sobrio monseñor Agapito Gherardi, quien, tras recuperar la compostura, siguió instruyendo:

—Todos los firmantes de este acuerdo —dijo— se comprometen a informarse unos a otros sobre cualquier maquinación sospechosa de la que tengan conocimiento. Además, el santo padre se compromete a devolver a los mencionados señores sus propiedades en Roma que habían sido confiscadas y, por último, a quien no respete alguna de estas cláusulas el resto lo considerará como un enemigo y, en comunión, el resto se aliará para buscar su ruina y la de sus estados.

—Y respecto a Bolonia —intervino Maquiavelo—, ¿qué será de ella?

—Giovanni Bentivoglio —respondió el Valentino—, tras el ultimátum que le mandó el papa, ha firmado con el santo padre un acuerdo, con el rey de Francia como juez, por el que me proporcionará cien lanzas italianas, doscientos jinetes ligeros y una *condotta* de doce mil ducados. Y respecto a Florencia, también por consejo de mi primo Luis XII...

—Más bien orden, Excelencia —interrumpió Maquiavelo con una sonrisa cómplice—. Pero orden dada en buena hora y, en lo que a mí respecta y así se lo he aconsejado a la Signoria, debe cumplirse con diligencia y placer.

—Como gustéis, señor secretario —continuó César con afabilidad—. Decía que Florencia ha accedido a una alianza con la Santa Sede en cuanto la Signoria se avenga a pagar los doce mil ducados de *condotta* a la que se había comprometido conmigo.

—Que se hará en cuanto se pueda —dijo Maquiavelo.

—En ello confío, *signore*. En fin, hasta Pandolfo Petrucci, el tirano de Siena, quiere hacer las paces conmigo tras enviarme un emisario a Ferrara.

—¿Y las habéis hecho? —pregunté.

—Habrá paz con Siena, don Micheletto —respondió—. En unos términos que sean satisfactorios para Roma y para los sieneses.

—¡Teníais razón, Excelencia, cuando os referíais a los condotieros rebeldes como la liga de los quebrados! —aplaudió Leonardo.

—Y no solo eso, *mastro* Da Vinci —continuó el Valentino—, los Orsini han accedido a ser ellos los que, la semana próxima, escoltarán hasta Urbino al nuevo gobernador de la Romaña para que Guidobaldo de Montefeltro me ceda el ducado a cambio de que se respete su vida y se le otorguen las rentas de San Leo, Feltria y San Marino, así como un salvoconducto para refugiarse en Venecia. La mala bestia de Oliverotto Euffreducci se ha ofrecido para tomar Senigallia con sus tropas y me ha pedido permiso para ello.

—¿Y se lo habéis concedido? —preguntó Maquiavelo.

—No le ha dado tiempo al señor de Fermo a sitiar la villa. Conforme se acercaba su ejército, la señora de Senigallia, Giovanna de Montefeltro, huyó con su hijo Francesco a Venecia a reunirse con su hermano Guidobaldo. Ha dejado la *rocca* en manos de un capitán genovés, un tal Andrea Doria, que dice que solo la rendirá ante mí en persona. Por eso, tengo previsto acudir allí para el día de San Silvestre, después de pasar la Natividad en Cesena. Euffreducci domina la ciudad y allí me han convocado Vitellozzo Vitelli, los primos Orsini y Giampaolo Baglioni para celebrar nuestra reconciliación con una nueva conquista.

—Habéis ganado, señor —dijo el enviado de Florencia—. Otra vez.

—No. Aún no, *messer* Maquiavelo —respondió el hijo del papa—. Aún quedan cosas por hacer. Cada una a su tiempo.

46

La danza del *strapatto*

Cesena, Ducado de la Romaña,
Natividad de Nuestro Señor de 1502

El *mastro* Taparelli —el verdugo del papa de la prisión de la Tor di Nona de Roma— y su ayudante bufaban y blasfemaban a cada tirón que daban a las palancas con las que giraban el torno al que estaba enrollada la cuerda. En el otro extremo, desnudo por completo y con las muñecas atadas a la espalda por la misma soga, estaba don Ramiro de Lorca. Su propia orina, mezclada con sangre, dejaba surcos sobre la mugre de la piel desde los muslos a los tobillos, los cuales estaban sujetos por unos grilletes de hierro de los que colgaba una cadena con una bala de cañón de piedra de sesenta libras. No trabajaron mucho para suspender al caballero murciano. Apenas lo levantaron para que el lastre quedara a medio palmo del suelo, pero fue suficiente para que la infernal postura machacara los tendones de los hombros y que los aullidos de dolor de mi maestro en el arte de la guerra inundaran el aire de aquel sótano de la Rocca Nuova de Cesena. En su interior, el *mastro* Taparelli había dispuesto las herramientas para ejercer su espantoso oficio: cadenas, tenazas, cuchillas y un brasero.

—Bajadlo de ahí —dijo un guardia al entrar en la estancia subterránea que, hasta hacía poco, se usaba como leñera—. Y cubridlo. Viene el duque.

Los verdugos obedecieron e hicieron descender al que, solo tres días antes, aún era el todopoderoso gobernador de la Romaña y, en la práctica, segundo al mando de Su Excelencia el duque César Borgia de Francia, gonfaloniero y capitán general de la Iglesia. Del montón donde habían arrojado la ropa que le habían arrancado para el tormento rescataron su lujoso manto de brocado rojo oscuro, que toda Cesena reconocía y temía, para echárselo por encima de cualquier manera y tapar su desnudez. No era para devolverle algo de dignidad, sino para ahorrarle al Valentino el triste espectáculo de ver al antaño orgulloso y feroz caballero murciano tal y como vino al mundo, con las manos atadas a la espalda y temblando y llorando de miedo por lo que pudiera venir y dolor por el amargo abrazo del *strapatto*. Uno de los hombres más temidos de Italia temía ahora por su propia vida y temía más al tormento que la precedería que a la propia muerte.

Cinco días después de la festividad de Santa Lucía, César y el grueso de su ejército —incluidos los nuevos regimientos de infantería ligera reclutados en Fano, Imola y Bertinoro, y que yo mandaba— salieron de Forlì rumbo a Cesena, la ciudad que el Valentino había elegido para ser la capital de su ducado. Por el camino, el Valentino comprobó, con horror, que el hambre y la miseria reinaban en sus dominios. Por los pueblos y villas que atravesó, tal y como dejó escrito Maquiavelo en uno de sus despachos a la Signoria, «hasta las piedras habían sido devoradas» a pesar del dinero que el hijo del papa había enviado para comprar cuatro mil quintales de trigo siciliano para paliar la hambruna provocada por la combinación de las malas cosechas y la revuelta de los condotieros, que habían arramblado con todo lo que se les puso a su alcance para alimentar a sus tropas.

En cuanto el hijo del papa llegó a Cesena, encargó a su secretario, Agapito Gherardi, que investigara lo ocurrido con el suministro de grano. Al obispo de Sisporno no le llevó demasiado tiempo averiguar que los fondos habían desaparecido y que el responsable del desfalco era el gobernador de la Romaña, don Ramiro de Lorca, en complicidad con cuatro superintendentes. Aquella misma tarde, después de ahorcar a los subordinados en la plaza del mercado tras cortarles las manos, un jinete partió rumbo a Pésaro —donde estaba el caballero murciano— con un mensaje en el que decía que el Valentino le invitaba a las fiestas organizadas en la antigua fortaleza de los Malatesta.

Don Ramiro, junto a Clemente, su hijo de dieciséis años, llegó a Cesena la víspera de la Natividad de Nuestro Señor. Esperaba encontrarse de inmediato con César para participar en la cena y el baile que se había organizado en la Rocca Nuova, pero en su lugar lo recibimos monseñor Gherardi, una docena de mis estradiotes y yo en el patio de armas. Aquella misma noche, tanto él como su primogénito la pasaron en una celda en las entrañas del *maschio*, la torre del homenaje de la fortaleza. La música y las risas de la sala noble del edificio en las que se celebraba la fiesta no dejaron que nadie, salvo los carceleros, oyera las protestas con las que el murciano proclamaba su inocencia. Al día siguiente, mientras César y su séquito asistían a la misa del día de Navidad en el Duomo de San Juan Bautista, las quejas se transformaron en blasfemias e insultos, y, poco más tarde, en gritos de dolor cuando el *mastro* Taparelli —recién llegado de Roma junto a su brutal asistente— dio comienzo al tormento.

Nadie soporta la danza del *strapatto* sin terminar hablando. Ni lo hizo fra'Girolamo Savonarola en las mazmorras del Bargello de Florencia —y eso que estaba convencido de que Nuestro Señor le iba a enviar una legión de ángeles para rescatarlo— ni lo hizo mi antiguo maestro en el arte de la guerra.

Ni lo haría yo menos de un año después.

Bastaron cuatro subidas y dos caídas para triturarle las articulaciones de los hombros y que confesara que, en efecto, se había quedado con el dinero destinado a paliar las malas cosechas y los estragos que, en el campo, había provocado la revuelta de los condotieros. Al principio dijo que esos fondos los había utilizado para reclutar más hombres, adquirir más pólvora para el ejército pontificio y cumplir las órdenes de César de reforzar las guarniciones de las principales villas de la Romaña, pero el *strapatto* ayudó a que pronto dijera que todo aquello era falso. Estaban, junto a todo lo que había robado de los impuestos ducales durante meses, en el Banco de San Giorgio de Génova.

Lo confesó ante la mirada indiferente de monseñor Agapito Gherardi, que anotaba todo lo que decía De Lorca con la diligencia propia de un escribano, sin hacer el menor caso a los aullidos de dolor que acompañaban cada frase. Sin embargo, se calló una cosa. Una cosa que, según dijo, solo le diría al duque en persona. El obispo de Sisporno dudó durante un instante, pero accedió a la petición del exgobernador de la Romaña e hizo saber al Valentino que don Ramiro tenía algo importante que contarle.

Vestido de negro de pies a cabeza, salvo por el collar de oro de la Orden de San Miguel en el pecho, y con el antifaz de cuero puesto, César entró en la celda. Tenía un aspecto más aterrador aún que los dos verdugos que atormentaban a don Ramiro. Parecía que, en vez de recién llegado de misa, fuera un demonio que acabara de salir de atormentar almas en alguna de las diez *Malebolge,* las «malas bolsas» del Octavo Círculo del Infierno donde Dante imaginó que se castigará a proxenetas, aduladores, simoniacos, adivinos, malversadores, hipócritas, ladrones, falsos consejeros, sembradores de la discordia y falsificadores. Le acompañábamos Juanicot Grasica —su paje—, el doctor Torrella, su escolta personal de cuatro hombres de armas y yo.

—¿Por qué, don Ramiro? —le dijo a su lugarteniente en castellano—. ¿Por qué me habéis traicionado?

—Podría haceros a vos la misma pregunta, Excelencia. ¿Por qué me ibais a sustituir por ese meapilas del Tribunal de La Rota? ¿Por qué no me distéis un señorío, como a ese bastardo? —Me señaló con la barbilla—. ¿Acaso no os serví bien durante años?

—Serviste bien para la guerra y para el terror, don Ramiro, pero no servís para la paz ni la tranquilidad. No sabéis construir; solo destruir.

—¿Y acaso vos sí? —El antiguo orgullo del murciano volvió a aparecer pese a su miserable estado—. He fallado en mi plan, os lo reconozco. He perdido. Y eso os da la posibilidad de destruirme, pero no el derecho a juzgarme.

—Eso no os hace menos traidor.

—Insisto: solo porque he perdido. Los traidores lo son porque han sido vencidos. Cuando ganan, son héroes.

—Vuestro trabajo había terminado ya, don Ramiro —dijo César—. Lo hicisteis bien aplicando mano dura para restablecer el orden en los caminos y por eso no tuve en cuenta vuestra crueldad con el pueblo ni vuestros crímenes, como cuando arrojasteis vivo al interior de la chimenea a un paje por derramar una copa de vino y…

—¿Mis crímenes, Excelencia? —le cortó De Lorca—. ¿De verdad queréis que hablemos de los crímenes por los que Nuestro Señor nos pedirá cuentas a ambos?

—En realidad —respondió César mientras se daba la vuelta

para marcharse—, si lo pienso bien, no me apetece hablar con vos de nada en absoluto. Contadle a monseñor Gherardi lo que creáis que tenéis que contar.

—¡Esperad! —suplicó el murciano—. Os lo ruego. Solo os lo diré a vos. Y lo que tengo que decir os salvará la vida.

—¿Y pensáis que el *mastro* Taparelli no domina lo bastante su arte como para que se lo digáis a él después de unas cuantas subidas y bajadas del *strapatto*?

—No, porque ni os lo imagináis. Sé que mi vida acabará en este antro miserable. Y también la de mi hijo si no os ofrezco algo a cambio que merezca la pena. No pido para mí más que una muerte rápida y, para mi primogénito, vuestra misericordia y un salvoconducto. Que su sangre inocente no manche vuestras manos.

César volvió sobre sus pasos y se acuclilló delante de su antiguo lugarteniente. Le sujetó la cabeza con ambas manos y acercó la cara hasta que la nariz de don Ramiro rozó la máscara de cuero negro que enmarcaba una mirada de lobo.

—Hablad —susurró—, pero, si percibo que lo que tenéis que decir es un embuste, el *mastro* Taparelli se ocupará primero de vuestro hijo, por lo menos, durante un día entero y os hará mirar su tormento antes de acabar con vos con más dolor de lo que podéis imaginar. Hablad, don Ramiro. Hablad.

—Jurad antes que cumpliréis nuestro acuerdo: una muerte rápida para mí y la vida para mi hijo.

—Monseñor Gherardi —dijo César a su secretario—, vuestra cruz episcopal.

El obispo de Sisporno se desprendió del crucifijo de oro, de un palmo de alto, y se lo dio al Valentino, que, a su vez, se quitó el collar de la Orden de San Miguel. Depositó ambas alhajas en la mugrienta mesa de la que, de un manotazo, apartó los instrumentos de tortura del verdugo.

—Ante Nuestro Señor y san Miguel arcángel juro cumplir la palabra dada a don Ramiro de Lorca en los términos que él mismo ha demandado, de vida y de muerte. Ahora —volvió a colgarse el collar— hablad, don Ramiro. Comprad con palabras un último día digno para vos y el primero de muchos para vuestro hijo.

—Fue Pandolfo Petrucci el que me convenció, Excelencia —explicó De Lorca—. Suya fue la idea de desviar los fondos para comprar trigo siciliano al Banco de San Jorge de Génova.

—¿Creéis que no lo imaginaba? —escupió César—. No tenéis tanta imaginación para hacer algo así por vos mismo. Ni capacidad tampoco.

—Es verdad y lo reconozco. Pero lo que ignoráis es que, además del tirano de Siena y yo, había otro más que estaba al tanto de la operación: vuestro primo el rey de Francia.

El Valentino debió de acusar el golpe, pero la máscara de cuero que le cubría el rostro era el mejor parapeto para ocultar sus pensamientos y emociones. Lo peor es que tenía todo el sentido del mundo. No era posible que don Ramiro de Lorca hubiera depositado el dinero en las bóvedas del Banco de San Jorge sin que el rey de Francia lo hubiera autorizado o, por lo menos, lo supiera. La antaño orgullosa Génova cayó bajo el dominio de los Sforza primero y de Luis de Orleans después, tras la caída de Milán. Aunque la ciudad mantenía las viejas instituciones de la república de los banqueros, estas eran meras marionetas ceremoniales, porque el monarca incluso había nombrado para el cargo de dogo —el magistrado supremo— a Felipe de Cléveris, un noble de Flandes.

—Luis de Orleans os teme, Excelencia —continuó De Lorca—. Tiene miedo de que el santo padre y vos os hagáis demasiado poderosos. Por eso os ha ordenado que licenciéis tres de las cinco compañías de lanceros que os envió desde Milán; por eso no hace más que poner excusas para impedir que vuestra esposa y vuestra hija vengan a Italia; por eso no os permite que ataquéis Florencia y os obliga a llegar a un acuerdo con Bolonia; por eso protege, aunque a vos os diga lo contrario, a Pandolfo Petrucci. Recela de vuestros reclutas de la Romaña y del dinero que la Cámara Apostólica puede convertir en mercenarios suizos, pólvora y cañones, y teme que el papa Alejandro no le otorgue la investidura papal para ser coronado rey de Nápoles y se la dé a Fernando el Católico.

César no dijo nada. Se limitó a contemplar a su antiguo hombre de confianza, pero el labio inferior le temblaba de ira, porque algunas de las cosas que don Ramiro había dijo acababan de dejar de ser casualidades, sospechas o malentendidos para convertirse en amenazantes certezas. De Lorca supo interpretar el gesto y siguió hablando:

—Pero hay más, Excelencia —dijo—. Los condotieros rebeldes pretenden mataros en Senigallia. Oliverotto Euffreducci tiene a tres mil hombres allí, dos mil fuera de sus murallas y un millar en el interior, esperando a que el capitán Andrea Doria, que sigue dentro de la *rocca* con trescientos soldados y alguna artillería, os entregue el dominio de la villa el día de San Silvestre. Vitellozzo Vitelli tiene a otros cinco mil repartidos en varios campamentos en los prados cercanos a la aldea de Scapezzano mientras que los primos Orsini solo acudirán con sus escoltas personales para que no sospechéis. Han planeado mataros ellos mismos, durante el banquete que se celebrará en vuestro honor tras la rendición de la fortaleza. Olive-rotto, incluso, ha jurado que piensa lavarse las manos y la boca con vuestra sangre y enviar vuestra cabeza al papa dentro de una caja de oro.

—¿Y Giampaolo Baglioni? —preguntó César—. ¿Qué hará? ¿Dónde está?

—Lo ignoro, Excelencia. Lo último que sé del tirano de Perusa es que estaba en su ciudad, enfermo de fiebres. Nada más.

—Bien. —César le dio la espalda a De Lorca y se dirigió a dos de los hombres de su escolta—. Tommasso, Davide: traed al muchacho.

—¡Excelencia! —gritó el caballero murciano—. ¡Lo jurasteis! ¡Por Dios y por san Miguel arcángel!

—Y mantendré el juramento, don Ramiro. En todos sus extremos.

Clemente de Lorca temblaba y lloraba cuando, sujeto por los codos, los guardias lo llevaron hasta la bodega y lo sentaron en un rincón.

—Don Ramiro, será vuestro antiguo pupilo, don Micheletto, el que os dé la muerte rápida que os prometí —dijo César—. Y vuestro hijo será testigo de vuestro final porque voy a ser aún más generoso con él. Además de la libertad, le voy a proporcionar una valiosa lección que, espero, no olvide jamás, y es que así acaban, si tienen suerte, los que se enfrentan a la Casa Borgia.

—¡Sois un sádico y un miserable! —bramó De Lorca—. ¡Os espero en el infierno!

—Allí cenaréis esta noche, don Ramiro, pues no habrá confesión ni extremaunción para vos, ya que no me las pedisteis cuando cerramos el trato. Monseñor Gherardi, acompañadme, que por vuestra condición de obispo no debéis contemplar lo que está a punto de suceder. Don Micheletto —me ordenó el hijo del papa—

proceded; y vos, *mastro* Taparelli, ya sabéis lo que se ha de hacer cuando el señor de Montegridolfo termine con el *cappio valentino.*

César Borgia, seguido de su secretario, que rezaba avemarías entre dientes, abandonó la estancia. Saqué de la bolsa el instrumento de muerte, pasé la tira de cuero por delante de la garganta de mi antiguo mentor y cerré los mangos de madera sobre ambos lados del cuello.

—Esperad, don Micheletto —me suplicó—. No quiero morir sin, al menos, agradeceros el regalo que me enviasteis. No soy hombre de muchas lecturas, pero disfruté con los *Anales* de Tácito. Y encontré una frase que debería haber aprendido mejor.

—¿Cuál, don Ramiro? —pregunté.

—*Nec unquam satis fidia potentia, ubi nimia est* —y tradujo—. «Tampoco el poder es fiel cuando hay demasiado». Quizá la enseñanza a vos os sirva más que a mí.

—Quizá.

—Otra cosa. ¿Puedo despedirme de mi hijo?

—Podéis.

—¡Mátalos a todos, Clemente! —gritó—. ¡A todos los Borgia que puedas! ¡También a este asesino que va a mandar a tu padre al infierno!

Entonces, empecé a apretar.

* * *

Aún no había amanecido el día de San Esteban cuando César y todo su séquito salíamos de la *rocca* de Cesena al galope por las calles desiertas. Al pasar por la plaza mayor de la villa rumbo a las puertas de la muralla, el *mastro* Taparelli y su ayudante terminaban de dar los últimos retoques a la horripilante obra que habían concluido unas pocas horas antes. Sobre un patíbulo no mayor que un confesionario —apenas dos tablas montadas sobre cuatro postes que habían erigido a toda prisa los alguaciles ducales—, había un hombre cortado en tres trozos. Por una parte estaba el tronco, desnudo pero con las manos enguantadas y los hombros cubiertos con el suntuoso manto de brocado rojo oscuro por el que se reconocía a Ramiro de Lorca en todo el condado; detrás, las piernas, fijadas con un palo para que se mantuvieran erguidas de forma que los genitales ocuparan el lugar de la cabeza cercenada, que, delante de todo el sangriento conjunto, miraba con los ojos velados y la boca abierta hacia los torreones de la fortaleza donde ondeaba el pendón del toro rojo y las flores de lis de César Borgia.

47

Il bellisimo inganno

*Senigallia, las Marcas,
domingo, día de San Silvestre de 1502*

El alba nació gris y sucia por culpa del temporal de viento húmedo que, desde el mar embravecido, escupía agua y salitre hasta los muros de la *rocca* de Senigallia. En las dos torres de la fortaleza que daban a las playas ya ondeaban sendas banderas —enloquecidas por el vendaval que venía desde el Adriático— con las llaves de San Pedro y los tres lirios de Francia, y que indicaban que la guarnición se había rendido ante el capitán general de la Iglesia: César Borgia.

—¿Cuántos hombres creéis que hay acantonados fuera de las murallas? —me preguntó—. Parecían muchos menos de los que los espías nos dijeron.

Ambos llevábamos las monturas al paso, escoltados por mis doscientos estradiotes, que habían recibido órdenes estrictas de tener los ojos bien abiertos para evitar una celada.

—Se hablaba de tres mil, señor —respondí—, pero no parece que haya más de un millar de infantes y, sobre el puente de madera, no cuento más de cincuenta caballeros. Nosotros traemos alrededor de dos mil, más la caballería y la artillería ligera.

—Bien. Ya sabéis lo que hay que hacer, don Micheletto.

Desde la ejecución de don Ramiro de Lorca en Cesena el día de la Natividad de Nuestro Señor, la actividad en el ejército pontificio había sido tan frenética como, sobre todo, secreta. Se movilizó a todas las fuerzas que el Valentino había concentrado en Imola durante los últimos dos meses. Alrededor de diez mil hombres, divididos en pequeños grupos, se trasladaron por caminos secundarios y senderos de montaña hasta las villas y aldeas de alrededor de Senigallia para cercar a las fuerzas de Vitellozzo Vitelli y Oliverotto Euffreducci que, ajenas a todo, invernaban en sus campamentos sin sospechar que, en pocos días, las habían rodeado por completo. Veinte piezas de artillería ligera —oculta en carromatos que simulaban llevar leña, paja o sacos de cereal— se dispusieron en torno al acuartelamiento provisional que Euffreducci había desplegado ante los muros de la ciudad para alojar a sus hombres. Además, quinientos infantes de Fano, vestidos de paisano y con las armas ocultas, se habían introducido en la ciudad durante los últimos tres días y aguardaban mezclados entre la gente que abarrotaba la plaza mayor para ver llegar al duque de la Romaña a su nuevo señorío y la ceremonia de entrega de la *rocca* por parte del capitán Andrea Doria.

—Excelencia —pregunté a César—. ¿Ordenasteis matar a don Ramiro por traidor o por corrupto?

—Por ambas razones y por una tercera no menos importante.

—¿Cuál?

—Por ganarme el amor del pueblo de Cesena y del Ducado de la Romaña. ¿Acaso crees que no sabía de la crueldad de don Ramiro cuando le nombré gobernador? ¿O de su avaricia y corrupción? Bien es cierto que no imaginé que fuera tan fácil de comprar por parte de Pandolfo Petrucci ni que fuera tan estúpido y que el fruto de su rapiña fuera a ser tan evidente como para que me diera cuenta tan rápido.

—Entonces ¿lo hubieseis hecho matar de todos modos? —insistí—. ¿Aunque no os hubiera traicionado con la liga de los quebrados y el tirano de Siena?

—Eso habría dependido de la magnitud de sus robos. Si se hubiera mantenido dentro de los límites de lo razonable, es posible que con el destierro hubiera sido suficiente, aunque lo dudo. Se había hecho demasiado odioso para el pueblo con su severidad.

—Pero vos, al igual que yo, lo sabíais; sabíais que don Ramiro era un hombre cruel.

—En efecto, lo sabía. Pero es que los nuevos príncipes deben golpear muy fuerte al inicio de su gobierno para no hacerlo demasiado a menudo después. Los remedios que necesitaba la Romaña para volver al orden tras años de tiranía, pillaje y corrupción tenían que ser, necesariamente, muy amargos. Y el que los aplicara jamás tendría el amor del pueblo. Por eso nombré a don Ramiro, y por eso iba a ser necesario sustituirlo cuando su labor concluyera.

—¿Sustituirlo o eliminarlo?

—Cuando hablamos de política, mi buen señor de Montegridolfo, ¿hay alguna diferencia entre una cosa y otra? Nadie está seguro al lado del príncipe si el príncipe no se siente seguro a su lado.

—Me da la impresión, Excelencia, de que le ibais a dar muerte de todos modos. Con traición o sin ella.

—A mí también, don Micheletto —me sonrió—. A mí también.

Aquella conversación me puso nervioso. Y supongo que se me notaba, porque el Valentino, con la fusta de su caballo, me dio unos golpes ligeros y discretos en el muslo.

—Sosegaos ahora, don Micheletto —me dijo—, y no penéis por don Ramiro, porque estoy seguro de que Nuestro Señor, cuando llegue el Día del Juicio, nos tendrá en cuenta que hayamos librado al mundo de semejante alimaña.

—Así lo haré, Excelencia.

—Centraos ahora en el negocio en el que estamos. Todo va a salir bien. En cuanto nuestros lanceros ocupen el puente de madera, los soldados del asesino de Fermo no podrán replegarse tras los muros de la *rocca* y la artillería ligera del capitán Dionigi di Naldo y las lanzas de la caballería pesada los barrerán. Ahora lo importante es mantener la calma.

—De acuerdo.

—Y sonreír. Sonreír mucho, don Micheletto. Como si fuera el día más feliz de vuestra vida. Pensad que, para muchos de ellos, va a ser el último.

Vitellozzo Vitelli, Oliverotto Euffreducci y los primos Orsini —Francesco y Paolo— recibieron al duque en la puerta de la villa. Salvo el primero —que iba en una mula, sin coraza y con signos evidentes de enfermedad— los otros tres iban armados y acompañados por dos guardaespaldas cada uno.

—Sed bienvenido a Senigallia, Excelencia. Compruebo que la vida os ha tratado bien en estas semanas que no nos hemos visto, pues habéis ganado peso. —Oliverotto Euffreducci estalló en una risotada.

—No me puedo quejar, mi buen señor de Fermo. Y, en efecto,

no han sido pocos los días en los que ha habido mucho para comer y poco para hacer —César se palmeó la tripa con suavidad—, y eso se nota.

El Valentino mentía porque, en realidad, su aumento de envergadura se debía a que debajo del jubón de terciopelo negro portaba una coraza de piel de búfalo, pero que los conspiradores no debían ver para evitar sospechas en un acto de supuesta reconciliación.

—Hemos preparado para vos un desfile para que paséis revista a las tropas que, en virtud del acuerdo alcanzado, están de nuevo a vuestro servicio y al de la Santa Madre Iglesia —intervino Paolo Orsini.

—Aún hace frío —dijo César frotándose las manos enguantadas—, la lluvia molesta y, si no me equivoco, monseñor Gherardi debe de haber preparado un refrigerio bien provisto de vino caliente con miel y canela, mazapán y fruta escarchada, ¿no es así?

—Así es, Excelencia —contestó el obispo de Sisporno—. Todo está dispuesto.

—Pasemos, pues, al interior, *signori* —proclamó el Valentino—. Y esperemos caldeados y cómodos a que escampen las nubes y el sol caliente. ¿No piensa igual el señor de Città di Castello? Yo diría que él, mejor que nadie, necesita guarecerse de este tiempo de perros, ¿no es así?

—No os diré que no, Excelencia —dijo Vitellozzo Vitelli—. El frío y la humedad atormentan mis huesos con más crueldad que un verdugo turco, pero ¿creéis que es apropiado, mi señor duque? Ya se habían mandado emisarios a Andrea Doria para celebrar la ceremonia de entrega de la *rocca* justo después del desfile para que entrarais en la fortaleza.

—Si el capitán Doria ha estado allí dentro durante más de un mes —respondió el Valentino—, bien puede esperar a rendir la *rocca* durante menos de una hora, ¿no?

Vitellozo seguía dudando. Su sexto sentido de guerrero le decía que algo no iba bien y yo se lo notaba en la mirada. Sin embargo, el dolor de articulaciones que le provocaba el mal francés, unido al viento y la lluvia, le empujaban a aceptar la invitación del Valentino. Echó un vistazo a su alrededor: los cuatro hombres de su escolta iban armados hasta los dientes, lo mismo que los dos que acompañaban a Oliverotto Euffreduci y la media docena que habían llevado los Orsini. Además, formados en la Piazza Maggiore, contaba con trescientos infantes y cincuenta jinetes para el desfile y la toma simbólica de la *rocca*, en cuyo interior, por cierto, era donde pensaban matar a César y a todo su séquito. Aunque los doscientos estradiotes que el hijo del papa había llevado consigo bajo mi mando eran más de los que esperaba —pues sabía que la guardia personal del duque la conformaban cincuenta lanceros— los feroces albaneses no eran demasiado efectivos luchando en calles y plazas, donde no podían lanzar sus pequeños caballos de guerra a la carrera y, además, estaban en inferioridad numérica. O eso pensaba Vitelli en aquel momento.

—Tenéis razón, Excelencia —dijo al fin el señor de Citta di Castello—. No me vendrá mal calentarme un poco al fuego ante un par de copas de ese vino especiado y algunos dulces. Entremos.

—¡Espléndido! —exclamó el Valentino—. Vamos allá, pues.

El Valentino fue el primero en franquear el portón del Palazzo Bernardino, flanqueado de los primos Orsini, que parloteaban como cotorras y palmeaban la espalda del hijo del papa como si fueran viejos y entrañables amigos que no se hubieran visto desde hacía mucho tiempo. En ese momento pensé que quizá había una remota posibilidad de que aquellos dos idiotas no supieran nada del complot que Pandolfo Petrucci había pergeñado con Oliverotto di Fermo y Vitellozzo Vitelli para matar al hijo del papa, pero descarté la idea. Aquella afabilidad no era auténtica y sus sonrisas parecían más bien las muecas que hacen los lobos cuando desnudan los dientes.

—Otra cosa —dijo César cuando Vitelli y Euffreducci ya estaban en el interior del *palazzo*—. No creo que sea necesario que los hombres continúen calándose hasta los huesos ahí afuera mientras nosotros descansamos. *Signore* Euffreducci, que vuelvan al campamento también, porque quiero desfilar con ellos por toda la ciudad: desde la puerta del mar hasta la *rocca*.

El señor de Fermo miró a Vitellozzo y buscó con la mirada la aprobación de su mentor para cumplir, o no, la orden del Valentino. Si lo hacía, se quedarían sin soldados en la plaza mayor, pero, si no, el hijo del papa podía sospechar algo. No sabía qué hacer y necesitaba que el señor de Citta di Castello tomara la decisión. César se percató de la incertidumbre y actuó en consecuencia:

—Don Micheletto —me dijo—, tampoco es necesario que vuestros estradiotes pasen frío sin necesidad. Que se retiren también a las puertas de la ciudad y que busquen refugio hasta que vayamos a unirnos a ellos para que empiece la cabalgata.

Salí a cumplir la orden y eso bastó para que Vitellozzo y Euffreducci se relajaran y pensaran que, en efecto, el Valentino no sospechaba nada. El señor de Fermo y yo salimos a la vez al atrio del Palazzo Bernardino a transmitir la orden a los sargentos de nuestros respectivos destacamentos. En medio del alborozo general —pues los soldados de los condotieros llevaban horas aguantando la lluvia y el frío— rompieron filas y se fueron hacia el campamento por grupos, con las picas al hombro y los escudos a la espalda, para ir más cómodos. Ni siquiera se dieron cuenta —ni Euffreducci tampoco— de que mis estradiotes los flanqueaban con las curvas *storte* dispuestas y los arcabuces cargados y a mano.

El asesino de Fermo y yo volvimos al interior del palacio, en cuya sala de audiencias ya había empezado la fiesta. Vitellozzo, Paolo y Francesco Orsini charlaban animadamente con el Valentino mientras brindaban con las copas de bronce dorado que, con evidente torpeza, les servían mis estradiotes disfrazados de criados. Cuando contemplé la escena apenas podía dar crédito a que ninguno de ellos se percatara de que aquellos hombres que les vertían vino caliente en los cálices, les servían mazapán, peladillas o les cortaban trozos de fruta escarchada no habían vertido más que sangre, tomado una bandeja en su vida si no había sido para robarla ni cortado nada más que los cuellos de sus enemigos.

César aguardó a que sirvieran también a Euffreducci y, sobre todo, a que yo cerrara las puertas de la sala. En aquel momento, se levantó y, sujetándose el vientre, exclamó:

—Sus Señorías van a tener que disculparme, pero la llamada de la naturaleza es irresistible, sobre todo cuando nos ordena acudir a las letrinas.

Los cuatro condotieros estallaron en risotadas, tan falsas y forzadas como las sonrisas de las máscaras que usan los actores callejeros en las farsas vulgares y sin sospechar que toda aquella comedia bufa estaba a punto de convertirse en una tragedia sangrienta.

César abandonó la sala andando deprisa y juntando las rodillas para acentuar la premura y fingir que quizá no iba a llegar a tiempo a vaciar las tripas. Esa era la señal que habíamos acordado plenamente. En cuanto el Valentino desapareció por una de las puertas laterales de la sala de audiencias, di la orden:

—*Benedicat!* —grité—. *Benedicat me, Iesus Christus!*

«Bendíceme, Jesucristo» era el grito de guerra de los estradiotes en Italia desde los tiempos de su caudillo Scanderberg y, en aquella ocasión como en tantas otras, la señal para que mis feroces guerreros albaneses se abalanzaran sobre los escoltas de los condotieros, a los que degollaron con los curvos filos de las *storte* o les abrieron el cráneo de un golpe certero de sus *çekiç lufte,* sus martillos de guerra.

Yo ya me había situado justo detrás de Oliverotto Euffreducci, entre otras cosas porque era, con diferencia, el más peligroso de los cuatro. No solo era el más joven, sino también el que iba más armado y el que, sin dudarlo, estaba lo bastante poseído de locura homicida como para defenderse como un basilisco. Y lo hubiera hecho de no haber sido porque, al tiempo que gritaba la orden de ataque, le colocaba un afiladísimo estilete en una de las fosas nasales.

—No further movement... —No mováis ni un párpado, mi buen señor de Fermo —le susurré al oído—, y rezad a Nuestro Señor todo lo que sepáis para que la lluvia y el frío de ahí fuera no me provoquen un estornudo que, en el mejor de los casos, os desnarigue y, en el peor, os hinque hasta el fondo del cráneo un palmo de buen acero toledano con más ganas que las de vuestro padre cuando hundió la polla en la ramera de vuestra madre.

De Vitellozzo Vitelli y de los Orsini no hubo que preocuparse demasiado. Del primero porque, víctima del dolor de las articulaciones y los temblores de la fiebre, ni siquiera hubiera podido blandir la espada en el caso de que hubiera tenido una, pues para no despertar sospechas había acudido desarmado. Los otros dos, pese a que llevaban las *cinquedea* colgadas de las caderas, se quedaron petrificados ante la matanza de sus escoltas; tanto que bastó con que monseñor Gherardi, con sotana y cruz episcopal, les dijera «dense por apresadas sus señorías en nombre del capitán general de la Iglesia» para que ambos se dejaran desarmar y atar las manos a la espalda.

Solo entonces volvió César a la sala principal, acompañado de su paje, Juanicot Grasica, que, a toda la velocidad que le permitían sus jóvenes piernas —y era mucha— subió hacia el último piso del Palazzo Bernardino para avisar al centinela de que arriara el pendón con las armas del capitán general de la Iglesia, que era la señal para que, en el cercano campanario del Duomo, se tocara a rebato.

En cuanto el sonido de las campanas se adueñó del aire matutino se desató el infierno.

Los infantes de la Romaña que se habían infiltrado en las calles durante días se abalanzaron sobre los soldados de los condotieros que, confiados, regresaban hacia su campamento en las afueras. Allí, los falconetes, *serpentini* y ribadoquines de diez bocas de fuego que estaban escondidos en los carromatos sembraron el aire de metralla incandescente y la tierra de trozos de carne sanguinolenta arrancada. Y, cuando terminó la descarga, el capitán Dionigi di Naldo lanzó su caballería contra los soldados, que, desprevenidos, sin jefes y sin entender qué estaba pasando, sucumbían por docenas ensartados en las puntas de las lanzas o aplastados por los cascos de las bestias. Mientras, en las villas y aldeas en las que Vitellozzo había repartido a los distintos destacamentos de su ejército, las fuerzas de César Borgia caían sobre ellos como la octava plaga —la de las langostas— sobre Egipto, haciendo realidad, de paso, la primera al convertir el agua del río Misa —como hizo Dios con la del Nilo— en sangre.

La matanza duró toda la mañana y se hubiera prolongado al interior de Senigallia y a sus habitantes civiles si el propio César, a caballo y rodeado de mis estradiotes, no hubiera salido a las calles para detener a sus propios hombres, que, ebrios de sangre y de todo el vino que habían requisado a sus adversarios, estaban dispuestos a violar, incendiar y saquear hasta la paja de las caballerizas de la ciudad indefensa. Aunque hubo que ahorcar a cuatro o cinco que estaban demasiado borrachos o eran demasiado estúpidos para acatar la órdenes, una hora antes del ocaso la calma volvió a la villa.

La calma de los cementerios.

—¿Qué ha ocurrido con el capitán Andrea Doria? —me preguntó César en el patio de armas de la *rocca*, cuyas puertas se encontraron abiertas mis estradiotes—. ¿No ha aparecido su cuerpo?

—Tenemos bastantes motivos, Excelencia, para pensar que aprovechó la confusión de los primeros momentos de la represalia para huir en cuanto se percató de lo que estaba pasando —respondí.

—Entonces es que estaba implicado en la conjura para matarme.

—Sin duda. Su insistencia en entregaros a vos en persona la *rocca* y su huida así lo indican.

—Bien. Ya ajustaremos cuentas con ese genovés. Tiempo habrá para recordarle que se debe tener cuidado con la manera en la que tratas a tus semejantes en tu ascensión, porque te los puedes volver a encontrar en tu caída. Y hablando de caídas ¿dónde están Vitellozzo y Euffreducci?

—Abajo, claro —le guiñé un ojo—, si me permitís la broma. En una de las mazmorras. Monseñor Gherardi los ha sometido a un juicio.

—¿Cómo?

—Ya sabéis vos cómo es el buen obispo. Es un hombre de leyes y, hace un rato, les ha leído los cargos de los que se les acusan, ha escuchado sus alegaciones al respecto y les ha leído la sentencia de culpabilidad a la espera de que Su Señoría les comunique cuál va a ser el castigo.

—Pues que nadie pueda decir que el duque de la Romaña no respeta la ley —César sonreía tras la máscara de cuero negro. *Nulla poena sine culpa*. No hay pena sin culpa.

—Tened piedad de mí, Señoría —bromeé—, que vos sois jurista y yo, un simple poeta.

—¡Ja, ja, ja! Sois mucho más que eso, don Micheletto. Mucho más.

—¿Qué vamos a hacer con los Orsini, Excelencia? —pregunté—. No están con los otros dos, tal y como ordenasteis.

—Los mantendremos con vida, por ahora.

—¿Pensáis pedir un rescate por ellos?

—No. Esas cosas se hacían antes, pero ahora ya no nos podemos permitir tan antiguas e italianas costumbres. Estoy esperando un mensaje del santo padre de Roma. Ya os contaré.

—Como digáis.

Llegamos a la celda en la que, sentados en un banco, espalda con espalda y las manos atadas juntas, aguardaban Oliverotto Euffreducci y Vitellozzo Vitelli. Con dos de mis estradiotes a cada lado, el obispo de Sisporno releía —sentado en una mesa— las notas que había tomado tras el juicio al que había sometido a los dos traidores.

—Monseñor Gherardi —saludó César al entrar a la celda—, me ha contado don Micheletto que habéis juzgado y declarado culpables a los dos *signori* y a mí me corresponde dictar sentencia.

—Así es, Excelencia. Son reos de sedición, rebelión y traición.

También de estragos, rapiña, violación y asesinato. Y en el caso del señor de Fermo, además, con el agravante de parentesco.

—¿Y cuál es la pena indicada para tan graves crímenes?

—Muerte —contestó el obispo—. Si fueran plebeyos, además, se le añadiría tormento, pero nacieron en noble cuna, aunque repugnantes hayan sido sus vidas.

—Os doy las gracias, monseñor. Podéis retiraros. Don Micheletto...

—¡No! —gritó Vitellozzo entre sollozos—. Esperad, Excelencia, os lo ruego. Antes le he pedido a monseñor Gherardi confesión, pero me ha dicho que la magnitud de mis crímenes requeriría una indulgencia plenaria firmada por el propio papa. Os lo suplico, aplazad mi ejecución hasta que llegue el perdón de Su Santidad. ¡Os lo suplico!

—¿Y vos, Oliverotto? —preguntó César—. ¿También queréis que el santo padre os absuelva de todas las atrocidades que habéis cometido?

El señor de Fermo no fue capaz de articular ni una sola palabra, ahogado por los hipidos y las lágrimas, pero consiguió asentir con la cabeza.

—Pues se lo diré la próxima vez que lo vea —luego se dirigió a mí—. Don Micheletto...

Saqué de la bolsa de cuero el *cappio valentino*.

48

Pulvis es et in pulverem reverteris

Roma,
21 de febrero de 1503, Miércoles de Ceniza

Como mandaba una tradición de más de mil años —desde los tiempos del papa san Gregorio Magno—, el cardenal-obispo de mayor antigüedad del Sacro Colegio fue el encargado de marcar la cruz en la frente del santo padre. Primero dibujó las dos rayas con el pulgar de la mano derecha embadurnado de ceniza y, a continuación, le vertió un poco de polvo gris sobre la tonsura.

—*Memento, homo* —declamó Oliverio Carafa—, *quia pulvis es et in pulverem reverteris.*

Tras recibir el símbolo del inicio de la Cuaresma, Alejandro VI se retiró al reclinatorio que estaba ante su trono, para orar. No llevaba la capa magna ni el *triregnum* ni la tiara blanca con ínfulas, sino una simple túnica de lana sin teñir, el manto rojo y el camauro del mismo color, del que se había desprendido para que su hermano del Colegio Cardenalicio le espolvoreara un pellizco de ceniza sobre la calva. Tras el santo padre fue el turno de los dieciséis cardenales, veintidós obispos, dos centenares de datarios, notarios e innumerables clérigos, frailes y funcionarios pontificios, así como de los embajadores de Francia, Castilla, Venecia, Florencia y Ferrara, los senadores, los tres *conservatori* y los trece *caporione* —los jefes— de las barriadas de Roma, que abarrotaban la nave de la Basílica de Santa Anastasia al Palatino. Por estricto orden de rango y dignidad, todos formaron una fila para que el arzobispo de Nápoles les marcara la frente con los restos carbonizados de la rama de olivo que el pontífice había llevado el Domingo de Ramos del año anterior.

—*Memento, homo* —le dijo Oliverio Carafa al cardenal de Cosenza y primo del papa, Francesc de Borja, que fue el siguiente en recibir la ceniza en la frente—, *quia pulvis es et in pulverem reverteris.*

Alejandro, papa sexto de tal nombre, con la cabeza gacha y las manos juntas, pensó que era probable que el cardenal napolitano hubiera empezado ya el proceso de convertirse en polvo tal y como rezaba el versículo del Génesis. Como hacía tiempo que no se veían, el pontífice encontró a su hermano en Cristo muy envejecido. «Quizá —pensó el santo padre— las noticias que llegan de Nápoles están quebrantando su salud de la misma manera que las que me llegan de los antiguos territorios de los Orsini refuerzan la mía. Juraría que cada castillo de esos perros que cae en mis manos me añade años de vida».

No podía decir lo mismo el napolitano Carafa, el cardenal-protector de la Orden de los Dominicos, pues su país natal era entonces un campo de batalla entre el rey de las Españas y el de Francia, en el que los generales de este último perdían todos y cada uno de los combates que les planteaba Gonzalo Fernández de Córdoba. La parte más fértil y rica de Italia llevaba semanas asolada por la guerra y de nada habían servido los intentos de llegar a una concordia por parte del yerno del rey Católico, Felipe de Habsburgo, que proponía casar a su primogénito de tres años, Carlos, con la hija de Luis XII, Claudia, y que ambos heredaran la Corona de Nápoles cuando crecieran.

La guerra en el sur empezaba a afectar, además, a otros equilibrios en toda Italia. Luis de Orleans reclamaba el ejército del Valentino para la empresa de Nápoles contra Fernando de Aragón, cuyo embajador en Roma, Garcilaso de la Vega, por un lado presionaba al santo padre recordándole su origen valenciano y, por otro, reclutaba espadas de caballeros españoles que habían estado al servicio de César, como Hugo de Moncada o Diego García de Paredes, para engrosar el ejército del Gran Capitán, donde ya militaban los Colonna y los Orsini que habían escapado a la purga del papa.

—*Memento, homo, quia pulvis es et in pulverem reverteris* —repetía el cardenal Carafa ante cada uno de los asistentes a la misa del Miércoles de Ceniza que rendían la cabeza delante de él para recibir el polvo—. *Memento, homo, quia pulvis es et in pulverem reverteris.*

«Recuerda, hombre —tradujo el papa en su mente—, que polvo eres y al polvo volverás. Que se lo digan al cardenal Giambatista Orsini, que esta noche se presentará ante el juicio del Altísimo».

En una de las celdas nobles del castillo de Sant'Angelo aguardaba su destino el patriarca de los Orsini. El cardenal, la víspera del día de la Epifanía de Nuestro Señor, fue invitado al Palacio Apostólico a un banquete y a una representación de mimo de las que más le gustaban: en la que los actores llevaban máscaras grotescas cuyas narices tenían todas las formas imaginables de un pene. Merced al acuerdo firmado por los conspiradores de Magione, el prelado había recibido el perdón del papa y su permiso para volver a su palacio de Roma, a sus partidas de dados y a sus concubinas. Además, no sabía que sus dos sobrinos estaban presos, pues se habían interceptado y falsificado todos los correos. Por tanto, aunque sabía —como toda Italia— que César había eliminado a Vitellozzo Vitelli y Oliverotto Euffreducci, pensaba que Paolo y Francesco seguían vivos y que, de nuevo, formaban parte del séquito del Valentino. De hecho, cuando el santo padre lo recibió en la Sala del Papagayo, antes de que empezara la fiesta, lo primero que hizo el viejo hipócrita tras besar la zapatilla y el manto del papa fue felicitarlo por la astucia del Valentino y celebrar que hubiera erradicado de la faz de la tierra «a aquellas alimañas sin honor ni palabra».

Alejandro VI dejó que el cardenal se riera a gusto con las obscenidades de los mimos, que disfrutara del vino y los dulces antes de que la guardia pontificia lo detuviera y lo encerrara, para aterrorizarlo durante su primera noche, en la siniestra Tor di Nona, con los cadáveres de los ahorcados colgando de las almenas. Al día siguiente lo trasladaron al castillo de Sant'Angelo.

Aquella misma noche, los hombres del capitán Rodrigo de Borja detuvieron a docenas de partidarios del cardenal y también a su primo Rinaldo Orsini, el arzobispo de Florencia. La fortaleza de Montegiordano, propiedad de la familia en el corazón de Roma y en la que fueron educados César y Lucrecia, fue asaltada, saqueada y toda su servidumbre dispersada después de apalear a los hombres y ultrajar a las mujeres. Incluso a la propia madre de Giambattista, pese a que tenía más de ochenta años y estaba medio ciega, la expulsaron y, durante días, vagó con lo puesto por Roma sin más asistencia que una criada casi tan vieja como ella. Sus lamentos y alaridos resonaban por las calles de Roma, las cuales se vaciaban a su paso, pues nadie se atrevía a darle asilo para no incurrir en la ira del papa. En el momento en el que el cardenal Orsini estuvo preso, el santo padre mandó un correo para comunicar a César que todo había salido como estaba previsto. El mensajero encontró al duque de la Romaña en Città della Pieve, en cuya *rocca* me ordenó que estrangulara a Francesco y Paolo Orsini con el *cappio valentino*.

Después de aquello, todos los conspiradores de La Magione, salvo Pandolfo Petrucci y Giampaolo Baglioni, estaban muertos.

—*Memento, homo, quia pulvis es et in pulverem reverteris* —continuaba el cardenal Carafa—. *Memento, homo, quia pulvis es et in pulverem reverteris.*

Se iniciaba el tiempo del ayuno y la penitencia para toda la cristiandad, pero nunca una Cuaresma había resultado ser un tiempo tan dulce para nadie como lo fue para César Borgia el año de la Encarnación de Nuestro Señor de 1503. El Valentino, tras *Il bellísimo inganno* de Senigallia —el bellísimo engaño, pues así lo calificó el embajador de Venecia cuando felicitó al papa por la terrible hazaña de su hijo—, era el dueño de buena parte de la Italia central. Con un ejército de más de diez mil hombres —todos suyos, pues había reclutado a muchos de los supervivientes de la matanza— y la mayor artillería de la península había ocupado Città di Castello —el antiguo feudo de Vitellozzo Vitelli— y después avanzó hasta Perusa, cuyo tirano, Giampaolo Baglioni, huyó a Siena para refugiarse en la corte de Pandolfo Petrucci. Una vez que el Valentino tomó la capital de la Umbría en nombre del papa, condujo a sus hombres hacia Fermo y Todi, que se rindieron sin lucha. Lo mismo ocurrió en Cisterna y Montone. Si contaban los antiguos romances de Castilla que el Cid ganaba batallas después de muerto, el capitán general de la Iglesia lo hacía bien vivo, pero sin disparar un solo cañonazo y con la mera noticia de que su ejército se aproximaba como una tormenta con un objetivo claro: Siena.

Por el camino, el Valentino se apoderó de las posesiones de los Orsini entre Pienza y Viterbo, en la Toscana, y saqueó Chiusi y San Quirico, donde los mercenarios suizos colgaron por las muñecas a los judíos de la villa y colocaron braseros a sus pies para obligarlos a decirles dónde habían enterrado el oro y, cuando se lo dijeron, los destriparon con sus espadas cortas o los ensartaron como si fueran embutidos con sus picas. En Cagli, donde el obispo Gaspare Golfi intentó liderar la resistencia, el pueblo se amotinó en favor del hijo del papa, y al prelado, en cuanto la ciudad estuvo en manos de César, lo ahorcaron sin consideración alguna a su condición de clérigo. El día de Santo Tomás de Aquino —el 28 de enero—, Pandolfo Petrucci abandonó Siena rumbo al exilio en Lucca —junto a Giampaolo Baglioni— con un salvoconducto firmado por el rey de Francia, a quien el tirano le había pagado veinte mil ducados a cambio de la protección frente a la venganza de César Borgia. Cuando el Valentino se enteró de que su presa más codiciada se le había escapado con la connivencia de su «primo» el rey de Francia, sufrió tal ataque de furia que, a patadas, deshizo una pesada mesa de roble como si estuviera hecha con cañizo.

—*Memento, homo, quia pulvis es et in pulverem reverteris* —seguía diciendo el cardenal Carafa—. *Memento, homo, quia pulvis es et in pulverem reverteris.*

Aunque la fortuna parecía sonreír a los Borgia, los peligros no habían desaparecido del todo. Los Orsini supervivientes a la cólera del papa y la venganza de su hijo se atrincheraron en sus castillos de Bracciano, Anguillara y Ceri. Desde allí lanzaban partidas de hombres armados —en alianza con sus enemigos ancestrales, los Colonna— para quemar molinos, arrasar campos recién sembrados y destruir los ingenios de las minas de alumbre de Tolfa, una de las principales fuentes de ingresos de la Cámara Apostólica. Llegaron incluso a amenazar a la propia Roma con un intento de tomar el Puente Nomentano, cuyas torres fortificadas sobre el río Aniene permitieron a la guardia pontificia rechazar el ataque el tiempo suficiente para que yo llegara —a marchas forzadas desde Viterbo— al mando de doscientos estradiotes, un millar de infantes de la Romaña y varias piezas de artillería ligera. Después llegó el grueso del ejército de César para tomar la *rocca* de Ceri, que cayó después de más de seis mil cañonazos y gracias a las plataformas diseñadas por Leonardo da Vinci para salvar los desniveles de la que se creía que era una de las fortalezas más inexpugnables de Italia por estar encaramada en lo alto de un risco. No había sido fácil convencer a César de que soltara su presa sobre Siena ni de que siguiera avanzando —sin que se notara— sobre Florencia para defender Roma. El papa tuvo que emplearse a fondo con cartas y mensajeros en los que alternó peticiones, recordatorios de que era él quien pagaba el ejército del Valentino y hasta amenazas de excomunión, hasta que el duque accedió.

—*Memento, homo, quia pulvis es et in pulverem reverteris.* —La cola de dignatarios que se humillaban ante el cardenal Carafa iba disminuyendo—. *Memento, homo, quia pulvis es et in pulverem reverteris.*

Yo fui el último —porque así lo quise, aunque por mi dignidad de señor de Montegridolfo podía haber pasado mucho antes— en recibir en la frente la cruz de ceniza del pulgar derecho del cardenal Carafa. Cuando monsignore Burcardo —el maestro de ceremonias vaticano— se percató de ello, advirtió al santo padre —que seguía con los ojos cerrados y las manos juntas, orando en su reclinatorio— de que la ceremonia había concluido y se podía iniciar la procesión penitencial. Los cubicularios quitaron al santo padre las zapatillas rojas y otros criados hicieron lo propio con los cardenales, embajadores, nobles y demás dignatarios que así lo deseaban. Desde tiempos inmemoriales, el papa de Roma caminaba descalzo los casi mil pasos que separaban la basílica de Santa Anastasia, en el monte Palatino, de la de Santa Sabina, donde él mismo oficiaría, tras subir las empinadas cuestas de la colina del Aventino en señal de penitencia, la misa pontifical del inicio de la Cuaresma: el tiempo del ayuno y las privaciones.

La semana anterior, el papa se había divertido de lo lindo. Además de a banquetes, bailes y representaciones de comedias de Terencio y Plauto —sus autores favoritos—, había asistido, con el resto del pueblo de Roma, a la carrera de prostitutas de la Piazza Navona y a la de los judíos, obligados a correr con gruesos vestidos de lana desde el Palazzo Venezia a la plaza de Santa Maria del Popolo. También asistió a la cabalgata de las máscaras desde una plataforma instalada bajo la Logia de las Bendiciones del Palacio Apostólico. Allí le acompañaron algunos cardenales disfrazados de animales o de dioses antiguos, y la amante de César, la florentina Fiammeta Michaelis, escogió a las más bellas y elegantes *cortigiane oneste* de la ciudad para que, con sus mejores galas, se sentaran a los pies de Su Santidad y Sus Eminencias en las tribunas para disfrutar del espectáculo y demostrar así que el santo padre no estaba preocupado ni por la enésima revuelta de los Orsini ni por los vientos de guerra que soplaban desde Nápoles.

Pero, lo más importante, es que así también demostraba que, más que nunca, Roma era suya como no lo había sido de nadie desde los tiempos de Julio César. Y lo era con la exhibición de la alegría y el desenfreno, y también ahora que se mortificaba subiendo por la colina Aventina, exponiendo sus pies ancianos al frío, las piedras y el agua de la vía adoquinada, dando ejemplo de arrepentimiento por los pecados. Tanto los cometidos como los que, en su nombre, se iban a cometer.

El papa, sin flabelos y apoyándose en una sencilla férula de olivo con un crucifijo labrado en el extremo superior, caminaba detrás del monje dominico que portaba una sencilla cruz de madera en vez de la pontifical de oro y piedras preciosas. Justo a su lado, lo cual era un gran privilegio, iba el cardenal Carafa, también descalzo y con bastón episcopal. Ambos ancianos se sujetaban mutuamente del brazo para ayudarse en tan penoso ascenso hacia la basílica en cuyo claustro plantó santo Domingo de Guzmán un naranjo amargo de España que, pese a tener más de doscientos años, aún estaba vivo.

—*Poenitentiam agite ad propinquavit enim Regnum Caelorum!* —exclamó el cardenal Carafa abriendo los brazos justo antes de entrar en el templo—. ¡Arrepentíos por que el Reino de los Cielos ha llegado!

«Sola Divina Providencia sabe cuándo llegará el Reino de los Cielos tal y como dice el Evangelio según San Juan, pero yo sí sé que el de los Borgia está cada vez más cerca. Y no solo el de mi familia, sino también el del vicario de Cristo en la tierra. Porque, después de mí —pensó el santo padre— ningún otro papa estará a merced de sus propios vasallos, ni tendrá que hacer pactos con una familia de nobles para defenderse de otra, ni necesitará mendigar de otros príncipes una guardia que lo proteja, ni temerá por la vida de los suyos en las calles de Roma. Cuando llegué a esta ciudad, cada familia controlaba un barrio desde una torre o una fortaleza, desde las que se mataban entre ellos; cada barón tenía su propio ejército de malhechores con el que hacer daño, y el papa, a menudo, era un prisionero en su propia ciudad. Ni es así ya ni lo será nunca más. Me he impuesto a todos, uno por uno, dentro y fuera de Roma. No, mi querido hermano Carafa, no tengo nada de lo que arrepentirme. He ganado».

Yo no asistí a la misa penitencial que ofició el santo padre en la

Basílica de Santa Sabina en el Aventino. Conforme toda la comitiva se acomodó en el interior del templo, me escabullí para cumplir la misión que César me había encomendado.

Estrangulé al cardenal Orsini en la misma celda de Sant'Angelo en la que ejecuté a Perotto —el amante y padre del primer hijo de Lucrecia— y a su esclava negra, los únicos inocentes, así lo creo, que han recibido el beso amargo del *cappio valentino* manejado por mis manos. Giambatista Orsini estaba completamente borracho cuando llegué. El gobernador del castillo, Francesco di Roccamura, tenía órdenes del papa de proporcionar al cardenal todo cuanto requiriera y, durante las cinco semanas que estuvo encerrado, el patriarca de los Orsini comió lo justo y bebió lo indecible. He leído después que el papa se negó a que la madre del prelado ingresara también en la fortaleza a prepararle la comida a su hijo. Dicen que Clarice Orsini —después de varios días vagando enloquecida por las calles— había recuperado la compostura y enviado al santo padre a la concubina favorita de su retoño, disfrazada de hombre, para ofrecerle al pontífice veinte mil ducados y una perla de extraordinaria y rara belleza. Sin embargo, todo eso es un embuste. Uno más de los que se han dicho en estos años.

Estoy convencido de que el cardenal de San Juan y San Pablo ni siquiera se enteró cuando el *cappio valentino* le aplastó la tráquea. César me había ordenado específicamente que no le quebrara el cuello y que la muerte le tenía que venir por asfixia. Y así lo hice.

Al día siguiente se hizo pública la muerte del cardenal Orsini. De inmediato, por las calles y plazas de Roma se oyó la palabra «veneno». Tanto que el papa ordenó a su arquiatra que examinara el cadáver para certificar que el cuerpo no presentaba señales de haber ingerido ponzoña alguna, lo cual era cierto, porque el veneno de los Borgia siempre he sido yo.

49

La promesa

Roma,
11 de junio de 1503, domingo de la Santísima Trinidad

El sol agonizaba tras las crestas del monte Janículo cuando la barcaza pontificia pasó por debajo de uno de los arcos del Puente Cestio y llegó al pequeño embarcadero de la Isla Tiberina, a los pies de la Basílica de San Bartolomé. El patrón ordenó a la docena de remeros que amarraran la embarcación y, acto seguido, tanto él como la tripulación empezaron a vestirse pese al calor y el esfuerzo físico que los hombres habían realizado para impulsar la gabarra contra corriente durante todo el día, que invitaban a permanecer sin camisa y en calzones. Todos se dieron prisa en taparse con largos capotes, vendarse las muñecas y embozarse los rostros con tiras de tela. No hacían todo aquello por vergüenza de estar semidesnudos a las puertas de uno de los templos más antiguos de Roma ni para ocultar su identidad, sino para protegerse de los mosquitos de las riberas del Tíber, que, como cada atardecer, formaban enjambres más densos que la nube de humo de romero fresco y salvia verde que brotaba del pequeño brasero con el que el patrón intentaba mantener alejados a los insectos.

La barcaza tenía un toldo que cubría su parte central y en cuyo interior dos de mis estradiotes y yo mismo custodiábamos a monseñor Francesco Trochia, protonotario apostólico y, hasta su huida de Roma casi un mes antes, secretario privado del papa Alejandro.

Al clérigo y diplomático lo habían atrapado dos galeras pontificias en aguas del Estrecho de Bonifacio —entre Córcega y Cerdeña— a bordo de una carraca genovesa en la que se había embarcado en Pisa con un nombre falso y con la que pretendía llegar a Marsella. Las autoridades de la ciudad de la torre inclinada —que unos meses atrás le habían ofrecido a César su Signoria para protegerse de Florencia, aunque el hijo del papa no la había aceptado—, pese a identificarlo tarde, se dieron prisa en avisar a los agentes del Valentino en la cercana Piombino, desde donde salieron las dos naves que capturaron al traidor que pretendía vender al hijo del papa y al propio pontífice ante el rey de Francia. Después, lo trasladaron al puerto de Ostia, donde César me había mandado a buscarle para llevarlo a Roma. Durante todo el trayecto, el clérigo no había abierto la boca. Hasta ese momento.

—Don Micheletto, ¿me lleváis a Sant'Angelo o a la Tor di Nona? —me preguntó—. Lo digo porque me gustaría saber si debo prepararme para la celda de San Morocco del obispo-carcelero Francesco di Roccamura o para el *strapatto* del *mastro* Giovanni Taparelli.

—No puedo complacer a Su Señoría —le contesté—. Solo sé que debemos aguardar aquí, en Isla Tiberina, a que se decida vuestro paradero. Lo lamento mucho.

—Gracias por vuestra consideración, *signore*, pero mucho me temo que yo lo voy a lamentar bastante más —esbozó una sonrisa amarga.

—¿Por qué, monsignore Trochia? —le pregunté mientras me ponía los guantes y la máscara de fino cuero para protegerme de los mosquitos—. Erais el secretario privado de Su Santidad y estabais bien valorado por Su Excelencia. ¿Por qué traicionarlos? ¿Qué pretendíais ganar con ello?

—No lo entenderíais, don Micheletto —contestó con la mirada fija en las cuadernas calafateadas de la barcaza—. Tanto el duque Valentino como el santo padre os han tratado bien. Os dieron el señorío de Montegridolfo, mientras que a mí...

—En efecto, no os entiendo —le interrumpí—. ¿A qué aspirabais? ¿Qué deudas tenían ambos que no os han satisfecho?

—Las que merecían mis servicios, *signore*, y a cuyo pago se comprometieron. Los dos. Durante meses informé a ambos de todos los movimientos e intrigas del cardenal Giuliano della Rovere en Aviñón. Después hice lo mismo desde la corte del rey Luis, al que incluso convencí de que el matrimonio de *madonna* Lucrecia con Alfonso d'Este le convenía, pese a que no era cierto. He cumplido con diligencia todos y cada uno de los encargos que se me han hecho y, por ese motivo, el papa me prometió el cardenalato, pero faltó a su promesa en la primera ocasión que tuvo.

El secretario se refería al consistorio que el santo padre había celebrado el último día del mes de mayo, en el que había nombrado a nueve príncipes de la Iglesia. Entre ellos estaban cinco miembros de la *Gens Borgia*, como el gran jurista de Lérida Francesc de Remolins —que recibió el título de cardenal presbítero de San Juan y San Pablo que había dejado vacante el fallecido Giambattista Orsini—, dos paisanos del santo padre de Xàtiva —Jaime Casanova, su camarlengo privado, y Joan Castelar, obispo de Trani y gobernador de Roma—, así como Francisco Galcerán de Lloris-Borja —un primo segundo de César— y Francisco Desprats, obispo de León y nuncio del papa ante los Reyes Católicos. Los otros cuatro pertenecían a aliados o aspirantes a serlo de Su Santidad, como Francesco Soderini —obispo de Volterra y hermano del gonfaloniero de Florencia, Piero—, Melchor de Meckau —del Tirol—, Nicolás de Fusco —de la Provenza— y Adriano da Corneto, vicetesorero papal y embajador oficioso del rey Enrique VII de Inglaterra en Roma. Ninguno de ellos había conseguido gratis el capelo y la capa roja, pues el papa obtuvo, entre todos, ciento treinta mil ducados que sumar a lo que había dejado al morir el cardenal veneciano Giovanni Michiel, cuyas propiedades en Roma, obras de arte y tesoro el santo padre confiscó pese a las protestas del embajador de la Serenísima.

Todo ese dinero fue a parar, como siempre, a los bolsillos de César, que lo utilizó para reclutar y adiestrar a dos millares de hombres que, con sus uniformes rojos y amarillos y provistos de espada, rodela y pica, desfilaron por la plaza de San Pedro justo antes de que el indignado Trochia hiciera saber al santo padre, en una audiencia privada en la Sala del Papagayo del Palacio Apostólico, su disgusto y decepción por haberle dejado fuera del Colegio Cardenalicio.

—¿Y sabéis, don Micheletto lo que me respondió Su Santidad cuando le pedí algún tipo de explicación? —me dijo.

—No.

—Pues que todos los nombres los había propuesto el duque

Valentino y que él se había limitado a ratificarlos del mismo modo que, unas semanas antes, había vendido casi un centenar de cargos vaticanos a setecientos cincuenta ducados cada uno. Entonces, lo reconozco, perdí los estribos. Y me perdí a mí mismo.

—¿Por qué?

—Porque le dije al santo padre que aquello no era tolerable. Y que tenía maneras de obligar a su hijo a que se me pagara lo que me correspondía.

—¿Cómo?

—Haciéndole saber al rey de Francia que el Valentino no estaba dispuesto a cumplir su promesa de ayudarle en la guerra de Nápoles. Y es exactamente lo que hubiera hecho si la carraca genovesa hubiera conseguido llevarme al puerto de Marsella.

—Entiendo que al papa no le gustó la amenaza a su hijo.

—Me respondió que tuviera cuidado con lo que decía porque, si el duque me oía, no iba a vivir mucho tiempo.

Pensé entonces que el papa de Roma, vicario de Nuestro Señor Jesucristo, padre de príncipes y reyes y guía del mundo, además de haber recibido la herencia de san Pedro y, con ella, el poder de atar y desatar así en la tierra como en el cielo en el nombre del Padre, del Hijo y del Espíritu Santo, tenía, en lo referente al Valentino y en el nombre de la muerte, el don de la profecía.

—Nadie dice —cambié de tema para no tener que darle la razón— que Su Excelencia no vaya a cumplir con los pactos que tiene con el rey de Francia respecto a la guerra de Nápoles.

—Ni tampoco que vaya a cumplirlos, don Micheletto. Desde lo de Ceriñola, todo ha cambiado. ¿No estáis de acuerdo conmigo?

No podía no estarlo. El 28 de abril anterior, el Gran Capitán destruyó el ejército francés que mandaba Louis d'Armagnac, duque de Nemours, quien se dejó la vida, junto a la de cuatro mil soldados, en la llanura de Ceriñola, en la Apulia. El capitán Yves d'Alègre se había salvado de milagro para retirarse hacia Gaeta, donde estaba atrincherado. Las fuerzas españolas se encontraban a un día de marcha de Nápoles, que ya no tenía forma de defenderse, y las autoridades de la ciudad habían enviado mensajeros para reconocer a Gonzalo Fernández de Córdoba como nuevo gobernador en nombre del rey Fernando de Aragón y Castilla.

—Dicen —continuó Francesco Trochia— que las más de dos mil lanzas francesas fueron derrotadas por apenas una docena de piezas de artillería española que dispararon solo una vez, y poco más de un millar de arcabuceros. ¡Quién lo iba a decir! La flor y nata de la nobleza de Francia masacrada por gañanes muertos de hambre y llenos de piojos, pero armados con esos infernales palos de fuego. El mundo cambia demasiado deprisa, don Micheletto. Demasiado para mí. Y, si lo pienso, casi me alivia saber que ya no tendré que adaptarme a él.

El antiguo secretario del papa Alejandro decía la verdad. En ambos casos, pues, en efecto, el mundo estaba cambiando y él no iba a verlo.

El Gran Capitán había cambiado por completo la manera de hacer la guerra. Para llegar antes a la llanura donde pensaba plantear la batalla, obligó a los mil seiscientos jinetes de su ejército —con él mismo incluido, para dar ejemplo— a llevar a la grupa a un soldado de infantería, pese a las protestas de los jinetes, que veían en aquello un insulto a su dignidad y nobleza. Cuando llegó a las campas de la villa de Ceriñola —el lugar elegido— ordenó cavar fosos, levantar un talud en el que ubicar a sus arcabuceros y disponer estacas afiladas en puntos estratégicos. La caballería ligera castellana —que copiaba la táctica de los jinetes nazaríes de la Guerra de Granada— simuló un ataque contra las filas francesas. Estas, tal y como el Gran Capitán esperaba, recibió como respuesta una carga de los caballeros franceses forrados de hierro. Para evitar los campos de estaca y los fosos, las tropas francesas se pusieron a tiro de la artillería y de los arcabuceros, que acabaron con la vida del duque de Nemours, quien, a imagen de Carlomagno, había cometido la estupidez de ponerse al frente de la carga.

—¿Sabíais, monsignore, que los cañones y falconetes españoles solo pudieron disparar una vez? —le comenté—. Por lo visto, un barril de pólvora estalló accidentalmente e inutilizó todas las piezas. Sin embargo, el Gran Capitán gritó a sus hombres que el estallido eran las luminarias de la victoria y pelearon con más fiereza aún si cabe. Cuando la caballería pesada y la infantería francesa, caminando entre cadáveres de hombres y caballos, consiguió acercarse al talud donde estaban los arcabuceros, Gonzalo Fernández de Córdoba mandó al ataque a los piqueros alemanes de su ejército para trabar combate con los suizos y gascones que luchaban bajo las banderas francesas, que, ya diezmados, terminaron por retirarse...

—¿Es cierto, *signore* —me interrumpió—, que los primos Colonna, Próspero y Fabricio estaban allí, junto al Gran Capitán?

Aquello era un golpe bien dirigido, pues era verdad: los enemigos de los Borgia, excomulgados por el papa y expulsados de Roma hacía meses, formaban parte del estado mayor del Gran Capitán. Monseñor Trochia, en efecto, estaba bien informado.

—Sosegaos, don Micheletto —me dijo guiñándome un ojo—, que no os estoy contando nada que no sepan todos los príncipes de Italia, el rey de Francia, el de Aragón y yo diría que hasta el Gran Turco de Constantinopla. Y os recuerdo, además, que con mi captura he perdido la última mano que tenía para jugar en esta partida. En todo caso, *signore,* os veo entusiasmado con la hazaña de Ceriñola del capitán Fernández de Córdoba. No sé si es orgullo por ser también español o que os hubiera gustado estar allí.

—He vivido más tiempo en Italia que en mi tierra natal, monsignore, así que poco orgullo español me queda. Pero no negaré que me hubiera gustado estar allí, pues hace años que guardo profunda admiración por el genio militar del Gran Capitán. Pude verlo en acción en Atella, hace siete años, cuando derrotó a Virginio Gentile Orsini y Bartolomeo D'Alviano, a sueldo entonces del rey Carlos de Francia. Y me consta que el duque Valentino también tiene en muy alta consideración la valía militar del general cordobés.

—Por gran consideración que el hijo del papa le tuviera a don Gonzalo por sus dotes militares —dijo—, lo cierto es que ahora le tiene más aún por su condición de general victorioso. Si en vez del duque de Nemours hubiera sido el Gran Capitán el que se hubiera dejado la vida en el campo de batalla, quizá no estaríamos teniendo esta conversación, don Micheletto. Ni tampoco en estas tristes circunstancias, porque Su Excelencia no se habría planteado cambiar el pendón de los tres lirios de Francia por del águila de San Juan de Castilla y Aragón.

—Muy seguro os veo de eso, monsignore —insistí—. No sé qué pruebas pensabais presentarle al rey Luis sobre la supuesta traición del hijo del papa.

—Las tengo, don Micheletto. Las tengo. Pero comprenderéis que, aunque me resulta muy grata esta charla a pesar de mi horrible condición de cautivo y reo de muerte, no debo compartirlas con vos. En todo caso lo haría con Su Excelencia en persona, aunque no creo que sirviera de nada. Los Borgia llevan un toro en su escudo de armas, pero son de la estirpe del lobo. El Valentino es demasiado cruel para perdonar.

—¿Acaso le habéis dejado alternativa, monsignore? —Elevé la voz—. ¿Acaso brotan en el corazón de los Orsini, los Colonna, los Sforza, los Della Rovere, los D'Aragona, los Trastámara, los Orleans, los Varano, los Bentivoglio o los Vitelli las flores de la misericordia? ¿Hay caridad o generosidad en las acciones de los *signori* de Florencia, Venecia, Ferrara, Mantua? Por cada gota de sangre que los Borgia han tenido que derramar, todas esas familias y esos ilustres gobernantes han vertido océanos. ¿Qué queríais que hiciéramos? ¿Por qué os consideráis con mejor derecho? Vos mismo os beneficiasteis de la gloria del papa Alejandro y el duque Valentino, y, si ahora os veis en esta triste situación es porque no supisteis controlar vuestra ambición ni vuestra avaricia.

—Ni un ápice de razón os falta, don Micheletto —dijo Trochia—. Y ruego que me perdonéis si os he ofendido. Pensad que todo lo que me queda es intentar provocar vuestra lástima ante el terrible destino que me aguarda.

—Perdonado quedáis.

—¿Sabéis una cosa? —continuó—, desde que me capturasteis me ha dado tiempo para pensar y he llegado a la conclusión de que no temo a la muerte. Tengo cincuenta y cuatro años y he vivido más y mejor de lo que la mayoría de mis semejantes ha hecho. Nunca me he tenido que preocupar sobre si un día no dispondría de un plato de comida en la mesa, un techo sobre la cabeza o una mujer en mi cama. He jugado la gran partida de la vida y, aunque he perdido, he tenido al menos la oportunidad de hacerlo.

—Visto así...

—Sin embargo, don Micheletto, sí que temo al sufrimiento. Y también a una muerte indigna mediante el tormento en las entrañas de la Tor di Nona o miserable por hambre y frío en la celda de San Marocco del castillo de Sant'Angelo. Soy un cobarde.

—No lo sois, monsignore —rebatí—. Se puede vencer el miedo a la parca, pero no al dolor.

—Por eso quería pediros un favor. Cuando el Valentino dicte mi sentencia, convencedle de que seáis vos el que la ejecute. El santo padre me contó lo diestro que sois con un par de palmos de cuerda.

—No es exactamente una cuerda, pero se le parece —respondí—. No sé si podré complacer esa petición, monsignore, pero tenéis mi palabra de que se lo diré al capitán general de la Iglesia.

—Gracias, don Micheletto.

—Quizá necesitáis un momento a solas para poner vuestra alma en paz con Dios —le dije—. El duque no tardará en llegar.

—¿Aquí? —se sorprendió—. ¿Viene a esta misma barcaza?

—Esas son las instrucciones que tengo, monsignore. Esperar aquí a Su Excelencia.

Ordené a mis estradiotes que me acompañaran al exterior después de comprobar, por enésima vez, que el clérigo estaba bien atado y que no había nada en el interior del habitáculo que le permitiera terminar con su vida por su propia mano. Tampoco era probable que tratara de arrojarse al Tíber y, en todo caso, se le podría sacar del agua si lo intentaba. No hizo nada de eso y esperó pacientemente a que llegara el hijo del papa.

César, vestido de negro y enmascarado como siempre, se presentó cuando el sol ya había desaparecido tras el monte Janículo, más allá del Trastévere.

—¿Está ahí dentro? —preguntó mientras señalaba el toldo que ocultaba el rudimentario camarote.

—Sí, Excelencia —respondí—. Y atado.

—Bien. Por cierto, os he traído un regalo.

Juanicot Grasica alargó a su señor una caja de madera de olivo que el Valentino me ofreció con las dos manos y una ligera reverencia con la cabeza. Sobre la tapa pulida estaba grabado lo siguiente:

—*Michael Corellae. Mons Gredulfus Dominus et Romandiolae Capitaneus. Filius Ex Comitibus De Domo Contestania* —leí—. Miquel de Corella. Señor de Montegridolfo y capitán de la Romaña. Hijo de la Casa de los Condes de Cocentaina.

El artesano también había labrado, por primera vez, mi escudo de armas. Tenía la punta redonda con una serpiente en su primer cuartel a la izquierda y, en el segundo del mismo lado, la cruz de Íñigo Arista. Toda la banda derecha la llenaban los cuatro palos de gules sobre campo de oro del *Senyal Reial* de Aragón y todo el conjunto se coronaba con dos arcabuces cruzados por detrás y la ancestral divisa de los Corella, «*Esdevenidor*» —el que ve el futuro en valenciano— a los pies.

—Muchas gracias, Excelencia —atiné a decir.

—*El millor està dins, Miquel.* —Me indicó en nuestra lengua natal que lo mejor estaba dentro.

Abrí la caja y apareció el regalo. Era una lujosa daga que he llevado encima desde entonces, de esas que los franceses llaman *miséricorde* y los castellanos *quitapenas* o *vizcaína*. Tiene el pomo de oro y los gavilanes acaban en dos cabezas de serpiente con perlas por ojos, que sujetan una concha de plata con filigranas doradas. Sobre ambas caras del filo está grabado mi escudo de armas y, en la guarda de plata, el del Valentino, junto a una inscripción:

—*Aut Caesar, aut nihil* —leí—. O César o nada.

—¿Es de vuestro agrado, don Micheletto? —me preguntó.

—Es más que eso, Excelencia. Es un honor que no creo merecer.

—No seáis tan modesto, mi buen señor de Montegridolfo. Vuestra lealtad merece esa daga, que encargué al mismo artesano de Ferrara que hizo mi espada. De hecho, creo que mereceríais más. Y ahora, si me disculpáis..., debo discutir un par de asuntos con monsignore Trochia.

César entró en el camarote de techo de lona. Ordené a todos que se alejaran de allí para que no escucharan la conversación, aunque tal precaución fue inútil, pues el hijo del papa y el antiguo protonotario apostólico hablaron más bajo aún que el rumor del agua del río. Menos de una hora después, el duque salió.

—Me ha dicho monsignore Trochia que le hicisteis una promesa condicionada a mi permiso y voluntad —me dijo.

—Así es, Excelencia.

—No solo sois leal, sino que también sois magnánimo y noble con nuestros enemigos, aunque no merezcan tales consideraciones. Y eso, sin duda, os honra. Pasad, pues, y cumplid la promesa, don Micheletto.

—*Aut Caesar, aut nihil* —respondí mientras sacaba de la bolsa el *cappio valentino*—. O César o nada.

50

Pallida mors

Roma,
viernes, 11 de agosto de 1502

—*Agnus Dei, qui tollis peccata mundi, miserere nobis* —proclamó el papa con los brazos abiertos—. *Agnus Dei, qui tollis peccata mundi, dona nobis pacem.**

Pese a que era evidente que se esforzaba todo lo que podía, la voz del santo padre apenas se oía en la capilla del papa Sixto en la que él mismo oficiaba —asistido por su primo, Francesc de Borja, cardenal de Cosenza, y el decano del Sacro Colegio, Oliverio Carafa, arzobispo de Nápoles— una misa de acción de gracias para conmemorar su undécimo aniversario desde su canónica elección como ducentésimo décimo cuarto sucesor del apóstol san Pedro.

—*Domine Iesu Christi* —continuó el papa—, *qui dixisti Apostolis tuis: Pacem relinquo vobis, pacem meam do vobis: ne respecias peccata mea, sed fidem Ecclesiae tuae...***

Aquella misa pontifical era, junto a un banquete previsto para esa noche en el Palacio Apostólico, el único acto que el pontífice había autorizado para celebrar la efemérides de su acceso a la tiara

---

* Cordero de Dios, que quitas el pecado del mundo, ten piedad de nosotros. Cordero de Dios, que quitas el pecado del mundo, danos la paz.

** Señor Jesucristo, que dijiste a tus Apóstoles «mi paz os dejo, mi paz os doy», no mires mis pecados sino la fe de tu Iglesia.

papal. La epidemia de fiebres tercianas hacía estragos en Roma aquel verano y, con la guerra entre Francia y España a las puertas de la Ciudad Eterna, ni siquiera el insaciable pueblo llano de la urbe —siempre ávido de distracciones—parecía tener demasiadas ganas de fiesta.

—Mirad sus manos —le susurró el embajador de Venecia, Antonio Giustiniani, a su colega de Ferrara, Belgrando de Costabili—. ¿Veis cómo le tiemblan?

—Es cierto lo que dice Su Señoría —corroboró el legado del duque Ercole d'Este, consuegro del pontífice—. Me lo comentó ayer monsignore Burcardo, pero no había tenido ocasión de verlo con mis propios ojos: el papa Alejandro está enfermo.

—... *eamque secundum voluntatem tuam pacificare et coadunare digneris** —siguió el santo padre.

—¿Y sabéis algo del estado de salud del duque Valentino? —preguntó el veneciano—. La última vez que yo le vi fue en el consistorio público que Su Santidad convocó dos días después de la festividad de Santa Ana.

Ambos diplomáticos habían asistido a la reunión en la que el papa proclamó, con toda solemnidad, que la partida del capitán general de la Iglesia al frente del ejército pontificio para «los asuntos del Reino de Nápoles» se iba a producir el sexto día de agosto. Aquello pareció tranquilizar por igual al embajador del rey de Francia y al de Castilla y Aragón. Suponían ambos que la satisfacción de los dos legados venía porque el pontífice no dijo, al menos de manera explícita, bajo qué bandera iban a luchar los más de cinco mil soldados que, el día de Santiago Apóstol, el Valentino había hecho desfilar desde la Piazza Navona hasta la de San Pedro con los uniformes rojos y amarillos del blasón de los Borgia y armados con espada, rodela y pica.

Durante la parada militar, ambos, padre e hijo, presentaban un aspecto regio y una complicidad y compenetración que más de uno había puesto en duda las semanas precedentes. Se sabía en Roma y en media Italia que Alejandro VI y César habían discutido a gritos en las estancias de la Torre Borgia debido a la negativa del Valentino a tomar —como había hecho con Anguillara y Ceri— el último bastión que les quedaba a los Orsini en el norte

---

* ... y mediante tu voluntad, concédele la paz y la unidad.

de Roma: el castillo de Bracciano, junto al lago del mismo nombre. El hijo del papa decía que no podía atacar la fortaleza mientras estuviera defendida por Gian Giordano Orsini, el primogénito de Virginio Gentile Orsini, a quien, por orden del pontífice, yo mismo estrangulé en su celda del Castel dell'Ovo de Nápoles, donde estaba preso. Gian Giordano pertenecía, como el Valentino, a la Orden de San Miguel, y los estatutos de la hermandad establecían que las disputas entre sus miembros se tenían que resolver pacíficamente y con el rey de Francia como juez. El hijo del papa había convencido al santo padre que un ataque directo a Bracciano incurriría en la cólera de Luis XII, quien, por si lo había olvidado, seguía teniendo en su poder a su mujer y a su hija, y que le podía despojar del Ducado de Valentinois.

—Lo único que sé es que la víspera de la supuesta marcha del ejército pontificio hacia Nápoles, hace ya una semana, fue visto junto al santo padre de camino hacia la villa que el cardenal Adriano di Corneto se está construyendo cerca de la nueva Via Alessandrina, donde se iba a celebrar un banquete de despedida al capitán general de la Iglesia —susurró el diplomático ferrarés.

—¿Os referís al palacio que está inacabado en el Borgo? —preguntó el veneciano.

—El mismo, *signore*. Por lo visto, el *mastro* Bramante, el encargado de su diseño, tenía otros compromisos y no va todo lo rápido que el cardenal quisiera. En todo caso, su eminencia Adriano di Corneto tiene allí una bonita viña donde cenaron los tres junto al embajador de Francia, varios miembros de la familia Borgia y, por supuesto, un buen surtido de elegantes damas.

—¿Damas o *corgitiane oneste*?

—¿Hay en esta ciudad alguna diferencia entre unas y otras, *signore*? —El diplomático de Ferrara le guiñó un ojo a su colega.

—¡Es cierto! —rio el veneciano—. Pero continuad, por favor.

—Bueno, pues resulta que el cardenal Di Corneto enfermó justo a los tres días.

—¡Fiebres tercianas! —exclamó el veneciano—. ¡Terrible dolencia!

—En efecto. Desde entonces sufre violentos episodios de calentura, calambres en el estómago y vómitos. Por eso no ha acudido a esta misa de aniversario, y me dicen que ya lo han sangrado seis veces.

—¡Santa María! —se le escapó a Giustiniani—. Sí que debe de estar grave para necesitar tanto remedio. ¿Y decís que enfermaron los tres?

—Por lo visto, el papa sí lo ha hecho. Y supongo que también el Valentino ha caído, pues se ha pospuesto indefinidamente la salida del ejército pontificio hacia Nápoles. El embajador de Francia tampoco ha estado muy bien, aunque lo suyo no ha sido tan grave. En todo caso, ¿no os parece sospechoso? Habrá quien hable de veneno.

—¡Por Dios, *messer* Costabili! —protestó Giustiniani—. ¡Mirad a vuestro alrededor! Media Roma está enferma o lo estará en pocos días. El sobrino favorito del papa, el cardenal de Monreale, murió el pasado 2 de agosto. El calor de este año está provocando más miasmas malignas del Tíber que nunca. Sin ir más lejos, yo he prohibido a mis criados que se abran puertas y ventanas más allá de lo estrictamente necesario, para evitar los aires malsanos del río, y no salgo de casa sin una buena razón. Al menos, mientras no pueda abandonar esta ciudad infecta. Que el santo padre y el capitán general de la Iglesia estuvieran al aire libre en estas fechas durante tanto tiempo me parece una temeridad.

—Pues yo me conformaría con que no hubiera tantísimos mosquitos. —El ferrarés se golpeó el cuello con un sonoro manotazo—. En mi ciudad también hay un río que los cría cada verano, pero ni hay tantos ni son tan crueles como los de aquí.

—Peor que la plaga de mosquitos va a ser la maldición francesa que está de camino, *messer* Costabilli —dijo el veneciano—. El nuevo ejército del rey de Francia, mandado por el cardenal George d'Amboise y con el marqués de Mantua como mariscal de campo, está ya en Viterbo. Supongo que el canciller de Luis XII espera que las fuerzas del Valentino se unan a él en Roma para marchar contra el Gran Capitán, dueño y señor de Nápoles desde mediados de mayo. ¿Y sabéis quién cabalga con todos esos soldados?

—Supongo que me vais a sorprender.

—Nada menos que el cardenal de San Pietro in Vincoli.

—¡Giuliano della Rovere! —Costabilli se tapó la boca—. Por fin ha decidido salir de su escondrijo en Aviñón.

—Eso solo puede significar una cosa: el papa se está muriendo.

—¿Cómo podéis decir algo así? Pese a sus setenta y dos años, esta primavera cabalgaba casi cada mañana y durante el pasado carnaval vos mismo lo visteis bailando y haciendo cosas de joven. —Un brillo malévolo destacó en su sonrisa.

—Es un pálpito, *signore*. Y creo que lo comparto con Giuliano della Rovere, porque, de otro modo, no regresaría a Roma. Ni de esa manera tan ostentosa.

—Bueno, el papa y el cardenal de San Pietro in Vincoli se reconciliaron hace tiempo, ¿no? El santo padre le ratificó en su cargo de legado pontificio en Aviñón, uno de los puestos más rentables de toda la curia.

—El error más grande que se puede cometer en Roma, mi querido colega, es pensar que los beneficios recientes borran las ofensas pasadas. Della Rovere y Borgia han sido enemigos durante treinta años y no veo motivo alguno para que dejen de serlo.

—En todo caso, ¿qué pensáis que iban a hacer el Valentino y el papa? —Costabilli cambió de tema—. ¿Unirse a los franceses o, como se rumorea, cambiarse al bando español, como han hecho los Colonna? Son muchos los capitanes y hombres de armas originarios de Castilla, Aragón, Valencia y Cataluña que se han unido a las tropas del Gran Capitán.

—No lo sé. Sí que es cierto que el santo padre lleva semanas insistiéndome en que Venecia, Ferrara y el papado tienen que aliarse para mostrar un frente unido ante Francia y España y…

—Mi duque no está por la labor —interrumpió el embajador de Ferrara.

—Ni mi dogo tampoco —dijo el veneciano—. Una cosa es una alianza temporal, pero otra bien distinta es lo que pretende Alejandro Borgia. Además, el Valentino se ha hecho ya demasiado poderoso en la Romaña, lo que beneficia también a los Estados Pontificios. Y eso no le conviene a nadie. Ni al emperador de Austria ni a Francia y España.

—Ni a Venecia, *signore*.

—Ni tampoco a Ferrara, mi querido colega.

—*Qui vivis et regnas per omnia saecula saeculorum. Amen** —concluyó el santo padre en el altar.

* * *

* Que vives y reinas por los siglos de los siglos. Amén.

La primera impresión de los dos diplomáticos era del todo correcta. El papa estaba enfermo y su hijo también. Al Valentino le subió la fiebre tres días después de la cena en la viña del cardenal Di Corneto, mientras que al papa le ocurrió el cuarto. El médico personal del Valentino, el doctor Torrella, diagnosticó de inmediato las habituales fiebres tercianas del verano romano tras comprobar que su paciente padecía fuertes calambres estomacales y vómitos, por lo que prescribió baños de agua helada y una sangría. Por su parte, el arquiatra del pontífice y obispo de Venosa —Bernardino Bongiovanni— se alarmó aún más cuando el sábado, 12 de agosto, el papa empezó a encontrarse realmente mal después del desayuno y, como su hijo, también se quejaba de dolor de vientre y alta temperatura. Que el papa tuviera idénticos síntomas que el Valentino un día después solo podía significar una cosa: fiebres cuartanas —las que afligen al enfermo con especial virulencia cada cuatro jornadas—, que son mucho peores que sus hermanas las tercianas y que provocan que más pecadores tengan que comparecer ante el juicio del Altísimo.

Monsignore Bongiovanni ordenó que se sellaran puertas y ventanas de los apartamentos de la Torre Borgia para evitar los malos aires y restringió al máximo las entradas y salidas de personal de los aposentos de Alejandro VI. Ni siquiera la gente de más confianza de César o incluso el propio Valentino —que ocupaba las estancias del piso superior a las del santo padre— podían acceder a donde estaba el papa. Los cinco cardenales palatinos —Jaume Serra, Francesc de Borja, Joan Castelar, el camarlengo privado Jaume Casanova y Francisco Galcerán de Lloris-Borja, que vivían en otras dependencias del Palacio Apostólico— se acomodaron en camastros improvisados en esa planta para hacerle compañía, junto al vicario general de Roma y confesor del pontífice, el valenciano Pere Gamboa.

Al día siguiente era domingo 13 de agosto y ni Su Santidad ni Su Excelencia experimentaban mejoría alguna, y los médicos decidieron someterlos a más sangrías. Nueve onzas de sangre extrajeron del cuerpo viejo del santo padre y hasta doce vertió el Valentino después de que la lanceta del doctor Torrella le abriera ambos antebrazos. Al parecer —y pese a la cantidad— el remedio surtió efecto, pues los dos se recuperaron lo suficiente como para enviarse mensajes el uno al otro por medio de pajes y cubicularios. César aprovechó también su vuelta a la conciencia para tomar algunas precauciones. A mí me ordenó que, junto a mis estradiotes, ocupara posiciones en los accesos del Palacio Apostólico y que llevara dos hombres por cada uno de la guardia pontificia. Además, dispuso que se hiciera acopio de provisiones, leña, munición y pólvora en Sant'Angelo. Quizá tenía más instrucciones que impartir, pero la fiebre volvió a atacar.

El día de la Asunción de Santa María, mientras el buen pueblo romano celebraba la ascensión al cielo en cuerpo y alma de la Madre del Redentor comiendo pichones a la brasa y tajadas de dulce sandía, el sumo pontífice y el duque de la Romaña luchaban contra el delirio febril, las alucinaciones, el dolor y la muerte. Cuando las campanas de la Torre del Gallo tocaban a vísperas y el calor del feroz *ferragosto* de la Ciudad Eterna remitía, el arquiatra Bongiovanni volvió a sangrar al papa. Esa vez fueron trece onzas del líquido vital las que se le extrajeron y, aunque perdió el sentido durante el proceso, a las pocas horas, cercana ya la medianoche, el papa se recuperó con tanto vigor que incluso el prudente médico albergó esperanzas de que lo peor había pasado ya. El papa, incluso, pidió a su primo Francesc y a su confesor, Pere Gamboa, que jugaran con él a las cartas, y también accedió a beber un poco de vino endulzado con miel y a comer algunos pellizcos de mazapán y queso blanco. *«Menja molt i caga fort i no tingues por a la mort»*, bromeó el papa en su valenciano natal, con el que exhortaba a sus compañeros de timba y hermanos en Cristo a comer mucho y cagar fuerte, y no tener miedo a la muerte. Pero a la muerte siempre hay que tenerle miedo. Sobre todo, cuando ronda tan cerca.

Pese a la escasa ingesta, en plena madrugada el santo padre lo vomitó todo y sufrió otra subida brutal de fiebre acompañada de convulsiones que no pudo ser controlada, pese a sumergirlo en agua fría primero y en aceite de oliva tibio después. En cuestión de un par de horas, se debilitó tanto que perdió el conocimiento y el arquiatra descartó nuevas sangrías ni suministrarle más medicinas. «Todo lo que la ciencia de los hombres podía hacer por él se ha hecho —dijo entre lágrimas—. Ahora el *Beatissime Pater* está en las manos de Dios».

Aun así, al poco de que rayara el alba del jueves, 17 de agosto, un rato después del ángelus, el papa Alejandro reunió las fuerzas suficientes como para hablar y pedir la extremaunción. Fue Pere

Gamboa, vicario general de Roma y obispo de Carinola, quien pronunció la primera de las plegarias:

—*Pro hac sancta unctione et pro sua pietisima misericordia, indulgeat tibi Dominus dimittet tibi peccata cum oculis tuis.**

Los cardenales allí presentes, por turnos, fueron repitiendo la súplica cinco veces más para absolver a Roderic de Borja i Borja, *Sanctissimus in Christe pater et Dominus Noster, Dominus Alexander divina providentia Papa sextus*, de sus pecados cometidos por la nariz, la boca, las manos, los pies, la parte baja de la espalda y la frente. En cada una de esas partes de aquel cuerpo viejo y roto, dibujaban la señal de la cruz con los dedos pringados de aceite de oliva mezclado con bálsamo. Después, el primo del papa celebró una misa en la que el pontífice —apenas consciente— consiguió comulgar por última vez.

Una vez más, como había ocurrido once años antes durante la agonía de Inocencio VIII la noticia de que el papa se moría corrió por las calles de Roma con la rapidez del viento y sin que, en apariencia, nadie hubiera dicho nada. El benjamín de los Borgia, Jofré y yo mismo mandamos a nuestra gente —por orden de César mientras estuvo consciente— a las plazas, tiendas y tabernas a decir que, aunque era verdad que el santo padre y el duque de la Romaña estaban enfermos, su estado no revestía especial gravedad. Sin embargo, de alguna manera la inquietante verdad flotaba en el aire con más persistencia que los molestos enjambres de mosquitos que, cada atardecer, se apoderaban de las riberas fangosas del Tíber.

La *pallida mors* —la pálida muerte del verso de Horacio— *aequo pulsat pede pauperum tabernas regumque turres* —que pisa con igual pie las cabañas de los pobres y los palacios de los reyes— ya caminaba por las mismas calles que pisó el poeta amigo de Mecenas. Por ello, los cardenales que no estaban en el Palacio Apostólico se atrincheraron en sus residencias-fortaleza, para cuya defensa contrataban ballesteros y espadachines que, apenas unos días antes, estaban desfilando desde la Piazza Navona a la de San Pedro bajo los estandartes de los Borgia. Partidas de sicarios de los Colonna, los Savelli y los Orsini —discretamente y en grupos pequeños— volvían a la ciudad para esconderse a esperar el momento.

---

* «Por esta santa unción y por su muy compasiva misericordia, que el Señor te perdone los pecados cometidos con la vista».

El viernes, 18 de agosto, cuando el sol acababa de desaparecer tras las crestas del monte Janículo, el pontífice, que llevaba inconsciente durante todo el día, volvió en sí. A los presentes en su cámara les pareció que quiso decir algo, pero de su boca solo salió un gruñido ininteligible, más propio de un animal que de un ser humano. Intentó incorporarse, pero las fuerzas apenas le dieron para estirar el cuello hacia el techo e intentar levantar la mano derecha como si quisiera impartir la última bendición apostólica de su reinado.

Después, murió.

Tenía setenta y dos años, siete meses y dieciocho días; había sido *servus servorum Dei*, obispo de Roma, patriarca de Occidente, padre de príncipes y reyes, guía del mundo y vicario en la tierra de Nuestro Salvador Jesucristo once años y una semana. Durante ese tiempo, todo lo había hecho en el nombre del poder y en el nombre de Borgia.

Ahora no era nada en el nombre de la muerte.

LIBRO III
El toro entre los hombres

(agosto de 1503 - marzo de 1506)

51

Sede vacante

Roma,
viernes, 18 de agosto de 1503

Faltaba una hora para la medianoche cuando monsignore Burcardo, el maestro de ceremonias del Vaticano, entró en los aposentos pontificios acompañado de los cubicularios del papa, dos protonotarios apostólicos y media docena de sacristanes y diáconos de la Basílica de San Pedro. Llevaba en las manos una bandeja dorada con un pequeño martillo de plata de mango de marfil, un punzón de acero con empuñadura de madera de olivo, barras de lacre rojo, cintas negras y un sello de plomo.

—*Patres Eminentissimi* —saludó a los Eminentísimos Padres con su latín de marcado acento germánico—, dado que el camarlengo no se encuentra en Roma, he pensado que Su Eminencia el cardenal de San Esteban al monte Celio debería ser quien certifique que el papa Alejandro ha muerto y selle sus dependencias.

El interpelado buscó con la mirada la aprobación de sus otros cuatro hermanos del Sacro Colegio. Él era, en efecto, el camarlengo privado, es decir, el guardián del tesoro privado del papa y el jefe de la Casa Pontificia, pero no el responsable del gobierno de la Iglesia durante el periodo de sede vacante que acababa de iniciarse. Esa función correspondía al cardenal camarlengo, Rafaelle Sansoni Riario, el primo menor de Giuliano della Rovere, que, al igual que el presbítero de San Pietro in Vincoli, llevaba más de dos años y medio en los dominios del rey de Francia, desde que huyó de Roma el día de la vigilia de la Natividad del año del jubileo, y estaba ahora en Viterbo con el grueso del ejército de Luis XII en su marcha hacia Nápoles.

El *Eminentissime Pater* Jaume Casanova, tras recibir el asentimiento silencioso de los otros prelados, tomó el martillo y, con las manos temblando por la emoción y la tristeza, se acercó a la cabecera de la cama. El rostro del pontífice estaba hinchado, con los labios agrietados y la lengua amoratada. Tras unos instantes en los que el viejo cardenal parecía estar tan muerto como Alejandro IV, acertó a pronunciar las palabras rituales al tiempo que, con el martillo, golpeaba la frente del cadáver con suavidad:

—*Rodericus, dormisne?*

Según establecía el ritual, por dos veces más se dirigió a su viejo amigo de la infancia, allá en Xàtiva. Lo hizo por su nombre de pila para preguntarle, en latín, si dormía. Tras el tercer silencio, se volvió hacia los cardenales y los funcionarios vaticanos que estaban en el aposento del santo padre.

—*Vere papa mortuus est* —dijo entre sollozos—. En verdad, el papa ha muerto.

Monsignore Burcardo mandó a los cubicularios a que avisaran a los sacristanes de la Basílica de San Pedro y, a los pocos instantes, la campana de la Torre del Gallo tañía el toque de difuntos. Uno a uno, desde el ubicado en lo alto del *campanile* de la iglesia de Santa Maria della Pace —el más próximo al Palacio Apostólico— hasta el de San Juan de Letrán, todos los bronces de Roma doblaban por la muerte del pontífice su lamento, que poco a poco se extendería a toda la cristiandad.

Después, el cardenal Casanova buscó entre los dedos del cadáver el *Anulus Piscatoris* para cumplir la tradición y, sobre la mesa donde aún estaban los frascos de ungüentos y medicinas, aplastar la alhaja a golpes del martillo de plata y marfil. Sin embargo, la sortija no apareció. Tampoco el sello de plomo con las armas de Alejandro VI, con el que se lacraban las bulas, los breves y todos los documentos durante su pontificado.

—*Carissime Fratres Cardinales* —dijo el prelado valenciano—, como camarlengo de la Casa Pontificia no puedo hacer nada más hasta que aparezcan el anillo del santo padre y el sello pontificio. Por ello, cerraré las estancias papales del Palacio Apostólico hasta que Su Eminencia el cardenal Sansone Riario acuda a Roma para hacerse cargo del gobierno de la Iglesia de Cristo Salvador y se celebre el cónclave para elegir al nuevo sucesor de san Pedro.

Todos asintieron y el *magister ceremoniarum* ordenó a la docena de sirvientes que desnudaran el cadáver para lavarlo y revestirlo con la capa magna roja cuajada de pedrería, la tiara blanca y los borceguíes de cuero escarlata.

—¿Y los embalsamadores? —preguntó Bernardino Bongiovanni, el arquiatra del papa—. ¿Por qué no están aquí los hermanos Lissi, monsignore Burcardo?

—He mandado a buscarlos por todas partes, *domine episcope* —respondió el maestro de ceremonias al obispo de Venosa—, pero no ha habido manera de dar con ellos. Es como si se los hubiera tragado la tierra.

Carlo y Marco Lissi eran dos barberos-cirujanos del barrio del Borgo famosos por su habilidad para las curas de abscesos y roturas de huesos. Habían tratado al santo padre de mal de muelas y fue tanta su habilidad que el papa los libró de acabar descuartizados en la rueda cuando los magistrados de la ciudad los acusaron de profanación de cadáveres. También eran embalsamadores, terrible oficio que habían heredado de su padre, que fue el encargado de preparar los cadáveres de Sixto IV e Inocencio VIII. Sin embargo, ninguno de los dos estaba en Roma, pues el cardenal Giuliano della Rovere los había llamado a Viterbo para que le trataran los chancros del mal francés, y allí habían acudido con toda discreción para evitar que el papa Borgia se enterara.

—Con este calor no podrá ser expuesto ante los fieles demasiado tiempo —dijo Bongiovanni.

—La tradición, *domine episcope* —la voz de Burcardo sonaba un tanto indignada—, establece que se ha de velar el cadáver del santo padre durante tres días.

—No creo, monsignore —respondió el médico—, que dure más de uno. Y menos aún sin el arte de los hermanos Lissi para preservarlo.

Cuando el papa estuvo aseado y vestido, Burcardo hizo entrar a los sediarios, que colocaron el cadáver sobre una camilla y, a hombros, la trasladaron a la Sala del Papagayo, donde la pusieron encima de una mesa cubierta con un bello mantel de brocado rojo con bandas amarillas y un tapiz con el escudo de armas de Alejandro VI bordado en seda. Luego encendieron doce velas de una vara de alto alrededor del féretro. Seis guardias pontificios se dispusieron en la puerta para velar los restos mortales del papa de Roma, y el cardenal Oliverio Carafa envió a ocho dominicos del monasterio adjunto a la Basílica de Santa Maria sopra Minerva para que, por parejas, oraran durante toda la noche por el ánima del difunto, hasta que se le trasladara a San Pedro.

En el piso superior de la Torre Borgia, el Valentino se despertó. Fiammetta —su amante— no se había separado de su lecho desde que cayó enfermo y ella misma le enjugaba el sudor y le cambiaba las sábanas y la camisa de dormir cada vez que se le aflojaban las tripas o sufría un acceso de vómito. Aunque agotado por tantas jornadas seguidas de fiebre y dolor, se dio cuenta de qué significaba el tañido fúnebre de las campanas.

—Don Micheletto —me dijo—, lo escucháis, ¿verdad? El santo padre ha muerto.

—¿Estáis seguro? —le pregunté para ganar tiempo, aunque yo también lo suponía—. Monsignore Burcardo no ha enviado a nadie para avisarnos.

—No necesito que esa rata alsaciana mande a nadie para saber lo que ha ocurrido. Escuchad. No solo doblan las campanas de la Torre del Gallo. Son todas las de Roma las que lo hacen; no hay duda posible. El papa Alejandro ha muerto...

Volvió a desvanecerse, como si las escasas frases que había pronunciado hubieran consumido las pocas fuerzas que le quedaban. Fiammetta ahogó un sollozo y se aprestó a ponerle en la frente paños fríos empapados en vinagre. El remedio surtió efecto, porque, pocos instantes después, César volvió en sí.

—Necesito que os mováis rápido —me susurró—. Muy rápido. ¡Maldita sea mi suerte! Creedme, don Micheleto, cuando os digo que había previsto todo para cuando el santo padre muriera. ¡Todo! Salvo que yo mismo también estuviera enfermo. Don Micheletto: hay mucho que hacer, poco tiempo para ello y casi nadie en quien confiar.

—Decidme, Excelencia. ¿En qué os puedo servir?

—Lo primero, mandad a veinte estradiotes a que busquen a mi madre y a su marido a su villa del Esquilino y que los escolten hasta Sant'Angelo. Mis sobrinos, los *duchetti* Giovanni y Rodrigo, están allí con ellos.

—Así se hará.

—Después, enviad otros veinte a la casa de Fiammeta y que trasladen a Sant'Angelo a mis hijos Girolamo y Camilla, junto con sus nodrizas y algunos sirvientes. —El Valentino miró a su favorita—. Tú también irás al castillo, mi amor.

—¡No! —protestó la cortesana—. Yo me quedaré aquí a cuidarte.

—No discutas, Fiammetta —respondió el hijo del papa—. No me hagas gastar fuerzas inútilmente. El doctor Torrella y sus ayudantes se ocuparán de mí. En pocas horas el Palacio Apostólico será el lugar más peligroso de toda Roma, aunque el papa esté de cuerpo presente. Por eso quiero que mi madre, tú, mis hijos y mis sobrinos estéis seguros en Sant'Angelo. El obispo-gobernador es de total confianza, así que usad el *passetto*. ¿De acuerdo?

—De acuerdo. —Fiammetta se conformó.

—Don Micheletto —continuó el Valentino—. También hay que mandar a buscar a mi hermano Jofré al Palacio de San Clemente y que, junto a los ochocientos infantes de la Romaña que están acantonados en la tumba de Cecilia Metela de la Via Apia, acuda a la fortaleza. Una vez allí, que se arríe el pendón del papa, icen el mío y que los artilleros disparen una carga de salva desde las almenas. Así se sabrá en toda Roma, y fuera de ella, que la fortaleza está bajo mi control.

—Ignoraba que vuestro hermano el príncipe de Esquilache estaba en vuestra mansión del Borgo, Excelencia —apunté.

—Sí, don Micheletto. Le hice refugiarse allí después de que el santo padre encerrara a su mujer en Sant'Angelo tras el escándalo con el cardenal Hipólito d'Este. Era el hazmerreír de la corte pontificia e incluso el santo padre le gastaba bromas crueles. El pobre muchacho no merecía tal suerte, porque, a pesar de su naturaleza invertida, puede ser un gran señor y un buen capitán.

—También el cardenal Giuliano della Rovere es así —añadí—, y pocos hombres me he encontrado yo con su valor y su astucia, a pesar de su gusto por los efebos.

—Además, ha crecido y ha aprendido —intervino Fiammetta—. Creo, César, que podrás hacer de él un buen soldado.

—Sí —respondió—. Si me da tiempo.

César se refería al escándalo protagonizado por Sancha d'Aragona, la esposa del benjamín de los Borgia, que se había convertido en la amante del cardenal Hipólito d'Este, el cuñado de Lucrecia. La princesa —después de que su familia hubiera sido expulsada del trono de Nápoles— no solo no tenía reparo alguno en mostrar su desprecio y odio por el santo padre y su familia en público, sino que incluso besaba a su amante en las recepciones oficiales y se burlaba de los gustos sexuales de su marido. Llegó un punto que, dado que el papa no podía devolverla a su familia —pues el antiguo rey Federico vivía exiliado en Francia y su sobrino, el duque de Calabria, era prisionero de Fernando de Aragón—, optó por recluirla en Sant'Angelo mientras pensaba qué hacer con ella. Y allí seguía cuando el santo padre enfermó.

—¿Y qué hacemos con la princesa Sancha? —pregunté temiendo la respuesta—. Ella también está en el castillo.

—Soltadla. Y que se vaya a meterse de nuevo en el lecho de mi cuñado Hipólito, si quiere.

—Tendrá que ir a Florencia —dijo Fiammetta—, pues el cardenal D'Este está allí, en cama debido a una caída de caballo en la que se rompió una pierna.

—Pues que se vaya en buena hora —sentenció César— o, si no encuentra el camino, que se encame con el mismísimo diablo si mejor le place. La princesa de Esquilache ya no es problema nuestro.

—¿Seguro? —insistí.

—Seguro, don Micheletto. No es peligrosa ni su familia tampoco. No merece la pena que vuestra conciencia se cargue con otra muerte. Sin amigos, criados ni dinero, que Nuestro Señor en su infinita sabiduría decida el destino de Sancha d'Aragona.

—De acuerdo, Excelencia.

—Hay otra cosa más, don Micheletto. La más importante de todas. Mandad estradiotes a recoger y poner a salvo a mi familia, pero vos no vayáis. Necesito que hagáis una cosa aquí mismo, en el Palacio Apostólico. Y es de vital importancia.

—Decidme, señor.

—En el dormitorio del santo padre, en alguna parte, el papa guardaba dinero. Mucho dinero: algo más de doscientos mil ducados en dos cofres, más un tercero, de madera de ciprés con el toro de los Borgia labrado en la tapa, donde guardaba las perlas y esmeraldas que coleccionaba y que tanto le gustaban.

—Entiendo.

—Nuestra supervivencia, don Micheletto, pasa por que podamos seguir pagando a los casi cinco mil soldados que tenemos en Roma y sus alrededores. Todos ellos saben que sus sueldos salen de la Cámara Apostólica y, aun así, algunos han preferido ser contratados por algunos cardenales para defender sus palacios fortificados. Respeto al resto, en cuanto se enteren de que el papa ha muerto, se pondrán nerviosos. Por eso necesitamos que estén tranquilos y confiados; y para ello hay que pagarles. ¿Comprendes?

—Sí, señoría.

—Lo primero que hará el camarlengo cuando llegue a Roma será ordenar a una comisión de cardenales que haga un inventario de los bienes del papa para incorporarlos al tesoro de San Pedro. Por eso tenemos aún algo de tiempo. Ahora mismo, mientras las campanas doblan a muerto, la gente de monsignore Burcardo estará lavando y vistiendo el cadáver de Su Santidad para exponerlo a los fieles en la Basílica de San Pedro. El *Anulus Piscatoris* y el sello papal ya deberían haber sido destruidos, y el camarlengo de la Casa Pontificia...

—El cardenal Jaume Casanova —interrumpí.

—En efecto —continuó—. Será él quien cerrará las habitaciones de la Torre Borgia, y en especial el estudio de trabajo del papa de la Sala de las Artes Liberales, hasta que el Sacro Colegio Cardenalicio le reclame su apertura para hacer el inventario. Tenemos que hacernos con el dinero antes.

—¿Y si el cardenal Casanova se niega a franquearme el paso a las habitaciones del papa?

—Que no se niegue, don Micheletto —sentenció antes de volver a desvanecerse—. Aseguraos de que no se niegue.

Salí del aposento de César para transmitir las órdenes que había recibido. Mandé a las patrullas de estradiotes a la casa de Fiammetta, en el distrito del Ponte, y a la viña de Vannozza, en la falda del Esquilino. Yo, por si acaso, me quedé con seis hombres más en la Torre Borgia del Palacio Apostólico, aunque no tenía por qué esperar resistencia de la guardia pontificia, ya que su capitán era un sobrino del papa que, con buen criterio, había ordenado que los custodios armados se desplegaran sobre las más de cuarenta torres de la Muralla Leonina que protegía el barrio del Borgo y toda la colina vaticana. Aun así, toda precaución era poca, pues nadie recordaba un interregno pacífico entre dos papas, salvo, quizá, cuando san Lino sucedió a san Pedro.

Mientras subía las escaleras rumbo a los aposentos del papa, por las ventanas de la Torre Borgia acerté a ver cómo se encendían docenas de antorchas en lo alto de los baluartes de Sant'Angelo para recordar a toda la ciudad que la mejor fortaleza de Roma, con toda su artillería y su guarnición, estaba despierta y lista para intervenir si era necesario ante cualquier provocación. La advertencia hizo efecto y, aquella noche, pese al calor, la humedad sofocante y las bandas de hombres armados de los Orsini, Colonna y Savelli, que ya pululaban por los callejones, en la Ciudad Eterna no se registraron disturbios.

Llegué a la torre Borgia cuando el cardenal Casanova, seguido de dos notarios apostólicos y un par de pajes, se disponía a cerrar las puertas de acceso a los apartamentos Borgia y a sellar las juntas con tiras de tela y lacre.

—*Eminentissime Pater* —le dije mientras me arrodillaba ante él y le besaba el anillo—. Os ruego que aguardéis un momento antes de clausurar estas dependencias, pues Su Excelencia el gonfaloniero y el capitán general de la Iglesia precisa de algunos objetos que siguen ahí dentro. Mis hombres y yo nos lo llevaremos y no tardaremos más que unos pocos instantes.

Jaume Casanova era un viejo amigo de la infancia del santo padre, también nacido en Xàtiva solo tres años antes, y con quien había coincidido en la Universidad de Bolonia cuando ambos eran estudiantes de leyes. A la sombra de su influyente paisano, Casanova había sido escribano apostólico, abreviador, protonotario, oficial de cartas de la Casa Pontificia y, finalmente, camarlengo privado del papa, y, sin siquiera haber sido ordenado sacerdote ni obispo, cardenal de San Esteban. Era un hombre gordo y pesado que, tras años en la burocracia vaticana, había terminado por asimilar el mismo ritmo lento de la administración papal hasta la exasperación, incluso cuando caminaba o hablaba; igual fue por eso por lo que no dudó en dejarme claro que, por delante de su lealtad al santo padre y a su hijo el gonfaloniero, estaba su compromiso con la Iglesia. O quizá fue que, como muchos otros, intentaba salvar su propio pellejo y ya había olvidado que toda su fortuna y prosperidad se las debía a los Borgia.

—Capitán Corella —me dijo sin indicarme que me levantara y, sin duda, regocijándose al verme arrodillado y con los labios sobre su anillo—, nadie va a entrar en estas dependencias hasta que el cardenal camarlengo ordene hacer el inventario de los bienes que deja el santo padre Alejandro, a quien Dios tenga ya en su gloria.

Acto seguido, se soltó de mis manos y me dio la espalda. Sus asistentes se acercaron con la bandeja con el lacre y las bandas de tela mientras el cardenal sacaba las llaves de hierro con las que iba a cerrar el acceso a los apartamentos Borgia. Entonces, me levanté y, cogiéndolo de un hombro, le hice girar sobre sí mismo para volver a mirarnos a los ojos.

—¿Cómo os atrevéis a tocarme, miserable hijo de…? —bramó.

No terminó la frase al sentir el agudísimo filo de la *vizcaína* que César me había regalado en el interior de una de sus fosas nasales. El pomo de oro y los gavilanes acabados con forma de cabeza de serpiente centellearon a la luz de las velas hasta que mis estradiotes pusieron las *storte* sobre las gargantas de los acompañantes del cardenal para inmovilizarlos; del susto, soltaron candiles y candelabros. Nos quedamos casi a oscuras, salvo por el débil resplandor de las antorchas de los patios que se colaba por una de las ventanas.

—*Eminentissime Pater* —dije con suavidad—, tengo orden del capitán general de la Iglesia de entrar en esas dependencias y recoger unos efectos que solo a él incumben. Vuestra es la decisión de si debo hacerlo, o no, con una muerte más que sumar a mis pecados, porque, si no me dais las llaves, os desnarigaré aquí mismo y, después, os arrojaré junto a vuestros sirvientes por esa misma ventana, para que el cardenal camarlengo también haga inventario de vuestros sesos desparramados por los adoquines. ¿Qué decís?

No dijo nada.

Y me dio las llaves.

52

Primum vivere

Roma,
domingo, 27 de agosto de 1503

—¡No me puedo creer que no esté muerto! —exclamó el cardenal Jorge da Costa—. ¿De qué madera está hecho ese hombre?

Oliverio Carafa, decano del Sacro Colegio, miró con no poca sorna a su hermano en Cristo, el arzobispo de Lisboa, quien, a sus noventa y siete años, no se explicaba por qué César Borgia, a pesar de las fiebres tercianas —que le mantenían delirando en la cama ya tres semanas— y el mal francés que le trituraba los huesos y le había deformado el rostro aún seguía vivo.

—Me han dicho que el doctor Gaspar Torrella hizo abrir un toro en canal para meter entre las entrañas palpitantes y calientes de la bestia al duque Valentino —continuó el prelado napolitano—. Luego lo sacaron de ahí para darle un baño de agua helada y otro de aceite de oliva mezclado con bálsamos de Oriente.

—Jamás había oído yo remedio semejante —intervino el cardenal Giovanni de Médici—, pues parece más propio de sátrapas turcos o de bárbaros paganos que de buenos cristianos.

El orondo hijo menor de Lorenzo el Magnífico, de veintisiete años, era uno de los veintiún cardenales que, por octava vez, se habían reunido en la iglesia de Santa Maria sopra Minerva bajo la presidencia de Oliverio Carafa, el que llevaba más tiempo consagrado como obispo. Dado que no se podía reunir el cónclave hasta que llegara Rafaelle Sansoni Riario —el camarlengo— y se concluyeran las novendiales —pues ni siquiera se había convocado la primera—, el arzobispo de Nápoles, desde el día siguiente a la muerte del papa, reunía a los cardenales que iban acudiendo a Roma en aquellas «congregaciones» —así les llamaba—, en las que intentaban que la ciudad volviera a ser segura para elegir al ducentésimo décimo quinto sucesor de san Pedro.

Y no lo tenían nada fácil, pues tres fuerzas armadas convergían sobre Roma para influir en la elección del nuevo papa.

La del Valentino, aún enfermo y febril en el Palacio Apostólico, controlaba el Borgo con más de dos mil hombres, mientras que el resto de su ejército estaba repartido en las plazas de la Romaña y las Marcas, donde, tras la muerte de Alejandro VI, las villas de San Leo, Faenza y Camerino se habían alzado en armas de nuevo contra el poder de los Borgia. Además, el obispo-gobernador de Sant'Angelo, Francesco di Roccamura —de la total confianza de César—, había comunicado a los cardenales que solo entregaría el castillo al nuevo papa y a nadie más.

Por otra parte, el ejército francés estaba ya a menos de cuatro leguas al norte de Roma, en teoría rumbo a Nápoles, pero en la práctica llegaba para imponer un nuevo papa, algo que el rey de Aragón no podía tolerar. Por ese motivo, hacía un día que Próspero Colonna —enviado por el Gran Capitán desde Gaeta— había entrado en la Ciudad Eterna con más de cien *lancie italiane*, quinientos infantes y caballería ligera para ocupar posiciones en los dominios de su familia en el monte Quirinal que Alejandro VI había expropiado.

Por último, Fabio Orsini —el hijo del ejecutado Paolo— avanzaba desde Bracciano, la fortaleza junto al lago del mismo nombre que César no había querido asediar, hacia la Puerta de San Pancracio con doscientas lanzas, mil quinientos infantes y diez piezas de artillería.

A pesar de que, tras cada congregación, los cardenales reunidos en Santa Maria sopra Minerva enviaban mensajeros a los generales de las fuerzas que empezaban a converger sobre Roma para que se abstuvieran de entrar en la ciudad, todos ellos respondían lo mismo: solo obedecerían la orden del Sacro Colegio Cardenalicio de no entrar en la urbe y dejar que el cónclave se celebrara sin soldados en sus calles si el Valentino hacía lo mismo.

A la reunión de aquella mañana en la iglesia de los predicadores dominicos habían asistido también el embajador del rey de Aragón y Castilla —Francisco de Rojas—, el del rey de Francia —Louis de Villeneuve— y el de Venecia —Antonio Giustiniani—. A los tres los habían enviado los cardenales al Palacio Apostólico a negociar un acuerdo con César Borgia para que abandonara Roma con sus fuerzas armadas. De eso hacía más de dos horas y los tres cardenales esperaban a los negociadores descansando bajo la sombra de los arcos del claustro del Convento de la Orden de Predicadores, anexo a la iglesia de Santa Maria sopra Minerva. Hacía justo una semana que los restos mortales del papa Alejandro habían recibido sepultura en la capilla de la Virgen de las Fiebres de la Basílica de San Pedro, a menos de una vara de distancia de donde descansaba su yerno, el desdichado Alfonso d'Aragona, muerto exactamente el mismo día que su suegro el santo padre, pero tres años antes. No obstante, todavía no se había fijado la fecha para la primera de las novendiales —las ceremonias fúnebres— con las que se abría el periodo de luto previo a la elección de un nuevo papa.

—Cardenal Carafa, ¿visteis los restos mortales del santo padre? —preguntó Da Costa—. ¿Era tan horrible como se dice por las calles de Roma?

Al día siguiente de su muerte, el cadáver revestido con todas las galas pontificales fue depositado delante del altar mayor de San Pedro, pero, tal y como había predicho monseñor Bernardino Bongiovanni —el arquiatra del santo padre—, a media tarde tuvo que ser retirado a causa del hedor que despedía el cuerpo. Aunque ciento cuarenta clérigos, datarios, abreviadores y notarios de la corte vaticana habían escoltado, antorcha en mano, el féretro del papa, solo los cinco cardenales palatinos asistieron a su enterramiento, que ofició su primo, Francesc de Borja, la misma noche del sábado, en la capilla de la Virgen de las Fiebres de la Basílica de Constantino.

—Un espanto, hermano —respondió el napolitano—. Un verdadero espanto. Estaba hinchado como los ahogados en el Tíber y su piel había ennegrecido. Cuando el hedor de la descomposición se hizo insoportable a pesar de que monsignore Burcardo ordenó quemar más de diez libras de incienso, el vicario general de Roma, Pere Gamboa, le pidió al cardenal de Cosenza y primo del papa permiso para enterrarlo a pesar de que no se habían cumplido los tres días de velatorio que marca la tradición.

—Es una vergüenza que el arcipreste de la Basílica de San Pedro no estuviera allí para oficiar el sepelio —dijo Da Costa—. ¿Sigue Hipólito d'Este en vuestra ciudad, cardenal Médici?

—Hasta donde yo sé —contestó el florentino con una sonrisa malévola—, así es. Con una pierna rota tras una oportuna caída de caballo, lo que supone la excusa perfecta para no venir a Roma, pese a la sede vacante, puesto que teme que el Valentino lo haga matar por haber humillado a su hermano Jofré mediante el adulterio con la princesa Sancha d'Aragona.

—Es incomprensible por qué el capitán general de la Iglesia considera ahora una ofensa lo que hace unos años no tenía la menor importancia ni para él ni para Jofré Borgia —añadió Carafa.

—Dicen que no rige bien. —Giovanni de Médici bajó la voz al comprobar que los cardenales Francesc de Remolins y Joan de Vera, nombrados por el papa Alejandro, andaban cerca—. Que el mal francés y las fiebres tercianas le han llagado la mente del mismo modo que lo hicieron con el rostro. El Valentino, ahora que es más peligroso que nunca, tiene bajo su poder a once cardenales, todo el Borgo y el castillo de Sant'Angelo. Es inadmisible.

—Lo que es inadmisible —terció Jorge da Costa— es que todavía no haya llegado el cardenal-camarlengo. Por eso estamos en esta situación. No se puede convocar el cónclave hasta que él no esté aquí.

—Dicen que el Valentino ha mandado galeras al puerto de Ostia y al de Civitavecchia para impedir que Rafaelle Sansone Riario venga a Roma, aunque yo no me lo creo —susurró Giovanni de Médici.

—No se lo cree nadie, *Eminentissime Frater* —dijo Carafa—. El camarlengo, junto a su primo Giuliano della Rovere, está en el castillo Ferraioli de los Orsini con el resto del ejército francés y el cardenal D'Amboise. También tienen a Ascanio Sforza, al que han soltado de su cautiverio en Brujas y han traído a Italia para que vote al papa que quiera el rey de Francia. Todos esos embustes sobre galeras que bloquean puertos se difunden en los panfletos con los que cubren cada mañana la estatua de Menelao que hice instalar junto a mi palacio de la Piazza di Parione.

—¿Esa que está enfrente del taller del *mastro* Pasquino, el sastre? —preguntó Da Costa.

—La misma —respondió el napolitano—. Cada mañana, mis

guardias retiran las octavillas que le cuelgan del cuello a la escultura para emular que habla, pero siempre llegan tarde y ya se han leído en voz alta.

—No solo son los panfletos de la escultura de Menelao, Eminencia —dijo Médici mientras les mostraba un papel doblado en cuarto que extrajo de un bolsillo de la sotana—. Se están distribuyendo copias de esta carta por todas las cortes de Europa. Esta misma se ha repartido en Florencia, la firma el marqués de Mantua y la dirige a su esposa Isabella d'Este.

—¡La cuñada del Valentino! —exclamó Carafa—. Dicen que no soporta a Lucrecia, con la que compite en belleza, elegancia y refinamiento. En fin…, mujeres. Pero, os lo ruego, leed, *Eminentissime Frater*, leed.

—«*Signora illustre e moglie carissima* —leyó Giovanni de Médici—, con objeto de que conozcáis las circunstancias de la muerte del padre santo, os enviamos los siguientes detalles que nos han llegado al campamento de las armas del Muy Cristiano Rey Luis de Francia en Viterbo. Cuando Su Beatitud se sintió enfermo, tres días antes de la fiesta de la Asunción de Santa María, comenzó a hablar hacia las sombras de su aposento en su dialecto valenciano natal sin que nadie en la curia pudiese entender lo que decía. No obstante, en alguna ocasión también lo hizo en italiano y, según los testigos, dijo cosas como "llegó la hora, es cierto, espera un momento"».

El cardenal Carafa carraspeó para indicar al hijo menor de Lorenzo el Magnífico que los cardenales valencianos andaban cerca y que no era conveniente que escucharan aquello. Giovanni se percató y guardó silencio unos instantes hasta que se alejó el peligro:

—«*Carissima Isabella* —Giovanni de Médici continuó leyendo—, son muchos los que afirman que, en el momento en el que se elevó su espíritu, siete humaredas negras se vieron sobre las chimeneas del Vaticano, pese a que los fuegos estaban apagados, lo cual indica que siete demonios estaban penetrando en el Palacio Apostólico para llevarse su alma. Se dice también que, como san Teófilo el Penitente, el papa Borgia había hecho un pacto con Satanás para ocupar el papado durante once años, en recuerdo de los once apóstoles que permanecieron fieles a Nuestro Señor, pero que, a diferencia del santo de Adana, no se arrepintió ante la Virgen de tan impío acuerdo. Por eso, tan pronto como expiró, su cuerpo comenzó a pudrirse de la misma forma que lo hacía su alma. Espumarajos sanguinolentos salían de su boca como si sus entrañas estuvieran hirviendo. Luego, su cuerpo se hinchó hasta perder los contornos humanos y llegar a ser igual de ancho que de largo. Hubo que cortarle los pies para meterlo en el ataúd y se lo enterró sin apenas ceremonial mientras manadas de perros negros se concentraban en la plaza de San Pedro. Desde entonces, todos los días se publican escandalosos epigramas sobre su memoria».

—¡Vaya sarta de estupideces! —soltó Da Costa—. ¿Habrá quién crea semejantes delirios? Dudo, incluso, que Francesco Gonzaga haya escrito de verdad esa carta.

—Eso no importa, Eminencia —dijo De Médici—. Lo que importa es que estas infamias van calando. Han bastado unos pocos papeles leídos por las esquinas para que el pueblo de Roma piense que el diablo en persona ha portado el *triregnum* y lucido el *Anulus Piscatoris* durante once años. Tiempos funestos nos toca vivir, *Eminentissimi Fratres*, en lo que una mentira se multiplica en las imprentas a tal velocidad que termina convirtiéndose en verdad.

—Todos sabéis que yo fui adversario del cardenal Rodrigo Borgia en el cónclave de 1492 y, en mi larga vida, no he encontrado otro hombre con más facilidad para engañar ni mayor desfachatez para prestar un juramento sin tener la más mínima intención de cumplirlo que Alejandro VI.

—Quizá no tuvo más remedio porque, si el santo padre conocía bien las leyes, aún conocía mejor a los hombres —terció Carafa.

—Eso no justifica, Eminencia, su avidez y la de su hijo por tierras y títulos que pertenecían a la Iglesia y el descarado uso del tesoro de la Cámara Apostólica para pagar hombres y armas *ad maiorem gloriam Borgiae*, para mayor gloria de los Borgia —censuró Da Costa—. Sin embargo, debo reconocer que sus sucesores le tendrán que agradecer que los barones romanos y los príncipes de Europa vuelvan a respetar el papado.

—Si es que conseguimos que el Espíritu Santo nos ilumine para elegir a un sucesor —sentenció Médici.

—Elegirlo lo elegiremos —dijo Carafa—. La cuestión es si lo haremos en paz.

* * *

Agapito Gherardi, el secretario de César Borgia, respiró aliviado mientras miraba cómo los embajadores de Aragón, Francia y Venecia cruzaban el patio del Paradiso de la Basílica de San Pedro. Por fin había logrado el acuerdo que quería el duque a la vez que desbloqueaba la situación y les daba algo de tiempo cuando todo a su alrededor parecía desmoronarse.

Al también obispo de Sisporno le costó convencer al Valentino de que los once cardenales que el hijo del papa muerto controlaba en las congregaciones de Santa Maria sopra Minerva no eran suficientes para imponer su voluntad sobre el resto del Colegio Cardenalicio, el cual, mientras no estuviera reunido en cónclave y sin la presencia del camarlengo, solo podía tomar decisiones por unanimidad. Además, Gherardi sabía que el poder de los prelados partidarios de César menguaría conforme llegaran a la ciudad el resto de los príncipes de la Iglesia para participar en el cónclave. Había cuarenta y seis cardenales vivos, de los que veintiuno estaban ya en Roma y dieciséis de camino. No era probable que los nueve restantes fueran a participar en el cónclave, entre ellos el primo del papa, Lluís-Joan del Milà —cardenal de los Cuatro Santos Coronados y obispo de Segorbe y Lleida—, y el cuñado del Valentino, Hipólito d'Este.

«Si la situación en Roma ya es mala —pensó Gherardi—, fuera de ella aún es peor. Giampaolo Baglioni ha recuperado el poder en Perusa, y Pandolfo Petrucci, tras organizar un golpe de Estado desde su exilio en Lucca con dinero del rey de Francia, se encamina hacia Siena con batallones de mercenarios gascones donde ya le esperaban, colgados del cuello en los patíbulos levantados en la Piazza del Campo, los partidarios de César que habían propiciado su expulsión seis meses antes. Los gentilhombres de Venecia han abierto los cofres de moneda para pagarle a Guidobaldo de Montefeltro un ejército con el que avanza a marchas forzadas para recuperar Urbino, cuya capital también se ha levantado en armas contra el gobernador de Su Excelencia, que se ha refugiado en Cesena saliendo a uña de caballo de la ciudad y con lo puesto para salvar la vida. También conservamos Imola, Forlì, Bertinoro y Sinigallia, pero el Sforzino amenaza Pésaro con un ejército pagado por los venecianos, y los partidarios de Pandolfo Malatesta han levantado en armas la villa de Rímini también con dinero de la Serenísima, aunque su embajador lo niegue».

Gherardi se asomó por la ventana. Desde las *stanze* del piso superior de los apartamentos Borgia, el *cortile* del Belvedere —la villa de recreo que había hecho construir el papa Inocencio VIII para él y sus amantes tras los muros del Vaticano— tenía poco de vergel y mucho de campamento castrense, como todos los espacios abiertos del complejo apostólico, como el patio de San Dámaso y los jardines del claustro del Paradiso que precedían a la Basílica de San Pedro, que estaban ocupados por soldados, caballos e impedimenta militar. Mirándolo desde ahí arriba, el canciller del Valentino podía caer en la tentación de pensar que César Borgia controlaba la situación por la vía de las armas, pero el obispo de Sisporno era demasiado inteligente como para cometer semejante error.

«Por fortuna —caviló— sembré las semillas para alcanzar con Próspero Colonna un pacto que incluía la devolución de todas las tierras, castillos, propiedades y títulos que el papa Alejandro les había confiscado, y el matrimonio del hijo de Lucrecia y Alfonso d'Aragona, el pequeño Rodrigo, con una de las sobrinas del condotiero. Me ha costado semanas convencer a Su Excelencia de que necesitamos a los Colonna para llegar al Gran Capitán y confiar en que su odio a los Orsini sea mayor que al de los Borgia».

De todas las posibilidades que Gherardi y el Valentino habían contemplado, la que estaban a punto de llevar a cabo era la más arriesgada. Tanto el papa Alejandro como su hijo César se habían dado cuenta de que su supuesto primo el rey de Francia había estado detrás de la conspiración de Magione y la traición de Ramiro de Lorca para limitar su poder. También que amenazaba su legado y descendencia al prohibir a su mujer y a su hija que se reunieran con él en Italia. Además, la derrota del ejército de Luis XII en Ceriñola ante las tropas encuadradas en tercios del Gran Capitán había convencido a ambos de que la forma de hacer la guerra de los españoles —con predominio de la infantería, los jinetes ligeros y la artillería frente a las obsoletas cargas de caballería pesada y los avances de escuadrones de piqueros— les iba a dar la victoria definitiva en Nápoles. Por ello, César había decidido cambiar de bando y ponerse al servicio del rey Católico. Monsignore Trochia —el secretario del santo padre— se enteró del plan y por eso había muerto bajo el *cappio valentino* cuando huía para contárselo a los franceses.

«No habrá acuerdo, monsignore Gherardi —le había dicho César a su secretario— hasta que la congregación de cardenales de Santa Maria sopra Minerva no me ratifique en mi dignidad de gonfaloniero y capitán general de la Iglesia, así como de duque de la Romaña y gobernante vicario de la Santa Sede. Solo entonces abandonaremos Roma, y siempre y cuando las fuerzas de los Colonna, los Orsini y mi primo el rey Luis XII hagan lo mismo».

La ratificación en sus cargos había llegado esa misma mañana y ahora Agapito Gherardi esperaba a que el Valentino se despertara para comunicarle el acuerdo al que había llegado con los embajadores del rey Fernando el Católico de Aragón, del Muy Cristiano Luis de Orleans de Francia y del de Su Serenísima Señoría Lorenzo Loredán de Venecia. Españoles y franceses se habían comprometido a mantener las tropas, como mínimo, a cuatro leguas de los muros de Roma mientras que el veneciano —que de manera hipócrita negaba cualquier implicación de la Serenísima en la financiación de las tropas de los Orsini— aseguraba que, por su parte, solo quería que el cónclave se celebrara en paz y tranquilidad, y, por tanto, suspendería todas las operaciones que habían alentado Urbino, San Leo, Perusa, Rímini y Pésaro.

Además, Gherardi había conseguido del embajador de Francia el compromiso de que Luis XII firmaría un tratado con el Valentino para recuperar las ciudades rebeldes tras la elección de su canciller y cardenal de Rouan, George d'Amboise, como nuevo papa y la recuperación de Nápoles. «Ese acuerdo —pensó el secretario del Valentino— nos da algo más de tiempo, pero será papel mojado si en el cónclave no se elige a D'Amboise».

—¿Excelencia? —preguntó Gherardi cuando entró en el aposento de César, que, como de costumbre, estaba a oscuras y calentado en exceso—. ¿Estáis despierto, Excelencia?

—Sí, lo estoy. Pasad, monsignore Gherardi —respondió la voz áspera y febril del Valentino—. Y encended una luz si así lo consideráis.

—Gracias, Excelencia.

La minúscula claridad del candil reveló al canciller los estragos que las fiebres tercianas combinadas con el mal francés habían hecho en César Borgia. Su cara —que había servido de modelo para pintar el rostro de Nuestro Señor en una tabla del *mastro* Leonardo da Vinci— era un horror de pústulas ennegrecidas sembradas en la piel tensada sobre los pómulos de su calavera. Los vapores de sales de mercurio le habían hecho perder mucho pelo y reducido a una tercera parte la mata de su frondosa melena castaña.

—He acordado con los embajadores y de acuerdo con el Sacro Colegio —explicó Gherardi— que abandonaremos Roma, como muy tarde, el próximo 12 de septiembre, tras la última de las misas novendiales en memoria del santo padre Alejandro que empezarán a celebrarse el día 4. Insistían los embajadores y los cardenales de Santa Maria sopra Minerva en que celebrar el cónclave en Sant'Angelo...

—¡No! —zanjó César.

—Eso mismo les he dicho yo, Excelencia. Y, aunque a regañadientes, han aceptado.

—¿Sin más?

—Sin más, Excelencia.

—Eso es que traman algo. En fin, más no podemos hacer. *Primum vivere, deinde philosophare.*

—Sabia respuesta, Sire. Primero vivir y después filosofar.

—No nos queda otra, monsignore Gherardi. Espero tener fuerzas suficientes para el viaje.

—¿Dónde iremos, Excelencia?

—Donde está el Gran Capitán.

53

Arde Roma

Roma,
1 de septiembre de 1503

Ni Angelo Duatti ni su hermano consiguieron entrar en la Cancelleria Vecchia. Desde la calle escucharon cómo caía el pesado madero que trababa el portón de la entrada principal del Palacio de la Cancellería Vecchia de la Via dei Banchi y, aunque sabían lo que aquello significaba, no maldijeron su suerte. Tanto el uno como el otro, fieros *bravi* del Trastévere —virtuosos del puñal y el garrote y eternos novios de la horca—, habían vivido más de lo que ellos mismos pensaban que iban a hacerlo desde que el antiguo dueño de aquella mansión —el cardenal Borgia— literalmente los bajó del cadalso donde iban a ejecutarlos para contratarlos como guardaespaldas. Le sirvieron bien durante treinta años y ahora su leal compromiso iba a terminar como siempre intuyeron que lo haría, con Rodrigo Borgia muerto y ellos en una pelea: la más grande de su vida, que acabaría en derrota y en la que pensaban llevarse por delante a todos los adversarios que pudieran antes de irse al Purgatorio durante unos cuantos siglos.

Cuando comprobaron que las puertas estaban cerradas a cal y canto, ambos hermanos se miraron a los ojos, se besaron y se prepararon para vender su vida lo más caras posible. Enfrente, por la Via dei Banchi, la docena de jinetes armados con lanzas y espadas avanzaba haciendo una escabechina entre los pocos soldados de los

Borgia que no estaban tras las murallas del Borgo o en el interior de Sant'Angelo, cuya enorme silueta coronada por la escultura del arcángel San Miguel envainando la espada se levantaba por detrás de los tejados, tan imponente como indiferente al destino de ambos guerreros callejeros, que, ya cerca de los cincuenta años, iban a terminar una vida de violencia con más violencia.

El paso de la infernal cabalgata dejaba cadáveres tendidos sobre el pavimento o apoyados de cualquier manera sobre los muros de las casas de la Via dei Banchi, con las gargantas abiertas, los cráneos rotos o alguna extremidad cercenada. Aquella calle, una de las más ricas y bellas de Roma, era ahora un matadero en el que la sangre humana salpicaba las bellas puertas y las columnatas de acceso a las mansiones y oficinas de los banqueros de Florencia, Génova y Siena que, desde el regreso de los papas del exilio de Aviñón, se habían instalado a lo largo del vial que corría paralelo al Tíber. Allí también había sido donde el papa Alejandro había hecho construir el Palazzo de la Cancelleria Vecchia sobre la vieja ceca pontificia y que había sido su hogar durante casi treinta años.

El entonces cardenal Rodrigo Borgia erigió allí su lujosa residencia por su cercanía con la Basílica de San Pedro, al otro lado del río. Además de bello por dentro era fácil de defender gracias a su torre almenada y sus gruesos muros. Por ello, los miembros de la *Gens Borgia* que no habían conseguido llegar hasta el castillo de Sant'Angelo se habían refugiado en su interior ante el ataque que dirigía Fabio Orsini —el hijo del marqués de Atripalda, a quien yo mismo estrangulé en Città della Pieve tras la masacre de Senigallia— quien, a lomos de su caballo de guerra, gritaba por las calles que había venido a Roma «para matar a César» y a todos los partidarios del Valentino que se le pusieran enfrente. De momento, un centenar de valencianos, aragoneses y catalanes yacían muertos por las calles desde la puerta de San Pancracio —por donde habían entrado los invasores sin que los guardias de las murallas hiciesen nada por evitarlo— hasta la Via dei Banchi, después de cruzar el Puente Sixto y recorrer la ribera izquierda del Tíber como si fuera Atila, sembrando muerte en su camino hacia el bastión de los Orsini en Roma: la fortaleza de Montegiordano. Para ello, Fabio Orsini contaba con alrededor de dos mil efectivos entre hombres de armas, ballesteros y caballería ligera que había reclutado en Bracciano.

Ni Angelo ni Vittorio tenían forma de saber si el hijo del condotiero traidor de La Magione estaba entre los cuatro jinetes que ocupaban toda la calle y que habían bajado las lanzas para cargar contra ellos. Supusieron que era el segundo por su derecha, a tenor de la bella coraza dorada que portaba, grabada con las rosas y serpientes que figuraban en el escudo de armas de los Orsini desde tiempos inmemoriales. Aunque les habría gustado que su último servicio a los Borgia hubiera sido arrancarle la vida a tan importante enemigo, se conformaban con lo que el destino había puesto a su disposición.

Los caballeros clavaron las espuelas en los ijares de sus monturas y las lanzaron al galope para aplastar a aquellos dos truhanes que, para su sorpresa, desafiaban con la mirada y la actitud a un enemigo que los superaba tanto en número como en posición. Sin embargo, los Duatti ocultaban, bajo los largos capotes oscuros, dos arcabuces cargados de perdigones de plomo en vez de con bala. Ellos no eran nobles; ni siquiera soldados. Por ese motivo dispararon las armas contra los caballos del centro de la carga. El escupitajo de esquirlas incandescentes en el pecho y las patas era del todo insuficiente para matar a las bestias, pero sí lo bastante doloroso para que se encabritaran, derribaran a sus jinetes y provocaran el caos, que era precisamente lo que los antiguos guardaespaldas del papa Alejandro esperaban.

La calle se convirtió en un pandemónium de hombres y bestias que intentaban levantarse en el limitado espacio y en el que sus lanzas y espadas largas no servían para nada. Entonces, los hermanos Duatti se abalanzaron contra el caballero de la bonita coraza labrada, con las *storte* de filos curvos, de poco más de dos palmos, en la mano y, los dos a la vez, buscaron el cuello del que parecía el líder de la partida: de inmediato, la sangre del capitán se mezcló en el pavimento con la de sus víctimas y el mismo destino tuvieron los otros dos jinetes cuyos caballos los habían tirado al suelo mientras las bestias, enloquecidas por el dolor, bramaban y coceaban con los pechos comidos por la metralla.

Aún se levantaron del suelo los reñidores del Trastévere para recibir los *verretoni* que la siguiente fila de atacantes —también a caballo— disparó con sus ballestas, sin importarles siquiera que algunos de los virotes los recibiera el jinete que seguía con vida, así como el par de monturas a la que las armas de fuego no habían herido. Aun así, Angelo fue alcanzado por seis puntas y Vittorio por cuatro. La muerte les llegó en menos de un parpadeo, pero tuvieron tiempo para cogerse de las manos antes de encomendar sus respectivas almas a la infinita misericordia de Nuestro Señor, y sin llegar a ver que, quien ellos creían que era Fabio Orsini, era, en verdad, uno de sus lacayos vestido con su armadura, para hacer de señuelo y concentrar en él los ataques para salvaguardar a su señor.

En realidad, el hijo del condotiero traidor estaba entre los ballesteros a caballo, y vestía la misma coraza de cuero de búfalo endurecido en aceite de linaza y capote corto oscuro. Nada más ver que los Duatti eran abatidos por los virotes, se bajó de su alazán de guerra y, tras arrodillarse junto al cadáver del más joven, Vittorio, metió los dedos en la profunda herida que tenía en el cuello, por donde la sangre —del color del vino viejo, espesa y abundante— aún manaba débilmente. Luego, se llevó la mano ensangrentada a la boca y lamió las gotas mientras soltaba alaridos como un animal salvaje y vociferaba que iba a hacer lo mismo con el Valentino y sus hijos pequeños en cuanto franqueara los muros del castillo de Sant'Angelo.

Después ordenó a sus hombres que colocaran el ariete frente al portón de la Cancelleria Vecchia, sobre cuyo dintel estaba el escudo del toro rojo de los Borgia labrado en piedra, y que prepararan los falconetes y las culebrinas.

Cuando todo estuvo listo, ordenó a los artilleros que abrieran fuego.

* * *

El sol se precipitaba tras las crestas del monte Janículo conforme la noche se dejaba caer sobre el Viminal, su hermano a oriente. El Valentino, pese a las recomendaciones, ruegos y protestas del doctor Torrella, había ordenado que un par de sediarios lo subieran hasta lo alto de la Torre del Gallo para contemplar los estragos que las tropas de los Orsini y los Colonna estaban haciendo en Roma a pesar de las prohibiciones del Colegio Cardenalicio y las promesas que unos y otros habían hecho a los Eminentísimos Padres de que iban a mantener la paz y la tranquilidad en las calles de la urbe para que las novendiales en memoria del papa Alejandro se pudieran celebrar y, después, se convocara el cónclave.

Pese a la estrechez de la escalera, los criados pontificios llevaron al duque hasta lo alto del venerable *campanile* de la Basílica de San Pedro, que, aunque era más bajo que el de Santa María la Mayor, por estar sobre la colina vaticana ofrecía una de las mejores vistas de la Ciudad Eterna.

A la derecha del Valentino destacaba el resplandor del incendio que devoraba las casas de alrededor de la Cancelleria Vecchia. Aunque Fabio Orsini había ordenado reducirlo a cenizas y escombros, el gobernador de Roma y obispo de Ragusa —el aragonés Juan de Sanchis— había enviado a la milicia urbana y a los tres *conservatori* de la ciudad a impedirlo, alegando que el actual propietario del primer palacio Borgia de Roma era el cardenal Ascanio Sforza, a quien el papa Alejandro había cedido el edificio tras el cónclave de 1492. Aquello convenció al Orsini, que, no obstante, descargó su furia sobre las casas de alrededor y, en especial, el palacete de la cercana plaza Pizzo di Merlo, propiedad de su madre, Vanozza, la cual lloraba de rabia e impotencia desde las terrazas del castillo de Sant'Angelo al comprobar cómo su villa en las faldas del Esquilino también ardía. Otras casas de partidarios de los Borgia, como la de Fiammetta, en la Via dei Coronari, o la mansión de monsignore Agapito Gherardi, en la Via del Corso, habían sido saqueadas, y sus sirvientes, apaleados. Al menos, de momento, no las habían incendiado.

Y, mientras tanto, en el bastión de los Colonna de Montecavallo, en el Quirinal, y en la fortaleza de los Orsini de Montegiordano, en el Campo de Marte, se disparaban fuegos de artificio para celebrar el regreso de sus señores a Roma y, sobre todo, se festejaba la muerte del papa Alejandro.

—Es cuestión de tiempo que Orsinis y Colonnas se maten por las calles como han hecho siempre —dije—. ¿No creéis, Excelencia?

—No, don Micheletto. Esta vez no, porque hay un ejército francés a cuatro leguas de aquí y otro español en Gaeta. Al menos los Orsini se contentarán con esta infamia y los Colonna no harán nada mientras estén bajo la disciplina del Gran Capitán. Mira —señaló los resplandores de los incendios con un gesto semicircular de su brazo tembloroso— cómo respetan los Orsini las órdenes de los Eminentísimos Padres del Sacro Colegio Cardenalicio y los acuerdos con los embajadores.

—Los Orsini jamás han respetado un pacto, Excelencia. Vos mejor que nadie deberíais saberlo.

—Y lo sé, don Micheletto. No olvides que mi tía Adriana del Milà estaba casada con uno de ellos y fue ella la que nos crio a Lucrecia y a mí entre los muros de la fortaleza de Montegiordano.

—¡No me digáis que os está venciendo la melancolía y echáis de menos los días dentro de aquel bastión lúgubre! —bromeé.

—¡En absoluto! —El Valentino me siguió la chanza—. Es un lugar sórdido y triste, que, ahora que lo pienso, puede dar un último servicio.

—¿Cuál, Excelencia?

—¡Iluminar también la noche romana cuando lo hagáis arder hasta los cimientos! —exclamó César Borgia—. Y con tantos Orsini en su interior como sea posible, don Micheletto.

*　*　*

Antes de que las campanas de los monasterios de Roma llamaran a frailes y monjas al oficio de maitines, yo cruzaba el Tíber a la altura de las ruinas del puente de Nerón en cinco gabarras llenas de leña con diez estradiotes en cada una. Íbamos disfrazados de humildes barqueros de los muchos que se ganaban la vida transportando mercancías de un lado al otro del río y, especialmente, combustible. Entre los haces de ramas habíamos escondido trapos empapados en resina y saquitos de cuero llenos de pólvora. También llevábamos arcabuces, granadas de mecha y cinco falconetes de pequeño tamaño cargados de perdigones y metralla.

Desembarcamos en la ribera derecha del Tíber y, acarreando las brazadas de combustible sobre los hombros como simples porteadores y con las armas camufladas en un carromato, nos internamos en el dédalo de callejuelas que se extendían por el Campo de Marte para llegar a los pies del bastión de los Orsini en Roma.

Desde que la víspera de la festividad de la Epifanía de Nuestro Señor el papa Borgia había ordenado la detención del cardenal Giambattista Orsini y el saqueo de la fortaleza de su familia, pocas reparaciones se habían llevado a cabo allí. Aunque se había repuesto el portón principal, era de madera de mala calidad y los daños en las paredes y adarves eran considerables. Aunque Fabio Orsini —tras su cabalgata infernal por media Roma— había estado allí para celebrar la fiesta cuyos fuegos de artificio habíamos visto desde la Torre del Gallo, no dormía allí y había dejado poca guarnición, ya que el bastión era poco defendible en su estado. Para no provocar más aún al Colegio Cardenalicio, el hijo de Paolo Orsini y la mayor parte de sus fuerzas habían salido de Roma por la Puerta del Popolo para acercarse al grueso del ejército francés acantonado en Castello Ferraioli.

Los espías del Valentino nos informaron de que apenas veinticinco hombres de armas custodiaban el hogar ancestral de los Orsini en la Ciudad Eterna, lo que significaba que mis estradiotes y yo los doblábamos en número. Por ello, dispusimos los falconetes delante de la puerta principal y, trepando como gatos por los muros, fijamos algunos haces de leña impregnada de resina y pólvora en los voladizos del tejado de madera que sobresalía del muro más meridional del castillo. Hicimos coincidir los disparos de los cañones con el fuego de los haces de leña.

En pocos instantes, Montegiordano era una antorcha.

Y todos los hombres que estaban en su interior estaban muertos.

54

Veni Creator Spiritus

Roma,
16 de septiembre de 1503

Los treinta y siete cardenales que, tras casi un mes desde la muerte del papa Alejandro, habían llegado a la ciudad desfilaron en procesión por el patio del Paradiso hacia la Basílica de San Pedro para asistir a la misa de Espíritu Santo que ofició el cardenal Bernardino López de Carvajal. El prelado extremeño, sobre el altar mayor, tenía a sus pies, arrodillados, a las tres docenas príncipes de la Iglesia que formaban tres filas. El también presbítero de la Basílica de la Santa Cruz en Jerusalén abrió los brazos para que sus hermanos en Cristo le acompañaran en el canto del himno al Espíritu Santo:

—*Veni Creator Spiritus: mentes tuorum visita. Imple superna gratia, quae tu creasti pectora.**

Carvajal alargó la pausa antes de seguir con la segunda estrofa, de forma que Sus Eminencias tuvieran tiempo de levantarse para que el resto del cántico, tal y como mandaba la tradición, lo hicieran de pie. El primero en hacerlo, con la agilidad de un gato debido a sus veinticinco años, fue Amanieu d'Albret —cardenal diácono de San Nicola in Carcere, hijo del rey de Navarra y cuñado de César Borgia—. El último, por razones obvias, el portugués Jorge da

---

* Ven, Espíritu Creador; visita las almas de tus fieles. Llena de la divina gracia los corazones que Tú mismo has creado.

Costa, de noventa y siete, quien, pese a su edad, no necesitó ayuda de los sacristanes de San Pedro, como sí le ocurrió al cardenal de San Eustaquio, el sienés Francesco Piccolomini, que, aunque solo tenía sesenta y cuatro, parecía mucho más mayor que el venerable arzobispo de Lisboa.

—*Qui diceris Paraclitus* —cantaron todos—. *Altissimi Donum Dei, fons vivus ignis, charitas et spiritalis unctio.**

El purpurado castellano contempló a aquellos treinta y seis hombres que, junto a él, que era el trigésimo séptimo, tenían la responsabilidad de elegir un nuevo papa. A veintisiete los había nombrado cardenales el difunto Alejandro VI; cuatro su antecesor, Inocencio VIII; cinco Sixto IV, y uno Pablo II. Veintidós eran italianos y, de ellos, seis eran genoveses, cuatro de los Estados Pontificios, tres de Nápoles y otros tres de Milán. También había dos florentinos y otros tantos venecianos, más uno de la República de Siena y otro del Ducado de Saboya. De los once nacidos en los reinos de Castilla y Aragón, había nueve valencianos, un catalán y el propio López de Carvajal, que vio la primera luz en Plasencia. El cónclave se completaba con un prelado portugués, un chipriota, un navarro y un francés. Era a este último a quien todo el mundo daba ya por papa desde el momento en el que había entrado, seis días antes, en Roma. Era George d'Amboise, el canciller del rey Luis XII de Francia.

—*Tu septiformis munere; Dextrae Dei tu digitus* —cantaban los cardenales—. *Tu rite promissum Patris sermone ditans guttura.***

Bernardino López de Carvajal dudaba si la vieja sentencia romana que dice que quien accede papa al cónclave sale cardenal se iba a cumplir en aquella ocasión. George d'Amboise había entrado en la urbe junto a Giuliano della Rovere, los otros cinco prelados genoveses —entre ellos el camarlengo, Rafaelle Sansoni Riario—, más el napolitano Luis d'Aragona, los tres milaneses —con Ascanio Sforza a la cabeza— y el cardenal de Saboya. Más que hermanos en Cristo, los once prelados parecían miembros de su séquito, que exhibía entre los vítores del pueblo romano como si fueran trofeos

* Tú, llamado Paráclito [término para definir al Espíritu Santo en el Evangelio de San Juan que significa «el que alienta» en griego], don de Dios Altísimo, fuente viva de fuego, caridad y espiritual unción.
** Tú derramas sobre nosotros los siete dones; Tú, el Dedo de la Mano Derecha de Dios; Tú, el prometido del Padre, pones en nuestros labios los tesoros de tu palabra.

de caza o siervos obedientes que, con sus votos, le iban a hacer papa. El arzobispo de Narbona y Ruan exudaba confianza ante un cónclave que él consideraba que iba a ser un mero trámite, porque a la decena de prelados que llevaba en su séquito creía sumar los sufragios de los nueve de Valencia y los dos de Cataluña y Navarra, y más aún después del último movimiento del Valentino, que, de nuevo, había dejado descolocados a todos. También confiaba en obtener el apoyo de los dos florentinos —Francesco Soderini y Giovanni de Médici— y del par de venecianos. Todos ellos suponían veintitrés de los veinticinco votos que el Espíritu Santo debía inspirar para sentarlo en la *Cathedra Petri* y que completaría con los del nonagenario Jorge da Costa y el chipriota Ludovico Podocatharos. Con esas cuentas, lo que hicieran los napolitanos, los romanos y el sienés carecía de importancia. Es más, D'Amboise pensaba que no se quedarían en el bando perdedor y que lo elegirían por unanimidad.

—*Accende lumen sensibus* —cantaba el Colegio Cardenalicio—; *infunde amorem cordibus; infirma nostri corporis; virtute firmans perpeti.**

En Roma nada permanece oculto durante mucho tiempo, sobre todo si ese secreto lo conoce más de una persona que esté viva. Durante las misas novendiales en memoria de Alejandro VI —a las que cada vez asistían menos cardenales— corrió la noticia de que el hijo del difunto papa había llegado a un acuerdo con Próspero Colonna para pasarse al bando español.

El duodécimo día de septiembre, la fecha acordada entre César, los cardenales y los embajadores para que el duque abandonara el Palacio Apostólico, catorce carruajes escoltados por doscientos estradiotes desfilaron por la plaza de San Pedro. En el último de ellos, cubierto por tela carmesí, viajaba el Valentino, tumbado entre cojines y con Fiammetta junto a él para darle de beber cada poco tiempo un brebaje hecho con vino *negroamaro* de Apulia cocido con flores de adormidera, laurel y manzanilla, que le aliviaba el dolor en las articulaciones, y enjugarle el sudor de la frente y el cuello con paños empapados en agua perfumada con clavos de olor. Su rostro macilento y violáceo estaba oculto tras la máscara de cuero negro que

* Enciende con tu luz nuestros sentidos; infunde amor en nuestros corazones; fortalece nuestra frágil carne con tu perpetuo auxilio.

siempre llevaba ya en público y que impedía reconocer en aquel despojo humano al atleta de melena entre castaña y rojiza, barba breve y ojos del color de la miel de romero que mataba toros a lanzadas en la plaza Navona y conquistaba ciudades al grito de «*Aut Caesar aut nihil*» —o César o nada—. Aun así, se intentó mantener la dignidad del todavía capitán general de la Iglesia y, por ese motivo, su caballo de batalla —un enorme semental siciliano que llevaba de la rienda Juanicot Grasica, su paje— marchaba detrás, cubierto por una gualdrapa de terciopelo negro y con su escudo de armas bordado en hilo de oro. En la carroza inmediatamente anterior iba Vannozza con sus cuatro nietos —los dos hijos de Lucrecia, Giovanni y Rodrigo, junto a los de César, Girolamo y Camilla— mientras que a la cabeza de la comitiva cabalgaba Jofré, con coraza de piel de búfalo con tachones de bronce dorado, espada al cinto y lanza en ristre.

—*Hostem repellas longius pacemque dones protinus* —rogaban Sus Eminencias—. *Ductore sic te praevio et vitemus omne noxium.**

Lo que unas semanas antes parecía imposible era ahora posible: los Borgia, derrotados y humillados a pesar de la parafernalia de carruajes, sirvientes y hombres de armas que los acompañaban, abandonaban Roma.

Y también lo hacían todos sus soldados que no habían sido enviados a defender las fortalezas de Cesena, Forlì, Imola, Bertinoro y Senigallia, las cinco villas que, en la Romaña y las Marcas, no se habían rebelado contra los magistrados nombrados por César. De los más de diez mil hombres con los que contaba el Valentino en Roma y alrededores unas semanas antes, le quedaban la mitad.

No hacía un mes de la muerte de Alejandro VI y el ducado construido para su favorito se deshacía como un montón de arena bajo la lluvia. Urbino volvía a estar en manos de Guidobaldo de Montefeltro gracias a la ayuda de Venecia, lo mismo que Rímini y Pésaro, donde Pandolfo Malatesta y Giovanni Sforza desataron una represión salvaje contra los partidarios del Valentino y, cada día, se contaba por docenas a los ahorcados. Tres días antes de la partida de César de Roma, Giampaolo Baglioni era de nuevo el dueño y señor de Perusa gracias a la ayuda florentina que también había propiciado que Jacopo d'Alpiano recuperara Piombino y

---

* Aleja de nosotros al enemigo y danos pronto tu paz. Sé nuestro guía y evitaremos todo lo nocivo.

Pandolfo Petrucci, Siena. Mi esposa Beatriz, a la que había dejado de gobernadora de la ciudad costera y de la isla de Elba, evitó por poco que la capturaran junto a nuestro hijo. En Ferrara, por más que Lucrecia insistía a su suegro Ercole para que enviara ayuda a su hermano, el viejo duque no hacía más que poner excusas de mal pagador para no hacerlo y, mientras con una mano mandaba cartas a César deseándole una pronta recuperación de sus enfermedades, con la otra enviaba mensajes a venecianos y florentinos para recordarles su vieja amistad y expresarles su deseo de que el Valentino se reuniera pronto con el santo padre Alejandro para rendir cuentas ante el Altísimo.

—*Per te sciamus da Patrem noscamus atque Filium* —los prelados ya iban por la penúltima estrofa del himno—; *Teque utriusque Spiritum. Credamus omni tempore.**

Al cardenal López de Carvajal le había encargado el Gran Capitán, por orden de Fernando el Católico, que cerrara con César los detalles para que las fuerzas que le quedaban al duque de la Romaña se uniera a las españolas acantonadas en Tívoli, a tres leguas al este de Roma. Por ello, Próspero Colonna esperaba al Valentino al otro lado de la Puerta Mayor de las Murallas Aurelianas, en la Via Praenestina, y hacia allí parecía dirigirse el cortejo encabezado por Jofré Borgia junto a los infantes de la Romaña que estaban en Sant'Angelo, la escolta de estradiotes y las piezas de artillería. Sin embargo, poco antes de llegar a las ruinas fortificadas del antiguo Teatro de Marcelo —donde estaba de vuelta Silvio Savelli, el destinatario de la injuriosa carta—, toda la comitiva giró hacia el noroeste para buscar la Puerta Salaria. Al otro lado esperaba yo con los cuatro mil hombres que, durante días, habíamos sacado del Borgo en pequeños grupos para no levantar sospechas. Una vez reunidos, iniciamos el camino hacia Nepi.

César había cambiado de opinión. En el viaje hacia el bastión de Lucrecia en Nepi contaba que, aunque pensaba que su primo el rey de Francia iba a caer derrotado en la guerra de Nápoles, era el único que le podía devolver las villas y castillos que había perdido tras la muerte del papa Alejandro, así como domesticar a Florencia y Venecia. Además, aunque había intentado convencer a Luis XII de

* Por ti conocemos al Padre y también al Hijo que en ti eres el Espíritu de ambos. Creemos todo el tiempo.

que el próximo papa fuera su antiguo preceptor y actual arzobispo de Salerno —Joan de Vera—, el monarca francés se había mantenido inflexible: quería a George d'Amboise sentado en la *Cathedra Petri* con el *Anulus Piscatoris* en la mano. Por ello, César le había contado al rey que los nueve cardenales valencianos, el catalán, su cuñado el navarro Amanieu d'Albret y el extremeño Bernardino López de Carvajal votarían por el arzobispo de Narbona y Ruan.

—*Gloria Patri Dominum Natumque* —cantaban los príncipes de la Iglesia—, *qui a mortuis surrexit ac Paraclito, in saeculorum saecula. Amen.**

Francesco Piccolomini, más que sentarse, se derrumbó en el banco nada más concluyó el himno, pues tenía los pies tan hinchados a causa de la gota que apenas podía sostenerse tras el esfuerzo. Mientras todos los prelados, tras concluir la misa de Espíritu Santo, pasaron andando a la Capilla Sixtina, el achacoso cardenal de Siena —sobrino del papa Pío II— lo hizo a bordo de una silla de manos llevada por cuatro asistentes.

Monsignore Burcardo distribuyó a los cardenales por todas las dependencias del Palacio Apostólico de forma que no quedó un rincón libre, porque nunca se había celebrado un cónclave con tantos participantes. Sus Eminencias tenían que compartir habitación en grupos de dos o tres no solo porque estaba en vigor el mandato del papa Celestino V —elegido en un cónclave que duró dos años y tres meses— y que establecía que los cardenales no pueden disponer de aposentos individuales, sino porque, además, no había espacio material para tantos.

En cada cubículo, Burcardo había dispuesto un catre para dormir, una mesa, un pequeño escritorio, cuatro sillas, un asiento con bacín para aliviar las tripas y dos orinales por cardenal. A cada uno le correspondían doce servilletas de lino, dos toallas, una alfombra, un cofre para la ropa, cuatro copas de plata, una jarra del mismo metal, tres platos y nueve cubiertos. El *magister ceremoniarum* también había hecho instalar en todas las habitaciones una pequeña alacena en la que, cada mañana, los criados reponían tarros con piñones garrapiñados, pan blanco, bizcochos, mazapán, azúcar, vino, carne en salazón y queso. El escritorio contaba con un par de ma-

---

* Gloria a Dios Padre y al Hijo que resucitó de entre los muertos, y al Espíritu que alienta, por los siglos de los siglos. Amén.

nos de papel, cálamos, pinzas, cortaplumas, velas y lacre. Los asistentes podían entrar en el área reservada una vez por la mañana y otra por la noche para retirar los orinales y la ropa sucia, hacer la cama de su señor y ayudarle a asearse y afeitarse. Antes de abandonar las dependencias, la guardia vaticana los registraba para evitar que se llevaran mensajes escritos o cualquier otra cosa, y bajo ningún concepto se les permitía pasar más allá de la Sala Regia, bajo pena de muerte sumaria y en el acto.

—*Extra omnes!* —proclamó el maestro de ceremonias cuando todos los cardenales ocupaban sus puestos en la Capilla Sixtina.

Después de que monsignore Burcardo mandara a todos fuera —incluido él mismo— con el *extra omnes* y se cerraran y lacraran los portones de aquel ala del Palacio Apostólico, los treinta y siete cardenales necesitaron tres días para ponerse de acuerdo en que tenían que ponerse de acuerdo, aunque ninguno pensara respetar ni uno de los compromisos acordados. Tal y como llevaban haciendo desde hacía un siglo y medio, lo primero que Sus Eminencias tenían que elaborar —antes de empezar a hablar de nombres y repartirse cargos y prebendas—, era la llamada *Capitulatio Conclavis*, un consenso por escrito en el que se establecía cómo iba a ser la relación entre el nuevo papa y el Sacro Colegio, así como los acuerdos a los que ambas partes se comprometían. Desde los tiempos de Inocencio VI —aún en el exilio de Aviñón— todos los papas se elegían tras la firma de este documento. Y desde entonces todos los elegidos —incluido el primero— rompían o ignoraban los juramentos en el mismo momento en el que les ceñían el *triregnum* en la cabeza y le ponían el *Anulus Piscatoris* en el dedo.

Los Eminentísimos Padres elaboraron dos documentos que firmaron uno por uno: en el primero juraban solemnemente —como siempre se hace cuando no se tiene la más mínima intención de respetar lo que se ha jurado— organizar una cruzada contra el Turco que devolviera Constantinopla a la cristiandad y, de paso, recuperar los santos lugares en Nazaret, Belén y Jerusalén. En el segundo papel —redactado en un latín tan grave y solemne como el anterior y, por tanto, igual de falso e inútil— se comprometían a que, en el caso de ser elegidos, compartirían el poder con sus hermanos del Colegio Cardenalicio, de forma que las grandes decisiones se tomarían en los consistorios de mutuo acuerdo entre los príncipes de la Iglesia y el santo padre. Si el primer compromiso era un canto al sol, el segundo —y todos los sabían— era puro papel mojado. Entre otras fantasías que se incluyeron en él destacaba que la Santa Sede actuaría contra cualquier rey, príncipe u otra autoridad secular en el caso de que tomaran represalias contra alguno de los prelados allí presentes; también que Su Santidad se limitaría a nombrar cardenal a uno solo de sus sobrinos durante su pontificado —lo que debió de provocar, desde el otro mundo, las carcajadas de Pío II, Sixto IV, Inocencio VIII y Alejandro VI, y, en este, las de la docena larga de sobrinos de los cuatro difuntos que estaban allí mismo— y que el Sacro Colegio se compondría, a partir de ese momento, de veinticuatro miembros como máximo, es decir, uno menos de los que eran necesarios para elegir al nuevo papa sin contar con que, en realidad, eran casi el doble los que, en teoría, tenían derecho a participar en el cónclave.

El 19 de septiembre, festividad de San Jenaro, el patrón de Nápoles quiso dar una alegría al arzobispo de la diócesis de su ciudad y, tras la primera votación, el cardenal Oliverio Carafa se había alzado con catorce de los treinta y siete votos, tres más que los obtenidos por George d'Amboise. Giuliano della Rovere y Joan de Vera habían obtenido cinco cada uno mientras que Francesco Piccolomini —siempre postrado en una silla y aullando de dolor por la gota— tenía un voto.

—¿Por qué, cardenal Della Rovere? —George d'Amboise estaba fuera de sí—. ¿Por qué le hacéis esto a vuestro amigo el rey de Francia? ¿Y vos, Ascanio? ¿Así pagáis la generosidad de Su Cristianísima Majestad?

—Los franceses tenéis un concepto muy extraño de generosidad —bufó el milanés— al arrebatar a mi familia el Ducado de Milán y tomar mi cautiverio en Brujas como un acto de caridad. Y poco cristiana sería Su Majestad si hubiera mantenido preso a un cardenal que debe acudir a la llamada del Espíritu Santo. *Quae enim seminaverit, homo haec et metet.*

—Lo que uno siembre, eso cosechará. —Giuliano della Rovere tradujo el versículo de la Epístola a los Gálatas de san Pablo con una sonrisa lobuna pintada en la cara—. Y parece, cardenal de Ruan, que no ha sido la nuestra la única cosecha que os ha salido amarga. Los capellanes del papa Alejandro tampoco os han votado. O, al menos, no todos.

El canciller del rey de Francia no contestó a la pulla del cardenal de San Pietro in Vincoli porque tenía razón. Contaba con los once votos de los nueve valencianos, el catalán y el navarro que conformaban el grupo que Della Rovere había definido despectivamente como los capellanes del difunto santo padre, pero no había sido así. Cinco de ellos habían propuesto al antiguo preceptor de César y arzobispo de Salerno —Joan de Vera— y de los otros seis solo estaba seguro del voto, porque así se lo había jurado, del cuñado del Valentino, Amanieu d'Albret.

—¡Os he visto venir, Della Rovere! —mintió D'Amboise, pues el resultado de la votación le había cogido desprevenido—. No me engañan los catorce votos del cardenal Carafa. ¡Son vuestros la mayor parte de ellos! Pero catorce más cinco no hacen los veinticinco necesarios para ser coronado papa.

—Ni vuestros once más los cinco de los capellanes del papa Borgia que pudierais mendigar al Valentino llegan tampoco a los dos tercios para la elección canónica, D'Amboise.

—Diecinueve contra quince *Eminentissime Frater* —rio Ascanio Sforza mientras devoraba generosas porciones de mazapán y se chupaba de los dedos el azúcar dejado por los piñones garrapiñados que cogía a puñados—. Quince contra diecinueve. No le deis más vueltas porque las cuentas no salen.

—Es posible —bromeó Della Rovere— que como ocurrió en el cónclave en el que se eligió al papa Gregorio X, el buen pueblo romano nos quite el techo sobre nuestras cabezas para que lleguemos a un acuerdo.

El prelado genovés se refería al cónclave más largo de la historia —casi dos siglos y medio antes— que duró treinta y cuatro meses y que terminó con el Palazzo dei Papi de Viterbo —donde se celebró la elección— sin techo y con los cardenales a pan y agua hasta que eligieron a Tebaldo Visconti.

—Aunque algunos estamos ya muy mayores para dormir a la intemperie, en tal caso no habría mal que por bien no venga, porque nunca me ha gustado cómo dejó mi tío el papa Sixto el techo de esta capilla. Ni tampoco el muro del altar mayor. Son demasiado pobres esas estrellas pintadas ahí arriba, ¿no creéis, cardenal Sforza? Yo preferiría llenar esa bóveda con retratos de los doce apóstoles. ¿Qué os parece?

—No entiendo mucho de arte —contestó el aludido—. Eso era la pasión de mi hermano Ludovico. Lástima que en la torre del castillo de Loches donde está encerrado no podamos consultarle al respecto. Estoy seguro de que os daría buenos consejos sobre qué artista contratar.

—¡Ah! De eso no tengo la más mínima duda. Será ese florentino que hizo la magnífica *Pietà* para el cardenal Bilhères, que está en la capilla de Santa Petronila. Miguel Ángel Buonarotti, se llama.

—Pues no lo conozco, aunque sí la obra, que, desde luego, es soberbia.

—¡Basta! —D'Ambois interrumpió la charla de ambos cardenales, que le insultaban ignorando su presencia—. Sabed que, si no soy elegido papa, a Italia no le espera otra cosa que la guerra. Y los italianos no sabéis nada de la guerra.

—La guerra, *carissime frater*, no es más que una herramienta de la política —respondió Ascanio Sforza con toda tranquilidad.

—Y los franceses no sabéis nada de política —sentenció Della Rovere.

55

Veintiséis días

Roma,
domingo, 8 de octubre de 1503

Sobre la hora nona, la misma en la que el Redentor murió en la cruz, la procesión llegó al Palacio Apostólico para recoger al ducentésimo décimo cuarto sucesor de san Pedro, el cual más parecía estar como Nuestro Señor camino hacia el Gólgota que en su solemne coronación como obispo de Roma. Estaba previsto que el santo padre hubiera salido de sus aposentos mucho antes, pero no había sido posible hasta que el pontífice reunió las fuerzas suficientes para hacerlo y, aun así, Francesco Nanni Todeschini Piccolomini —papa Pío III en memoria de su tío, el segundo con tal nombre— salió sobre la silla gestatoria, con muecas de dolor ante cada movimiento de los doce sediarios que lo portaban a hombros. Pese a que el manto bordado la ocultaba, llevaba vendada la pierna izquierda desde los dedos del pie a la rodilla.

Una escuadra de alabarderos y otra de ballesteros de la guardia pontificia, con los tachones de bronce centelleando al sol sobre las corazas de piel de búfalo, formaron un pasillo para que el papa Pío III ocupara su puesto en el cortejo que cruzó el patio del *Paradiso* rumbo a la Basílica de San Pedro. Seis lacayos con vestidos de seda y bastones de plata en las manos abrían el paso, seguidos por los *conservatori di Roma*, los *priori dei caporioni* y los *senatori*, todos ellos con túnicas albas y toga con una franja púrpura sobre el hombro, como la que usaban los antiguos magistrados de la Ciudad Eterna. Después venían los obispos presentes en la ciudad —con mitra y capa blanca— y, tras ellos, los cardenales, divididos en tres grupos: primero los diáconos, con dalmática; a continuación, los presbíteros, con casulla; y, por último, los cardenales-obispos, con capas pluviales rojas y doradas. Luego iba el *Beatissime Pater* Pío III, vestido de brocado escarlata e hilatura de oro. Justo detrás, monsignore Burcardo, maestro de ceremonias, llevaba en un cojín el *triregnum* y, tras él, la legión de datarios, notarios apostólicos, abreviadores y auditores de la curia: ese era el verdadero ejército del papa, mucho más numeroso que el que conformaban los hombres de armas.

Aunque hacía seis días que César Borgia había regresado a Roma, no asistió a la ceremonia de coronación. Junto a su madre, su amante, sus sobrinos y sus hijos estaba instalado en su viejo Palacio de San Clemente del Borgo. Las fiebres tercianas que padecía no habían desaparecido del todo. La calentura, además, agravaba los estragos del mal francés y hacía crecer el dolor en las articulaciones y las llagas del rostro. Pese a estar postrado en la cama, había obtenido del nuevo papa su ratificación en el cargo de gonfaloniero y capitán general de la Iglesia. Eso sí, tuvo que devolver a la Cámara Apostólica los doscientos mil ducados que yo tomé de las habitaciones del papa Alejandro después de poner un cuchillo en la garganta de su chambelán —el cardenal Casanova— y amenazarlo con arrojarlo por la ventana si no lo hacía.

Sin dinero para pagarles, César licenció las compañías de piqueros suizos, las de ballesteros gascones y algunas mandadas por capitanes castellanos y aragoneses. Por ello, a Roma solo se había llevado una guardia de cien lanceros, mientras que los hombres de armas de la Romaña, mis estradiotes y la compañía de infantes valencianos seguíamos acantonados en la Rocca Borgia de Nepi. En total, el antaño temible ejército del Valentino era entonces menos de un cuarto de lo que había sido.

La primera parada de la procesión de la coronación del nuevo papa se produjo junto a la fuente de la Pigna de bronce en el patio del *Paradiso*. Sobre una tarima se depositó la silla de manos para que los clérigos que participaban en la comitiva —empezando por los cardenales, siguiendo por los obispos y terminando por los sacerdotes, frailes y diáconos— le besaran el pie. Después, el cortejo continuó hacia la escalinata que daba a la plaza de San Pedro, justo debajo de la Logia de las Bendiciones. El nuevo pontífice tenía sesenta y cuatro años —aunque aparentaba más de noventa— y, pese a que era arzobispo de Siena desde que su tío el papa Pío II lo nombró nada más cumplir los veinte, no había sido ordenado sacerdote ni recibido la consagración episcopal hasta una semana después de ser elegido papa.

El cardenal George d'Amboise no disimulaba su indignación y su disgusto. En el cónclave —tras el primer escrutinio y al darse cuenta de que jamás iba a conseguir los veinticinco votos para la elección canónica de dos tercios porque los «capellanes del papa Borgia» no iban a apoyarlo, como tampoco lo harían los florentinos ni los venecianos— se había tenido que conformar con destruir la candidatura del preceptor de César —el cardenal Joan de Vera— y bloquear la de Giuliano della Rovere. Por su parte, el prelado genovés, para no prolongar un cónclave atascado en su primera jornada de votaciones, pactó con los valencianos, florentinos y napolitanos la elección de un nombre de transición con el que nadie perdía y todos ganaban lo único que se podía ganar en aquellas circunstancias: tiempo. Por eso se eligió a Francesco Piccolomini.

Tal y como mandaba la tradición, los cardenales-obispos de tres de las siete diócesis suburbicarias de Roma —la de Albano, Lorenzo Cybo; la de Ostia, Giuliano della Rovere; y la de Porto, Jorge da Costa— junto al camarlengo —Rafaelle Sansoni Riario— coronaron al nuevo santo padre bajo la Logia de las Bendiciones, en lo alto de la escalinata de la venerable Basílica de Constantino.

—*Accipe tiaram tribus coronis ornatam et scias te esse patrem principum et regum, rectorem orbis in terra vicarium Salvatoris nostri Jesu Christi, cui est honor et gloria in saecula saeculorum* —declamaba el camarlengo mientras le encajaba en la testa el *triregnum* de plata, oro y piedras preciosas.

Y Pío III, con expresión agotada, aceptó la triple corona como si fuera la palma del martirio, pese a que la tiara le convertía, por la gracia del Espíritu Santo y el acuerdo contra natura entre Giuliano della Rovere y César Borgia, en padre de príncipes y reyes, guía del mundo y vicario en la tierra de Nuestro Salvador Jesucristo, todo honor y toda gloria por los siglos de los siglos.

Después, recibió el homenaje de los treinta y seis cardenales, que, uno por uno, lo besaron primero en la boca en señal de amor fraterno y luego doblaron el lomo hasta casi tocar el suelo para besar la punta de su manto en señal de obediencia. En ese momento, monsignore Burcardo empezó a quemar estopa en la punta de una delgada vara de bronce.

—*Sancte Pater, sic transit gloria mundi* —le susurraba al oído entre un cardenal y el siguiente mientras movía el palo humeante delante de los ojos del papa—. Santo Padre, así pasa la gloria del mundo.

Una gloria que ante el nuevo papa pasaba mucho más deprisa que a sus antecesores, puesto que, al abandonarle las fuerzas justo después de recibir el homenaje del último prelado, Francesco Piccolomini se desmayó. Un cubiculario se aprestó a mojarle el cuello y la frente con paños empapados en agua fresca y bálsamo de Oriente, y, para cuando volvió en sí, todos coincidieron en que el resto del ceremonial de la coronación no podía continuar.

Por ello, Pío III no recorrió la ciudad a lomos de la hacanea blanca para tomar posesión como obispo de Roma en la Basílica de San Juan de Letrán ni recibió de los judíos los Rollos de la ley de Moisés y su homenaje con el que les permitía seguir viviendo en Roma tal y como habían hecho sus antepasados. Para la decepción del pueblo, la fiesta se limitó al disparo de unas cuantas salvas desde las almenas del castillo de Sant'Angelo y a un frugal reparto de pan en las calles. No hubo hogueras en las plazas, carreras de prostitutas, suelta de cerdos engrasados por las laderas del monte Testaccio, ni corridas de toros, ni siquiera una ejecución con la que entretener a la chusma una tarde. Tal apatía produjo la alarma de los *conservatori* y los *priori dei caporioni*, que temían que la falta de diversiones provocara disturbios, pero, inexplicablemente, el pueblo romano se comportó de manera ejemplar. El nuevo pontífice tenía fama de ser un hombre sabio, prudente y benévolo, y por ello la gente se conformó, y con alegría, con aquella coronación papal austera.

Sin pensar ni por un momento que, entre los pobres, la alegría siempre dura poco.

* * *

—Pasad, *messer* Di Venafro —saludó Giuliano della Rovere—. Sed bienvenido. Poneos cómodo, que estaré con vos de inmediato.

El canciller del tirano de Siena, Pandolfo Petrucci, bajó la mirada para desviarla de la visión del muchacho desnudo que posaba para un pintor que abocetaba del natural. Hizo como que admiraba el bellísimo mosaico cosmatesco del gabinete de trabajo del palacio junto a la Basílica de San Pietro in Vincoli que el prelado genovés había recuperado tras casi una década en su exilio dorado de Aviñón.

—Mi querido Rafael —dijo el cardenal—, dejadnos ahora, seguiremos con los bocetos en otro momento. Gracias.

—Sí, Eminencia —contestó el artista, y luego se dirigió al modelo—. Andreas, cúbrete, que nos vamos. Gracias a vos, *Eminentissime Pater.*

El cardenal alargó la mano para que ambos chicos —pues el retratista era solo un poco mayor que el retratado, que no tendría aún los diecisiete años— le besaran el anillo antes de abandonar la habitación cargados con el caballete, el lienzo y la caja de carboncillos y pinturas.

—Tiene un gran talento este Rafael Sanzio —comentó Della Rovere—. Su padre ha sido durante años el pintor de cámara de los duques de Urbino, pero es evidente que el hijo va a llegar mucho más lejos. Le he encargado un retablo con la escena de Ganimedes siendo raptado por Zeus.

—Excelente elección del tema, Eminencia —apuntó Di Venafro sin saber muy bien cómo continuar la conversación sin caer en el riesgo de ofender al cardenal por el gusto por los efebos que conocía toda Italia—. Un episodio bien interesante de los mitos antiguos.

—Y que ilustra sobre muchas más cosas además de las obvias. Zeus, transformado en un águila aterradora, raptó al joven frigio en el monte Ida porque se había enamorado de su belleza. Fue un acto de notable crueldad, pero, una vez en el Olimpo, convirtió al muchacho en su amante, lo nombró su copero y lo libró de la vejez y la muerte.

—Disculpadme, Eminencia, pero no os sigo.

—Habrá quien os diga que la fábula de Ganimedes es una alegoría sobre la elevación del alma y del espíritu por encima de lo material, porque, a fin de cuentas, el muchacho alcanzó la vida eterna a través del servicio a la divinidad; es decir, lo mismo que hacemos todos los que hemos consagrado nuestra existencia a la Iglesia de Cristo.

Antonio di Venafro pensó en ese momento que el servicio a la divinidad que el pobre Ganimedes debía prestar era el ser sodomizado por el rey de los dioses, y no le faltaron ganas de decirle al cardenal que entendía que, dados sus gustos de alcoba, tal servidumbre le pareciera gloriosa. Pero optó por una respuesta más diplomática.

—Visto así...

—No les falta razón a los humanistas que así lo ven, *messer* Di Venafro. Pero yo interpreto la escena como la prueba de que, en ocasiones, los actos de tremenda violencia son necesarios para obtener un bien mayor. Vuestro señor, el *defensor libertatis,* sin ir más lejos, ha aplicado esta verdad en su regreso a Siena con especial intensidad, ¿no es así?

Antonio di Venafro arqueó las cejas y dedicó al cardenal una sonrisa entre cómplice y malévola. En efecto, desde que Pandolfo Petrucci había recuperado el poder en la ciudad de la que César Borgia lo había expulsado —en connivencia con el rey de Francia—, la horca instalada en la Piazza del Campo no había estado ni un solo día vacía.

—Así es, Eminencia. Su Señoría ha tenido que actuar con severidad con los traidores que le vendieron al hijo del papa Alejandro.

—Y no seré yo quien diga que debía hacer lo contrario. Y ahora que mencionáis a César Borgia: como sabéis, el santo padre Pío ha ratificado al duque en su cargo de gonfaloniero y capitán general de la Iglesia y, aunque ha tenido que devolver el ducado de Urbino y otros territorios de la Romaña, aún mantiene las fortalezas de Cesena, Fano, Faenza, Imola y Forlì.

—De algo le tenían que valer al Valentino los once cardenales que controlaba en el cónclave, ¿me equivoco?

—No. Pero no le obedecieron todos, a pesar de los juramentos y las amenazas. Por eso, el nombre del candidato del Valentino, el arzobispo de Salerno Joan de Vera, solo reunió cinco apoyos en el primer escrutinio. Su eminencia Bernardino López de Carvajal hizo un magnífico trabajo rompiendo, poco a poco, el bloque valenciano. Primero atrajo a su causa a Francesc Desprats, después al cardenal de Cosenza y por último a Jaume Casanova.

—¿Al primo del papa Alejandro? —Di Venafro estaba atónito con el segundo y el tercer nombre que Della Rovere había sacado a colación—. ¿Y también a su chambelán y camarlengo privado? No me lo puedo creer. ¡Pero si eran de la máxima confianza del santo padre!

—Lo cual no quiere decir que lo tuvieran que ser también del duque, ahora que es un lacayo del soberano de Francia. Son leales súbditos del rey Fernando de Aragón y como tales se comportaron una vez que su benefactor y viejo adversario mío fue llamado a la presencia del Altísimo.

—De todos modos, *Eminentissime Pater* —continuó el canciller sienés, ya recuperado de la sorpresa—, cierto es que de poco sirve saber ahora que en el cónclave se quebró el bloque de los «capellanes del papa Borgia», porque el nuevo pontífice ratificó al Valentino en todos sus títulos y cargos el mismo día de su coronación y...

—En realidad, de eso último, precisamente —interrumpió Della Rovere—, es de lo que quería hablar con vos.

—¿Sobre el nuevo papa?

—Sí.

—No sé qué puedo contaros del santo padre que no sepáis ya, Eminencia, dado que lo conocéis desde hace décadas. —Como Di Venafro no podía ocultar su estupor, optó por el sarcasmo—. Como su tío el papa Pío II y como yo mismo, es de Siena y ha sido arzobispo de mi ciudad, y además...

—¡No me refiero a ese despojo gotoso de Francesco Piccolomini! —estalló el cardenal—. ¡Me refiero al verdadero nuevo papa! —le cortó el cardenal—. Al que necesita la Iglesia de Cristo y también Italia. Y en ella incluyo a la República de Siena, libre y soberana como ha sido siempre.

Al canciller de Pandolfo Petrucci se le congeló la sonrisa en la cara hasta convertirse en una mueca estúpida. La víspera se había celebrado la coronación de Pío III, el cual, debido a su delicado estado de salud, no había podido completar la ceremonia con su toma de posesión como obispo de Roma en la Basílica de San Juan de Letrán. No obstante, no se temía por su vida, según informaba el médico personal de pontífice, quien, seis días antes de la coronación, había operado con éxito una úlcera en la tibia izquierda del papa.

—Os escucho, Eminencia.

—El médico del santo padre, ese tal Luigi de San Miniato, según tengo entendido, es judío, ¿no es así?

—Lo era toda su familia y como tal nació —Di Venafro no salía de su estupefacción ante el aparente cambio de tema de conversación de Della Rovere—, aunque se convirtió hace años, cuando entró al servicio del cardenal Piccolomini.

—Y su familia, ¿sigue viviendo en Siena?

—Toda ella.

El cardenal se levantó de la mesa de trabajo y se acercó a la ventana que daba a la Torre de los Margagni, la cual se recortaba contra el cielo en llamas del atardecer romano. El cuadrado y recio bastión estaba a menos de cien pasos de la fachada de la Basílica de San Pietro in Vincoli junto a la que tenía su palacio. Hacía años que el papa Borgia la había alquilado y llenado de guardias no solo para proteger mejor la cercana villa rodeada de viñedos de la madre de César, sino también para humillarle a él, para recordarle quién era el verdadero amo de Roma. Ya no había gente armada de los Borgia ahí dentro —porque César ya no podía pagarles—, pero la mera silueta oscura del bastión seguía ofendiendo al prelado.

—¿Sabéis cómo llegó la pestilencia de los Borgia a Italia? —preguntó el cardenal sin apartar la mirada del torreón—. Fue hace casi cincuenta años. Tras la muerte del papa Nicolás V, en el cónclave, los Colonna y los Orsini no conseguían imponer a sus respectivos candidatos. Tras varios días de deliberación y votaciones fallidas, se eligió a un cardenal extranjero, muy anciano, sin apenas amigos en Roma y que incluso había perdido la estima de su principal benefactor, el rey Alfonso el Magnánimo de Aragón y Nápoles.

—Calixto III.

—En efecto. Y apenas tres meses después de que Alfons de Borja se encasquetara el *triregnum* en la cabeza y se pusiera el *Anulus Piscatoris* en el dedo, los Orsini y los Colonna —por no llegar a un acuerdo durante el cónclave— coincidieron en que habían cometido un tremendo error. Aquel viejo de Xàtiva empezó a colocar a todos sus familiares y amigos en los principales puestos de la curia y el Colegio Cardenalicio. Nombró vicecanciller a su sobrino Rodrigo y capitán general de la Iglesia a su hermano mayor, Pere-Lluís. Y después fueron legión los valencianos, aragoneses y catalanes que cruzaron el mar y se abatieron sobre Roma como las diez plagas que Dios mandó sobre Egipto. Y gracias a que la Divina Providencia le llamó a su seno solo tres años después de haberse sentado en la *Cathedra Petri*, no consiguió que los Borgia se hicieran con la corona de Nápoles.

—Entiendo.

—Pensando en lo urgente, que era cerrar el cónclave para ganar tiempo, los Orsini y los Colonna no hicieron lo importante, que era usar ese tiempo, cosa que sí hizo el papa Calixto. Ahora no podemos caer en el mismo error. Por eso necesito la ayuda del *defensor libertatis*, de Siena, *messer* Di Venafro.

El cardenal abrió la ventana y se dirigió de nuevo a su mesa de trabajo. De un cajón sacó una caja pequeña que le cabía en la palma de la mano y la depositó en el regazo del canciller sienés.

—¿Que hay aquí dentro, Eminencia?

—Un vial de un ungüento hecho con polen de una extraña flor de adormidera asiática, raíz de beleño, grasa de chivo y bayas de solano. Está elaborado por perfumistas egipcios al servicio del sultán de Estambul y se pagó por él dos veces su peso en oro. Aplicado a una herida produce la muerte en poco más de una semana; sin embargo, el paciente experimenta una notable mejoría, porque hace que el dolor desaparezca.

Di Venafro se quedó mirando el minúsculo recipiente como si fuera un escorpión con el aguijón levantado.

—Ese médico judío del papa Pío —continuó el cardenal— debe extender la pomada sobre la llaga que atormenta al santo padre en la pierna izquierda. Una vez al día.

—¿Cómo queréis que tal cosa se haga, *Beatissime Pater*?

—Eso es asunto vuestro y de Su Señoría Pandolfo Petrucci. No obstante, si me permitís la sugerencia, estoy seguro de que, si la familia del doctor De San Miniato continúa viviendo en Siena, el *defensor libertatis* encontrará la manera de convencer al buen médico de que aplique este nuevo remedio llegado de Oriente.

—¿Y qué obtendrá Siena a cambio de su ayuda a la elección del nuevo papa que necesita la Iglesia de Cristo e Italia, Eminencia? —preguntó Di Venafro.

—La garantía de su libertad y soberanía —Della Rovere sonreía al comprobar que el canciller había entendido que ese nuevo pontífice era él— como leal aliada de la Santa Sede. La exención de los impuestos eclesiásticos durante diez años, mil ducados para vos y diez mil para vuestro señor, y la tranquilidad de que César Borgia no será nunca más una amenaza para el *defensor libertatis* de Siena.

Aquella misma tarde, un jinete salió de Roma rumbo a Siena con un mensaje cifrado. Un día después, los ancianos padres del doctor Di Miniato y sus dos hermanas con sus maridos y sus hijos dormían en los calabozos del Palazzo Comunale.

El 18 de octubre del año de la Salvación de 1503, festividad de San Lucas Evangelista, Pío III murió.

Tenía sesenta y cuatro años.

Y había sido el papa de Roma durante veintiséis días.

56

El papa del Día de los Muertos

Roma,
domingo, 29 de octubre de 1503

—*Eminentissime Pater* —dijo César Borgia, que, con una rodilla en tierra, acababa de besar el anillo episcopal de Giuliano della Rovere—. Gracias por promover esta reunión y por venir a Sant'Angelo, dadas las circunstancias.

—Gracias a vos por aceptar celebrarla, Excelencia —respondió el cardenal mientras alzaba al Valentino por las axilas y besaba el cuero de la máscara que cubría las mejillas del hijo del papa Alejandro—. Estoy seguro de que este encuentro con Su Señoría y mis hermanos en Cristo de los reinos de Aragón, Castilla y Navarra será de mucho provecho.

Los «capellanes del papa Borgia», es decir, los once cardenales que, en teoría, obedecían las órdenes de César estaban presentes en la sala de banquetes del cuarto piso del castillo de Sant'Ange lo en el que el Valentino, junto a su madre, su amante, sus hijos y sus sobrinos —los *duchetti*— estaban refugiados. Pese a los bellísimos frescos del Pinturicchio encargados en su día por el papa Alejandro que adornaban los muros, la antaño lujosa estancia donde se celebraron fiestas y bailes en los días de gloria de los Borgia era ahora un espacio lúgubre, mal iluminado para no desperdiciar velas y apenas calentado por un par de braseros. De hecho, el propio César —pese a que la tarde no era demasiado fría—

temblaba bajo un grueso capote oscuro forrado de piel de oso.

Tras la muerte de Pío III, los Orsini —aliados por primera vez en su historia con los Colonna— habían desatado una cacería salvaje por las calles de Roma contra los partidarios de los Borgia y sus propiedades. Docenas de casas fueron incendiadas, sus habitantes asesinados e incluso el propio Palacio de San Clemente en el Borgo —la residencia del Valentino— fue saqueado, si bien el duque y su familia consiguieron refugiarse en Sant'Angelo. Dos días después, intentó escapar por la puerta Viridaria de las murallas leoninas que rodean el Vaticano para volver a refugiarse en la Rocca Borgia de Nepi, donde yo estaba acantonado con los estradiotes y la compañía de infantes valencianos. Sin embargo, los Orsini se enteraron y enviaron a cientos de hombres de armas para capturarlo, por lo que tuvo que huir de nuevo, a través del *passetto*, desde el Palacio Apostólico hasta el castillo. El Valentino se recluyó en la fortaleza mientras se celebraban las exequias fúnebres del santo padre Pío III, a las que asistieron los treinta y seis cardenales que lo habían elegido, pues ni siquiera habían salido de Roma tras el último cónclave cuando debían prepararse para celebrar el próximo.

El que Giuliano della Rovere pensaba ganar.

A cualquier precio.

Por eso, el cardenal de San Pietro in Vincoli había convocado a los nueve prelados valencianos, junto al catalán y al navarro, a aquella reunión con el hijo del papa que les había otorgado el capelo rojo a todos. Para Giuliano della Rovere ese era su momento. Sabía que no tendría otra ocasión de ser elegido papa y, para ello, necesitaba el apoyo de los doce «capellanes Borgia». Con ellos, junto al suyo propio, tenía ya trece de los veinticinco votos que requería para la elección y que completaría con los de los cinco genoveses, los de los cuatro romanos, los de los tres napolitanos y los de los dos florentinos. A todos ellos —también a los capellanes— les había prometido ingentes cantidades de dinero, tanto al contado como en futuras rentas por obispados, abadías y señoríos. En total, de aquella reunión podía salir con veintisiete votos en el bolsillo, antes incluso de que el *magister ceremoniarum* proclamara el *extra omnes* en la Capilla Sixtina para dar comienzo al cónclave. «Y estoy seguro —pensó Della Rovere— de que en la capilla de mi tío el papa Sixto se me unirán los cardenales de Portugal, Chipre y Saboya, porque los indecisos, al final, siempre acuden en auxilio del vencedor, sobre todo cuando tienen algo que ganar». Además, la candidatura alternativa que el milanés Ascanio Sforza estaba intentando armar con los dos prelados de Venecia estaba ya muerta con solo cinco votos, y el francés George d'Amboise, tras su primera derrota, ya empezaba a asumir que no sería su nombre el que el Espíritu Santo inspiraría a sus hermanos del Sacro Colegio. Por todo ello, el cardenal de San Pietro in Vincoli ya se veía con el *Anulus Piscatoris* en el dedo. Contaba, además, con el apoyo secreto del rey Fernando de Aragón —así se lo había hecho saber el embajador Fernando de Rojas—, que prefería a un pontífice genovés antes que a cualquiera que le debiera el capelo cardenalicio a Alejandro VI Borgia y, por supuesto, antes que al canciller del rey Luis XII de Francia.

Solo le faltaba convencer al duque de la Romaña. Y no parecía que fuera a ser muy difícil.

El Valentino aún estaba enfermo. De hecho, tenía un aspecto espantoso, casi el de un moribundo, pese a la máscara de cuero negro que le ocultaba el rostro. Aunque estaba embutido bajo gruesos ropajes, tiritaba a causa a la fiebre que seguía atormentándolo casi todos los días y que el doctor Torrella no conseguía atajar a pesar de las sangrías, los vahos de sales de albayalde y las curas de calor extremo a las que sometía a su paciente. Además Juanicot Grasica, Fiammetta y Vannozza —su ayuda de cámara, su amante y su madre— estaban cada vez más preocupados porque aseguraban que César sufría delirios en los que decía que los dos delincuentes comunes cuyos cuerpos se mecían colgados por el cuello desde las almenas de la Tor di Nona —al otro lado del Tíber, pero que eran visibles desde las terrazas de Sant'Angelo— se burlaban de él a gritos. Tanto era el terror que le producían aquellos cadáveres y las voces que solo él escuchaba que no salió de sus aposentos hasta que su secretario, Agapito Gherardi, consiguió del prefecto de Roma que se retiraran los cuerpos de los ajusticiados.

—Mi querido hijo —dijo el cardenal Della Rovere—, debemos borrar el pasado y trabajar juntos por el bien común. Vuestro padre, el papa Alejandro, y yo tuvimos nuestras diferencias durante años, pero es tiempo de dejarlas atrás por el bien de ambas familias, el futuro de la Santa Romana Iglesia y la paz y prosperidad de Italia.

—*Eminentissime Pater,* mañana empieza el cónclave y vos sabéis, igual que yo, que sin el apoyo de vuestros hermanos en Cristo que están aquí —respondió César mientras señalaba a los once cardenales que le flanqueaban como los Apóstoles a Nuestro Señor tras la traición de Judas— no seréis papa. Y esta es vuestra última oportunidad.

—¿Acaso creéis que no lo sé, Excelencia? —El rostro del prelado se endureció—. Tengo sesenta años y esta vez no habrá posibilidad de que el Espíritu Santo elija a un hombre de transición como ha sido el difunto santo padre Pío.

—Entre otras cosas, porque vos no lo vais a permitir.

—Y no solo yo. Tampoco lo harán el rey de Francia ni el de Aragón. —El cardenal hizo una pausa, cerró los ojos y se frotó las sienes con las puntas de los dedos, como siempre hacía cuando quería aclararse las ideas—. César, escúchame. Aunque naciste en Valencia, tú eres tan italiano como yo y por eso debes ayudarme a que esta península deje de ser un campo de batalla entre franceses y españoles.

—Me conmueve ver, Eminencia —la voz de César destilaba tanto sarcasmo como desprecio hacia el prelado—, este cambio de opinión. Y más aún al considerar que vos fuisteis, junto a Ludovico el Moro, quien convenció al difunto rey Carlos para invadir Italia, ocupar Roma para deponer a mi padre y conquistar Nápoles.

—Y tú, querido hijo —Della Rovere encajó el golpe y se aprestó a devolverlo—, junto a Su Santidad Alejandro VI no dudaste en aceptar de Luis de Orleans un ejército, un título de par de Francia y una esposa de sangre real a cambio del Ducado de Milán, la corona de Nápoles y un señorío para ti y otros dos para tus sobrinos, con dominios pertenecientes a la Santa Madre Iglesia.

—Y muchos otros recuperados para ella como Perusa, Fano, Imola o Forlì —replicó César.

—Y que también estás perdiendo ante las tropas enviadas por Venecia y las revueltas en las ciudades alentadas por la Serenísima. —Della Rovere suavizó el tono—. César, podemos estar discutiendo durante horas, pero, mientras lo hacemos, los Estados Pontificios se tornan cada vez más pequeños y tu Ducado de la Romaña, junto a tu ejército, también. Solo unidos podemos hacer frente al avance de los venecianos, a la arrogancia del rey de Francia y a la amenaza del Gran Capitán Gonzalo Fernández de Córdoba.

César se quedó callado durante unos instantes. Cerró los ojos y buscó la mirada de su secretario, Agapito Gherardi, y de su antiguo preceptor y ahora cardenal, Joan de Vera. Ambos asintieron y el gesto no pasó desapercibido al cardenal Della Rovere.

—Tanto monsignore Gherardi como Su Eminencia el cardenal de Salerno son hombres sabios y prudentes cuyo amor por la Iglesia de Cristo, al igual que lo tenía el santo padre Alejandro, está más allá de toda duda, César. Si no actuamos unidos, el nuevo papa será el francés D'Amboise o el castellano Carvajal, es decir, o un capellán del rey de Francia, que mantiene como rehenes a tu esposa y tu hija, o un lacayo del rey de Aragón, el mismo que ayudó a Jacopo d'Apiano para que te arrebatara el señorío de Piombino y que te ha quitado a capitanes como Hugo de Moncada y pacta tu ruina con los Orsini y los Colonna.

César, pese a la máscara de cuero negro, acusó el golpe. Sabía que el archienemigo de su padre y su familia tenía razón.

—También podría ser el *Eminentissime Pater* Joan de Vera el siguiente papa en lugar de vos, Eminencia. Tras dos papas, valencianos de Xàtiva, bien se puede *quasi afflati Spiritu Sancto*, elegir a uno de Alzira.

—Florencia, Venecia, Ferrara y Mantua no tolerarán, ni casi inspirado por el Espíritu Santo —tradujo Della Rovere— a otro papa extranjero, Excelencia. Ni tampoco los barones romanos, ni, por supuesto, el Colegio Cardenalicio en el que los italianos somos mayoría. Y mi hermano en Cristo el eminentísimo arzobispo de Salerno —los ojos de Della Rovere se endurecieron al mirar al prelado valenciano— sabe que ahora no es su momento.

—Si estuviéramos jugando al ajedrez, Eminencia, estaríamos en tablas. Sin el voto de mis cardenales —César movió el brazo derecho en abanico para abarcarlos a todos—, vos no seréis papa.

—Y si no soy yo el elegido, Excelencia —respondió Della Rovere—, será D'Amboise, Carvajal o Carafa, y ninguno de los tres os mantendrá en vuestro cargo de capitán general de la Iglesia, ni accederán a que los hijos de vuestra hermana Lucrecia mantengan los ducados de Nepi y Sermoneta, ni moverán un dedo para que vos recuperéis los territorios perdidos en la Romaña, porque vuestros cardenales son decisivos para ayudar a elegir al nuevo papa, pero no los suficientes para imponer a uno.

—¡Son casi un tercio del Colegio Cardenalicio, Eminencia!

—En la voz de César se percibía un punto sutil de desesperación.

—Suponiendo que esté entero ese tercio, Excelencia. —Della Rovere barrió con la mirada al resto de los prelados y más de la mitad bajó la cabeza para no cruzársela—. Y aun así hacen falta otros dos para la canónica elección. Además, vos no habéis estado nunca en un cónclave, pero para mí este será el cuarto, y solo nosotros, los príncipes de la Iglesia, sabemos lo que ocurre ahí dentro. Y quién vota a quién y por qué.

El Valentino, que había permanecido de pie durante toda la entrevista, pidió a Juanicot Grasica que le llevara un asiento, porque notaba cómo las fuerzas le estaban abandonando. Pese a que el cardenal Della Rovere, a sus sesenta años, le doblaba la edad a César —que acababa de cumplir los veintinueve—, era el hijo del papa Alejandro el que parecía estar al borde de la tumba: delgado, macilento y débil frente al poderoso clérigo que, aunque la tonsura se le había extendido por casi todo el cráneo y la poderosa barba ya era blanca por completo, todavía mantenía el vientre plano, los brazos llenos y el fuego en la mirada. Un fuego que ni siquiera César Borgia parecía capaz de resistir.

—Está bien. Tendréis sus votos —dijo el Valentino tras un momento de reflexión y mientras señalaba a los once cardenales que se mantenían en un humillante silencio—. Pero yo seré ratificado como gonfaloniero y capitán general de la Iglesia en cuanto os elijan papa. Y dispondré del tesoro de la Cámara Apostólica para reclutar un ejército con el que recuperar Urbino, Perusa, Pésaro, Rímini, Camerino y Sermoneta.

—Siempre y cuando Urbino y Perusa vuelvan a ser patrimonio de la Iglesia, no del Ducado de la Romaña —respondió Della Rovere—. Y también Bolonia, que, como gonfaloniero de la Iglesia y capitán general del ejército apostólico, conquistaréis para el santo padre de Roma.

—No avancé hacia Bolonia en su día y la tomé por las armas, Eminencia, porque mi primo el rey de Francia —esto último lo dijo con una sonrisa amarga— no me lo permitió. Si vos lo acordáis con él, cumpliré con gusto tal orden. Y de igual modo castigaré a Siena.

Giuliano della Rovere se acercó a César y, tomándole la cara entre dedos, le besó en la boca y después puso delante del rostro del Valentino las manos para que el hijo del papa Alejandro las besara también para sellar el pacto. En ese momento, las campanas de la Torre del Gallo de la Basílica de San Pedro empezaron a doblar a muerto para llamar a los fieles de Roma a la última de las misas en memoria del difunto Pío III. Los once cardenales y el secretario de César —por su condición de obispo de Sisporno— se santiguaron al reconocer el toque, pero César Borgia y Giuliano della Rovere, con las pupilas fijas uno en el otro, ignoraron el tañido fúnebre.

—Sea, pues —dijo el cardenal de San Pietro in Vincoli.

—Sea —respondió el duque de la Romaña.

* * *

Al día siguiente de la reunión entre el cardenal y el duque, festividad de Todos los Santos, treinta y ocho cardenales —uno más que la vez anterior, pues en esta ocasión también se incorporó Hipólito d'Este, el cuñado de Lucrecia— entraron de nuevo en la capilla del papa Sixto IV para asistir a la misa de Espíritu Santo en la que entonaron, como habían hecho casi un mes antes, el *Veni Creator Spiritu*. Querían así rogar a la Divina Providencia a que los ayudara a encontrar al nuevo papa que Giuliano della Rovere y César Borgia ya habían elegido.

Apenas monsignore Burcardo proclamó el *extra omnes* y se sellaron las dependencias del Palacio Apostólico donde se celebraría el cónclave, los cardenales firmaron las capitulaciones en las que, como de costumbre, se comprometían todos a defenderse mutuamente como hermanos del Sacro Colegio y, si resultaban elegidos, organizar una cruzada para recuperar Constantinopla y los Santos Lugares de manos de los turcos. Como novedad, también juraban solemnemente que, en cuanto se sentara en la *Cathedra Petri*, el nuevo papa organizaría un concilio en un plazo no superior a los dos años para reformar la Iglesia de Cristo y acabar con los vicios que la afligían. El concilio, entre otras cosas, legislaría para reducir el número de cardenales a veinticuatro, que obligatoriamente residirían en Roma; ninguno de ellos podría poseer más de un obispado, rentas que superaran los seis mil ducados al año, escoltas de más de veinte hombres ni palacios con más de ochenta servidores, en los que vivieran pajes menores de catorce años, músicos, bufones o concubinas. El futuro concilio también elaboraría una constitución apostólica en la que se prohibiría a los cardenales gastarse más de mil quinientos ducados en sus funerales y sepultura, y condenaría con la excomunión inmediata a quien cometiera simonía o cayera en el pecado de la sodomía. Después de que todos hubieron firmado las capitulaciones con la tranquilidad de que no se cumpliría ni uno solo de sus mandatos, rezaron el ángelus y se retiraron a almorzar a la Sala Regia.

Era la hora sexta.

Mientras los *Eminentissime Patres* comían, todos comentaban que ya había papa y el rumor se convirtió en certeza en el momento en el que el cardenal George d'Amboise se acercó a la mesa en la que cenaba Giuliano della Rovere y el propio cardenal de San Pietro in Vincoli se levantó para colocar una silla más a su lado y compartir con el francés la misma hogaza de pan blanco y beber vino de la misma copa. Era la señal que todos estaban esperando, pues implicaba que el canciller del rey de Francia aceptaba el resultado de una votación que todavía no se había producido. En ese momento, el decano del Colegio Cardenalicio —el cardenal napolitano Oliverio Carafa, a quien Giuliano della Rovere le había prometido su riquísimo obispado de Ostia a cambio de su voto y el de sus dos compatriotas— alzó la voz:

—*Emintentissime frates cardinali* —anunció a sus eminentísimos hermanos cardenales—, la costumbre autoriza a que el primer día del cónclave se pueda celebrar una votación si así lo estimamos todos y, por esa razón, os propongo que la llevemos a cabo de inmediato.

Los treinta y siete prelados dejaron a los criados que los asistían con las bandejas de los postres en las manos y se marcharon en tropel a la Capilla Sixtina, donde casi se abalanzaron sobre las mesas en las que monsignore Burcardo había dispuesto papel, pluma y tinteros para escribir. Oliverio Carafa, Rafaele Sansone Riario y Adriano de Corneto —como decano, camarlengo y cardenal diácono de menor antigüedad— se sentaron a la mesa para ejercer de *scrutadori*, pese a que estos puestos, tradicionalmente, se elegían por sorteo. En cuanto estuvieron listos, fue el cardenal D'Amboise el primero en formar la cola para depositar la papeleta en la fuente de plata.

—*Testor Christum Dominum* —declamó—, *qui me iudicaturus est, me eum eligere, quem secundum Deum iudico eligi debere.**

---

* Pongo por testigo a Cristo Señor, el cual me juzgará, de que doy mi voto a quien, en presencia de Dios, creo que debe ser elegido.

Después, uno por uno, el resto de los príncipes de la Iglesia fueron depositando los pliegos doblados en la urna hasta que le llegó el turno a Giuliano della Rovere, que, con la cabeza baja, era el último de la fila.

—*Testor Christum Dominum* —dijo entre susurros, con los ojos cerrados y la expresión compungida por el fervor—, *qui me iudicaturus est, me eum eligere, quem secundum Deum iudico eligi debere.*

Una vez que volvieron todos a sus puestos, Oliverio Carafa procedió a extraer cada papeleta, cuyo nombre leía en voz alta su compañero Rafaelle Sansoni Riario para que Adriano di Corneto apuntara el resultado.

—*Cardinalis Sancti Petri ad Vincula.*
—*Cardinalis Sancti Petri ad Vincula.*
—*Cardinalis Sancti Petri ad Vincula.*
—*Cardinalis Sancti Petri ad Vincula.*
—*Cardinalis Sancti Petri ad Vincula.*

Y así, uno tras otro, cada uno de los pliegos revelaron el título de cardenal presbítero de Giuliano della Rovere, salvo uno, que pese a que no salió el último de la fuente de plata labrada, el cardenal napolitano leyó al final.

—*Cardinalis Sancti Sixti, Archiepiscopus Rothomagensis.*

Todos sabían que aquel último voto leído era el emitido por el propio Giuliano della Rovere, que, como mandaba la tradición, no se había votado a sí mismo y había destinado su sufragio al cardenal de San Sixto y arzobispo de Ruan, George d'Amboise.

Tras el escrutinio, el cardenal Carafa se acercó a Della Rovere, que, durante todo el escrutinio, había permanecido arrodillado y con las manos juntas. El prelado napolitano lo tomó por los hombros y lo ayudó a levantarse:

—*Acceptasne eleccionem de te canonice factam in Sumum Pontificem?* —le preguntó.

—*Accipio* —dijo Della Rovere—. Acepto.

—*Quo nomine vis vocari?* —inquirió Carafa—. ¿Con qué nombre deseas ser llamado?

—*Iulius.*

Un murmullo se apoderó de la Capilla Sixtina, pues Giuliano

---

* ¿Aceptas la elección canónica como sumo pontífice?

della Rovere era el primer pontífice desde los tiempos de Juan XIV, hacía más de quinientos años, que no se cambiaba su nombre de bautismo. Las habladurías cesaron de golpe cuando el nuevo papa Julio, segundo de tal nombre, rechazó con un gesto de la mano el *Anulus Piscatoris* que había llevado el santo padre Pío y, antes que él, todos sus antecesores, para ponerse en el dedo uno —ya labrado con la imagen de san Pedro y las redes y el nombre de *Iulius*— que guardaba en uno de los bolsillos de la sotana.

En ese momento, su primo y camarlengo, Rafaelle Sansoni Riario, tomó la cruz de oro que presidía el altar mayor y se abalanzó hacia la puerta sellada. Rompió los lacres y la abrió de par en par.

—*Gaudium magnum, habemus papam* —gritó—. Gran alegría, tenemos papa.

Los criados, notarios, datarios y clérigos que, al otro lado de la zona sellada del Palacio Apostólico, se preparaban para días de negociación, apenas podían dar crédito a lo que estaban viendo con sus propios ojos.

El cónclave no había durado ni diez horas.

57

Las máscaras

Ostia, Estados Pontificios,
21 de noviembre de 1503

Los cardenales Soderini y Remolins se bajaron de las mulas y dedicaron unos instantes a contemplar la imponente fortaleza que se levantaba en la ribera izquierda del Tíber. La *rocca*, de tres torres redondas unidas por un paso de guardia de muros abombados para resistir mejor los cañonazos, dominaba las salinas y la desembocadura del río del cual se desviaba el agua que rodeaba el foso que la protegía. El papa Julio —durante su etapa como obispo de Ostia durante los últimos veinte años— había hecho ampliar y reforzar el viejo torreón edificado en tiempos de Martín V para controlar el tramo navegable del Tíber. E hizo bien, porque fue precisamente en aquel bastión donde el cardenal se atrincheró cuando el rey Carlos VII de Francia huyó de Italia con el rabo entre las piernas antes de escapar él mismo hacia el exilio en Aviñón para zafarse de la cólera del papa Alejandro VI por haber intentado deponerle mediante un concilio que no se llegó a celebrar.

—Cruel ironía la del destino que el refugio de Giuliano della Rovere sea ahora la cárcel de César Borgia —dijo Francesco Soderini.

—Hermano, por favor —respondió Francesc de Remolins—, no digáis esas cosas. Debemos resolver este desgraciado asunto, así que os rogaría que no cayerais en el sarcasmo. La situación es muy delicada.

—Sí —concluyó el cardenal florentino con una sonrisa malévola—, sobre todo para el Valentino.

Y tenía razón, porque César Borgia, duque de la Romaña y Valentinois, conde de Diois, señor de Cesena, Forlì y Bertinoro, gonfaloniero y capitán general de la Iglesia era un cautivo del papa de Roma. Aquella mañana fresca y soleada de la festividad de la Presentación de María él aún no lo sabía.

Pero no tardaría en darse cuenta de ello.

Tras el cónclave más breve de cuantos se tenía constancia en el *Liber Pontificalis* —el *Libro de los pontífices*— y en los Archivos Vaticanos, Julio II y César Borgia vivieron un par de semanas entre tantas muestras mutuas de cariño que parecían padre e hijo. El primero le otorgó al segundo nueve aposentos en el Palacio Apostólico en los que vivir con su familia y su círculo íntimo mientras se llevaba a cabo la reparación del suyo de San Clemente en el Borgo, destruido por el saqueo. A veces ambos paseaban del brazo por los jardines del Belvedere y, en público, se llamaban «hijo querido» y «padre amantísimo». El papa también había enviado cartas a Florencia en las que se refería al Valentino como «mi bravo capitán general», aunque en el primer consistorio celebrado por Julio II el santo padre no ratificó su nombramiento como supremo comandante del ejército pontificio y se limitó a nombrar cuatro cardenales, dos de los cuales eran familiares suyos. También mandó breves a las ciudades de Cesena, Forlì y Bertinoro, en las que les recordaba a las autoridades municipales que César seguía siendo su legítimo señor como vicario de la Santa Sede.

Juntos decidieron, antes de la coronación del nuevo papa, que César —junto a los doscientos hombres que le quedaban en Roma para garantizar su seguridad— dejara la ciudad y se marchara a Ostia a esperar la llegada de las dos galeras pontificias que debían llevarle a Génova. Allí, en el Banco de San Giorgio, estaban los últimos doscientos mil ducados de la fortuna de los Borgia con los que el Valentino pretendía reclutar un nuevo ejército de mercenarios, alquilar otras diez naves genovesas y regresar por mar para tomar primero Piombino y, después, marchar hacia Perusa —cruzando la Toscana gracias a un salvoconducto que tenía que emitir la Signoria de Florencia— donde se reuniría con las compañías de estradiotes e infantes de la Romaña bajo mi mando para enviar a Giampaolo Baglioni al infierno. Después avanzaríamos juntos hacia el este para reconquistar Rímini e Imola de manos de los venecianos. Lucrecia, desde Ferrara, mandó un mensajero para comunicar a César y al papa que convencería a su suegro, el duque Ercole d'Este, para que su marido acudiera al cerco de Perusa con no menos de treinta piezas de artillería, y, entre ellas, su monstruosa culebrina: la temible *Principessa*.

Cuando los venecianos hubieran sido expulsados de la Romaña —según decidieron de común acuerdo el papa y el duque— esperarían a ver cómo se desarrollaban los acontecimientos en Nápoles antes de dar el apoyo explícito de la Santa Sede al rey de Francia o al de Aragón. O lo que es lo mismo, que acudirían en auxilio del vencedor. Cada noche, César y Julio II conversaban en las estancias privadas del sumo pontífice e incluso resolvieron que la hija legítima del Valentino, Louise —de tres años—, se casaría con el sobrino nieto del pontífice, Francesco Maria della Rovere, de trece, cuya madre, Giovanna de Montefeltro —la hermana del duque de Urbino—, había vuelto a recuperar la villa y la *rocca* de Senigallia gracias a la ayuda de los venecianos.

Al menos, ese era el plan.

Un plan que jamás se llevó a cabo.

Y es que las muestras de cariño del papa Della Rovere eran tan falsas como el beso de Judas a Nuestro Señor en el huerto de Getsemaní. Mientras el santo padre firmaba con una mano las cartas en las que ratificaba a César en todos su cargos, con la otra estampaba el sello pontificio en misivas dirigidas a las autoridades de las villas de la Romaña y a sus obispos y sacerdotes en las que los instaba a no obedecer los mandatos de los magistrados nombrados por el Valentino y, si fuera el caso, a deponerlos por la vía de las armas. Una tras otra, las ciudades y pueblos se rebelaban o, lo que era peor, dejaban de pagar los impuestos, con lo que los mercenarios desertaban por no cobrar sus salarios y las milicias reclutadas en Fano, Imola, Forlì y Cesena mediante el sistema de *un uomo per casa* abandonaban el ejército de César por temor a la ira del nuevo papa. Para cuando los cardenales Soderini y Remolins llegaron a Ostia, al Valentino solo le guardaban fidelidad las guarniciones de las fortalezas de Cesena, Bertinoro y Forlì. Y aquel mismo día, para colmo de males, llegó a Roma la noticia de que la *rocca* de Faenza, tras una semana de asedio, se había rendido ante las tropas venecianas y de los Orsini comandadas por Bartolomeo d'Alviano.

A cada mensajero que llegaba a Ostia para informar de que otro pueblo se había amotinado o de que un destacamento de hombres de armas, lanceros o ballesteros había desertado, César montaba en cólera y mandaba emisarios de vuelta a Roma para pedirle al papa que apremiara a Stefano Muttini, el almirante de la flota papal, a que armara las galeras prometidas que debían llevarle a Génova. Sin embargo, Julio II siempre se excusaba con la escasez de galeotes, el mal tiempo o la falta de suministros, para justificar el retraso. Sin embargo, le pedía a César las contraseñas de las guarniciones de Cesena, Bertinoro y Forlì para que sus comandantes se pusieran a las órdenes de los nuevos jefes de la guardia pontificia, todos suizos que el santo padre había contratado del cantón de Uri, pero el Valentino también daba largas conforme sus sospechas sobre el doble juego del papa se acrecentaban.

Por todo ello, y para acabar con ese juego del gato y el ratón, los cardenales Soderini y Remolins estaban en Ostia para convencer a César de que entregara las contraseñas.

—Me comentó el doctor Torrella que la recuperación del duque de las fiebres tercianas ha sido asombrosa, pese a que más de una vez temió por su vida —comentó Remolins mientras se bajaba de la montura y les daba las riendas a los palafreneros.

—Cosa por la que hay que dar las gracias a Nuestro Señor —añadió Soderini—. No obstante, mi antiguo compañero de misiones diplomáticas, Nicolás Maquiavelo me dijo que había encontrado al Valentino muy desmejorado.

—¿Hace poco?

—La semana pasada. Aquí, en Ostia. Hicieron juntos el viaje desde Roma.

—Es comprensible que, después de una convalecencia tan larga y dolorosa, el hijo del papa Alejandro no tuviera buen aspecto —dijo el cardenal catalán.

—*Messer* Maquiavelo no se refería a su condición física, sino más bien a esto. —El prelado florentino se golpeó con el dedo índice la sien derecha—. Encontró al duque basculando entre la euforia temeraria y la melancolía suicida. Tan pronto le decía que todo había terminado y que no le quedaba sino el exilio o la muerte como se entusiasmaba adelantándole planes para reclutar un ejército en Génova y, en el caso de no contar con el salvoconducto de Florencia para atravesar su territorio, desembarcar en Livorno para cruzar por Milán, llegar a Ferrara y, desde allí, atacar Urbino, Camerino, Pésaro y Rimini.

—¿Un salvoconducto de Florencia? —inquirió Remolins—. ¿Vuestro hermano, el gonfaloniero Piero, accedería a tal cosa?

—Ni por asomo.

—¿Por qué?

—Pues porque el propio *messer* Maquiavelo lo ha desaconsejado en su último informe. La Signoria, al igual que el rey de Francia, está convencida de que César Borgia pretende pasarse al bando español en cuanto tenga la oportunidad para hacerlo y, por eso, conviene que su ejército esté lo más desperdigado posible. Tiene quinientos jinetes aquí, en Ostia. Y don Micheletto cuenta con otro millar y medio en Nepi. El resto está atrincherado en grupos de un par de cientos en las fortalezas de las ciudades de la Romaña que aún son fieles a los Borgia. Y es así como debe continuar.

—¡Pero, queridísimo hermano! —Remolins tenía los ojos abiertos como platos—. ¡Yo soy catalán y debo mi posición y fortuna al santo padre Alejandro! ¿Por qué me explicáis todo esto? ¿Acaso no teméis que se lo cuente al duque?

—No le deseamos ningún mal al Valentino, *carissime frater* —respondió el florentino—, porque *messer* Maquiavelo nos ha dicho que es un hombre de virtud y valía. Pero tampoco podemos dejar que vuelva a ser una amenaza para Florencia como lo fue en el pasado y como lo hubiera vuelto a ser si el papa Borgia no estuviera muerto. Os recuerdo que pudo ser señor de Pisa, nuestra ancestral enemiga, y que preferimos a Jacopo Appiano como señor de Piombino antes que al duque. No nos incumben sus tratos con el santo padre Julio, y cualquier acuerdo al que lleguen entre ellos para expulsar a los venecianos de la Romaña no merecerá nuestro reproche mientras no nos afecte. Sin embargo, no toleraremos de nuevo otro ejército en nuestro territorio. Y no, queridísimo hermano, no me importa que le contéis al Valentino todo lo que os he dicho a vos, porque Maquiavelo le dijo exactamente lo mismo hace una semana. E incluso le dio algún consejo.

—¿Qué consejo?

—Que no esperara encontrar en los demás la piedad que él mismo no tuvo y que se iba a equivocar si creía que las bondades recientes hacen olvidar las antiguas ofensas.

—¿Y qué respuesta le dio Su Excelencia?

—Ninguna.

Los dos cardenales cruzaron el patio de armas de la fortaleza y accedieron al Torreón de Martín V, en cuyo lado occidental el papa Julio había hecho habilitar unos lujosos aposentos que ahora ocupaba César. Encontraron al Valentino en camisa y bata, bastante más delgado que la última vez que lo vieron en Roma, aunque tenía un aspecto más saludable, pues parecía recuperado de las fiebres. Aun así, portaba la máscara de cuero negro a pesar de que en la estancia, en aquel momento, estaba acompañado únicamente por su secretario, Agapito Gherardi —con el que estaba jugando a las cartas—, y por su amante, Fiametta Michaelis, quien, junto a la chimenea, bordaba un fino paño de seda.

—¡Eminencias! —exclamó César cuando Soderini y Remolins entraron en la habitación—. ¡Qué agradable sorpresa! ¿A qué debo el honor de vuestra visita?

—Lo sabéis bien, Excelencia —dijo Soderini—. Nos ha encargado el santo padre que os roguemos que nos facilitéis las contraseñas de las guarniciones de Cesena, Forlì y Bertinoro. Es necesario que los nuevos comandantes del papa asuman el mando de ellas para preparar la defensa contra los venecianos y sofocar las revueltas que la Serenísima República alienta por todo el Ducado de la Romaña y otros señoríos de la Iglesia.

—¡Esas villas no son del papa, sino mías! —bramó César—. ¿Por qué el papa Julio no deja que salga de aquí y me reúna con don Micheletto en Nepi para que yo mismo prepare la defensa de mis ciudades, Eminencia?

—Eso se lo debéis preguntar al santo padre, Excelencia. No tenemos más instrucciones que solicitaros el santo y seña. Nada más.

—¿Y por qué vuestro hermano el gonfaloniero no se aviene a darme el salvoconducto, *Eminentissime Pater*?

—También lo sabe Su Excelencia —respondió Soderini con toda tranquilidad—. La Signoria de Florencia no se arriesgará otra vez a que un ejército cruce su territorio, por más buenas intenciones que diga tener su comandante. Hemos aprendido algunas amargas lecciones, señor.

César se levantó de la silla y se aproximó a la ventana que daba al este, hacia el mar. A menos de mil pasos estaba la ribera del Tíber y, aguas abajo, donde la profundidad del río lo permitía, se hallaban las tres galeras al mando de Stefano Muttini, que habían llegado dos días antes para llevar al duque, su guardia y su estado mayor a Génova. El Valentino había esperado la primera jornada a que un mensajero del almirante pontificio se presentara en la *rocca*, pero no había sido el caso. Después, él envió a un par de capitanes y a monsignore Gherardi, pero la comitiva no obtuvo autorización para subir a bordo, ni siquiera para hablar con el almirante, porque tenían un par de casos de enfermos de fiebres en las embarcaciones y convenía guardar una prudente cuarentena.

—Mis comandantes en Cesena, Bertinoro, Forlì y el resto de las villas que todavía controlan mis hombres no cederán los castillos y fortalezas ante nadie que no les diga la contraseña pactada conmigo previamente. ¿Y sabéis por qué no las entrego al santo padre, Eminencias? —preguntó mientras mantenía la mirada fija en los mástiles de las embarcaciones—. Porque es lo único que me queda para negociar. En el momento en el que el papa Julio las sepa, ya no seré necesario para nada. Yo llevo una máscara para ocultar los estragos que el mal francés ha hecho en mi rostro, pero Giuliano della Rovere se ha quitado la que llevaba para esconder que es un sucio traidor mentiroso.

—¿Y por qué nos obligasteis a apoyarlo en el cónclave, Excelencia? —Remolins casi sollozaba mientras formuló la pregunta—. ¿Por qué?

—Pues porque era imposible montar una candidatura alternativa alrededor del cardenal D'Amboise, del cual tampoco me fiaba del todo, y porque mi buen maestro mosén Joan de Vera no hubiera cosechado nunca más allá de cuatro votos. Y, sobre todo, porque no todos los nuestros eran ya de los nuestros, Eminencia. Della Rovere había comprado con promesas de cargos y rentas o dinero contante y sonante a, por lo menos, un tercio de ellos. No le puedo culpar del todo. De hecho, el santo padre Alejandro le hizo lo mismo a él en el cónclave de hace once años.

—Excelencia —intervino Soderini—, perdonadme, pero debo insistir en que nos facilitéis las contraseñas porque, de no hacerlo...

—¿Qué ocurrirá, Eminencia? —cortó César con una sonrisa burlona—. Tengo doscientos jinetes que creo que serán suficientes para defenderme de dos cardenales sin más armas que sus cruces episcopales colgando del pecho y sus sotanas.

—Pero no para hacer frente al millar de arcabuceros que van a bordo de esas galeras, Excelencia. Ni tampoco para vérselas con la nueva Guardia Suiza de Uri que ha reclutado el santo padre y que está a una hora de marcha de aquí. Mirad de nuevo por la ventana, Excelencia —indicó el florentino con un matiz lúgubre en la voz—, hacia las galeras.

Era cierto. Una columna de hombres con el arma de fuego al hombro salida de la panza redonda de las naves amarradas avanzaba tras el estandarte con las llaves de San Pedro y sobre el escudo del árbol dorado y fondo azul de Giuliano della Rovere. Los hombres de César, para su desgracia, los saludaban al pasar porque pensaban —y era cierto— que eran refuerzos que enviaba el papa a su teórico capitán general sin sospechar, ni por un momento, que iban a capturarlo.

—No cometáis ninguna estupidez, Excelencia, como la de llamar a la defensa a vuestros soldados, porque los matarían a casi todos —dijo Soderini.

César se derrumbó en la silla y, por un momento, Fiammetta pensó que había caído fulminado. La amante del Valentino empezó a llorar de miedo y desesperación mientras que monseñor Agapito Gherardi, a gritos, decía que todo aquello era ilegal y que no se podía detener al capitán general de la Iglesia de aquella manera. El cardenal Soderini, con toda tranquilidad, contestó al obispo de Sisporno que, en efecto, no se podía detener al jefe supremo de los ejércitos pontificios sin un breve o una bula del santo padre, pero que César no ostentaba tal cargo porque Julio II no lo había ratificado. En esas, el almirante Stefano Muttini apareció en el aposento: iba acompañado de una docena de arcabuceros y seis mercenarios suizos armados hasta los dientes.

—Excelencia —dijo el comandante de la flota pontificia—, en nombre de Su Santidad el papa Julio II, daos preso.

Fiammetta se abrazó a César, quien hundió el rostro enmascarado entre el cuello y el hombro derecho de la mujer y aprovechó el contacto íntimo para susurrarle al oído.

—Manda una paloma mensajera a don Micheletto. Que abandone Nepi con los estradiotes y los infantes de la Romaña, que acuda a Cesena y espere allí los refuerzos de la artillería que enviará Lucrecia desde Ferrara.

—Sí —respondió Fiammetta conteniendo las lágrimas—. ¿Qué más?

—En cuanto tengas la oportunidad, vete a Nápoles con mi madre y los niños, y poneos bajo la protección de Jofré. Estaré más seguro si sé que el papa Julio no puede alcanzaros.

—Pero ¿qué te ocurrirá a ti?

—Nada. No os preocupéis por mí. Giuliano della Rovere no se atreverá a tocarme. Sigo siendo un par de Francia.

El Valentino se deshizo de los brazos de su amante y se levantó de la silla.

—¡Juanicot! —ordenó a su paje—. ¡La ropa! ¡Y el collar de la Orden de San Miguel! No creo que vaya a necesitar la espada, ¿verdad, almirante?

—En efecto, Excelencia —contestó el marino—. No lo haréis.

—¿Y adónde me lleva Su Señoría?

—A Roma.

58

El arcángel caído

Castiglion Fiorentino, señorío de Perusa,
29 de noviembre de 1503

La víspera del día de San Andrés del año de la Encarnación de Nuestro Señor de 1503, hacia la hora nona, tuvimos a la vista las murallas de Castiglion Fiorentino. Taddeo della Volpe y yo mandábamos, respectivamente, una compañía de un millar de hombres de la milicia de Imola y un destacamento de doscientos estradiotes con arcabuces, más tres centenares de infantes valencianos, catalanes y aragoneses que permanecían fieles a César y no se habían marchado con Hugo de Moncada a luchar a Nápoles bajo las banderas del Gran Capitán. No llevábamos artillería ni apenas provisiones para avanzar más rápido.

Hacía cinco jornadas que habíamos abandonado la Rocca dei Borgia de Nepi, al norte de Roma, en la que había dejado una guarnición de cien hombres y seis falconetes. A paso ligero, cubrimos la mitad de las sesenta leguas que separaban Cesena de Nepi, donde se levantaba el castillo favorito de Lucrecia y donde el Valentino me había mandado ir para reforzar las fuerzas de Pedro Ramírez, el comandante castellano de la *rocca* de la capital del Ducado de la Romaña. Necesité dos días para preparar lo estrictamente necesario para partir. Marchamos con pocas provisiones y se pagó por cada hogaza de pan, medida de legumbres y libra de salazón que necesitamos por el camino, y que no eran suficientes para alimentar a una tropa cada vez más exhausta.

Por ello, a Della Volpe y a mí no nos hizo ninguna gracia comprobar como en lo alto de la antiquísima Torre del Cassero —de cuyos cimientos se decía que los habían construido los etruscos— ondeaba el pendón azul con la banda amarilla de Giampaolo Baglioni, el tirano de Perusa a quien unas providenciales y oportunas fiebres le habían salvado de mi *cappio valentino* en Senigallia once meses antes. Aquel estandarte significaba que Castiglion Fiorentino había vuelto a manos de su antiguo señor y, por tanto, era territorio hostil del que no podríamos aprovisionarnos a no ser que la saqueáramos. Sin embargo, teníamos demasiada prisa por llegar a Cesena y las defensas de aquella villa eran demasiado recias como para que mereciera la pena el esfuerzo. Decidimos, pues, seguir nuestro camino sabiendo que el nombre de César ya no infundía temor y el poder de los Borgia se diluía tan rápido como una cucharada de miel en vino caliente.

Cuando llegó a Nepi la paloma con el mensaje cifrado enviado por Fiammetta, el capitán Della Volpe y yo decidimos que la ruta más rápida para llegar a Cesena era a través de los terrenos pantanosos del valle del Chio, aunque no fuera el más seguro. No sabíamos con exactitud dónde estaban las fuerzas de Giampaolo Baglioni y los Orsini, si bien los últimos informes, facilitados por los agentes de los Diez de la Guerra de la Signoria de Florencia, las ubicaban entre Roma y Bracciano. Confiábamos —como habíamos hecho siempre— en la buena fortuna del Valentino cada vez que ordenaba un audaz movimiento de tropas como aquel.

Sin pensar siquiera que los informes de los espías florentinos eran falsos y que la suerte del hijo de papa Alejandro se había acabado.

Las hojas de madera de la Porta Romana del lado sur de la muralla de Castiglion Fiorentino se abrieron y de ella surgió, como una serpiente de carne y hierro, una columna de caballería —con las puntas de las lanzas mirando al cielo blanco— a lomos de formidables corceles de batalla mantuanos. Eran las *lancie* de los Orsini mandadas por Giamapolo Baglioni. Cada *lanzia* estaba compuesta por un *cavalcatori* —un caballero forrado de acero de los pies a la cabeza— asistido por un *caporale* y un *ragazzo,* también armados y montados, pero sin armadura ni lanza pesada. Mientras formaban a un centenar de pasos de las murallas de la villa, una docena de falconetes empezaron a escupir contra nosotros metralla de sus adarves de manera que los infantes tuvieron que echar cuerpo a tierra y los estradiotes —que marchaban caminando para no cansar más a sus monturas— se subieron a los caballos para alejarse del rango de tiro de las bocas de fuego y reagruparse para defenderse.

Sin embargo, de un bosquecillo cercano que se extendía por una colina algo más baja, sobre la que estaba edificada la ciudad y hacia la que mis estradiotes y yo nos estábamos retirando, surgieron las bocas oscuras de veinte culebrinas cargadas con perdigones en vez de balas y cuya primera descarga destripó a las bestias y jinetes que estaban en la vanguardia de la retirada y obligó al resto —a mí entre ellos— a permanecer clavados en nuestra posición para evitar cabalgar hacia una muerte segura.

Nos encontrábamos atrapados entre las puntas de las lanzas de la caballería pesada que salía de la villa y los enemigos que estaban a punto de surgir de la espesura de la colina.

Se podían contar por docenas los piqueros y escopeteros que, flanqueando las piezas de artillería ligera que Baglioni había ocultado en el bosque, surgían de entre la vegetación blanqueada por el hielo y la escarcha. Mientras, las *lancie* pusieron al paso sus monturas para iniciar la carga. Al principio, la maleza medio congelada chasqueaba bajo las pezuñas de los caballos como si en vez de tierra estuvieran pisando la corteza crujiente de un pan recién salido del horno. Sin embargo, aquel sonido pronto desapareció, tragado por el estruendo de centenares de cascos herrados que machacaron el terreno helado hasta hacerlo temblar como el ángel hizo temblar la tierra de Jerusalén cuando movió la piedra que sellaba el Santo Sepulcro de Nuestro Señor.

El capitán Taddeo della Volpe, a gritos frenéticos, ordenó a los infantes de la Romaña que formaran líneas y dispusieran un muro de lanzas para intentar frenar la acometida de la caballería pesada, la cual ya se lanzaba a la carga cuando poco más de ciento cincuenta pasos la separaban de su objetivo. Sin embargo, la eficacia de las lanzas de caña y media de largo no se podía comparar a la de las picas suizas, que tenían el doble de longitud y grosor. Y tampoco sirvieron de mucho los disparos de arcabuz y el par de andanadas de *verretoni* que a los ballesteros les dio tiempo a largar antes de que las puntas de las lanzas propulsadas por las enormes bestias atravesaran sus filas machacando huesos, ensartando carnes y reventando cabezas.

Al otro lado de la vía romana, mis estradiotes y yo habíamos conseguido configurar un círculo que tuvimos que deshacer ante el riesgo de que la carga de la caballería pesada nos alcanzara también. Los bravos albaneses cabalgaban en grupos de cinco o seis jinetes para intentar aproximarse a las filas enemigas que, en escuadrones compactos de más de treinta hombres, avanzaban hombro con hombro. Protegían así la artillería como si fuera una tortuga de centenares de patas y caparazón de mil colores erizado de puntas de hierro que ignoraba a aquellos molestos cuervos que ni siquiera se atrevían a acercarse.

—*Benedicat mihi, Iesus Christus!* —grité hasta quedarme ronco mientras uno de mis hombres agitaba en el aire el estandarte con mi escudo de armas como señor de Montegridolfo—. *Benedicat mihi, Iesus Christus!*

El ruego a Jesucristo por su bendición se extendió entre los sargentos primero —que eran los que estaban más próximos a mí— y luego por el resto de los jinetes albaneses, que cabalgaban en grupos y haciendo círculos, con un ojo puesto en la carga de la caballería pesada y el otro en la infantería y la artillería ligera que avanzaba por la campa helada hacia nuestra posición. La letanía fue creciendo en intensidad y casi se impuso al fragor de los golpes, los insultos, los aullidos de los heridos y los relinchos agónicos de algunos caballos que, con las panzas abiertas a tajos por los bravos infantes de la Romaña, pisoteaban sus propios intestinos y las cabezas de los muertos. Conforme se repetía la oración, se perdían las últimas palabras hasta que las preces piadosas se convirtieron en infernales bramidos:

—*Benedicat! Benedicat!*

El grito de guerra de los estradiotes.

Conseguimos armar una línea de combate y nos abrimos hacia el sur para buscar el flanco de la infantería enemiga, que, tan atenta a nuestros movimientos como bien mandada por sus oficiales, maniobraba de forma que siempre teníamos delante un muro de erizadas picas y afiladas mojarras contra las que cargar hubiera sido un suicidio. La maniobra favorita de los jinetes albaneses —que consistía en acercarse al adversario por oleadas, lanzar una andanada de disparos de arcabuz y retirarse—, aunque causaba no pocos daños, no frenaba el avance de aquellas filas compactas en las que cada hombre caído parecía ser sustituido por dos. Mientras tanto, la caballería pesada había sobrepasado las líneas de los infantes de la Romaña de Taddeo della Volpe, las cuales habían perdido más de un tercio de sus efectivos, y resistían, como podían, el acoso de los *caporali* y los *ragazzi* que cabalgaban detrás de los *cavalcatori*, los cuales, en vez de dar media vuelta para realizar otra pasada que, con toda probabilidad, hubiera aniquilado a lo que quedaba de la infantería, volvieron a poner al paso a las monturas para que las bestias recuperaran el aliento, y las enfilaron hacia nosotros.

O lo que era lo mismo: que las *lancie* eran el martillo; las compañías de piqueros el yunque, y mis estradiotes y yo, el trozo de metal que se pretendía machacar.

En aquel momento me acordé de Moisiu Frashëri, el primer capitán de la guardia albanesa del entonces cardenal Rodrigo de Borgia y que fue uno de mis maestros —junto a Ramiro de Lorca— en el arte de la guerra, muerto no en combate, sino de fiebres después de toda una vida en el campo de batalla. Decía el fiero oficial albanés que tanto él como sus hombres eran soldados y no guerreros, y que la diferencia entre unos y otros es que los primeros luchan para ganar y, en segundo lugar, sobrevivir si la victoria no es posible, mientras que los segundos solo quieren luchar y les trae sin cuidado la victoria o la derrota, la vida o la muerte. Comprendí entonces que nos superaban en número y en posición táctica, y que, si mandaba una última carga —para la que los estradiotes ya habían preparado sus temibles *çekiç lufte*, los martillos de guerra que llevaban colgando de las sillas de montar— los condenaba a todos —y a mí mismo— a una muerte segura.

Y ordené la rendición.

Algunos de mis hombres —cegados por la furia de la batalla— me lanzaron miradas de reproche cuando vieron que el portaestandarte arrancaba el palio de la cruceta para indicar que nos rendíamos, pero cuando yo mismo descendí del caballo e hinqué una rodilla en tierra, los ojos duros se ablandaron de agradecimiento. Los estradiotes y los infantes de la Romaña eran soldados profesionales que sabían que el hambre, el frío, el dolor y la muerte era parte intrínseca de su oficio, pero no condiciones necesarias ni inevitables. Uno por uno fueron bajando los brazos y arrojando las armas a sus pies mientras el enemigo nos iba rodeando y dejando paso hasta las primeras filas del cerco a ballesteros y arcabuceros con sus armas cargadas y apuntándonos a las gargantas. Como solía ocurrir en estos casos, lo primero fueron los insultos, las burlas y algún que otro escupitajo, que los vencidos devolvían bajando la mirada, frunciendo el ceño y apretando los puños. Cuando los ánimos se calmaron, me levanté y di un paso al frente para que los adversarios pudieran ver mi coraza labrada, el rico capote negro y la daga vizcaína de ceremonia.

—¡Soy Miquel de Corella! —proclamé—. ¡Señor de Montegridolfo, gobernador papal de Piombino y capitán de Su Excelencia César Borgia de Francia, duque de Valentinois y la Romaña, y rindo mi espada y las de mis hombres tras buena lid al comandante de esta fuerza según las antiguas leyes de la guerra!

Me di cuenta entonces de que los piqueros se miraban unos a otros sin haber entendido ni una palabra de lo que yo había estado diciendo. Eran montañeses del helado y salvaje cantón de Uri —en el valle del río Reuss—, que vestían llamativas calzas y jubones de mangas acuchilladas en amarillo y azul, los colores de la familia Della Rovere, así como gorras negras de buen paño florentino. Todo ello solo podía indicar una cosa: eran los nuevos mercenarios suizos que el santo padre Julio —al igual que había hecho en su día su tío Sixto IV— había reclutado y puesto a las órdenes de Giampaolo Baglioni y los Orsini para hacerles la guerra tanto a los venecianos como, y sobre todo, a César Borgia. La traición del papa Julio se había consumado, pero a ella había que sumar otra más: la de Florencia, puesto que entre las *lancie* había *calvacatori*, *caporali* y *ragazzi* con estandartes de los gremios de la ciudad del Arno, y era bastante evidente que parte del dinero con el que el pontífice había pagado a los suizos había salido de los bancos florentinos.

Me identifiqué a gritos varias veces más hasta que, en la masa compacta de hombres, se fue abriendo un camino por el que pasó el comandante en jefe de aquel ejército. Iba a lomos de un enorme semental tan negro como el pecado.

—¡Don Micheletto! —exclamó Giampaolo Baglioni—. Imagino que entendéis que yo me alegre de veros mucho más que vos a mí, dadas las circunstancias.

—¡Salve, señor de Perusa! —respondí—. En efecto, me hubiera alegrado más haberos visto en Senigallia hace casi un año, pero la enfermedad lo impidió. Aunque deduzco que ahora ya os encontráis mejor.

El tirano de Perusa me mostró una sonrisa lobuna ante el dardo que me di el gusto de lanzarle, pues, de no haber estado enfermo, habría acudido a Senigallia junto a Vitellozzo Vitelli, Olivereto Euffreducci y los primos Orsini, y, como sus cuatro compañeros de conjura, habría recibido el amargo beso del *cappio valentino* en el cuello y la conversación que mantuvimos en los campos helados de Castiglion Fiorentino no hubiera tenido lugar.

—Bien cierto es, don Micheletto —rio Baglioni con la boca mientras sus ojos azules escupían odio hacia mi persona—, que de haber acudido a Senigallia todo sería diferente ahora. Lo que me recuerda que necesito un buen motivo para no ordenar a mis hombres que os ensarten con sus picas como un gorrino ahora mismo. Y no creo que vos podáis proporcionármelo.

—¡Pero yo sí lo haré, Señoría! —dijo una voz que reconocí al instante—. Los Diez de la Guerra quieren interrogar a *messer* De Corella, por lo que será escoltado a Florencia de inmediato bajo la custodia del cardenal Soderini y los caballeros de la Toscana.

Era Nicolás Maquiavelo. Aquella fue la primera de las dos ocasiones en las que el diplomático florentino me salvó la vida. Bien es cierto que, en aquel momento, si hubiera tenido ocasión, yo lo habría estrangulado con mis propias manos, pues había sido el gobierno de su ciudad —y, muy probablemente, él mismo como autor material— el que suministró reportes falsos sobre el movimiento de las tropas de Baglioni y también informó de los nuestros de manera que se nos pudo tender la celada que terminó con mi rendición y captura.

—*Messer* Maquiavelo —Baglioni pronunció su nombre como si estuviera escupiendo estiércol—, algo inoportuna y frustrante es esa observación vuestra, pues no recuerdo que en la *condotta* que firmé con la Signoria hubiera cláusula alguna respecto a los prisioneros. Ni siquiera respecto a garantizar la seguridad de los enviados de los Diez de la Guerra que se presentan de improviso en un lugar tan lleno de riesgos como un campo de batalla.

Maquiavelo —aunque después me confesó que le temblaban las piernas— devolvió la amenaza del condotiero con esa sonrisa suya, tan ambigua como irónica, que era capaz de mantener incluso en una situación tan peligrosa como aquella.

—Creo que seré capaz de sobrevivir, pese a mi escaso tamaño y envergadura, durante la próximas dos horas, que es lo que tardará el cardenal Soderini, el hermano del señor de Florencia, en llegar desde Arezzo. Él os podrá iluminar sobre cualquier otra cláusula de la *condotta* sobre la que tengáis dudas.

Y es que el diplomático florentino tenía delante a uno de los asesinos más viles y depravados de Italia, descendiente, a su vez, de una casta de criminales. Sobrevivió al atentado que habían organizado sus primos Griffone y Carlo para matarle durante su banquete de bodas, lo que provocó, además de la muerte de sus dos hermanos, su huida de Perusa. Sin embargo, consiguió volver y llevar a cabo tal matanza entre quienes habían conspirado contra él —incluyendo más de una docena de sus propios familiares— que la catedral de San Lorenzo donde se perpetró la masacre tuvo que ser lavada con vino y consagrada de nuevo. De todos modos, tampoco pareció afectarle demasiado que sus esponsales se conocieran en toda Italia como «Las Bodas Rojas» porque a su mujer no le hacía el más mínimo caso y hacía vida marital con su propia hermana.

Le reconocí a Maquiavelo el valor demostrado, entre otras cosas, porque jugaba de farol y el cardenal Soderini no llegó a Castiglion Fiorentino hasta el día siguiente, pero, para entonces, Baglioni y su ejército ya habían partido hacia Roma después de despojar a mis hombres y a los de Taddeo della Volpe de sus armas y de casi todo lo de valor que llevaban encima. Por ello —y tal y como era costumbre—, más de dos tercios de ellos decidieron unirse a sus filas por pura supervivencia y ni los culpé entonces ni los culpo ahora, puesto que la guerra era el único oficio que sabían y, literalmente, se habían quedado sin patrón.

Me desarmaron, pero, de nuevo gracias a Maquiavelo, se respetó nuestro rango y dignidad y, en virtud de ello, ni a Taddeo della Volpe ni a mí nos ataron las manos ni nos colocaron una soga al cuello cuando nos metieron en Castiglion Fiorentino por la Porta Romana de su muralla.

A aquel acceso también lo llamaban la Porta di San Michele, porque tenía en la parte superior una hornacina en cuyo interior estaba la imagen de mi santo patrón clavándole a Satanás —la serpiente antigua— una lanza entre las fauces. Supuse, cuando crucé el vano, que el artesano que talló la escultura en piedra arenisca pretendió darle un rostro sereno y beatífico a pesar de la tremenda violencia de la escena que protagonizaba, pero no había tenido éxito en su empeño; de hecho, el victorioso general de los ejércitos celestiales tenía una expresión estúpida mientras que la Bestia que se retorcía a sus pies, supuestamente herida de muerte por la cólera divina, parecía reírse tanto de su torturador como de todo aquel que contemplaba su sufrimiento y su derrota.

Yo entre ellos.

Dos semanas después, las autoridades florentinas —pese a la oposición de *messer* Maquiavelo— cedieron a las presiones del papa Julio y me trasladaron a Roma. Cuando el santo padre ordenó que se me encerrara en la Tor di Nona y el *mastro* Taparelli —el verdugo del santo padre— me colgó del *strapatto* para que facilitara las contraseñas de las villas de la Romaña que aún se mantenían fieles a César Borgia, entendí mejor por qué el diablo se reía tanto.

59

La palma del martirio

Roma,
20 de enero de 1504, festividad de San Sebastián

—Es lo mejor que podíais hacer, Señoría —dijo el cardenal Bernardino López de Carvajal—. Sin duda, es la óptima solución para todos.

—Tampoco he tenido otra alternativa —respondió César Borgia con amargura tras firmar el documento que le habían puesto delante—, como bien sabe Su Eminencia.

—Alabado sea Nuestro Señor en Su infinita sabiduría —suspiró el prelado mientras se santiguaba—. Ha sido Su voluntad.

—Más bien ha sido la de Su Santidad y la de Su Católica Majestad, *Eminentissime Pater* —César le lanzó al cardenal extremeño una mirada burlona—, en la que Nuestro Señor ha tenido poco que ver. Más bien nada.

El Valentino volvió a leer el papel que acababa de firmar y que había redactado uno de los secretarios del cardenal extremeño. En él estaban las contraseñas para que los comandantes de las guarniciones de las fortalezas de Cesena, Forlì y Bertinoro aceptaran el mando de los oficiales enviados por el santo padre, y las autoridades municipales se sometieran a los gobernadores vicarios del santo padre. En el documento, César Borgia de Francia —que así lo firmaba— reconocía a la Iglesia como legítima dueña de todos los señoríos conquistados desde Pésaro a Rímini, lo que convertía su Ducado de la Romaña en un título sin tierras, castillos ni oro.

En la nada.

César entregó el escrito a Bernardino López de Carvajal, quien, tras la aplastante victoria del Gran Capitán sobre el ejército francés mandado por el marqués de Saluzzo en la ribera del río Garellano, había pasado a ser uno de los cardenales más influyentes de Roma. No en vano, aquella batalla le había convertido en el representante de quien ya era, en la práctica, el dueño de media Italia: el rey de Aragón, que pronto uniría a su corona de Sicilia la de Nápoles.

Al alba del *Die Sanctorum Ignoscentum* —el día de los Santos Inocentes—, Gonzalo Fernández de Córdoba, tras varias jornadas simulando avances y retiradas para engañar a los franceses, cruzó el río Garellano por un pontón de barcazas encadenadas que sus zapadores montaron al abrigo de la oscuridad y en menos de una noche. Por el improvisado paso cruzaron los tres mil jinetes de los Orsini mandados por Bartolomeo d'Alviano, que se abrió hacia el norte. Después pasaron los cuatro mil infantes, rodeleros y arcabuceros de los reinos de España bajo las órdenes de Hugo de Moncada, Diego García de Paredes y Pedro Navarro, seguidos de las trescientas lanzas italianas —de tres hombres cada una— de Próspero Colonna; por último, el Gran Capitán, con dos mil lansquenetes alemanes. En total, alrededor de diez mil hombres mal alimentados, muchos de ellos enfermos y a los que no se les había pagado en semanas, que cayeron sobre las guarniciones de Suio y Castellforte y mataron al millar de ballesteros normandos que las defendían. Luego hicieron huir al capitán Yves d'Alègre y a su compañía de caballería pesada de la villa de Vallefredda. Por la noche, el marqués de Saluzzo —el comandante supremo del ejército del rey Luis— ordenó la retirada tras la seguridad de las murallas y la *rocca* de Gaeta, y lo habría conseguido de no haber sido por la tormenta que se desató aquella madrugada.

Para alcanzar el refugio tras las murallas de Gaeta, las tropas francesas tenían que pasar por un estrecho desfiladero de la Via Apia que se convirtió en una trampa cuando los tres mil jinetes de Bartolomeo d'Alviano y las lanzas italianas de Próspero Colonna les cortaron el paso. Por ese motivo tuvieron que retroceder hasta donde los estaban esperando los tercios de Pedro Navarro, compuestos por piqueros, rodeleros y arcabuceros, y la formidable infantería alemana que mandaba el Gran Capitán. De hecho, Gonzalo Fernández de Córdoba, a caballo y en medio de aquel cañaveral de picas, arengó en persona a los lansquenetes para que resistieran a pie firme las sucesivas cargas de la caballería pesada francesa, que, oleada tras oleada, fue perdiendo hombres contra el bosque de afiladas mojarras y agudas puntas de hierro que avanzaba sin que pareciera que nada en la Creación pudiera frenarlo. Al caer la tarde, cuatro mil cadáveres franceses sembraban las campas entre Gaeta y Mola, y otros tantos soldados franceses aguardaban, desarmados y cautivos, en las líneas españolas. Los supervivientes de la matanza se refugiaron tras los muros de Gaeta sin más opciones que negociar cómo y cuándo rendirse.

El primer día del nuevo año de 1504, Luis de Saluzzo y Gonzalo Fernández de Córdoba firmaron la capitulación. Las tropas francesas fueron desarmadas y se les dio paso franco —por mar o por tierra— para volver a casa, pero solo el marqués, su estado mayor y los oficiales que pudieron pagarse el pasaje lo hicieron a bordo de las dos carracas napolitanas que Gonzalo Fernández de Córdoba puso a su disposición. El resto tuvo que cruzar Italia a pie, sin armas, sin apenas dinero y recibiendo el odio y la violencia de la población en venganza por los saqueos y vejaciones que habían llevado a cabo en su viaje de ida. Conforme se acercaban a las ciudades, pueblos e incluso aldeas o caseríos, las puertas se cerraban y la gente se armaba para defenderse de aquellas bandas de desarrapados. Tras meses de penalidades, solo uno de cada tres llegó vivo a su hogar.

Tras la batalla de Garellano, Fernando de Aragón era, de hecho, el rey de las Dos Sicilias y dueño, por tanto, de más de la mitad de Italia. La influencia del soberano de Francia en la península se limitaba al Ducado de Milán que aún conservaba, porque, tras la derrota, Florencia, Génova y Siena también se habían puesto bajo la protección del monarca aragonés.

Y lo mismo pretendía el hijo del papa Alejandro, a pesar de firmar los documentos como César Borgia de Francia. Entre otras cosas, porque no tenía más remedio.

—Imagino, Excelencia —continuó el cardenal López de Carvajal— que toda la información que se ha vertido en este documento es veraz y que no hay riesgo de que otro incidente como el que ocurrió en Cesena vuelva a repetirse.

César bajó la mirada sin saber qué contestar, abatido por la vergüenza de saberse descubierto y la rabia por no poder hacer nada. El prelado extremeño se refería a la última treta con la que el Valentino intentó burlar al papa Julio y recuperar la iniciativa mediante una acción tan audaz y cruel como, en última instancia, sin sentido e incluso suicida. A principios de diciembre, tras conocer la derrota de los estradiotes y los infantes de la Romaña en Castiglion Fiorentino, César entregó al santo padre una supuesta contraseña que, en realidad, contenía un mensaje cifrado para el gobernador de la *rocca* de Cesena, un tal Diego Ramírez de Quiñones. La instrucción encriptada venía a decir «no hagas caso de lo que digan los portadores de este mensaje y mátalos». De inmediato, Ramírez hizo ahorcar a los emisarios papales que, en teoría, iban a tomar posesión de la fortaleza y la villa en nombre de la Santa Sede sin siquiera respetar su condición de diplomáticos ni mucho menos la de clérigos. Y también ajustició, por traidor, a Pedro de Oviedo, otro antiguo capitán del duque, que acompañó a la delegación pontificia sin tener la menor idea de que iba derecho hacia su muerte.

Cuando el santo padre se enteró de la ejecución sumaria de sus enviados, se enfureció de tal manera que arrojó por la escalera al cubiculario que le llevó el mensaje. Acto seguido, ordenó que se sellaran los apartamentos Borgia del Palacio Apostólico, que se desalojara al Valentino de ellos —donde había vivido hasta entonces más como huésped vigilado que como prisionero— y se le trasladara al castillo de Sant'Angelo. Si César se libró de la espantosa celda de San Morocco fue porque, en el último momento, los cardenales Joan de Vera, Francesc de Remolins y Francesc de Borja, de rodillas ante el papa, pidieron clemencia para el hijo de Alejandro VI. No obstante, el santo padre le destituyó de sus cargos de gonfaloniero y capitán general de la Iglesia, ordenó la confiscación de todos sus bienes en Roma e incluso disolvió el Ducado de la Romaña.

—Y ahora, *Eminentissime Pater* —preguntó César mientras se levantaba del escritorio de la sacristía de la iglesia de Santiago de los Españoles en la plaza Navona, donde se celebraba la reunión—, ¿cómo se llevará a cabo nuestro acuerdo?

—Pues como ya sabéis, Excelencia, ha sido refrendado por escrito en el acuerdo que alcanzasteis con el papa Julio y del que Su Católica Majestad el rey de Aragón y Castilla ha sido mediador y será garante. A partir de este momento, quedáis bajo mi tutela hasta que en un plazo no superior a los cuarenta días contados desde hoy, todas las fortalezas y villas de la Romaña hayan pasado a la jurisdicción y dominio de la Santa Sede. Salvado ese término, quedaréis liberado para marchar a vuestro Ducado de Valentinois, en Francia. Hasta entonces, residiréis en la *rocca* de Ostia conmigo en un alojamiento conforme a vuestra alcurnia y dignidad. He dispuesto lo necesario para que tengáis una estancia lo más grata posible, aunque me temo que, por expreso deseo del santo padre, no podréis salir a cazar, a cabalgar ni...

—Me refiero al otro acuerdo, Eminencia —cortó el Valentino con suavidad—. Al que incumbe más al rey Fernando y al capitán Fernández de Córdoba.

El cardenal presbítero de Santa Cruz en Jerusalén dejó el papel encima del escritorio y ordenó a los dos secretarios que abandonaran la sacristía. El prelado esperó a que ambos funcionarios se marcharan antes de hablar, pero César se le adelantó:

—¿Acaso dudáis de vuestros propios subordinados —preguntó el Valentino con cierta burla—, *Eminentissime Pater*?

—Incluso el mismísimo san Pedro dudó de Nuestro Señor y por tres veces le negó antes de que cantara el gallo —dijo el clérigo extremeño—, y santo Tomás no se creyó la Resurrección hasta que vio con sus propios ojos las llagas en las manos y los pies del Salvador. No es malo dudar, Excelencia, y menos aún en Roma. Por eso debo preguntaros otra vez: ¿estáis seguro de querer dar ese paso?

—Por completo, Eminencia. —El tono burlón de antes había desaparecido por completo en la voz de César, y el cardenal notaba, incluso, matices de súplica—. Aunque mantengo el título de duque de Valentinois y par de Francia, también soy príncipe de Andria, en el Reino de Nápoles, por la gracia de vuestro soberano. Además, nací valenciano, súbdito de Su Católica Majestad, y a su servicio quiero vivir y morir. El rey Luis de Orleans ha faltado a la palabra dada, retiene a mi mujer y a mi hija, y conspiró en mi contra apoyando a mis enemigos de Florencia y Siena. Si no hubiera sido por él, *Eminentissime Pater*, quizá ahora no estaríamos teniendo esta conversación.

—Conviene ser muy cauto en esta empresa, Excelencia. Respetad los términos del acuerdo y no le deis motivos al papa Julio para despertar su cólera contra vos. En cuarenta días todo habrá terminado y...

—¿Y Forlì? —volvió a interrumpir César—. ¿Qué pasará con Forlì?

—Respecto a eso —el cardenal suspiró con pesadumbre—, me temo que el santo padre ha sido categórico en sus exigencias, en especial en las que os afectan. Todos los bienes que, digamos, confiscasteis del Palacio Ducal y que se guardaban en las cámaras subterráneas de la *rocca* de Forlì deben ser devueltos al duque Guidobaldo, su legítimo propietario, el cual, por cierto, ha tomado al sobrino nieto del papa, Francesco Maria della Rovere, como hijo adoptivo y, por tanto, heredero del Ducado de Urbino. Además, exige una indemnización de cuatrocientos mil ducados por los daños causados durante vuestra campaña.

—¡Podría exigir cuatro millones! —bramó César—. ¡O cuarenta si se le antoja! Ni siquiera tengo para pagar a mi servidumbre, Eminencia.

César acompañó su queja con un golpe de furia y frustración en la mesa. Aquello significaba que ya no podía disponer del dinero que hubiera obtenido vendiendo la impresionante biblioteca del duque de Urbino y las obras de arte que había saqueado tras la conquista a traición de la capital de los Montefeltro. Y, aunque ya lo sospechaba, la noticia que le acababa de dar el cardenal López de Carvajal implicaba que su hija Louise no se casaría nunca con el sobrino del santo padre, tal y como ambos habían pactado con anterioridad.

Antes de que todo se fuera a pique.

—Sosegaos, Excelencia —le consoló el prelado—. Encontraremos la manera de recuperar los doscientos mil ducados que tenéis en el Banco de San Giorgio de Génova. De momento, no queda otra salida que aguardar en Ostia hasta que toda la transición se haya completado. Cuando llegue el momento, acudirán a buscaros dos galeras enviadas por Gonzalo Fernández de Córdoba para trasladaros a Nápoles, donde os pondréis al servicio de Su Católica Majestad. Allí están ya vuestros hijos y sobrinos, así como vuestra madre y vuestro hermano.

—¿Y mi cuñada? —inquirió César—. ¿Y Sancha?

—Respecto a la princesa de Esquilache. —La incomodidad del prelado ante la pregunta se volvió evidente—. En efecto, está también en Nápoles, pero… digamos que ya no vive maritalmente con vuestro hermano Jofré. De hecho, reside de forma permanente como…, ejem…, como huésped en la corte del duque de Traetto.

—¡Colonna! —El Valentino no daba crédito a lo que estaba oyendo—. ¿Sancha es la amante de Próspero Colonna?

—Para escándalo de toda Nápoles, así es —susurró el cardenal—. Lo lamento mucho, Excelencia.

—¡Perra ingrata! —bufó César—. ¡El santo padre Alejandro tendría que haberme hecho caso cuando le dije que le mandáramos a don Micheletto en vez de expulsarla de Roma! ¡Zorra napolitana!

—Pues ahora que mencionáis al capitán Corella, al parecer ha confesado terribles crímenes en los interrogatorios en la Tor di Nona —apuntó el clérigo.

—Colgado del *strapatto* del *mastro* Giovanni Tapparelli hasta vos mismo, Eminencia, confesaríais vuestra implicación directa en el prendimiento de Nuestro Señor en el huerto de Getsemaní. Y hasta de clavarlo en la cruz con vuestras propias manos.

—Coincido con vos en que con el tormento rara vez se consigue la verdad. Aun así, puede ser un problema. No tengo todos los detalles sobre lo que les ha contado el señor de Montegridolfo a los carceleros del papa Julio, pero me consta que ha confesado que estranguló a vuestro cuñado Alfonso d'Aragona por orden vuestra… —el cardenal dudó un instante antes de continuar— y que sois el responsable del asesinato de vuestro hermano mayor, el duque de Gandía.

—¿Os han sometido alguna vez al *tratto di corda*, Eminencia? —preguntó César—. No lo creo. Yo diría que ni siquiera habéis visto alguna vez a un hombre colgado del *strapatto*. Es un castigo terrible que, en pocos instantes, te hace desear no haber nacido. No culpo a Miquel de Corella de haberles dicho a sus torturadores cualquier cosa. Vos y yo haríamos lo mismo, incluso si lo que estuviera en juego fuera nuestra alma inmortal.

—En tan grave y trascendental caso, Excelencia, todos deberíamos tener nuestra alma preparada para recibir la palma del martirio.

—Quizá, Eminencia, pero algunos reciben esa palma más que otros. De hecho, yo diría que siempre la reciben los mismos.

* * *

El cardenal López de Carvajal aguardó en la escalinata de acceso a la iglesia de Santiago de los Españoles hasta que el carruaje donde viajaba César partió rumbo a la *rocca* de Ostia, su prisión durante las siguientes semanas. Con el Valentino solo viajaban Juanicot Grasica, su paje, y el doctor Torrella, su médico, sin más sirvientes ni palafreneros que los cuarenta alabarderos de la nueva Guardia Suiza del papa y veinte jinetes arcabuceros a caballo que no estaban allí para protegerlo, sino para vigilarlo.

Después, el prelado extremeño se cambió de ropa y, vestido de seglar con jubón de cuero, capa parda sobre los hombros, parlota negra en la cabeza y espada al cinto, como cualquier gentilhombre, ordenó que ensillaran su alazán y, junto a seis sirvientes —cuatro de ellos, armados—, enfiló en dirección contraria hacia la que se había marchado el Valentino. A sus cuarenta y ocho años —y pese a ser un hombre de leyes y letras que se había pasado la vida entre libros— el cardenal era un buen jinete que conducía con habilidad a la bestia a paso ligero por el dédalo de callejuelas del centro de Roma hasta que alcanzó la explanada donde, en tiempos, se levantó el Circo Máximo. Recorrió al galope la pista por donde antaño corrían las cuadrigas, aunque era ahora un enorme prado donde pastaban cabras y ovejas. Tras dejar a su izquierda el Convento de San Sisto Vecchio —en el que se refugió Lucrecia tras el asesinato de Perotto—, llegó a las Murallas Aurelianas y franqueó la Puerta de San Sebastián. Ya en la Via Apia, el cardenal y su séquito lanzaron al trote sus monturas y, menos de una hora después, llegaban a su destino. La Basílica de San Sebastián Extramuros.

El venerable templo circular levantado por orden del emperador Constantino es la última de las siete basílicas de Roma que los fieles pueden visitar en un mismo día para recibir el perdón de sus pecados y cuyo recorrido empieza en la de San Juan de Letrán y termina en aquella tras pasar por San Pedro en el Vaticano, San Pablo Extramuros, Santa María la Mayor, San Lorenzo Extramuros y la Santa Cruz en Jerusalén. Por ese motivo, y pese a que no faltaba mucho para el atardecer, aún había gente en el atrio, esperando su turno para besar la columna en la que ataron al mártir durante su suplicio y contemplar una de las flechas con las que acabaron con su vida por negarse a abjurar de su fe cristiana. Además, en la festividad del santo, muchos romanos acudían para pedir su protección contra las fiebres y la peste en lo más crudo del invierno.

El lugar perfecto para mantener una entrevista lejos de ojos y oídos indiscretos.

Francisco de Rojas —el embajador del rey Fernando el Católico en Roma— aguardaba a su compatriota de rodillas en uno de los bancos del interior del templo, flanqueado por dos hombres de confianza con armas ocultas bajo los capotes, pese a estar en un recinto sagrado. Uno de ellos, el más próximo al pasillo central por el que desfilaban los peregrinos para besar la columna del suplicio, se levantó para ceder el sitio al cardenal López de Carvajal.

—¿Ya está? —preguntó el diplomático—. ¿Ha firmado?

—Hasta el último documento. Y también ha partido ya hacia Ostia.

—Bien. Monsignore Burcardo me ha comentado esta misma mañana que ayer se marchó el barón de Trans después de que el papa Julio no le diera permiso para visitar al Valentino en Sant'Angelo.

—¿Qué razón dio el santo padre para rechazar la petición del embajador del rey de Francia?

—La más simple de todas. Que César Borgia no quería recibirlo.

—¿Y cree Su Señoría que el barón se creyó semejante excusa?

—Lo ignoro, *Eminentissime Pater*. Lo cierto es que, lo creyera o no, se fue del Palacio Apostólico sin conseguir su propósito, que era lo que pretendíamos. Su Católica Majestad no quiere que el Valentino siquiera considere la posibilidad de reconciliarse con Luis XII y volver a luchar bajo sus estandartes.

—El hijo del papa Alejandro es un hombre peligroso, sin duda —musitó el cardenal—, pero también puede ser un gran general al servicio de Castilla y Aragón, ¿no creéis?

—No lo sé, *pater*. No lo sé. El hijo del papa Alejandro brilló mientras tuvo a su disposición el dinero de la Cámara Apostólica y el poder de la Iglesia en manos del santo padre Borgia. No le faltó audacia ni valentía, pero cuando le fallaron las dos primeras cosas mirad cómo se derrumbó todo su poder.

—Debido a la mala fortuna.

—La fortuna también juega en este juego, Eminencia. Para bien y para mal. Y mejor le va al afortunado que al sabio, por injusto que parezca.

—En eso tenéis razón, Señoría —reconoció el cardenal—. ¿Y ahora qué?

—Mientras el papa Julio se entretiene en Roma recuperando las fortalezas de la Romaña y devolviendo a los Orsini, los Colonna, los Savelli y los Montefeltro las villas y castillos que les quitaron los Borgia, entretened vos al Valentino en Ostia con promesas.

—¿Con qué promesas?

—Contadle que el rey Fernando le necesitará para su siguiente gran empresa en Italia. Decidle que una vez que Nápoles sea pacificada, el siguiente objetivo será Florencia, que siempre ha sido más amiga de Francia que de España, y ahí le necesitaremos con un ejército que él mismo podrá reclutar con los doscientos mil ducados que guarda en el Banco de San Giorgio de Génova.

—No me atrevo a preguntaros si todo eso será cierto.

—No lo hagáis, pues, Eminencia. Aceptad mis palabras, que llevan las órdenes de Su Católica Majestad como san Sebastián, en esa misma columna —dijo el diplomático señalando la reliquia—, aceptó la palma del martirio.

60

Traición

Castel Nuovo de Nápoles,
26 de mayo de 1504, día de la Ascensión de Nuestro Señor

César Borgia se levantó del escritorio para estirar las piernas y despejar la cabeza. Estaba cansado, pero aliviado de haber acabado la odiosa tarea de despachar la correspondencia. Detestaba esa tarea, pues era monseñor Agapito Gherardi, su secretario, el que siempre se encargaba de esos menesteres. Sin embargo, el obispo de Sisporno seguía en Roma, donde el papa Julio, bajo amenaza de excomunión, le había prohibido seguir al Valentino a Nápoles, por lo que no tenía más remedio que hacerla él mismo.

Aun así, estaba satisfecho. Y, por primera vez desde la muerte del papa Alejandro, esperanzado.

Hacía justo un mes que César estaba en la ciudad conquistada por Gonzalo Fernández de Córdoba, quien había insistido en que se alojara con él en el mismísimo Castel Nuovo —la residencia del rey Alfonso el Magnánimo y sus descendientes—, y no en el palacio que su hermano Jofré poseía cerca de la Basílica de Santa Clara. Para su rabia y vergüenza, en él vivía ahora Sancha d'Aragona junto a su amante, Próspero Colonna, convertido — junto al condotiero Bartolomeo d'Alviano, de los Orsini— en uno de los coroneles del nuevo virrey de Nápoles, que, por tanto, eran ahora sus compañeros de armas a pesar de que pocos meses antes ambos habían intentado matarle. Y él a ellos si hubiera tenido la más mínima oportunidad.

Porque así es Italia.

Al Valentino lo había liberado de la fortaleza de Ostia el cardenal López de Carvajal casi un mes antes: el día de San Jorge. Fue entonces cuando llegó al Vaticano la confirmación de que la *rocca* de Forlì —la última que todavía se mantenía fiel a César— había sido entregada al vicario pontificio enviado por el santo padre después de que el comandante de la guarnición hubiera recibido quince mil ducados —que la Cámara Apostólica obtuvo tras embargar los bienes de César en Roma— en concepto de indemnización. El hijo del papa Alejandro obtuvo cierto consuelo cuando, en su cautiverio en Ostia, le contaron que su capitán había salido de la villa con el estandarte del toro rojo de los Borgia en ristre y entre los vítores de una población que gritaba «*duca, duca, duca!*».

Tal y como se había acordado en Roma, la Biacco, una fusta de veinticuatro bancos de remos enviada desde Gaeta por el Gran Capitán, aguardaba en el viejo puerto para llevar a César a Nápoles, donde arribó dos días después con Juanicot Grasica como única compañía, pues el papa tampoco había permitido que el doctor Torrella —que era obispo de Santa Giusta, en Cerdeña, y, por tanto, debía obediencia al santo padre— abandonara Roma.

Desde entonces, César, libre y recuperado de sus dolencias, parecía poseer de nuevo su antiguo vigor y se había entregado a una actividad frenética planeando, junto al Gran Capitán, su venganza en forma de una nueva campaña cuyos preparativos ya podía ver meciéndose con el viento de levante en el puerto de Nápoles, a un tiro de flecha de la ventana del aposento que usaba como gabinete de trabajo y dormitorio.

Sobre las aguas tranquilas protegidas por los espigones estaban ocho galeras —cinco catalanas y tres valencianas— que le transportarían junto a los dos mil lansquenetes alemanes de Gonzalo Fernández de Córdoba y seis cañones para caer sobre Piombino, desde donde avanzarían contra Pisa. Allí se reunirían con las compañías de mercenarios gascones y lombardos que pensaba reclutar con los cuatrocientos mil ducados que aún tenía en el Banco de San Giorgio. A ellos se les unirían las cien *lancie* italianas enviadas por Ferrara gracias a la mediación de su hermana Lucrecia, junto a la artillería de su cuñado, Alfonso d'Este, y dos destacamentos de estradiotes a cuyos sargentos había mandado a buscar por toda Italia para que se reunieran con él en Piombino. Mientras, Gonzalo Fernández de Córdoba iría por tierra para sumarse a él y conquistar Siena para que un caballo arrastrara —y pensaba hacerlo con una soga de oro— a Pandolfo Petrucci en la Piazza del Campo en un palio sangriento. Luego sería el turno de Florencia. En su cabeza, a César le resultaba tan fácil como grato imaginar, una vez que cayera la capital de la Toscana y se depusiera a Piero Soderini en favor de los Médici, la reconquista del Ducado de Urbino y la toma de Perugia, donde pensaba hacer descuartizar a Giampaolo Baglioni en la misma escalinata de la catedral de San Lorenzo.

Dado que el Gran Capitán necesitaba el permiso del papa Julio para cruzar los Estados Pontificios, era mejor no provocar más recelos en el santo padre de los que ya tenía; por eso César había dejado de presionar al pontífice por medio de los cardenales Joan de Vera y su cuñado, Amanieu d'Albret, para que me liberaran de la prisión de la Tor di Nona. Allí, aunque ya no me atormentaban con el *strapatto*, yo seguía pudriéndome en una celda infecta mientras César intentaba reconstruir sus días de gloria.

Unos días que no iban a volver. Aunque César aún no lo sabía.

—Apúrate en llevar esas cartas a los correos para que salgan hoy, Juanicot —dijo César a su paje con un brillo febril en la mirada—. Y después avisa al chambelán del capitán general Fernández de Córdoba de que iré a despedirme de él.

—De inmediato, Excelencia —dijo el joven navarro antes de abandonar la estancia—. Voy ahora mismo.

Cuando el paje se marchó el Valentino se asomó a la ventana del aposento. Desde allí se veía, a poco más de un millar de pasos, la mole del Castel dell'Ovo —el castillo del Huevo—, la vieja fortaleza de los reyes normandos construida sobre el islote de Megaride. Los napolitanos lo llaman así porque creen que Virgilio, que además de poeta era un mago, escondió en sus mazmorras un huevo de oro encantado con el que se mantenía en pie la fortaleza. Nadie había visto nunca aquella alhaja portentosa, pero algo de verdad debía de contener la leyenda porque, a pesar de que los bombardeos de la artillería del rey Luis XII de Francia primero y del rey Fernando el Católico después habían destruido las torres, el bastión, como un guardián pétreo y colosal de Nápoles, resistía.

«Si don Micheletto estuviera aquí —pensó César—, me recordaría el verso de Persio: *Vincit qui patitur*, el que resiste gana. Y debo resistir. Como ese castillo. A pesar de las llagas del mal francés; a pesar del rey de Francia y del de Aragón; a pesar del papa de Roma; a pesar de los Colonna, los D'Este y los Orsini; a pesar de Florencia y de Venecia. Resistir».

—Excelencia —Juanicot le sacó de sus pensamientos al entrar de nuevo en el aposento—, el capitán general os recibirá ahora, si así os place.

Gonzalo Fernández de Córdoba y su estado mayor estaban en la Sala Maior del castillo —la de las audiencias reales—, aunque todo el mundo la llamaba ya el Salón de los Barones, porque había sido allí, diecisiete años antes, donde el rey Ferrante había atraído a los barones napolitanos que habían conspirado contra él con la excusa de invitarlos a la boda de una de sus sobrinas. Una vez dentro, los hizo arrestar y ejecutar, y algunos de ellos terminaron disecados y sentados en torno a un terrorífico banquete en una habitación secreta de la misma Torre del Belverello que el monarca solía visitar para regodearse en su cruel venganza. Todos aquellos horrores parecían impropios de aquel salón en el que el padre de Ferrante —Alfonso el Magnánimo de Aragón— había hecho colocar dos bajorrelieves de mármol representándose a sí mismo en su entrada triunfal a Nápoles.

A César le sorprendió que el duque de Terranova y Santangelo —pese a que su cargo era el de lugarteniente de Su Católica Majestad y no el de virrey, aunque ejerciera como tal— estuviera sentado en el mismo trono que habían utilizado los monarcas napolitanos desde los tiempos de los reyes normandos. El capitán general cordobés, a sus cincuenta y un años, tenía allí sentado un porte regio, pese a su escasa estatura y a que la vida guerrera le había envejecido un poco antes de tiempo. Su melena negra y ensortijada, que le caía sobre los hombros, mostraba vetas plateadas que ocultaba con una gorra negra adornada con un broche de oro en el que brillaba un rubí rojo del tamaño de un garbanzo. Llevaba un jubón negro con las armas de Castilla y Aragón bordadas sobre el pecho izquierdo y la cruz roja de la Orden de Santiago en el hombro derecho. Tenía el perfil de un ave de presa —de nariz afilada y mandíbula poderosa—, piel trigueña y profundos ojos negros, algo hundidos en las cuencas y guarnecidos bajo las cejas espesas y rectas, que daban un aire fiero a su mirada. No desentonaba rodeado por los frescos de Giotto que representaban a grandes héroes de la Antigüedad como Hércules, Héctor, Aquiles, Eneas o Sansón.

—Excelencia —saludó César—, vengo a despedirme, pues, como sabéis, mañana partirán las galeras que habéis dispuesto para tomar Piombino. Estoy seguro de que la Providencia nos asistirá en tan alta empresa que vamos a emprender juntos.

—Mi buen duque —respondió el general cordobés—, poco tiempo tengo ahora para atenderos como es debido, pero quería que supieseis que, por orden de Su Católica Majestad, se ha dispuesto todo para Su Señoría.

Junto al Gran Capitán estaban los tres coroneles con los que había derrotado al ejército francés en las riberas del Garellano: Pedro Navarro —conde de Oliveto—, Próspero Colonna y Bartolomeo d'Alviano. Los dos últimos miraban hacia donde estaba César, como si el Valentino estuviera hecho del transparente cristal de las fábricas venecianas de las siete islas de Murano. Sin embargo, el primero no levantaba la mirada del suelo.

—Os doy las gracias, Excelencia —dijo César—. Confío en que los vientos nos sean favorables.

—Vaya en buena hora Su Señoría. El conde de Oliveto os acompañará a cenar esta noche, ya que hay algunos detalles que desea discutir con vos. Que Dios os acompañe.

—Que Él os guarde.

El Valentino hizo una reverencia y se marchó acompañado por el conde, que, aunque se llamaba en realidad Pedro Bereterra, en toda Italia le llamaban Navarro por ser de la villa de Garde y, al menos en Venecia, le aborrecían como Roncal el Salteador, por el valle donde nació y porque se dedicó después al corso y la piratería contra las naves de la Serenísima al mando de una flotilla de cuatro fustas y dos galeras propiedad del noble valenciano Antonio Centelles. Tenía más o menos la edad de César —alrededor de treinta años—, pero llevaba en el negocio de la guerra desde los dieciséis. Debía su fama y prestigio a haber ideado un sistema para derribar los muros de las ciudades enemigas, que consistía en excavar un túnel bajo sus cimientos, llenarlo de pólvora y hacerlo estallar. Era un hombre huraño, un soldado de modales rudos y gestos ásperos, con el que César no había congeniado. Aun así, cenaron juntos aquella noche y hablaron de técnicas de asedio, artillería y armas.

Tras la sobremesa, al Valentino le extrañó que el mercenario quisiera acompañarle hasta la puerta de su aposento.

—Buenas noches, mi señor conde —se despidió César—. Os deseo un reposo placentero.

—Vos, señor —contestó Navarro—, podréis reposar esta noche, pero me temo que yo estoy aquí para otro cometido.

En ese momento, un piquete de seis guardias mandados por el gobernador del Castel Nuovo irrumpió en el pasillo. Llevaban las espadas desenvainadas.

—César Borgia, en nombre del rey Fernando y la reina Isabel, daos preso para rendir cuentas por el asesinato de vuestro hermano Juan, duque de Gandía —dijo.

—¿Qué? ¿Cómo? —El Valentino se dio cuenta de inmediato de que la acusación era una mera excusa—. ¡Santa María! ¡Me han engañado! ¡Traición!

Le quitaron la espada y registraron el aposento de arriba abajo para asegurarse de que no guardaba allí más armas, venenos, ni siquiera papel y tinta con los que escribir mensajes. Al pobre Juanicot Grasica —tras recibir no pocos golpes, porque el muchacho se negaba a abandonar la habitación en la que dormía con su amo— le permitieron dormir acurrucado junto a la puerta, en la que dispusieron tres guardias.

Al día siguiente, a ambos los trasladaron al Castello Aragonese del islote de Ischia. La celda en la que los encerraron se conocía como *Il Forno*. El horno.

61

Cautivo

Valencia,
14 de septiembre de 1504

—*Sed bienvenido a Valencia, Excelencia* —dijo el ahorcado—, *y también a la archidiócesis de la que fuisteis arzobispo. Nos alegra veros aquí de nuevo después de tanto tiempo, aunque hayáis traído con vos la tempestad.*

La voz del ahorcado resonaba en la cabeza de César Borgia con más fuerza que los badajazos con los que la campana Micalet, desde lo alto de la torre de la catedral, advertía a los valencianos de la llegada de nubes de tormenta desde el mar. Durante toda la travesía desde Nápoles, las tres galeras habían navegado apenas un poco por delante del temporal, si bien consiguieron arribar a puerto antes de que los temibles vientos y lluvias de levante del otoño los alcanzaran. Al contrario de lo que había ocurrido treinta y un años atrás, cuando el entonces cardenal Rodrigo Borgia abandonó la ciudad de la que era obispo de regreso a Roma, a los muelles del Grao no habían acudido los *cavallers* de la nobleza urbana, los *homes honrats i generosos* de la burguesía, los *jurats* del *Consell* de la ciudad ni los clérigos y canónigos de la Seo a recibirle.

De hecho, no fue nadie.

—*No os ofendáis, Excelencia, por tan triste acogida* —continuó el ajusticiado—, *ni porque nadie se acuerde de que hoy cumplís treinta años; aceptad vuestra condición de cautivo de la misma for-*

ma que Nuestro Señor aceptó la Cruz para redimir nuestros pe-
cados.

—¡Cállate! —bufó César—. ¡Cállate, te digo!

Juanicot Grasica se sobresaltó ante el estallido de cólera del Valentino, pues, desde que habían desembarcado en el Grao un par de
horas antes, al igual que su amo, ni siquiera había abierto la boca.
Estaban juntos en el interior del carruaje en el que le trasladaban
por las calles de la ciudad. Era una vulgar tartana tirada por un par
de mulas y cubierta por un toldo de tela de arpillera que, de no ser
por los ballesteros de la milicia urbana y los seis lanceros a caballo
con insignias de la reina de Castilla que la escoltaban cuando pasaba
por las calles, no hubiera llamado la atención. Por ello, la gente es-
cudriñaba a través de los pliegues de la tela para intentar adivinar
quién era el gentilhombre vestido de negro y enmascarado que viajaba allí dentro, pero nadie le reconoció.

O casi nadie.

La comitiva entró en la ciudad por el *Portal dels Jueus* —la
puerta de los judíos— para llegar al *Portal de Quart* que abría
la urbe al camino de Castilla. Aunque no había riesgo de que el arzobispo de Valencia y primo de César, Pere-Lluís de Borja intentara ninguna treta para rescatar a su pariente, entre otras cosas porque también estaba en Nápoles como rehén del Gran Capitán, se
optó por evitar que la caravana con tan ilustre prisionero pasara
siquiera cerca de la catedral. Por ello se le desvió por la plaza del
Mercado y la Lonja de la Seda, donde estaba el cadalso en el que se
balanceaba el cadáver del desgraciado cuya voz atormentaba al Valentino en su amargo regreso a la ciudad en la que nació.

A juzgar por los harapos que tenía por ropa, era un morisco.
También le faltaba la mano derecha, que estaba clavada en el poste
del que pendía la soga, junto a sus orejas, también amputadas. Los
tres despojos indicaban que era reo de asesinato y reincidente en el
delito de putería; debía de haber sido ajusticiado aquella misma
mañana, pues las leyes del Reino de Valencia prohibían la exhibición de los condenados a muerte en el interior de las villas durante
más de un día, para evitar las profanaciones y los miasmas. A buen
seguro, al atardecer lo descolgarían y arrojarían su cadáver al barranco del Carraixet para que lo recogieran sus familiares para enterrarlo o, si nadie lo reclamaba, que lo devoraran las alimañas.

—*¿Sabéis dónde os llevan, Excelencia?* —preguntó el cadáver—. *Porque no creo que os dejen honrar con vuestra presencia a la ciudad que os vio nacer.*

—A Chinchilla, según me han dicho —susurró César—. A la fortaleza del marqués de Villena.

—*¿Y después? ¿Qué pasará después?*

—Solo Dios lo sabe.

—*Y Su Católica Majestad también.*

Juanicot, pese a que no hacía frío, se arrebujó con una manta y se cubrió la cabeza para no ser testigo de otro delirio de su señor en el que hablaba solo, entre susurros y con la angustia grabada a fuego en los ojos ocultos tras la máscara de cuero negro. Durante los meses que había pasado en *Il Forno* bajo la custodia de Próspero Colonna, no había padecido ninguna crisis. Sin embargo, durante la travesía por mar desde Nápoles, había sufrido una tan virulenta que se había negado a abandonar el camarote y subir a la cubierta durante días porque decía que las voces de los ajusticiados en el mar le atormentaban desde las profundidades. Además, cada vez se quejaba con más frecuencia del dolor en las articulaciones y nuevas llagas provocadas por el mal francés se le habían abierto en las ingles, el miembro viril y la cara interna de los brazos. Aunque Juanicot llevaba consigo algunos remedios de los que le prescribía el doctor Torrella, hacía mucho tiempo que no se sometía a los baños de calor ni aspiraba los vapores de las sales de albayalde. Los médicos que le había proporcionado Próspero Colonna en el Castello Aragonese de la isla de Ischia no eran tan hábiles ni sabios como el obispo de Santa Giusta, y en las galeras que le habían llevado a su ciudad natal era el barbero del capitán el que ejercía de físico y cirujano.

—Por culpa de Su Católica Majestad estoy aquí, demonio —dijo César—. Por culpa de Fernando de Aragón.

—*¿Por qué, Excelencia? Si sois nacido valenciano y, por tanto, leal súbdito suyo.*

—Porque no vi venir la jugada que tenía entre manos. Y tampoco pensé en que, para ganar la guerra contra el traidor de mi primo Luis XII, necesitaba dos cosas que me perjudicaban: las tropas de los Orsini y el favor del santo padre para que le ungiera rey de Nápoles cuando expulsara a los franceses. Y unos y el otro le pidieron mi cabeza como precio.

—*Sin duda, pero ¿no piensa Su Señoría que quizá sería bueno hacer un poco de examen de conciencia? ¿No habéis hecho nada mal?*

—¡Nada! —estalló—. ¡Los Borgia tenemos el mismo derecho que los Colonna, los Orsini, los D'Este o los Sforza al poder! Lo único que no hemos tenido ha sido suerte.

—*¿De verdad no pensáis, Excelencia, que os equivocasteis al dar el apoyo de vuestros cardenales a Giuliano della Rovere? ¿Que no errasteis cuando intentasteis burlar al papa Julio con una contraseña falsa? ¿Que no debisteis creer las palabras de amistad que os brindó el Gran Capitán?*

—Lo tenía todo previsto, demonio, para cuando muriera el santo padre Alejandro. —César alzó la voz—. ¡Todo! Salvo que yo mismo estuviera también enfermo. Pero esto no se ha acabado.

—*¿No?* —La voz del ahorcado no podía disimular la burla—. *Os espera un juicio, Excelencia. Vuestra cuñada, la duquesa de Gandía, os acusa de haber asesinado a su marido, vuestro hermano mayor. Y también de ordenar la muerte del duque de Bisceglie, Alfonso d'Aragona.*

—La acusación de María Enríquez es una farsa, una excusa. Una completa estupidez.

—*Os recuerdo que doña María sigue clamando que el heredero de vuestro hermano Joan nunca recibió los títulos ni las rentas de los ducados napolitanos de Benevento, Terracina y Pontecorvo, a pesar de que el papa Alejandro se los otorgó al duque de Gandía.*

—Lo que no dice doña María es que esos títulos y rentas los retuvo el propio papa Alejandro en nombre de su nieto y ni protestó entonces ni lo hace ahora a quien los retiene de verdad, que no es otro que el papa Julio. ¿Y sabes por qué?

—*Claro que lo sé, Excelencia. Sé todo lo que vos sabéis.*

—Te lo voy a decir de todos modos: no lo hará porque su primo Fernando, segundo de tal nombre, soberano de Aragón, Valencia, Mallorca, Cerdeña, las Dos Sicilias y Jerusalén, rey consorte de Castilla y conde de Barcelona, no le ha ordenado que lo haga. Necesitaba una excusa para sacarme de Italia para contentar al papa Julio y...

—*Y por eso os acusan de unas muertes con las que no tenéis nada que ver* —interrumpió—, *¿verdad?*

—En efecto. Además, en el caso de que tuviera alguna responsabilidad en la muerte de mi hermano, como súbdito que soy del rey de Aragón y de noble cuna, no puedo ser juzgado en tierras de Castilla, que es a donde me llevan. Y en el caso de mi cuñado, que Dios lo acoja en su seno, él era un príncipe napolitano y el crimen se cometió en Roma, es decir, en la jurisdicción del papa. Conozco las leyes, demonio, por eso sé que la acusación de María Enríquez es un mero pretexto para secuestrarme. El único juicio que he de temer en realidad es el de Dios Todopoderoso. Cuando me llegue la hora.

—*Entonces sí tendréis que responder por la muerte de vuestro hermano Juan.*

—No sé de qué estás hablando.

—*¿Por qué os agrada tanto mentiros a vos mismo, Excelencia?* —se burló el ahorcado—. *¿Por qué os empeñáis en negar lo evidente? ¿Quién se beneficiaba más del desaparición de Joan de Borgia? ¿Acaso no os sorprendió don Micheletto, aquella noche, junto a Bartolomea Orsini, la mujer de Bartolomeo d'Alviano, próximo a la fortaleza de Montegiordano en Roma, con el hombre enmascarado que fue la última persona con la que se vio con vida al duque de Gandía? ¿Y no es verdad que, si a Joan Borgia no lo hubieran cosido a puñaladas y arrojado al Tíber, vos seguiríais siendo el cardenal de Santa Maria Nuova y jamás os habríais casado con Carlota d'Albret ni seríais duque de nada?*

—¡Cállate!

—*Y decidme, Excelencia, ¿por qué el santo padre Alejandro ordenó, a los dos meses del asesinato, que cesaran todas las investigaciones para averiguar quién había matado a su hijo predilecto? Recordad que el papa siempre decía que sabía quién lo había hecho, pero que tenía que dejarlo correr y olvidarlo todo en aras de la paz. ¿Qué paz? En la corte vaticana se pensaba que se refería a la paz en Roma y en Italia. Aun así, unos días insinuaba que habían sido los Orsini y otros los Colonna. O las dos familias a la vez, e incluso del duque de Urbino. Se habló del cardenal Ascanio Sforza y, como siempre, de Giuliano della Rovere. Todos tenían motivos para hacer daño a los Borgia y matar al heredero del papa. Sin embargo, vos sabéis que el santo padre estaba pensando en la paz de su propia familia. Y en la de vuestra alma inmortal.*

—¡He dicho que te calles! —gritó—. ¡Que te calles!

—*Ni puedo callarme ni podéis callarme, Excelencia, porque uno no puede callar la voz de sus errores y sus remordimientos.*

—¡Mi hermano Joan no servía para esto! —bramó César—. ¡Era indolente, incompetente, perezoso, superficial y estúpido! De haber seguido como gonfaloniero y capitán general de la Iglesia, la ruina de los Borgia hubiera sido completa.

—*No parece que haya ido mucho mejor en vuestras manos, Excelencia.* —La voz del ahorcado adquirió un tono cruel—. *Mirad dónde estáis. Y cómo estáis.*

—Estoy en mi tierra —contestó César desafiante—. Con mi dinero en Génova intacto, a pesar de los intentos del papa Julio de confiscarlo; con seis cardenales que obedecerán mis órdenes en Roma; con una hermana que es duquesa de Ferrara y un hermano que es príncipe de Esquilache; con parientes y amigos a ambos lados del mar y ciudades y villas en la Romaña que ya me añoran como duque ante la insoportable tiranía del papa Julio y su legión de parientes y amantes sodomitas. Y, aun en Chinchilla, no estaré tan lejos de Pamplona y de la protección de mi cuñado, el rey Juan.

Conforme el carruaje se iba alejando de la plaza del mercado la voz del ahorcado fue apagándose en la mente de César. Cuando tuvo a la vista las torres del Portal de Quart era apenas un susurro ininteligible. Por ello, se giró en su asiento, apartó la tela de arpillera del carruaje y se encaró hacia donde estaba el cadalso.

—¡Y aún no estoy muerto, demonio! —gritó—. ¡César Borgia aún no está muerto!

62

La fuga

Castillo de La Mota. Medina del Campo,
25 de octubre de 1506

El sol del mediodía abrasaba los trigales —ya segados— que se extendían más allá de los tejados y murallas de Medina del Campo. César Borgia contemplaba, desde la ventana de su aposento del último piso de la torre del homenaje, la vastedad de los campos de Castilla. Pese a que ya llevaba poco más de dos años preso —primero en la fortaleza de Chinchilla y luego aquí, en La Mota— aún no se había acostumbrado a aquella inmensidad vacía, tan distinta del paisaje italiano erizado de colinas del Lacio, la Romaña o la Campania.

Y tampoco al cautiverio.

—Juanicot —llamó a su paje sin apartar la mirada del horizonte—. Trae más vino. Y algunas viandas también. No tengo demasiada hambre, pero es posible que mi invitado quiera comer algo.

El muchacho, tras comprobar que la jarra de bronce plateado estaba vacía, se aprestó a ir a la bodega para pedirle al mayordomo del castillo que se la rellenara de ese vino amarillo-verdoso que él encontraba demasiado ácido y amargo, pero al que su amo se había aficionado tanto que aquella era la segunda vez que hacía el viaje a las barricas aquella mañana. Y dado que su señor esperaba visita, el paje se barruntó que habría una cuarta; y quizá también una quinta. Desde que estaban en el castillo de La Mota, las condiciones de la reclusión de su amo habían mejorado mucho, sobre todo en comparación con las del bastión de Chinchilla, en el que habían pasado los primeros tres meses de su cautiverio y de donde el Valentino había intentado fugarse por primera vez.

Aquello ocurrió a las dos semanas de su ingreso cuando, una tarde, tomaba el aire junto al alcaide de la fortaleza, don Gabriel de Guzmán, por la terraza del torreón principal. Dado su rango se le permitía deambular con total libertad por el interior del castillo y su carcelero le acompañaba a veces para darle conversación. Con la villa de Chinchilla a sus pies, el Valentino le pidió a don Gabriel que se aproximara a la baranda para que le explicara qué eran unas casas que se vislumbraban en el horizonte. Cuando el castellano se acercó, César intentó arrojarlo al vacío y no lo consiguió porque el hombre, en el último momento, consiguió zafarse del traicionero ataque del Valentino. Aunque después se excusó diciendo que se trataba de una broma y una prueba para comprobar que había recuperado la forma física, se le restringieron los movimientos incluso entre los recios muros del bastión del marqués de Villena.

Todo cambió cuando, el 26 de noviembre de 1504, a quinientos pasos a vuelo de pájaro al oeste desde la ventana en la que César estaba asomado en aquel momento, murió la reina Isabel de Castilla en el Palacio Real. Tenía cincuenta y tres años. La noticia llegó a Chinchilla el día de San Andrés. Seis meses después —sin que nadie le explicara por qué— a César y Juanicot los trasladaron a La Mota, la mejor fortaleza de toda la península, levantada sobre un altozano junto al río Zapardiel. Y la prisión del Valentino desde entonces.

La presión combinada sobre Fernando el Católico de su cuñado el rey de Navarra, de su hermana Lucrecia —ya duquesa de Ferrara desde la muerte del viejo Ercole— y de los cardenales Borgia en Roma hicieron que las condiciones del cautiverio del Valentino mejoraran. Además de Juanicot, disponía de cinco criados, un capellán y un médico. Le permitían mandar y recibir cartas y también visitas, como la que esperaba para almorzar: Alonso Pimentel, conde-duque de Benavente y uno de los líderes de los partidarios del duque de Borgoña, Felipe de Habsburgo, el brevísimo soberano de Castilla.

La reina Isabel había estipulado en su testamento que fuera su hija —la desdichada y demente Juana— la que heredara su corona, pero que su viudo, Fernando, administraría Castilla hasta que el infante Carlos cumpliera los veinte años. Sin embargo, la nobleza castellana no aceptó que Fernando se hiciera cargo de la regencia y, por ese motivo, se retiró a sus dominios de Aragón y, tras casarse de nuevo con la princesa francesa Germana de Foix, marchó a Italia ante el temor de que el Gran Capitán le traicionara. Las Cortes castellanas, en Valladolid, proclamaron rey de Castilla a Felipe. Sin embargo, unos meses después, murió en Burgos tras una partida de pelota en la que cogió frío y estuvo veinte días de agonía.

—Excelencia —dijo Juanicot conforme entró en el aposento con la jarra de vino llena—, Su Señoría el conde-duque de Benavente está aquí.

Alonso Pimentel y Pacheco acababa de cumplir los cuarenta años y tanto él como su familia habían sido, desde siempre, fieles súbditos de la reina Isabel que desaprobaban la injerencia constante del rey aragonés en los asuntos de Castilla. Por ese motivo habían apoyado al marido de Juana y, tras su muerte, pretendían que la regencia no cayera en manos de Fernando, sino en la figura del emperador Maximiliano de Austria, abuelo del pequeño Carlos, que solo tenía cuatro años. Antes incluso de la repentina muerte de Felipe de Borgoña, el conde-duque de Benavente ya trabajaba para liberar a César del cautiverio para que liderara un ejército ante la previsible guerra civil que, de nuevo, amenazaba al reino.

—¡Mi querido duque Valentín! —saludó, jovial cuando entró en el aposento—. ¡Cómo me alegra ver a Su Excelencia en tan buen estado de cuerpo y espíritu! Traigo noticias de Italia; también consejo. Y planes para nuestra empresa.

César respondió al saludo con una reverencia que ocultaba una sonrisa amarga. Le seguían tratando de «excelencia» y se referían a él como «Valentín», su sobrenombre italiano al uso castellano, a pesar de que su supuesto querido primo, el rey de Francia, le había despojado de sus rentas y de su título como duque de Valentinois, aduciendo el incumplimiento de la palabra dada y que no le había apoyado con armas, dinero y hombres en la guerra de Nápoles. Es más, ni siquiera había accedido a pagarle las cien mil libras correspondientes a la dote de su esposa, Carlota d'Albret, a las que se comprometió a cambio de que el papa Alejandro anulara su primer matrimonio.

—Contadme las nuevas de Italia primero, Señoría —dijo César—, y luego los planes.

—El papa Julio, con el apoyo de los Orsini, los Colonna, de vuestro cuñado el duque de Ferrara, del marqués de Mantua y de Guidobaldo de Montefeltro ha reconquistado las plazas de la Romaña que se perdieron ante Venecia. También ha tomado Perusa y hecho huir a Giampaolo Baglioni, y ha puesto sitio a la mismísima Bolonia, que no parece que vaya a tardar mucho en caer.

—¡Maldito sodomita! —rugió el Valentino—. Es decir, que está haciendo exactamente lo mismo que el papa Alejandro y yo planteamos y que, entre el rey de Francia y el de Aragón, no nos dejaron terminar.

—En efecto, Excelencia. Y entiendo vuestro disgusto. Sin embargo, tengo otra noticia que os confortará.

—Decidme.

—A vuestro capitán Miquel de Corella, que como sabéis fue liberado por el papa Julio de la Tor di Nona a principios de año por mediación de *messer* Nicolás Maquiavelo, la Signoria de Florencia lo nombró, a recomendación suya, *capitano della Guardia del Contado e Distretto*. Lo primero que hizo fue reunir de nuevo a los destacamentos de estradiotes que estaban a vuestras órdenes y una compañía de infantes valencianos. Luego ha estado adiestrando a hombres de la Toscana para crear una milicia como la que hizo para vos en Fano, y se dice que marchará pronto sobre Pisa con la garantía de que sus hombres no son mercenarios. En todo caso, mi señor, ya podemos pensar en que un ejército Borgia vuelve a pisar el suelo de Italia.

—¡Mi leal don Micheletto! —exclamó César con alegría—. ¡No solo es uno de los poetas más delicados de Europa y el asesino más feroz de Roma, sino que también tiene hechuras de gran general! ¡Qué ganas tengo de abrazarlo de nuevo cuando volvamos a Italia!

—Desde luego, Excelencia. Y otra cosa: me escribió el cardenal López de Carvajal —añadió el conde-duque de Benavente— para contarme que el rey Fernando solicitó al papa Julio que redactara un breve en el que el propio pontífice le pedía al soberano de Aragón que se os mantenga preso para no hacer daño a las tierras de la Iglesia y que necesitaba este documento antes de volver a Castilla.

—Menos mal que no le pidió que me lanzara un anatema —bromeó César Borgia mientras Juanicot le rellenaba la copa con el néctar dorado—, me condenara por hereje o asegurara que soy la reencarnación del mismísimo diablo.

—Su Católica Majestad ya le pidió al virrey Fernández de Córdoba, hace año y medio, un documento que justificase las causas de vuestro cautiverio, dado que no creía que fuera a prosperar la acusación de vuestra cuñada sobre el asesinato del duque de Gandía y del príncipe de Salerno.

—Supongo que el Gran Capitán accedió —contestó César Borgia—. Como accedió a protagonizar la miserable farsa con la que me engañaron.

—Os equivocáis, mi buen duque —rio Alonso Pimentel—. Se negó en redondo. Como se ha negado a tantas otras peticiones del rey, entre ellas, a entregarle las cuentas detalladas de los gastos de las campañas de Nápoles. Por eso, Su Católica Majestad marchó a Italia a principios de septiembre, para meter en vereda a su general más victorioso ante los rumores de que el papa Julio y el emperador Maximiliano querían reclutarlo para luchar contra Venecia.

—Y para asegurarse de que no le entregaba Nápoles a la Corona de Castilla —apuntó César—. A fin de cuentas, aunque Fernández de Córdoba le ganó un reino a Su Católica Majestad, lo hizo con un ejército castellano.

—Como todo lo que ha hecho ese advenedizo —escupió el conde-duque—. Ha recuperado la corona de su tío Alfonso el Magnánimo con sangre castellana sin que esta tierra haya recibido compensación alguna. Aragón crece mientras Castilla languidece. Por eso debemos actuar rápido, mi señor duque. La desdichada muerte del rey Felipe nos obliga a ello. Fernando de Trastámara navega ya de regreso desde Nápoles para asumir la regencia y, en el momento en el que ponga un pie en Valencia, no conseguiremos sacaros de aquí.

—¿Pensáis vos que el rey ordenó envenenar a su yerno, como se rumorea? —inquirió César.

—¿Quién sabe? —dijo Pimentel—. Es cierto que el emperador Maximiliano le insistía mucho a su hijo en que, en la corte del rey Fernando, se alimentara solo de lo que le hicieran sus propios cocineros, y se habla de un sabio judío que está al servicio del aragonés y es un maestro en ponzoñas y bebedizos. En todo caso, Felipe I de Castilla está muerto, el cardenal Cisneros ha asumido temporalmente la regencia, pero las Cortes aún no han dado su última palabra. El testamento de la reina Isabel dice que la heredera sería Juana, pero, dada su incapacidad para gobernar, Fernando solo sería regente mientras siguiera viudo, cosa que ya no es. Así, es de justicia que sea el abuelo del infante, el emperador Maximiliano de Austria, quien asuma el gobierno hasta que el príncipe tenga la edad adecuada. Por eso vuestro cautiverio debe terminar. Necesitamos de vuestra maestría en el oficio de las armas si, Dios no lo quiera, es la guerra la que debe decidir quién es el legítimo regente de Castilla durante la infancia del príncipe Carlos.

—Su Señoría sabe que yo soy el primer interesado en salir de aquí y creo que el emperador Maximiliano es hombre de palabra. Si le ayudo.... si os ayudo aquí, en Castilla, se me ayudará también a mí a recuperar mis estados de la Romaña. En todo caso, querido conde-duque, ¿cuándo sería? Y lo más importante, ¿cómo?

—Será esta noche. Y saldréis por esa misma puerta.

César se quedó petrificado ante la respuesta de su interlocutor. Miró hacia un lado y otro de la estancia, como si temiera que los muebles pudieran gritar para delatarle. Luego, con un gesto, le pidió a Juanicot que le llenara de nuevo la copa.

—Os lo he dicho cuando he entrado, Excelencia —continuó el conde-duque con una sonrisa pícara—, que además de noticias traía consejo. Y también planes.

—Pero... —acertó a decir el Valentino— ¿tan pronto? Quiero decir, ¿ya? ¿Esta noche?

—Ya, Excelencia. Esta misma noche, pues todo se ha dispuesto. Mandad al paje —Pimentel señaló a Juanicot— con vuestros efectos personales imprescindibles a la ciudad. Junto a la puerta del camino de Tordesillas hay una posada, ¿sabes cuál es, zagal?

—Sí, Señoría.

—Allí te esperan un par de mis hombres y seis mulas, que te acompañarán a Villalón. Fingiréis ser arrieros que llevan una carga de leña. Que no te reconozca nadie, muchacho.

—De acuerdo.

—Y respecto a vos, Excelencia, cuando oscurezca iréis a buscar al capellán del castillo. Fingid inquietud y turbación porque habéis tenido un mal sueño y pedidle que os escuche en confesión. No os preocupéis, porque el padre San Martín es de los nuestros y, de hecho, ha sido él quien ha sobornado a Antonio García de Mayona...

—¿El sargento de la guardia? —interrumpió César perplejo—. Jamás imaginé que se prestaría a ayudarnos. Parece un milagro.

—El oro, Excelencia, es capaz de obrar más milagros que todas las reliquias de Roma y Santiago juntas. De hecho, él irá con vos por el patio de armas hasta el adarve de la primera muralla y descenderá primero al foso. Tres de mis hombres esperarán allí con buenos caballos andaluces, veloces como el viento, para salir. Villalón está dentro de mi señorío. Desde allí iréis a Navarra.

* * *

Era noche cerrada cuando César y García Mayona, a hurtadillas, llegaron hasta el adarve de la muralla. La estratagema ideada por el conde-duque de Benavente con el capellán del castillo había funcionado y los guardias esperaban al Valentino, como cada noche, antes de cerrar la puerta principal de la torre del homenaje donde estaban sus aposentos. Colgada del hombro, el sargento llevaba una gruesa soga para salvar las seis cañas de profundidad del foso exterior que protegía la fortaleza.

—Yo bajaré primero, Excelencia —susurró García Mayona—. Sujetad la cuerda, pues le daré un tirón cuando esté abajo.

La oscuridad de la noche sin luna se tragó al jefe de los custodios cuando apenas había descendido una caña. Le pareció que había pasado una eternidad cuando notó algo en la mano con la que aferraba la soga, seguido de un golpe sordo y un lamento. Algo le había pasado a su compañero de fuga, probablemente se había caído. De inmediato le llegó el sonido de voces apagadas.

—¡Excelencia! —escuchó—. ¡Bajad presto! ¡Rápido!

Debían de ser los hombres del conde-duque, pero no lograba verlos. Palpó el nudo que sujetaba la soga para cerciorarse de que era recio —aunque no podía saberlo— y se dispuso a bajar. No había dado ni tres pasos con los pies apoyados sobre las piedras cuando, esa vez con toda claridad, oyó cómo se daban las voces de alarma y la luz de las antorchas recién encendidas bailaba enloquecida en el interior de la fortaleza.

—¡Se escapa! —oyó—. ¡El Valentín se escapa!

Intentó acelerar el descenso, pero tanto tiempo encerrado, sin posibilidad de salir a cazar, ejercitarse con la espada o siquiera dar largas caminatas, le había oxidado los músculos. Como llevaba guantes, se deslizó por la cuerda, pero el cuero era demasiado fino y notó que el roce del grueso cáñamo le abrasaba las manos. Miró hacia arriba y vio las cabezas de los guardias y, como si fuera el rostro del mismísimo ángel exterminador de los primogénitos de Egipto, la cara de don Gabriel de Tapia, el alcaide de La Mota. Y también escuchó lo que bramó el carcelero:

—¡Cortad la cuerda, perros! —gritó—. ¡Que se estrelle contra el suelo!

Y se precipitó al vacío.

El golpe fue brutal. Notó que el deseo del carcelero se convertía para él en una dolorosa realidad conforme las astillas del hueso de la tibia izquierda le horadaban la carne al romperse. Los cantos del fondo le quebraron las costillas y le reventaron las muñecas en su vano intento de frenar la caída. Allí abajo sí oía bien los aullidos de dolor del sargento traidor, que con las piernas rotas pretendía reptar con los brazos —sin éxito— por la pronunciada pendiente del terraplén. Agarrándose a las juntas de los ladrillos de la pared, César logró incorporarse, pero solo respirar le causaba un dolor insoportable en el costado derecho. Desde lo alto del adarve arrojaban teas encendidas para iluminar el foso oscuro.

—¡Pegaos a la pared, Excelencia! —oyó que le gritaban desde alguna parte que no conseguía identificar—. ¡Ya vamos! ¡Y callaos!

Obedeció a la orden y se alegró de haberlo hecho en cuanto sintió —más que vio— que el aire nocturno temblaba al ser atravesado por los virotes de ballesta que lanzaban los guardias guiándose más por el sonido de los quejidos de García Mayona que por el escaso resplandor que daban los palos encendidos al quedarse entre los huecos de las piedras.

Al cabo de unos instantes —o quizá de varias eternidades, pues no era capaz de distinguir unos de otras— notó que tenía un hombre a cada lado que lo sujetaba por las axilas y le pasaba una cuerda por la parte baja de la espalda.

—Dejaos hacer, Excelencia —le dijo la voz de su derecha—. Sujetaos a nuestro cuello y levantad las piernas todo lo que podáis.

Apenas tuvo tiempo de seguir las instrucciones antes de percibir el poderoso tirón. Aquella cuerda que le habían pasado por detrás de la cintura estaba atada a la silla de uno de los caballos, el cual, de un arreón, los sacó casi en volandas entre las maldiciones de los ballesteros que tiraban al bulto mientras otros guardias manipulaban el mecanismo para levantar la pesada puerta de roble que daba acceso al puente de piedra que salvaba el foso. Sin embargo, para cuando lo consiguieron, el Valentino y sus rescatadores ya cabalgaban en medio de la noche hacia el norte. Pese a la velocidad de los caballos andaluces, César pudo oír los gritos de pánico del sargento García Mayona cuando los guardias del castillo lo despedazaron allí donde había caído.

«Roma no pagaba a traidores —pensó—, y Castilla tampoco».

63

Aut Caesar aut nihil

Viana, Reino de Navarra,
11 de marzo de 1507

Más que caer, la lluvia apedreaba con furia el tejado del caserón que los vianeses llamaban «el Palacio» y en el que César Borgia se alojaba desde hacía diez días. Nunca le había agradado la lluvia, pero, desde su huida del castillo de La Mota, la aborrecía tanto como la temía, porque la humedad en el aire le provocaba dolor en los huesos que se rompió en la caída al foso, que se unían a los que ya padecía en las articulaciones por culpa de mal francés que le había desfigurado el rostro al llenárselo de pústulas.

El tormento en la tibia izquierda, las muñecas y las costillas se había ido agravando en los últimos días conforme se espesaban las nubes de tormenta en el cielo navarro —en el que el Valentino solo había visto el sol unos pocos días a lo largo de los últimos meses— y le hacían recordar el calvario por el que había tenido que pasar para llegar a Pamplona y ponerse bajo la protección de su cuñado, el rey Juan d'Albret.

Tras la fuga del castillo de La Mota, los hombres del conde-duque de Benavente lo llevaron a Villalón, donde tuvo que guardar cama durante un mes para recuperase de las heridas. Allí se enteró de que la reina Juana —por orden del cardenal Cisneros, que, a su vez, actuaba al dictado de Fernando de Aragón— había puesto precio a su cabeza: diez mil ducados para quien entregara vivo a César Borgia.

Por ese motivo, y aunque la manera más rápida de llegar a tierras navarras era por el camino de Burgos, el Valentino y sus dos acompañantes —dos vascos llamados Martín de la Borda y Miguel de la Torre— optaron por dar un rodeo para burlar a los cuadrilleros de la Santa Hermandad, haciéndose pasar por mercaderes de grano que volvían a San Sebastián desde la feria de Medina del Campo. La víspera del día de San Andrés, los tres hombres llegaron a Santander, donde vendieron los caballos y compraron un pasaje en un barco que los llevara a Bilbao. Sin embargo, una tempestad los obligó a desembarcar en Castro Urdiales, desde donde siguieron viaje por tierra pasando por Durango y Mondragón. Después de más de un mes de viaje, el tercer día de diciembre de 1507, el Valentino entró en Pamplona, la capital de la diócesis de la que había sido obispo a los diecisiete años y cabeza de un reino sumido en una guerra civil alentada por la larga mano de Fernando el Católico.

El rey Juan d'Albret —el cuñado del Valentino— llevaba meses perdiendo fortalezas, villas y aldeas ante Luis de Beaumont, el conde de Lerín y principal partidario de que Su Católica Majestad ciñera la corona de Navarra como lo había hecho su padre, el rey Juan II de Aragón, con cuya hija ilegítima, Leonor de Aragón, estaba casado. Desde la frontera sur con Castilla —desde donde recibía hombres, armas y suministros— el conde rebelde había tomado Larraya —a solo dos leguas al suroeste de Pamplona— y, sobre todo, retenía la estratégica fortaleza de Viana y la villa de Mendavia.

Ante la incompetencia de sus generales, Juan d'Albret había nombrado a su cuñado César condestable y generalísimo de las armas de Navarra, y puesto bajo su mando a un ejército de tres mil peones, doscientos jinetes, ciento treinta hombres de armas, dos cañones, cuatro culebrinas y seis falconetes. Con esas fuerzas, y en menos de un mes, el Valentino recuperó para su cuñado la villa y el torreón de Larraya, y marchó hacia Viana.

La ciudad era fiel al rey Juan y recibió al Valentino con alborozo. No ocurrió lo mismo con el castillo, defendido por cuatrocientos infantes y ciento cincuenta lanzas francesas al mando de Juan de Beaumont, el hijo del conde de Lerín. Este, a su vez, estaba en Mendavia con seiscientos hombres de armas y otras doscientas lanzas. Ante la paridad de las fuerzas —aunque sus enemigos las tenían divididas—, el Valentino optó por cercar la fortaleza y dejar que el hambre fuera adelantando parte del trabajo. Ocho días llevaba levantado el asedio cuando, pasada la medianoche, se desató la tormenta.

Al abrigo de la tempestad, el conde de Lerín envió desde Mendavia a doscientos jinetes ligeros, cada uno con un saco de harina a la grupa y otro con veinte hogazas de pan cocido y otros víveres al hombro, que introdujeron por una puerta secreta —más bien una trampilla— de la muralla sur de la fortaleza. El aguacero había relajado la vigilancia de los hombres de César alrededor del castillo, por lo que el abastecimiento de los sitiados se prolongó hasta el toque de maitines, cuando se dio la voz de alarma.

César —como de costumbre— dormía a esas horas, puesto que ni el exilio ni las heridas de la caída del foso habían modificado su costumbre de trasnochar mucho y madrugar poco. Su paje, Juanicot, se tuvo que emplear a fondo:

—¡Señor! —gritaba mientras lo zarandeaba para despertarlo—. ¡Señor, la alarma! ¡La gente del conde de Lerín está socorriendo a los del castillo! ¡Son docenas, Excelencia!

Pese a las pocas horas que había descansado, el Valentino se levantó como poseído por una furia demoniaca y, a golpes e insultos, apremió a su asistente para que le ayudara a vestirse y ponerse la coraza. Mientras, a gritos y maldiciones por su lentitud y su indolencia, llamaba a los sargentos y capitanes del ejército navarro para que se aprestaran a las armas. Salió de los establos del caserón al galope seguido por una docena de hombres.

No faltaba mucho para el amanecer, pero aún era noche cerrada.

—*Buenos días, Excelencia* —escuchó el Valentino en su cabeza—. *Hoy habéis madrugado más que de costumbre.*

César sabía exactamente de dónde procedía aquella voz: del cadalso que él mismo había ordenado levantar en la plaza mayor, enfrente de la iglesia de Santa María, para mantener la disciplina entre sus hombres, del que ya pendía el cadáver de un lancero de Elizondo al que habían sorprendido violando a una muchacha y que había sufrido la expeditiva y rápida manera de hacer justicia del condestable de Navarra.

—¡Cállate, demonio! —gritó—. ¡No tengo tiempo para discutir contigo ahora!

El cadáver del reo parecía sonreír al Valentino conforme lanzaba su caballo al galope hacia la plaza mayor. Una vez allí, giró a la derecha para precipitarse cuesta abajo, hacia la Puerta de la Solana, la que miraba al mediodía de las murallas de Viana.

—*¿Adónde vais con tanta prisa, Excelencia?* —se burló el ajusticiado—. *Ni que os persiguieran las furias.*

Pese al estrépito que producían los cascos de los caballos sobre la calle empedrada y los gritos que profería para que sus hombres los siguieran, el Valentino escuchaba la voz del ahorcado con la misma claridad que si lo llevara sentado en la grupa.

—Yo soy peor que las tres furias juntas, demonio —dijo César—. Y voy a matar al conde de Lerín.

—*¿Vos, Excelencia?* —rebatió la voz—. *Será entonces vuestra primera vez, porque vos no habéis matado a nadie en vuestra vida.*

—Pero he ordenado la muerte de muchos. Incluso...

—*¡Vamos, decidlo!* —tronó—. *Decídmelo a mí, por lo menos, que soy vos mismo. ¿No os atrevéis? ¿Le falta el valor al generalísimo de las armas navarras para asumir lo que hizo? Mandasteis a la muerte al padre del primogénito de vuestra hermana, que no os había hecho mal alguno, y ¿acaso no ordenasteis también la muerte del hijo de vuestra madre?*

—¡A ellos, hombres de Navarra! —bramó César ignorando la provocación—. ¡Bravos leones del rey Juan! ¡Seguidme! ¡A ellos!

El alazán andaluz que montaba el Valentino —y que le había regalado el conde-duque de Benavente— parecía volar al atravesar el Camino Francés que discurría por el sur de la villa rumbo al oeste, a Santiago de Compostela. Cabalgaba tan rápido que dejó atrás a los doce jinetes que habían salido con él de la villa y que, ante el camino embarrado, refrenaban sus monturas para evitar que se les entorcaran las patas. Delante de César el sol que estaba naciendo enrojecía el horizonte en el que apenas distinguía las siluetas de los jinetes del conde de Lerín, los cuales habían esperado que rayara el alba para iniciar el regreso, a todo galope, hacia su cuartel general de Mendavia.

—*Cabalgáis muy deprisa, Excelencia* —le advirtió la voz del reo que seguía escuchando con claridad— *y, además, cabalgáis solo.*

César giró la cabeza y comprobó que, en efecto, su escolta estaba ya a un tiro de flecha. Por un instante pensó en sujetar las riendas para que su montura aminorara el paso, pero, en ese momento, los jinetes a los que perseguía asomaron por las crestas del barranco de

Lecinedo y, ante el temor de perder el rastro, azuzó al caballo pensando en que esperaría a sus hombres en aquellos altos.

—*Ya veo. Aut Caesar aut nihil* —insistió el demonio—. *O César o nada, Excelencia. Pero ¿de verdad creéis que ha merecido la pena?*

—¿El qué?

—*Todo. Todo lo que habéis hecho. Tantas tribulaciones, tantas mentiras, tantas traiciones, tanta sangre derramada y todo ¿para qué? ¿En el nombre de qué?*

—Algunas cosas —César jadeaba por el esfuerzo de la enloquecida cabalgata— se hicieron en el nombre del Padre, del Hijo y del Espíritu Santo; otras en el nombre del poder, no lo niego. Y muchas en el nombre de Borgia.

—*Que es lo mismo que decir en el nombre de la muerte.*

—Y aun así libré a muchas villas y aldeas de la Romaña de tiranos que eran verdaderos criminales, instauré gobiernos justos y devolví a la Iglesia señoríos y títulos usurpados por los grandes barones desde hacía décadas.

—*Y os quedasteis unos cuantos para vos y vuestra familia.*

—¿Y no ha hecho lo mismo el rey Fernando de Aragón, que ha encerrado a su propia hija en Tordesillas? ¿O el papa Julio? ¿O mi primo el rey de Francia? ¿En qué hemos sido distintos los Borgia? ¡Dímelo!

—*Yo no puedo saberlo, Excelencia, más de lo que lo sabéis vos. ¿En qué habéis sido distintos los Borgia?*

—En que hemos perdido, demonio —respondió—. En que hemos perdido. Si hubiéramos ganado, nadie se acordaría de la muerte de mi hermano Joan ni de la de Perotto, ni nadie se atrevería a decir que mi madre fue una cortesana y la amante del papa, ni que el santo padre yacía con mi hermana. Nadie se atreve a decirle al papa Julio que es un sodomita ni al rey Fernando que es un traidor, porque, de momento, van ganando.

—*Cabalgáis hacia la muerte, Excelencia.* —En la voz del ajusticiado había un matiz casi de súplica—. *Refrenad la montura. Esperad a la escolta.*

—Vendrán —proclamó César—. Y verán cómo su capitán general lucha como un león. ¿Acaso no los has oído murmurar maledicencias sobre el príncipe italiano de la máscara negra con aires afeminados? Muchos de los abuelos de mis hombres cazaban cabezas en los valles de los Pirineos y creen que no sé nada del oficio de las armas, pero les demostraré que no es así.

—*Recapacitad, Excelencia* —insistió—. *Frenad al caballo.*

César había alcanzado ya los altos de Lecinedo e inició el descenso por las grandes campas que avanzaban hacia las riberas del Ebro horadadas por barrancos en cuyos fondos manaban regueros de agua amarga exudada por aquella tierra salitrosa que no se dejaba cultivar y que ni siquiera valía para pastizal de ganado. Una porción del sol, tras la noche de tormenta, asomaba rojo en el horizonte e incendiaba el aire limpio del amanecer cuando, tras dejar a su derecha una ermita, se internó en el paraje llamado por los lugareños la Barranca Salada debido a la fuente salobre que, entre juncos y maleza, allí manaba y embarraba el suelo.

Fue el propio caballo el que, ignorando los golpes de las espuelas en los ijares, cortó en seco con aquella cabalgata infernal en el momento en el que notó que los cascos se le hundían en el terreno fangoso. De nada sirvieron los gritos e insultos del Valentino para que la bestia se moviera más rápido para sacarle de aquella trampa.

—*La muerte está aquí, Excelencia* —lamentó la voz—. *La muerte está aquí.*

Pudo ver a los cuatro que le rodearon, pero eran docenas los que estaban ocultos entre la espesura, armados con ballestas, arcabuces y lanzas. El conde de Lerín los había apostado allí para tender una celada a las fuerzas del capitán general de Navarra si salían en su persecución. A César le dio tiempo a bloquear con la espada la primera lanzada.

—*Aut Caesar aut nihil!* —gritó con la esperanza de ser oído por la escolta para que acelerara el paso y llegara la ayuda—. *Aut Caesar aut nihil!*

Un segundo piquero se abalanzó desde detrás, por su lado izquierdo, y le hincó la punta de hierro por debajo de la axila. El golpe no fue mortal, pero sí suficiente para derribarlo del caballo. Aún consiguió levantarse y soltar un par de mandobles que solo cortaron aire ante las largas lanzas de sus adversarios, cuyas afiladas mojarras le buscaron las piernas y el cuello. En cuanto dobló las rodillas, vencido por el dolor y el agotamiento, la hoja de una espada le abrió la garganta y su sangre tiñó de rojo el barro salado mientras el sol, tan magnífico como indiferente, se levantaba en el horizonte.

Ninguno de los soldados sabía quién era, pero sí que reconocieron la buena y cara factura de la ropa, las botas, la coraza y las armas que llevaba puestas. Por eso le desnudaron por completo y le abandonaron allí. Un joven escudero, de doce años y para quien aquella era su primera acción de armas, se apiadó de él y colocó una piedra lisa y ancha sobre los genitales como si fuera el perizoma, el paño de pureza con el que se cubre la virilidad de las imágenes de Nuestro Señor Crucificado.

Era el doce de marzo del año de gracia de 1507.

Día de San Gregorio Papa.

Post scriptum

*Convento de Santa Clara de Gandía, Reino de Valencia,
6 de abril de 1538, víspera del segundo domingo de Pascua*

Miquel, mi arcángel vengador, no escribió nada más. La última vez
que lo vi inclinado sobre el escritorio —y, por lo tanto, vivo— fue
la noche del 22 de febrero del año de la Encarnación de Nuestro
Señor de 1508, en uno de los aposentos de un caserón de Milán que
el canciller de Luis XII y gobernador de la Lombardía, George
d'Amboise, había puesto a nuestra disposición.

Al día siguiente, pasada la hora nona, se marchó para reunirse
con el cardenal en el Castello Sforzesco, pues el temible don Micheletto, el alma condenada de los Borgia —tras dos años en la prisión del papa de la Tor di Nona de Roma— iba a luchar bajo las
banderas de Julio II y del rey de Francia contra Venecia. Tras cumplir su *condotta* con la Signoria de Florencia —para la que organizó
una milicia por encargo de *messer* Maquiavelo—, había reunido a
sus estradiotes y a los infantes valencianos del antiguo ejército del
Valentino para ponerlos al servicio de Giuliano della Rovere y Luis
de Orleans —los mismos que habían traicionado y abandonado a
César a su suerte— para que fueran la Cámara Apostólica y el Tesoro Real los que asumieran las pagas de sus soldados de tres ducados por hombre a la semana.

Y ya no volvió.

—*Circumdederunt me gemitus mortis* —mis hermanas del
convento acaban de iniciar el oficio de difuntos para alguien
que se ha muerto con el suficiente dinero como para que treinta

clarisas canten por su alma —*dolores inferni, circumdederunt me.**

Nadie cantó por el alma de Miquel tras su encuentro con la muerte. Su cadáver apareció al día siguiente. Como le ocurrió a Joan de Gandía, los asesinos no se llevaron ni su bolsa con diez ducados de oro ni la daga de ceremonia que le había regalado César. Tampoco el jubón, las botas ni el manto. Los que lo hicieron querían dejar claro que lo mataban para castigarle, no para robarle. Los estradiotes investigaron todo lo que pudieron, pero no encontraron nada. Me dijeron que a Clemente de Lorca —el hijo de don Ramiro al que su padre le había hecho jurar que acabara con todos los Borgia que pudiera— lo habían visto en Milán con gente armada, pero no se halló rastro de él. También hubo quien atestiguó que el *mastro* Rocco Moddafari —el guardaespaldas calabrés de Sancha y Alfonso d'Aragona— preguntó por las tabernas por el paradero de don Micheletto y después desapareció. Quizá le buscaba para pedirle trabajo entre las filas de su compañía o para matarlo. Mi arcángel vengador decía que, aunque quisiera, no podría perdonar a sus enemigos tal y como enseñó el Redentor, porque los había matado a todos. Pero no era cierto. De todos modos, lo importante no es perdonar a tus enemigos, sino que ellos te perdonen a ti. Y ni Miquel, ni César ni los Borgia lo consiguieron.

—*Requiem aeternam dona eis Domine* —cantan mis hermanas— *et lux perpetua luceat eis. Venite adoremus. Regem cui omnia vivunt, venite adoremus.***

Miquel me contó que los hombres que mataron al Valentino mostraron al conde de Lerín la coraza, las armas, la ropa y el caballo que le habían arrebatado. Al ver su buena factura, Luis de Beaumont supo de inmediato que pertenecían a un personaje de noble cuna y ordenó que fueran enseguida a buscar el cadáver para llevarlo a la fortaleza de Mendavia. Cuando un destacamento de seis jinetes llegó a las proximidades de la Barranca Salada, se encontró con que la escolta de César ya estaba allí y vio cómo el joven Juanicot Grasica ayudaba a cubrir el cuerpo desnudo de su señor y se lo llevaban de vuelta a Viana.

---

* «Me rodean los gemidos de los muertos, los dolores del infierno me rodean».
** «Dales, Señor, el descanso eterno, y luzca sobre ellos la luz perpetua. Venid y adoremos. Al Rey, por quien todo vive, venid y adoremos».

Miquel me relató también que en la capital navarra ya estaba su cuñado, el rey Juan d'Albret, esperando a que le llevaran los restos del Valentino. Me contó que, nada más verlo, el monarca rompió a llorar como si estuviera viendo el cadáver de uno de sus propios hijos y que se quitó la capa de color grana que usaban los soberanos de Navarra desde tiempos del rey Sancho el Fuerte como símbolo de su dignidad para cubrir la desnudez del generalísimo. Me contó que lo enterraron en la misma iglesia de Santa María de Viana y que su cuñado ordenó que se le construyera un precioso mausoleo de mármol blanco, en el se labró el bello epitafio que Miquel no conoció, pero que yo misma pude leer en un ejemplar del *Cancionero general* que el maestro Hernando del Castillo imprimió en Valencia y que tenemos en la biblioteca de este convento. Y que no me resisto a copiar:

> *Aquí yace en poca tierra*
> *El que toda le temía.*
> *¡En este bulto se encierra*
> *El que la paz y la guerra*
> *En su mano la tenía!*

> *¡O tú, que vas a buscar*
> *Cosas dignas de miara.*
> *Si lo mejor es más digno.*
> *Aquí acabas tu camino,*
> *De aquí te debes tornar.*

Soy la última persona viva que conoció en persona al papa Alejandro, a Joan de Gandía, a César, Lucrecia y Jofré. También a los *duchetti*, Giovanni y Rodrigo; a Alfonso y Sancha d'Aragona; a Fiammeta Michaelis; a Caterina y Ludovico Sforza; a Fabrizio y Próspero Colonna; al cardenal Orsini y a Silvio Savelli. Ahora, todos están muertos. Todos.

Solo quedo yo.

—*A porta inferi* —mis hermanas en Cristo siguen cantando en la iglesia— *erue Domine animas eorum.**

---

* «De la puerta del infierno, arranca, Señor, sus almas».

Mi arcángel vengador fue el primero en morir del círculo más íntimo del Valentino. El siguiente fue su preceptor, el cardenal Joan de Vera, que lo hizo tres meses después, en Roma. Agapito Gherardi, su secretario y canciller, lo hizo en 1515 también en la Ciudad Eterna. Dos años después murió su hermano Jofré a causa de una caída del caballo cuando tenía treinta y seis años. Sancha d'Aragona se fue a rendir cuentas ante el Todopoderoso en Nápoles un año antes que el Valentino, entre los rumores que la señalaban como la nueva amante del mismísimo Gonzalo Fernández de Córdoba, quien murió en 1515 en Granada —a los sesenta y dos años— justo antes de que el rey Fernando ordenara su arresto ante la sospecha de que pretendía viajar a Flandes para llevar a su nieto, el futuro emperador Carlos, para colocarlo en el trono de Castilla y terminar así con su regencia. Sin embargo, fue la muerte la que, un año después, se encargó de ello y sorprendió a Su Católica Majestad en Madrigalejo cuando tenía sesenta y tres años.

La legítima esposa de César, Carlota d'Albret, murió justo siete años después que el Valentino, además el mismo día por un macabro capricho de la Providencia, en el castillo de La Motte-Feuilly en el que siempre mantuvo tapados los espejos y los tapices con lienzos negros en señal de luto. Tenía treinta y dos años.

Cuarenta y ocho tenía Fiammeta Michaelis, la amante favorita de César, cuando murió en febrero de 1513 y la enterraron —junto a muchas de las *cortigiane oneste* de la urbe que podían pagárselo—, en la iglesia de San Agustín. Caterina Sforza llevaba para entonces cuatro años en un sepulcro sin nombre —porque así lo pidió ella— en el camposanto del Monasterio de Le Murate de Florencia.

Vannozza, la madre de Joan, César, Lucrecia y Jofré, murió el 23 de noviembre de 1518 y recibió sepultura, con todos los honores y en una ceremonia oficiada por el papa León X —Giovanni de Médici, el viejo compañero de César en las aulas de la Universidad de Pisa— en la Basílica de Santa Maria del Popolo. Casi siete meses después, el día de la Natividad de San Juan de 1519, en el castillo de San Michele, murió Lucrecia a causa de las fiebres puerperales provocadas por su décimo parto, que era el octavo con su tercer marido, Alfonso d'Este. La criatura —una niña llamada Isabel en honor a su bisabuela valenciana, hermana de un papa y madre de otro— había muerto semana y media antes. Lucrecia tenía treinta y nueve años, y el pueblo de Ferrara la lloró como «madre del pueblo». Consiguió criar en Ferrara a Girolamo y Camilla, los hijos de César, así como a Giovanni —el hijo que ella había tenido con Perotto—, haciéndolo pasar por su sobrino en su corte ducal de Ferrara. El papa Julio le arrebató los ducados de Nepi y Camerino para devolvérselos a los Colonna y los Savelli. Lo último que supe de él es que intentó recobrar estos señoríos mediante un pleito que presentó sin éxito ante el papa Clemente VII. Rodrigo, el hijo que Lucrecia tuvo con el amor de su vida —Alfonso d'Aragona—, murió en Bari un mes antes de cumplir los once años sin que su madre, a pesar de todos sus esfuerzos, consiguiera que se lo devolvieran para criarlo en Ferrara.

—*Taedet animam meam vitae meae* —cantan las voces de mis hermanas— *dimittam adversum me eloquium meum, loquar in amaritudine aniame meae.**

Supongo que a los viejos no nos quedan en el alma más que amarguras y que los recuerdos del pasado, por malos que sean, son más dulces en la memoria que el gris del presente en el que nos toca penar.

—*Dicam deo: noli me condemnare* —escucho—. *Indica mihi, cur me ita iudices.***

Entonan las clarisas la *Lectio Secunda* del *Officium Defunctorum* —la Lección Segunda del Oficio de Difuntos— con extractos del Libro de Job que, de todos los libros de la Biblia, siempre ha sido uno de mis favoritos, y, en especial, estos versículos que se cantan por el alma de los muertos en los que el santo varón, harto de tanta injusticia que Dios le ha enviado en su juego maligno con Satanás, se encara con su Hacedor. Pronto, muy pronto, me tocará a mí hacer lo mismo. Y creo que también le preguntaré lo mismo, aunque semejante insolencia me mande derecha al infierno.

Porque, si tal y como sospecho, allí está mi arcángel vengador, el viaje merecerá la pena.

---

* «Mi alma está hastiada de mi vida, contra mí soltaré mis palabras y hablaré con amargura de mi alma».

** «Le diré a Dios: no me condenes, explícame por qué me juzgas así».

Glosario

Albayalde: Del árabe *al-bayûd*, «blancura», era un pigmento hecho con plomo que se utilizaba desde la Antigüedad para la pintura artística. Al mezclarlo con agua y vinagre se elaboraba la «cerusa veneciana», un cosmético para blanquear la piel y que se cree que usaban las damas de la alta nobleza e incluso la reina Isabel de Inglaterra, lo que le pudo causar la muerte por plumbosis, es decir, envenenamiento por plomo.

Anulus Piscatoris: El anillo del Pescador es uno de los símbolos más antiguos del poder del papa. Hecho de oro macizo, su uso está documentado desde 1265. En principio, los pontífices lo usaban para sellar la correspondencia privada, ya que los documentos oficiales, y especialmente las bulas, se certificaban con un tampón de plomo. A partir del siglo XV su uso se amplió como firma oficial para validar los breves papales hasta convertirse en el símbolo de su poder. Cuando un pontífice moría, el anillo se fundía para forjarlo otra vez con el nombre del nuevo, pero con el mismo grabado de san Pedro con las redes. El papa lo llevaba puesto en todo momento salvo para oficiar la misa del Viernes Santo o en las exequias de un cardenal. La tradición se rompió con la renuncia de Benedicto XVI en 2013, cuando la sortija no fue destruida y fundida, sino que solo se rayó el sello, de forma que Joseph Ratzinger siguió usándolo hasta su muerte. El papa Francisco encargó otro que, como gesto de austeridad, no es de oro, sino de plata dorada.

Arcediano (o archidiácono): En la iglesia primitiva, era el servidor o mayordomo principal de una catedral o colegiata que ayudaba al obispo en la administración de la diócesis y en las obras de caridad, por lo que tenía acceso a las cuentas y, en definitiva, era una especie de contable o gerente. Con el tiempo, en algunas zonas —especialmente las rurales o muy aisladas— se llegaron a emancipar de la diócesis constituyendo archidiaconados o arcedianatos que fueron suprimidos por el Concilio de Trento, si bien las Iglesias anglicana y oriental los siguen manteniendo.

Arquiatra: Del griego antiguo ἀρχίατρος (de ἀρχ, *arco: cabeza* y ἰατρὸς: *doctor*) era un antiguo título para el médico principal del emperador de Bizancio, que fue adquirido por los papas desde tiempo inmemorial y que todavía usa hoy el médico personal del pontífice. El actual del papa Francisco es, desde 2021, el doctor Roberto Bernabéi.

Atarés, Pedro de: (1083-1151). Señor de Aibar, Javierrelatre y Borja, hijo a su vez del conde Sancho Ramírez, que era hijo bastardo de Ramiro I, considerado el primer rey de Aragón, de la dinastía Jimena. Fue uno de los pretendientes al trono aragonés tras la muerte de Alfonso el Batallador (1134), si bien el elegido fue Ramiro II el Monje, cuya hija Petronila se casaría con el conde de Barcelona, Ramón Berenguer IV, dando lugar a la fusión de ambos dominios. Los Borja usaron la figura de Pedro de Atarés para hacerse descendientes de una dinastía real más antigua incluso que la de los Trastámara de los Reyes Católicos, pese a que no tenían más relación con Pedro de Atarés que la coincidencia de su apellido con el de la localidad aragonesa de la que él había sido señor feudal cuatrocientos años antes.

Bargello: Oficial al cargo de la guardia urbana de muchas ciudades italianas durante la Edad Media y el Renacimiento y que tenía funciones policiales y militares. En Florencia, la ley establecía que el cargo tenía que ser ocupado por un extranjero, al igual que el *podestà*, para evitar favoritismos. El término también indicaba el edificio donde residía este cargo y sus oficiales de confianza, además de albergar la prisión en la que se llevaban a cabo las ejecuciones. En Florencia, el Palacio del Bargello se construyó hacia 1255 y hoy en día es un museo que alberga una de las colecciones más importantes de escultura renacentista, con obras de Miguel Ángel, Donatello y Verrocchio, entre otros.

Breve: Es un documento firmado por el papa y refrendado con el sello del *Anulus Piscatoris*. Se refiere a un único asunto y generalmente incluye una orden, un nombramiento o regulación de cuestiones de cualquier naturaleza (eclesiásticas, civiles, administrativas o militares) de orden menor y que debían ser resueltas con rapidez. El más antiguo que se conserva data de 1390, periodo a partir del cual se hacen ya muy comunes en la administración papal.

Borgo, El: El barrio rodeado por la Muralla Leonina que abraza la colina vaticana y la Basílica de San Pedro y donde, en el Renacimiento, se erigieron los palacios más lujosos de los cardenales y nobles. Durante siglos fue una ciudad dentro de la ciudad y hoy en día comprende —a grandes rasgos— el XIV *rione* o barrio de Roma.

Braccia: De *braccio* (brazo), era una unidad de medida de longitud diferente de un lugar a otro, pero que rondaba la extensión de un brazo extendido. En la Italia del Renacimiento variaba de los 59 centímetros de la milanesa a los 68,3 de la veneciana. En Florencia —que era la que usaba Leonardo da Vinci y se menciona en la novela— era de 60,4 centímetros.

Bula: Del latín *bulla* era —y sigue siendo— un documento pontificio sobre cualquier asunto que requiere de la autoridad del papa. Su nombre viene de la bolsa con amuletos que, en la antigua Roma, se colgaba del cuello de los niños para protegerlos de las enfermedades. La Iglesia adoptó el nombre para definir cualquier objeto redondo y, en concreto, el sello de plomo con las armas papales con el que se autentificaba la resolución. Todas las bulas papales se denominan por las dos o tres primeras palabras del tema que tratan, tras la salutación oficial del sumo pontífice. De ahí que haya algunas más conocidas que otras como la *Inter caetera* (1493) por la que Alejandro VI otorgaba los territorios del Nuevo Mundo a la Corona de Castilla o, más reciente, la *Humanae salutis* (1961) del papa Juan XXIII con la que se convocó el Concilio Vaticano II.

Caña: Unidad de longitud que se usaba en los territorios de la Corona de Aragón, en el sur de Francia y también en buena parte de Italia. Variaba mucho de un lugar a otro (en Valencia equivalía a 1,60 metros, en Montpelier alcanzaba los 1,95; en Roma, los 1,99, en Nápoles era de 2,05 y en Génova superaba los 2,40). En la novela se ha optado por la caña valenciana tanto por el origen de Corella como porque su uso estaba bastante extendido por todo el Mediterráneo gracias al comercio de la seda y por su fácil conversión a otras unidades de medida, ya que, por ejemplo, era justo el doble de la vara castellana, de 80 centímetros, aproximadamente, que se usaba en el sector de la lana.

Cardenal diácono: En el Renacimiento, la mayor parte de los cardenales —y también los obispos, salvo en algunas diócesis como las suburbicarias de la ciudad de Roma— eran diáconos, ya que no habían sido ordenados sacerdotes y el diaconado es la orden inmediatamente inferior a la del sacerdocio. Los cardenales, además, solían tener asignada una iglesia en la ciudad de Roma que dispusiera de ese privilegio. El de mayor antigüedad de ellos, llamado «protodiácono» era —y es en la actualidad— el encargado de anunciar la elección del nuevo pontífice con el famoso *Habemus papam* que, por cierto, se utilizó por primera vez tras el cónclave de 1484 en el que resultó elegido Inocencio VIII.

Cardenal in pectore: Es —aún hoy— un cardenal cuyo nombramiento no es hecho público por el papa, que mantiene el nombre del elegido en secreto, es decir, en el pecho (*pectore*) hasta que lo estima oportuno. Una vieja tradición asegura que el nombre se escribía en un papel que el pontífice guardaba en un bolsillo junto al corazón, y de ahí que se usara esa expresión. El papa puede revelar al elegido cuando él quiera en un consistorio o dejarle la tarea a su sucesor. Si ninguna de las dos cosas ocurre, según el derecho canónico, el nombramiento no es válido. Fue Martín V (Odón Colonna, 1417-1431) el primero en usar esta prerrogativa.

Cardenal nepote: Literalmente, «cardenal sobrino» del papa reinante. Su función fue variando a lo largo de los siglos. Al principio era una simple calificación para un pariente al que el papa nombraba cardenal y le encargaba —o no— las funciones que consideraba oportunas sin más mérito que el parentesco (de ahí la palabra nepotismo). Con el tiempo, aunque siguió siendo un sobrino del pontífice, su título se institucionalizó y se convirtió en el superintendente del Estado eclesiástico, el equivalente a un ministro de Asuntos Exteriores vaticano. El último cardenal nepote fue, a mediados del siglo XVIII, Pietro Ottoboni, sobrino del papa Alejandro VII.

Cardenal obispo: El prelado que, a su rango en la curia, añadía uno o más obispados en alguna parte del mundo. Los más prestigiosos eran los titulares de las siete diócesis suburbicarias (Ostia, Albano, Frascatti, Palestrina, Porto, Sabina y Velletri) que formaban parte de la archidiócesis de Roma, de la que era —y es— obispo el propio papa. Estos siete obispos debían ser sacerdotes. Por ello, durante el Renacimiento, la mayor parte de ellos eran ordenados justo antes de tomar posesión de estos obispados, como fue el caso de Rodrigo Borgia.

Cardenal presbítero: O «cardenal de título», pues son titulares de una iglesia de la diócesis de Roma de la que toman el nombre, como Santa Susana, San Pietro in Vincoli, San Nicola in Carcere, etc. Aunque hoy en día es un cargo totalmente honorífico (y además, sus titulares tienen prohibido inmiscuirse en la vida ordinaria de estas iglesias), en tiempos de la novela implicaba, además del prestigio, el cobro de las rentas de cada templo —que podían ser muy sustanciosos si la iglesia en cuestión tenía reliquias que atrajeran a los peregrinos— y el absoluto control de las posesiones que tuviera.

Cathedra Petri: La Silla de Pedro es un trono de madera que, según la tradición medieval, usó san Pedro como primer papa. Fue un regalo del rey de los francos Carlos VIII al papa Juan VIII en el año 875, cuando el monarca fue coronado en Roma por el pontífice. Aunque en realidad es un objeto del siglo IX, durante siglos se veneró como una reliquia del cristianismo primitivo y hoy en día se conserva en el interior de un trono de bronce dorado en el presbiterio de la Basílica de San Pedro, dentro de un conjunto escultórico obra de Bernini.

Cinquedea: Era una espada cuya hoja corta (de entre treinta y cinco y sesenta centímetros de longitud) contrastaba con el ancho de su base en la empuñadura, que, como mínimo, tenía cinco dedos, de ahí su nombre. Presentaba unas acanaladuras en ambas caras de la hoja y una guarnición arqueada hacia la punta. Los mejores maestros artesanos de estas espadas eran de la Emilia-Romaña y su posesión, con el tiempo, quedó reservada a los altos mandos y nobleza. Una de las más famosas espadas de esta clase fue, por su exquisita decoración, la de César Borgia.

Coazzone: También llamada «trenza española» o «trenza catalana», era un peinado femenino muy popular entre las nobles en Italia y España durante el Renacimiento. En realidad era una cola que caía por la nuca y se envolvía en una tela ligera llamada *trenzale* amarrada con hilo de seda o ristras de perlas. Casi siempre se completaba con un gorro colocado en la parte posterior de la cabeza y sujeto por una fina cinta a la frente. Fue Juana de Trastámara (la hermana pequeña de Fernando el Católico) quien introdujo en Italia el peinado cuando se casó, en 1477, con su sobrino Ferrante (rey de Nápoles entre 1458 y 1494). El *coazzone* puede verse en cuadros famosos como *La dama del armiño* de Leonardo da Vinci o en el retrato de Beatrice d'Este, duquesa de Milán, de la *Pala Sforzesca*.

Condotta: «Contrato» en italiano. También se aplicaba a los servicios que prestaban las *compagnie de ventura* de mercenarios durante el final de la Edad Media y el Renacimiento que estaban bajo las órdenes de un jefe —lo normal era un noble— que, por ello, recibía el nombre de *condottiero*. Esas compañías al principio eran extranjeras —alemanas, suizas e incluso inglesas o francesas—, pero pronto fueron encabezadas por clanes italianos como los Sforza, los Bagilioni o los Montefeltro. Debido a su falta de lealtad, pues llegaban a cambiar de bando en medio de las batallas, tenían una pésima reputación, pese a que protagonizaron todas las guerras italianas de los siglos XIV, XV y buena parte del XVI.

Consistorio: Reunión del Colegio Cardenalicio, convocada por el papa, para ayudarle en el gobierno de la Iglesia. Los había de dos tipos: el secreto (que reunía al papa con sus cardenales a puerta cerrada) y el público (en el que se permitía la presencia de embajadores, mandatarios extranjeros y otras autoridades). Aunque su función varió mucho con los siglos, siempre mantuvo su función de ser el foro donde el papa anunciaba decisiones importantes y se nombraban (creaban, en el argot vaticano) nuevos cardenales. En todo caso, no era un órgano legislativo o ejecutivo, sino de consulta y asesoramiento.

Cruz de Íñigo Arista: Cruz de brazos estrechados al llegar al centro que, en el extremo inferior de su eje vertical, tiene una punta. Esta cruz formaba parte del escudo de armas de Ramiro I —el primer soberano de Aragón que se hacía descender de Íñigo Arista, el primer rey de Pamplona— y que sigue estando en el escudo de la Generalitat Valenciana y de la Diputación General de Aragón.

Cubiculario: De *cubicularius,* en latín «encargado del *cubiculum*». Se denominaba así al esclavo o liberto encargado del cuidado y limpieza del dormitorio y que incluso velaba el sueño de su amo. En el Imperio Bizantino se convirtió en un asistente del emperador con algunos poderes políticos y administrativos, dada su estrecha relación con el mandatario. Los papas, desde tiempos de León I el Magno (440-461), usaron cubicularios para su asistencia personal que, durante siglos, fueron niños que también cantaban en el coro vaticano. Ya en el Renacimiento evolucionaron hacia una especie de pajes que nunca superaban los diecisiete o dieciocho años.

Dataría Apostólica: Originalmente llamada *Dataria dei Brevi,* se creó a principios del siglo XIV para poner la fecha y el sello (o datar, de ahí su nombre) en los documentos papales que implicaban el cobro de una cantidad para la Santa Sede. Con el tiempo se convirtió en una oficina de recaudación de impuestos. La dirigía un cardenal de la máxima confianza del papa, aunque el cargo era vitalicio. Tenía su sede en el Palazzo della Dataria, situado en la actual Via della Dataria de Roma (que va de la Fontana di Trevi al Palacio del Quirinal) y que es territorio del Vaticano. La Dataría existió hasta que Pablo VI la suprimió mediante la constitución apostólica *Regimini Ecclesiae universae* en 1967 para que sus competencias las asumiera la Secretaría de Estado.

Diez de la Libertad y la Paz, Consejo de: Una de las instituciones de la República de Florencia compuesta por diez hombres, que actuaba como comité encargado de la dirección de las relaciones diplomáticas y los asuntos militares. En términos modernos, sería una especie de Ministerio de Asuntos Exteriores y de Defensa a la vez.

Dogo: Del latín *dux* (líder), era el magistrado supremo y máximo dirigente de la República de Venecia entre los siglos VIII y XVIII y de la de Génova entre el XIV y el XVIII. Era un cargo electivo y, según la época, su duración variaba desde un periodo de tiempo determinado (entre dos y cinco años) al carácter vitalicio. En tiempos de la novela, el dogo de Venecia era Leonardo Loredan, que ejerció el cargo entre 1501 y 1521. Por su parte, el dogo de Génova era Felipe de Cléveris, señor de Ravenstein, un noble francés nombrado directamente por el rey Luis XII de Francia tras la conquista de Milán, que ejerció el cargo hasta 1507. Napoleón abolió ambas magistraturas a finales del siglo XVIII.

Donatio Constantini: La Donación de Constantino, en latín, fue un decreto firmado por el emperador Constantino por el que se le donaba al papa Silvestre (314-335) el gobierno de la ciudad de Roma y la práctica totalidad de Italia, lo que justificaba que los pontífices se consideraran los soberanos del «Patrimonio de Pedro» o Estados Pontificios. En realidad, el documento era una falsificación del año 750 usada por el papa Esteban II para negociar con el rey de los francos Pipino el Breve de forma que el pontífice legitimó que el primer monarca de la dinastía carolingia usurpara el trono que había pertenecido a los merovingios. A cambio, Pipino le cedió al papado todos los territorios italianos que había arrebatado al Imperio Bizantino. Durante siglos, los papas exhibieron el documento para justificar su poder temporal. Ya hacia el año 1000 se sospechaba que era un fraude que, al final, demostró en 1440 el humanista Lorenzo Valla, que pertenecía a la corte napolitana de Alfonso el Magnánimo. No obstante, la Santa Sede nunca ha reconocido el engaño y se limitó, ya en tiempos de Alejandro VI, a obviar el supuesto decreto en los documentos oficiales, como en la famosa bula *Inter caetera* de 1493 con la que el papa Alejandro VI repartía el Nuevo Mundo entre Castilla y Portugal. Fue Martín Lutero quien, en 1517, hizo pública la demostración de Valla.

Ducado (moneda): Creado en el siglo XIII en Venecia, fue la moneda de cuenta más común en la Europa de finales de la Edad Media y principios del Renacimiento. La acuñaron también los estados alemanes, austriacos y los Reyes Católicos (bajo el nombre de «excelente de Granada»). Servía de referencia para el cambio internacional con otras como el escudo de Francia, el florín de plata de Florencia, el real valenciano, el croat catalán o el maravedí castellano. Con un contenido de alrededor de 3,5 gramos de oro, su valor actual rondaría los ciento ochenta euros. A finales del siglo XV y principios del XVI, un ducado era el sueldo semanal de un mercenario suizo de élite, y un caballo de batalla podía llegar a costar unos noventa, es decir, el equivalente a dos años de salario de un artesano cualificado de los astilleros de Venecia. No obstante, es muy difícil convertir las monedas de oro y plata de la Europa preindustrial al equivalente actual para comparar el nivel de vida, ya que entre el 30 y el 40 por ciento de la población trabajaba por poco más que la comida y la ropa, e incluso un humilde artesano como un zapatero podía tener a su cargo, además de a sus hijos, a un par de criados que trabajaban para él por el sustento y el techo. Además, hay que tener en cuenta la tremenda diferencia entre aquella época y la actualidad en cuanto a los costes esenciales, en especial la mano de obra y las materias primas. De todos modos, se calcula que los sobornos y concesiones que dio el papa Alejandro VI para conseguir la elección pontificia —unos cuatrocientos mil ducados— supondrían, en dinero de hoy, alrededor de setenta millones de euros.

Duomo: De *domus* (casa, en latín), es el nombre que se da en italiano a la iglesia principal de algunas ciudades. Aunque casi siempre se refiere a la catedral —la sede de la diócesis o archidiócesis—, no necesariamente es así, ya que también puede referirse a un antiguo templo episcopal, una concatedral o a una iglesia importante por el motivo que sea.

Estradiote: Mercenario de origen albanés, pero también croata, dálmata, griego o chipriota, que formaba unidades de caballería ligera de élite, armadas primero con ballestas y, más tarde, con arcabuces. Aparecieron en Italia tras la caída de Bizancio y fueron reclutados por la República de Venecia para luchar en la primera guerra véneto-otomana que enfrentó a la Serenísima con el Imperio Turco. Después, durante todo el Renacimiento, compañías de estradiotes lucharon bajo diferentes banderas (sobre todo en Italia, pero también fueron usadas por Enrique VIII de Inglaterra en sus guerras contra Escocia), aunque principalmente bajo las venecianas y castellanas, reclutadas por Fernando González de Córdoba el Gran Capitán. Hacia 1507, una unidad de estradiotes fue incorporada a la caballería aragonesa y llevada a España, donde conformó la escolta personal de Fernando el Católico, que fue el germen de la actual Guardia Real.

Falconete: Era una pieza de artillería ligera de poco más de un metro de longitud y un calibre de cinco centímetros diseñada para causar daños en las filas enemigas mediante el disparo de proyectiles de alrededor de quinientos gramos de peso, que volaban como halcones (de ahí su nombre) hasta un rango máximo de mil quinientos metros. También usado en los barcos, se podía desmontar para ser transportado a lomos de un mulo o incluso una persona.

Férula papal: Nombre que recibe el bastón episcopal que el papa, como obispo de Roma, lleva en las ceremonias más solemnes y que suele estar rematado con un crucifijo en la parte superior.

Filia Primogenita Ecclesiae: Hija mayor de la Iglesia. Era el título que recibía en los documentos oficiales de la Santa Sede el Reino de Francia desde que san Remigio bautizó, junto a tres mil guerreros, a Clodoveo, el jefe germánico que fue coronado como primer rey de los francos el 25 de diciembre del año 496 en la catedral de Reims. A partir de entonces, en ella se consagró a todos los reyes franceses hasta Carlos X en 1824.

Freire: Monje guerrero de cualquiera de las órdenes religiosas armadas desde los Templarios a los Hospitalarios, de carácter internacional, pasando por las de los teutones o, en los reinos hispánicos, las de Montesa o Calatrava.

Fusta: Embarcación de remos y vela latina en un solo mástil parecida a una galera, pero mucho más pequeña, pues llevaba entre doce y dieciocho filas de dos remeros por cada banco a babor y estribor. Solía portar un par de falconetes, culebrinas u otro tipo de artillería ligera, y era muy utilizada para la piratería costera.

Gamurra: Era un vestido femenino de invierno, largo hasta el suelo, bastante ceñido al cuerpo y cerrado con botones en la parte delantera o con cordones en la espalda o en el costado. Tenía las mangas separadas de la camisa y podía abrirse o cerrarse en el vientre en el caso de embarazo. Dependiendo de la clase social, podía estar más o menos adornado.

Horas canónicas: En la época de la novela, aunque ya existían los relojes mecánicos, el tiempo se seguía midiendo mediante las horas canónicas calculadas a partir de la salida del sol. Tras los maitines y laudes (tres y cinco de la mañana respectivamente) se definía como la hora prima las 6.00 a. m. y, sucesivamente, el resto. Las más importantes (por ser citadas en los Evangelios) eran la tercia (sobre las 9.00 a. m.), la sexta (el mediodía o el rezo del ángelus), la novena o nona (15.00 p.m., hora en que murió Jesús) y la undécima, citada en la parábola de la Viña del Señor, que rondaba las 17.00 horas y suponía casi el final de la jornada. Esta se completaba con las vísperas (sobre las 18.00) y las completas, cuando ya había anochecido. Por supuesto, la duración de cada hora variaba bastante entre el invierno y el verano, porque en las cuatro estaciones el tiempo de luz se dividía en doce partes.

Ínfula: Originariamente, cinta de lana blanca con dos tiras caídas a los lados con las que se ceñían la cabeza los antiguos sacerdotes romanos. El cristianismo las asumió para colocarlas en la parte posterior de la mitra que llevan los obispos y, en especial, el de Roma, es decir, el papa. De ahí tomó su significado metafórico de sinónimo de vanidad.

In utroque iure: Literalmente, «en uno y otro derecho», en latín, y hacía referencia a los licenciados en Derecho Canónico y Civil (los únicos existentes en la época) de las universidades de la Edad Media y el Renacimiento. Tanto el papa Alejandro VI como César Borgia poseían esa titulación.

Ite Missa Est: Literalmente «Ha sido enviada» o «finalizada» y era la fórmula que se usaba en la antigua Roma para indicar que una asamblea había terminado de un modo equivalente al «Se levanta la sesión» actual. La iglesia se apropió de la frase para despedir a los fieles de los ritos y de ahí que, cuando la mayoría ya no comprendía el latín, se identificara la celebración con lo que acababa de decir el sacerdote. De ahí viene la palabra «misa» para referirse a las eucaristías en particular y a la mayor parte de ritos y ceremonias en general.

Lancia (plural, *lancie*): Era la unidad de combate de la caballería de élite de los ejércitos medievales de toda Europa y estaba formada por nobles, aunque su composición variaba mucho de un país a otro. En Italia, cada *lancia* estaba conformada por tres hombres a caballo, todos ellos combatientes efectivos, acompañados de otros dos o tres asistentes que no luchaban. El principal era el *cavalcatore*, que llevaba armadura y lanza y estaba especializado en las temibles cargas para dispersar a la infantería. Le seguía el *caporale*, normalmente armado con espada o maza y escudo y con protecciones más livianas para él mismo y la montura. El tercero era conocido como el *ragazzo*, con parecido armamento. Los tres, una vez descabalgados, también combatían como infantería y estaban especializados en atacar las brechas que la artillería había abierto en las murallas. Cada *lancia*, que costaba mantener alrededor de seis ducados mensuales vio su efectividad superada por las compañías de piqueros primero —especialmente suizos o alemanes— y después por los tercios españoles, con su combinación de picas, arcabuces y espadas con rodelas. La *lancia* francesa la componían seis hombres, y la borgoñona llegaba a los nueve, pues incluía arqueros que protegían a los jinetes al tiempo que avanzaban hacia las filas enemigas. En Castilla y Aragón, la unidad de caballería más común era la llamada «lanza doblada», compuesta por un único caballero y un asistente, también montado.

Legatus (o legado): Era un representante personal del papa en el extranjero o para misiones especiales y que tenía amplios poderes tanto eclesiásticos —por encima incluso de los obispos— como civiles e incluso militares. Aunque su función ha variado mucho con el paso de los siglos, en tiempos de la novela había de varios tipos:

el *legatus apostolicus* (legado apostólico) era una especie de embajador; el *legatus a latere* (literalmente, legado al lado) era una especie de consejero o confidente especial del papa; al *legatus missus* (legado enviado) se le mandaba a una misión concreta; y por último el *legatus guvernamentalis* o gobernador, que, en la práctica, tenía todos los poderes en un territorio de los Estados Pontificios, como si fuera el mismo papa. El más importante de este último grupo —por su riqueza y prestigio— era el de Aviñón. Lo habitual es que fueran cardenales, en especial el *legatus guvernamentalis*, porque el cargo implicaba el cobro de las rentas de los territorios que administraban, aunque el pontífice podía nombrar para estos cargos a quien quisiera.

Legua: Aunque variaba mucho de una región a otra de Europa, a efectos de la novela se ha tomado de referencia la legua castellana, que era la distancia que podía recorrer un caballo al paso en una hora, es decir, alrededor de 5,5 kilómetros. La legua marina era mayor, pues alcanzaba los 6,5 kilómetros.

Libra: Unidad de peso usada en toda Europa, heredera de la libra de la antigua Roma y que equivalía a unos trescientos veintisiete gramos; es la que se emplea en la novela. No obstante, en la Italia del Renacimiento se operaba, entre otras, con libras de Nápoles, de la Toscana, de Ferrara, de Forlì e incluso francesas, cuyo peso oscilaba entre los trescientos veinte y los cuatrocientos cincuenta gramos. Se solía dividir en doce onzas (sobre todo para comerciar con las carísimas especies) de poco más de veintisiete gramos cada una.

Magister Sacri Palatii Apostolici: El maestro del Sagrado Palacio Apostólico era un dignatario de la corte papal, que siempre pertenecía a la Orden de los Predicadores y que vivía en el Palacio Apostólico, donde ejercía como teólogo del pontífice. El primero en ocupar el cargo fue el propio fundador de los dominicos, santo Domingo de Guzmán, nombrado por el papa Honorio III en 1218 para instruir a los prelados y funcionarios de la Santa Sede en enseñanzas religiosas con el objetivo de evitar que estuvieran ociosos mientras esperaban a que los recibiera el santo padre. A partir de 1487, Inocencio VIII les dio la responsabilidad de revisar y autorizar los libros que se imprimían en Roma y de examinar si los sermones que se recitaban en las ceremonias vaticanas eran conformes a la doctrina cristiana.

Novendiales: Periodo de luto de nueve días que se guarda tras la muerte del papa, en el que, cada jornada, se celebra una misa en su memoria. El cónclave para elegir al nuevo pontífice no se puede convocar hasta que no termina el periodo de luto.

Ocho, Tribunal de los: También conocidos como *I Signori Otto* (Los Señores Ocho) fue el alto tribunal de asuntos penales de la República de Florencia desde el primer tercio del siglo XIV hasta mediados del XVI, con competencias también en materia policial y orden público. Lo componían ocho ciudadanos mayores de treinta años, que cambiaban cada cuatro meses para evitar favoritismos y que tenían bajo sus órdenes al *bargello* y al *podestà*. Se reunían en la iglesia de Santa Maria Novella y eran famosos por sus duras condenas.

Pallacorda: También llamado *trincoto,* era un juego de pelota antepasado de todos los deportes de raqueta y en especial del tenis moderno. Conocido en Francia como *jeau de paume*, solía practicarse en las plazas y llegó a ser muy popular en toda Europa, en especial a partir del año 1500 aunque ya era practicado desde mucho antes. Entre sus practicantes más famosos figura el pintor Caravaggio, que mató a su oponente en una plaza de Roma tras una discusión por un lance del juego.

Palmo napolitano: Correspondía a unos 26,4 centímetros y era la medida de longitud mínima establecida por un decreto del rey Ferrante de Nápoles en 1480. Estaba considerada la medida más exacta de la época, puesto que se basaba en una milla, calculada como 1/60 del grado de latitud, según la tecnología de entonces. La milla napolitana, equivalente a unos mil ochocientos cuarenta metros, se subdividía en mil *passi* (pasos) de 1,84 metros cada uno, y cada *passo* a su vez en siete palmos. No obstante, en la práctica cada territorio en Europa tenía su propio sistema de pesos y medidas.

Par de Francia: Título de la más alta nobleza que la Corona de Francia, en origen, solo otorgaba a los familiares del rey. Al principio solo había doce pares (seis laicos y seis eclesiásticos), pero con el tiempo se amplió el número. Aunque a partir del siglo XIII su cometido fue solo ceremonial, mantuvieron un prestigio enorme, pues eran considerados parte de la familia real.

Parlota: Gorra ancha y plana que se llevaba caída hacia un lado y que se solía adornar con una pluma o broche, y que surgió de la evolución de los birretes. En España se la conocía como gorra flamenca, pues la introdujo Felipe el Hermoso tras su matrimonio con Juana la Loca, y en Italia se conoció a través de los mercenarios helvéticos, que la llevaban de vivos colores. Hoy en día, aún forma parte del uniforme de la Guardia Suiza del Vaticano.

Partigiana a lingua di bue: Era la lanza más común utilizada por la infantería de los ejércitos mercenarios italianos de la Edad Media y el inicio del Renacimiento. No solía superar los 1,80 metros de longitud, y disponía de una moharra —hoja— de base ancha que se angostaba hacia la punta (de ahí el nombre de lengua de buey). Una gran acanaladura en medio ayudaba a abrir más la herida que causaba. Fue completamente superada por la aparición de las picas de los mercenarios suizos, de entre tres y cinco metros de largo.

Podestà: Magistrado que ejercía las funciones administrativas, ejecutivas y judiciales de las ciudades del centro y norte de Italia y para el que las asambleas municipales medievales elegían a un extranjero, con el fin de evitar favoritismos. Era una especie de juez y alcalde al mismo tiempo. A partir de mediados del siglo XIV, fueron perdiendo poder en favor de señores como los Médici o los Sforza, que los convirtieron en simples funcionarios casi decorativos o, en su caso, en delegados suyos en otras villas o pueblos de sus dominios o áreas de influencia.

Protonotario apostólico: Era el cargo más alto que un funcionario de la Santa Sede podía ejercer sin ser obispo y se consideraba el paso previo para ser nombrado cardenal. Durante la Edad Media los notarios apostólicos eran siete, pero conforme la administración papal se fue haciendo más compleja, aumentaron su número. Por debajo de ellos tenían a otros oficiales de la curia, como los datarios, los escritores y los abreviadores que trabajaban en la Cancillería Apostólica.

Quintal: Medida de peso para grandes cantidades, usada sobre todo en el mundo agrícola. En la Italia del Renacimiento equivalía a cien libras, es decir, alrededor de treinta y tres kilos.

Ribadoquín: Cañón de salva (de carga delantera) compuesto por varios tubos de hierro de pequeño calibre montados en paralelo sobre una plataforma, de ahí que también se le conozca como cañón de órgano, que, al disparar, creaba una nube de proyectiles. Era básicamente un arma de batalla destinada a castigar a la infantería, pero resultaba poco fiable por su escaso alcance y el excesivo tiempo que se necesitaba para la recarga. Se sabe que Leonardo da Vinci diseñó, para César Borgia, un ribadoquín de treinta y tres bocas, así como otros ingenios militares, como las plataformas para superar murallas y los carros blindados, si bien no hay constancia de que se utilizaran en ninguna de las campañas del Valentino, ni en ninguna otra ocasión.

Rocca: En la Italia medieval y renacentista, se denominaba *rocca* a las fortalezas que dominaban los puntos altos de las poblaciones que, en teoría, defendían, aunque en la práctica, eran más usadas por los señores del lugar como elemento de intimidación para sus propios súbditos.

Sede vacans apostólica: Sede vacante apostólica, periodo que transcurre entre la muerte de un papa y la elección del siguiente mediante el cónclave. Durante ese tiempo, el gobierno de la Iglesia (y en tiempos de la novela, de los Estados Pontificios) queda en manos del cardenal camarlengo, que es el encargado, además, de organizar el cónclave. Durante toda la Edad Media y buena parte del Renacimiento, el periodo de sede vacante se caracterizaba por el estallido de disturbios en Roma debido al vacío de poder.

Servus servorum Dei. En latín, «Siervo de los siervos de Dios», uno de los títulos utilizados por el papa desde su instauración por san Gregorio Magno (590-604) y que se usa desde entonces al comienzo de las bulas y los breves papales.

Silla gestatoria: Era una silla provista de dos travesaños para llevarla a hombros. Se usaba en la coronación de los papas y en las celebraciones más solemnes de manera que la multitud pudiera ver al pontífice, tras el cual marchaban los flabelos, una especie de abanicos hechos con plumas y mango largo utilizados para mantener el aire fresco entorno al papa y ahuyentar los insectos, aunque al final quedaron como ornamentos ceremoniales. La silla fue utilizada por última vez por el papa Juan Pablo I en 1978. Era portada por doce hombres llamados sediarios pontificios, que vestían un llamativo uniforme de color rojo. Los sediarios todavía existen como funcionarios vaticanos. Sus últimas apariciones públicas se produjeron cuando llevaron a hombros el ataúd con los restos de Juan Pablo II el 5 de abril de 2005 y los de Benedicto XVI el 5 de enero de 2023.

Storta: Espada curvada, de un solo filo y con una hoja de aproximadamente un tercio de la longitud de una espada normal. Heredera directa de las cimitarras de al-Ándalus, en Castilla se le denominó alfanje (del árabe *al-janya*, «cuchillo») y en Aragón *coltell*. Su uso se generalizó en Sicilia durante la dominación musulmana de la isla y, desde ahí, se extendió a toda Italia, donde formaba parte del armamento de las milicias urbanas, la infantería de marina y los estradiotes albaneses, pues se consideraba un arma vil e impropia de la nobleza, que usaba filos más largos, como el de la *cinquedea*.

Strapatto: También llamado en Italia *tratto di corda* y, en España, garrucha, era una modalidad de tortura en la que se ataban las manos del condenado a la espalda y se le izaba con una polea. Se le podía causar dolor solo mediante la postura y agravarlo colocándole pesos en los pies o, peor incluso, dejándolo caer de repente pero sin dejar que se estrellara contra el suelo. Con el *strapatto* se torturó a personajes famosos, como Savonarola, Leonardo da Vinci y Maquiavelo.

Targone: Escudo con forma de cometa, de más de un metro de longitud y ancho por la parte superior, que se estrechaba en la inferior para poder ser usado también como arma contundente contra los pies o rodillas del adversario. Con algunas variaciones en su forma y uso, también se le llamaba *tavolaccio* o *pavese*, y era el arma defensiva más común de las milicias urbanas italianas durante la Edad Media y el principio del Renacimiento.

Triregnum: O triple tiara. Era la corona papal, con forma de bala y normalmente hecha en plata con bandas de oro, que se colocaba en la cabeza del nuevo pontífice en la solemne ceremonia de entronización desde 1143 (el último coronado con una de ellas fue Pablo VI en 1963). Solo se usaba —aunque hubo excepciones— en la ceremonia de la bendición *Urbi et orbi* y en las misas de Navidad y Pascua que oficiaba el propio pontífice. Cada papa se hacía la suya, aunque la más famosa fue la llamada «Tiara de San Silvestre» que usó Bonifacio VIII (1294-1303) y que fue trasladada a Aviñón y, de ahí, a Peñíscola por parte de Benedicto XIII, el papa Luna, hasta que Alfonso el Magnánimo la devolvió a Roma, donde fue robada en 1485. Se conservan 22 tiaras, si bien la más antigua es de 1572.

Verrettone: Era un tipo de dardo utilizado en Italia a partir del siglo XIV y que tenía una punta piramidal. Los primeros estaban hechos de madera con puntas de hierro o latón y sin plumas, si bien en el siglo XVI ya se confeccionaban íntegramente en acero. Aunque había versiones para arrojar a mano, se diseñaron para dispararlos con ballestas.

Cronología

12 de mayo de 1499. César se casa en el castillo de Blois con Carlota d'Albret, hermana del rey de Navarra.

6 de octubre de 1499. Luis XII y César entran en Milán como triunfadores. El mismo día, Alejandro VI firma una bula en la que declara a Catalina Sforza, Pandolfo Malatesta, Giulio Varano, Astorre Manfredi, Guidobaldo de Montefeltro y Giovanni Sforza como usurpadores de tierras eclesiásticas.

1 de noviembre de 1499. Lucrecia da a luz a Rodrigo de Aragón y Borja, su primer y único hijo con el duque de Bisceglie.

9 de noviembre de 1499. César sale de Milán al frente de diez mil hombres para conquistar Imola y Forlì, en manos de Caterina Sforza.

11 de noviembre de 1499. El cardenal Oliverio Carafa bautiza en la Capilla Sixtina a Rodrigo, hijo de Lucrecia y Alfonso de Aragón. Se produce el intento de asesinato del papa por parte de Caterina Sforza.

12 de enero de 1500. Caterina Sforza se rinde en la *rocca* de Imola tras defenderse casi hasta el final.

19 de marzo de 1500. César es nombrado duque de la Romaña y, diez días después, gonfaloniero y capitán general de la Iglesia. Tiene veinticinco años.

10 de abril de 1500. Ludovico Sforza es capturado en Novara y su hermano el cardenal Ascanio es detenido el 5 de junio.

17 de mayo de 1500. Nace Luisa de Borgia, única hija legítima de César y Carlota d'Albret. Su padre nunca la conocerá.

18 de agosto de 1500. Muere Alfonso d'Aragona, príncipe de Bisceglie y marido de Lucrecia, a causa de las heridas del apuñalamiento que sufrió el 15 de julio.

28 de septiembre de 1500. Se celebra un consistorio donde se nombran doce nuevos cardenales para recaudar alrededor de ciento veinte mil ducados, puesto que César necesitaba mil ducados diarios para mantener su maquinaria de guerra. Recauda lo bastante para armar un ejército de doce mil hombres armados con pica, espada, yelmo y jubón rojo y amarillo, los colores del capitán general de la Iglesia.

21 de octubre de 1500. Las tropas pontificias al mando de César ocupan Pésaro. Nueve días después, también toman Rímini.

7 de noviembre de 1500. Comienza el asedio de Faenza.

11 de noviembre de 1500. Se firma el tratado de Granada-Chambord por el que Luis XIII de Francia y Fernando de Aragón se reparten Nápoles, si bien no queda claro a quién corresponden las regiones de la Basilicata y la Capitanata, en la actual Apulia.

22 de abril de 1501. Faenza se rinde y se captura a Astorre Manfredi. César contrata a Leonardo da Vinci como ingeniero militar.

26 de junio de 1501. Se libera a Caterina Sforza de Sant'Angelo y Astorre Manfredi ocupa su lugar. A Caterina se le permite regresar a Florencia a cuidar de su hijo Giovanni, pues es ciudadana florentina por matrimonio con un Médici.

29 de junio de 1501. En San Pedro se proclama una nueva liga entre Roma, España y Francia para los «asuntos de Nápoles» toda vez que Fernando el Católico y Luis XIII se han repartido el reino sureño en el tratado de Granada-Chambord y, en el mismo acto, se

depone a Federico como rey de Nápoles pretextando una inexistente alianza con el Turco.

24 de julio de 1501. Las puertas de Capua se abren a traición y se produce una matanza terrible (cuatro mil muertos) que esfuma las posibilidades de resistencia del rey Federico de Nápoles y sus aliados, los Colonna y los Savelli.

27 de julio de 1501. Durante cuatro días, Alejandro VI va a visitar sus nuevas adquisiciones de Sermoneta y Castelgandolfo. A Lucrecia la nombran administradora del Vaticano por primera vez. Lo será otras dos veces, en septiembre de 1501 y a finales de octubre del mismo año.

20 de agosto de 1501. Bula de Alejandro VI que declara enemigos de la Santa Sede a los Colonna, los Savelli y los Gaetani. Próspero y Fabrizio Colonna ponen sus espadas al servicio del Gran Capitán para salvarse de la cólera papal.

1 de septiembre de 1501. Boda por poderes de Lucrecia con Alfonso d'Este en el Vaticano.

Febrero de 1502. César nombra a don Micheletto gobernador de Piombino y el papa le hace señor de Montegridolfo.

10 de junio de 1502. Las tropas de César salen de Roma por la Via Flaminia, en teoría para la conquista de Camerino, en manos de los Varanno. Desde Espoleto, César presiona al duque de Urbino (Guidobaldo de Montefeltro) para que le facilite armas y soldados para ayudar a Vitellozzo a mantener acorralados a los florentinos. Sin embargo, en lugar de marchar hacia Camerino, César dirige su ejército hacia la propia Urbino, que toma a traición el 21 de junio.

5 de agosto de 1502. César se encuentra con Luis XII de Francia a las afueras de Milán, donde firman un nuevo pacto.

26 de septiembre de 1502. Se reúnen en una fortaleza de los Orsini en Umbría, bajo la presidencia del cardenal Gianbatista Orsini, los capitanes de la conjura para matar a César.

29 de noviembre de 1502. Todos los conjurados han hecho las paces con César por separado. A Sancha de Aragón se la encierra en Sant'Angelo a causa de su adulterio con el cardenal Hipólito de Este.

25 de diciembre de 1502. César ordena la ejecución, en Cesena, de Ramiro de Lorca, a quienes los conjurados habían corrompido.

31 de diciembre de 1502. César llega a Senigallia y engaña a los conjurados. Don Micheletto estrangula esa misma noche a Vitellozzo Vitelli y Oliverotto Euffreducci. A Paolo y Francesco Orsini les sucederá lo propio ocho días después, mientras que el cardenal Orsini será detenido en Roma y ejecutado unas semanas más tarde.

7 de febrero de 1503. Alejandro VI publica un breve por el que se declara a todos los Orsini enemigos de la Iglesia.

28 de abril de 1503. El Gran Capitán derrota a los franceses en Ceriñola. Nápoles cae quince días después.

19 de mayo de 1503. El obispo Francesco Trochia, secretario del papa, huye de Roma, resentido por no haber sido nombrado cardenal y dispuesto a contarle a Luis XII que César está pensando en cambiar de bando y unirse a los españoles. Don Micheletto lo ejecutará tras capturarlo.

28 de julio de 1503. El papa anuncia que la partida de César hacia Nápoles es «inminente», pero Luis XII, desde Lyon, se impacienta porque reclama a los Borgia su ayuda para reconquistar la capital del sur.

5 de agosto de 1503. Alejandro y César asisten a una cena en la villa del cardenal Adriano de Corneto. Al día siguiente, el papa muestra síntomas de estar enfermo. Dos días después, César también cae víctima de las fiebres.

11 de agosto de 1503. El papa celebra misa en la Capilla Sixtina para celebrar su undécimo aniversario en la Silla de San Pedro. No tiene buen aspecto debido a las fiebres que le siguen atormentando.

18 de agosto de 1503. Muere Alejandro VI. César continúa enfermo.

22 de agosto de 1503. César promete al Colegio Cardenalicio, que se ha reunido en Santa Maria sopra Minerva, que abandonará Roma con sus tropas tras llegar a un acuerdo para que los Colonna y los Orsini hagan lo mismo.

12 de septiembre de 1503. César, aún enfermo, abandona Roma en litera, macilento y débil. Tiene un acuerdo con Próspero Colonna contra los Orsini.

16-21 de septiembre 1503. Cónclave en el que es elegido el anciano cardenal de Siena Francesco Nanni Todeschini Piccolomini, que toma el nombre de Pío III.

2 de octubre de 1503. César vuelve a Roma y se instala en su Palacio de San Clemente con su madre, Vanozza, su hermano Jofré y los duques-niños.

8 de octubre de 1503. Coronación de Pío III. César es confirmado como gonfaloniero y capitán general de la Iglesia, y conserva las plazas de Cesena, Faenza, Imola, Fano y Forlì. El Gran Capitán publica un edicto instando a los hombres de armas españoles a que abandonen al duque Valentino y se pasen a su bando. Entre otros, lo hace Hugo de Moncada.

18 de octubre de 1503. Muere el papa Pío III tras veintiséis días de reinado.

31 de octubre de 1503. Cónclave más corto de la historia, de apenas diez horas de duración. Treinta y ocho cardenales entran en la Capilla Sixtina y sale elegido el cardenal Giuliano della Rovere, que toma el nombre de Julio II.

6 de noviembre de 1503. Las tropas venecianas avanzan hacia Faenza y Rimini, y amenazan Imola y Cesena pese a que, en teoría, César es un gentilhombre veneciano.

26 de noviembre de 1503. Julio II es coronado papa. Le pide a César las contraseñas de las ciudades de la Romaña y, como este se niega, lo encarcela.

29 de noviembre de 1503. Don Micheletto es capturado por Gianpaolo Baglioni en la Toscana y encerrado en la Tor di Nonna.

28 de diciembre de 1503. Batalla de Garellano, donde el Gran Capitán vence a los franceses, que se rinden por completo en Gaeta el 1 de enero de 1504.

19 de enero de 1504. Se llega a un acuerdo propiciado por los cardenales españoles. Mediante él, César entregará las contraseñas de los castillos de la Romaña que aún están bajo las órdenes de sus capitanes en un plazo de cuarenta días a cambio de su libertad, y quedará bajo la tutela del cardenal Carvajal, en Ostia, hasta que todas las fortalezas se hayan entregado.

26 de abril de 1503. César es liberado, pero, en vez de marchar a Génova para recuperar los fondos depositados en los bancos de aquella ciudad, tal y como había previsto en principio, se va a Nápoles, porque el Gran Capitán le ha propuesto una nueva empresa para «conquistar» Florencia y la Toscana, que están en manos de un gobierno republicano liderado por Piero Soderini. El Gran Capitán pasa dos meses dándole largas sobre los preparativos de la expedición hasta que ordena la detención y el encierro de César en la prisión del Castello Aragonese de la isla de Isquia.

16 de septiembre de 1504. César, proveniente de Nápoles, llega a Valencia para, en teoría, ser juzgado por el asesinato de su hermano Joan debido a una acusación presentada por su viuda, María Enríquez, duquesa de Gandía. Es encerrado en el castillo de Chinchilla primero y, tras la muerte de Isabel la Católica, en el de La Mota, en Medina del Campo.

25 de octubre de 1506. César se fuga del castillo de La Mota gracias a la ayuda de Alonso Pimentel, conde-duque de Benavente y jefe de los partidarios del difunto Felipe el Hermoso, que pretende que

Maximiliano de Austria asuma la regencia de Castilla en vez de Fernando el Católico.

3 de diciembre de 1506. Tras mil calamidades, César llega a Pamplona. Luis XII le retira sus títulos y rentas de Francia. Su cuñado, el rey Juan d'Albret, le nombra contestable de Navarra y capitán general para luchar contra los rebeldes liderados por el conde de Lerín, al servicio de Fernando el Católico.

12 de marzo de 1507. César muere en una escaramuza en la Barranca Salada, a las afueras de Viana, en una celada tendida por los hombres del conde de Lerín.

Nota del autor

Parece increíble que un personaje como César Borgia, pese a que su fama ha atravesado las barreras del tiempo, mantenga tantas zonas oscuras en su biografía, empezando por lo más básico: el lugar, el año de su nacimiento y quiénes fueron sus padres. Dado que este libro es una novela que navega entre lo que pasó y lo que pudo pasar —pero en ningún caso pretende hacerse pasar por ciencia histórica—, creo que es necesario aportar aquí a los lectores lo que se sabe —y también lo que no— sobre determinados aspectos de la vida y la muerte de César Borgia que han quedado reflejados en este libro por pura y libre decisión de su autor, tanto por motivos narrativos como por coherencia dramática.

Hay historiadores que aseguran que César Borgia nació en 1476, mientras que otros adelantan su venida al mundo a 1474 o 1475, que es la fecha —quizá por aquello de que es la que está entre ambas— más difundida. No obstante, una bula firmada por el papa Sixto IV el 1 de octubre de 1480, en la que autoriza su futura inclusión en la carrera eclesiástica, dice que tiene seis años, lo que sitúa su nacimiento el 14 de septiembre de 1474, la fecha elegida en la novela. En este punto, conviene aclarar que, si se sabe el día exacto del nacimiento de César, se debe a que se conserva un horóscopo que el propio Valentino encargó y en el que, curiosamente, figuraban el día y el mes de su natalicio, pero no el año. Además, una anotación del diario de monsignore Burcardo del 12 de septiembre de 1491 deja constancia de que el papa Inocencio VIII ha nombrado a César Borja, «protonotario de la sede apostólica, de diecisiete años», obispo de Pamplona, lo cual ubica su llegada al mundo, de nuevo, en 1474. De ahí que el autor de este libro eligiera este año y, en consecuencia, conmemore este 2024 como el 550.° aniversario de su nacimiento.

Respecto al lugar, el asunto es igual de confuso —o más—, porque la falsificación y alteración de documentos de la época —incluso las bulas y breves papales— era un fenómeno común especialmente agravado cuando se trataba de los Borgia, a causa de las campañas de desprestigio y difamación que orquestaron sus enemigos ya en vida de Alejandro VI y César, y, sobre todo, después de muertos. El canon borgiano ubica su nacimiento en el Monasterio de Subiaco —al noroeste de Roma— como primogénito de Vannozza Cattanei y del cardenal Rodrigo Borgia, que por entonces era el abad comendatario del cenobio. Eso le hubiera convertido en súbdito del papa como natural de los Estados Pontificios, con lo que el documento firmado por Fernando el Católico que le otorga —junto a su hermanastro Pere-Lluís y su hermano Joan— la dignidad de «egregio» no tendría demasiado sentido en un extranjero. Por otra parte, el arzobispo de Salerno, cuando negociaba con el Gran Capitán la liberación de César de Sant'Angelo en sus últimos meses en Roma, insistía en que el Valentino era «nacido español» y, por último, además de que los testimonios de la época que constatan que César hablaba castellano y valenciano perfectamente —aunque en teoría solo pisó su tierra natal tres años antes de su muerte—, jamás firmó documento alguno como «Cesare», a la italiana, sino «César» o, en todo caso, «Caesar», en latín. Esto último no deja de ser un detalle menor, pero no por ello menos significativo.

Si —tal y como cree el autor de estas páginas— César Borgia no nació en Italia, la cuestión nos lleva a la identidad de su madre, Vannozza Cattanei, sobre la que la oscuridad es aún más espesa. Se da por sentado —aunque no hay documentación alguna que lo avale— que el cardenal Rodrigo Borgia mantuvo una relación prácticamente marital con ella, de la que nacieron los cuatro hijos más famosos del papa Alejandro VI. Sin embargo, tal y como dice José Catalán Deus, «pruebas, lo que se dice pruebas, no hay apenas de todo ello, sino una amalgama novelada producida por siglos de repetición de una leyenda cada vez más adornada hasta parecer realidad establecida e innegable». De hecho, ningún documento de la época menciona la relación entre ambos, cosa que sí ocurre con otros cardenales. Además, las distintas descripciones contemporáneas de Vannozza no coinciden ni en su aspecto (rubia para unos, morena para otros) ni en su procedencia. Hay documentos que la identifican como una dama de la pequeña nobleza de Mantua casada tres veces (y para algunos autores incluso cuatro) con altos funcionarios de la curia por orden del propio papa, para mantener unas apariencias que, por otro lado, tampoco parecían importar a nadie, como muestra el hecho de que el antecesor de Alejandro VI —el papa Inocencio VIII— ofició la boda de su hijo Franceschetto con Magdalena de Médici en la propia Capilla Sixtina. Por otra parte, hay autores que la identifican como la propietaria de diversas tabernas en Roma, de las que la más famosa era la Locanda del Gallo (la Posada del Gallo), en una de las esquinas del Campo dei Fiori, que aún hoy conserva un escudo de armas en piedra en el que aparece un toro como el de los Borgia, de ahí que también se la conociera como el Albergo della Vacca. Esta supuesta Vannozza dueña de tabernas es denigrada por otros documentos escritos por los enemigos de los Borgia a cortesana y, en su madurez, a propietaria no de establecimientos hoteleros respetables, sino de burdeles. Aunque hay que reconocer que son minoría los historiadores eclesiásticos que, como Orestes Ferrara, creen que Vannozza fue una dama valenciana que pertenecía ya a la familia Borgia, así se entienden mejor algunos documentos de 1514 citados por José Catalán Deus firmados por «Vanotia Borgia de Cathaneis» y el uso de las armas heráldicas, que, en aquella época, tenían una importancia esencial, y que ningún noble (incluyendo a cardenales y al papa) habría permitido utilizar a sus concubinas tan alegremente. Y también se entiende que a su muerte, en 1518, se la enterrara con todos los honores en la Basílica de Santa Maria del Popolo —la favorita del papa Alejandro y donde, en origen, también se sepultó a Joan, II duque de Gandía— a la que el papa León X —Giovanni de Médici, amigo personal de César durante sus tiempos de estudiantes en la Universidad de Pisa— mandó a sus chambelanes a rendirle homenaje en su nombre. Demasiada pompa para la esposa de un simple funcionario de la curia o una propietaria de tabernas; del todo excesiva para la concubina de un papa muerto e inconcebible para una dueña de burdeles que había sido prostituta.

Si la identidad de la madre de César es un laberinto, la del padre es una incógnita aún mayor, si suponemos que el papa Alejandro, en efecto, no fue su progenitor biológico. El historiador Peter de Roo afirma que el padre de Juan, César, Lucrecia y Jofré, y por ese orden de nacimiento, fue Guillem Llançol de Romaní i Borja, el hijo de Na Joana de Borja, hermana mayor del futuro Alejandro VI, y casado con Violant de Castellvert, y que, como muchos otros de sus parientes, invirtió el orden de sus apellidos. Violant, al quedar viuda, se marchó a Italia con sus hijos para ponerse bajo la protección del poderoso cardenal Borgia, el tío de su difunto marido.

En todo caso, todo lo expuesto hasta ahora no son más que conjeturas, porque las genealogías de los Borgia constituyen un verdadero galimatías enmarañado por bulas de dudosa autenticidad propiciadas por el rencoroso papa Julio II (que se ensañó con especial intensidad en destruir todo el legado de su antecesor) y por la animadversión de embajadores primero e historiadores después hacia la familia valenciana que, contra todo pronóstico y saliendo casi de la nada, consiguió hacerse con la tiara papal.

No obstante, el autor de este novela considera que poca o ninguna relevancia tiene si César y sus hermanos fueron hijos biológicos del papa Alejandro o eran sobrinos, parientes o protegidos de alguna clase. Lo esencial es que fueron sus hijos en términos políticos, con los que el pontífice valenciano intentó crear un principado Borgia en el centro de Italia y, con él, una dinastía, pese a que, al final, todo se malogró por una conjunción de algunos errores, mala suerte y la traición tanto de Fernando el Católico como de Luis de Francia.

Hay que insistir —de nuevo— en que el libro que acaba con estas líneas es una novela sobre los Borgia, no un tratado, un ensayo o una obra científica. Todo ello implica que el rigor histórico, que aparece con mayor o menor fortuna, se mezcla con la imaginación allí donde el autor ha considerado oportuno y conveniente por motivos dramáticos y narrativos. Se ha intentado, no obstante, ser lo más fiel posible a lo que la historiografía ha determinado sobre la época y el contexto, pero también se ha recurrido a la fábula para intentar obtener no una verdad histórica —tarea que dejo por entero a los historiadores y científicos—, sino una verdad literaria.

Por todo ello, el autor de estas páginas asume toda la responsabilidad de los errores, inexactitudes o simples fantasías que aparecen en el texto y exonera de ellos a quienes le ayudaron a componer esta fábula perversa sobre el poder, la ambición, la gloria y la infamia con los Borgia como protagonistas para, a través de la ficción, acercar sus figuras y su legado como parte esencial de nuestra propia historia, tan interesante como injustamente orillada.

Quede constancia, pues, de mi agradecimiento a Pilar Martínez de Oloz, de la Oficina Municipal de Turismo de Viana, por sus amables indicaciones para encontrar el lugar exacto donde murió César y por ponerme en contacto, aquella misma mañana de verano, con don Félix Cariñanos San Millán, con quien compartí un café y una gratísima charla sobre los últimos días del Valentino a escasos diez pasos de donde hoy reposan sus huesos. Este libro también debe mucho a Alejandro Balaguer, mi amigo de siempre y compañero de aquel viaje en el que me acompañó en la búsqueda del espectro del hijo del segundo papa Borgia en los castillos de Chinchilla y de La Mota de Medina del Campo, así como en la Barranca Salada de Viana y en la propia Pamplona. También es acreedor de un agradecimiento especial otro amigo de toda la vida, Pablo Palau, quien me brindó la clave definitiva para el título de esta novela.

Esta obra —como ocurrió con *En el nombre del poder*, su hermana mayor— se concibió y empezó a gestarse en Roma, donde tuve la inestimable ayuda del director del Instituto Cervantes de la Ciudad Eterna, Ignacio Peyró, y de la responsable de la Biblioteca María Zambrano de la institución académica, Paz V. Troya. De igual manera debo agradecer, de nuevo, la hospitalidad y sabiduría de don José Jaime Brosel, rector de la Iglesia Nacional de España en Roma, donde reposan los restos de Calixto III y Alejandro VI, y el apoyo de José García Añón e Ignacio Ramos, catedráticos de la Universidad de Valencia, por su ánimo y apoyo, así como a Sebastián Roa —que me animó a embarcarme en este proyecto— y a Pau Centellas, de la agencia literaria Silvia Bastos, y a Clara Rasero, mi editora, por hacerlo posible. También debo un agradecimiento especial a Elena Recasens, Mercedes Tabuyo, Rosa Hernández y al resto del equipo de Penguin Random House por el excelente trabajo realizado en la corrección y edición de este texto.

Esta novela, como todo lo que he escrito, no hubiera sido posible sin el apoyo constante y desinteresado de mi familia. Un texto que, como es natural, ignoro ahora mismo cuántos lectores tendrá (espero que, al menos, tantos miles como ha tenido *En el nombre del poder*, a quienes agradezco su confianza), pero que concluyo con el mismo poso amargo que tenía cuando terminé mi anterior novela, pues no será leída por uno de los más importantes: mi padre, Pepe Braulio, que murió antes de que ambos manuscritos estuvieran acabados.

Por eso, como la anterior, esta novela está dedicada a él. Y también a mi madre, Amparo, en cuya onomástica termino estas páginas y, por supuesto, a Yolanda: mi compañera, mi amiga, mi musa y mi amante.

Playa de Gandía, mayo de 2024